天地风雅

紫燕羽◎著

天津出版传媒集团
天津人民出版社

图书在版编目（CIP）数据

天地风雅/紫燕羽著. --天津：天津人民出版社，2020.8

ISBN 978-7-201-16295-9

Ⅰ. ①天… Ⅱ. ①紫… Ⅲ. ①长篇小说—中国—当代 Ⅳ. ①I247.5

中国版本图书馆 CIP 数据核字（2020）第 131316 号

天地风雅

TIANDI FENGYA

紫燕羽 著

出　　版　天津人民出版社
出 版 人　刘　庆
地　　址　天津市和平区西康路 35 号康岳大厦
邮政编码　300051
邮购电话　（022）23332469
电子信箱　reader@ tjrmcbs. com
责任编辑　谢仁林
封面设计　彭明军
制版印刷　天津雅泽印刷有限公司
经　　销　新华书店
开　　本　710 毫米 ×1000 毫米　1/16
印　　张　28.5
字　　数　481 千字
版次印次　2020 年 8 月第 1 版　2020 年 8 月第 1 次印刷
定　　价　78.00 元

目　　录

上　篇

下篇

上　篇

一、道阻且长

叶紫羽的记忆中，20 世纪 90 年代那个遥远的春天，是最明媚的。

那年的天气回暖得很早。清晨，阳光柔柔的照在人们身上，很舒服、很干净。连被窝里都充满阳光的香味，所以叶紫羽总想赖床。可是他还得强迫自己早起，因为即将轮到他们去面对千军万马过独木桥一般的高考了。

在叶紫羽就读的这所中学里，所有高三教室，都已经贴上鲜红的大字标语，诸如“奋战 120 天，考上好大学；努力拼搏，争取最后胜利；为母校争光，做有用之才”等，甚为夺目。

叶紫羽骑着自行车进学校时，瞅到这些字眼，压力倍增。常有为人父母者讲，考上大学便如同中状元一般，光宗耀祖。

叶紫羽自小生长在锦城一个传统文化家庭，父亲叶成煊对他的期望很高，常对他讲述家中长辈的诸般事迹，希望他能引以为榜样，所以他听得都能倒背如流了。叶紫羽的曾祖在前清科举中进士及第，授过一任本省的道台，居官时端方清正，甚有名望。他的祖父虽生于乱世，但青年从商，慧眼独具，所获更丰。只是民国末年，内战四起，家道中落。到他父母亲这一代，只是平平淡淡做了一辈子普通工人。而今年，正到父亲打算退休的年龄。

父亲对叶紫羽的教育，多少带有些旧时传统大家族的味道，自小便让他背《三字经》，背《论语》。叶成煊本性豁达，认为多读些圣贤文章，儿子长大后自然多得几分飘逸之气，倒并非想儿子满口诗云子曰，老气横秋。

本来儿子不过五六岁，哪里懂这许多？要他背“苟不教，性乃迁”，叶紫羽总是理解为“狗不叫，谁来牵”，告诉儿子“唯女子与小人难养”，叶紫羽也不明白女子与小人的关系。反问父亲：“是不是女孩子小时候没男孩好养？

所以妈妈说，你就想要儿子不想要女儿？”

叶成煊淡然一笑，并不多加解释，只说你长大便知。诸如此类，对儿子的成长，也不知起到何种影响。

叶紫羽的成绩在班上只是中等，他偏科偏得太厉害。每回摸底测验，数学和外语竟难以及格，不过语文、历史、地理几门功课倒是出奇的好。这或许得益于小时候背过古文，喜欢文科吧。尽管他能把《大学》一文背得滚瓜烂熟，但两门主课不好的话，这高考便颇为艰难了。儿子能不能考上大学，正是今年父母亲的心头大事。

叶紫羽个子较高，人有些偏瘦，五官却非常俊朗。他性格活跃，由于读书很多的缘故，跟人说话总能娓娓道来，在班上人缘甚好。

此刻他走进教室，和同学们打着招呼。文科班学生较少，相互间的感情融洽。由于几个月后就要结束这高中生涯，大家更怀有种格外珍惜的心情。

坐到座位后，历史科代表柳溢雅过来告诉他，全市高三文科生从本周日开始，都得在市教育学院参加高考前的历史讲座。

柳溢雅是班上最漂亮的女生，同学们都亲切地叫她小雅。叶紫羽总喜欢同她说话，他曾想，自己是不是喜欢上柳溢雅了？可当他看到别班的漂亮女生时，也会有种想与之亲近的感觉。所以他恐惧地怀疑到，自己是不是天生这么花心？为此还怒己不争地苦恼过一阵子。偶尔面对柳溢雅会莫名其妙地内疚。殊不知柳溢雅做梦也想不到，叶紫羽曾经有过这么一段情怀。青春期的少年，总爱一厢情愿地自作多情。可少年的心境，多少年后回忆起来，是那么好笑，却又有着一丝甜蜜。

“早上九点，老师会点名的，别想着偷懒啊。”柳溢雅笑着叮嘱。

“怎么可能呢？我最爱以史为鉴，当然一早就去。”他也笑着回答。

其实，现在功课繁重，晚睡早起，就巴望着星期天能睡个懒觉。叶紫羽自恃历史功课好，根本没打算去听讲座。

课间，他找到陆禹皓聊天。两人在高中阶段一直是最要好的朋友，陆禹皓的父母都是军人，他从小在军营长大。

他们靠着课桌东拉西扯时，另一个同学刘轩也走过来，叶紫羽便问：“星期天你们去听讲座吗？”

刘轩答道：“当然。你不去？”

叶紫羽道：“我想好不容易才有个星期天可以多睡会儿，不打算去。小雅说历史老师会去点名的，但全市的文科生都到了，他上哪儿点去？多半还是让小雅帮着数数，吓唬人呢。”

刘轩贼兮兮地一笑，“话虽这样，可你真不去吗？”

叶紫羽不解道：“当然，难道不去很吃亏？”

陆禹皓和刘轩同时大笑道：“不去算了。这么不爱学习。我们不能跟你学坏，肯定要去，还要一大早就去的。”

叶紫羽看着这俩怪笑的家伙，不由奇怪了，“你们啥时候爱学习了？刘轩不是说现在最大的心愿，就是等过了高考好好睡一觉，把十二年欠下的瞌睡债一次还清吗？现在倒好，还一副头悬梁、锥刺股的架势了？老实交代，到底想干什么？”

刘轩答道：“没什么，真没什么。这时候不努力，还等什么时候？你怎么不想好的？”

又一阵坏笑，叶紫羽见他们真不肯说，也就懒得追问了。

直到下个周一，他方才明白这俩家伙打的什么鬼主意。

原来，全市文科生聚在一起听课，这两人铆足了劲，是去跟外校女生搭讪的。是啊，这种机会多难得。保不准就认识个谁谁谁呢。

果然，回校后，刘轩就唾沫横飞地吹嘘他怎么搭了一位女生，怎么聊开话题，又怎么约好下周再见，说得心花怒放。叶紫羽这才恍然大悟，闹了半天，打的是这算盘。他不由愤愤道：“我说呢，你突然爱学习了？不过呢，这真是个好事，我也要去。嗯，还得一早就去，占个好位置！”

三人哈哈大笑。

叶紫羽心中，不觉竟有些盼望着下个周日的到来。

离高考的日子又缩短七天。

教育学院就在市区的江汉路上，离家不远，叶紫羽约了陆禹皓与刘轩二人一同前往。到学院大门口时，上课的时间已经很近，三人也是调皮，竟不放在心上，反而跑到小食摊上吃早点，边吃还边聊：“老叶啊，昨天下午的语文测验，你第一个交卷，比第二个交卷的蒋妍希早了40分钟，很牛啊你？”

“那是，我的语文水平本来就胜人一筹嘛。”

“你知道李老师怎么说没？”

“又表扬我啦？”

“是啊，又表扬你了。别人都还没交卷，你的卷子就批改完了。她一脸不爽地说：‘这小子这么早交卷，我以为他有多能耐，结果才46分，字也跟狗爬似的。这破分数离及格都还差着老远，交这么早，瞎显摆啥呢……’”

突然，他们看到自己学校的历史老师推着自行车进了学院，口中连呼“糟糕”，慌忙放下碗筷，朝教室跑去。

历史老师姓古，60来岁，脾气也确有些古怪，在老师当中算一号人物，若有学生胆敢在他的课堂上捣蛋，他不惜老拳相向。因为课教得十分出色，深得学生爱戴，退休后又返聘回来任教，校长也让他三分，这帮调皮的家伙对他便颇有几分忌惮。

进入教室，里面已塞满好几百人，早没了座位，主讲老师正走上讲台，三人不得已，赶忙坐到最后一排座位上。这排位面前没有课桌，书写会很不方便，他们也顾不得许多。偏在这时，姓古的老爷子抬眼看到他们，走了过来，双目一瞪，训斥道：“这么晚？不早点来！”

三人没敢吭气。老爷子四周望了望，忽然手臂一抬，气势恢宏地指着右边一处位置吩咐道：“那中间还有三个位，赶快坐过去！注意别影响旁人！”

于是三人慌忙躬身过去。待走近一看，乐了。正好这三个位的两边各坐了一名女生。叶紫羽心头暗喜，他挨着左边坐下，刘轩则赶紧挨右边坐下。陆禹皓晚了一步，狠狠地瞪了他们一眼，颇不情愿地坐在中间。

台上的老师讲述着“二战”前期，由于英法的绥靖政策，纵容德国法西斯壮大这节内容。叶紫羽不时抬头看看讲台，收回目光时，顺带瞄上身旁的女生一眼。这女生穿了件白色的高领羊毛衫，长发披肩，由于正埋头记笔记，头发自然而然地垂下，遮住了脸庞，看不清面容。

叶紫羽心不在焉地听着课，陆禹皓突然递过张纸条。他一看，上面写着：刘轩已经打听出身边女生的学校，你这边进展如何？

叶紫羽不屑地撇撇嘴，把纸条揉成一团，放进衣兜，心想：“我能跟他那么浅薄吗？觍着脸问东问西，司马昭之心啊，这蠢货。”

不过，他的内心愈加翻腾了，没怎么听课，正走着神琢磨怎么跟人搭腔，陆禹皓突然问：

“多瑙河的‘瑙’字怎么写？”

“什么？”叶紫羽没听清楚。

“我问你‘瑙’字怎么写？”

“‘老子’怎么写？这都不会？脑子出毛病啦？”

“我是说这个‘瑙’字，又不是那个‘老子’，你咋呼个啥呀？”

两人正没头没脑地拿腔拿调，却听见叶紫羽身旁的女生轻轻一笑，侧过头来，对叶紫羽说：“多瑙河的‘瑙’字，就是‘王’字旁那个，玛瑙的‘瑙’啊。”

叶紫羽没想到女生会主动开口，喜出望外，忙接过话头道：“噢，对的对的，想起了。谢谢你。”

“不用客气。”

女生抬起头，对着叶紫羽轻摇了摇，又是微微一笑。

这回叶紫羽看清了对方的长相，瓜子脸，眼睛清澈明亮，微笑时露出一口洁白整齐的牙齿。这是一个非常清秀、充满活力的女孩子。他心头暗喜，可找到搭腔的机会了。

课间休息时，叶紫羽对女生说：“能借你的笔记看看吗？”

“可以，不过我的速记会比较潦草。”女孩子大方地回答，同时把笔记本递了过来。

“没关系，我看仔细点，不明白的再问你吧。”

叶紫羽接过笔记本，但他并没有看笔记，而是在女生离开座位时，悄悄翻到笔记本的扉页，想看看有没有她的名字。结果他如愿以偿地看到三个秀气的字体——杨婉清。

上课铃响过，所有人都回到自己的位置上来。叶紫羽见杨婉清坐下后，便将笔记本还给她，趁机说道：“野有蔓草，零露抟兮，有美一人，清扬婉兮。好名字！”

杨婉清听见，脸倏地一红，抬头看了看他，又转回头，口中嗔道：“你怎么看我的名字啊？”

“怎么看？用眼睛看呀！”

叶紫羽的散漫劲儿一下又冒了出来。话一出口，杨婉清便不由被他逗笑。他心中暗自得意：“开个玩笑，我在你笔记本上看到的，你不会介意吧？”

杨婉清笑了笑：“介意也没用了，你叫什么名字呢？”

“我叫叶紫羽”，他回答倒是爽快。

“叶紫羽?”杨婉清小声复述一遍，又问：“这名字挺特别，有什么含义吗?”

“没什么，我爸随口取的。”

其实，叶成煊给儿子取的名字出自清代《幽梦影》一书：“鳞虫中金鱼，羽虫中紫燕，皆为物类神仙。”其中不乏包含了希望儿子才华出众的意思。叶紫羽自然明白，可觉得没必要对新认识的女孩子讲这么复杂，像卖弄似的。

相互知道姓名后，双方的交谈就随意多了。

叶紫羽了解到杨婉清是二十中的学生，便说：“我有个初中同学也在二十中，叫李济，你认识吗?”

其实他根本没什么二十中的同学，只是这么一说，表示他对那儿也是有所了解的，仿佛这样就拉近了他与杨婉清的距离。至于说到同学姓李名济，那是因为叶紫羽所在的中学旁边有家“李记包子铺”，他经常去买早点，所以临时想到，顺口胡诌出来。身边的好友陆禹皓明白怎么回事，忍不住埋头暗笑。

杨婉清却当了真，反问：“他是哪个班的?”

叶紫羽只有含糊应道：“不太清楚，上高中就没联系了。”

杨婉清道：“是这样啊。”便不再问了。

陆禹皓在一旁斜着眼睛偷乐，心想这小子够烂的，这种招数都用上了。叶紫羽悄悄用胳膊肘碰了他一下，暗示他别使坏。不过这以后，只要他俩一同路过李记包子铺，陆禹皓就吵着叫叶紫羽请客，还说既然是你初中同学这就理所当然。而后高中生涯的最后几个月，叶紫羽无奈，起码赔出去两打以上的鲜肉大包。

到了十二点整，课程结束。杨婉清没再多说，笑着跟叶紫羽道了声再见，便招呼着她的同学一起离去。

叶紫羽心有不舍，还想说点什么，又不知说啥，只得望着杨婉清的背影怏怏作罢。一转身，却见刘轩走过来，得意地说，他和邻座的女生聊得挺开心，还约好下周再见。叶紫羽怔了怔，突然感觉自个儿够无聊的，对刘轩道：“你是不是很有点灰马王子的感觉?”

刘轩嬉笑着说：“狗屁王子，我可没这么想。我就是想给自己的中学生活增添点内容。你说我们除了班里同学，还认识几个朋友？就这么点儿交际了。”

是啊，高中毕业班的生活本来是枯燥而紧张的，可有了这次讲座，竟让叶紫羽他们凭空多出几分欢乐。

又是一个周日。

这周叶紫羽顾不上陆刘二人坐哪儿了，他自己早早来到教室，仍然在上周的位置坐定。他渴望着杨婉清也能再到这儿，可心里又是忐忑不安的，因为他们并没有约定。

上周下课后，两人只是轻轻地道了声再见。虽然知道对方姓名，可他不敢肯定杨婉清是否对他还有印象，是否仍然也来这里找座位？

他相信感觉，又担心感觉。

正胡乱猜测之际，杨婉清却穿着件红色风衣飘然而至。

叶紫羽早就望眼欲穿，一见大喜。从她进门时起，他就心如鹿撞。不过，他还没来得及高兴，又往下一沉。原来，杨婉清没有坐到他身旁，却坐到了他身后的位置上。

这是什么意思？

但这也足够了！

叶紫羽想：她一定记得我，才有意识到这边找位置的。只是现在空位多，她不好意思直接坐到我身边。于是叶紫羽心头一转，等了一会儿，他装作伸懒腰，故意往后一仰，后排的桌子被他暗中使劲顶得一斜，杨婉清放在桌上的笔记本差点儿掉在地上，她惊讶一声，连忙用手护住。

叶紫羽可就找着说话的理由了，忙道："原来是你呀，真不好意思，后排桌子松动了，要不你还是坐到前面来吧？"

说完这话，叶紫羽心中大是紧张，他怕杨婉清会拒绝，可事情又让他大喜过望。杨婉清拿好本子，大大方方地动身移到前排。叶紫羽看着她弯腰坐下时，轻轻拂动的长发，心中那一瞬间的感觉好得不得了，简直如沐春风，沁心不已。

这一坐下，他们之间便全然没了陌生感。到了课间，两人都未出教室，在座位上谈起很多话题。从出生年月、家庭住址，一直谈到班级人数、任课老师等等，直到上课铃响过，还意犹未尽。

接下来听课时，杨婉清一面专心听讲，一面认真记笔记。看得出，这是名好学生，高考即将来临，必须一丝不苟。而叶紫羽却无法集中精神了，他想和她说话，又怕打扰她。尽管如此，他心中仍然欢快无比。

到了放学时间，杨婉清又是轻轻地一笑，轻轻地一声再见，然后迈步出了教室，留给叶紫羽一个俏丽的背影。

叶紫羽便开始胡思乱想了，他傻愣愣地坐在位置上看着杨婉清脚步轻盈地离去，自作多情地想，他一辈子都不会忘记这个画面的！他此时当然想不到多年后再见面时，他始终都没想起过这一档子事来。少年的心，很可爱。

接下来的每个周日，他们已经习以为常地坐在一起听课。杨婉清是个大方的女孩子，她见叶紫羽说话风趣，知识面广，便很有好感。一次课后，他们还抽空去了新华书店选购参考书。时间，就这般在春风中流淌。

天气越来越热，叶紫羽开始对杨婉清充满思念。他常常在复习完功课，上床休息时，心中还好似有一团火，久久难以平静。他在想，这算恋爱吗？离高考还有不足一百天，竟然早恋？太可怕了！这不过是同学之间的友谊罢了。

可友谊这种说法，哄谁呢？

春光一日比一日明媚，时间流转到四月末。

这周日，是高考前最后一次历史讲座。

叶杨二人还是坐在原来的位置上。

叶紫羽记得清清楚楚，从他参加的头一次讲座算起，刚好八次。也就是说，他和杨婉清见了八次面了。他们已经有八次同桌听讲了。他发觉，自己居然对数字敏感了。

这次，他们聊到了高考。叶紫羽问杨婉清："你打算报考什么专业?"

杨婉清不加思索地回答："我想读法律。"

"法律？做法官?"叶紫羽没料到她的理想是这个，于是调侃道："一等公民大盖帽，吃了被告吃原告?"

"我可没这么想，我想做律师。"

"律师？港台剧看多了吧？戴假发套，披黑法袍，很有点侠女的感觉？不过国内穿得跟军装似的，狠巴巴地满吓人，可没那么英姿飒爽。"

"当然不是!"

杨婉清突然提高声音，打断了叶紫羽的话。这是她心目中一次次憧憬过的职业，她不喜欢别人拿她的理想随便开玩笑。

"现在中国正迈入市场经济，人们的物质生活水平不断提高，自我保护意识、维权意识都不断加强，社会的发展需要大量精通法律的人才。而生活中之所以出现这么多目无法纪的事情，原因之一，就是犯法的和受害的法律意识都相当淡薄。考律师，是我上高中后一直以来的心愿，你以为我是什么？就爱傻看肥皂剧的小女人？”

杨婉清有些激动地说着，眼中还透出一丝嗔怒。

叶紫羽没想到她会这么大反应，顿时有些尴尬。好半天，他才不自然地笑笑，自我解嘲说：“别生气好吗，我没那么深刻呢。你想做律师，我当然衷心祝愿你考取。你知道律师的最高境界是什么吗？”

杨婉清其实没真生气，只是装作不想理他，她觉得该冷淡他一下，让他认个错才对。可听他这么一问，又不禁疑惑：“最高境界？”

“是啊，”叶紫羽说：“最高境界就是颠倒黑白起死回生指鹿为马。”

杨婉清不解：“什么意思？”

于是叶紫羽娓娓道来：“你想啊，律师的嘴劲可得好。黑的能说成白的，死的能说活。把鹿说成马别人都信，这口才多了不起！你要是在为被告辩护时，能说得原告都发自肺腑地相信自己是诬告，这不就是最高境界吗？那还怕有打不赢的官司？你一准儿能成大律师。”

杨婉清听完他胡诌，气也没了，咯咯笑出声道：“吹牛吧你，那你想考什么专业？”

“我？当然是考做官的专业了。”

“做官？”

“是啊，毕了业，一出来就当官。我都看好了，考上军校，毕业后起码是个中尉，这就算科级干部了吧，正九品！”

杨婉清忍不住大笑：“这思想可不好，子弟兵都为人民服务呢，哪有这样的？不过呢，我还是衷心祝你考上吧。”

她看着叶紫羽，开心而真诚地说道，不料叶紫羽脸上一下子没了神气。

杨婉清察觉到他的脸色变化，问：“怎么了，我说错什么吗？”

叶紫羽虽有些黯然，却故作轻松地答道：“没什么，只是我怕很难有机会了，因为以我现在的成绩，高考可能会比较吃力。”

杨婉清皱皱眉：又问：“你干嘛这么想？”

叶紫羽挠挠鼻梁，无奈地说：“我的数学和外语很够呛，偏偏今年高考搞什么3加2，不考地理了，这本来是我的强项，倒霉。咱们国家真是的，外语成了最主要科目，比语文都重要。我还不信人人懂外语，老外就拿我们当回事了。外语不就是个工具吗？没见老外懂中文引以为豪的，怎么中国人懂外语就高人一等似的？这鸦片战争把中国人打懵了吧，现在还没缓过神来。”

叶紫羽大发牢骚。杨婉清已经呵呵笑开，故作生气道：“你是在说我吗？我就喜欢外语。”

叶紫羽忙说：“那倒不是，我只是不乐意，为啥把外语的地位摆那么高，好像不懂外语就不是中国人似的。至于中文好不好反而没关系了。”

杨婉清调侃道：“看你忧国忧民的，别给自己学不好外语找借口。”

说完这话，她先捂着嘴笑开，顿了一顿，又看着叶紫羽说：“你现在可不能灰心，还有时间，我相信你能考上。”

“为什么？”

“我这么认为。”

叶紫羽笑了，“你凭什么这么认为？”

杨婉清也是一笑，清澈的双眼盯着叶紫羽，清晰地吐出两个字：“感觉！”

叶紫羽心头一震，转头盯着杨婉清，他突然很感动，脸庞有些发烫。少年的心，最容易被信任打动！而这种信任又是那么单纯、坦白。

“这样吧，”杨婉清像是在思考什么，她沉吟一下说：“要不从现在开始，我们保持通信，两天一封，双方都用英文写，我的信你可要仔细点读，你的信中要是有语法呀、拼写呀什么的错误，我在随后的回信中就给你指正出来，这样到高考前，我们能通三十封信……”

说到这儿，杨婉清白晰的面孔突然一红：“我想这样一来，一定能促进你的外语提升，你觉得好吗？”

叶紫羽不由自主地又用右手食指摸摸鼻梁，他感觉鼻子有些发酸。

“好啊，当然好啊！Very good！”

“你用这么大声吗？”

“我这是发自肺腑地喜出望外加情不自禁！”

“行了行了，我看呀，你也就懂这俩单词了。”

“哪儿能呀，还有 good bye 呢。”

……

两人兴奋又开心地斗上了嘴。

五一节，叶紫羽同杨婉清忙里偷闲，相约去动物园玩了一天。同时约定，剩下的时间一定好好温习功课。高考后，再找风景区旅游，痛痛快快玩一回。

在公园的这一天内，叶紫羽对光荫似箭这个成语有了深刻体会。这是他有生以来第一次同女生单独出游，记忆中最深刻的，是经过一个小土坡时，叶紫羽一步跨了上去，可杨婉清却老半天上不来，他想伸手拉她，又没敢，犹豫了一下，杨婉清已自己攀过一根树枝上来了。

叶紫羽为自己的突然胆小痛心疾首，后悔莫及。

叶紫羽的变化，很容易被陆禹皓发觉了。他看见叶紫羽的学习劲头大涨，特别是一直头疼的外语，跟绑上火箭助推器似的，书包里成天放本砖头似的英汉大辞典也没叫累，就在心里琢磨这小子吃错什么药了吗?

这天课间，陆禹皓逮着叶紫羽问："你最近学习势头不错啊，上哪儿受刺激了?"

两人一直是最要好的朋友，叶紫羽便不隐瞒，把同杨婉清的事情原原本本地告诉了陆禹皓。陆禹皓一听大笑，说："我早发现你看她那眼神儿不对劲了，果然如此，你早恋了！高考前玩这一出，你可以啊。不过话说回来，这早恋也不都影响学习啊，你这不还促进学习了嘛。"

两人都乐了。叶紫羽说："其实重要的还是她的鼓励，让我觉得，既然选择了高中，而不是中专或职高，如果没机会上大学，真不知干什么好？我想，学习也罢，工作也罢，一生中会碰上很多困难。有的困难回避不了，就只有去克服它。这个高考，算它是一个回避不了的困难，那就只有考上，争取到接受高等教育的权力。我真想我们再做几年大学同学，那才爽呆了呢!"

这书生意气式的话语，不禁也让陆禹皓动容。他同叶紫羽一样，成绩只是中等，考大学也有些难度。陆禹皓的父母对儿子同样寄予厚望，他母亲在今年年初已经转业，到了一个时间宽松的机关单位，就是为照顾好儿子高考前的生活。

叶紫羽的斗志鼓舞了陆禹皓，是啊，这是我们的权力，一定要争取到接受高等教育的权力。上这么多年学，不就为了这个吗?

在叶紫羽心中，高考已不只是家长的寄望。他想，如果他考不上大学的话，他将如何同杨婉清继续交往?

其实，叶紫羽内心，委实对这种教育制度有些反感。所谓的标准化答卷，对一个人的终生竟有这么大影响！难道一个人的能力，就是这几门功课的分数能衡量出的?

他记得去年的时候，曾在一些课外杂志上，看过某些名人的小故事，有说大学者罗家伦当年报考北京大学，国文满分，数学零分，校长蔡元培慧眼识才，破格录取。多年后，当罗家伦成为清华大学校长时，又一个叫钱钟书的学子来考清华，数学得了两分，但国文非常优秀。这回，伯乐变成罗家伦，他仍将钱钟书破格录取，使后者亦成为一代国学大师。罗家伦幸甚！钱钟书幸甚啊！

不过再往后，此类佳话便少了。据说琼瑶小时候，就因为数学只考了 20 分而自杀过。叶紫羽曾试同父亲探讨这些问题，谁知叶成煊大手一挥，不容反驳地说："时势造英雄，他们要是生在现在，一样被老师赶出教室，课后肯定还得请家长。时代不一样了，哪能这么类比？"

尽管叶成煊心中未必真这么认为，但面对即将高考的儿子，他只能这么说。

当时恰逢纪念毛泽东诞辰一百周年，叶紫羽还特别钻研起毛主席诗词来，竟将毛泽东所有的诗词都背得朗朗上口。他还把毛泽东早期在家务农时写过的一首小诗《蛙》抄在床头：

独坐池塘如虎踞，绿杨树下养精神。
春来我不先开口，哪个虫儿敢作声？

见儿子陡然用功许多，叶成煊大感欣慰。虽然他在口头上并没给儿子施加压力，但心中委实太想儿子考上大学。他还见儿子用英文写信，觉得奇怪，问他写给谁的，叶紫羽说不是写给谁的，只是用这种方式练习英文写作，他也就信了。

现在，杨婉清成为叶紫羽心中的一个尺度，他认为自己必须到达那个尺度，才有同她交往的权利。英文书信的往来，让叶紫羽学习英文的劲头大增。但杨婉清来信的内容，都和学习有关，看得出她甚至会故意找一些语法上的问题来讨论，以便叶紫羽在阅读的同时，掌握更多知识点。

俗话说得好，上帝都会偏爱努力的人。这时候，叶陆二人除在课本中埋头努力外，又有了一个意外收获。陆禹皓在 100 米短跑项目上，达到国家三级运动员标准。按规定，可以在高考总成绩中加 20 分。而叶紫羽参加全省中学生作文竞赛，获一等奖，在省级以上赛事获一等奖的，同样有 20 分的高考加分。

消息传来，整个年级的同学都羡慕不已。这让二人越发斗志昂扬。叶紫羽迫不及待地把这个消息写信告诉了杨婉清。

时间真是一晃而过，马上高考就来临。

杨婉清的最后一封英文信中，表达了她对叶紫羽的祝愿，祝他高考成功。

这段时间，每个高考学生的家庭都围绕着他们紧张转动。吃的喝的，尽量满足，各种保护措施也想得周全。

叶紫羽复习累了休息时，曾想到岳飞岳武穆，朝廷下令他班师，他感叹“十年之功，毁于一旦。”可这高考，还是十二年之功毕于一役呢，对每一个莘莘学子来讲，其压力不可谓不大。不过他想到岳飞，学校领导也想到岳飞。教导主任就拿岳飞鼓励他们，让他们“直捣黄龙，考上大学”。于是叶紫羽就怕捣不成黄龙，那感觉自己跟秦桧似的，岂不无辜？为了不做秦桧，也得考上大学啊。

他想起书中介绍杭州岳王坟前有一副对联是：

“青山有幸埋忠骨，白铁无辜铸佞臣。”

他心中也冒出副对联来：

“青山有料建大学，考生无能卖白铁。”

二、七月流火

写字台上的日历终于翻到这一年的七月七日。

叶紫羽一路胡思乱想着到了考场，就看见很多家长陪同自己的儿女一起，有的手拿扇子，有的手拿矿泉水，正抓紧这最后一点时间，为自己的孩子加油打气。叶紫羽没让父母陪同，父亲为人清高，觉得在场外等候儿子毫无必要。若母亲来了，他也只会更加紧张。

临考前，叶紫羽说不出是什么心情。宣读考场纪律时，他愣是一个字没听进去。他有些不安，有些激动，这时又想起外语老师说的，是骡子是马拉出来遛遛，高考就是检验你们是骡子还是马的时候了！

他觉得这个比喻实在不怎么恰当。难道我不是骡子就得是马？一个被人赶，一个被人骑，都没什么好。我还不如是驴呢，两眼一抹黑，就围着磨盘转呗，还省心呢。他又想，其实他不就是驴吗？这么多年，不就围着高考这个磨盘在转？都转了十二年了。而且不光学生，老师不也围着高考这个磨盘在转吗？也不光是老师，还有校领导、教育局。

叶紫羽在领到高考第一张试卷前三分钟终于开悟：这就是遛驴呢！收官的时候到了，他要不好好遛，回头只怕被父亲揍成驴肉火烧。学校要不好好遛，就是个遭瘟的驴栏，以后哪头驴还愿意进啊？招生都没地方招，就只能收蠢驴了。呀哈！寻思到真理，叶紫羽很想放声大笑。可他还算警觉，突然想到这时候大笑三声，监考老师一定会认为他紧张过度，发神经了，说不定没开遛就把他扫地出门。所以他忍住笑，等着试卷发下来。

拿过试卷，叶紫羽立即平静。第一门考语文，是他拿手的，所以他毫不担忧。语文试题前几题总是给出四组特别生僻的词语，让考生选择其中读音完全正确的一组。这种题不知意义何在，分值还挺高。平常同学们最厌烦这种题目，想来出题人也是在汗牛充栋的古籍中翻来找去，真要拿一组让他们自己答，只怕也要念得七荤八素，舌头打不过弯来。

可紧接着的填空题，却让他着慌了。第一题是："他山之石，________。"叶紫羽一看不会，想想拉倒，填了个"他山之石，任意开采"；再看第二题："________，勿施于人"。他更头疼了，又不会。没法子，咬咬牙填了个"残羹冷饭，勿施于人"；到第三题"桃李无言，________。"天哪，还是不会，他想死的心都有了。老天爷是在跟他开玩笑吗？无奈之下，他只有哭丧着脸写了个"桃李无言，香飘十里"。

这几道题显然是得不了分的，叶紫羽感觉太糟心了，以后谁要说文学功底好，他非得找人拼命不可，这不是明摆着寒碜人吗？解答完所有题目，他还得赶紧写作文。这次的作文出人意料，以《尝试》为题，写一篇记叙文。叶紫羽复习过自 1977 年恢复高考后的所有作文题目，知道这是自 1988 年高考作文以《习惯》命题以来的第二次，其间数年全部考议论文。所以平常的作文训练中，语文老师都以议论文为主，从未让同学们写过记叙文，这令到好多同学措手不及。还好叶紫羽并不惧怕作文，稍一构思，便动笔如飞。一闪念间，他为陆禹皓担心了一下下，陆禹皓的作文向来平常。

叶紫羽埋头就写，却未料到犯了个错误。题目要求，作文在 700 字左右，并且在试卷中标出了 700 字所处的位置。叶紫羽都没细看，自顾往下写，等写到标有"700 字"位置的时候，才猛然惊觉。他知道高考作文的字数太少或超过得太多都要扣分的，于是赶紧刹车，控制字数。

匆忙写完，他读了一遍，对文章很不满意，前松后紧，详略不当。可是无法修改了，别说没时间，就是作文纸也只有两张，哪有多的给他？

语文考完，叶紫羽略有些遗憾，感觉发挥并不出色，这可是他的优势科目。回到家，母亲准备好饭菜，为了不给他压力，也没问考得如何。他也没多想，后面还跟着四科呢。吃完饭，又开始忙着复习数学。不过这之前，他查了查几道填空题的答案，然后想从今以后，他化成灰也不会再忘记这三句古典名言了：他山之石，可以攻玉；己所不欲，勿施于人；桃李无言，下自成蹊。

接下来两天，分别是数学、外语、历史、政治。

考数学的时候，叶紫羽最是心惊胆战，心想能拿 60 分就算保本，多一分都只当赚了。他一直很汗颜，什么时候自己的数学成绩变得这么差劲的？记得上小学时，他参加数学竞赛还获过奖呢，解应用题的水平在班里无出其右。他记忆犹新的是，有回老师表扬他说，最近一段时间的难题，都是叶紫羽回答的，差点儿没把他乐到天上去。可到了中学以后，他的数学功课就越来越跟不上趟了。父亲曾奚落他说，小学数学算个啥？小学那叫算术，中学那叫代数。算术学得好，也就是个加减乘除；代数学不好，说明你逻辑思维太差。

叶紫羽心头恨恨，照父亲的说法，自己何止逻辑思维差，抽象思维岂不更差？他面对立体几何时，更是头晕眼花，不寒而栗。以至多少年后，他都非常佩服那些数学学得好的大神们，他们怎么就能从虚线中看出立体感的呢？

高考自然少不了这类题目。有几道试题要求计算几何图形的角度。叶紫羽完全不知如何着手应对，索性拿过半圆的量角器，比着图形去量。心想，管他呢，量出多少是多少，否则他一整天也不可能算得出来。

这种方法不管对错，应付填空题可以，总能有个数字往上填。但计算题就不行了，计算题要求写出计算步骤，他用工具量的，上哪儿找计算步骤去？

最后的函数与几何证明题，分值非常高，可是要让叶紫羽搞明白函数关系，并不比让他分辨蝌蚪是公是母来得容易。几何几何？他只知道对酒当歌，人生几何。嗯，这还是建安才子曹植的老爹说的呢。所以同样的，他只能带着淡淡的忧伤，胡乱画些公式在卷面了事。如此一来，选择题基本跟着感觉走，填空题基本靠着量角器，证明题基本不知所云，计算题基本鬼画桃符。交卷后，他的一张脸也基本成了苦瓜。可怜叶紫羽的数学高考啊，就这么稀里糊涂惨不忍睹地过去了。

上午考完数学，下午还得考外语。对叶紫羽而言，又是一道鬼门关。高考的第二天真是杀机四伏啊。吃中饭时，他没一点胃口。本想利用中午休息时间，好歹背几个单词，未曾料到，他刚默背一小会儿，竟然睡着了！大半个小时后醒来，懊恼得真想扇自己两耳光，这什么人啊！

下午叶紫羽坐进考场时，心情最是紧张。发放试卷时，他侧头往隔着几排的陆禹皓看了看，见陆禹皓毫无反应。他心中叨念道："老天保佑，中华民族可到了最危险的时候了！"

外语首先考听力，叶紫羽继续发扬跟着感觉走的理念。然而在完成大量英文阅读时，他意外发觉竟不是很困难，基本都能读懂并回答上，这让他喜出望外。

其实，学好外语，词汇量很重要，语法只是小节。叶紫羽这段时间因为与杨婉清用英文信件频繁交流，在英语学习上颇为用功，碰上写不出来的单词，就去翻查字典背诵。不知不觉中，词汇量大增。他越答题心头越是轻松，第一次感到这些怪头怪脑的英文字母原来也有几分可爱。外语考试最后一道高分题，是根据一则事例，用英文写篇通告。这对于近两个月写了三十封英文信的叶紫羽来说，得心应手。他一边写，一边在心头暗暗感激着杨婉清。

第二天的科目终于考完，叶紫羽长长地舒了口气。因为最薄弱的环节已经挺了过去。吃过晚饭，他跟父母说要出去散散步，放松一下。叶成煊知道第三天的科目是儿子拿手的，不用太过担心，心想让他换换脑筋也好，便点头同意。

的确，对叶紫羽来说，高考能不能过线，就是看第二天这两门科目的临场发挥，其他科目基本不会有变数。熬过这一关，他是得好好透透气。不过他下楼后，竟然鬼使神差地偷偷骑车跑到了杨婉清住的楼下。他自己也不理解自己的行为，因为他明白，今天不可能约对方见面的，却又控制不住前往。

夜幕中，偶有一丝微风刮过，让树叶轻颤两下，墙角草丛里的蟋蟀不住地发出欢快的叫声。望着杨婉清窗户中透出的淡淡灯光，叶紫羽想象得到，她此刻一定专心致志地坐在写字台前，任风扇吹拂着柔顺的长发，眼睛盯着书本用功地复习呢。他不敢也没想过要出声呼唤她，他就这么静静地在她窗外待上片刻，便已心满意足。

耽搁一阵子后，他又骑上车赶回家中。

第三天，阳光明媚。上午考历史，这是叶紫羽最拿手的科目，无需担心。因此一路从家骑着自行车到考场，他都踌躇满志。

尽管历史试卷的出题者绞尽脑汁给考生们使绊儿，但叶紫羽都从容不迫，一一解决。他边作答边想，其实考试也并非没有乐趣，只可惜，自己大半功课学得不好，能享受到的考试乐趣，实在不多。

他做完选择题，接着做填空题。然而乐极生悲的事，往往会在一个人正准备笑的时候发生。刚做两道填空题，他就出汗了。只见下一道题是："土地革命时期，中国工农红军创建地跨江西的革命根据地中，除中央根据地之外，还有哪几个?"

叶紫羽瞬间大汗淋漓，他虽然知道是湘赣、湘鄂赣、闽浙赣三个根据地，可这"赣"字却死活想不起来怎么写的了?他在稿纸上划来划去，揣摩着"赣"字的写法，却始终不得要领，直到稿纸的正反面都划满字痕，还是不确定。时间嘀嘀嗒嗒，他实在逼得无法，明知得不了分，只能硬着头皮写成“干”字了事。

一时间，叶紫羽欲哭无泪，心里那个苦啊。他若完全不知答案估计还好受些，可偏偏头脑短路，写不出赣字了？亏他平时还好意思吹嘘自己中文功底深厚，关键时刻连个字都不会写，岂不是天大的笑话吗？

眼睁睁看着损失三分，叶紫羽一边痛心不已，一边无可奈何地往下答题。这高考的每一分都有可能决定一个人的命运啊！他的情绪已经受到严重影响。

可巧，接下来的题是：“日耳曼民族很早就居住在莱茵河及什么河之间？”

叶紫羽写下正确答案“多瑙河”。

这不由让他想到同杨婉清初次见面时的情形，正是婉清告诉他这个“瑙”字的写法，让他顺杆儿搭上话题，才促成两人的相识。往事一下历历在目，叶紫羽胸中一阵暖意泛起，心情方才慢慢镇定。他想，毕竟只是三分，还是抓紧时间做后面的题吧。

好在余后的题目完成都较为顺利。离交卷还剩三分钟时，他已答完全部试题，并略作检查。这时候，叶紫羽顽心大起，翻到上面那道填空题，在一旁打个括号，写下一行小字：“哀哉！蒋干盗书，本为立功，惜干错矣。”出得教室，方有些后怕，高考事大，岂容儿戏？

终于，七月九日下午，总算冲刺到最后关头，只剩下一门政治。

政治试卷主要靠死记硬背，外加投机取巧。考前叶紫羽和同学们都背诵了大量题目。看到熟悉的题目，就欣喜若狂；看到陌生的题目，也想尽办法长篇大论。反正叶紫羽的原则是不让政治试卷留下空白。

120 分钟过后，随着政治考试结束的铃声响起，这一届高三学子的高考使命终于落幕。

叶紫羽走出考场，看了看表，16 点 30 分。这也算是一个历史性的时刻了吧。

阳光刺眼的照射在操场上，却并未让他感到灼热。他看见他的同学陆禹皓、刘轩、柳溢雅、蒋妍希等人，一个个走出教室。他们的脸上，都挂着轻松而愉悦的笑容，这是发自内心的。校园中已经欢声如雷，所有的考生都在欢呼着，笑闹着，操场上随处可见丢弃的、数小时前还视如珍宝的复习资料。

从法律上讲，年满十八周岁才算成年人。可他们心目中，只有读完高中，告别了中学生涯，无论有没有十八周岁，都是成年人了。虽然叶紫羽感觉考得一般，生死未卜，可毕竟十二年用功，现在真正告一段落。所以他和周围的考生们，都被巨大的感慨和难以名状的欣喜包裹着。

傍晚，按照考前约好的，同学们聚在陆禹皓家里，准备玩个通宵，庆祝高考结束。叶紫羽兴冲冲地去了后，发现人来得不少，平常玩得好的刘轩、柳溢雅、蒋妍希、张芷嫣等都到了，一共五男七女，将近班上总人数的一半。另外，今晚还有一场好戏：那就是第十四届世界杯足球赛的半决赛，荷兰 VS 巴西。

饭菜刚上桌，就听刘轩举杯高喊："好歹考完了，值得庆祝。大家干杯!"

柳溢雅冲着刘轩说："现在庆祝什么，要是没考上，该怎么办呢?"

刘轩撇嘴道："这事得听天由命。再说了，这几年的测验你都考全班第一的，谁担心也轮不到你担心吧?"

"这可说不准。"

柳溢雅口头上不无担心，却是一脸笑容。她是班上的天之骄女，成绩不说，模样也是年级女生中最漂亮的，她父亲是一家公司的总经理，家庭条件优越，高年级的同学有不少给她写过情书。可正因为她样样出色，男生在她面前反而有矮一头的感觉，叶紫羽尤为强烈。因为从懂事开始，他便以父辈们为榜样，想着出人头地。最起码，不能让人说他们家一代不如一代吧。

同学们兴致勃勃地聊到半夜，直到比赛开始。当双方球员入场时，蒋妍希突然说："我们猜猜巴西和荷兰谁会获胜吧?"

"好啊!"大家都随声附和。

刘轩又接着说："谁猜中结果，就表明这次他一定能考上大学，好不好?"

众人一阵哄笑，分别报出自己的预测。结果五个女生全部猜巴西获胜，男生中也有两个猜巴西获胜。叶紫羽和陆禹皓本是阿根廷的铁杆球迷，可惜阿根廷队在八分之一决赛时，由于马拉多纳禁赛，输给了罗马尼亚，他们得知后伤感不已。本来荷兰和巴西都是阿根廷的老冤家，但他们更不喜欢巴西，这时便希望荷兰胜出。

今年是中国施行职业足球联赛的第一年，锦城也有一支甲 A 球队，球技一般但是风光无两，吸引了众多青少年的目光。疯狂的球迷还为锦城挣下"金牌球市"的称号。如叶紫羽班上无论男生女生，都对足球评品得头头是道。

这场赛事的比分，此起彼伏，大家又下了高考这样的赌注，所以比赛激烈，他们的笑闹声，更是激烈。虽说谁猜中结果谁就能考上大学，不过是玩笑之语，但所有人心中，却都盼望猜中，以期得到一个好彩头。

上半场，两队打平。无论猜哪一方获胜的，都更加紧张。可下半场开赛不久，巴西前锋贝贝托突然神威大发，一脚劲射，将比分超出。看着他扬扬得意地跑到场边同队友一同跳起桑巴舞，猜巴西获胜的同学都兴奋地大叫起来。叶紫羽和陆禹皓的心止不住往下一沉。最后的结局更让他们黯然无语：巴西队 3 比 2 获胜。

东方发白后，同学们才意犹未尽地各自回家。

尔后的 7 月 14 日晚上，是世界杯决赛之夜，巴西 VS 意大利。双方都获得过三次世界冠军，实力旗鼓相当。叶紫羽这次一个人在家看球，他仍然固执地希望意大利捧杯，可他的内心深处，隐约觉得巴西取胜更有把握。

90 分钟的比赛，双方以 0 比 0 告终，再打加时赛，还是无人得分。天蒙蒙亮时，两队进入到残酷的点球大战。当意大利的领袖——罗伯特·巴乔以生命中不能承受之重，一脚将球踢飞，无奈地仰天长叹时，透过他那令人心悸的、深蓝色的忧郁眼神和寂寥的背影，叶紫羽感觉到，巴乔站在皮球面前时，似乎已经知道皮球会踢飞，可又无力去挽回，这就是他的宿命。后来的事实也证明，这是巴乔离世界冠军最近的一次。

成王败寇，叶紫羽没了心情观看最后的颁奖典礼，他垂头丧气地关了电视。

这期间，他本想去找杨婉清，但最终忍住。他想，还是等成绩公布，上了分数线再去找她吧，否则他心头总没法踏实。

高考分数还未公布，他已逐渐忐忑不安起来，既盼望着早日拿到分数，又怕拿到分数。

时间并不以人的意志为转移，还是一天天过去。

公布高考成绩的那一天，叶紫羽和陆禹皓都不敢单独去学校，于是他们相约一道去领成绩单。一路上，他们很不想碰到班里同学，可偏偏遇见柳溢雅和蒋妍希。两位女生刚领完成绩单出来，一脸轻松，见着两人，笑着打招呼，叶紫羽忍不住问柳溢雅："这么开心，满分吧？"

"去你的，才 582 呢。"

“才582?”叶紫羽心想，干嘛非得用个“才”字，你就臭美吧。市里预估的重点线也就在550左右，她明知道这个分数上重点十拿九稳，说什么风凉话呐。

蒋妍希也不差，530分。

“你们考了多少分?”柳溢雅反问。

“估计能有750。”

“750？满分?”

“我意思是我们俩加一块儿。”

“讨厌，老师就在前面，还不快去。”

“这不正赶着去嘛。”哥儿俩明显英雄气短。

这时，柳溢雅又问：“要我们等你们一起走吗?”

换作平日，叶紫羽巴不得和柳溢雅一路，可这会儿，他只能说：“不用了，我们等会儿还有其他事情，你俩先走吧。”

两人心惊肉跳地领过成绩单，几步走到无人处，叶紫羽才定睛一看，小心脏顿时凉了半截：他语文刚刚100分，差强人意；历史考了122分，实属可惜；政治不高不低90分，还算发挥正常；英语达到86分，大有进步；可恨的是数学，才40分，零头都不够。总分：438分。再看看陆禹皓的，总分440分。哥俩还真是一对好兄弟。

他们心中，对这个分数感觉不太妙。

又过了几天，上线分数公布：490分！他俩果然差了一大截。就算加上别人羡慕不来的20分的总分加分，也都杯水车薪，无济于事了。这回，两人真成了难兄难弟。

其实，这也在情理之中，叶紫羽对高考本无十分把握。现在，他感到非常难受，心头一遍遍地浮现出杨婉清。他想婉清肯定考上了，但他没考上，他还怎么同她交往？他又想到父亲，父亲在五十年代都能考上重点大学，而他呢，九十年代，世纪末了，在日益重视学历的社会，他却连接受高等教育的权力都没争取到，他还能做什么？人以群分、物以类聚，这时候柳溢雅、蒋妍希家里，也许正在举杯庆贺，喜气洋洋呢。他向来自负文章写得好，可这有什么用？现在是20世纪末，不是20世纪初的钱锺书时代了。金榜题名未竟时，几家欢乐几家愁。他似乎有点理解为什么以前总有人因为高考落榜而自杀了。

陆禹皓心里，同样难受至极。母亲为了他，提前转业到地方，几个月来，无微不至地照顾，不就是希望儿子争口气，考上大学吗？可怜天下父母心，他还是让父母失望了。

接下来两天，叶紫羽没有出门。他没去找杨婉清，只是又给她写了封信，这次用的是中文。他告诉她，谢谢她的帮助和鼓励，才让他高考取得了438分的成绩，可惜的是，仍然没能上线。然后他祝愿她考上满意的大学。

信寄出后，他想，婉清会明白他为什么不去找她了。

这天晚上，他信手在纸上填了首《浪淘沙》的词。这半年多来，因忙于高考，还一直不曾写过。格律诗词的填写自然也是父亲教的，不过叶紫羽很有这方面天赋，只是这对高考毫无用处。词曰：

扬手去雨帘，苍茫一片。远处风景已成烟，纵能相望难相见，怎了心愿？

流水不复涵，渠道万千。别时容易见时难。花开花落人归去，从此无缘。

叶成煊倒没有责怪儿子，尽管他心里也不是个滋味。他并非气恨儿子没用，也不会因此骂儿子没出息。子不教，父之过。实际上，他对儿子是很欣赏的，认为儿子继承了家族的很多优点。他更多的还是不甘心，他不甘心儿子怎么会连大学教育都无法获得？他只是个极为普通的父亲，没有权势去为儿子谋取什么，他对儿子下一步该怎么走也迷惑了。

父母虽然没有责备叶紫羽，但他知道，父亲心中一定充满深深的失望。高考前，他好像对能否考上不是很在乎。考完后也隐约想过考不上怎么办？但这个念头只是一闪而过。如今事实摆在面前，他才感到迷茫和束手无策。父母亲每天仍然早早出门上班，他总是等他们走后才起床，尽管他比他们更早醒来。

今后该怎么面对生活？

叶紫羽在家中待不下去，不愿见任何人，包括他最好的朋友陆禹皓。两人都落榜了，见面能说些什么？相顾无言，唯有泪千行？他开始每天走出家门，在街上漫无目的地溜达。一开始，他绕着一环路走，后来，又顺着南河边走。走得双腿麻木了，就在河边随意坐下。

市政府正在开展声势浩大的南河治污，作为国家“九五”计划期间，本市的一个重点工程。南河是这个城市的母亲河，作为岷江的支流，从城中穿流而过。相传三国时期，诸葛亮送邓芝出使东吴，便从这里出发。“窗含西岭千秋雪，门泊东吴万里船。”叶紫羽小时候，还可以在河中畅游。但近几年，这条河已经像条破麻袋一般腐臭不堪了，黑黑的河水自西向东缓缓流淌，水流慢得用肉眼几乎看不出，成一潭死水了。人们对她由怜惜到厌恶，于是又更加作践她，更加肆无忌惮地把一切工用、家用的污染朝着她的身上倾泻。

治理南河一直是本市政府的重大议题。终于，在这一届官员手中开始了实际行动。这必将成为他们斐然的政绩，书写在这个千年古城的历史上。

现在，河中正热闹着。治污的首要环节，是清除掉河中沉积多年的淤泥，这些淤泥也是臭气的元凶。叶紫羽茫然地看着河中攒动的人头，上百号民工正用铁铲将散发着恶臭的污泥铲到一担担箩筐中，再挑上河堤，倒入卡车中拉走。

民工们全部光着膀子，穿条短裤，来来回回泡在这条市民们嗤之以鼻的臭水河中，辛勤地劳动着。近年来，大量农民进城打工，城市中脏乱差的工作，几乎都是外来民工在干。市民们一边嫌弃着身边脏乱土气的农民工，一边因为着他们的劳动而养尊处优。

叶紫羽原来也有几分瞧不起外地民工的思想，现在突然感到，他根本不配嫌弃他们。他们从外地来到这个城市，靠自己的双手努力生活，努力拼搏，为这个城市的繁荣与美丽做着奉献。而自己呢，现在就像这座城市的寄生虫。

晚上回家，他的父母都已下班，并做好晚餐。这真是一段尴尬的日子，叶紫羽完全没有胃口，吃完饭，便回到自己房间。叶成煊也没什么胃口，他不知该同儿子说什么好，他并不想责怪儿子，可他也不想去安慰儿子。对于儿子今后如何，他一时也有些把握不住。

叶紫羽就这样从早到晚，毫无目的地在南河边上闲逛了几天。他思考了无数次今后怎么办，却还是不知道怎么办。去找个工作？开玩笑，手不能挑，肩不能担，一无学历，二无经验，能找什么工作？他悲哀地发现，他只能毫无办法地待着，成为一名待业青年。

叶紫羽有一种深深的绝望，他感到窒息。

直到这天，他再次来到南河边上，又傻坐几个小时后，突然萌生出一个想法，于是站起身来，朝着河对岸的工地走去。

七月的暑气中，工地上人人汗流浃背。叶紫羽看到，一间房门口挂着块“队长室”的牌子，屋里的吊扇呼呼转着，一个 40 来岁的汉子，手里拿着个大茶杯，正在往里续水。叶紫羽走进去，毕恭毕敬地鞠了个躬，开口说道："队长，您好！请问您贵姓啊?"

中年汉子转头看了他一眼，有些诧异地说："姓刘，有事吗?"

"刘队长，您好。是这样的，我想问问您这还要人吗？我想找份临时的工作干干。"

"你到这儿来找工作?"

刘队长笑了，"活儿倒是有，你干得了吗？看你的年纪是学生吧，老师要你们暑假搞社会实践啊?"

叶紫羽忙道："不是的，我刚高中毕业，还没工作，一个人在锦城，就想找份工做着，累不累根本无所谓。"

刘队长又上下打量了他一眼，问："你是哪里人?"

叶紫羽没说本市，回答自己家在另一个县城，只是在锦城一所中学借读。

队长又问："有身份证吗?"

叶紫羽说："没有，但有学生证。"

"拿给我看看。"

叶紫羽连忙掏出学生证。刘队长看了看后，沉吟了一下，说："这边河段不要人了，但在苏桥河段还需要挖泥巴的工人，苏桥属于远郊，离市区有20多公里，比较偏僻，干完活没地方去，就只有睡觉，没什么玩的，所以很多人都不愿意去那边上工。起码在这里，晚上还可以看看录像，逛逛夜市啥的。你愿意去吗?"

这倒正中叶紫羽下怀，他一口应承。去远郊正合心意，要是在这里，他还怕碰上熟人呢。

刘队长又说："那好，反正这份工作按天数算钱的，一天8块钱，工地上管吃住，你愿意干，明天上午10点到这来，我带你过工地去。"

叶紫羽爽快地答应了。

回到家，他跟父亲说，一个同学的叔叔在负责南河苏桥段的清淤工程，他们准备过去打打零工，估计要一两个月，反正现在也没事干。叶成煊先是一愣，问他去做什么？叶紫羽说做物管，就是早上把工具发给民工，晚上再收回来，对上数就行，很简单。

叶成煊知道他待在家中难受，想想有事干干也好，就点头同意。叶紫羽告诉父亲，这段时间他就不回家睡了。

三、在河之洲

第二天，叶紫羽带上几件衣服和一张凉席去了工地。登记后，便坐上卡车前往苏桥。

苏桥工地四周都是农田，一条省级公路从不远处穿过。民工宿舍是个大而破的房间，横七竖八放有三十多张上下床，也就是说，这里要住上七十来个人。这边工地的队长也姓刘，他把叶紫羽领到房间后，对他说："随便找个空位，铺好床，下午上工。"

叶紫羽答应着，心想这里的气味怎么这么难闻？他硬着头皮四处看看，还好一扇窗户边的上铺没人，便走过去，把凉席铺好。

中午，民工们从工地上回来，宿舍里顿时就热闹了。众人的汗臭、泥臭，在这么个空间散发恣意散发，熏得叶紫羽头晕，直想吐。临铺的民工见来了新人，都过来打招呼。叶紫羽的模样让他们有点奇怪，这个看上去学生模样的人也是来淘泥巴的吗？

刘队长又过来，指着三个人告诉叶紫羽："这几个是'老家伙'、小张、小万，以后你就和他们同组干活。"

叶紫羽连忙向三人问好。小张、小万二十来岁，都拍拍他的肩头以示友好。当他管那个五十余岁的男人叫大叔时，小张说："你看他那个样儿，叫他'老家伙'就行。"众人一起大笑。老家伙倒也不生气，咧着嘴，露出一口烟熏的黄牙一块儿笑，脸上皱纹一道一道的。叶紫羽只好跟着笑，然后介绍了自己的姓名。

中饭后，宿舍里变得异常安静。在这种炎热的天气下干体力活，非常累人，所以要抓紧时间休息。

下午开工时，小张叫叶紫羽拿把铁铲下河滩。换衣服时，小张叫他不用穿上衣，待会儿泥水一糊上身，难受得很。叶紫羽不习惯光着膀子，死活也要穿件短袖T恤，别人也就懒得管他。

工作果然辛苦。肮脏的污泥内什么都有，砖头、破瓦、瓶子、铁皮盒，很多人脚底被划破口子。民工们四人一组，两人负责铲泥，两人负责将一筐筐泥挑上河堤，倒进卡车，干上一段时间再相互轮换。

三伏天的日头下干重体力活，人们很快汗流浃背。半干涸的河床被蒸发出一股恶臭，叶紫羽随时都觉得自己快要窒息了，这才发现穿上衣纯属多事，这时候真恨不得连仅用来遮羞的短裤都揭了去。后来小张才告诉他，原本是有人一丝不挂地干活，被领导瞧见了，说太影响市容，公路上随时可能有大姑娘小媳妇路过，看到不得羞死？才下令民工们至少得穿条裤头。

叶紫羽将脏污的T恤脱下，索性也不要了，扔进箩筐。他本全身都是污泥和汗水，这时脱掉上衣，上半身倒白白净净，在阳光下还挺耀眼，同周围的“黑人”们对比非常明显。毕竟他从小在城市中长大，要不是高考锉了，何尝干过这样的苦力？只听小万道：“这小子皮真白，还真像个女人的身段呢。”众人一阵笑。

在河滩下铲泥，叶紫羽还勉强顶得住。但换班后，轮到他去把两筐淤泥挑上堤岸时，他便吃不住劲了。以前偶尔看见农家孩子挑水，他还觉得好玩，现在肩头有生以来第一次挑起这么副担子，才发觉根本不是那么回事。当真应了一句老话，叫作看人挑水不吃力啊。别人都挑着泥在他身边来来往往，他却使着吃奶的劲一步步向前挪。这里是不会有人停下来帮助他的，所有的人都有自己的工作量，都在忙碌，都不轻松，完不成是要扣钱的。你要是干不了这活，你完全可以不来这里。所以叶紫羽只能咬紧牙关，一步一步向前。

总算上到河堤，叶紫羽已经没力气把淤泥倒进卡车了，只有招呼旁人搭把手。他看看自己的肩膀，仅仅这么一担，皮肤已经破了，渍着汗水，一阵钻心的疼。

等他返回河滩，同组三人大为不满，小张已经担走三担。他们接不上趟，河床下的人没法往筐里铲泥便无所事事，要是被队长瞧见，以为他们偷懒，被辞退或是扣工钱，那就麻烦了。所以三人都阴沉着脸，表现出极大的不耐烦。

叶紫羽无话可说，他少干别人就得多干，谁会有好脸色？他只得赔笑道：“对不起，几位哥哥，我第一天来，不适应，过两天就好了，真对不起……”

他一连串的道着歉，可三人谁也没搭他的话茬儿，只是一脸厌烦和不屑。

太阳底下，人人疲于劳作，就算是性子随和的人，也很难有个好心情。

很快又堆满两担泥，小张担起一担走了。叶紫羽知道自己无论如何也挑不动这一担。其实他心头也有气的，他才刚来，又没人教他，也没人跟他讲过工作守则一类的东西，就这么直接扔到工地上来了，难道对待新人上岗不该有个学习的过程吗？

但工地上的人不这么想，这又不是学开飞机，还得在教室里吹着风扇讲半天？这就是拼力气的活，没有干不了的，不想干就是偷懒。所以干这种体力活的劳动者，最鄙视的就是偷奸耍滑不肯下力气的人。

可叶紫羽实在是没办法，他硬着头皮，堆起一脸谄媚的笑容，低声下气对小万说："万哥，真对不起，您能不能先帮我挑上去，我来铲泥，等明天……"

他的话还没说完，小万已经气急败坏地把铁铲一扔，也不看他，很不爽地骂道："明天个屁啊，干不了就别来嘛，烦死个人，挑个箩筐都挑不好。"

骂归骂，可小万也知道每组担上去的都有筐数记录，完不成规定筐数，是要扣钱的，所以他只得骂骂咧咧地把泥筐搁在肩上，朝叶紫羽恨恨一瞪眼，挑起扁担走了。

小万的骂声引起周围一些人注意，但大家只是看看，没说什么，"老家伙"在一旁咧着嘴瞧着他叹了口气，又朝旁边的人摇了摇头，那神情仿佛是说，跟他在一组，他们算是亏了。

叶紫羽可怜兮兮地站在边上，他没想到头一天上工会和人们搞成这样，难道这就是社会的现实？高考落榜，连泥巴也挖不好，也被人瞧不起，原来自己真的这般没用。

叶紫羽茫然呆立，眼泪夺眶而出。他没有去擦，任它在脸上哗哗地滚动，又埋下头拼命铲泥。没人注意到这一点，因为所有人脸上都流淌着豆大的汗珠，和泪珠没有区别。

傍晚收工后，众人先是洗澡吃饭，然后三五成群地坐在田里乘凉。如刘队长所说，这里跟野外一样，的确没什么好去处。不用干活后，人人都很无聊。唯一热闹的是一大帮人围着一个精瘦男子，听他讲着社会上流传的荤段子。还有几个人在听收音机，也不知道他们想收什么台，调来调去，突然一个人站起来说："别找了，那种节目，都要等后半夜才播，就是为了给两口子上床后享受的嘛。"这话又引起一阵笑。

叶紫羽坐在一旁，没人搭理。他也知道，今天的表现让这帮人都有点瞧不起他，虽然其他人不跟他同组，可他们会有共鸣，这么点子力气都没有，怎么能要？叶紫羽熟读历史，知道人的毛病就是不患寡而患不均。他想，如果明天还这样，他们都会去找队长告状，那他就待不下去了。怎么办呢？他不想两天工夫就回家，家里虽不用干体力活，但那狭小的空间会让他心情更压抑，他无论如何也要在这撑下去。

叶紫羽脑海中反复纠结着下午难堪的场面，心头一阵悲凉。这帮没文化的，虽然他没考上大学，但在他们之中，总能算个知识分子吧？他们也不懂得尊重他一下？他想到李白的一首诗："大贤虎变愚不测，当年颇似寻常人。"他真想把这话写下来，贴到床头上去。可又一想，这帮人要看得懂那才是怪事呢。再说了，这里比的不是知识，是力气。谁让自己这点力气活都干不动呢？他突然想到一个主意。

叶紫羽找来同组的三人。虽然他们爱答不理，他也不在乎。他蹲在他们身边，掏出包烟一人递了一根。这包烟是他昨天来之前专门去买的，原本想看情况送给队长，现在先派上用场了。这点人情世故，他还是无师自通地学到一点。

几个人有点忸怩，叶紫羽硬把烟塞到他们手中。他们的神色也稍为好看一点。叶紫羽也不管他们听没听，自顾自地先说起来："下午的事情，给你们添麻烦了，这样吧，明天的晚饭不在食堂吃，我请客，上集市饭馆，算是感谢下几位，就这么先说定，你们觉得怎样？"

三人听见，吃了一惊，开始认真地瞧他。见他不像开玩笑样子，顿了顿，反而有些不好意思，毕竟，他们都是很朴实的进城务工人员。

小万说："其实，多挑点也没什么，只是……"

"那怎么行，"叶紫羽打断他的话头，"都一样干活的人，是不该让你们多挑，只是我没干过这种活，身子骨还不适应。所以，我想这么办，看看合不合适。"

他看看三个人都认真地在听自己说话，又接着说道："明天我尽量多挑，但只能慢慢增加，所以还得麻烦你们包涵些，然后我每天的工钱分出一半给你们，直到哪天我干的活跟你们一样多了，再另说。你们看行不？"

三人"啊呀"一声，倒怔住了。均想，这力气出多出少，也不是很大个事。如果这小子肯分出一半工钱，那平均每人每天能多挣 1 块 3 毛左右，一个月就多出近 40 块钱，这是个好事呢。大伙儿从农村出来打工，谁不为多挣点钱？这么一想，三人态度完全改观了。

小万说：“如果真这样，我们就要谢过你了，明晚的晚饭，你也不用专门破费了。”

“那不行，饭还是要请的。”叶紫羽挥了挥胳膊，非常有气势地说道。

这时候，下午的那点难堪已经算不得什么。本来高考后一直失眠的叶紫羽，今晚睡得非常香，估计白天的劳动让他实在是累了。

第二天，同组的三人变得对叶紫羽关照有加，常叫他吃不消就少挑点儿，但叶紫羽说不用。他仍然努力铲泥，并且比昨天多挑了两担上堤，他发觉，这不是什么难事，也有一定的技巧，掌握好了，就不会那么累。

下午六点，准时收了工，叶紫羽等人回宿舍洗过澡，换上干净衣服，便一同去了集市的饭馆。集市离工地有 6 公里路，这儿的物价极为便宜，三荤一素四盘菜，一人再来一瓶啤酒，米饭随便吃不算钱，刚好是 30 元消费。

这顿饭吃得极为畅快。叶紫羽心想：这两天太耗体力，工地上那饭菜真不是人吃的，根本没油水，脏兮兮的，要不是真饿，怎么进得了口？还是有钱好啊，在餐馆想吃啥点啥，还有人伺候着。要不自己干脆同陆禹皓合伙去开个小饭馆算了。卖不完就自己吃。

饭后，四人高高兴兴往回走。一路上，他们对叶紫羽的态度更好了，竟让叶紫羽有点莫名感动，他觉得这些普通的劳动者真的很朴实。只要你对他们好一点，他们就会非常真心地待你。不过三人对叶紫羽也有些疑问。小张就问：“看你样子，不像是农村的呢？”

叶紫羽不想让他们起疑，也不想多费口舌解释，便说：“我是呢，这两年因为读书，借住在城里亲戚家，所以有些变化。”

三人这才打消疑问。原来他在市里有亲戚，怪不得乱花钱都不心疼的。

“你还没毕业吗？”

“今年刚毕业。”

“那是要考大学了吧？”

“考了，没考上。”叶紫羽脸上掠过一丝黯然。

三人感觉到了，都没吭声。过了一会儿，老家伙说：“没考上，也可以让你亲戚帮忙联系个好工作，不用干这个这么辛苦。”

其他两人也附和着说：“是啊，没考上没关系，托你亲戚想想办法，会有好前途的。”

好前途？什么是好前途？体面一点的单位？还是所谓的正式工作？叶紫羽有点烦，他不想再讨论这个话题了。

几天下来，叶紫羽感觉体力充沛了许多，他可以比较轻松地挑起箩筐来回个四五趟。河中的腐臭味也习以为常，对食欲没有一点影响。这里晚上比较枯燥，没事做，就是瞎聊天，聊得最起劲的，是关于女人的话题。这个河段清一色男性，由于地处郊外，行人不多，所以大家都非常羡慕在市区上工的人，那儿每天都可以看到很多漂亮的城市女人。

叶紫羽倒没啥所谓，他听他们讲黄色笑话，发觉他们虽然爱说，但语言乏味，说来说去就那几件破事，那几个形容词。讲得最多的，就是那精瘦汉子形容某个漂亮小媳妇啥的，只一个劲儿叫：“哎呀，那个堂客真是好惨了，那个脸盘子，那个胸，那个屁股，哎呀，简直没法说了，太安逸了！想起就想把她往胸坎儿里一抱，哎呀……”

于是听众便都兴奋地咧嘴笑开，仿佛在品味把这么个女人抱在怀中的感觉。叶紫羽听得几次后，便索然无味，觉得这还不如从前他们几个男生在一起讲的荤段子有趣呢。还有那帮捣鼓收音机的，原来是想收听“零点夜话·夫妻生活”栏目。

这个清一色的男性世界，不由让叶紫羽想到班上的女生，想到杨婉清。原来，能和一群如花般的青春少女们同学，是那么的美妙。

时间推移了整整二十五个昼夜。

叶紫羽开始适应这里的环境。上工时经常能听到他的说笑。他嘴皮子本来好使，同工友们熟络后，便常和人调侃。民工们大多性情憨直，哪里说得过他，他的言辞总能引起大家的笑声。白天虽然劳累，可精神很放松。夜间，整个宿舍的呼噜响成一片，对叶紫羽的睡眠也毫无影响。只有黄昏的时候，他会偶尔望着天边的夕阳发呆，心头茫然，闷闷不乐。

工作半个月后，叶紫羽又开始想到，这样下去不是了局。他不可能一辈子就跟民工们一起打零工吧？如果把这个当作临时锻炼，很多人会表扬你不怕脏不怕累，是个好青年。可如果这个成了你的终身职业，很多人又会瞧不起你。再说了，他父亲叶成煊要是知道儿子跑到河滩上淘泥巴来了，也一定会把他拽回去的。

可惜，叶紫羽还是想不出个所以然。“待业青年”这四个字让他极度头疼，他怕邻居们用这些字眼去看待他，他更不好意思用这个身份去面对他喜欢的女生。叶紫羽后悔自己为什么当初不再努努力，再用点功好好读书了。

这天，众人照旧在河滩上清污时，发现一块巨石横兀河中，一大半掩埋在泥里，怕是有上千斤重。要疏通河道，必须把它移走，可折腾半天，石头纹丝不动，反而累得大伙儿直喘气。叶紫羽也在其中，他一边抹汗一边笑道：“给你们说个笑话吧。蚂蚁和大象结婚了，可没几天大象就死了。蚂蚁非常伤心，一边哭一边骂：‘亲爱的，你怎么走在我前面了呢，这辈子我不用干别的了，就埋你。’”

大伙儿听得一阵乐，反而又来了精神。于是队长调集整个河段人员，决定先把巨石周围的淤泥清除干净，然后再一起用力，喊着号子，将石头推到岸边，绑上绳子，用卡车拉上河堤。

为了撬开这块巨石，耗费整整一下午时间。叶紫羽在人群中卖力的劳动，还不时由他带头喊喊号子，给大家鼓劲。河水搅起混浊的污泥，溅得所有人满头满脸，都快分不清谁是谁了。

巨石终于开始松动，这让人们更有了信心，号子喊得更加响亮。众人努力将巨石一点一点地向岸边移去。直到傍晚，总算把这个大家伙拉到了堤上。

叶紫羽累得散了架。看到石头被拉上了堤后，他深吸口气，伸了个懒腰。四周一看，也顾不得脏乱，在河边草丛中躺了好一会儿，才带着一身的酸臭慢慢上堤。

当叶紫羽混在人群中走上河堤时，他却惊呆了！

他看见，杨婉清正微笑着站在堤岸上！

叶紫羽还当是劳累过度产生幻觉。他眨巴几下眼睛，再一次看清：这的确是婉清啊！她正含着笑容转来转去，显然是想在这群乌黑发臭的泥人当中找到他。

他这才注意到，堤上的人，都一步一回头朝宿舍走着，有的人都快进门了还在回头，脑子里充满诧异地在看杨婉清。这是谁呀？谁也想不到，这个打扮得如花似玉的城市少女好像要在他们当中找什么人？

在这样一个对比突出的环境里，婉清确实太引人注目了。她穿着紫红色的背带长裙，两条修长的腿从镶着花边的裙摆中伸出，显得那么亭亭玉立，雪白的衬衫束在裙中，胸前挂着一束散发着淡淡清香的黄果兰。笑意盎然的脸庞在夕阳下如鲜花般灿烂！

叶紫羽想不明白她怎么会找到这里。见她没认出自己，连忙往宿舍跑去。他想赶紧回去洗洗干净，换身衣服再出来见她。

杨婉清见人都快走光了，也没瞅到自己要找的目标，不由有些心急，连忙拦住一个人问道："您好，请问你们这里有个叫叶紫羽的吗?"

被拦住的正是小张，他慢腾腾走着，就是要多看这美少女几眼，饱饱眼福。没想到对方竟然拦住自己说话，他激动得抬手一指，"你找他？那个不就是嘛!"

叶紫羽知道躲不掉了，他只得来到杨婉清身边，不好意思地说："你先等等，我去换身衣服我们再聊。"

杨婉清笑得更灿烂了，她一手轻捂着嘴唇，开心地说道："哎呀，你怎么、怎么……"

她实在忍不住好笑："你爸不是说你在这儿做保管员吗？嗯，好吧，你快点儿，有好消息告诉你。"

叶紫羽很是狼狈，他非常不愿意杨婉清看到他现在这模样。好消息？有什么好消息？你收到大学录取通知了？可我呢？

他还是飞快地洗完澡，在众人惊讶的目光中，走了出去。

杨婉清给他带来一个绝对的好消息！

她告诉他，今年高校首次实行双轨制招生，即除了统招生外，还有委培和自费招生，学制两年。昨天，她母亲通过熟人得知，这一档的分数线刚刚确定，430分！于是杨婉清按着通信地址找到叶紫羽家。他父亲叶成煊告诉她，落榜后，叶紫羽心情不好，和一个同学去南河工程苏桥段打工，有三个多星期没回家了。所以今天，杨婉清又赶到这里。

叶紫羽乍一听，惊奇地盯着杨婉清，愣愣地看了半天，才张口道："真的?"

"当然真的!"

"你、你能确定?"

他声音颤抖着问她，不敢相信这个天大的好消息。

杨婉清又咯咯笑了："确定，千真万确，假一赔十。"

叶紫羽也笑了，笑得非常开怀。尽管他弄不清这要是假的，能怎么个赔法？他兴奋地攥紧拳头，在空气中漫无目的地挥舞两下，只觉得胸中有一口气向天溢出，畅快无比。他不知道有什么语言能够表达，只反复说："太好了，那真是太好了，真的是太好了！"

这一刻，他觉得自己幸运无比，甚至比杨婉清还要幸运！该如何来形容呢？好比他错过最后一班车正彷徨无奈时，最后一班车却不期而至；又好比一件重要的东西失而复得，便比没有失去前更为珍贵！

此刻，他终于有了很好的心情同杨婉清在河边漫步。婉清又笑着说："真没想到，你会跑来干这个。怎么？难道你没考上大学，就在这工作一辈子？"

叶紫羽笑道："那也不会，但我的确不知何去何从。你想想，上了十二年学，不就这么一个目标吗？这个目标没能实现，该怎么办？马上确立新目标？就算从惯性上来讲，也不是那么快能转变得过来的吧。"

"所以你就跑到这里'淘金'来啦？要是没有我这个消息，你还打算干多久？"

"我暂时不知道，也许很长，也许很短。可我相信，我能够在这里确定出新的目标，然后再行动。"

这话又充满了少年人特有的书生意气。可杨婉清没觉得可笑，她望望叶紫羽，看着他晒得黝黑的皮肤和略带伤痕的胳膊，英俊的脸庞似乎少了些稚气，她有些感动，说："其实，我真的很佩服你敢这么做。换了我，我更不知道怎么办好。"

叶紫羽盯着她又笑了笑，他现在就想笑，笑不够似的。

"我感谢你！"

"就因为我大老远跑来告诉你这个消息吗？"

"不全是，"他又恢复了以往的活泼与俏皮，"军功章上，有我的一半，也有你的一半。"

"哈……"杨婉清想笑，但看着叶紫羽真诚的目光，没有笑出来。

"你现在怎么办，打算'退休'，跟我一块儿回去吗？"

"'退休'也是有一定手续的，我明天再办，今天先送你回去吧。"

"那也好。"

……

送走婉清，叶紫羽回到宿舍，仍然兴奋无比。当众人得知他考上大学后，都惊讶了，想不到整天同他们一起挖泥巴的小子，竟然考上了大学！

第二天，他去队长办公室办理辞工手续，刘队长听说他考上大学，也替他高兴。本来要满一个月才结算的薪水，也很爽快地给了他。

叶紫羽拿到150元钱，分了75元给小万等三人。他们都难为情地笑着，一个劲地说自个儿真不地道，他是个读书人，本来就应该帮着他才对，怎么还好意思分他的钱。叶紫羽也一个劲地说应该应该，他们已经帮他不少忙了。然后，他又用剩下的钱，请三人和刘队长吃了餐饭，喝到高兴处，刘队长拉着他称兄道弟，说今后有什么能帮忙的尽管找他，叶紫羽忙说一定一定。

酒酣之后，叶紫羽什么都不想，就想作一首诗。作什么好呢？风花雪月，不足以盈怀；抒发壮志，又为时过早。想来想去，一个字也没写出来。

算了，归拢归拢东西，准备明天打道回府再说吧。

这将是叶紫羽在这个大工棚里的最后一晚。他想，看来这段生活会以失眠告终了。他该怎么去看待这段“出轨”的生涯呢？总之现在，这里的一切，将要尘封在记忆里。

半夜时分，宿舍里非常安静。叶紫羽终于准备睡觉，突然发现下铺的人又躲在蚊帐里听收音机，还是在收听“零点夜话”栏目。调台的声音吱啦吱啦，很影响睡眠。于是他悄悄起身，把电源插座弄松。然后心满意足地闭上眼睛，惬意地听着耳朵里传来下铺“咦咦”的嘀咕声和噼里啪啦拍打收音机的动静。

回到家里，消息得到证实，委培线果然是430分。虽然每年要多缴两千元的学费，但能进入高等学府，这两千元，太值了！

叶紫羽去找陆禹皓。挺长时间没见面，他得赶紧去把这个消息告诉他。谁知他刚走到陆禹皓住的街道，就在路口撞一块儿了，陆禹皓大叫起来，问他跑哪去了，知不知道委培的分数线？

看这架势，陆禹皓也是知道的。两人紧紧攥住对方的手，同时大笑。对二人来说，这无异于绝处逢生啊。

几天后，叶紫羽从《锦城晚报》的高校录取名单上，看到“叶紫羽”三个字时，长长地舒了口气。他拿起一支红笔在自己的名字间重重地画了个圈，又继续寻找，找到陆禹皓的名字，再用红笔在他的名字下也重重地划上一个圈，才将报纸小心翼翼地收藏起来。

陆禹皓报考的学校在本市，金融专业。叶紫羽报考的学校则坐落于省内一个风景区，经济管理专业，都是热门的。

这天晚上，叶紫羽兴冲冲地去找杨婉清。他想到婉清专程到苏桥来找他，心中就充满感激。还是多亏她的帮助，要是没那几十封英文信，他只怕连这个分数也达不到，那才是彻底完蛋了。他此时也得知杨婉清如愿以偿地考取了邻省一所重点政法大学。

再次来到杨婉清窗外，他在外面轻轻地叫了一声，杨婉清立刻就在里面答应了。然后笑意盈盈地走了出来。

盛夏的晚上，满天繁星。两人肩并肩漫步在林荫道上。叶紫羽忐忑不安，他很想正式对杨婉清表白爱慕之情，但又讷讷地说不出口，反而弄得自己神经紧张、面红耳赤。好在是夜晚，旁人也看不清楚。

杨婉清倒没在意，她很开心，自顾自话地说，在大学里除了拿到学位，她还要考汽车驾照，英语起码要过六级。这样，毕业的时候，资本就雄厚多了。

叶紫羽开始笑，很迷人的笑。然后他顺势牵住杨婉清的小手，内心则在那一瞬间，开始了狂风骤雨式的跳动，他说："你总是把自己的人生规划得很远，你说你干嘛非要考到那么远的地方去？省内那么多名牌大学，也符合你的要求，我们见面也方便。"

杨婉清在自己的手被叶紫羽握住以后，微微一惊。略停顿了两秒钟后，她还是轻轻地把手从对方那抽了出来。听完叶紫羽说讲的话，她先是低着头，没有吭声，像在考虑什么，似乎有些害羞和为难。但她还是抬起头，望着叶紫羽，一字一句地说道："其实，我考这所学校，除了专业外，还因为我的男朋友也在那儿就读。"

什么！什么？这句话太出乎叶紫羽的意料之外了。他望着杨婉清，吃惊地张开了口，怀疑自己是否听错，一时间愣得缓不过神来。

"男朋友？你？怎么会有男朋友？"

杨婉清对着叶紫羽挤出一丝笑容说："是的。我有的。他以前也在我们中学读书，比我高两届，当初在校的时候，我们都被选为校学生会委员，就认识了。他前年就已经考上这所大学。当时由于我还小，我们一直都是以同学身份保持交往，但彼此心照不宣。他一直在帮助我学习，这次高考完后，他对我说，他一直在等这一天，等我也上了大学，他就要我做他的女朋友。其实、其实我也在等这一天……"

杨婉清有些艰难地说完。接触这么久，她不是不明白叶紫羽的想法，她也不是对他没有好感。但在她内心的定位上，还是把叶紫羽定在了好朋友的位置上，而不是男朋友。

叶紫羽有些恍惚，随即又尴尬万分。哎呀，闹了半天，全是自己在自作多情呢？

杨婉清现在把这个话题讲出来，其用意他自然明白。他感觉到自己内心的失落和难受，许久没有出声。

杨婉清不知再说什么好，默默地朝前走出好一段路，才轻声道："我们是好朋友，不是吗？"

叶紫羽还在犯晕，他木然一笑，"当然，当然是好朋友。"心中却悲哀地想，这算个什么鸟事？我这算失恋吗？我还没开恋呢！

面临自己人生出现的第一次情感问题，叶紫羽方寸全乱，内心使劲儿地澎湃。他用力甩了甩头，紧紧喉咙。不知是伤心呢，还是为自己会错了意而恼羞。羞愧之下，竟生出几分怨恨，自作多情，斯文扫地。

这时，又听杨婉清说道："他们家就在前面一幢楼，我让他下来，大家一块儿聊聊吧。"

叶紫羽一惊，拉倒吧。他急忙摆手，连说不用不用，然后也不管杨婉清了，借口有事一定要先走，便像只兔子似的一溜烟跑掉。杨婉清在后面叫了两声，他也没有理会，连头都没有回，他只想赶紧逃离这尴尬之地。

两人都没想到，他这一跑，多少年后才能再见一面。

叶紫羽溜回家中，半天不是个滋味。心想，搞什么啊？这算初恋吗？难道自己的初恋就是这个样的？杨婉清虽然和他关系不错，也很诚意地帮助过他，可人家从来没有往恋爱方面想过，人家心里早有人选的，他算什么？

他按捺不住，只好跑出去找到陆禹皓，发泄下心中的郁闷。两人坐在街边的饮食摊上喝着啤酒，他把事情告诉陆禹皓。谁料听得陆禹皓哈哈大笑。叶紫羽脸上有些挂不住："我出洋相你这么开心？你这就是把自己的欢乐建立在我的痛苦之上吧。"

陆禹皓抹抹嘴笑道："我看到你喝挺多，没看到你怎么痛苦的啊？其实这有什么呢？你想想看啊，高考前结识个红颜知己，帮助你渡过难关，考上大学，捎带连我都给激励了，不然我们肯定死硬，一点机会都不会有，你还不得继续淘你的泥巴去？所以说，这是多好的事情啊。再说了，她叫你见面，你就见面呗，正好比划比划，咱现在不都是大学生了吗，谁怕谁啊？可你跑什么跑呢？一看这撒脚丫子的样儿，不就不成熟嘛？小毛孩一个，还学人家花前月下？我看啊，你还是等进了大学再去实践你初恋的理想吧。"

这么一说，叶紫羽不由乐了。

陆禹皓又道："上期《少年文摘》里有篇文章，讲男女之间的第四种感觉。说这第四种感觉，就是比朋友要多一些，但又不是恋人，比恋人要少一些。我觉得挺适合解释你同杨婉清的关系，回头我翻出来给你看看？"

听陆禹皓这么一讲，叶紫羽想起这篇文章他是看过的，暗自思忖：是啊，仔细想想，婉清对他不是没有好感，否则不会这么真诚地帮助他。有这么一份真挚的友情难道不够吗？也许，恨不相逢未嫁时，总之，我应该很感激、很感激她才对！

想到这里，他心情平静好多。叶紫羽心说，那好吧，我注意克制，不去想她好了。毕竟上大学的喜悦，已经超越了一切。

错开话题后，两人又聊上其他事情。今晚的意外，便连同苏桥的民工生涯一起，埋进叶紫羽的心灵深处。

接下来的日子，可谓神仙般的生活。虽然叶紫羽心中还惦念着杨婉清，但他无论如何也鼓不起勇气再去找她。同时，过了分数线，就等着录取通知，其惬意难以形容。陆禹皓、刘轩等诸多同学轮流在自己家里聚会。

刘轩同他俩一样，赶上了自费的末班车。而首批就被录取的蒋妍希和陆禹皓在同一所大学，张芷嫣被医学院录取，柳溢雅则考上南方一所重点院校。

叶成煊也在为儿子终于能上大学高兴。离开学还剩几天，父子俩上街，他买了一个漂亮的旅行箱送给儿子。回到家后，叶成煊泡上杯茶，又叫住儿子，面对面坐着，说道："你考上大学，我就少了后顾之忧，有件事早该告诉你，怕影响你考试，现在可以跟你说了。"

叶紫羽见父亲神色凝重，便老老实实坐下，听父亲讲话。

"我已经办了退休手续。"

"为什么，您今年才55岁啊，不是说60岁才退吗？"

"这是我主动提出的。我在单位这几十年并不如意。现在其实也没什么正事可干，传达文件、开会、到工地上溜达一下，已经算是积极工作了。大多数时间，就是泡杯茶，看看报纸。反正大脑是没怎么思考过，周围的人基本一样。这是时代造成的，我们这一代人都这么过着。还真有些不甘心，所以我决定提前退休。”

叶紫羽问父亲：“那您退休后想干什么？”

叶成煊道：“我早想好了，所以今天才和你谈一谈。记得刚生你姐的时候，我正巧没工作，只好去倒卖点商品。那时我在西南这边收购茶叶，山城产的沱茶是最好的，分量大，又酽，然后坐火车到陕西、甘肃一带去卖，那边人喜欢喝。同时我又从那边的农家手里收购些羊毛、土布，拿到锦城来卖。当时的布都凭票供应，一听说有不要布票的，虽然质量差点儿，买的人还是挺多，就这样都还不敢在大街上卖，只能跑到小巷子里吆喝。那时手头只有几十元本钱，跑一趟来回，赚上几十元，利润也算可观。可就这买卖在那个年代，还是个了不得的事情，叫‘投机倒把’。”

叶紫羽听着好玩，竟跟父亲调侃：“您运气好，不然您可让老叶家出彩了，好歹我们也算书香门第，爷爷泉下有知，真要叫唤一代不如一代啊。”

叶成煊大乐，“君子固穷，这是孔子说的。可要不这么干，你姐的奶粉钱从哪儿来？那时还没奶粉，都是面糊糊。后来你妈不乐意了，说这种事情不能常干，得找个正儿八经的单位才行。我好歹也是五十年代的大学生，那时的大学生可金贵，不像现在，一抓一大把。去街道办事处登记，一位老太太叫填表，我学着别人唱高调，在个人简历的结尾，填了一句‘愿意为祖国的建设贡献自己的力量’。这个‘建设’本是个泛指，谁知老太太没文化，一看‘建设’两字，那行啊，去建筑单位建设大楼吧。她倒好，把‘建设’直接理解为修房子了。”

叶紫羽一听也乐坏了，说：“还有这样的事儿，原来姐姐小时候也吃过苦啊，我还当她一直就在美国享福呢。”

叶紫羽有个未曾见过面的亲姐，很小的时候就被亲戚带到美国去了。叶紫羽曾经指着照片问父亲为什么要把姐姐送去国外？叶成煊说那时候家里也很穷，刚好碰上个机会，就让亲戚把你姐带走了。于是叶紫羽就哀叹，干嘛自己不早生两年。

叶成煊继续说道：“我在大学学的化工专业，倒去了建筑公司。由于出身不好，被分配到工地去做拉石头的工人，一开始还是临时的。你三岁的时候，我还在工地上拉石头呢。八十年代初才调到工会工作。这么一转眼，我已经老了。可我的心还不老，再在单位上待个三五年也就这样，不可能有什么进展。所以我就想出来，联系家私人企业先干着，然后再寻找机会，看自己还能做点儿什么。以前是社会的因素，计划经济，大家都被束缚着，现在不一样，市场经济时代，普通人一样有了实现自身价值的机会。我不敢奢望重振祖业，但起码要试上一试，不能让别人说我们一代不如一代。而且，我也希望，有生之年能为你，甚至你的下一代，创造一点价值。那样，做父亲的才会死而无憾。”

叶紫羽眼眶一热，他被父亲的话语深深感动。“您的年纪都大了，在单位再干个几年，退了休，就好好玩。读书练字，摆摆龙门阵，再出去旅游，那时也该我挣钱给你们花了。”

儿子能说出这番话来，叶成煊大是欣慰，他慨然言道：“年纪大了，才更能体会到时间的宝贵，我要是不按照自己的意愿试上一试，这辈子死不瞑目。”

说到这里，他豪气顿生，哈哈一笑，站起身走到写字台前，拿过纸笔，抖转衣袖，信手写下曹操的一首诗，递给儿子：

神龟虽寿，犹有竟时。腾蛇乘雾，终为土灰。老骥伏枥，志在千里。

父子俩都静静地思考着，心潮起伏。

四、陟彼高冈

叶紫羽读了十二年书，好像只有六岁那年，第一次背着书包上小学时，有这么殷切地盼望过开学。

学校离家不远，只有三个半小时左右车程。叶紫羽觉得遗憾，他还没有出过省，很想跑得再远一点。

今天开学，他没让家里人送。父亲几天前已经办理完退休手续，去了家生产床垫的私人企业。那是个中型的家族企业，各管理层都有老板的家人或亲戚，账目一塌糊涂。叶成煊担当老板助手，几天时间就将这个公司数年的账目理得一清二楚，让这个私营业主大为惊讶。

去往学校方向的列车是一趟慢车，每个小站都会停下来上客。叶紫羽在心里埋怨着慢腾腾的列车，无聊之际，便从这节车厢溜达到另一节车厢。他发现，这趟列车上有很多学生模样的年轻人，他想，他们一定同他一样是去学校报到的新生。于是他又感到兴奋，这些人当中，肯定有他的同班同学吧。

在经过一节车厢时，叶紫羽看见有本杂志掉在过道中间，而旁边座椅上的一位中年女士正在打瞌睡。他俯下身捡起杂志，放到中年女士身上。对方猛地惊醒，抬头一看，连忙说了声“谢谢”。叶紫羽笑着点了下头示意，走了过去。

中年女士却没了睡意，她揉揉惺忪的眼睛，看了看表，又转头向坐在身旁一直望着窗外的女儿问道：“欣儿，到什么地方了？”

她身旁的少女回过头来，对母亲说：“快了，还有个把小时就能到了，妈你看，这边的土都是红土呢，跟咱们家那边不一样……”

她们说着家乡方言，周围乘客只觉得这漂亮姑娘说话的声音非常好听，却听不懂她们在交谈什么，都好奇地望过来，打量起这母女俩。

那声音甜美的少女看上去十七八岁年纪，身材修长，穿着粉色上衣，柔顺的长发用一条白色丝巾随意一扎，披在肩上；乌黑明亮的眼睛，特别水灵，眉宇间透着恬静，嘴角微微上翘，给人感觉甜甜的，清丽可人。她母亲戴着副眼镜，很有气质的样子，爱惜地看着说笑的她。有这么一个招人疼爱的漂亮女儿，做母亲的特别自豪。

少女名叫黎欣。她和母亲沈润珍是从南城乘火车到锦城市，再转乘这趟车赴学校的，他们已经在路途中颠簸了近四十个小时，身体感到疲倦，都在心中盼望着快点到学校。这是黎欣第一次出远门，而且还这么远，这使她很兴奋。

黎欣人长得漂亮，爱好也多，特别是唱歌，因为她有一副实在是不错的嗓子。今年参加高考，她原本报考了京城广播学院播音系。早在三月份的时候，就开始测试身体条件。一层层的关卡，从面试、朗读到试音、试镜，花销了不少报名费，她终于进入最后一关。能走到这一步的只有两名考生，称得上千里挑一。但京城广播学院在本市却只招收一名学生，竞争很残酷。

最后一轮考试下来，她很有信心，感觉各方面发挥都优于对手。可造化弄人，录取的却是另一名考生，据说是对方在背后疏通了关系。但这查无凭据的消息，只能说说而已，并不能改变既成的事实。

这对黎欣来讲，也算是一次不大不小的打击，于是她便不想在本市上学，而选择了这所离家遥远，风景优美的学校。送别女儿的时候，正是今年中秋的前一天，她和父母都依依不舍。沈润珍宝贝自己的女儿，干脆不惜陪伴千里，坚持要送到学校。

黎欣的家境虽然普通，但她一直都是在蜜罐里成长起来的。别说父母，就是左右的街坊邻居，哪个见到她不夸奖两句？说她漂亮大方的，说她能歌善舞的，说她心灵手巧的。她从小到大听惯了这些赞誉之辞。她觉得，这个世界是如此的美好。尽管她的爸爸妈妈都是很普通的工人，但她凭着自己的乖巧和努力，得到了身边所有人的认可。人们都乐意帮助她，亲近她，宠爱她。所以，她的生活一直都充满阳光。她从未体会过另一种感觉，就是失落。她想象不出失落是怎样的一种心境。但这一次，在自己的名额被人占去后，她懂得了，失落的感觉对她而言，那是一种噬心的痛楚。黎欣与其他女孩子略有不同，她不追星，但她喜欢聚光灯下的感觉。她有过很多次登台表演的经验，演讲、独唱。因此在她的少女梦当中，她希望自己能成为大众的宠儿，但又绝不是靠脸吃饭的。如果考上广播学院的播音系，那么她会更加努力，她的目标就是成为一名当红的主持人，抑或是某个著名电视台的当家花旦，让所有喜欢她的人都能在电视上看到她。当然，能成为这样的人物，必定收入不菲，她就能让自己辛苦了一辈子的父母过上富足的生活了。不过，她从没把这种想法向别人表达过，包括她最要好的闺中密友。平常的接人待物中，她还是那么的乖巧和谦虚。所以，其实她的父母并不明白，这一次播音系的落榜对她的影响有多大，有多失落。

黎欣强忍着没有表现出来，她极力地把这种感觉藏在自己的内心深处。因为她知道，如果表现出来，她的父母无权无势，不但无法帮助她，反而会让父母也受到伤害，他们会为自己的渺小而痛苦。她今后走什么样的路，成为什么样的人，都得靠自己了。无形中，昔日天真烂漫的少女心智已经悄悄走向成熟。

火车进站时，才发现这趟列车上果然有很多刚入学的新生，学校派来两辆接新生的大巴车都被挤满。黎欣和母亲上了后一辆校车。同车的人虽不相识，可心中明白，他们都是这一届的新生，这从每人脸上激动的表情看得出来。黎欣也怀有同样的情结，她在心里感慨道：从今天开始，我将在这个陌生的城市中生活整整两年了。

大约四十分钟后，已到学校。沈润珍先陪女儿把行李放到宿舍，收拾好床位。然后母女俩找了家小饭店简单吃完中饭。下午又忙着交纳学费，办理学籍登记。好一阵忙乱后，总算一切妥当。沈润珍放下心来，让女儿先回宿舍休息，她自己去学校最便宜的招待所住下。

黎欣所在的宿舍共有四个女生，这时都在房间，相互间很快认识。长着圆圆脸蛋的叫安梓汐，从南方来的。剪着齐耳短发，很精干模样的叫杨芳雨，是一位西北姑娘。还有一个叫兰婧雪的和黎欣都来自南城，她们之前并不熟悉，但到了这个陌生的地方后，得知对方竟是同城老乡，两人立刻表现出非常的友好和热情。

第二天，沈润珍又陪女儿在校园内走走。山清水秀的校园环境让母女俩都很满意。沈润珍担心女儿能否适应学校的伙食，在这一方水土生长的人们，口味较重，喜欢吃辣椒，同南城的饮食习惯差别很大。黎欣见母亲点点滴滴总为自己操心，又是感动，又是难过。她对母亲说：“妈您放心好了，我能照顾好自己的。”沈润珍点点头，说道：“我相信你。不过，你在外读书，想让父母不担心却是不可能的，你知道爸妈的心思都在你身上。所以你要多给家里写信。让我们时时了解你的生活情况，就能少一分牵挂。”

黎欣点点头，答应母亲。

沿学校后门向左，走过一段不长的山路，便到了风景区内一座香火极旺的寺庙。此庙始建于清朝康熙年间，坐西向东，共有四重大殿，山门极是雄壮，朝迎旭日，晚送落霞，气度甚为恢宏。庙前方一百米处，沿之字形坡道走上一座小山丘，又有一间红柱六角的凉亭，亭内悬有一口生铁铸成的大钟，亭额上书“圣迹晚钟”。这是风景区十大景点之一，曾有古人题诗于亭前石碑：“晚钟何处一声声？古寺犹传圣迹名。纵说仙凡殊品格，也应入耳觉清心。”所以此寺别称大钟寺。

沈润珍携女儿进寺内游览，她虽不信佛，仍虔诚地在佛像面前祈祷：女儿离家在外，唯愿平安如意，学业有成。黎欣也跪在一旁，焚香合什，许下心愿：希望父母身体健康，工作顺心。

傍晚，沈润珍离开学校，乘上返家的列车。黎欣到火车站送别母亲，看着母亲和火车一同远去，她依依不舍的逗留在站台上，忍不住泪水涟涟。

沈润珍只是一家纺织厂的出纳员。她丈夫是另一个国营单位的普通职工。夫妻俩平平淡淡地生活了半辈子，所有希望都在这个女儿身上，所幸女儿也争气。他们都盼望着，有一天女儿能带给他们名誉和地位。这次黎欣报考京城广播学院，一路顺利，夫妻俩大为高兴。他们憧憬着未来的某一天，女儿成为电视台的知名节目主持人，出现在千家万户的荧屏中，邻居和同事们，将以怎样羡慕的眼光和口吻打量着他们，议论着他们。可最后，女儿却因为说不清道不明的原因功亏一篑，让夫妻俩很受刺激。未来的路，他们起不了大作用了，但他们会时时提醒女儿，帮助女儿走好自己人生的开端……火车上的沈润珍，望着站台上的女儿，眼窝也潮湿了。女儿长这么大，可还是第一次离开父母亲独自在异地生活啊。

晚上，校园内很安静，黎欣躺在自己的床铺上，很有些惆怅和伤感，翻来覆去，久久不能入睡。后来，她发现，同宿舍的几个女生都没有睡着呢。因为她们都是第一次离开家，第一次离开父母。

校园坐落在这个著名风景区的山麓中，环境相当优美，是个学习的好地方。不过叶紫羽老想着陆禹皓的一句玩笑话：这真是个谈情说爱的好地方。

办理好入学的各项手续，管理处的工作人员领着新生们到了学生宿舍。叶紫羽的宿舍在一号楼208室。他进去时，看见同宿舍有三个男生，便都热情地互通姓名。一个胖胖的戴眼镜的男生叫颜墨桐，同叶紫羽一样是本省人。另两个则来自外省，一个叫高继远，个子高高大大；一个叫林楚涯，斯斯文文。男生彼此间很快熟络，待各自收拾好床位后，便围在书桌旁，拿出各自带来的家乡特产堆在桌上，边吃边聊，甚是投机。除林楚涯话语不多之外，其余三人倒是相当健谈。四人均同年，只是月份不同而已。

第二天休息，他们便一块儿在学校内四处闲逛。叶紫羽吆喝着先跑去图书馆看了看，当他看到校图书馆非常的宏大、气派时，心里相当满意。图书馆比宿舍重要，看来他们学校的藏书不少，等办理好图书证，就可以大饱眼福了。

随后，四人又到学校背面的大钟寺游玩。在这里，叶紫羽眼前突然一亮。他看见，在火车上见过的，那个把书掉在地上的那位中年女士，正领着一个学生模样的漂亮女孩，也在寺内游览。他想：这应该是外地家长陪同自己女儿来学校报到的吧，不知道这女生是哪个班的？他发现，几个哥们儿也都注意上了这女生。

又一天过去，开完欢迎新生的大会，各班学生便在班主任的带领下，分别回到教室。叶紫羽的班主任是一个去年才毕业的外语系女研究生，叫吴雪燕，活泼开朗，刚满27岁，看上去并不比班上的女生大多少。本来她的未婚夫，也是她的同班同学董凯并不想她留校，而是希望两人一同出国。但吴雪燕舍不得学校的环境，她说她喜欢在母校的这种氛围中生活，于是执意留校做了助教。董凯只好自己先去加拿大，想等自己稳定之后，再说服吴雪燕出国定居。

这是吴雪燕第一次带班，看着几十个同学坐在自己面前，她的兴奋劲儿并不亚于这些新入学的少男少女们。一时间，她也不知说什么好，于是她像当初自己刚进学校时，她们的班主任那样，开口介绍道："欢迎各位新同学的到来，我叫吴雪燕。今后呢，就是你们的班主任了。希望在这两年中，我们能够愉快、开心地相处。希望你们能早日成为对社会、对国家有用的人才。"

她说到这儿，感觉有点教条了，顿了一顿，又接着说道："这样吧，我想你们各位也只是和同宿舍的同学比较熟悉，现在就从左边第一排开始，每一个同学都上讲台来，作个自我介绍，让班上的同学都相互认识认识好吗？"

叶紫羽坐在下面听见，心头好笑，从上初中开始，再到高中，开学第一堂课，都是这种形式，自我介绍。看来这小吴老师打小也是这么过来的，自己都当老师了还惦记着呢。

同学们的反应还是热烈的，一个个上了讲台。不说不知道，全班五十余人，竟来自全国三十个省市，个个不漏。让叶紫羽惊讶的是，他曾在大钟寺注意到的，同那个中年女士一起的漂亮女生，竟是他的同班同学。在竖起耳朵听完这女生的自我介绍后，叶紫羽终于知道了她名叫黎欣，来自南城。

叶紫羽等人回到宿舍，讨论的第一个话题自然是班上的女同学们。今天的自我介绍，全都亮相了。颜墨桐躺在床上兴冲冲地对另外三人说道："其实我们班的漂亮女生不少啊，你们觉得谁最漂亮？"

高继远一乐："我怎么瞅谁都觉得漂亮？"

三人大笑，一致认为高继远在北大荒待太久受刺激了，但凡见到女性都觉得漂亮，已经没有了分辨能力。四人把所有女生都品评一遍，但也没评出个所以然来，只觉得好几个女生都不错，叫什么薛滢滢、安梓汐，还有南城来的那两个女孩子，都秀秀气气的。

林楚涯说："那个叫黎欣的，好像就是我们前两天在大钟寺看到的那女生吧，想不到也是我们班的。"叶紫羽道："想到又怎样？难道你那天就过去作个自我介绍不成？"

四人又哈哈大笑。颜墨桐最后补充说，他觉得班主任吴雪燕也挺漂亮。

而这天晚上，黎欣宿舍中的四个如花少女，她们的话题，同样是关于班上男生的。安梓汐躺在床上，双眼望着天花板，拖长声调说："唉，今天真让我失望。"

其余三人不解，杨芳雨问道："第一天上课，你有什么好失望的？我倒挺高兴，你看咱班同学，哪个省的都有，今后要有机会去全国各地玩，可不愁没有熟人带路了。"

安梓汐噘了噘小嘴，接着说道："高中的时候，我就觉得班里的男生个个都跟小毛孩儿似的。本想着到了大学吧，能碰上个白马王子，可是你看我们班那些男生，全都愣头愣脑，跟高中时有什么分别？我出教室的时候，有个男生还跟我抢着出门，一点不绅士。看来呀，我得继续失望了。"

众人都被逗笑。兰婧雪说："其实我们班也有几个不错的呀，那个名字挺特别的，就是叫叶紫羽的那个，你们觉得怎么样？"

“他呀，嗯——长得还算端正，可也一点儿不成熟。你看他上讲台的时候，那双眼睛滴溜溜地乱转，一肚子鬼心眼儿似的。”

“是吗？那估计他朝你放电呢，你的眼睛怎不朝他也转转，给他回回电？”

“啊呀，我怕我电力太强，他要有个闪失，晕在讲台上了，可不麻烦？”

“你有那么厉害？那就不用急了，这学期我们一共有三门公共课，都是全系的新生一同上课，我们班没有白马王子，其他班兴许有呢，到时你注意搜索不就行了。要不然啊，我们都帮你注意着，真有白马王子出现，你就赶紧出击，先下手为强，这好了吧。”

“好啊，要是能多找出几个，我们就分了吧，一人一个。”

“我可不要，真要有多的，就让安梓汐你包圆了得了，省得你从中学想到现在。”

“好啊你，死丫头，够坏的！看我不打你。”

“好了呀，你还真打呀，说出你的心声了吧？”

“唉哟哟，行了行了，认错还不行吗……”

四个青春少女嘻嘻哈哈地笑闹成一片。

这个夜晚，注定所有宿舍的男女新生们，都在热烈地讨论着同样的话题。

开学几日，同学们都没闲着。校内的各种组织多如牛毛，合唱团、话剧团、文学社、书法协会、舞蹈队、足球队、篮球队……几乎每个新生都参加了一个以上社团，然后一边被高年级的学长使唤着，一边发誓等明年的新生入校，自己也非得好好使唤使唤。

林楚涯写得一手好字，参加了校书法协会。从协会领了些宣纸回来后，就表现特长写了幅字贴在宿舍门上——惜取少年时。原本想等老师走访宿舍时，得到两句表扬，可惜没两天就不知被哪个上厕所没带手纸的家伙给撕没了。

高继远个子大，本来被校篮球队看中，可他偏偏喜欢足球，去足球队发挥身高优势做了守门员。当然，室友们谁也没想到，高继远还向系党委递交了入党申请书。其实，在高中时他就连续三年被选为优秀共青团员，入党的心愿，早已有之。只是没跟室友们提过。

颜墨桐的事情最多，担任了班上的组织委员，又加入校学生会，还参加了话剧团。叶紫羽本想参加文学社的，可新生入社还要通过作文考试。考试那晚，他正巧同高继远跑去校外看电影，错过了这次机会。后来他去问能不能补个名额，谁知文学社还挺吃香，一个戴眼镜的干事很威风的一口回绝，说这得凭本事呢，能走后门吗？他只好罢了。

正式开课不久，部分同学便或多或少有过缺课记录，叶紫羽却难得地成为好学生，连迟到都没有。他对大学课程的体会明显与中学不一样。功课一旦不以考试和升学为目的，教与学双方才真正体会到知识的乐趣。学生的学习有着更大的自由，再没老师追着你屁股后面催作业，学习变成自己的事。

来自五湖四海的学生，有就业、考研、出国等不同目标，有着各自不同的生活节奏，可这里，却是最好的修身之所，培养自己的兴趣爱好，学会独立思考，形成自己的人生观。叶紫羽深深庆幸自己争取到了这一机会。大学生是个名分，可象牙塔中优越的生活与读书环境却货真价实，难能可贵。他进而对“大学”这一称谓也发生兴趣，《四书》里所指的大学，显然与当代的大学机制挨不上边。他在图书馆推根溯源，终于查到当代大学的起源。

叶紫羽除正常上课外，其余时间大部分泡在图书馆。他在图书馆并非温习功课，而是喜欢待在这种氛围里。学校图书馆共有五层，每一层都有个阅览室。作为新生，叶紫羽没有多少功课要赶着学习的，他坐在这里，几乎是在阅读小说。高中三年，他基本上没看过课外书籍，所以这时，他觉得该是偿还的时候了。只是宿舍每天晚上 11 点准时熄灯，不然他看上个通宵都有可能。图书馆可以借阅到很多他早想阅读，而书店却没有卖的书籍，如荷兰人高佩罗写的《狄仁杰断案传奇》，冯梦龙的全本《智囊》《笑史》，毛宗冈的评本《三国演义》，还有《希腊神话和传说》、尼采和叔本华的文集等，这些书他以前最多看过改编的连环画，现在总算可以一览全貌。

除了阅读小说外，叶紫羽在图书馆干的另一件大事就是写信。初入大学校园，一切都是新鲜的，校舍、课程、食堂、老师、新同学……话题多得不得了。他给陆禹皓写信，陆禹皓也给他回信。而其他但凡有联系地址的同学，也都相互间开始了信件往来。

日子便在这来来往往的信件中过得不亦乐乎。只是他没有给杨婉清写信，他也不知道她在她们学校的具体的班级名称。进入大学这些天，他有时回想起当初的交往，才感觉到婉清的人和思想要比他成熟很多。也许女孩子天性便比男孩子成熟得早些。虽然他们之间没有成为恋人，但他想，要不等寒假，他还是去找找她吧，这份友谊值得珍惜，不能轻易失去。可每当他想到那天晚上很没风度地跑掉时，心里就臊得要命，索性不去想了。

叶紫羽的信多，颜墨桐的信竟比他还多。这些天来，叶紫羽平均三天能收到两封信，而颜墨桐更是一天一封。信件竟也成了二人闲来无事相互攀比的项目，谁要是这天收到的来信多过对方，就会不无得意地向对方炫耀一番。

这周三上午课间，黎欣又走过来递给叶紫羽两封信。选举班委时，黎欣担任了班上的生活委员。所以管理班级信箱，将信件转交给收信人成了她的一项工作职责。开学以来，他们俩还没正式说过话。由于黎欣长得漂亮，性格也活泼，一下子成为班里注目的焦点，甚至其他班里的男生也在打听她的名字。她对叶紫羽没什么特别的认识，只是觉得这个人不太热心班集体的事情，上次雪燕老师说，准备在班里搞个文娱晚会，大伙儿都很兴奋，他却偏要说没劲。问他能不能出个节目，他竟然说他们寝室有颜墨桐呢，这些事就不劳他操心了。所以黎欣对叶紫羽唯一的印象就是信挺多的，好像每天都有。

而叶紫羽心中对黎欣倒是非常有印象。那天班里同学自我介绍时，他便一眼认出这个女生早在大钟寺就见过。飘逸的长发，明亮的眼睛，甜甜的笑容，高挑的身材散发着青春健康的气息，他就偏爱这类清纯的女孩子。但几周以来，他都找不着同她搭讪的机会，南城那地方他也没去过，总不能又编个“李记包子铺”一类的瞎话吧。而且，见到黎欣被很多男生包围着，他想，他还去凑什么热闹呢。

两封信一封是父亲写来的，叶紫羽先拆开看了。叶成煊在信中没说什么，只是让他注意身体，好好学习。于是他又拆开另一封，这封是陆禹皓写来的。陆禹皓比他早几天开学，所以他走的时候也没时间送他。陆禹皓在信中先是一大通埋怨，说他们学校的食堂太可怕，饭菜里什么都吃得出来，小石粒、曲别针、老鼠屎等等，有一回竟吃出张五毛的饭票，还没来得及高兴又发现只有半截……

叶紫羽边看边乐，想着两个月前差点上不了大学时，心中颇为感慨，真后怕。陆禹皓最后在信中说，他发现在大学里没女朋友就跟吃饭没有菜一样，太乏味了，所以他准备酝酿一道“好菜”。然后问叶紫羽是否有同感？

同感自然是有的，只是这边的“好菜”怕是都被别人先下手为强了。

又过得些时日，叶紫羽几天没收到来信，心中正痒。恰巧中午在食堂吃饭时，碰上了黎欣，便主动问她有自己的信没有。黎欣略想了一下说有，上午刚取的，放在寝室里了，准备下午上课带到课室发给本人。叶紫羽急不可耐，说也别下午了，我现在同你到女生楼下，麻烦你先交给我吧。黎欣也没多想，点头同意，二人便朝女生宿舍楼走去。

路上，叶紫羽突然问道："你每天取信送信的，会不会无聊，烦不烦啊?"

他本是随口一问，黎欣心里却"咯噔"一下，班里还没有人这么关心过她呢。她侧目看了叶紫羽一眼，轻言道："烦又怎么样呢，这是班里的工作，还是得做呀。"

而后，又有几个班里的同学过来拿信，向黎欣询问后，便一同往女生楼方向走去，于是两人一路再无交谈。

巧的是，等到下午吃完晚饭后，叶紫羽在食堂外的水池处洗碗，再次碰上黎欣。这回黎欣主动笑着对他说："叶紫羽，下午又有你两封信，你的信可真多。"叶紫羽听后喜道："太好了，那我还是跟你过去拿吧。"

于是两人一路走过，这次再无旁人加入。黎欣说："我发现你的来信中，落款处多是各大名牌大学。你高中学校的教学质量很好吧，考上重点的同学这么多?"

叶紫羽笑道："我的同学是家庭出身质量很好呢。比如理工大这小子，高三下半学期，他老爸把他转移到西藏去参加高考，也就考300来分吧，还是他们学校第一名！稳当当的进入重点本科，可羡慕死我们了。"

黎欣笑道："高考前不早有个口号，叫'考得好不如生得好'，这是你的第一志愿吗?"

叶紫羽道："不是，我原想考军校，但没考上。你呢？第一志愿是什么?"

于是黎欣便简单讲了下她考广播学院没考上的情况。说话间，又来到女生楼下。黎欣拿了信交给叶紫羽，双方道了再见便各自转回。

黎欣这时候最喜欢的来信，是她父母的，今天恰巧也收到一封。回到宿舍后，她仔细阅读了由母亲执笔的来信，随即回忆起离家前的种种事来。她父母的婚姻是她外公做的主。据她妈妈开玩笑时说，她才没看上她爸呢。因为她妈妈年轻的时候很漂亮，而他父亲长相却很一般。可外公看中了父亲在大型国企工作，单位效益不错，觉得女儿嫁给他后生活安稳，做父母的也就放心了。外公很有家长权威，她妈妈虽然不乐意，却也反对不了。就这么成亲而后育女，夫妻倒也恩爱。

沈润珍是单位文艺积极分子，很有点表演天分。这一点也遗传给了黎欣。

而她的父亲原本很想生个儿子，却不料得了个女儿，一开始颇有几分不喜。可随着女儿日渐长大，出落得如花似玉，加之生性乖巧，连街坊邻居都喜爱得不得了，每回他们一家三口外出，总会有熟人夸赞他们夫妻俩生了个好女儿。渐渐的，她父亲开始变得异常疼爱这个女儿，奉为掌上明珠。她到这么远的地方上学，父亲虽因工作忙碌走不开，也要母亲送她过来，然后又马不停蹄的返回。

黎欣想着想着，心头一阵温暖，然后开始给父母亲写回信。一晃已外出一个多月，她很有些想家了。

五、静女其姝

“思维和存在，是哲学的基本问题。这个问题包括两方面内容：第一，思维和存在，精神和自然界，意识和物质谁是第一性的问题，即谁是本质、谁是派生的问题。第二……”

哲学课老师在讲台上投入的讲解，下面的学生却是千姿百态。有认真听课记笔记的，有心不在焉开小差的，还有躲在下面看杂志的。叶紫羽见坐在身边的颜墨桐埋着头，不断在本子上写写画画，开始还以为他在记笔记，后来发觉，他根本没抬头看过黑板。叶紫羽有些好奇，便凑过去看他在搞什么。闹了半天，他是在琢磨脑筋急转弯的题目。颜墨桐现在是班上的组织委员，正在积极筹划新班级的第一个文娱晚会。

叶紫羽不屑道：“我说你瞎忙什么，原来是在搞这个。夸张了哦，课都不听？”

颜墨桐道：“我着急呀，还有四天，要准备好多节目。”

叶紫羽不解道：“那你弄这个干吗？”

颜墨桐道：“就是想多开发点集体娱乐项目啊，谁要答得出来就能获得奖品。”

叶紫羽一听来了兴趣，“有这种好事？那这题我来出得了，然后自己抢答几个，好歹捞些奖品回宿舍。”

颜墨桐听了喜出望外，应道：“真的？那太好了，奖品不是问题。”

叶紫羽却又退缩了，“那可别，我说着玩的呢。”

颜墨桐不依不饶，“玩什么玩？说话就得负责任！赶紧帮我出题吧，这也不是难事，回头奖品我先送你几个行了。”

于是颜墨桐硬把出题的任务交给他，叶紫羽只好怪自己多嘴。

好在叶紫羽平常还真看了不少这方面的书，他觉得吧，脑筋急转弯蛮有意思的，益智并且能开阔思维。于是晚自习的时候，他又开始在图书馆埋头出题。

活动在星期五的晚上七点开始，所有同学都很高兴。毕竟是新班级的头一次活动，女生们大多特意打扮过，穿着漂亮的装束，班主任吴雪燕也化淡妆，在脖子上系了条白色的真丝围巾，特别素雅。男生们当然也不差，个个西装革履。

担任主持的是颜墨桐和黎欣。

颜墨桐往主席台上一站，就听见起哄声，他知道准是宿舍的哥儿们在逗他呢。抬眼在人群中搜索，他看见高继远和林楚涯果然在向他咧嘴挤眼，但他没看到叶紫羽，他想，这帮家伙，回去再算账。

晚会的节目还算得上多姿多彩，唱歌跳舞说相声的，所有人都兴致勃勃，没看出来一个班里还真是藏龙卧虎。主持人黎欣也有一个独唱节目，她没有唱流行歌曲，而是选择了一首难度较大的通俗歌曲《梦里水乡》，她的室友拼命鼓掌叫好，为她助威。一曲完后，把全班都给镇住了。大家没想到黎欣的歌声也这么动听。在她唱完这支歌后，又吸引不少男生对她倾心。

而后，在玩到脑筋急转弯时，把大家都笑弯了腰。颜墨桐忍不住说了一句："这家伙出的题还不错，有点儿意思。"

黎欣听了，便问道："这题目不是你出的吗?"

颜墨桐答道："不是，这全是叶紫羽弄的。"

黎欣的目光在人群中搜索一下，没见到这个人，她此时才有点感觉，这个人好像还是有点特别?

随后，她又读出下一个题目——"爱情和面包哪个更好"。

这个题目似乎不像是脑筋急转弯的题目，而是同学们经常讨论的社会问题，所以大家都不知道怎么回答了。

于是主持人又公布了答案。

答案是面包。因为世界上没有什么东西比爱情更好的，但有个面包总比什么东西都没有强吧，所以答案是面包更好。

众人听完，又全部哄笑。黎欣也笑了。

晚会的最后，大家跟着音乐，欢快地蹦起了迪斯科，小吴老师也跟着同学们一起蹦，今天晚上，所有人都开心极了。

叶紫羽没有去参加班上的联欢晚会。他身上没一点文艺细胞，唱歌跳舞全然不会，要到了这种场合，也是可有可无的角色。他觉得，与其去看别人出风头，不如自己找乐呢。碰巧邻班一位名叫白煜的男生约他到校外溜达溜达去，他便答应了。

两人走到校外的风景区，风景区的山门外是一条宽阔的水泥路，两旁全是各种餐厅和酒店，霓虹灯下，显得挺繁华。两人边走边聊天，这时，一个穿一身皱巴巴劣质西服的瘦男人朝他们走过来，神秘兮兮地说道："两位朋友，去玩玩吧？"

"去玩？玩什么？"两人一时还没反应过来。

来人一笑，"我们那的小姐很不错的，两位去看看吧。"

这下两人明白怎么回事了，早听说风景区的这项服务挺红火，没想到今天撞上了，两人毕竟还是学生，头回碰到有人对他们说这个，吓得不轻，也没搭腔，掉头就走。可这人不识趣，还一个劲儿地跟在后面，嘴里不停地念叨："去看看吧，有很多不错的小姐啊，看不中你们再走也成啊！"

两人还是加快了脚步往回走，同时告诉那人："不用不用，我们不是来玩的。"

岂知那人还不肯轻易舍去，竟嚷嚷出一句古之圣贤的至理名言："喂喂，玩玩吧，既来之，则安之嘛……"

两人听得大吃一惊，落荒而逃。

星期一傍晚，叶紫羽仍然去图书馆晚自习。他看见，黎欣也在图书馆内自习。更让他没想到的是，黎欣会主动走过来同他说话。她走到他面前，浅浅一笑，

"有你的信。"

"是吗，谢谢。"

"你的信可真多，真让人羡慕。"

"主要是以前的同学都在各地上学，新鲜劲正足呢。"

"是吧，星期五的班级晚会，你怎么没来参加呢？"

"星期五？噢！忘了。"

"忘了？你宿舍同学都没提醒你吗？"

“不，不是忘了，我是不感兴趣。这种活动，有我没我还不是一样。”

黎欣听他这么一说，不禁有些生气，说道：“有你没你对班会来说的确是一样，只是你这么做太没有班集体观念了。”

这句话把叶紫羽呛得不轻，心想，她到底是特意过来同我说话呢，还是偶尔碰上的？而黎欣回到自己座位上时，也在气恼，本想同他说说话，谁知道这人这么自以为是，她生气自己真不该去找他说话。

第二天，上完外语课，吴雪燕突然找到叶紫羽，问他没参加晚会的事，而黎欣也在雪燕老师身旁，看老师怎么处理他，眼神中透着一丝活该。吴老师问道：“叶紫羽，你为什么不参加班上的活动？”

叶紫羽从开学认识吴雪燕老师后，就对这位年轻的女老师有了亲切感。他觉得她很像他小学和高中时的班主任，那时的班主任也都是位年轻的女老师，没想到大学里又有这样一位年轻的班主任，他感到非常庆幸。他很愿意同这位年轻的班主任说话，哪怕是挨批评。

见吴老师问他，他便故意哼哼叽叽地答道：“我本来想去的，可一比较其他同学，就没好意思去。”

吴老师奇怪道：“其他同学怎么了？”

叶紫羽道：“其他同学都太隆重了呀，你没发觉他们个个都是西装穿得贼挺贼挺的，皮鞋擦得贼亮贼亮的，头发梳得贼光贼光的。嘿，可就是那人都贼眉贼眼的！我又没西装，特不好意思，所以才没敢去。”

“你、你……”

吴雪燕和黎欣听完，双双一愣，又都绷不住劲，“扑哧”地笑出了声。好半天，吴雪燕强行板下脸，训斥道：“少废话，我看你才贼头贼脑的。不管你什么原因，本学期你的操行分都要扣五分，大学里是独立性较强，可你也不能太自由散漫了，班集体的观念还得有。”

叶紫羽忙装得恭恭敬敬地应声说：“哦，知道了吴老师，我下回改。”

等吴雪燕离开后，叶紫羽瞅个空子，又对黎欣说：“我知道你昨天以为我说的话是在拿架子，其实真的不是，不过你要是误会了，我向你道歉，以后你要是写什么东西要我帮忙，我一定义不容辞好吧。”

黎欣乍一听，还没什么，可想一想，又觉得不是味儿，说：“如果我误会你的话，该我向你道歉啊，你为什么要向我道歉呢？”

听她这么问，叶紫羽的可恶劲儿又来了，故意显得大度地说：“嗨，小女孩不懂事，脸皮又薄，我让一让有什么关系呢，没事没事，你不用放在心上。”

这么一说，可把黎欣气坏了，一下又不知怎么反驳才好，这坏小子竟把她给绕住了。她只能转身就走，甩下一句话：“哼，谁稀罕你让！”

可这句没杀伤力的话，更让叶紫羽得意地笑了。

生活惬意，就觉得日子过得很快。不过让叶紫羽有点遗憾的是，黎欣不再跟他说话，只是有信时很冷淡地交给他，有时甚至是让她同宿舍的兰婧雪代为转交。这让叶紫羽有点儿莫名其妙地受不了。这算什么？好像他很想跟她说话似的。

其实，只有他自己心里明白，他的确是很想同她说话的。而他宿舍的颜墨桐却和黎欣及班里所有漂亮女生的关系都不错，还有女生在男生楼下来叫过他出去，这多少让叶紫羽有些羡慕和妒忌。

这天课间，颜墨桐、黎欣、兰婧雪等人聚在一块儿聊天，几个人相互介绍自己家乡的情况，然后邀请对方有空的时候，去各自的家乡玩，自己可以做导游。

叶紫羽在一旁听着。他以前没出过省，更没有接触过外省的女生。南城他没去过，但是很有印象。上初中时学过一篇课文，叶圣陶写的《苏州园林》，描写的就是那一带的风物。那之后，他就认为那的人都是住在公园里的。南城的名人他不太了解都有些谁，但知道那是个出才子的地方，男的有个名冠江南的唐伯虎；女的有个陈端生，是《再生缘》的作者。他还知道陈圆圆，曾经让吴三桂“冲冠一怒为红颜”的。这次见到黎欣她们几个南城的女生，果然都是小家碧玉型的讨人喜欢。

这时，他又听颜墨桐他们争论起各自家乡的好坏来。先讲风景名胜，再说风土人情，再讲名人豪士。最后话题落到现在，几个南城的女生都说，她们觉得现在颜墨桐和叶紫羽的家乡省份太穷了，她们那里都是这里过去的民工，好多人干些偷鸡摸狗的勾当，所以她们那的人都不大瞧得起这边的人。

这话让叶紫羽着恼。改革开放后，沿海省份的经济是比内地强了不少，可这有什么好牛皮哄哄的？他想了想，决心调侃她们一下，于是凑到人群中，张口笑道：“古人也曾经讨论过两个地方的优劣呢，我给你们讲个典故吧。三国时期，蜀汉有个叫张裔的大臣由于南中叛乱，被俘到吴国。后来吴蜀两国修好，孙权送他回国时，取笑他说：‘卓文君虽然死了丈夫，可也不应该见了司马相如就同他私奔，你们那边的风俗，原来就是出这样的女子吗？’谁料张裔答道：‘臣以为，卓文君比起朱买臣的妻子来，还是强了不少，吴地的风俗，原来就是这样的啊。’孙权听了大笑。”

旁边有个同学也笑出了声。黎欣却没弄明白，于是那个发笑的同学对她们解释半天，说朱买臣是西汉时江东人士，以前很穷的时候，还喜欢读书，他的妻子不肯受穷，骂朱买臣没出息，吵着要朱买臣休了她，她好另嫁。朱买臣说服不了她，便只好写下休书，于是他的妻子另嫁了一个农夫。几年后，朱买臣当了太守，骑着高头大马，带着随从衣锦还乡，他的妻子却成为一名村妇，于是人们都嘲笑她的短见。后来诗仙李白还有句诗专论此事，叫作“会稽愚妇轻买臣”。张裔是拿这个讽刺吴国风俗还不如蜀国呢。

黎欣这才明白，好你个叶紫羽，讽刺她们南城的女生呢，江浙一带在那时，不正属于吴国吗？她漂亮的脸蛋沉了下来，水灵的眼睛透着气恼，这家伙总是同她捣乱，真可恶！

可她没想到，这生气的模样，竟然让叶紫羽看得呆了。后来叶紫羽曾说，从那时起，他开始明确地感受到无可救药地喜欢上黎欣。

接下来在课堂上，黎欣心不在焉。她回忆同叶紫羽的交往，虽然一个班，但很长一段时间，两人并没有直接交谈过。她例行公事地将他的信件交给他，他只是礼貌地说声谢谢。入学不久，她没少收到男生的情书，同系的外系的都有。周末更是有男生邀请她参加学校的舞会或看电影什么的，她都婉言拒绝了。这些事也是她从不曾经历过的，她一边感到骄傲，一边也有些惊惶。她把这些事情写信告诉母亲。而沈润珍却似早知道会有这样的事情发生，因为她非常自信女儿的漂亮和才气，她给黎欣回信说，什么都不要理会，只要好好学习，争取将来出国深造。

沈润珍当然不希望自己女儿上学的时候，就和屁事不懂的半大小子谈什么恋爱。女儿身上，可寄托着全家的期望与幸福呢！她相信，女儿会完全听他的，因为在家里，女儿表现出了对母亲深深的依恋与信任。其实，母亲的意思，也是黎欣自己的意思，她只不过是想再从母亲处得到鞭策，她觉得自己应该严格要求自己，好好学习，不能分心。

但前些天叶紫羽找她拿信，突然问她拿信烦不烦，倒是让她心里无由的咯噔了一下。所以那天下午，她隐约感觉到，自己似乎是有意识地在食堂搜寻叶紫羽，见到他在洗碗时，特地去告诉他又有他的信件。可后来在图书馆，他在她面前的自以为是，又让她很是气恼。特别是刚才他开的那个玩笑，除了恼恨外，更让她心里有种说不出的生气。从三年高中到进大学这么长时间以来，男生们在她的面前，都是热情谦恭，彬彬有礼的。以前宿舍女生们提到叶紫羽时，说他五官端正，算得上班里几大帅哥之一，她也没怎么觉得。现在她更是只记住了他一脸坏笑的样子。

算算时间，入学已近两月。这期间，兰婧雪有了男朋友，一个高她们一届的男生。而每天在楼下等候安梓汐的男生更是不少。恋爱中的兰婧雪自然成了宿舍众女生的第一话题。安梓汐总爱娇嗔着说："婧雪啊，你那个眼镜哥哥又在楼下练军姿了，你还不快点下去？"

于是，兰婧雪就回敬她道："我马上下去，好歹就是一个。哪儿像你，有一个排的男生在下面立正呢，你不是想当他们几年的排长吧？"

于是杨芳雨会说："她是在挖掘优秀列兵准备加以提拔呢。"

又有人接口道："提拔来做什么呀？"

"大概是做排长助理吧。"

"那我们梓汐这排长是什么级别啊，还要配助理的？"

"在那群人当中，安梓汐可是女王的级别呢。"

"蚂蚁王国的女王吧。"

……

室友的恋爱也让黎欣平添了几丝青春期的烦恼。先不说她是家里的乖乖女，向来听从父母的教导，单是她现在的见识和对未来出人头地的期望，就足以让她打定主意，坚决不在大学期间谈恋爱，何必浪费时间？

可是黎欣没有想到，大学里的恋情会这么汹涌，男生的表白都这么大胆。她已经拒绝了不少男生发出的邀请，还是会不停地出现下一个。记得高中的时候，她也察觉到有男生对她的好感，那时，那些男生只敢远远地看着她，或在背后传一些谁又喜欢她的议论罢了。可现在，只要她名花无主，前仆后继者就络绎不绝。她想起兰婧雪说地，高中时代，爱情是奢侈品，少数人拥有得起；大学时代，爱情是日常用品，没有很寒酸。看来颇有几分道理。

兰婧雪的男朋友叫李舒。她和他是在图书馆认识的，那次兰婧雪的钢笔没了墨水，便找坐在身旁的男生借笔，男生很慌张地把笔借给她。兰婧雪只顾埋头抄笔记，等图书馆快要闭馆了，她想把笔还给别人并说声谢谢时，抬头一看，人影都没了。害得兰婧雪在校园里左瞅右看，找了好几天才找到这个人，一通埋怨后把笔还给了他。结果李舒反而红着脸一个劲地给兰婧雪道歉。一来二去的，两人就这么好上了。

李舒是机电系的，人长得高大老实，言语不多，每次被兰婧雪宿舍的女生调侃也不以为意，只是宽厚地笑笑，久而久之，便被几个女生戏称为“大姐夫”。其后大姐夫基本上承担了这个宿舍一大半打开水的任务。不过在兰婧雪和李舒单独相处的时候，李舒偶尔也会笑着问她，什么时候，她们寝室能再添个“二姐夫”一类的，分担一下打开水的工作也好啊。

谁知没多久，“二姐夫”尚未落实，她们寝室倒是添了个“临时工”。

这天在教室上晚自习的人并不多，安梓汐仍然一边看书，一边轻快地哼着当地电视台热播的港台剧——《新白娘子传奇》的主题曲：“千年等一回，等一回啊……”

她正哼得起劲，突然感到前排坐着的颜墨桐很夸张地打个寒战，使得她的桌面都抖动了一下，一支笔差点掉在地上。于是安梓汐很不乐意地抬起头来，剜了颜墨桐一眼。而颜墨桐也刚好回过头来看她，并一脸紧张地问道：“你怎么知道有女鬼？”

安梓汐纳闷道：“女鬼？什么女鬼？”

颜墨桐道：“你刚才不是在哼哼千年的女鬼呀、女鬼呀？”

原来他把“千年等一回”听成了“千年的女鬼”。这可让安梓汐笑得直不起腰来。不过颜墨桐接着说了几句话，安梓汐可就笑不出了。颜墨桐对她说，他以为她知道这件事情呢。安梓汐问什么事？颜墨桐就告诉她，有个男生前几天晚自习，到熄灯后才从教室回宿舍，他走在教学楼外的林荫小路上，看见一个扎马尾辫的女生。他想这么晚了，不如一同往宿舍方向走，说不定就认识个美女呢。于是他走到女生身后，朝她叫了声“同学”。女生回过头来，这个男生立刻吓得尖叫起来，原来，回过头来的并不是一张漂亮的面孔，而仍然是一条马尾辫子！

看着安梓汐的花容逐渐失色，颜墨桐又说，男生楼那边很多人都知道这事，连教学楼的值班老头都说，他那晚也听见那男生带有明显返祖征兆的叫声。

他正说得起劲，教室里突然一片漆黑，所有灯光一下子全灭了！在大伙儿一愣神间，传来一个女生类似于返祖的尖叫……

当然，这只不过是偶然的停电。但是安梓汐却被吓得不轻，尖叫之后几乎晕倒。教室里有带打火机的男生赶紧摸出来，掀亮火苗，看着安梓汐苍白的脸色，都不太明白原因，心想不至于吓成这样吧，不就是停电吗？

他们不知道颜墨桐刚才跟安梓汐讲了些什么。而颜墨桐却被安梓汐吓得不轻，他想这女生可别被吓出毛病来就麻烦了！这该死的电也是，早不停晚不停的。这时有人说，算了，不知什么时候来电，都回去吧。于是同学们三三两两走出教室。安梓汐也顾不得许多，一把抓住颜墨桐的手，说她有些怕，让颜墨桐送她回宿舍。颜墨桐没辙，只得答应了。

两人下去楼后，路灯也灭了，微微的有些风刮过。安梓汐紧紧拉住颜墨桐的胳膊，神经紧张地向前走。颜墨桐被她弄得不大好意思，可心中委实挺得意。其实，他不过是临时胡说八道一通，吓吓安梓汐逗个乐，没想到意外的停电，竟意外获得这么个结果。这是他第一次被一个女孩子挽着胳膊，心里美得飘飘然。所以他故意磨磨蹭蹭，走在人群的最后，慢慢地与其他人拉开了距离。

路上，他对安梓汐说："这也就是听人家说说，你不用这么紧张。"

安梓汐娇嗔道："可我就是紧张嘛。"

颜墨桐慨然道："放心吧，我陪着你，还有什么好怕的？"他心中充满着勇武和甜蜜。然而，乐极生悲也往往在这个时候出现。

一路昏暗，风还在呼呼地吹着，树上的叶子也哗哗响着，横七竖八的枝杈借着月光倒映在脚下，不停地抖动，刺激着人的神经。二人正各怀心事的前行，乍然看见，一个身穿米色风衣的高挑女子背对他们静静地站立着！脑后的长发果然束成一条好看的马尾辫！

又是一声类似返祖的尖叫，不过这次是男女二重奏。

前面的女子听见这么恐慌的叫声，立刻吃惊地转过身来。安梓汐吓得闭紧了双眼，颜墨桐也呆住了。好在转过来的，是一张亲切的脸庞，他们的班主任吴雪燕。

"你俩怎么了？吓我一跳。"吴雪燕也被他们吓了一跳，嗔怪说道。

颜墨桐这才长出一口气，安梓汐甩开他，跑过去拉住老师的手，抽泣着把事情大略说了一遍。吴雪燕听后，又好气又好笑，安抚道："这你也相信？听他胡说八道，看把自己吓成什么样了。"然后，又责怪颜墨桐，"你呀也是，吓别人，怎么把自己也吓傻了？”

颜墨桐不好意思地挠挠头，说：“没想到这么巧，吴老师你干吗也扎条辫子？”

吴雪燕说：“我哪是扎什么辫子，刚才洗了头，所以拿皮筋箍住头发，你们也真是的，看清楚点啊，没事找事，自己吓自己，这不是活该嘛！”

安梓汐委屈地听着老师的训斥，恨恨地看着颜墨桐，咬牙切齿地说：“都是他，故意编瞎话来吓我！”

吴雪燕接口道：“好了好了，我本想一个人出来走走，背背单词，刚才突然想到一个语法问题，才不自觉地站在那思考，倒被你们吓了一跳。颜墨桐你自己回宿舍吧，以后开玩笑注意分寸，我同安梓汐一起回女生楼。”

颜墨桐本想陪安梓汐一同回女生楼的，可没想到碰上小吴老师，机会没了不说，还丢脸挨训，只好道了别，怏怏而回。

颜墨桐回去后，把这事一讲，宿舍中人笑了个天翻地覆。高继远连连叹息，“唉呀呀，功败垂成，功败垂成，可惜了这么好个机会。”

林楚涯也说：“要是完美地进行下去，该多有意思，英雄千里送美人，说不定到楼下还能来个吻别。这下好了，得不偿失，最搞笑的是你叫个啥呀？真丢面子。”

叶紫羽却不这么看，他说：“这也没什么，反正机会是有了。明天你再去找安梓汐，跟她道个歉，再请她吃顿饭，或看场电影什么的，这不更能显出柔情蜜意？不过，你什么时候盯上安梓汐的？怎么我们都没收到一点风声？”

颜墨桐干咳两声，说：“哪有啊，我以前从没想到过她，今天晚上纯粹是凑巧，我本来听她在那儿哼《新白娘子传奇》的歌，我最烦那个女扮男装的电视剧了，就故意逗逗她，哪知道会这么巧碰上停电？当然后来我也挺有满足感——得了得了，纯属娱乐，纯属娱乐。”

听他这么说，众人笑得直打跌，林楚涯又问：“那你到底想不想追人家？”

颜墨桐笑了笑，他也不知道怎么回答才好，便不说话。要说在以前，他的确没想到安梓汐什么，但今晚发生的事，却让他摆脱不掉安梓汐的身影。

再说安梓汐回到宿舍后，邀请雪燕老师上楼坐坐。吴雪燕答应了，便随她进了寝室。正好寝室中的几人都在，其他女生见班主任来了，也跟着跑过来，一时间，宿舍中挤满了人。

安梓汐又把今晚发生的事情讲述一遍，于是这出闹剧，立刻就在班级乃至学校传开。而“马尾辫子”的故事，以后又不知经过谁的加工，更是在高校中广为流传。

黎欣本来同颜墨桐很熟悉，听完这事，又好气又好笑，故作恨恨道：“看把我们宿舍小妹吓成什么样子，不能轻饶了他，明天找他算账去！”于是姐妹四个笑闹着商量出要颜墨桐赔礼的主意来。

第二天午饭后，黎欣、兰婧雪并发动杨芳雨，宿舍三姐妹一同去找颜墨桐。她们走到男生宿舍楼下时，碰上颜墨桐的室友叶紫羽，他正准备去新华书店。叶紫羽一见她们三人，知道准是冲着昨天的事情来的，便笑道：“怎么，你们全体都是来听故事的吗？”

这话纯粹是捅马蜂窝。话音未落，几个女生已经柳眉倒立。叶紫羽一看势头不对，赶忙说：“他在寝室呢，你们上去吧。”

其实，黎欣知道颜墨桐和叶紫羽是一个寝室的，她嚷嚷着来找颜墨桐算账，似乎暗地里也有一种想找叶紫羽的感觉，没想到在楼下倒先碰上了他。她正想说什么，兰婧雪已抢先说道：“你就这么没礼貌？你应该陪我们上去才对。”

叶紫羽无奈，只好同几个女生一起返回寝室。颜墨桐正在书桌前看书，一看这架势，就知道兴师问罪的来了。只是不明白叶紫羽怎么会跟着她们一块儿？这时候，高继远同林楚涯也放下手中的书本，笑嘻嘻地看着颜墨桐怎么招架。只听见兰婧雪先开了口：“颜墨桐，你也太不像话了，你是不是故意想占我们家安梓汐的便宜啊？”

颜墨桐脸上一红，忙道：“不是不是，我根本没那意思，就是一时兴起胡说八道，也没想到那么凑巧会停电啊，我不是已经道过歉了吗？”

“你那算道什么歉，光一句对不起就行了吗？你得有所表示。”

“那你们说要怎样才行？”

其实兰婧雪早想好了，就等颜墨桐这句话，她说：“本来这周轮到安梓汐每天下午上水房打开水的，现在你得全部替她做了。”

几个男生一听笑坏了。颜墨桐为难地说：“这多难为情，要不我请你们去餐厅摆一桌，算是赔罪好不好？”

兰婧雪又说：“这正是我们的第二个条件呢，二者缺一不可。”

此情此景之下，是没有一丝一毫讨价还价的余地的，颜墨桐只好全盘接受。

事情完毕，三个女生临出门的时候，叶紫羽又笑道：“三位，我还是送你们下楼吧。”

等他们下了楼，高继远才对颜墨桐说：“哥们儿，其实你这份差事不错。”

颜墨桐还没明白，问：“什么差事不错？”

高继远说：“你想想，天天帮着打开水有什么不可以？你如果真想追人家，这可就是向‘党组织’靠拢的大好机会。”

林楚涯也说：“是啊，你现在还是她们宿舍的‘临时工’，什么时候你也像李舒一样成了‘长工’，你帮人打开水，人还帮你洗衣服呢，多美的事。”

颜墨桐见他们还说风凉话，怒道：“少废话，我请她们吃饭，你们去不去？”

二人赶紧回答：“去去去，为了你当然去啊。”

颜墨桐道：“少来这套，要去就得帮我分担请客费用，谁不知道你们的坏心眼儿？还好意思说为了我呢！”

再说另几人下楼后，兰婧雪要去找李舒，自己走了。杨芳雨还想午睡，便转回宿舍。黎欣却没回女生宿舍，反而朝校门走去，叶紫羽也正要往校门坐车，便询问对方去哪儿。原来黎欣也要去市区买点生活用品，结果两人反而得以同行。

路上，叶紫羽对黎欣说：“我觉得你对我很有意见似的，我不是那么招人讨厌吧？”

黎欣说：“那你以为你怎么样，很可爱啊？”

“我都这么大人了，用可爱来形容当然是不恰当的，不过我这人优点还是挺多的啊。”

“是吗？那我还真没挖掘出来。”

“这没关系，我并不怪你，鉴别能力不强，可以慢慢培养。”

“去你的，你就是老损人。”

“哪有啊，我怎么损你了？”

“你还没有啊？你明枪暗箭，冷嘲热讽，老是阴阳怪气的。”

“哇，你真有学问，知道的说你在损我，不知道的还以为你背成语词典呢。”

一下子，黎欣又被他逗笑，她有点生气自己，为什么不忍住，偏要笑，只好又让他得意了。

叶紫羽又说："我只是爱开开玩笑，真有得罪，我也向你道个歉好吧，你别老对我那么冷淡，像有多深仇恨似的。"

"你的道歉听多了，总没点实际行动。"

"那你说怎么算实际行动？"

黎欣乐了，看着叶紫羽说："是吗，我说什么你肯帮我做吗？"

叶紫羽立即答道："行啊"，随即又补充道："你别让我也去打水就行。"

黎欣笑着说："那倒不稀罕。"

叶紫羽放心道："那你说要做件什么事，才算赔礼道歉？"

黎欣嘴角微微一弯，说："都讲你文笔不错，下周学校举行纪念"12·9"运动演讲比赛，你帮我写一篇演讲稿，我去参加演讲比赛，要是能得奖，就算是你赔礼道歉了。"

"写稿没问题，可怎么能包得奖呢？要是因为你讲得不好没得奖呢？"

"我肯定能得奖，除非你的文章写得不好。"黎欣用非常骄傲的语气说道，一时间漂亮的眼睛里充满的只有自信。

叶紫羽望着她笑了，说："我的文章肯定能得奖，除非……"

"那就没有除非。"

两人都笑了。在笑声中，叶紫羽终于克制不住，他试探着把黎欣的手顺势牵住，在掌心轻轻一握，又匆忙放开。黎欣不防，蓦地一惊，心头一跳，一时竟不知该如何反应，她抿紧了嘴唇，脸却不由红了。

叶紫羽的心情因此澎湃好久。买完东西回到学校，他和黎欣在校门口分手，独自走在返回的路上，思维还在兴奋地跳跃着。他想到穿着开裆裤就喜欢和女孩子玩过家家的情形；想到上幼儿园的时候，有一次放学，只剩他和一个小女孩的家长没来接他们，小女孩还没怎么样，他倒先哭了，于是女孩帮他抹眼泪，又跳舞给他看，直到他破涕为笑；再想到上中学时的单相思，想到杨婉清……

他一个人在那儿幸福地做着思想斗争，最后结论是：他一定要让黎欣成为自己大学时代真正的、名副其实的女朋友！于是，叶紫羽的初恋在他进入大学后的65天，就要轰轰烈烈地开始了。

而黎欣在回宿舍的路上碰见兰婧雪，两人便一同往回走。路上，兰婧雪问她："你刚才去市里了?"

黎欣说是。兰婧雪又问："是同叶紫羽一起的吧？我看到你们刚才在校门口道别。"

黎欣连忙解释："刚巧他也要去，我们只是偶尔碰上的。"

兰婧雪却抿着嘴笑道："我明白啊，你紧张什么呀。老实告诉姐，你真决定在校期间不谈恋爱吗?"

兰婧雪比黎欣年长一岁，同寝室的四人中，她年龄最大，所以在她们面前自称为姐。而两人又是同乡，关切更为密切。

黎欣听她这么一问，有些突然，低头不语。又听兰婧雪笑道："现在追你的人这么多，树欲静而风不止呀，看你能招架到什么时候？不过，我是觉得叶紫羽还是很不错的哦!"

黎欣不好意思地笑了，抬手打了兰婧雪一下，还是没有吭声。其实，黎欣无疑是感觉到了她自己对叶紫羽的喜欢。天哪，这才多久，她就坚守不住自己入校时的决心了？她自己的内心也陷入矛盾。这个年龄的少女有了对爱情的向往，谁也不会苛责的，但她自己给自己定下的规矩呢。也许，两人一起，也能促进学习的吧。

自从叶紫羽答应为黎欣撰写演讲稿后，两人的关系开始明显升温。上课也有意识无意识地相邻坐着。这让周围的同学大跌眼镜。

一份演讲稿自然不是难事，过了几天，叶紫羽便在下课后将写好的文章交给黎欣。这时几个女生正要一同返回，黎欣道了谢，还没来得及多说，安梓汐拉起她就要走，却见兰婧雪出声阻止道："人家现在是忙人了，要背演讲稿呢，你自己不会走呀?"

说完，朝着叶紫羽颇会意地一笑。

安梓汐这才分别看了黎欣和叶紫羽一眼，似有所悟，哈哈一乐，同兰婧雪自行去了。这倒让黎欣生出几分害羞，浑不自在，只得同叶紫羽走在后面。

他们慢慢走着，黎欣一页页看过演讲稿，叶紫羽默默地在一旁没吭声。好一会儿，黎欣才对他说："谢谢，我觉得不错，等比赛的时候，你来看我演讲吧。"

叶紫羽说那是当然，然后又问："你除了唱歌演讲，还喜欢什么呢?"

黎欣心机一动，回答说：“当然还喜欢听歌了，这还用问吗？真笨！”

说完，她忍不住笑了。看着叶紫羽一脸愕然，答不上话，她心里得意道，这回总让你也尝尝被人拿话噎着的滋味了吧。

叶紫羽也笑，故作酸酸地道：“你可报回一箭之仇了。”

黎欣更乐了，说：“我才没你那么小气呢，我是开个玩笑。除了唱唱歌，我也没什么特别喜欢的。你呢？你喜欢什么？”

听她这么一问，叶紫羽已经心跳加速，他脸孔发烫，额头冒汗，不自主地咽一口唾沫，终于鼓足勇气，对黎欣颤声说道：“我……喜欢你……可、可以吗……”

黎欣虽然有所预感，却不想他会在这时借此大胆说出，一时芳心大振，又是欢喜，又是慌乱，娇嫩雪白的面容泛起红晕，夕阳下，更是灿然生光，不可方物。她未置可否，只听得耳畔继续传来叶紫羽吃力的话音：“我……是……说真的……你说好吗？”

黎欣心头一阵小鹿似的乱撞，也不敢抬眼再看叶紫羽，只在唇间轻轻嗯了一声，怕是连自己也听不清楚，便快步向前走去，将叶紫羽甩在身后。可叶紫羽一直紧张地盯着她，见她嘴唇似动非动地“嗯”了一声，似乎点了点头，顿时欣喜若狂，快步跟上她，激动地在她耳畔说道：“晚上七点，我在主楼前的大树下等你，我们去看电影好吗？”

话音未落，眼见得黎欣又走远了。这回他没追上去，只望着黎欣俏丽的背影在前，胸中的畅快实在难描难言。

黎欣跑回宿舍，心神未定，暗自娇羞。刚一进门，就听见一阵大笑。黎欣莫名，问她们笑什么？兰婧雪还是盯着她笑，不吭声。杨芳雨说：“我觉得行，我没意见，通过了。”她更是一头雾水：“你通过什么了？”才见安梓汐大笑着拉过她的手，故作老练地拍拍，然后告诉她，他们姐妹三人经过审议，一致通过叶紫羽成为她们寝室的二姐夫了！黎欣见她们开自己玩笑，更是满面通红，不知如何回答。又听兰婧雪说道：“不逗你了欣儿，我们真是觉得叶紫羽和你挺般配呢，现在有他替你挡风遮雨，也不怕天天有人写蹩脚的情书让你烦了。”

这话说得黎欣心头一怔。

到晚上七点，天上突然下起零星小雨，黎欣准时来到学校主楼前，见叶紫羽已经在树下等候。两人见面，相视一笑，没有说话。叶紫羽连忙撑开伞，尽量替黎欣遮挡着，并肩向电影院走去。路上，晚风轻拂，黎欣感受着身旁男朋友的气息，她发现，他棱角分明的脸上透出的那份俊朗，让她心醉。

叶紫羽同黎欣恋爱后，才知道已经有不少男生给黎欣写过情书。现在，两人上课时开始坐同一张课桌，晚自习、吃饭，无不出双入对，这期间招来了多少羡慕的眼光。最不解的就是叶紫羽同寝室的哥儿们，颜墨桐常说："真没料到，你不声不响地，怎么就突然把黎欣给骗到手了？事先连一点征兆都没有？切切实实地给大伙儿来了个始料不及。"

叶紫羽大言不惭道："其实她早就芳心暗许，只是没机会互诉爱慕之情，一旦时机成熟，自然珠联璧合，这有什么好奇怪的？"

说归说，只有叶紫羽自己心中明白，他才只是轻轻握过她的一次手呢。现在两人虽是常在一起吃饭、一起晚自习，可黎欣并没过多表露什么。看着黎欣恬静的面容，当着校园中来来往往的行人，他竟一直没有勇气再次牵过她的手，更别说搂着她在校园中漫步了。他只有在心中暗骂自己，恋爱的滋味也不好受呢。

"12·9"爱国运动纪念日。各类学校都会举行各种形式的纪念活动。叶紫羽所在的学校也在举行一场大型演讲比赛。黎欣是以上周初赛第一名的成绩进入决赛的，决赛阶段共有 16 名选手，黎欣抽到 2 号签。这算不上好签，由于出场时间太早，评分老师一般不可能打出高分。

当晚，决赛在三号礼堂举行。其实这种囿于形式的演讲比赛，许多学生并不感兴趣，所以前去观看的人数不多。但叶紫羽同黎欣两个宿舍的兄弟姐妹们外加李舒全都到齐，为的是给黎欣加油喝彩。黎欣也不负众望，虽然出场太早有些吃亏，但她还是凭着动听的嗓音、优美的仪态，获得了二等奖。一等奖被大三的一位女生夺去。

当时的校园有个风气，就是屁大点儿的事都值得庆祝，而庆祝的最好方式就是去大吃一顿。黎欣获得了二等奖，哪有不庆贺之理，哪有不吃一顿之理？于是，众人又热热闹闹的在校园餐厅设宴。吃饭时，大家都不停地说话，气氛相当热烈。待安梓汐给大家敬酒时，林楚涯突然埋头"吭哧吭哧"地笑起来。众人不解，问他笑什么，他也不说。安梓汐作势要用拳头打他，他才说："我是想到，你们宿舍已经有一个打开水的长工了，这回又确定一个，那个临时的是准备转正还是辞退呢？"大伙儿一听，都朝着颜墨桐笑。颜墨桐没撤，只对着林楚涯恨恨道："吃你的吧，想那么多！"

饭后，兰婧雪同李舒一块儿走了，高继远看着磨磨蹭蹭的叶紫羽，心领神会地一笑，叫上林楚涯一同回宿舍。颜墨桐本想约安梓汐，但当着这么多人有点儿不好意思，又见安梓汐蹦蹦跳跳地挽着杨芳雨回了宿舍，一点儿搭理他的意思都没有，只好怏怏地随着高继远他们回去。

等人都起身，叶紫羽结完账，才对着黎欣说："我们走走吧？"

黎欣点了点头，于是两人并肩走出餐厅，朝后山的林荫小道漫步而去。

路上，叶紫羽心不在焉地闲聊着，一直走到灯光暗处，他才伸出手去，将黎欣温润如玉的小手紧紧握在掌心，这是他第二次握住了黎欣的手。两人都紧低着头不吭声，只感觉内心在"扑通"的跳着。就这样谁也不说话，谁也不知说什么好，只是漫无目的地走着。

叶紫羽感到黎欣的手越来越热，黎欣也感觉到握住她的手越来越紧。好半天，两人竟来到了篮球场，叶紫羽说："我们在这儿坐会儿吧？"

黎欣点点头，于是叶紫羽让她偎依着自己坐在水泥台阶上。借着微弱的灯光，叶紫羽看见黎欣双颊绯红，眼波流转，不禁神往。

两人紧挨着坐在一块儿，夜里的清风将少女身上的处子幽香和吐气如兰缓缓送来。叶紫羽顿时感觉胸中喘不过气了，不由自主地紧紧喉咙，咽了口唾沫。他壮一壮胆，终于将心一横，一把将黎欣娇软的身躯扳过——"让我吻吻你！"

他急促而颤抖地说完这话，还未等黎欣做出反应，便侧过头去用嘴唇封住她的嘴唇。黎欣一惊，微微向后一倾，想躲，可叶紫羽也随之前倾，仍然含住了她的双唇。并顺势将双手伸到她的腰后，用力搂紧了她。

能将黎欣拥吻入怀，他已感到莫大的幸福与满足，想更进一步，反而有些怯了。

好一会儿，他才喃喃道：

"你冷吗？"

"不冷。"

……

"晚上风大，我们回去吧。"

"我想和你多待会儿。"

……

“回去吧！”

“嗯……”

回到宿舍，叶紫羽依然抑制不住自己的兴奋，随手看了看日历，12 月 9 日。噢，这就是我的初吻？这就是我的初吻！今晚，他要失眠了。

黎欣回到宿舍，还是双颊绯红。兰婧雪她们几个人都在，见她进来后，头也不抬地钻进自己被窝，神情有些娇羞却更显得兴奋。兰婧雪便笑道：“这么晚才回来，老实交代，干什么坏事去了？”

“哪有啊，你们可别瞎说。”

“瞎说？还用瞎说？瞧你这样子早不打自招了，我们可没说什么啊。”

“哎呀，你们真讨厌，不跟你们说话了，我要睡了。”

“睡？哈哈，今晚睡得着吗你？”

这时，安梓汐突然夸张地眨眨眼，口无遮拦地说道：“嗨嗨，欣儿，老实说，你俩是不是接吻了啊？”

黎欣大窘，无法回答，索性转过身去，把被子往上一扯，蒙住头，闷声说道：“讨厌，不理你们了。”

安梓汐伙同兰婧雪和杨芳雨哈哈大笑起来，安梓汐伸手往黎欣屁股上使劲一拍，道：“死丫头，你还不老实交代啊？”

在室友的哄笑声中，黎欣满面羞红地坐了起来，噘着嘴把三人一一用眼扫过，突然期期艾艾地说道：“你们、你们说、接吻、会不会、怀孕啊？”

啊？三人全愣了，半天，兰婧雪忍住笑，问道：“丫头，你从山村里出来的呀，没学过生理卫生？”

黎欣不自然地说：“当然学过，只是、只是我还是有些害怕，我可什么都跟你们说了，还不知我爸爸妈妈要知道了该怎么办好呢？”

安梓汐突然大叫一声：“天哪，你还比我大两个月呢！小姐姐，你真是纯得好可爱哦！”

六、宾之初筵

自从淅淅沥沥地下了一场连着几天的雨后，气温便骤然下降很多，太阳也少见了，整天阴沉沉的。望着云雾缭绕的山峰，吴雪燕的心情也生出几分惆怅。

当老师是她多年的愿望，自从接触到她的第一批学生后，她更加庆幸自己的选择。虽然刚刚几个月，她已从她的学生那儿感受到很多快乐。可尽管如此，心爱的人在大洋彼岸，还是会让她常常在清晨醒来时，心头泛起微微的叹息。好在男朋友董凯深爱着她，来信非常固定，十天一封，半年多来，从未间断过。

今天早上第一节是吴雪燕的课，她吃过早餐，便赶去教室。吴雪燕教的《大学基础英语》这门课，需要死记硬背的很多，教学比较枯燥。好在她是班主任，所以还没人敢逃课。

一节课下来，她收拾好教具，匆忙赶回办公室。她盘算着今天董凯该来信了。果然，同事已经帮她把信放在办公桌上，她一回来便看见，没顾得上喝口水，忙取出信签细细阅读。

董凯在来信中说道，他最近利用课余时间找到一份兼职，做软件测试。每周只工作十五个小时，但报酬相当丰厚。现在他同房东也熟络起来，有时还一块儿做中餐吃。周末房东就用车带着他去郊游，总之相处得非常融洽。他告诉房东，他在国内有一个漂亮的女朋友，他会努力，让她也早日出国同他团聚。

董凯说，他在国外做了两个月学生，她却在国内做了三个月老师，美国导师对他们的管理完全不同于国内。他问她：当了几个月班主任，角色转换过来了吗，感觉如何？有没有像他们当年的班主任老太一样，谆谆教导自己的学生，青年人要珍惜大好的学习时光，不要把精力全用在谈恋爱上去了？结果招来的多是学生的白眼。

吴雪燕看着看着，不自觉地微微笑了。她回忆起自己当年的恋爱史。记得刚上大一，由于自己的活泼与外向，吸引了很多男生追求，那时董凯却戴副眼镜，专心致志地学习，两耳不闻窗外之事，是他们班主任极力赞扬的对象。她一直没怎么在意董凯，只有一次，好多女同学一同去董凯家吃饭时，她们都管他叫哥。

大二时，同系有个叫曾景桓的高大男生，终于追到了雪燕。刚在一起的时候，两人卿卿我我，如胶似漆。后来，有了情人间免不了的小吵小闹。赌气时，双方谁也不肯让谁，于是爆发冷战。这种情况多次发生，曾景桓很大男子主义，尽管心中想念对方想得厉害，却总是不肯先行低头。还好吴雪燕是个大方的女孩子，常常主动跟曾景桓合好。可次数多了，也会感到一丝疲惫。

临近毕业，学生们都将按户籍所在地分配工作。这对异地而居的情侣们来讲，造成很大心理负担。曾景桓同吴雪燕这时又有过一次争吵。争吵中，口不择言，竟说到分手。这一回两人都不让步了。尽管心中难受得要命，却在脑子里拼命告诫自己：分手就分手！结果，摆出副鸡犬之声相闻、老死不相往来的架势，挪到了毕业来临。

那一天，她坐上了回家的火车，曾景桓也来送她，握着她的手好半天不肯松开，合好的话却迟迟说不出口。

火车开动时，他还像电影中的男主人翁一样，跟着火车跑出好远好远。她只在视线模糊的时候，含泪挥了挥手。

后来，她考上这所学校的研究生，他回到家乡工作。

没想到的是，董凯也考上了这所大学的研究生。异地相逢，让原来关系一般的两个人变得亲密，感情也快速升温，不久便确立恋爱关系。董凯为人忠厚少言，心胸宽广，对吴雪燕呵护有加，偶尔碰上她发脾气，总能笑笑地让着她，从不生气。

这时候，突然从原学校转来一封信，是曾景桓与给她的。信中说，离别后，他更加知道她对于他是多么重要，他是多么爱她！所以，他跟她道歉！他要告诉她，他一直爱着她！永远的爱她！可是，他不知道她如今在哪里？他难过万分，只有写下这封信，托留校的同学有了她的联系方式后，第一时间将这封信转寄给她。然后他盼望她收到信后立即同他联系，他将立刻动身来到她身边，亲口向她道歉，亲口告诉她：我爱你！

可这一切，已经在阴差阳错中晚了一步。吴雪燕收到信后，在手袋中放了三天，天天拿出来看。第三天夜晚，她在阳台上将信化为灰烬，一切都让它随风逝去吧！她也没有给曾景桓回信，两人就此再无音讯。

事后，她把这件事告诉了董凯。董凯沉默着，将她搂在怀中，久久的，说了一句话："我爱你！永远爱你……"

想到这，吴雪燕提起笔，给董凯回了信，告诉他班里的一些趣事，说她常常不觉得自己是他们的老师，感觉自己和他们也成了同学。她说，她真舍不离开校园。现在去美国，她真有些害怕。她想等这一届学生毕业后，再考虑申请。这两年董凯在外面也可以专心求学。然后她嘱咐对方一人在外，事事当心，一切顺利。

写完信后，吴雪燕又把未婚夫的信读了一遍。突然想到，这些天有传闻说叶紫羽和黎欣好像在恋爱了，不知道是真是假？不过他俩，倒是满般配的。恋爱的激情，总是在一代又一代的学生中生动地演绎着。

就在叶紫羽和黎欣的爱情突飞猛进的时候，颜墨桐也开始了对安梓汐的感情攻势。

起初，叶紫羽还没察觉。后来他每次送完黎欣后返回宿舍，颜墨桐有意无意间，老是问安梓汐有没有在宿舍，他才醒过神来。其实叶紫羽虽然每晚都送黎欣回寝室，但从没踏进过女生楼，只在楼下便分手。这时见颜墨桐真是喜欢上安梓汐，便答应为他探探消息。

可在同黎欣说了之后，他才知道情况有点不妙。黎欣告诉他，她们从来就没听安梓汐口里谈起过颜墨桐，反倒是外语系有个男生，家也是南方的，约安梓汐出去过几次，这些天慢慢打得火热了。

这个消息大为不妙，叶紫羽赶紧告诉颜墨桐，并央求黎欣问出了外语系那男生的一些情况，知道此人名叫简逸，来自J省的厦城，也是一名大一新生。然而，感情的事，并不是知己知彼，就能战胜对手的。

在室友的怂恿下，颜墨桐非常正式地给安梓汐写了一封情书，把爱慕之意表现十足，早自习时，交给了安梓汐，并在信中约安梓汐下午四点到山后"圣迹晚钟"凉亭一见。

下午是门公共课，全年级上百号人挤在大阶梯教室听课，叶紫羽和黎欣两人悄悄坐在后排，也没见颜墨桐在哪儿。下了课后，同学们闹哄哄地走出教学楼，叶紫羽不见颜墨桐，便和黎欣去了图书馆。

其实颜墨桐下午根本没去上课，他把信交给安梓汐后，见安梓汐表情平淡，心中便一直忐忑不安。午休过后，大家都去上课时，他偷偷溜到后山的凉亭下。这个时节，山上游人不多，风景区很是安静。

颜墨桐坐在凉亭中，心中却不能平静，反而很是慌乱，他一个人也不知想些什么，眼见得时间还早，便走进大钟寺内，在大雄宝殿前，点燃一炷香。焚香祷告时，他闭上眼睛，竟一语顿塞。有请菩萨保佑家人平安的，有请菩萨保佑早生贵子的，可有请菩萨保佑泡妞成功的吗？

手表的指针开始移向四点，颜墨桐不由慌慌张张跑向凉亭，抬眼一望，幸福得差点晕过去。他看见，安梓汐正沿着小道朝这边走来。颜墨桐兴奋地想到：等她来到面前，第一句话该说什么呢？还是什么也不说，先将她的手握紧紧握住，再深情地凝视着她的双眼？

稍倾，安梓汐已经到达亭前，眼见颜墨桐神色兴奋异常，她嘴角一剜，冷言道："本来我不想来的，可我觉得还是同你说清楚的好。我们之间不可能的，我对你没感觉，我们只能是同学关系，对不起！这封信还你。"几句话一完，也不待颜墨桐开口，径自转身回校。

颜墨桐条件反射般接过信，尚未来得及张口，便眼睁睁看着安梓汐的背影渐行渐远。他一屁股墩在地上，先前紧张了半天的准备，到头来竟然一个字也不及出口。

颜墨桐呆坐在凉亭中，心中难受得要死。喉咙也像堵上一块破布，喘口气都费劲。天色慢慢暗淡下来，从校园中远远传来广播声，学校食堂该开饭了。但他一点食欲也没有。游人慢慢稀少，很快，就只剩下他一人还坐在那里。

校园食堂里，叶紫羽打好饭，黎欣打好菜，两人找个座位坐下后，抬头一看，旁边竟坐着安梓汐。叶紫羽故意大幅度摇头晃脑四下一打量，没见着颜墨桐，就夸张地瞅着安梓汐。

安梓汐可不客气，微抬着下巴对叶紫羽似笑非笑道："看什么看？这么关心我？当心你身边的人吃醋。"

黎欣也抿嘴道："他爱看谁看谁，我才不会吃醋呢。"说话间，眼光却笑意盈盈地落在叶紫羽身上，顺便，把自己碗中的菜分了些到叶紫羽碗中。

这个动作被安梓汐看见，她故意装作受不了了，冲黎欣嚷嚷道："你们可真肉麻，公共场合，注意分寸啊。”

黎欣被她说得有些不好意思，叶紫羽却正色道：“行了安梓汐，别老开玩笑，颜墨桐不是约了你去圣迹晚钟的吗，你怎么会一个人在食堂吃饭?”

安梓汐生气道：“好啊，原来你们都知道?”

叶紫羽道：“知道什么，不就他跟你约会吗？谁还不知道他喜欢你呀，难道你不知道?”

安梓汐道：“他喜欢我能怎样？我又不喜欢他。”

叶紫羽一脸深沉道：“安梓汐呀，你这么说就不对了，能怎样？能出人命的！颜墨桐可是一片真心，我可以负责任地告诉你，你不喜欢他，损失会很大……”

他还要耍嘴皮子，安梓汐气得要命，不管不顾的，伸手在叶紫羽的胳膊上使劲一拧，恨恨道：“你真讨厌，再乱讲，我让欣儿不理你了。”

叶紫羽不防，疼得眉头一皱，说：“不用这么大劲吧，人家喜欢你有错吗？再说，大家不都觉得颜墨桐挺好吗？再说，你们不也挺熟了吗？再说……”

安梓汐打断他，正色道：“告诉你叶紫羽，我不喜欢他，从来没想过和他谈恋爱，这个我觉得没什么好解释的。你们是朋友，你就代为转告吧，就这样，我不想说这个了。”

叶紫羽还想饶舌，可黎欣拉了他一把，说：“行了，你就别问了，梓汐喜欢谁是她自己的事，你干嘛非逼人家似的。”

安梓汐笑道：“这就对了。欣儿呀，你是得好好管管你们家这个长舌男，怎么什么都爱瞎掺和呢？我吃完了，先走了啊。”

可叶紫羽还不甘心，问道：“那你喜欢谁啊?”

安梓汐笑着凑到黎欣身边，说道：“我也喜欢叶紫羽，行不行呀?”见黎欣作势要打她，乐得赶紧跑开了。

黎欣对着叶紫羽嗔怪道：“你问那么多干吗?”

叶紫羽皱眉道：“这可真坏事了，你不知道颜墨桐有多喜欢她吗？都走火入魔了!”

“可梓汐不喜欢他有什么办法，感情的事不就这样的。”

“那她到底喜欢谁?”

“你回头看看门口。”

叶紫羽见说，忙转过头去，看见食堂门口站着一个高高大大的男生，穿着一身白色休闲运动装，神采奕奕，一脸笑容。安梓汐也正含笑朝他走去，走到跟前，两人说了句什么，然后一同转过身，并肩朝外。夕阳金灿灿的洒在地上，也洒在人的身上。

叶紫羽一时有些目眩，忽听黎欣轻笑道："看傻了呀你？"

叶紫羽转回头，问道："那个男生是谁？"

黎欣回答："我同你提过呀，外语系的，叫简逸。"

"简易？还简陋呢，他长得倒挺高。"

黎欣又笑道："别人还挺帅呢。"

叶紫羽哈哈笑道："有我帅吗？"

黎欣再一乐："臭美，人家可比你帅多了。"

叶紫羽也不生气，道："嗯，回答错误！减去十分。"

饭后，叶紫羽回寝室拿书，准上去图书馆，没见着颜墨桐，一问高继远和林楚涯，也都没见着，三个人不由担心起来。林楚涯试探着说："他不会想不开吧？"

高继远道："歇菜吧你，这么点儿事至于吗，要不我们上后山看看去？"

两人点头同意。于是三人顺着小道朝后山走去。这时天色已经全黑，整个风景区笼罩在黑暗和寂静之中，只有山间的农户偶尔透出几点灯火，脚下的路也看不太清楚。三人摸黑来到圣迹晚钟凉亭前，冷不防吓了一跳，只见颜墨桐还没精打采地坐在那儿动弹不得。

一时间，众兄弟不知说什么好，都沉默着。半晌，高继远一脸深表同情的模样，小心翼翼地开口道："哥儿们，节哀吧。先回去吃点儿东西？"

高继远一本正经地冒出"节哀"这么个词来，倒把叶紫羽给逗笑了。他上前拉住颜墨桐的胳膊道："别坐在这里了，回去吧。"

颜墨桐没吭声，麻木地点点头，软绵绵站起身来，慢吞吞跟着三人往回走。黑黑的一段路中，他磕绊了好几次，旁边的人都急忙伸手架住。

回到宿舍，林楚涯把打好的饭菜拿给颜墨桐，颜墨桐还是说不饿。其他人也不懂这种事情应该如何安慰他，毕竟年少，都还没失恋过，缺少类似经验。颜墨桐也是头回有这种万念俱灰的感觉，心中极苦，却无从表达，只能发呆，哪里还有什么味觉食欲？

众人再次无言以对，房间内一下子死静，呼吸都有些压抑。而门外的走道上，却一直吵吵闹闹，时不时有人欢声笑语，门里门外，仿佛两个世界。

终于，高继远说道："算了算了，菜早凉了，也别吃了，今儿我请宵夜，咱们去饭馆炒俩菜，喝点酒，怎样?"

林楚涯和叶紫羽立即同意，转头看着颜墨桐。

颜墨桐仍是一脸死灰，本是不想动弹的，可他心中也觉得不能太让室友们难做，过了半晌，闷声道："好吧，喝酒去，革命的小酒天天醉，我要请客!"

三人的脸上这才挤出点笑意，纷纷伸手拍拍颜墨桐的肩膀，然后一起走出宿舍。到小饭馆座下，叶紫羽本来说喝啤酒，但颜墨桐硬要喝白酒。这种情况下，大家也就随他了。其实四人当中，高继远和叶紫羽的酒量挺大，颜墨桐和林楚涯却喝不了多少。两杯下肚，神智迷糊，话匣子就打开了。

林楚涯说："颜墨桐，感情的事不能勉强，算了。学校这么多漂亮女生，另找一个吧。"

高继远也说："就是，没有过不去的坎儿。人生的路还长着呢，啊!"

叶紫羽又被高继远的话给逗乐了，说："老高，你今天怎么了，说的话我听着都那么怪异呢？还特深邃的感觉。"

颜墨桐终于闷闷地笑了，说道："他有什么深邃的，纯粹是用词不当。"

这一开口，几位室友的心情才轻松起来，一起笑了。

林楚涯又说："颜墨桐，周末去舞会吧，那儿漂亮女生多。"

颜墨桐摇摇头说："喝酒吧，不感兴趣。"

这时，叶紫羽灵光乍现，突然有了主意，他说："颜墨桐，找女朋友这事还是随缘，你不是挺喜欢交笔友的吗，我给你介绍个笔友如何?"

颜墨桐道："笔友？谁啊?"

叶紫羽道："我高中同学，很漂亮的一个女生，性格也大方，现在南方上大学。"

颜墨桐心头漠然。刚被喜欢的人拒绝，这时候你就是把嫦娥送到他面前，他一样会视若无睹。可叶紫羽其时对于情感之事，也不太懂，只是想尽量帮助自己的朋友解脱开来。颜墨桐虽然总是提不起精神，但见朋友们都这么热情，也不便过于扫大家的兴，于是说好啊，回头你把地址给我好了。

四人喝了足足一斤白酒，林楚涯有点睁不开眼了，颜墨桐也面红耳赤。高叶二人却面不红心不跳。于是各自扶了一个，踉踉跄跄返回寝室。

叶紫羽的高中毕业照是带到学校的。一进寝室，他便打开抽屉，将相册拿出来。他取出毕业照，递给颜墨桐道：“你仔细看看，有没你喜欢的类型？”

颜墨桐接过来，说道：“你想介绍谁给我认识？”

叶紫羽道：“你先看看，觉得哪个女生不错？”

颜墨桐将叶紫羽的毕业照拿过来看了看，高继远和林楚涯也都凑了过来。但颜墨桐看来看去，没看清一张面孔，只觉得眼前一片模模糊糊，这当口，他哪有这心思？最后，还是林楚涯指着前排靠右的一个女生说道：“我觉得这个女生挺有气质的。”

叶紫羽一看，正是柳溢雅。他哈哈大笑，说：“我就知道你们会觉得这个不错呢，我说的就是她。她叫柳溢雅，当初可是我们班的班花。”

高继远也乐了，“这个女生真的很不错，老叶当初你肯定没追上吧？”

叶紫羽笑道：“我当初可是听话的好孩子，哪能早恋呢。颜墨桐，你倒是想不想同别人交笔友啊？”

颜墨桐的精神气儿还是上不来，蔫蔫地说：“好啊，有她的通信地址吗？”

叶紫羽道：“还没有，我马上就问，很容易的。”

他说着，心眼一转，又有个奇怪的想法，乐道：“女生都喜欢浪漫，我有个主意，你若给柳溢雅写信，咱们给她整点儿悬念。”

众人不明白什么意思，又听叶紫羽接着说道：“你写信给柳溢雅，千万别说你是怎么认识她、怎么知道她地址的。反正你文笔幽默，字又写得好，她肯定会好奇，回信问你如何知道她的。那时你再编故事，就说曾经在锦城大街上无意间邂逅过她，然后就被她吸引住了，于是你悄悄地跟踪她，一直跟到她上学的中学里，看到她进了高三三班教室，再听到有人叫她柳溢雅，所以你就深深地记住了这个名字。”

大家一听，都兴奋起来，觉得这个哄女生的创意不错。林楚涯见颜墨桐光听不吭声，又越俎代庖道：“就算这样说得过去，那又如何解释能得知她现在的通信地址呢？”

叶紫羽想了想，道：“信上就说，你后来每期《锦城晚报》都看，看到无论哪所大学录取名单里有柳溢雅这个名字，你都记了下来，然后一一写信给对方，希望能找出你当初邂逅的女生，这样如何？”

颜墨桐总算有了点儿反应，问道：“是不错，但就这样好像还是很多漏洞，柳溢雅不知道你在这读书吗？”

叶紫羽道："当时我差点儿没考上大学，那会儿还没拿到录取通知呢，她不知道我在这所学校。这样，你只管写信，柳溢雅要是回信，看她会提什么问题，我们再想方法应对，你先拼尽全力，写出一封妙笔生花的信吧。"

众人大乐，颜墨桐终于咧了咧嘴说："好，你们班花一定会回信的。"

学期刚一过半，黎欣宿舍的四个女生，就有三个交上了男友，仅剩下杨芳雨还是孤单一人。可见大学恋爱真是普及。

安梓汐同简逸的关系进展神速，现在两人下晚自习，都是手挽手由简逸将安梓汐送回女生楼下。好几次叶紫羽送黎欣回来，在楼下碰上，简逸都笑着主动打招呼，叶紫羽觉得这人倒也不讨厌，但碍于自己和颜墨桐的关系，便只是点点头，不多交谈。

有一回，简逸忍不住问安梓汐，叶紫羽同李舒的关系怎么样？安梓汐说很好呀，简逸便纳闷地说，那他对我怎么不冷不热？李舒也是，见面虽然很客气地打招呼，但总显得有些生分，他们不是有意挤兑我这个新加入者吧？

安梓汐咯咯笑开，便把颜墨桐的事情略略一讲。简逸恍然大悟，趁机抱住安梓汐，一脸虔诚地说，追到你真不容易，我要好好爱你一辈子！

安梓汐感动地靠在简逸怀中，一脸幸福，两个人都轻轻闭上眼，享受着爱情的甜蜜。陶醉了好一会儿，简逸提出个建议，说由他请客搞一个卡拉OK聚会，把她们寝室的女生和她们的男朋友全部叫上，大家增进增进感情。安梓汐觉得这样很好，便答应告诉室友们。

这种聚会是学校常见的，室友们自然满口答应。可黎欣告诉叶紫羽时，叶紫羽却是一脸的为难。他总觉得，这么同安梓汐和简逸混在一块儿，对颜墨桐来说，不够仗义。

黎欣倒是非常理解，她笑着对叶紫羽说："我明白你心里怎么想的，你觉得安梓汐成了简逸的女朋友，你同他们来往有点儿对不起颜墨桐。看来呀，你们男生也够小气的。你要是不去，我就告诉他们，大家也不会有什么意见。再说了，你不会唱歌，也不会跳舞，有你没你还不是一样呀！"

说完这话，黎欣捂着嘴就笑了。叶紫羽也乐，他想起当初这话是他跟黎欣说过的，还惹得她生气，心中不禁生出一丝甜蜜。便告诉黎欣说，去还是去吧，简逸张罗聚会，估计就是想化解一下尴尬，聚聚也无所谓。

很多同学都认为，他们学校唯一强过省城大学的，就是身处世界级风景区，漂亮的山水名胜数不胜数。简逸在大钟寺外的田园餐厅订了席位，这里依山傍水，风景宜人，抬眼处直可望见山顶处终年不化的皑皑白雪，有经济实力的学生常喜欢来此摆酒设宴，高谈阔论。

这一日，叶紫羽一行七人来到此处，简逸的家庭背景并没跟人说起，但见他平日里总是一身名牌，想来不错。此刻他出手不凡，桌上竟摆着一瓶五粮液。众人团团落座，简逸左侧依次是李舒、兰婧雪、杨芳雨，右侧是安梓汐、黎欣。她和叶紫羽正好对面。

菜一上桌，简逸张罗着同大家先干一杯，然后又热情地给身边的李舒满上，再探过身来给叶紫羽倒酒。叶紫羽连忙站起身来道谢，心想："这小子还真会做人。"眼珠一转，见杨芳雨在他右侧只知吃饭，笑声道："我敢肯定，简逸请大家吃饭是什么目的了！"

他这么一说，众人都停下筷子，抬眼望着他。黎欣心中一急，害怕他说出什么惹人不快的话来，安梓汐的面上不好看，正要伸手拉他，却又听他说道："简逸八成是想刺激刺激杨芳雨吧，眼见得同宿舍的革命友人个个配了鸳鸯，本来还有安梓汐同杨芳雨做伴，他偏偏插一杠子把安梓汐给哄走了，现在就剩下杨芳雨落了单，这个责任是得简逸来负！"

大伙儿一听笑开了，李舒连忙表示同意。安梓汐笑道："按叶紫羽这么说，凭什么就怪简逸？李舒和你早拐走了婧雪和欣儿，你们更要负责才对！"

叶紫羽说："正是如此，所以我俩才把你留下来陪着杨芳雨呀，简逸是釜底抽薪，太不厚道了！"

杨芳雨嗔道："讨厌，就我一个人孤孤单单的，叶紫羽你还拿我开心，欣儿真是不会管教你。"

叶紫羽对杨芳雨笑道："要不我给你介绍一个？你看我们寝室的林楚涯行不行？"

杨芳雨也笑道："我才不干呢，比我大五岁以内的小毛孩子都靠边站吧。"

兰婧雪笑着接口："这家伙是没安好心，拼了命拿我们姐妹给他的哥儿们做礼物呢？可芳雨这话打击面也太广了，至少李舒可不是小毛孩。"

众人又是大笑，气氛便渐活跃。一向稳重的李舒居然也开口道："我给大家出一道有趣的博弈题，你们要不要听？"

众人连说要听，于是李舒开始讲："这是一个相亲中的比较策略。一个女生，别人给她介绍男朋友，约好地方见面。她就想，要不要带好朋友一块儿去，帮她参谋参谋？我们试想一下，如果这个女生长得很漂亮，她的朋友不漂亮，她带她朋友去，这样就可以反衬出自己的美，让自己的优势更突出。反之，如果她没有朋友漂亮，就自己去，免得在朋友面前相形见绌。这两种情形下的选择很好做出。但是，如果这个女生和她朋友都很漂亮，或者都很丑的话，你们认为她带朋友去好，还是不带去好？”

众人听了，议论纷纷。安梓汐说都漂亮就去，都丑就不去了，省得吓跑了人。黎欣说漂不漂亮都自己去，不带朋友。杨芳雨心直口快，连声催促李舒快讲最佳选择是什么？

于是李舒又说：“如果两人都漂亮，就应该选择一个人去，因为对方在单独评价她时，会将她与日常见过的其他女生比较，这样一来，漂亮的就比较有优势，如果带了同样漂亮的朋友一块儿去，对方就会在这两人之间比来比去，没准还会发现她们的相对不足。但是两个女生都很丑的话，那就要选择一起去。因为如果一个人去，对方同样会将她同日常生活中的人比较，那样她就可能毫无希望。而两人都去，对方就是在她们之间作评价，没准儿会看到她们两人间的相对优势，起码也增加了成功的机会。”

他讲完后，大家都觉得有理。叶紫羽笑道：“李舒的理论我算是明白了，一句话，好朋友其实就是拿来垫背的不是？”

众人哈哈大笑。李舒窘道：“不是不是，我只是在本杂志上看到有道题这么讲的。”

兰婧雪说：“所以呀，叶紫羽你们寝室那些个人下回相亲的时候，你们几个生瓜蛋子一定要全去，这样主角才会有比较优势。”众人听了又笑。

简逸接过话题说道：“我也在书上看到过类似的题目，说给大伙儿听听？”于是大家的目光又集中到他身上。

“这道题目叫《爱情囚徒》。爱情也是一场博弈，谁能熟练地驾驭爱情的游戏规则，谁就能成为爱情的赢家。相爱的双方如果都不变心，那是最好的结局，执子之手，与子偕老；如果双方都变了心，结局也不算坏，因为各走各的道，谁也不欠谁；但如果两人之间有一方变了心，另觅新欢，另一方却还傻乎乎地忠贞不二。那么，另觅新欢的一方是最幸福的，比两人都不变心还要幸福，因为这一方找到了更好的情人；而被抛弃的一方是最不幸的，比两人都变心还要不幸，因为他（她）承担的压力，既来自对方的太幸福，也来自自己的太不幸。所以，问题就是：你面对爱情时，如何保证成为情场上的赢家？”

他一说完，叶紫羽又笑道：“简逸的意思我也听明白了，同样一句话概括：谈恋爱就得自己甩别人，别人不能甩自己不是？”

众人又跟着笑了。笑过之后，倒是引起了沉思。过了一会儿，黎欣说道：“这个题目太现实，我认为爱情不该有赢家。生活中的恋人都希望地老天荒，没谁愿意回头是岸，很多文艺作品中都描述过，恋爱的一方被抛弃后还不死心。我们大概也都试过海誓山盟，目的就是让喜欢的人相信自己能够至死方休，同时也换来对方的忠诚。可誓言能够永恒吗？如果恋爱中一定要保证成为赢家，就好比天各一方的恋人，在不知道对方是否能够此情不渝时，最佳的选择就是不遵守诺言，那这太可怕了！我不要我的爱情有赢家。”

叶紫羽惊讶地看了眼自己的女朋友，见她这么说，有些高兴，他刚想开口，安梓汐已经笑道：“叶紫羽，欣儿在向你表白呢，你还不赶紧乐趴下？”

杨芳雨道：“你们别打岔，简逸赶紧说，这有成为赢家的最佳选择吗？”

简逸说：“书上列举了获得幸福爱情的原则是：胜利属于那些善意、宽容、强硬、简单明了的恋人。意思就是，幸福的恋人可能并不是忠贞不二，当然也肯定不是见异思迁。他们生活得愉快，关键要能够彼此宽容。既宽容对方的缺点，也宽容偶尔的不忠贞。尖刻地对待恋人，一点不容许对方的犯错，也难以幸福。”

杨芳雨又问：“那你所谓的强硬与简单明了又是什么意思？”

简逸道：“强硬就是最终要拿得起放得下。如果对方没有了爱，自己就不能太软弱，一味企求。而简单明了，就如同黎欣刚才所说，爱情应该很纯洁，不能老想着当赢家，双方的爱恨要明明白白，切忌让对方猜来猜去产生误会，导致因误会而分手的爱情悲剧。”

大家听后，纷纷觉得有理，都为简逸叫好，一同举起酒杯。叶紫羽感慨道：“看来爱情如果真是一场游戏，那么恋人最得意的选择是另觅新欢，最美好的选择是天长地久，最理性的选择是分道扬镳，最失败的选择是对方另有新欢后被无情抛弃。我看我们还是不要去做这样的选择题了。”

李舒说：“你这话总结得也挺到位。”大家又笑。

就这样，笑声贯穿了整个过程，众人都很尽兴。这场宴席结束时，天色已晚。一行人走回灯火斑斓的校园，各自心头都在想着愉快的事情。简逸感到，其实李舒和叶紫羽都挺好打交道。而几个女生则一路打趣着杨芳雨，让她抓紧点时间也成双入对。

七、岂不尔思

眼见着新年元旦即将到来，陆禹皓的大学生活也过了快一个学期。这期间，他时常收到叶紫羽的来信。好朋友的来信总是让他高兴。最近叶紫羽还说他有女朋友了，这让陆禹皓回想起高中的时候，他们总是想方设法找机会跟女生套近乎的事来，一回想起就乐。不过现在的陆禹皓跟高中相比，性情大不一样。他当初填报金融专业，本想着这是个热门专业，对今后的就业有好处，可没想到深入学习后，他对这个专业竟会如此感兴趣，他以前可从没这么卖力的看过课本。这学期有几次测验，他的分数均名列前茅。所以说，兴趣才是最好的学习动力。图书馆很多金融证券方面的书籍，都被陆禹皓借来阅读。他还记得，1993 年初，中国股市刚刚兴起，那时锦城有条街叫红庙街，所有炒股之人都在那儿蹲着，买卖股票跟菜市场卖菜一样。街这头随便找个人讲讲价钱，从他手里买上一只股票，然后走到街的另一头，大声地吆喝上两句“卖股票了嗨，便宜卖了！”自然会有人过来砍价，一来二去成交了，也能赚个百八十块的。

那时陆禹皓正上高二，见家长们平日里唾沫横飞地议论着股票，说这个好赚钱，好多家庭还集资共同买股，他便起了好奇心。趁着某天放学早，邀几个同学骑车去红庙街看看。他们在人群中穿来穿去，也弄不懂怎么回事。只见不少人手拿着印花的纸片，站在街边，然后有人围着观看，有的人便讲开了价，砍来砍去，双方觉得合适，便一手交钱，一手交票，成交。他觉得，卖股票跟倒卖邮票很相似。陆禹皓很感兴趣，这么些印得花花绿绿的纸片，为什么可以将价格炒来炒去？

他知道有人专门倒卖批文的，可那是紧俏物资，得有关系才拿得到手，而这东西谁都可以买。并且股票也不像邮票，邮票有纪念和观赏价值，限量发行，年代久了，就能升值。股票为什么会有升值潜力？这些疑问，从那时起，就盘踞在他的心中。但他的好友叶紫羽对股票一点也不感兴趣。叶紫羽说："这就是金融市场吗？据说在国外，玩金融股票的人学历都很高，我看有点儿夸张了，这跟我妈上街买菜的架势没多大区别呀？听说美国华尔街是世界最大的金融市场，那儿蹲在街上吆喝的人肯定更多。我想华尔街比我们这红庙街可要长出好几里地吧？"这以后，陆禹皓有空便想去股票市场逛逛，叶紫羽却怎么也不肯去。

回想起这些，陆禹皓就觉得有意思。现在的股市正规多了，股民们可以去证券公司开户炒股。证券公司大厅都提供有座位，能通过电子屏幕同步观看股票涨跌信息。而股票交易也全部通过计算机完成。现在，什么空头、多头、B股、涨停板，在陆禹皓脑海中，想起来都是那么有滋有味。他已经在学校附近一家证券公司给自己开了户，一有空余，就去那的大厅坐着，着迷地盯着液晶屏上眼花缭乱的数字。他自己都想不到，股市坐标上的红蓝曲线，对他竟然具有那么大吸引力。以至于父亲陆绍成很奇怪地问过儿子，怎么一上大学他倒转了性子？要是在高中他能这么努力学习，就不用父母操那么多心，高考后还要虚惊一场了。

这天陆禹皓又去了证券公司坐着，直至收市。在回学校的路上，碰上了蒋妍希。他忽然想起叶紫羽上封信中管他问过柳溢雅的通信地址，他也不知道，正好问问蒋妍希。两人虽然在同一所大学，但不同系，平常碰上的时间也不多。

蒋妍希果然有柳溢雅的地址，便抄给了他。又顺便问他有哪些同学的消息没有？快放寒假了，要是上外地读书的老同学都回来，能不能搞个同学会？陆禹皓说不知道，他只知道叶紫羽在学校生活得不错，听说有女朋友了。蒋妍希听了满感兴趣，说那正好让他带回来给大家见见才对。两人闲聊了几句后，便各自走开，又忙着期终考试去了。这期间，陆禹皓给叶紫羽回了封信，告诉他若是回锦城，可以用电话 Call 他。他为了炒股方便，不久前刚用赚到的钱配了台传呼机，正新鲜着呢。

转眼间，到了元月中旬的一天，陆禹皓忙完最后一门考试，回宿舍楼的时候，就看见叶紫羽正在他们宿舍楼下晃悠呢。陆禹皓大喜，几步跑上前去，重重往他肩上一拍，说道："你小子什么时候回来的？不是叫你回来先 Call 我的吗？”

叶紫羽鄙夷道：“我知道你新配了BP机，骚包得不得了，睡觉都盼着能叫唤两下，我还偏不让你过这个瘾。”

陆禹皓笑骂道：“臭小子，有你的……”

叶紫羽连忙打断道：“你绅士一点，旁边还有位淑女呢。”陆禹皓这才看到，离着五六步远的花台旁边，站着一位高挑秀丽的女生。

早在元旦节，叶紫羽同黎欣在县城闲逛时，他就琢磨着带黎欣到锦城玩玩，县城巴掌大块地方没意思。等放寒假，他希望黎欣顺路到锦城停留两天，也好买些土特产带回南城。叶紫羽这次回家，可不敢把黎欣往家里带，但他很愿意让陆禹皓见见他的女朋友。

黎欣含着笑看叶紫羽同陆禹皓吵闹完后，才走近两人，亲切地伸出手去，说道：“陆禹皓你好，早听叶紫羽说到过你。”陆禹皓也笑：“你是黎欣吧，大名如雷贯耳。”

随后，他带叶紫羽上男生楼将行李放到宿舍，又说：“今晚你睡我宿舍，黎欣就住学校招待所，没问题吧？”

说这话时，他表情怪怪地盯着叶紫羽。叶紫羽略略一愣，立即知道陆禹皓脑子里在转悠些什么了，笑骂道：“你真下流，当我是你呀，把人诱骗到人生地不熟的地方意图不轨？”陆禹皓回嘴道：“我估计是别人守身如玉吧，你的狼子野心才没得逞的。”

下得楼来，陆禹皓便要请二人去餐厅吃饭。叶紫羽建议说，还是去吃串串香，既让黎欣尝尝锦城的特色，又适合聊天。

这串串香算火锅的一种，却是便宜，各色食品用一根细细的竹签串起来，无论荤素，都是一角钱。三人津津有味地边吃边聊，叶紫羽听陆禹皓将股市和期货分析得头头是道，心生佩服，说：“你还真炒上股了？发财没有？”

陆禹皓道：“这叫学以致用，我一上大学就身体力行，发财是迟早的事。”

叶紫羽道：“那我就指望着你了。”

陆禹皓道：“行，那我就带你上华尔街吆喝吆喝去。”二人大笑起来。

黎欣不解，问他什么意思？陆禹皓告诉她：“你别看叶紫羽长一副挺有文化的样子，其实就是乡巴佬一个。他愣说美国华尔街跟他家楼下菜市场一样，玩股票的人都扯着嗓子叫唤买我的买我的，新鲜蔬菜真实惠，小孩吃了长个儿，大人吃了败火，谁声音大谁生意就好。唯一同他们家菜市场有区别的，就是色彩斑斓。因为华尔街在美国，什么肤色的人都有，黑的白的黄的褐的。结果是黄种人生意最好，为什么呢？因为黄种人都是中国去的，去之前在他们家楼底下练过呢。”

黎欣乐得不行，问叶紫羽是真的吗？叶紫羽说是，陆禹皓就是在去他们家找他玩时，才开的窍。

二人多时不见，斗嘴斗得过瘾，黎欣就只管乐。串串香很辣，吃起来固然有滋味，但对于平常不吃辣的黎欣来说，没多久便俏脸通红，额头出汗了。她起身去了洗手间。

陆禹皓见黎欣走开，忙低声对叶紫羽笑道：“这个比杨婉清要漂亮吧？”

叶紫羽一乐，“名花倾城两相欢，各有千秋。”

陆禹皓故意嗤之以鼻，“还名花倾城呢，也就土豆地瓜吧你。”

这时黎欣刚巧返来，笑问道：“你们在说什么呢？”

陆禹皓还未回答，叶紫羽已经抢先答道：“他说你长得也就是个土豆地瓜的水平，不过没事儿，我说我不嫌弃。”

黎欣咯咯笑开，陆禹皓大窘，伸手一推叶紫羽，忙道：“黎欣你别听他瞎说，我可没那么说，我说的也不是那意思。咳，我都说不清了，叶紫羽你可真是个烂人！”

这两日在锦城，叶紫羽带着女朋友去了几处名胜古迹参观，又买了好多特产让黎欣带回家去。火车站送别时，叶紫羽在站台上吻别了女友，并约好，一到家就赶紧给他来信。目送火车开动时，叶紫羽想，他得说服老妈给家里装部电话才行。不过邮电局跟抢钱似的，装部电话要四千多元，想说服老妈的难度那是前所未有。

女朋友走了，叶紫羽方才回到家中。叶成煊晚上回家见到儿子，十分高兴。晚饭后，父子俩泡上一壶茶，坐着慢慢聊天，话题尽有不同。其实大学最大的好处，在于对普通人身份的改变。一上大学，总有点天之骄子的味道，平添几分自信。叶紫羽同父亲谈话的内容与口吻，有了不小的改变，原来叶成煊说话，多少有命令式的语气，而现在更多是探讨式的。从叶成煊的讲述中，叶紫羽了解到父亲这半年以来的情况。

在叶紫羽去大学的半年当中，叶成煊也开始了他的“打工”生涯。谁都没想到，老先生临退休了还有这份魄力，倒让单位里很多担心下岗的青年职工十分佩服，自叹弗如。但叶成煊这半年工作得确实辛苦。他通过老同学介绍，去了家名为“美梦”的床垫厂。这个厂生产的弹簧床垫在锦城小有名气。私营企业的工作自然要比国营单位紧凑。他的老板姓钱，50岁不到的年纪，叫钱大进，这倒是个好名字。一看就是有钱人。叶成煊负责财务工作，他一去便将这个厂里多年来混乱不堪的财务报表理得清清楚楚，立即让老板刮目相看。又得知叶成煊还是个知识分子后，更加从心眼里多了些尊敬，本来叫老叶的，也改口称呼叶老师了。

这个厂不大，一百多名工人，但每个月的销售额却相当大。叶成煊粗略估计了下，厂里每月的毛利大约有100万，除去各项开支、税收以及固定资产的折旧率，这个私营业主的月平均利润竟在四五十万之间。这真让叶成煊惊叹不已，这是他曾经想也不敢想的数字。

厂里的主要业务是生产床垫及相关的机器设备，这种高级床垫也就是人们通常所称的“席梦思”。生活水平提高后，市民们开始普遍使用这种高级弹簧床垫，而逐渐将铺在床底的棉絮淘汰。叶紫羽家也买了一张这样的床垫，市场上的价格还挺高，一般在千元左右一张。

叶成煊去生产车间参观了一番，了解到床垫的生产工艺并不复杂。用铁丝制成弹簧，再用串网机将弹簧按各种型号串好，用气钉加以固定，床垫的内胆就算成型。然后，用轧花机将各种花色的布料同切成一整张的泡沫轧在一起，制成床垫用的面料，再用围边机将内胆和面料缝合，一张席梦思便制成了。

熟悉生产流程后，叶成煊发现工人的工作效率非常低，一天下来，成品不多，要满足客户的订单，就得加班，否则供不应求。加班很累，可加班工资并不高，又占去工人们的休闲时间，大家颇有几分怨言。只是怕被炒掉，不敢对钱大进提出抗议。而钱大进也在心疼，加班还得多开销水电费呢！

叶成煊注意到，有的车间工作量并不饱和。在几道生产工序中，制造弹簧内胆是费时最久的，往往面料制好后，成品车间的工人在等待内胆送到才能围边时，就无所事事。而弹簧内胆车间的人手已经最多，仍然忙不过来。于是叶成煊跟老板提出个方案：把弹簧内胆车间一分为二，成立两个车间。一个车间专管加工弹簧，一个车间专门负责串网，将弹簧制成内胆。而不是像现在这样，先加工好一大堆弹簧后，再来串网。这样，不就可以缩短成品生产的时间了吗？

其实，这只是用到了最简单的统筹学原理。上过初中的学生都学过《统筹与安排》这篇课文。数学家华罗庚用最简单的例子讲到：洗茶壶要 1 分钟、烧开水要 4 分钟、摆茶具要 1 分钟、冲茶要 1 分钟，一共要 7 分钟。可是要稍做下统筹安排，烧开水的 4 分钟内，抽开身摆好茶具，不就节约出 1 分钟了吗？这个道理说来人人都懂，可钱大进现在就犯了这么个低级错误。他听完叶成煊解释后，连声叫好。这一来，生产效率提高，工人们加班时间大幅缩短，掉到钱眼里的老板也不用再心疼多花水电费了，皆大欢喜。

解决了这个问题，钱大进更加认识到叶成煊的价值。一段时间后，他见叶成煊为人清正内敛、调度有序，是个端方君子，索性让叶成煊做了厂长，自己更乐得清闲。

叶紫羽见父亲意气风发，心中甚为欢喜。他说："太妙了，我现在可以跟人家说，我是厂长的儿子了。"

父子两人谈得高兴，母亲在一旁生怕这爷儿俩快不知道天高地厚，开口数落道："给个体户当厂长有什么了不起？还不是听人家吆喝的，你也好意思在儿子面前吹嘘！你怎不问问儿子的学习情况怎样？"

叶紫羽对母亲说，大学不同于高中，他学习好着呢，保证能顺利拿到毕业证。母亲正想说你就这么点儿追求？叶紫羽又趁机跟母亲说："我们家装个电话吧，爸现在是厂长了，名片上印个宅电，多威风呀。最主要的是，我在学校就可以每周给你们打电话了，那多方便。"

母亲一瞪眼说："就这么个小破厂长，你怎么比你爸还骚包？你知道安装一部电话要多少钱吗？何况在学校打电话还要给长途话费！你老老实实地给家里写信吧。"

其实叶紫羽早知道母亲生性节约，他若问她，肯定是这么个结果，这时见母亲果然一口回绝，便不再心存妄想了。

家中呆了数日，叶紫羽给黎欣去了信，又开始盼望黎欣的来信。他每过一天都在算计着应该收到来信的时间。这一日清晨醒来，忍不住诗兴大发，躺在床上信笔写下首小诗：

每天，我都会在信箱处徘徊。
心中，燃烧着炙热的期待！
期待着那儿会有我的信，
信封上的字迹，正是我魂牵梦萦的女孩。

然而，希望总是落空，
我仍旧只是徘徊。
也许，这就是天意。
天意要让我明白，
失去了这个女孩，欢乐也不会到来！

就在叶紫羽盼望回信的同时，他却不知道，写给黎欣的信，被她的父亲自行拆看了。

那日黎欣回家，一下火车，早看见父母站在站台上迎候着她。这让黎欣又感动，又有点不自然，她蓦地发现，自己在不经意当中，已长大了不少。父亲黎浩生帮她拿过行李，一家三口亲亲热热地从车站走回家去，路上不停地有熟人打着招呼。邻居看到这一家三口，都笑着问一句："回来啦?"父母亲就欢喜地答一句："回来了!"若有人赞扬道："哎哟，你们家姑娘越来越漂亮啦!"夫妻俩更是笑得合不拢嘴，女儿就是他们最大的骄傲!

到家后，父母问到不少学校的情况，黎欣都一一作答，不过，她和叶紫羽恋爱的事，没有告诉父母。言语之间，她感到父母想她出国深造的念头越来越强烈，这让她有些不安。原本她也是立志出国的，可同叶紫羽恋爱之后，她发现，自己似乎掉进了恋爱的蜜罐中，在对未来发展方向的构思上，懈怠了不少。她记起在学校时，同叶紫羽谈起过将来出国留学，叶紫羽并不感冒，不能理解她的父母为何总以出国为荣？她曾跟他解释过，家乡的风气就是这样。

随后几天，黎欣便忙着跟中学时代的老同学见面。同时，她想，为了保险，还是让叶紫羽把信寄到兰婧雪那里为好。可没想到她的信刚发出，已有一封叶紫羽的信寄到家中。黎浩生一看笔迹，便判定这是男生写来的。这让他大为起疑。凭着家长的权威，他没多想，便将信拆来看了。一看即明，女儿果真在学校恋爱了！他最不愿看到的事情，还是发生了！

黎浩生有些心急，再一想，还为时不晚。他要阻止这件事情，不能再任其发展下去，遂与妻子商量。

沈润珍一听，反应比他还要强烈：这怎么行？女儿怎么能在这个时候恋爱？而且，跟班上的小男生有什么好恋爱的，俩人的家又不在一块儿，大学生恋爱成功的有多少？几年后一毕业，还不得劳燕分飞，万一俩人有什么情况的话，吃亏的还得是女儿。

于是，他们做足精神准备后，把黎欣叫到身边，细细盘问。乖乖女一时招架不住，也不忍心欺瞒父母，最终一五一十相告。黎浩生便苦口婆心，讲事实，摆道理。沈润珍则展开眼泪攻势，满面愁容。黎欣从未见过父母这般着急，她即心慌又心疼，同时也有点惭愧，毕竟当初她是信誓旦旦地说过上学期间不谈恋爱的。她连忙答应听父母的话。黎浩生见说，便叫她回一封信给叶紫羽，措辞要严厉，内容要简短，告诉对方，大家只能是普通同学关系，用语不要这般亲热。欣儿这一称谓，是她父母对她的昵称，闲杂人等还是以大名相称为好。并且以后也不要再来信了。黎欣虽不情愿，却一一点头照做。

可是，父母忽视了恋爱中少男少女的心境。黎欣虽然按父母之命做了，可女儿大了，怎么管得了？她找个时间去兰婧雪家里，又赶着给叶紫羽发了封信，在信中解释说，她在父母的严密监视下写了封分手信，希望他看后千万别生气，父母的心情可以理解，等他们毕业工作了，就可以证明给父母看了。

有位作家说得好：管不住的是儿子，看不住的是女儿。黎欣虽然在老爸的严密监视下发了一封类似绝交的信给叶紫羽。可一转身，在和高中同学聚会时，就忍不住乐呵呵地把男朋友的照片拿给一群好姐妹欣赏去了。同学一看，都夸叶紫羽长得帅，虽然有的只是客气话而已，她倒是一律很高兴。只不过她也央求同学们替她保密。

黎欣高中时有个好朋友叫陈思娜，她问黎欣，她的地下恋情打算瞒父母多久？

黎欣说，起码得到毕业，她老爸一定是怕恋爱影响学习，才反对和叶紫羽交往的。等毕了业工作了，她想老爸老妈会尊重她的感情。不过，陈思娜对好朋友的恋情也有疑问，两人不是一个地方的，她又是家里的独生女儿，她妈妈能让她找个那么远地方的男朋友吗？陈思娜又开玩笑地说，她也不想自己的好朋友嫁那么远呢。对此黎欣倒挺有信心。叶紫羽曾豪气地跟她说过：大丈夫必有四方之志，仗剑去国，遨游何必故乡？他今后的事业，一定要靠自己去闯。黎欣想，沿海是改革开放的前沿，机会总是多一些，等毕了业，约叶紫羽一块儿来这边发展不就行了吗。

高中同学聚会后，黎欣先行去了外婆家。每年都是如此，等父母放假以后，也会来这边一起过年。黎欣有时一个人偷偷地想，外婆家才是自己的第一故乡，现在的家是自己的第二故乡，那男朋友的家该算自己第三故乡了吧？她想着挺乐，却不知今年这信的事，在外婆家也引起了小小的风波。原来母亲忍不住已将她在学校恋爱的事打电话跟外婆说了。黎欣的外婆从她小时候起，就是最疼她的，听说她同那么远地方的同学恋爱，立刻联想到外孙女若是嫁到那么远的地方去，可怎么了得？这一见着黎欣，就拉着外孙女的手老泪纵横。黎欣知道一时间跟善良的老外婆也讲不清楚，只好连声安慰外婆不会的不会的，他们已经断了，她一毕业就会回家的。她不敢跟外婆再聊这个话题，好在外婆家里还有她舅舅的两个儿子，年纪尚幼。她便每天带着两个小表弟四处玩乐，回到家后，两个小孩子总会兴高采烈地说起姐姐又带他们上哪儿玩了，又买什么好东西给他们。于是，一家人其乐融融地倾听着孩子们的笑闹声，渐渐地，谁也不再提起这封信的事。除夕前夜，黎浩生夫妇赶来，一大家子人共同守岁，直到初八，才返回自己的家里。这个温馨快乐又横生波折的寒假，也宣告结束。

叶紫羽这边也没闲着，同学聚会同样是这个寒假的主题。他本想见着柳溢雅，问问她有没收到过一封寄自他们学校的信呢。可柳溢雅全家到海南旅游去了，不在锦城。叶紫羽悠哉游哉地享受着假期生活的同时，也在盼望着黎欣的回信。

巧的是，黎欣在父母监视下写来的信，和在兰婧雪家写的信，叶紫羽同一天收到。他看了邮戳，本有些奇怪，怎么相邻两天连着写来两封信，拆开一看，才明白过来。他倒没有什么过激反应，只是有些庆幸，还好没在信里说一些肉麻的话呢。不过，早知道她父亲会私拆信件，真应该把信写得再文采飞扬点才对。他觉得真是好笑，两人在学校商量假期通信的时候，他曾经担心过，万一自己父亲看到了会不会私拆自己的信？而黎欣那时，却说黎浩生从小就尊重她，从不私拆她的信。这回看来，那只是小时候罢了。儿女一旦长大，做父母的心态不可同日而语。不过，叶紫羽心中也有些小小不快，黎欣也太听她爸爸的话了吧，叫做什么就做什么，看来他这未来的老丈人是个不太好伺候的角色。

叶紫羽心有不甘，暗自想想，既然信已被拆，索性再去一封好了，省得被人笑话。他打定主意，便提笔写信。这封信干脆连称谓都没有，径直写道：

复函收悉，甚为惶恐。本不该再次来信，委实感觉有必要声明一点，我从没想过红旗到底能打多久。你即言明，我当尊重，凡事有何不可？至于称谓一字，时过境迁，自然不会同日而语，你这般说来，似有小气之嫌，略显鼠肚鸡肠了罢。开学之期，偌大校园，相逢而不相识者，亦是正常，不如将同学之称呼一并免去，岂不快哉。惺惺作态，我自不为，就此别过，祝君好运。

将信寄出后，他心想，黎欣的父亲这时肯定正提高警惕，全神戒备着呢！如果不出意外的话，一定又会拆阅这封信的。哼哼，慢慢看去吧你。

又过了好些天，叶紫羽在家中无聊，想着马上就快开学了，他兴奋不已。脑海中翻腾着黎欣的模样，信笔在纸上填了首《青玉案》：

岁岁除夕迎新年，从未见，曾思念。
今时已末复春眠，一种相思，两处闲愁，相隔远不远。
重踏旧路人影单，恍恍惚惚似相见。
约定佳期临近前，心中喜欢，逐开笑颜，人月当两全。

读了十几年书，这只怕也是叶紫羽独一无二将开学之日视作“佳期”的。

正月十五元宵节一过，他立刻返校。出门的时候，刚好下着大雨，他拖着行李箱上了大巴车，饶有兴致地欣赏着窗外雨中的景致。路途走到一半时，雨已经停了。山间公路的空气格外清新，望久了窗外，眼睛感觉有些疲劳，便闭上双眼，靠在椅背上养神。竟又迷迷糊糊地睡了过去。只是隐隐约约感到车在不断地走走停停，不断地有人上来下去。他睡得并不踏实，却也不肯睁开双眼。不知过了多久，耳畔断断续续传来前排一男一女的谈话声。

男：“好不容易联系上，我不想再同你分开。你真的不能考虑下吗？”

女：“感情的事，错过了就没法回头，告诉你我有未婚夫了，你别再逼我。”

男：“你是说董凯？他现在加拿大，隔这么远，谁知道以后会怎样？现在谁来照顾你？”

女：“我不需要人照顾。再说了，跟你在一起，你就能照顾我吗？你会到学校来吗？”

男：“你可以跟我去申城，我会好好对你。”

女：“我不会去的，不然早就去加拿大了。你还是这样，总是要求别人。”

男："难道你不认为我所要求的都是一番好意？"

女："我当然知道你是好意，不过，你不能因为目的正确，别人就得无条件服从吧？"

男："我不是这意思……"

女："好了，其实我们不该再讨论这个问题。回忆虽然美好，毕竟已经过去。我只知道我现在唯一爱着的，是董凯。逝去的永不再来，我们还是珍惜身边的人，珍惜以后吧。"

男："可我想象不到，我以后还能有珍惜的爱人？"

女："你能够珍惜，就一定会有。"

……

叶紫羽迷迷糊糊当中，感到这女子声音好熟。听见男士怅然地告别下车，方才睁开眼半直起腰望向车门，正好看到一个高个男子的侧面，刚迈向人群之中。此刻似有凉风吹过，叶紫羽竟打了一个寒战。他又探头朝前排看了看，才发现：那女的居然是吴雪燕老师，难怪听声音听着耳熟。他惊讶一声。吴雪燕回过头来，看到叶紫羽，也意外道："你怎么在车上？"

叶紫羽笑道："我在起点站就上车了呀，吴老师您什么时候上车的，我怎么没看见？"

吴雪燕没有回答，叶紫羽却跑到前排，挨着老师坐下，又神秘兮兮地问道："吴老师，刚下车的是您男朋友吧？"

吴雪燕看着他道："你都听见了？"

叶紫羽道："我睡得迷迷糊糊，只断断续续听到几句。吴老师，你们也是大学同学？看来这男的很喜欢你呢。"

吴雪燕本不想多说，她心中感觉有些酸楚。轻叹口气，回答道："是的，他是我的初恋男朋友。我们本来已经失去联系，没想到他又打听到我的地址，竟然会跑到这里来。"

叶紫羽说："吴老师，他这么痴情，你该给他一个机会呀？"

吴雪燕笑道："这怎么可能，我和我现在的未婚夫感情很好。你要知道，真正能够维系婚姻的，是相互的包容与谦让。我们性格不合。"

叶紫羽似懂非懂，对这个话题非常感兴趣，但面对的毕竟是他的老师，他小心翼翼想问又不敢问。吴雪燕看到他的神情，想了想，淡淡一笑，微一沉吟，还是将她在大学的故事讲给了叶紫羽听。

叶紫羽听得入神，却难以判断吴老师到底应该同谁好。他试探着问：“失而复得，最为珍贵。吴老师你为什么还是拒绝他呢？他一定很失望了！”

吴雪燕笑道：“想拥有美满的婚姻，更应该面对现实，珍惜现在。”

叶紫羽觉得，他同老师的观点不太一致。

吴雪燕见自己竟然同自己的学生谈论了这么多关于情感与婚姻的话题，有些好笑，这还像个班主任吗？她岔开话题，打趣地问道：“你也够能耐的，什么时候同黎欣好上了？”

见老师突然问到这个，叶紫羽反倒不好意思，挠挠头，嘿嘿地笑开了。吴雪燕也便笑着叮嘱他：“今天的事，算是让你碰上了。回校后你可不能到处去宣传老师的恋爱史啊。”叶紫羽连忙拍着胸脯保证。

一路聊天，车已飞驰进了学校。叶紫羽和吴雪燕告别后，回到宿舍，发现高继远居然已先他而回。两人相见大喜，拿出食物，买回啤酒，大吃大喝，大谈寒假之事，好不畅快。夜深时，才带着几分醉意，脚也未洗就上床睡去。

次日醒来，已是中午，叶紫羽往窗外一看，天气出奇的好。少见的太阳高挂在山巅，将整个校园照耀得生机盎然，空气中暖洋洋的，让人舒服之至。他赶紧把有些发潮的被褥拿到楼下空地上，在两棵大树间绑上晾衣绳，把被褥摊开来晒了上去。

叶紫羽很少干家务活，就这么一点小事，手忙脚乱地整理完毕后，竟也满头大汗。他伸个懒腰长舒口气，待要转身返回宿舍继续睡觉，却看见：朝思暮想的黎欣，正微微笑着站在他的身后呢！

叶紫羽蓦然感到一阵欢喜在心头荡漾开。两人慢慢靠近，面对面站住，却都不敢直视对方的眼睛。黎欣面含娇羞，叶紫羽心跳加速。一时间，竟不知说什么好。相别不过月余，却是他们恋爱以来的第一次离别，初尝了爱情的甜蜜后，怎不让人想煞？

好一阵，黎欣才抬头望着心爱的人，轻轻问道：“春节过得好吗？”

“挺好。你什么时候到的？路上累吗？”

“不累，上午就到了，刚把宿舍整理好。”

“吃饭了吗？”

“吃过了。”

两人心中不约而同想起假期中通信的事件，黎欣说：“那封信你看了？生气吗?”

叶紫羽这时，哪里还有半分气恼，温言道:“怎么会，我根本没介意，只怕让你为难了。”

“那你还气我，说什么从没想过红旗到底能打多久?”

“我还不是故意这么说，好让你爸爸放心嘛。”

“就你有理!那你的目的达到了。”

“是吗?你爸爸看了什么反应?”

“我爸爸高兴得很呢，说他的目的达到了。”

“呵呵，那我的目的也达到了。”

“讨厌，我们走走吧。”

“好啊。”

叶紫羽再不瞌睡。两人朝后山小道慢步而去。

走到拐角处的树下，眼见左右无人，叶紫羽终于忍耐不住，伸手将黎欣紧紧抱住。黎欣回应着，双手揽在他的腰间，两人激动地吻在一起。

过了良久，他们慢慢分开。这时，往日熟悉的氛围才完全回到身边。两人相互诉起别后之情，越说越是高兴。不知不觉，走到了圣迹亭前。这儿的风景依旧迷人，亭下有个老头摆了个算命摊，却没有生意。老头看见他们过来，忙招呼二人，二人笑着摇头回绝。

叶紫羽又有了主意，他对黎欣道:“你知不知道，我在假期里苦心研究了测字算命，现在造诣颇深。我来帮你测字吧，你想测什么?”

黎欣摇头说，我还不了解你，多半又在哪儿看了本什么破书，了解一点皮毛就来吹牛，我才不信呢。叶紫羽不肯罢休，说怎么是皮毛，这是家学渊源!非要让黎欣说一个字来测。黎欣被他缠得没法，看到凉亭正中悬挂的大钟，就顺口道:“那我说个‘钟’字，你测去吧?”

叶紫羽问她测什么，黎欣本想说测测爱情，但一转念，又说测今后的事业。叶紫羽脑子转了转，哈哈大笑。这倒引来了黎欣的好奇，让他赶快解释。叶紫羽才道:“钟字测事业，再好没有。‘钟’的繁写体，就是一个‘金’，一个‘重’，这表示你以后会有重金呀，一定发大财，事业还能不好吗?”

黎欣听完，“呀”了一声，感到好笑，忙说这个不算，这个太简单了。叶紫羽说这怎么能叫简单呢，随机而发最是准确。黎欣不干，非要再测一字。叶紫羽想想说行，再测就再测，别以为我瞎猫碰到死老鼠。于是，黎欣眨眨眼睛，正待思索，碰巧看见一个和尚从大钟寺内合什而出，她灵机一动，捂嘴笑道：“我再出个‘僧’字，你不妨测测我将来的丈夫姓什么？”

叶紫羽说：“这不废话吗，你老公当然姓叶。”

黎欣顽皮地眨眨眼道：“你得讲出字理来呀。”

叶紫羽便把“僧”字颠来复去地念叨，心想，怎么才能跟“叶”字联系起来呢？

他思索良久，终于有了主意，对黎欣道：“所谓僧人，即是脱离凡尘俗世，终身与青灯木鱼为伴之人。而‘叶’字的繁写体，正是草字头下，一个‘世’字，一个‘木’字呀，这不就说明你老公姓叶吗？”

黎欣见他牵强附会，一再强调自己丈夫是姓叶的，又是感动，又是高兴。不过她偏要逗他说：“差强人意。但是呢，我希望我将来的丈夫当然是姓叶的。”

说完这话，她脸上娇羞无限。

叶紫羽自然满心欢喜。回校的路上，在路上见到的吴老师的故事讲给黎欣。黎欣也是一阵感慨，两情相悦的人走在一起，真是需要缘分的。

尽管他们初恋不久，却有了很深很深的感悟。

八、山川悠远

待颜墨桐和林楚涯也陆续返校，寝室中自有一番热闹。开学好些天后，学生们的生活才逐渐进入正轨。毕竟，玩也罢，恋爱也罢，功课却是耽误不得的。这时，本来一直没有音讯的柳溢雅，却给颜墨桐回了信。这让几人既是意外，又是激动。

果然，柳溢雅在回信中充满好奇。并说，也许你漂亮的字体、幽默的口吻是让我回信的原因吧，不过，你下次来信，一定要说明你是怎么认识我的。

这封信乐翻了全寝室。叶紫羽心想，幸好寒假里没碰上柳溢雅，要不然对方问起，他还不知道怎么说呢。其实颜墨桐经过一个寒假的休克疗法，心情轻松不少，对去年的事非，已不是很放在心上。但柳溢雅回了信，还是让他感到高兴和感激。不过，他有点犹豫，还要不要继续回信？叶紫羽却在一旁使劲怂恿，于是两人凑在桌子前，构思半天，精心编撰了一个浪漫温馨的故事。最后，颜墨桐根据叶紫羽提供的素材，写好信寄了出去。

信是这样写的：

高考前夕，家在锦城的叔叔突然给父亲打来电话，询问我的成绩，有没把握考上重点大学？父亲说，从两次高考模拟情况来看，离重点本科线差了老大一截，努努力，或许能争取上个一般本科吧。于是叔叔就告诉父亲一个好消息：他年轻时有位好友，现在锦城大学任教，正巧负责今年的招生工作。只要颜墨桐能上一般本科线，就能通过内部名额，将他调配到锦城大学。不过，得要本人先去一趟学校，填张表格。这个消息让父亲和我大为高兴。于是，我请了两天假，赶到锦城。

事情很简单，叔叔领着我去学校，见到他的好友，填完两张表格后，就没事了。出得校门，叔叔再三叮嘱，这次高考一定得好好把握，只要上了一般本科线，就能进锦城大学，这个机会难得，要珍惜。而我心里却着实没底，平白无故又添了几分压力。只好对叔叔说，我一定尽力，功课紧张，要尽快赶回家去。叔叔才不再多说，只是让我路上小心。

离开后，我心头虽为这个机会而高兴，但压力也不小。我没有直接坐车去火车站，而是在街头闲逛。心想，我会到这个城市生活四年吗？那将是怎样的一种人生？

当时，我的眼光随着不断变化的景致游离。不经意间，我突然看到一个女生，圆圆的脸蛋，俏皮的双眼。一颦一笑之间，我便为这女生深深的陶醉。她身穿天蓝色的连衣裙，裙摆处镶着一朵朵白色小花，她迈着轻快的步子朝前走去，裙上的花朵便在小腿边绽放开来。于是我不由自主地尾随其后，如痴如醉。

初夏的阳光，透过层层树叶，零乱地洒在林荫小道上。一次、两次、三次，我心中默默数着，这个女生曾有三次回过头来。不知道她的眼光，可会有一刹那间停留在我的身上？也许她看到了我，却浑然没有在意，她丝毫没有察觉，我跟着她一路走来。

到底是什么在诱惑着我呢？我不知道，我只是害怕，怕她的身影，会从我的视线消失。

冥冥中，上天露出了他和蔼的笑颜，眷顾着我。我看见，她走进一所学校。于是我也跟着走进学校，没有人阻拦我。大概，所有人都以为，我也是这所学校的学生吧。如果我真是这所学校的学生，岂不是可以和她朝夕相处？我愿意！

女孩轻盈的步伐终于迈进了教室，我抬头一看，高三三班。原来，她竟然也是这一届的毕业生！这让我一阵莫名的高兴！仅仅因为都是毕业生，似乎我们的距离，便从此近了。

我不可能走进教室，我悄悄地站在窗外，再看了她一眼，伤感地准备离去，耳边，却传来天籁一般的声音：柳溢雅！哎！

有人叫她，她在笑着答应！柳溢雅！她叫柳溢雅！我记住了，一个美丽的名字，一个动人的身影。

高考结束了。很可惜，我的分数连一般本科线也没有达到，只上了专科，辜负了叔叔的好意。可我仍然来到锦城。暑假里，学生都放假了，我怅然地站在那所学校门口，伫立了很久很久。

那以后，每天的《锦城晚报》我都会在第一时间买到手里。因为我知道，本届考上大学的考生名单，都会在报纸上公布。我寻找着那三个字：柳溢雅！还是亦雅？逸雅？我在这些名字间都划下重重的痕迹。

九月开学，我到学校后，便开始给以上所有同音的名字去信。我相信，那个笑容甜甜的女生，一定会看到我的信，一定会的！

这学期功课较上学期紧张，有一半学分要在这一学期内修完。

功课虽紧，叶紫羽仍花了大量时间阅读各类书籍。碰到他不喜欢上的课时，便在下面偷看小说，让黎欣给他做掩护。黎欣说他真该去读中文系。叶紫羽说，这不是没考上吗？不过呢，也许读了中文系，又不会有这般兴致了。正如任何爱好都不能成为职业一样，一旦成为职业，就会慢慢失去兴趣。黎欣说他这全是歪理。不过，在叶紫羽的影响下，黎欣也开始较广泛地阅读一些中外名著。黎欣在《读者》杂志上看到一篇短文，介绍了当代几位名作家列出的对自己影响最深刻的十部小说，她说她全没看过。叶紫羽说，他不但没看过，好多连名字都没听过，这全是那帮写不出东西的作家猪鼻子插大葱——装象呢。他们写的作品没让人觉得高深，就故意搞些明明很少人看的书来显示自己的高深，这不弱智嘛。

黎欣让叶紫羽给她介绍几本书，叶紫羽说，中国的古典四大名著能够通读，就是很高深的学问了。你就先读这几本书吧。黎欣说她全看过。叶紫羽说，你看的全是连环画吧，黎欣笑着打他。不过，黎欣还真没看过原著，只是看过现代作家的改写版。于是叶紫羽就说，真正的大家，最讨厌别人改动自己的作品，金庸就这样说过，要改改你自个儿的去，别写不出还要去破坏别人的成果。所以看四大名著一定要看原著，看完这几本书，再把你没看过的金庸小说全看一遍，你这大学就功德圆满了。黎欣想了想，便首先从图书馆借回《红楼梦》，开始阅读全本。叶紫羽对她说，等她看完了，他可要出题考考她，检验一下她的阅读水平。黎欣嗤之以鼻。

这时候，叶紫羽专读世界名著。读这些作品很花时间，也需要心情。在高中是找不出这样的时间的，上学期又忙着恋爱。只有现在，才算是真正有了充裕的时间与淡定的心情。叶紫羽连续看了《悲惨世界》《战争与和平》《基督山伯爵》《红与黑》等。

他看书是没日没夜的，白天躲在图书馆看，晚上躲在蚊帐中支着手电筒看。所以当黎欣读完120回本《红楼梦》时，他也读完这四本书。这四本书表现的年代相近甚至重叠，他读得都有点时空错乱。他在四本书中，都读出了拿破仑的影子。书中不同的男主人公，仿佛拿破仑的前世今生。最后读完《红与黑》，他对于连这个人物的感触最深。他又看了很多名家对于连的评价，有褒有贬。但他对于连的感觉，对他的所作所为，却不觉得有一丝不妥，他一点也没觉得于连做错了什么，他为于连最后功败垂成的命运嗟叹不已。

这段时间，两人上课并阅读，日子有条不紊，叶紫羽的大男子主义却开始冒头。有时候为了看书，中午下课后，他不愿去食堂吃饭，就要黎欣自己去吃，然后给他带点过来。一开始，黎欣很是生气，坚决不肯，却经不住叶紫羽软磨硬泡的无赖嘴脸，加之她的性格本来温和，所以逐渐开始迁就叶紫羽，不想日子一长，双方竟都成了习惯。

黎欣读了完整版的《红楼梦》后，被书中的诗文深深吸引，这是读改写版绝对体会不到的。她对书中的女子有了新一层认识，无论林黛玉薛宝钗，还是湘云妙玉等，无不情才双绝，诗词争艳，更显女儿美丽。她这种想法正是叶紫羽希望的，其实他的骨子里，对红袖添香，佳人研墨着实充满神往。于是他趁着黎欣刚有这股兴头，跑去书店，买回《唐宋诗》和《唐宋词》两本厚厚的书送给黎欣。

这一日，春光明媚，下午正好没课，两人携手上山漫步。路上，叶紫羽说："你该汇报汇报《红楼梦》的读后感了。"

黎欣不肯，说我要先问问你。叶紫羽说你尽管问吧。

黎欣便道："你最喜欢《红楼梦》中的哪首诗?"

叶紫羽大笑，说："薛宝钗的'好风凭借力，送我上青云'，林黛玉的'寒塘渡鹤影，冷月藏花魂'，都很不错。但这两句人人皆知，不值得夸耀，我最喜欢的，是红楼梦里那位民间诗人的说辞。"

黎欣不解，问："谁是民间诗人呀?"

叶紫羽摇头晃脑，故意恶声恶气地学道："不是俺焦大一个人，你们就做官儿享荣华受富贵？你祖宗九死一生挣下这家业，到如今了，不报我的恩，反和我充起主子？不和我说别的还可，若再说别的，咱们白刀子进去红刀子出来！哪里承望到如今生下这些畜生！每日家偷狗戏鸡，爬灰的爬灰，养小叔子的养小叔子，我什么不知道？咱们胳膊折了往袖子里藏呢！”

黎欣捶他一拳，笑骂道：“讨厌，人家正经问你呢，越来越油腔滑调了。”

叶紫羽方才苦着脸道：“我真说不上《红楼梦》哪句诗词最好。其实四大名著里，我读《红楼梦》是最少的，只通读过一遍，就觉得头绪繁杂，啰哩叭唆。写来写去也无过是个园子里的事情，视觉场景太窄。而且，男人在这部书里，就没一个敢大声说话的，所以我才把焦大的段子记熟了，其他的可真说不出来。要是我说薛蟠的‘女儿悲，嫁个男人是乌龟’吧，你怕是更要骂我了。”

黎欣掩口而笑，其实她是非常喜欢叶紫羽这份幽默的。在家时，她跟陈思娜聊天聊到叶紫羽，她就说过，只要叶紫羽愿意，几句话总能把人逗笑，跟他一起，会让人非常愉快。

这时叶紫羽问她：“说说你自己喜欢谁作的诗吧？”

黎欣想想说：“总的讲来，当然是林黛玉了。不过，对金陵十二钗中元春的判词，倒是让我别有感伤。”

“元春的判词？怎么说的？”叶紫羽全无印象。

黎欣低头，轻轻吟道：“二十年来辨是非，榴花开处照宫闱。三春争及初春景，虎兔相逢大梦归。这首诗的意虽然一般，但表现的哀伤让我回味。我想元春在大观园省亲的时候，命薛宝钗与林黛玉作诗，她看着她们和贾宝玉眉目传情，会是怎样一种心境呢？二十年来辨是非，大概是说，元春那时候也不过二十岁吧。可是为了父母，为了家族，她早早就进宫侍奉皇帝。三春争及初春景，榴花开处照宫闱。荣耀倒是很荣耀了，其他姐妹都羡慕她，但有谁能理解她的苦衷呢？只有她自己才能分辨个中滋味。书中虽然没写到当朝皇帝的年龄，但三宫六院七十二妃，元春只不过其中之一，青年男女最为渴望的爱情，自然与她无缘，荣华富贵，大梦一场。所以，如果说《红楼梦》是一部讴歌爱情的小说，那么元春同她的姐妹们相比，就是最早失去爱情，最早对爱情绝望的人了。”

这番立论，别出心裁。叶紫羽望着女友，笑言道：“这倒新鲜，我估计读《红楼梦》的小姑娘们，都注意黛玉宝钗王熙凤去了，怕是很少有关注到元春的。你倒是特别。行！水平见长啊，不会人云亦云了。”

黎欣笑道：“少摆谱，我才不稀罕你夸我呢。你自己是不是做梦都想变贾宝玉呀，整天里莺莺燕燕的？”

这回叶紫羽嗤之以鼻了，哼道：“你完全错误，我才不做贾宝玉呢。你知道我想做谁？我想做薛蟠！你不知道我的偶像是谁吧？告诉你，赶紧读《水浒传》，我的偶像就是高衙内！我做梦才不会变成贾宝玉呢，我做梦都想强抢民女！走在大街上，被一帮泼皮流氓拥护着，甩开膀子向前，没人敢惹，看见谁家的小娘子长得漂亮，哈哈哈，给大爷我拉回府中，午时三刻，拜堂成亲！”

黎欣捂嘴大笑，故作崇拜道：“你可真是个有理想有出息的好孩子！”

叶紫羽道：“那当然！可惜我爸不是当朝一品大员啊。贾宝玉哪比得上咱薛蟠薛公子！你说我要是电影明星吧，如果别人问我愿不愿意演《红楼梦》，我就告诉他我只愿意演薛蟠。多神气呀！谁敢跟我抢女朋友？你有我钱多吗？你有我帅吗？我揍不死你！你看过电视剧《红楼梦》吧，我就气愤那演薛蟠的怎么像个呆头鹅。书上又没写薛蟠的模样，但他妹妹薛宝钗既然能长那么漂亮，凭什么薛蟠就不能跟我似的玉树临风？所以说呢，这些编剧的思维真是相当僵化。难道帅哥就不会有钱？就不会跟人家抢女朋友吗？非弄得跟董永似的，要卖身葬父才是帅哥？难怪社会上看不起小白脸。”

黎欣已经笑得直不起腰，“行了行了，你别说了，还跟你似的玉树临风，你这么帅，理想又这么远大，我怎么配得上你？”

叶紫羽继续道：“那不一样，我们可是患难见真情的。”

黎欣道：“呦呦，别说得这么伟大，咱俩什么时候患难过了？你当我是香菱呢，还是夏金桂呢？”

叶紫羽道：“我当你是林黛玉呢，林黛玉嫁给薛公子，若是再敢使小性子，说出些含沙射影的话来，呆霸王一律听不懂，说了也白搭，这样的夫妻，才叫和睦呢。”

黎欣道：“我可不是小气鬼。”

叶紫羽道：“林黛玉也不小气啊，只不过情人眼里容不得沙子。腹有诗书气自华，你的歌唱得那么好，若是再能填词作诗，岂不才艺双绝了。”

黎欣固是高兴，不过她仍逗叶紫羽道：“怎么？你是要把我培养成女诗人吗？那你是喜欢李清照、薛涛呢？还是蔡文姬、管道昇？”

叶紫羽笑道：“是啊是啊，把你培养成女诗人。不过你说的那几位我都不喜欢，我喜欢卓文君。要是我哪天负心了，你也对我歌一曲《白头吟》，我肯定就回来了。”

黎欣听了，顽皮地眨眨双眼，挺一挺胸，正一正色，朗诵道：“皑如山上雪。皓如云间月，闻君有两意，故来相决绝。凄凄重凄凄，嫁娶不须啼，愿得一心人，白首不相离。竹杆何袅袅，鱼儿何徙徙，男儿重义气，何用钱刀为？朱弦断，明镜缺，朝露晞，芳时歇，白头吟，伤离别。努力加餐勿念妾，锦水汤汤，与君长诀！”

叶紫羽聚精会神地听她诵完，意外道：“怎么你居然能把这首诗全部背下来？”

黎欣笑弯了腰，故作气愤地说：“哼！忘了吧？去年你拿朱买臣妻不如卓文君来讽刺我们南城不如你们那地方后，我就记下这首诗了。我呀，还就等着看你变心，我好体验一回闺中怨妇呢！”

两人皆大笑。就这般一路谈来，信步走去，碰到沟坎处，叶紫羽便牵过黎欣的手，助力帮她跨过。若是周围无人，便趁机在黎欣脸颊上吻吻。山道弯弯，情意绵绵。

不知走出多少里路，山涧的流水随处可见，虽然石壁长满青苔，水却是出奇的清透。再转过几道弯，他们便看见远处一座精巧雄壮的楼阁居高临下，气势非凡。楼阁对面，沿石梯而下，有一间红柱飞檐的古亭，两边各有一座拱桥，如鸟翼飞凌，两道清泉从亭下流过，水声单一而清晰，尤似琴鸣。好一幅青山绿水，精工点染的绝美画卷。

黎欣问这是到哪里了？叶紫羽说这肯定是卧云寺，山区十景之一，这里的水是整个风景区最美的。走了许久山路，黎欣有些劳累，下到泉边，捧一汪碧水，洗去汗渍，顿觉心旷神怡。抬头一看，叶紫羽已走上拱桥，正笑望着她，她对视一笑，快步走上桥去，挽住叶紫羽的胳膊，两人打量着山光水色，呼吸着花草芬芳，倾听着流泉清音，一时忘我。

过了会儿，他们身边突然走来一个摄影的中年女人，热情地对叶紫羽说道：“小伙子，你看这儿的风景这么漂亮，和女朋友照张相留念吧。”

叶紫羽正有此意，看看黎欣，也点头同意，于是他对中年女人说道：“就这个姿势，你帮我们拍吧。”

中年女人一看生意谈成，很高兴，举起相机说：“这个姿势很好，保持住，我照了啊。”

中年女人按动快门的刹那间，黎欣有意识的向叶紫羽靠紧了些，将头偎在他的肩上。这温柔亲密的一幕，被相机定格，成了两人恋爱以来的第一张合影。

山中的白昼较短，五点钟左右，已见不到阳光，叶紫羽携女友下山，走到盘山公路的停车场，直接坐汽车回了学校。

到校后，两人在食堂吃过晚餐，叶紫羽又陪着黎欣去取今天的信件。并帮她把男生的信件带回男生楼。叶紫羽发现，柳溢雅给颜墨桐的回信，又到了。

柳溢雅这一次回信中，同样充满感慨和疑问。她说，她不敢相信这是真的。那个夏天给她的记忆同样深刻，她的心思全在高考上。因为她是班上的尖子，老师和父母对她有信心，同学们都羡慕她，可是没人理解她。其实她的内心，也是好害怕的。怕万一高考有什么闪失，没有达到期望的目标，她将怎么面对身边的亲人与同伴？所以她只有抓紧最后这一切的时间，拼命地看书，拼命地学习。这种心理负担，曾让她半夜睡不着觉。可她不能跟老师跟父母跟同学们说，因为她是他们的骄傲，他们的榜样。她的心中，反而羡慕班里的一些同学呢，尽管要高考了，可他们却能尽量让自己的生活变得丰富多彩。她在班里的人缘虽然不错，可她却总感到孤独，她不愿意做榜样，不愿意老师表扬她，不愿意同学们羡慕她，她也想敞开心思，轻轻松松地度过每一天。

还好到了大学后，认识了不少朋友，没想到，又会收到颜墨桐这么一封奇妙的来信。难道真有那么浪漫的事情在那个夏天出现在她身边吗？可她一点都没感觉到啊？而且，她并没有一条蓝底白花的连衣裙呀？不知道颜墨桐是不是认错人了？

颜墨桐把信给叶紫羽看。叶紫羽笑道："不会吧？我记得她是有这么条裙子的，我估计她是故意试探你的，你就回信一口咬定没看错。"

颜墨桐却道："说实话，我看了柳溢雅的信，觉得咱们这么搞，有点不厚道吧？多好的姑娘啊。我真不想再给她写信了，这样瞎逗别人不合适。"

叶紫羽急了，说："你这才叫不厚道呢，这感情的伤疤刚好，就连信都懒得写了？你也不想想，莫名其妙地给人去信，莫名其妙地又断了音信，别人会是什么感觉？"

他说到这里，突然"嘿嘿"一笑，贼恁兮兮地又道："柳溢雅不是挺漂亮的吗？你真要追到手，还不捡了大便宜。"

颜墨桐也笑，说："那不行，我妈说了，我不能找外地媳妇。"

叶紫羽听了，笑骂道："扯淡吧你，安梓汐难道不是外地的吗?"

他话音未落，见颜墨桐脸色一变，立刻知道这玩笑开过了火，赶忙收口，岔开话题。

最后，颜墨桐还是给柳溢雅回了信。信中倒没一口咬定柳溢雅穿着天蓝色的连衣裙，而是说，也许那一刻，在他眼中，所有美丽的事物都变成了天蓝色，他相信自己不会弄错。叶紫羽暗笑这小子真能打马虎眼。

这天晚上，黎欣也收到家里的来信。她很高兴地拆开来后，心情却一下子沉重起来。她爸爸在信中告诉她，她的母亲下岗了。

时值90年代中期，工人下岗并不出奇，社会上早已见怪不怪。只是对当事人而言，打击仍然不小。那时候，普通老百姓还以下岗为耻，沈润珍不过四十出头，一旦没了工作，怎不难受？黎欣立刻为母亲担心起来。她想了想，连忙提起笔，给家里回信，思索着怎么能安慰妈妈。

在发出信的十天后，她又接到黎浩生来信。父亲告诉她不用担心，他会托人再帮她妈妈联系工作的，她只管好好读书，将来能给父母争光就是。她发现，父亲的信中，还夹着封妈妈的亲笔信。沈润珍告诉她，这次下岗，都是因为自家在厂里没有后台，虽然兢兢业业，却免不了受人之气，还落得下岗。她和她父亲这辈子，也不做他想了，唯一的希望，就是她这个女儿了。他们只盼着她好好读书，再能出国留学，千万不能在其他事情上分心。将来她出人头地了，回到家里，看谁还敢瞧不起妈妈。

黎欣读着沈润珍的亲笔信，既感压力又感难受，不知不觉中泪水涟涟。

一天晚自习时，她忍不住，还是把这事告诉了叶紫羽。对于这样的事叶紫羽自然帮不上什么忙，只能劝慰黎欣。说我们也快毕业了，到时就该赡养父母了，这没什么好难过的。黎欣点点头，说她只是想起去年因为考广播学院失败，心中不快。后来送她到这所大学，分别时母亲的眼神。那里面既有不舍，又有委屈。

叶紫羽听了黎欣的讲述，轻抚摸着她的头发，没有吭声。心中闪过一个念头，他若是豪门世家的公子该有多好。他没有马上开始温习功课。而是在笔记本上涂抹着。过了会儿，他把刚才新写的一首诗递给了身旁的黎欣：

送别女儿的时候，正是中秋。

母亲的心像那秋树，只把寂寞挂在枝头。
女儿的身影是帆，母亲的目光是河流。
多少次想开口挽留，终不能够。
因为人世间，难得的是亲情，宝贵的是自由。

黎欣把这首诗拿在手里凝视了许久，然后深情地对叶紫羽说："你写得真好，我要寄给我妈妈。还要告诉她，女儿不会让他们失望的！"

天气一天热过一天，学校里迎来了最五彩斑斓的季节。青春少女们陆续换上裙装，构成了校园里最靓丽的一道风景线，让一切事物都随之显得更加生机盎然。在感慨时光匆匆的同时，学生们又得准备期末考试，而后开始一个舒适的暑假生活。

这样的假期是最难得的，无升学压力，无作业之累，不少人都在酝酿出游计划。安梓汐准备跟简逸去厦城玩。兰婧雪同李舒打算留校，省内和学校附近的风景名胜数不胜数，足够他们游山玩水。叶紫羽本想怂恿黎欣也留校，但黎欣知道父母已以期盼了一个学期，她哪能不回家？

转眼到了七月，室友们陆续离开学校。临到黎欣也准备回家时，叶紫羽突然来找她，这天晚上，他们在宿舍楼下的石凳上坐着。叶紫羽对黎欣说："我长这么大，还没出过省呢。我决定了，我送你回家！"

"送我回家？"黎欣觉得意外。

叶紫羽道："是啊，你看大家都走了，你一个人坐那么久的火车，我还真不放心。我送你回南城，也长长见识。"

黎欣笑了笑，说："那你去我家吗？"

叶紫羽一吐舌头，"去你家？我可不敢，你敢让我去？"

黎欣道："怎么不敢，我就说呀，你是林楚涯。"

叶紫羽怪道："为什么说是林楚涯？"

黎欣答道："因为林楚涯回老家得从我们家那儿经过，我就说你没买上直接回家的票，到我们这儿转车来了。"

叶紫羽哈哈大笑，"你倒是想得周全，不过我还是不敢，准露马脚。"

决定之后，叶紫羽给父亲写了一封信，告诉父亲自己长这么大了，还没出过省，这回要出去转转。叶成煊自然没有反对，还寄了三百元钱给儿子。于是两人赶去火车站买票，可直接到南城的票没了，只有到宁城的。叶紫羽想到了宁城，距黎欣家里也就不远了，于是买了两张半价硬座学生票。

火车下午五点半始发，中午两人收拾好行李，休息了一阵子，便一同去了车站。叶紫羽头回要坐两天两夜的火车，本来心里还挺新鲜，可一上车，人头熙攘，热浪扑鼻，他就有点犯晕。他们对着号坐了下来，把行李放在头顶的行李架上。

叶紫羽的行李不多，就一个牛仔背包，放了两件衬衣。他坐下后，看见对面坐着两个三十来岁的男子，都光着膀子，还吸着烟，心中有些不悦。四周一看，却见整节车厢中，三分之一以上的男性都光着膀子，也难怪，火车还没开，车厢里一丝风都没有，闷热得不行。他的兴奋劲顿时减落一半，对黎欣说："看来夏天坐这火车，真是受罪。"

黎欣说："你以为冬天坐就不受罪了？不过听我爸爸说，这两年就快有空调火车了，那时坐火车会舒服不少。"

叶紫羽道："那是挺好，不过最好还能立个规定，严禁在车厢里吸烟，不然不吸烟的人可遭罪了。"

对面的男子听到这话一愣，感觉叶紫羽是冲着他说的，不大高兴地白了叶紫羽一眼。

火车开动后，从窗外吹进风来，情况稍微好点。黎欣到车厢头，接了一大瓶自来水放到座位下面。叶紫羽不解，问你现在接这么多水做什么？黎欣告诉他，要不了多久，车厢就会没水的，明天早上，就只能用瓶子里的水擦擦脸了。叶紫羽方才明白。

火车开出几站后，黎欣又对他说："你去上洗手间吧。"

叶紫羽不解，说这什么意思？黎欣又告诉他："等会儿列车上的洗手间没水冲洗，会很脏的。你平常在学校上个厕所都那么挑剔，所以才提醒你呀。"

叶紫羽一想也是，赶紧去了趟洗手间，回来后对黎欣笑道："我还说在路上照顾你呢，这回成你照顾我了。"

黎欣打趣道："这小伙儿第一次出远门，不用怕，有姐姐罩着你呢，啊！"

两人卿卿我我，引起了坐在过道另一侧一位男生的注意。他主动同叶紫羽打招呼道："你们是学生吧，是回学校吗？"

叶紫羽应道："不是，我们回家。"

那人道："哦，我是返校。"

叶紫羽奇道："怎么这么早就返校了，你是哪所学校的？"

那人道："待在家里没劲，所以提前回校了。我在南京上学。我叫李衡。"

叶紫羽道："我叫叶紫羽，这是我女朋友黎欣，她家在南城，其实我是送她回家的。"

李衡道："原来是这样。南城可是好地方啊，我去玩过。"

黎欣回道："谢谢。"

叶紫羽道："看看，这么得意。"

黎欣道："那当然，谁不说咱家乡好呀！"

叶紫羽道："不同你争，我要看看风景了。"

黎欣又逗他，"知道你头回出远门，慢慢看吧啊。"说完，叶紫羽自顾望着窗外，而黎欣则同李衡聊起她家乡的事来。三人同龄，又同是在校学生，交谈过后，便自熟络起来。

第三日上午十点来钟，火车到了宁城。三人一下车，叶紫羽就连声叫唤，这火炉真是名不虚传啊，这么热。李衡笑道："下午会更热的。"于是二人随李衡来到他们学校。李衡回了宿舍，叶紫羽和黎欣住进了学校的招待所。

离开自己学校时，两人总共带了不到500元钱，车票去掉近100元，火车上买盒饭和纯净水用去20元。此时怕余钱不多，不敢住贵了，找了最便宜的住下，十元一晚。但男女房间却不在一幢楼上。两人约好，午睡一个小时，再到楼下碰面。

叶紫羽到房间，先去澡堂洗了个澡，感觉清爽不少，到床上躺着就睡着了。却不想这几日在列车上实在太累，这一睡着，近两个钟头才醒转，心想糟糕，黎欣说不定早在楼下等着了。他连忙下楼，果然，黎欣已站在楼下。他不好意思地说："实在太累，没想睡过头了。你来多久了？"

黎欣笑着说："我可准时就到了，站了快半个钟头了。"

叶紫羽说："怎么你这么准点醒过来了？"

黎欣怜爱地看着时紫羽笑道："我怕睡过头，所以只在床上躺着休息，没敢睡着。"

听她这么一说，叶紫羽心疼道："那何必呢，你该上来叫醒我的。"

黎欣摇摇头说："没关系，我知道你累了。"

两人走出校外，路边有不少妇人拎个茶壶，在一张小桌子上摆几个玻璃杯卖茶水，二角钱一杯，这倒让叶紫羽感到新鲜，他在锦城从没见过这一行当。黎欣说：“宁城太热，走在街上很容易口渴，所以才有人在街边卖茶水。”

叶紫羽笑道：“你这么一说，我真就觉得渴了。”

于是他饶有兴致地买了一杯茶水来喝，又说道：“早听说宁城的桂花鸭是一道名菜，这回我们是吃不起了，留待以后吧，这次就先尝尝这特色茶水。”

来到此地，叶紫羽最想去原中华民国的总统府看看，可一来天气实在太过炎热，二来他估算这总统府的门票未必便宜，他们身上可没多少钱了，便忍住没去。出得大学往北，没走多远便是鸡鸣寺，这是宁城的香火鼎盛之地，门票倒不贵，一元钱。于是叶紫羽道：“我们就去这里看看吧，好歹也算来过一回宁城了。”

黎欣笑道：“行，我正想进去烧烧香呢。”

二人进得寺里，黎欣很虔诚的焚香祷告，叶紫羽便四周看看。

天气炎热，游人并不多。寺内幽净古朴，由路左侧循石阶缓步而上，一座黄墙洞门迎面而立，洞门正中“古鸡鸣寺”四个大字熠熠生辉，这就是鸡鸣寺山门。走上小山顶，有一个小小的阁楼，此处可以看到玄武湖，很是美丽。大雄宝殿之东是凭虚阁遗址，西为塔院。院内一座七层八面的药师佛塔拔地而起，斗拱重檐，铜刹筒瓦，夕阳之下，金光溢射四方。两人站在山顶观看玄武湖的时候，身边一位头发花白的女士看了黎欣好一会儿，说道：“这位小姑娘好相貌呀，要不要看看相啊？”

黎欣和叶紫羽均是一愣，然后一笑，说不用了。叶紫羽心想，看什么相，我们现在可没这闲钱，我还想给别人看相呢。

两人四处观览一番后，出得寺来，已近黄昏。便打算找个小面馆吃点东西，再回招待所休息。不想在寺庙门口，突然又被一个中年男子拦住，那人对黎欣道：“这位小姐好相貌，来算个命吧。”黎欣礼貌地微笑一下，仍摇头拒绝。

走开两步，叶紫羽却乐了，说：“黎大小姐，看来您老真是千金之躯，端的好相貌，日后定然大富大贵啊！”

黎欣咯咯笑道：“是呀，我还没跟你说过呢，小时候在外婆家，就有个天宁寺的大师给我看过相，说我嫁人后会很有钱的。”

叶紫羽接口道：“哦？那这意思不就是说我会很有钱嘛。”

黎欣又笑，“臭美吧你。看相的大师还说，我中老年后会很孤单的，那是不是你嫌我老不要我了呀?”

叶紫羽戏谑道：“那你老了一定很丑，请注意保养。”

黎欣道：“女人再怎么保养，总归也会老的。妾身妾自惜，君心君自知。莫将后日情，不如初见时。”

叶紫羽见黎欣顺口道出这首诗来，心中甚喜，一沉吟，微笑言道：“绝对不会！如果真是那样，一定是我先你而去了!”

黎欣感动，挽过他的胳膊，嗔道：“别瞎说。”

叶紫羽顺势握住她的手掌，用指头在上面边比划边说：“千金买良玉，百金求良工，为侬作双环，相连无始终。”

他们说的这几首小诗，都是明朝诗人王屋所作，诗名《子夜歌》。本是古代民间男女对唱的情曲。原意为男子以千金做诱饵，在纯洁无瑕的少女面前表白，说要相爱一生一世。少女却很聪明，回答十分谨慎，千金无甚意义，反似有诈，郎君能够保持初见时的情分，心愿已足。他二人这时反其意用之，畅抒胸意，情之切切，心中美极。

年轻到底是好，休息一夜之后，两人精神十足。一大早，起身吃过早餐，计划着上午去玄武湖玩，晚上二人便要各自坐火车回家了。因黎欣从此地坐火车回家不过两小时车程，所以叶紫羽完全放心。

叶紫羽没想到，一大早宁城的太阳已是火辣辣的。他对黎欣哀叹道：“你说蒋介石也够厉害了吧，无论老一代军阀张作霖吴佩孚孙传芳，还是新一代军阀阎锡山李宗仁冯玉祥，老蒋都能把他们收拾掉，可为什么就打不过毛泽东呢？现在我明白了。”

黎欣知道他又有奇谈怪论，可她就是喜欢听他讲，于是笑望着他，听他继续说道：“蒋介石真不该定都宁城，这里太热了！影响战略思维啊。这哪比得上京城秋高气爽？所以在京城定都的，都能一统江山；在宁城定都的，就只能偏安一隅，国运不长。”

早餐后，二人去了玄武湖，却不知怎的，湖里许多死鱼，数不胜数，也不知何故。搞得偌大一个公园充满腥臭，游人哪还有什么游玩的心思。他们从南门进入，从北门穿出，见有公交车去长江边的，叶紫心便提议不如去长江边看看，活水好过死水。

两人又坐上了公共汽车。不多会儿，车到长江边的下关码头。叶紫羽突然动了念头，他想如果再坐火车硬座返回锦城，那滋味实在不堪忍受，真不如坐船溯江而上，先到山城，再转乘火车回家。船上怎么也好过火车吧，虽然时间长点，却正好游览三峡，听说明年三峡不是要截流了吗？正好赶上告别三峡。主意已定，他便拉着黎欣去售票点。

从宁城到终点山城，船要航行六天六夜。叶紫羽看看票价，吓了一跳，普通舱位也要好几百元，哪儿买得起？他又看到另一窗口写着“散席票 119 元”，便走去问售票员，这散席是什么意思？售票员说就是没有舱位的票。叶紫羽对售票员笑道：“我没坐过船，我琢磨着这散席是不是相当于火车的无座票吧？”售票员的态度很友好，被他这么一问给逗笑了，告诉他买散席票的话，在船上就只能在后舱甲板上待着，晚上也只能露宿甲板。

叶紫羽心想，这不更好吗，24 小时看风景，于是他掏出学生证，问能不能买半票？售票员说可以，他一下高兴了，半票 60 元，同火车票差不多，于是他立即购买了船票，第二天凌晨六点开船。

黎欣有些担心，说甲板上怎么睡呀？叶紫羽说没事，上了船再想办法。卖船票的隔壁也有火车售票点，叶紫羽便过去给黎欣买好当晚七点回家的车票，又紧赶着回招待所退房。办理好一切后，他想着该和李衡打个招呼。便叫黎欣先等会儿，他去男生楼跟李衡道个别。正好李衡在寝室，叶紫羽将自己和黎欣的通信地址留了下来，然后说有机会联系。李衡热情地让他坐会儿，叶紫羽怕黎欣久等，匆忙告辞了。

二人又到火车站，准备送黎欣先上车。黎欣总是不放心，问：“你身上还有钱吗？”

叶紫羽说：“放心吧，反正能挨到家。”

黎欣说：“我身上还有十块钱，放你那吧。”

叶紫羽说不用，黎欣硬要给：“我个把小时就能到家，哪用得到钱？”

叶紫羽说：“怎么也得在身上放个十块，总不能身无分文呀。”

两人争执不下，叶紫羽说：“还是你留着，一分钱没有才不放心呢。我怎么感觉，我们成贫贱夫妻百事哀了。”

他原意只是逗笑，却不想黎欣一下子哭出了眼泪。

叶紫羽慌忙劝慰道：“古人游江南，最得意的是‘腰缠十万贯，骑鹤下扬州’，我却是腰缠十块钱，隔江望扬州。辣块妈妈，等我有钱了，也要去开几个丽冬院，丽秋院的呢。”

他学着金庸小说《鹿鼎记》中的口吻说完这话，总算引得黎欣破涕为笑。但黎欣仍然无比担心：“到了山城还要转火车回家，身上的钱能够吗?”

叶紫羽说：“到山城可就不用操心了，颜墨桐家不就在山城吗，一到那就找他去，我有他们家地址电话呢。”

黎欣这才稍安。

很快到时间，黎欣准备进站，仍然哽咽着，叶紫羽抚着她的脸颊道：“我也舍不得同你分开，回去好好休息。这个暑假，我们就不写信了，记着，9 月 3 日我去锦城车站接你。”

两人分别后，叶紫羽独自在候车室坐了会儿，他仔细把身上的兜掏了个遍，数了数全部现金：46 元 2 角 2 分。他暗自想：唉，都不知这两分是怎么来的？明早六点上船，干脆也甭找招待所了，不如去江边候船室躺一晚上，一大早上了船再睡也不迟。

虽然已是黄昏。天气热度却丝毫无减。叶紫羽跳上去码头的公共汽车，不多时便到江边的候船大厅。室内人不多，一样炎热，叶紫羽躺在长凳上，也无人理会。他闭目养神，等待着黎明的到来。

再说黎欣坐上火车，晚上九点左右便回到南城，她家离火车站不远，十分钟左右便已经走到。她站在楼下叫了声“爸爸”，就看见二楼自家的窗户一下子打开了，父母的身影都出现在窗口。

她正要再喊妈妈，却见黎浩生虎着脸道：“你是怎么搞的？怎么会今天才到？你知不知道我和你妈连着三天在火车站等着从锦城开来的车，都没见到你的人影？你知不知道我们会很担心的?”

她父亲很少有冲她发脾气的时候。却不想这次刚到家门口，就被黎浩生训斥一顿，黎欣立刻委屈得不行，一低头，眼泪又下来。母亲心疼女儿，连忙对丈夫说：“好了好了，别再说女儿了，到家了就好！你快去做点吃的吧。”她一边说，一边快步下楼开门，顺手又把女儿的行李接过手中。

母女俩回到房间，沈润珍叫她把脏衣服换下来，又帮她放好热水，然后叫她去洗澡。等她洗完澡出来，她父亲已做好饭菜，等着她吃。

黎浩生见宝贝女儿脸上尚有泪痕，嘟着嘴，神情略显委屈，心一软，温言道：“赶紧坐下吃饭，这些菜你妈前几天就准备好，就等着你回来吃。”

黎欣的心中，一阵温暖与感激油然而生，父母对她真是无微不至。吃饭间，夫妻俩问了女儿这学期在学校的学习和生活情况，黎欣回答都好着呢。

其实，黎浩生很想问问女儿，她和那个叫叶紫羽的男生现在关系怎样？但想想总是问不出口，不过，他相信女儿会听他们的，和那个男生应该只是同学关系了。

饭后，父母让女儿早点休息，黎欣便和他们道了晚安，回到自己房间。她着实也累，可躺在床上难翻来覆去的总睡不着，脑子里还在担心着叶紫羽。

她想，他现在睡在哪儿的呢？晚上不知吃的什么？明天也不知能否顺利上船？

只怪两个人都没经验，不曾多预备些钱。他还要一个星期才回得了家，这一路上，可没人陪着他了。

黎欣想到，她明天应该先给颜墨桐打个电话，告诉他叶紫羽几天后会乘船到山城，那边有颜墨桐照应，她便安心许多。过了许久，她终于伴着脑海中恋人的身影，沉沉睡去。

九、江之永矣

清晨 5 点 30 分，轮船靠岸，码头开闸放人。叶紫羽因手头行李不多，倒是不急，慢步排在众人之后，缓缓登船。这艘船看来很旧，舷外锈迹斑斑，吨位也不大，浪头涌过，船身便轻轻摇晃，可乘船的人着实不少。

上到甲板，他才有些慌了。只见早有准备的民工们出手如电，二层后舱甲板的空地被一些人极快地用包袱一圈，草席一铺，便尘埃落定。叶紫羽慌忙跟在人后往三层跑。上来后他才明白，三层甲板的位置是要好过二楼的，更加宽阔。而且江风吹来，比二层凉爽得多。所以二层的甲板既然被占满，三层上自是再无空隙。叶紫羽还想往四层跑，结果被一个船员拦住，说上面得持头等舱与二等舱船票的人才能上去，这可不是随便能躺的。叶紫羽再急惶惶地退到三层甲板，心中叫苦，盘算着这下糟糕，可怎么办是好？这一下在船上竟搞得无立足之地。只听汽笛一声长鸣，船已缓缓驶离码头，溯江而上。

叶紫羽惶然大急，他虽然大胆，但毕竟初次出远门，好多事情都是头回经历，难免心慌意乱。他顿时像没头苍蝇一般在船上四处乱窜，可收获的只有一身臭汗，更加难受之至。

就这样，他在二三层的甲板来来回回折腾几次，好不容易看到个空隙处，忙跑过去把包一放，不想旁边一个民工兄弟马上阻住他，说这块地方他们早占了的，他只好撤出。这一阵慌张过后，叶紫羽突觉得腹中内急，无奈，他只能先去趟洗手间再说。

在洗手间蹲了大半天，出来后，他看到对面竟然有浴室，心想船上的设施倒是完善。浴室淋浴 24 小时免费开放，虽然只有凉水，可这么热的天，人们倒不介意。叶紫羽嗅嗅身上的汗味，心想不如先洗个澡再找地方。于是又走进浴室。

洗完澡后，他感觉浑身清爽，精神倒是一振。出来再四处一瞅，仍然没地方歇脚，他的心情真是糟透了。无奈，只能先倚在舷边望着江岸的风景，不知如何着落。

过了好些时候，到了午间，船上的广播员开始通知餐厅的卖饭时间。叶紫羽这才感觉腹中空空，也朝餐厅走去。没想到的是，他在餐厅看了看菜牌，小炒自然不敢问津，而最便宜的盒饭，居然也是五元一份！他暗呼糟糕，自己身上只有46元钱，若是五元一份盒饭，哪怕早餐不吃，一天两顿就是十元，这点钱只能撑四天半，可船要第六天早上才能到山城啊！他原以为船上同火车上一样，起码有三元钱盒饭的，这下不是死定了吗？

他肚子饿得咕咕叫，没办法，先顾眼前再说。于是他挤到队伍中去。

站在柜台内卖盒饭的是个胖胖的中年妇女。这女人一脸横肉，凶巴巴地收钱、递饭，好像这排队买饭的人都欠她家钱似的。

排在叶紫羽身前的是位三十岁左右的男子，从穿着来看，应该是位外出务工的农民。不过这人看来比较有钱，因为他手上拿的是一张百元大钞，真让叶紫羽好生羡慕。却不想轮到男子买饭时，他将钱递过去后，胖女人看都不看一眼，没好气地说："找不开，没零钱。"

那人不解，指着装钱的盒子说："你这不是有零钱吗？"

胖女人偏过头恶狠狠地瞪了这人一眼，吼道："那里面不够，找给你你干不干？"

其实，买饭的人相当多，船上只此一家，不在这买还能上哪去？盒子里的零钱加起来怕是两百元也不止，只不过都是十元、五元面值的，想来这胖女人根本是懒得数钱来找，干脆说找不开。前面的男子一语顿塞，又在身上摸索了一下，看来实在没有零钱，正没办法，又听到胖女人的吼声："快点儿让开！不要挡道。你有钱嘛去吃点菜嘎！"

那男子闻言，涨红了脸，想是气极，知道跟这女人吵也无用，只好忍辱离开。叶紫羽排在他身后，对这卖饭的也着实气恼，心想不就是个卖饭的吗，哪有这么凶恶蛮横的女人？

他一把拉住前面男子的衣袖，笑一下说道："我这有零钱，先帮你买一盒吧，你待会错开了再还我，不然掉头来买的话，还得排好长队。"

男子愣了愣，说这不好吧？叶紫羽说没事儿，同在一条船上，还跑了不成？于是男子连声道谢。

叶紫羽递上十元钱，说要两盒，胖女人见他多事，想是连他也恨上了，白他一眼，鼻孔一哼，“啪”地一声，恨恨地将两个饭盒打入他手里。

叶紫羽懒得理会，暗骂了句家乡土话：龟儿瓜婆娘！他端着饭走出餐厅，心想这女人好没来由，卖饭的算个屁呀，竟敢这般作威作福。

先前那人已站在舱外，接过叶紫羽递来的盒饭，口中连声道谢。两人就蹲在过道上吃了起来，男子口中又骂道：“叫老子去吃点菜，她以为老子挣钱容易吗？一天上十几个钟头班，一个月也不过几百块钱。”

叶紫羽笑道：“算了，别跟她一般见识，这种人自己又是什么了不起的人物了，不就在船上卖个饭吗，也配瞧不起别人？”

他们将胖女人狠狠贬损一顿，出了心中恶气，方才平衡。闲聊中，叶紫羽了解到，男子名叫孙玉强，涪城人，29 岁，在南城一家纺织厂打工，两年没回过家了，有个儿子今年九月要读书，所以他趁此时赶回家中。

孙玉强听说叶紫羽是大学生，很是尊敬，问他睡的舱位在哪儿，他一会儿错开零钱好送过去。叶紫羽说他买的散席，没舱位。孙玉强又问他的席子铺在哪儿的？叶紫羽说还没找到地方呢，晚上再看吧。

孙玉强笑了，说你肯定是头回座散席吧？现在不赶紧找好地方，船到中途还要上人，晚上哪还有地方？叶紫羽又急了，说我现在也没看到哪有空子给我啊？再说我也没带席子什么的，船上也不见卖，我以为即便是睡甲板，起码也要给发张席子呀？要不干嘛叫散席？孙玉强一听倒乐了，说：“我和村里一个老乡在三层甲板上占到个位子，你若不嫌弃，就同我们挤挤吧。”

叶紫羽一听，喜出望外，立即答应，连声道谢。他上船半天，直到这时，一颗悬着的心才安稳下来。孙玉强说这有什么好谢的，四海之内皆兄弟，何况我们还是一个省的老乡。

饭后，二人一同来到三层甲板，叶紫羽见孙玉强倒是占了一个好地方，在甲板左侧，挨着过道，上面还支出一块凉棚，可以遮遮太阳。他把随身背的小包放在他们的破凉席上，抱膝而座，眼望着茫茫江面，心中变得十分畅快。

孙玉强找老乡换了零钱，过来将五元钱还他。

这夜子时，江风渐微，皓月当空。

叶紫羽仍旧和衣躺下。虽然眼皮直打架，可这般良辰美景，很是少见。他只怕今后也不会再有此际遇。心中委实舍不得睡去。可身子困乏，过不多久，已是鼾声一片。

不知多久，叶紫羽竟悠然醒转，再望江上，仍是皓月当空，明见万里。他站起身来，倚栏而望，也不见其他人去哪儿了，只剩他一个，不由触景生情，乘兴吟道："明月几时有，把酒问青天，不知天上宫厥，今夕是何年？我欲乘风归去，又恐琼楼玉宇，高处不胜寒……"

语音未落，忽听有人朗声道："好一个'高处不胜寒'！敢问公子高姓？"

叶紫羽倏地一惊，心中迷茫："当今世上习文墨者，竟有不知苏东坡之名乎？怎似以为此词出于我手？"

朝着发声处看去，只见一模糊身影，似着长衣。不由询道："您是……"

来人笑曰："在下亦喜以酒、月赋诗，公子且听：'花间一壶酒，独酌无相亲。举杯邀明月，对影成三人。月既不解饮，影徒随我身。暂伴月将饮，行乐须及春。我歌月徘徊，我舞影零乱。永结无情游，相期渺云汉。'"

这不是李白的《月下独酌》吗？叶紫羽更加惶惑了。

但见来人走近，月光下眉目已渐清晰，绿袍长靴，头戴一字青毡，颔下三缕长须，年在四旬开外，双目微含笑意地直视着自己。

"在下姓李，名白，字太白。适听公子之赋，豪气冲天，故而相见，愿闻公子高姓。"

得知来人竟是李白，叶紫羽心中虽大为不解，却并不惊讶，暗道："唐宋元明清，他自是不知苏东坡其人。"便言道："未知千古之下，得见先生尊颜。适才所吟之词，非某之笔，乃是先生之后，名为苏轼者作。"

"哦？愿闻其人何在？"

"死矣。"

太白闻言，脸上略过一丝惋惜之色。叶紫羽不由莞尔，苍天可曾戏弄人间？何不叫苏子一同现身否？于是上前言道："先生有诗云'古来万事东流水'，见作而知人，适非得见？"

太白见说，稍有诧异，问道："我等素昧平生，公子何以熟知某之作矣？"

此言令叶紫羽大笑："先生自是不知，当今之世，先生诗词举天下而誉之。诗仙太白，万民敬仰。更复有'铁杵成针'一故事，早为三尺蒙童之启也。"

李白听后，有些不解，便道："愿闻其详。"

叶紫羽便将太白少年时听老妇人讲"只要功夫深，铁杵磨成针"一典故复言与他，并告之如今世人时以此教导自己的小孩努力学习。

谁知李白乍听此言，竟是一愣，复而摇头大笑道：“某少年时，哪有此事？想以铁杵之巨而为纤纤一绣针，功夫之深故而为赞，然不知老妪年已几何？且不论一日三餐何食，吾恐针尚不成，其死期先至矣。以铁杵成针，于物于己，何其浪费。世人之画蛇添足，何至于此？”

这回轮到叶紫羽目瞪口呆了，这一世人尽知之典故，难道不过流言而已？略一思索，果然破绽百出，不可思议。其亦抬头，对视太白，一阵大笑。笑过之后，再次摇头，为何从前就未曾仔细想过？若非亲耳所闻，可让谬种骗了。便言道：“今日若非听到先生亲口澄清，学生实不敢信耳。”

太白抚须点头，言道：“吾亦觉公子服饰之奇异，尚不知缘何得以相见。天机难测，姑且不论。吾二人言语甚是投契，幸得有酒，来来来，人生得意须尽欢，莫使金樽空对月，你我且畅饮一番。”

能与太白对酌，莫非是在梦中？叶紫羽无语。但见下层众人尽在熟睡，也无多想，于是二人相对，席地坐下。

杯酒把盏，李太白愈加意气风发，须眉间神采飞扬，笑容满面，拱手而高声吟唱道：“将进酒，杯莫停。与君歌一曲，请君为我倾耳听。钟鼓馔玉何足贵，但愿长醉不愿醒。古来圣贤皆寂寞，唯有饮者留其名。来来来，请请请！哈哈哈……”

他朗声大笑起来。叶紫羽叹道：“先生风范，果然难以望其项背。今人有诗赞先生曰：酒入豪肠，三分酿成了月光。剩下的啸成剑气，绣口一吐，就半个盛唐。其言之实矣。”

太白颔头抚须，“公子也是性情中人，对月而饮，何不歌否？”

叶紫羽闻言，亦大笑：“当今世人浮顽，拙句尚可许。何曾想过得见诗仙？先生面前，若是造次，岂不贻笑千古。”

太白又笑道：“公子何须为虚名所累？吾等既以对饮，何言高下，且随意。”

听得此言，叶紫羽不禁顿生豪气，道：“宋人秦少游曾叹摘仙何处，无人相伴白螺杯。今我有缘得先生指点，怎忍负此良辰！往昔之刘过擅邀香山居士、林和靖与苏东坡，已不及我之今日。”

遂举杯，慷慨而歌：

“明月无悔，舟行其尾。江海一夕人万里，滔滔两岸几轮回？桂花美酒相酌饮，月里嫦娥广寒泪。意气功名可昭彰，真如红尘断黄粱？千古不古尚举杯，古今同沐明月辉。”

歌罢，暗品之。其味怎敢与白相和，乃言道：“今日古风凋零，先生见笑了。”

太白道：“公子不必过谦，其诗韵和谐，且含新意，与吾之旧友不同。今此一壶浊酒，且歌且饮，达旦方休。”

叶紫羽道：“先生之意恁好，然只恐酒未尽，江郎已才尽。”

二人皆长饮大笑。旋即，白复歌：

“远渡荆门外，来从楚国游。山随平野尽，江入大荒流。月下飞天镜，云生结海楼。仍怜故乡水，万里送行舟。”

言及此，叶紫羽方省悟李太白自谓蜀中人氏，以是有“故乡水”一语，有人妄自吹嘘考证太白出身中亚碎叶，何其荒谬。便再相斟酌，吟道：

“春草满园绿凝烟，翠竹袅袅双飞燕。锦水泛波托望江，月宫摇映失广寒。倚立凡尘云深碧，长登仙境酒正酣。乡中贵客纵此举，未识楼上伫擎天。”

言罢，太白喜道：“好诗，公子与某竟为一乡之人，相逢此处，何其妙哉！”

叶紫羽笑道：“先生过誉了，我本益州人氏，今在嘉州求学，值此空余，奔涉吴楚，溯水而上，以览长江胜景。”

“未知公子自何处出川？”

“越秦岭，途经中原至金陵。”

李白听闻，又大为赞赏，道：“蜀道险阻，天下尽知，某尝言于世人：锦城虽云乐，不如早还家，蜀道之难难于上青天。公子今单身纵历参井，岂是凡人所能为之，好气概！”

叶紫羽暗道声惭愧，今人若要出川，实乃轻而易举。历史经千年的跨越，交通之便，岂是唐时所能比拟？幸得他还不是乘飞机。

然却无法与太白明言，只含糊道：“路纵难行，毕竟事在人为。”少顷，抬头望月，心有所感，又举杯歌曰：

“仰望苍穹，日暮空山无觅处，夕阳西下月明空，长夜送寒风；仰望苍穹，碧云深处天似海，海天一线烟雨濛，君子自珍重；仰望苍穹，愿待春雷彻响散乌云，万物展新容。”

歌罢，他侧首见李太白亦凝空望月，虽举杯于胸，却并未饮下，口中喃喃有词，似有所思。片刻，忽喜不自禁，言道："前日，某出长安时，心下难平，乃作一乐府题，曰：金樽清酒斗十千，玉盘珍馐值万钱。停杯投箸不能食，拔剑四顾心茫然。欲渡黄河冰塞川，将登太行雪满山。闲来垂钓碧溪上，忽复乘舟梦日边……其文至此，而后终不能续。今日有感于公子之言，不想却成矣！白且以此诗相赠！"

言语未落，抖转长袖，一拱手，道一个"请"字，二人各个举杯，仰面饮下，杯中佳酿俱入腹中，沁人心脾。方听太白长声抒怀，朗然道：

"行路难，行路难。多歧路，今安在？长风破浪应有时，直挂云帆济沧海！"

尽管此句叶紫羽烂熟于胸，然今日得太白亲口相赠，仍难当全身热血沸腾！

"先生以此二句千古绝唱相赠，正扫我前途彷徨之色，学生无言感激，有生之际，当永铭肺腑！"

"公子言重了，今吾二人不期而遇，醒时同交欢，醉后各分散。一旦相辞，难复相见，白能以此诗为公子纪念，不枉今日江上对酒当歌。"

二人心中各怀感慨，一时无语。

叶紫羽再将酒斟满，暗自思量：言语至此，怕是尽了，然此番相逢不知该从何说起？又何以是李太白？若是佳人轻解罗裳，独上兰舟，岂不更妙？蓦地，心中一动。

太白见笑，甚为不解。

叶紫羽乃戏言道："海上生明月，天涯共此时。潇洒男儿游历江湖，以酒为乐，却不晓'美人卷珠帘，深坐颦娥眉。但见泪痕泪，不知心恨谁？'"

太白一愣，随即大笑："少年时怜香惜玉，可是自作多情？公子莫言，汝可是思念起家中妻室否？"

"学生年纪尚轻，还未曾婚配。有道是匈奴未灭，何以家为？"

"如今安史乱贼败象已呈，二京已复，大唐再逢盛世，汝何必搪塞于我。窈窕淑女，君子好逑，公子不妨叙叙意在何如？"

"这……"叶紫羽略一迟疑，又嬉笑道：

"学生不才，知登徒子赋，竟好色尔。天生丽质难自弃，回眸一笑百媚生。适所愿矣。"他无意间引用了白居易的诗句。

“哦？公子如此挑剔，只怕当世难得几人欤？”

“当世？”叶紫羽心念再次一动，于他而言，自是20世纪末，却不知李白所谓之当世何属？乃询道：

“尚未知先生从何而来？”

太白答道：“言之愧矣，某感圣恩，自巫山赦返。”

叶紫羽心道：“是了，乾元二年，白朝辞白帝还于江陵，当是此际。”便出言道：“先生何愧矣，天下生乱，愧在君王。太平日久，朝纲紊乱，此番只是苦了百姓。”

白略一叹，道：“时局如此，少说也罢，以免再生事端。”

叶紫羽顿感好笑，心道：太白刚被赦返，心犹未定呢，你当李隆基管得了我吗？

复又想，此事甚奇，也不定是李白还于当世，还是自己在渺渺中遁入前朝？昔日庄周之梦蝶，不正是此理吗？

又言：“今日高兴，不必议此。先生心中，可思念家室否？”

太白摇头而笑，未作答。但眼中添了几分相思之色，看似却有些痛苦。

叶紫羽未动声色，复道：“学生前昔邂逅一女，如注春风。只惜缘浅，默默而别，不知今生再得相见否。思来怅然，却得一首《长相思》。”

说罢，缓缓吟道：“忆相逢，盼相逢，相逢犹恐是梦中，聚散苦匆匆。心相同，愿相同，若得佳人伴成功，意浓情更浓。”

太白似受感动，又是半晌不语。忽再次将杯中酒一饮而尽。如梦呓般吟道：

“长相思？在长安……络纬秋啼金井栏，微霜凄凄簟色寒。孤灯不明思欲绝，卷帷望月空长叹。美人如花隔云端，上有青冥之高天，下有渌水之波澜。天长地久魂飞苦，梦魂不到关山难。长相思，催心肝！”

见李白吟得如此之苦，叶紫羽有些纳闷。长相思，在长安？白入长安即供奉翰林，常伴君王，仅二年又被逐出，何寻佳人如意？难道……

“如此可望而不可即之美人，令人想起汉时李延年所歌：‘北方有佳人，绝世而独立，一笑倾人城，再笑倾人国。’”

太白未答，淡然一笑，又抬手长饮一杯：“一支红艳露凝香，云雨巫山枉断肠。借问汉宫谁与似，可怜飞燕倚新装。”

……

叶紫羽呆立许久。

难道是她？杨玉环？杨贵妃？李白迷恋上的竟然是她！

叶紫羽脑子似乎有些不够用了，太白高雅之绝，也恋上君王之宠？怪不得，怪不得“长相思，在长安”，怪不得“上有青冥之高天，下有渌水之波澜”，怪不得“佳人彩云里，欲赠隔远天”，怪不得“相思无因见，怅望凉风前”！

尽管先前隐约有些猜到，此刻一旦了然，仍是瞠目结舌。中国古代的四大美女，果然不同凡响！有谁会信？有谁会信呢？历史经过千年的跨越，早已面目全非。当代人之间尚且不能完全沟通，又怎能了解古人心思？刹那间他又张口大笑，似感当今所谓研究古人思想的学者，其实都是混饭的弱智。

李白回过头来，见他模样，怪道：“公子无恙否？适才见公子妙辞，心怀所思，不禁忆及前诗句，望勿见笑。”

叶紫羽忙言道：“无事，只是被先生诗句所感，有些神往了。”

白不再相询，复望远方，也似神往，怅言道：“美人在时花满堂，美人去后空余床。床中绣被卷不寝，至今三载闻余香。香亦竟不灭，人亦竟不来。唉，只可惜，以色事君王，能得几时好？”

果然是了。

李太白果真心怀杨玉环无疑。难怪他初登金殿大宝，就大肆狂放，让高力士脱靴，杨国忠研墨。其文采之飞扬，折明皇亲自调羹。如此恃才卖弄，原来不过是美人在堂，欲博其欢心，令之刮目相看。只可惜，这一曲才子佳人却不好奏响，本该流传千古的佳话，却偏于帝王相左。才气又怎能敌得过王气呢？星星再亮，亦不过捧月而已。

叶紫羽稍有迟疑，言道：“早闻先生怀济世之才，尝慕古之贤相萧何、诸葛亮等，只因世道不配，不能一展抱负，殊为恨事。不过，以学生观之，权变之术甚多阴晦。先生性情坦荡飘逸，本与之不若，因此不必介怀。先生为人，不适于出将入相。千古贤相，众多之数，诗仙太白，仅此一人。”

太白肃容，似有不豫之色，缓缓道：“公子谬赞，眼见得中原板荡，若能建功立业，重振朝纲，解民之倒悬，虽不求名上凌烟阁，亦不快哉？听公子之意，似乎认为老夫尚欠经世之才？不妨指点一二？”

话既已出口，叶紫羽只得大胆言道：“以后人眼光观之，先生诗文，固绝于当世。奈何济世之才，似欠方略。先生之前既比于萧何与诸葛孔明，志在济苍生、安社稷，在下便以此二人论之。且看萧何，处汉中四塞之地，慧眼荐韩信，事君王东向以争天下。后依关中，镇国家，抚百姓，给馈饷，不绝粮道。君王见疑，则自污以明心迹，丝毫不以功名为虑；再看诸葛，起荆州四战之地，东和孙权，北拒曹操，辅先主开创三分基业。后主时，以丞相事治理蜀中，民不拾遗，路不闭户，朝廷大事咸与专之而无人不服，一心只以北伐为念。此二人入世之局面，可谓艰辛。试比先生当年奉诏入京，授之翰林学士，虽君王只爱先生诗句，然先生自有机会，可将国之大事，奏闻天聪。惜未见治国良策，唯传清平曲调。且一旦居庙堂之高，行事当谨慎，以避嫌疑，如何太过恃才傲物，使高力士脱靴为儿戏？凭意气之争，得罪小人，怎堪以一己之身为天下担当？”

此一席话，惊得李白手捻长须，双目出神，半晌无言。叶紫羽心中亦是忐忑。

少顷，终见太白缓缓开口：“适才思之往事，果如君所见，白有愧矣。昔日岐王事败，吾流放夜郎，心中怨极，只恨天意不公，却不明吾之才智，竟不在此。今日得君开导，前程尽悟，平生足矣。此次返回中原，将有为耳。公子西去，一路珍重，李白告辞。”

他言语完毕，一拱手，抬腿便走，烟波之上，竟如履平地。眼见得李太白渐如一缕轻风远去，叶紫羽再要纵声呼叫，蓦然双眼一睁，从睡梦中醒了过来，发觉竟是南柯一梦？他遍体生津，睡意全无，一看手表，正指向凌晨五时，只见东方隐隐约约泛出些鱼白肚来。而孙玉强等人，也正在他身旁睡意正酣。

叶紫羽细细品味梦中之事，竟如亲历一般，饶有滋味，怎么把李白同杨贵妃扯上了？这想法够变态的。想想梦中的自己，还真穷酸得不行，什么公子长、学生短的？看来回家后可得买本李白的诗集认真读读。只是梦中所吟诗词，大半都不记得，还有印象的一些句子，他摸出纸笔，赶紧走入舱中过道，借着灯光写下来。出来时再看两岸，依旧青山延绵，船已经驶出瞿塘峡，水势仍然湍急，大约到了云阳一带，白帝城早在午夜时分过去。叶紫羽又躺回原处，闭上眼睛继续休息，不再想梦中之事。

上午9点左右，船到涪城停泊，孙玉强同他的一帮老乡上了岸去。临别时，叶紫羽竟有几分不舍，两人握了握手，孙玉强道：“再见小兄弟，一路保重。你是大城市的人，又是大学生，身份比我们尊贵。但这几日跟我们农民工在一起打堆堆，也没半分瞧不起我们，你以后会是个好汉子，祝你好运!”

叶紫羽原本多少有些瞧不起农民工的心性，此次若是买了四等、三等舱的船票，只怕也不会同这帮民工兄弟们搭腔。他听得孙玉强这番话，不由又是感激又是惭愧，说道：“要不是强哥帮忙，我连个睡觉的地方都没有，还有什么好瞧不起你们的？我得多谢谢你才是。你若今后还在南城打工，兄弟说不定啥时候就去南城呢，那时相见，一定把酒言欢，好好同你喝上一杯!”

二人挥手道别，孙玉强上岸去了。叶紫羽怅然想到《鹿鼎记》中，韦小宝行走江湖，总是大把银子使将出来，让一干人等赞不绝口。他读小说时，总把自己也想象得豪气干云，挥金如土。可此番同江湖朋友相处五日，却半分钱也没拿得出来宴请大伙儿。他想，若是能请了这帮人去餐厅点菜，大吃大喝一顿，他们会是多么高兴，会对他多么敬佩！一念及此，他心中甚是遗憾。当然，也是因为他身上实在没钱。要是有钱了，只怕他们未必会相识。看来今后要历练的，还多着呢。

屈指算来，叶紫羽在船上度过了五天五夜，离目的地还有一天一夜航程。自己那四十六块二毛二分钱，现在也只剩一块二毛二分的零头。最后一天的饭钱该从何而来？

如果说，叶紫羽的性格中，与陌生事物打交道有着胆怯的一面，那么这大学生的身份恰巧给了他无限自豪，弥补了这一点。他心里估算着，自己一天一夜不吃饭怕是扛不住的。怎么办呢？他思忖了好久，有了主意，干脆向船长室走去。来到船长室外，他脑海中乍的浮现出去年在锦城南河边上见那工程队长时的情景来。

船长室在二层船舱头部，叶紫羽过去后，看见船长室有个五十余岁的男子正在看报。他也不惧，抬脚进去，直接开口道：“船长您好。”

这男子正是船长，他放低报纸，看着叶紫羽，问道：“有事吗?”

叶紫羽毫不隐讳，把自己的情况说了出来，然后表示，他能不能帮船上干点零活，挣个饭钱？船长听完，觉得有点稀奇，他盯着叶紫羽，呵呵笑开，问：“你在哪所学校读书，带学生证了吗?”

叶紫羽连忙告知，并递上学生证。船长仍然笑个不停，让叶紫羽说说他这一路的见识与遭遇。叶紫书心想，看来这老头儿也是闲得慌，正想找人摆龙门阵吧。

他便从坐火车说起，聊开了他这一路的经历。船长竟然听得饶有兴致。两人聊了有一个小时，后来，船长想了一想，对叶紫羽说："船上好像也没什么事让你做的，嗯，这样吧，你中午和晚上，分别用水把后舱甲板冲洗下，然后直接去餐厅领个盒饭就是了，我会给他们打招呼的。"

叶紫羽大喜，连声道谢，然后离开船长室。他走到室外，还看见船长跟那儿乐着呢。

回到后舱，叶紫羽心想，这份差事怕是船长特意照顾他的。到中午，他来到过道上，拧开船舷边的开关，管道会自动从江里吸进水来，然后在出水口套上长长的橡皮管，就可以拎在手里去冲洗甲板了。叶紫羽干得兴高采烈，这算什么工作，他纯粹是在玩水呢。他把水喉开得很大，水直射出去，四溅开来，一些站在甲板上的旅客纷纷躲避，他心中竟泛起顽童恶作剧般的快感，开心得哈哈大笑。不多时，甲板冲洗得亮亮堂堂，他还觉得不过瘾，又将水龙头对准江面，见一条银链激射江中，心情畅快无比。

干完活后，他盘算着吃饭时间，赶到餐厅，正想该怎么开口问人拿饭，幸喜见到船长竟然在座。那船长见他进来，还在笑，吩咐卖盒饭的工作人员道，给这小伙子拿一份盒饭。那船员见船长发话，也不多问，递过一份盒饭给叶紫羽。叶紫羽接过来，自行到外面吃去。下午的时候，他再依样画葫芦。这一天平稳过去，他倒是没饿着肚子。

由于轮船明晨六点便到终点。这天晚上，睡在甲板上的民工已全部下船，独剩叶紫羽一人睡在空旷的甲板上，入夜后，四周死静，只听得轮船马达的轰鸣声。他也不害怕，数着夜空中闪亮的星星，盘算着明天到港后，赶紧得给颜墨桐打个电话，让他来码头接自己。不然他只怕要扒火车才回得了锦城了。

次日醒来，天已大亮，时间却早，甲板上仍然无人。叶紫羽伸个懒腰，眼珠一转，又冒出个古怪念头，他瞧瞧左右无人，竟站在栏杆上，解开裤带，对着江面撒起尿来，同时心里得意地念道：我住江之头，君住江之尾，老子上游撒泡尿，你在下游喝口水。哈哈！

船靠岸停泊。

叶紫羽登上长长的阶梯，心想山城果然名不虚传，这坡坡坎坎真多。出来港口，他在临街一家杂货店里给颜墨桐打了个电话。电话通了，却没人接，叶紫羽有点急，心想这家伙别不在家吧，这可坏事了。他挂上电话准备再拨，店主却突然说："打一次三角钱，先把这次的钱交了。"叶紫羽奇怪："电话并没人接啊？"店主说："拨通了就要交钱。"叶紫羽不禁怒道："哪有这样的？"店主眼珠一瞪，蛮横地说："小子，我们这逗（都）是这样的！"

叶紫羽知道这家伙欺他是外地人呢，但好汉不吃眼前亏，他拿出一元钱，递了过去，然后说还要再拨一次。拨通后，心里直嘀咕，再要没人接，他可就连打电话的钱都快没了。还好这次刚嘟了一下，那头就有人拿起电话，喂了一声。叶紫羽一听，正是颜墨桐的声音。他忙高兴地说："是颜墨桐吗？我是叶紫羽，我到了山城，你快来码头接我。"

只听电话那头也兴奋地说："你怎么今天才到？我还以为你昨天就到了，正纳闷你怎么没来电话呢。"

叶紫羽感到奇怪，说："你怎么知道我要来的？"

颜墨桐说："你还不知道吧，你上船的那天，黎欣就打电话过来了，千叮万嘱，要我别忘了接你去呢。"

叶紫羽一呆，眼眶热热的，一阵温暖袭过。又骂道："刚才怎不接电话，吓死我了。"

只听颜墨桐嘻嘻笑道："我正穿裤子呢，谁这么一大早起来啊，赶紧说具体方位，我马上过来。"

通完电话，叶紫羽心头大是轻松。却见店主并未找钱，反而说，通话超时，这次话费总共要九毛钱，他还要再补两毛。叶紫羽想是联系上同学，竟不怕了，反骂道："我没得钱喽！就那么多，你不要算求。"谁知这店主原是个外强中干的家伙，听他一骂，竟不出声了。叶紫羽大感爽快。

一个小时后，颜墨桐赶到码头，接了叶紫羽回家。待脱下六天六夜未曾换下的衣服，舒舒服服洗完澡，叶紫羽正要向颜墨桐讲述他这几天经历的事儿，电话铃又响起。颜墨桐伸手拿过电话一听，嘿嘿笑道："他刚刚到了，非洲难民一样。"

叶紫羽突然意识到，这电话又是黎欣打来的，他的喉头哽咽了一下。

待颜墨桐将电话递过来，他紧握在手中，竟不知说啥。只听黎欣在那头又是高兴又是急切地问道："你还好吗？"

叶紫羽装作揉揉眼睛，说："我很好，不用担心啦。"

只听见黎欣笑了笑，轻声说道："那我挂电话啦，一会儿要去外婆家，我想你！"

叶紫羽“嗯”了一声，说：“我也是，记着，九月我去接你。”

挂上电话，他见颜墨桐似笑非笑地看着他，故意叹道：“一日不见，如三秋兮？”

他懒得同他斗嘴，反问道：“你怎么样？放假后有和柳溢雅通过信吗？”

颜墨桐道：“我正想同你说这个事情呢。柳溢雅盘问得我都招架不住了。我想啊，她本就是个很有浪漫情怀的女生，很愿意身边发生这样的故事。所以，她很愿意自己的男朋友真的是这样来到她身边。可理智又要她不得不怀疑这件事情的真实性。咱们这么胡编乱造的，也太不厚道了吧。”

叶紫羽道：“那怎么办？事已至此，总得编完吧。等明年说要毕业了，功课忙，慢慢不通信了就是。”

两人不再谈论这些事情，叶紫羽稍作休息后，颜墨桐便带着他去外面逛逛，晚上吃了当地的名小吃。第二天，颜墨桐又买好火车票，送这个身无分文的穷光蛋坐上火车离去。

回程仍然是硬座，同样人满为患，热气逼人。好在山城到锦城的时间不长，10 个小时而已。叶紫羽一夜没睡，非常疲惫。早晨到家，母亲给他开门时，他嘻嘻一笑，倒把老妈吓了一跳。他生得本来偏瘦，这会儿下巴削尖，关节突兀，当真是皮包骨头。

父母均忙着上班，没顾得上问他。他自己洗漱完毕，扑倒在床上就睡。这一觉，直睡到晚饭时间，甚是酣畅。

晚饭时，母亲心疼儿子，又奇怪他怎么出去一趟，晒得这么黑？叶紫羽便将他这次游玩的情况与船上的故事绘声绘色地讲给父母听，但他隐瞒了主旨，没说是送黎欣。

母亲听得好笑，却没说什么，只是叫儿子多吃饭。叶成煊听了儿子的“江湖”经历，倒是含笑表示赞许，并未多言。

接着几天，叶紫羽都在家读书看电视，楼也不下。心想等休息够了，再找陆禹皓玩，也不知这家伙的股票炒得怎么样了，有没把裤子赔光？而陆禹皓肯定在想，放假这么久，他怎么还没回来？也不知他们又举行同学会没有？叶紫羽还想把这段出游的经历写下来，可每每拿起笔，写不了两行，心头就颇不耐烦，他的这股懒劲，真是渗到骨子里去了。

出乎意料的是，这天叶成煊回家，竟拿出本小说递给儿子，说这本书写得不错，让他好好读读。叶紫羽一看书名：《平凡的世界》，作者路遥。

他头一偏，对父亲笑道："这可少见，多少年了，您好像还是头回鼓动我看小说吧?"

叶成煊笑道："以前怕你光顾着看小说，耽误了考大学，现在当然不同。"

次日，叶紫羽仍睡到中午起床。父母上班去了，他懒得自己做饭，到楼下面馆吃了碗牛肉面，回家后，倒在床上，便拿起《平凡的世界》一页页看起来：

1975 年二三月间，一个平平常常的日子，细蒙蒙的雨丝夹着一星半点的雪花，正纷纷沥沥地向大地飘洒着……

这个开头，便吸引住叶紫羽。呵呵，1975 年，自己的父母才刚结婚呢，他还得过些年头才出生。他一句句读下去，很快便沉浸在小说情节当中。

叶紫羽碰上喜爱的书，总是通宵达旦的。第二天早上，他已一口气读完了几十万字的全书。他很是疲倦，闭上双眼睡到下午。醒来后，饭也没吃，捧起书，又开始第二遍阅读，这本书深深地震撼了他。他的脉搏开始随着书中主人公孙家兄弟的故事而跳动。他更偏爱看故事中孙少平的经历，这个不安于闭塞农村的青年，一步步走出大山，做小工，搬石头，教夏令营，直到成为自己引以为豪的煤矿工人。他本该是一个前程远大的青年，可自己最爱的人田晓霞去世，让他的奋斗戛然而止。

当叶紫羽读到孙少平与恋人的第一次拥抱时，他自己也战栗不止，欣喜若狂；当读到田晓霞不幸遇难时，他垂首无言，仿佛自己的心，亦化作死灰；还有金波八年之后，在异乡小镇引吭高歌《在那遥远的地方》，用以祭奠自己无言的初恋时，都让他真实地感到那歌声仿佛萦绕耳畔，点点滴滴，挥之难去。

再次阅读完毕，叶紫羽心中有说不出的伤感和惆怅，田晓霞为什么要死呢？孙少平又为什么要放弃？为什么要把自己的终生定位在了煤矿和那个失去了丈夫的家庭？他本可以有更好的选择啊。

母亲下班回来做饭，他突然说："我们去买几个白面锅盔来吃吧。"

母亲有些不解地看着儿子，说："现在可不好找白面锅盔，你要是想买肉馅的。楼下菜市场倒挺多。"

叶紫羽对着母亲笑笑，说："那我去买白面馒头好了。"心头却想，对于书中主人公，这可是向往之至的"欧洲"了。

他此时，急切地想和父亲谈论这本书。

叶成煊下班后，一家人吃完饭，母亲在客厅看电视，父子俩来到叶紫羽的房间内，泡上两杯茶，促膝长谈。

叶成煊道："你想说说《平凡的世界》？"

叶紫羽点点头。叶成煊又道："那先谈谈你的看法。"

叶紫羽道："我为孙少平感到难过。以现在的眼光来看，他的成就还不如他留在村里的哥哥孙少安。他不断地改变自己，历经一切苦难向前拼搏。可田晓霞的去世，似乎让他的生命定格在煤矿了。我想，他最后一定会选择和他矿工师父的遗孀组成家庭，就此泯灭在千万普通的矿工当中，我真替他心有不甘。他迈出了农门，可他为什么拒绝城市呢？我想不通。"

叶成煊笑笑，对儿子说："你是伴随着中国的改革开放长大的，可你对整个 80 年代的社会还没有理解力。考考你，你初中政治课学过，对我国社会力量的构成是怎么诠释的？"

叶紫羽笑："这还不简单，工人农民知识分子。"

叶成煊道："对，是这样，可你知道这其中的等级吗？"

见儿子摇头，他又说道："七八十年代，社会风气淳朴，人的精神面貌积极向上。可当时的制度相当严格。比如说，干部和群众之分。这是一道分水岭。哪怕一个单位，干部和群众的档案都是分开存放的。所谓的招工招干，就是这么回事，'工'与'干'已是两个不同身份的群体。而工人和农民之间的差距呢，就更大了。农民向来是我们国家最吃苦耐劳的群体，应该受到尊重。可必须承认，城市里最弱势的群体面对农民，也有着先天的优越感。因为户籍制度强行将农村户口限制在了社会的最底层。即便是农民自己也瞧不起自己，拼命想改变这种现状，以成为城市人而自豪。要改变农民身份的唯一途径，就是上大学，跳'农门'。而城市呢，也是有等级的，小镇、县城、地级市、省会城市。计划经济体制中，大城市的商品供应与城市规划，肯定强于小城市，所以在大城市里，哪怕是个不学无术的待业青年，也会因自己的大城市户籍而瞧不上小城市的人们，更遑论于农村。这样的人以身在大城市为荣，要是首都的市民，只怕更自豪得不得了。这也就是所谓的'小市民心态'。你是在大城市出生的，所以你给书中主人公设计的道路就是：跳出农门，成为城市人。继而从小城市的市民变为大城市的市民，然后再谋个一官半职，娶上个大学生妻子。这对于老家在农村的人来说，便是功成名就，不虚此生了。"

听父亲说到这，叶紫羽想了想，自己真是有这种心态啊，如果书中能描写到孙少平娶了田晓霞生活在大城市中，他只怕不会再伤感和惆怅。他又想到，看书时，他真想看到作者能描写孙少平带着漂亮的女大学生妻子回到小乡村去的情景，而且这个妻子还是记者，是省委书记的女儿！如果这一幕出现，他似乎比书中的主人公还要有满足感。他心生佩服，真难为父亲分析得这么清楚。又听叶成煊继续说道："我让你看这本书，是想你一定能从书中感受到苦难与奋斗的力量。人的一生，不尽是大富大贵。但无论处在什么环境下，都能获得别人的尊敬，这就是成功。你这次在船上能和农民工和睦相处，为自己谋得一席之地。又能处变不惊，挣回一天的饭钱，说实话，我还真为你骄傲。"

父亲什么时候称赞过自己？叶紫羽想不起来，好像从没有过，这倒让他不好意思了。只听父亲又说道："国家正在深化改革，我相信这么下去，一定会完全打破户籍、人事制度的壁垒。如果你没有本事，做不出成绩，你就没有任何值得骄傲的依托。80 年代的待业青年还能以城市人自豪，而你们这一代，以后若不能自强自立，便没有任何资本，你就是社会最底层最贫贱的个体！所以，你对这本书表现出的喜爱让我高兴。书中这俩兄弟，无论你更认同谁，相信你都能领会到责任与爱心的力量，这就够了。"

叶紫羽心头一激，思绪万千。叶成煊喝光了杯中茶水，惬意地打个哈欠，从座椅上站起身来，拍拍儿子肩头："好了，有时间再聊，洗澡，睡觉。"

叶紫羽点头，让父亲先去休息，他不会这么早睡的。

其后几天，他又把书中主人公孙少平最喜欢看的《牛虻》与《热爱生命》两部小说找来看了。但看完后，却没有多少震撼。他想，或许这便是不同时代青年的差异。但这以后，叶紫羽每年都会重读一遍《平凡的世界》。一次次更深刻地理解到：人的价值，就体现于他的责任与爱心！

十、日月阳止

九月初，开学返校。

黎欣告别父母，坐上开往锦城的火车。两天后到站，果然看见叶紫羽正笑意盎然地站在站台上等着她！一个多月音信未通，这时重逢，两人竟有些羞赧。黎欣朝男友做个怪相，叶紫羽本想抱住她，见人多，也没敢，只是接过她手上的行李。可他们内心绝不似表面这般平静：亲爱的人，你知道我有多想你吗！

两人在锦城耽搁一阵，又乘汽车回学校。在车上时，才将这别后的情况述说开来。黎欣见叶紫羽黑瘦不少，想是在船上吃了不少苦头，未免有些心疼。叶紫羽浑不在意，说："你还没见到我刚下船的样子，那才跟个黑皮猴似的，这一个月在家，已经白胖不少了。"

黎欣告诉他："暑假中，那个在火车上认识的李衡倒给她写了信，出于礼貌，我也回了信给他。"

叶紫羽一听，忙问他写了些什么？黎欣轻轻一笑："不知所云，他们学校的学生毕业，肯定愿意留在沿海，可能就是想多认识几个这边的朋友吧。"

叶紫羽眨眨眼说："别不好意思，看来你还是有点魅力的嘛。"

一路上说说笑笑，没过多久，已看到学校大门。他们不由感慨：时间真是快，转眼已是大二，去年一年还没咀嚼出多少滋味，就没了。

次第之间，同学们都回了学校。各个寝室、各对恋人之间，自有一番别后重逢的欢欣与喜悦。而颜墨桐是他们寝室中最后一个回校的。那天午后，同宿舍的三个人各自躺在床上睡觉，颜墨桐哼着歌儿进了门，把众人都吵醒了，但大家懒得理他，谁也没吭声，有的翻个身继续睡。颜墨桐也当没看见他们一般，自己放下行李，收拾妥当，便铺开纸笔，在桌上写起信来。

林楚涯的床位正对着桌子，他被吵醒后，本来一直懒洋洋地注视着颜墨桐，心想这小子一回校就捡了钱包不成？这么开心？又见颜墨桐谁也顾不上理会，竟然在桌上写起信来，禁不住满心好奇，不知他在玩什么花样？

林楚涯不出声，躺在床上继续观察颜墨桐，直到颜墨桐写完信，细心折好，转身找信封准备往里装时，才猛地从床上探出半个身子，一把将信抢在手里，忙不迭地打开来看，刚瞧见抬头的“程菲同学，你好”几个字，信又被颜墨桐跳起来抢了回去。

林楚涯大叫：“好啊，颜墨桐！招呼都不打一个就忙着写信，快说这程菲是谁？”

他这么一吼，把高继远和叶紫羽全都惊动，立刻来了兴趣。二人跳下床，一同伸手来抢这封信。颜墨桐抵死不给，可高继远力气大，抱住他的双臂，他无法动弹，信便被叶紫羽夺了过去。颜墨桐只好连声哀求：“快把信还给我，我告诉你们程菲是谁还不行吗？”于是三人才停止了起哄。

原来，前天颜墨桐从山城坐火车返校，他好不容易定到张卧铺票，虽然只是上铺，也很难得了，他心中非常高兴。这趟列车是晚上 10 点开出，次日凌晨 5 点 30 分到锦城，10 点到达学校所在地。

他上车后，本想立刻爬到铺位上睡觉，可看见下铺竟坐着位秀气的女孩，从穿着打扮上看，也是学生。于是他便改变了主意，只盼着能同这女生聊聊天。可这个女生坐在那儿，低头看书，目不斜视，一时半会儿，他竟找不到同别人搭腔的机会。但他内心想要交谈的愿望甚为迫切。这时其他铺位上的人陆续上来，忙着在行李架上堆放行李，颜墨桐心中便有了主意。

他装作避开其他人，要去车厢连接处，起身的时候，似不小心，踩了那女生一脚。女生“哎哟”一声，抬头看了颜墨桐一眼，忙俯下身去护住脚踝，想是很疼。于是颜墨桐赶紧慌张地说道：“对不起对不起，踩疼你了吧？我不是故意的。”

那女生直起身子，看了颜墨桐一眼，脸一红，说道：“不要紧的，没关系。”

这样一来，正中颜墨桐下怀，他是想找机会搭话，故意踩人家的，当然没敢使劲，不过这可就有了搭话的机会。

交谈之下，他得知这女生果然是锦城一所大学大二的学生，家在山城，也是过完暑假返校。于是颜墨桐说真巧，他也是返校的学生，并作了自我介绍。

出于礼貌，女生也向颜墨桐介绍了自己的名字。这时，车厢的列车员过来同程菲打招呼，说已经没有铺位了，今晚她在这节车厢当值，让程菲就在这节车厢坐着吧。颜墨桐知道夜间没有卧铺票的乘客不能待在卧铺车内，就问程菲，这列车员怎么对你这么好？程菲说，她们以前是初中同学。颜墨桐故作恍然大悟，一脸羡慕地说，那你不是连车票都省了？程菲被他逗笑，说她可是买了座票的。就这样，颜墨桐打起精神，充分发挥自己的口才，妙语连珠。他揣摩着程菲喜欢的话题，同她越聊越热切。

晚上十二点后，车厢内熄灯。因程菲没有铺位，颜墨桐便也不上自己的铺位，陪她在小凳上坐着，又聊了很久。程菲似乎猜到他的心思，便说："夜深了，你上去睡吧。"

颜墨桐当然不肯，说自己不累，让程菲到他的铺位上睡去。

程菲哪里会肯，坚决推辞。

颜墨桐只好说："那我们就坐着聊天，我一上火车，从无睡意的。"

谁知程菲却抿嘴笑了，说道："是吗？那你何必买卧铺，不如买硬座好了。"

颜墨桐一语顿塞，涨红了脸，见程菲笑意盈盈，话语中并无贬损之意，他不好意思地挠挠头。这副窘相把程菲逗乐了，好容易才忍住没笑出声。

这样一来，两人的距离又拉近不少。

后来，程菲终于接受颜墨桐的建议，先到上铺睡几个钟头，因为她先到站，然后颜墨桐还可以接着休息。

就这样，到锦城后，颜墨桐送程菲下车，互相留了联系方式，然后挥手告别。

颜墨桐讲完，室友们哈哈大笑，骂他真是老奸巨猾，居然连这种缺德招数都想出来，万一那女生不是个善茬儿，跳起来大骂：'小子你连我的脚都敢踩，不想活了是吧？'颜墨桐可就吃不了兜着走了。

叶紫羽突然想到了什么，问颜墨桐是不是想追程菲？颜墨桐倒不隐瞒，说正有此意。叶紫羽挠头说："那柳溢雅怎么办？"

颜墨桐道："你还说，我正被柳溢雅追问得手忙脚乱，这出戏实在唱不下去了。都怪你出的这鬼主意，自己想办法解决吧。我实在不知怎么应付了。"

叶紫羽说："你这不是过河拆桥吗？当时你可是要死要活的。"

颜墨桐说："就为了当初那么一个谎言，现在要编无数个谎言，太有难度了。要不我还是老老实实写封信，说明真相?”

叶紫羽一听，这哪成? 他只好说：“算了算了，还是我自己想办法应付吧。”

再说黎欣宿舍中的姐妹几个，除了杨芳雨老老实实回家外，兰婧雪和李舒整个暑假都没回家，相依相伴去了附近几个旅游景点玩。开学前一星期，就早早回校休息。接着又是安梓汐和同简逸一同返校。暑假中，安梓汐先是在家休息一个月，便去厦城找简逸。

这次在简逸家，她受到隆重的礼遇。安梓汐到时，简逸早已在站台上等候，他帮她拎过行李，一路出站后，径直领她走到辆豪华的奔驰轿车前面。

安梓汐有些奇怪，问：“这是哪来的车呀?”

简逸对她笑笑，说：“是我爸爸的车。”

“你爸爸的?”安梓汐出乎意料，“怎么没听你说过?”

简逸打开车门，让她座进去，又笑着说：“我爸的车有什么好说的，等我有了车，我就第一个告诉你。”

安梓汐咯咯笑道：“但愿不是自行车。”

她这话倒把开车的司机给逗笑了，转过头对二人道：“老板已经打电话吩咐，安排在酒店给安小姐接风，我直接开车去酒店吧?”

简逸先是一愣。简凡良向来很忙，他假期回家后，父子俩一起吃饭的机会也不多，他早习以为常，没想到父亲会特意安排时间见自己女朋友。他很是高兴，又问安梓汐累不累，见她摇头，便让司机开往酒店。

路上，安梓汐才得知，原来简逸的父亲经营着一家大型多元化的集团公司，是当地知名企业家、政协委员。得知简逸原来出生富豪之家，安梓汐虽然吃惊，却并不十分欢喜，她有话想和简逸说，一转念，又先忍住了。

简逸的父亲名叫简凡良。这时，他已在酒店安排好家宴。说是家宴，其实也只有简凡良一人在等候儿子和他的女朋友。简凡良娶过两任妻子，但只有这么一个宝贝儿子。简逸的生母已经去世，第二任妻子比他小 20 岁，只比简逸大 7 岁，此刻正在国外度假。十年之间，简家的生意能做这么大，也有些出乎简凡良的意料。正是如此，他的精力多半放在经营上，常年奔波于世界各地。简逸上初中后，都是由他的外婆与保姆照料生活起居，父子俩相处的时间不太多，可这没有影响父子俩的感情。

简逸非常佩服父亲白手起家，创下这么大一家企业。不过他自己似乎对经商未见得有兴趣。由于父亲经商成功，他的生活条件一直都很优越，备受宠爱。多年以来，除了良好的学校教育，他的天赋更体现在语言方面。他的英语、法语、西班牙语都相当不错，但他学习外语，并非想要谋求一份好的工作，他的家世注定他不用为此操心。所以，他早打算完成国内的学业后，再出国留学，周游世界。可他父亲说，将来必然要儿子继承家业，打算等他毕业后，能在自家公司帮帮手。简逸十分不愿，可想想父亲一人操劳，也是心疼，便有些拿不定主意。

简凡良自然明白儿子的心思，其实壮大生意对他来说不是难事。所以儿子一心出国，他也不会阻拦。他对儿子，实是爱若性命。能让儿子无忧无虑的随心所愿，不正是他这个父亲的成功之处吗?

儿子前些天突然有些腼腆地跟他说，他在学校有了女朋友，这几天要来家里，他乐得哈哈大笑。其实简凡良很得意自己富甲一方，儿子又一表人才。他很感兴趣，想知道儿子喜欢的姑娘究竟如何?因此安排下今晚的宴席，抽出时间等待着。

他到酒店后不久，便见儿子同一个姑娘走进包间。简逸进房后，叫了声爸爸，拉过安梓汐说道："这就是安梓汐。"安梓汐嘴甜，连忙一躬身，说道："简叔叔好。"

简凡良笑着招呼两人落座，同时打量起儿子的女朋友。这姑娘个子不高，笑容甜美，从外表上看，显得魅力时尚。可举手投足间，却是沉稳大方。简凡良阅人无数，他从她灵动的眼神中判断出，这是一个很有主见的女孩子。虽是初次见面，他对安梓汐很有几分好感。

席间，简凡良为安梓汐夹菜，问道："吃得惯这里的菜吗?"

安梓汐爽快地点点头，说："很好吃，谢谢叔叔。"

简凡良又道："那你多吃些，简逸邀请你来我们家玩，那一定得把你招待好了，明天你们住到海边的别墅去吧，好好地玩。我这些天工作会忙些，就不多陪你们了。"

安梓汐道："叔叔您忙好了，我会照顾好自己的，简逸可从没跟我说过，他有这么出色的一位父亲。我借花献佛，敬叔叔一杯酒，祝您身体健康，顺心如意!"

说完，她举起酒杯。简凡良见她应对得体，举止大方，心中十分高兴，遂将杯中酒一饮而尽。简逸见父亲认可安梓汐，自然欢喜。这一顿饭，其乐融融。

次日，简凡良安排了车送二人去海边。单独相处时，安梓汐向简逸问道：“原来我问你家里做什么的，你只说做点小生意，没想到你爸是大企业家，你为什么不跟我说明白？”

简逸笑笑说：“我要是跟你吹嘘家里很有钱，你以为我在你面前显摆，不肯理我，那我岂不伤心死了。”

安梓汐又问：“你们班里的同学也不知道你的家庭情况吗？”

简逸摇摇头，“我从没说过，你应该相信我不是个浅薄的人。”

安梓汐这才笑了，正色道：“我喜欢一个人，只凭感觉，其他的并不重要，还好你没有自以为是。不然，我们也许不会在一块儿了，你明白吗？”

简逸搂过她的纤腰，吻着她的耳朵说道：“我当然明白。这就证明，我们始终是有缘分的呀。我一定好好爱你！再说，我小时候家里也很穷的，你可别把我想成个浪荡公子了。”

接着，简逸原原本本将家中的事都讲给安梓汐听。他自己都记不清在什么时候，他们家一下就有钱了。简逸印象中，小时候也很穷的。那时他们一家三口住在一个院子里，院子本就不大，他们搬进去时，院里已经住上好几户人家，他们一家只能挤在一间十几平方米的小屋内。即便是这样，也招来了邻居的白眼。因为院子里只有一个公用的自来水龙头，人一多，使用自然更不方便。

那时简逸只有四五岁，父母要上班没时间管他，他便一个人在院子里玩，倒也开心。可邻居有一位老太太却很凶恶，一见他在院里跑来跑去，就恶狠狠地对他说，不许乱跑，老老实实在家里待着去！于是简逸经常被这个老太婆吓得躲在屋里不敢出去。

现在，简逸偶尔走回老屋的那条街，还常见到那老太在破旧的屋檐下坐着晒太阳，漫无目的地望着街上的人群，一见着他，立即满脸堆笑，问长问短。还会大声向周围的老人炫耀，这就是简凡良的儿子呀，小时候也在这儿住的，那时候她可疼他了。

到简逸小学三四年级的时候，家里开始有较为明显的转变。简凡良在城郊找了一些人合伙，办了个螺丝加工厂，没日没夜地帮人加工零件。赚到一些钱后，家里开始添置高档家具，寻常人家不多见的大彩电、录像机、音响一应俱全。后来，这个厂扩大规模，增加机床，生产汽车配件，白天黑夜做，又赚到了钱，再办了个纺织配件厂，买了车床等一套设备，简凡良自己跑业务。

这时候，家中之事都交给简逸的母亲，简凡良每年有一大半时间都在外面奔波。他还记得自己父母的感情很好，两人是小时候在乡下定的娃娃亲，母亲十八岁时就嫁给父亲。简凡良每次出差回来，都会给妻儿带回新奇的礼物。再后来，他父亲又开始生产整台纺织机，生意很好，供不应求。成本只有 2 万 5 千元，做了几百台，每台卖 7 万 5 千元。一下子完成原始资本积累。这之后，又办服装厂、雨伞厂、印刷厂。

90 年代初，简家的资产已达千万。简凡良的眼光又盯上香港，当时正值香港房地产的低潮期，他看准时机开始做房地产生意。没过多久，香港地产升温，1991 年到 1992 年更是翻了一倍，简凡良就是在那时赚回一两个亿，之后他便成立正远集团，业务范围涉及世界各地。可惜的是，母亲却不幸早早因病去世。父亲虽说新近另娶了妻子，但父子俩都非常怀念母亲。

讲到这里，简逸眼中泛起泪光。安梓汐靠在他的怀中，静静地听着，一直没有言语。

此后的日子，两人住在海边别墅，简逸对安梓汐宠爱有加，事事都随她的性子。两人常在海边游泳，看日出日落，感情与日俱增。

简逸说："今生今世，非你不娶，你相信我吗？"

安梓汐说："我不是不相信你，是不相信自己，怎么会这么幸福？"

简逸说："我愿意让你幸福一辈子！所以我会一直努力。"

一晃过去半个来月，直到准备返校时，简凡良才又和二人见了一面。简逸靠诉父亲，毕业后想和安梓汐一同出国留学。简凡良并不意外，说这是好事。只要他们能考得出去，一切费用他尽可包了。简逸和安梓汐大喜过望。

简逸本来担心，父亲会强行让自己毕业后回家帮他打理生意，毕竟他是家中独子。不料简凡良对儿子说："做父亲的责任，是给儿子树立榜样。能帮助儿子成就自己的理想，岂不是人生一大快事？"

这句话让两个小辈乐开了怀。简逸拿出相机，和安梓汐分别倚在父亲身边，让服务员帮助拍下了这幸福的一刻。

颜墨桐自从认识程菲之后，就此坠入爱河。他还利用某个周末，乘车去锦城见了程菲一面，尔后再无心思顾及其他。可偏偏柳溢雅又写了信来。颜墨桐说什么也不肯再回信，要不就挑明。叶紫羽当然认为不妥，但又拿颜墨桐没办法。他考虑再三，最后决定，只有自己模仿颜墨桐的笔迹给柳溢雅回信，就当颜墨桐是自己的笔名吧。但柳溢雅却在这次来信中出了个难题，她说，交往了一个学期，她却不知道颜墨桐长什么模样？她想，他一定是个清秀俊朗的男生，她希望颜墨桐这次回信，能寄张照片给她。

这可如何是好？颜墨桐肯定不肯再寄自己照片的，叶紫羽大为挠头。他思前想后，终于在给柳溢雅的信中，巧妙地写道："记得纳兰容若有一首词，'人生若只初相见，何事秋风悲画扇？等闲变却故人心，却道故人心易变。'于我们而言，似可改作'宁愿相见如初见，看君原是新人面。'如果有机会，我们能够见面，我不能想象那将是多么令人激动的一幕。所以照片于人，未必传神。我想了想，还是不寄相片为好，否则在不曾相见之日，照片上的形象会印入你的脑海，那还不如让你心目中构思的形象，继续驻留在你的脑海中呢。"

这封信措辞文雅亲切，果然，柳溢雅在看后，甚是高兴。少女的天性总是爱幻想的，她便不再向叶紫羽索要照片。但是，她却把自己今年春天倚在桃树下的一张照片寄了过来。叶紫羽接到信后，看着照片中的柳溢雅，发觉她比高中时还要漂亮几分。他想，这么漂亮的女生，在学校肯定不会没人追的。今后写信，逐渐把双方的关系明确定位在朋友上，只能这么做了。于是，他在以后的信中，更多的谈论起学习和参加工作的打算，又以临近毕业，功课渐紧为由，慢慢减少了通信次数。柳溢雅始终没有觉察出，给她写信的对象，已经换成她的高中同学叶紫羽。

此刻，柳溢雅已在惠城读大二。上大学后，她和高中同学几乎没有联系。大学的学习对她而言，仍然是一件轻松愉快的事情，所以她的课余生活，自是丰富多彩。她父亲经常利用出差的机会到学校来看她，因此离家虽远，她并不感到难过。相反在学校，逐渐受到人们的青睐。很多玩得好的女生都有了男朋友，而她和一个同校的男生彼此也产生了好感。可柳溢雅却一直没有明确他们之间的关系，这都因为那封不可思议的来信。她记得第一个学期的期末，她收到一封莫名其妙的来信，一看落款颜墨桐，是个她根本不认识的人。可这封信却写得很有意思，读得她不禁哑然失笑，并且字迹相当漂亮。考虑再三后，她还是给这个叫颜墨桐的回了信，并要求他解释清楚怎么认识自己的。

谁知颜墨桐的回信让她吃惊万分。这可能吗？不过她内心深处，却宁愿相信这一切都是真的。那个夏日午后，真有过这么一段美丽的邂逅？她怎么一点感觉都没有？这是怎样一个男生呢？她脑海中冒出许许多多的疑问。

于是，他们开始保持通信，她想对这个叫颜墨桐的男生了解更多。但一个学期以来，柳溢雅感到颜墨桐的来信逐渐平淡，很多问题避而不答，仿佛当初的那份激情正在淡去。于是她去信希望要到他的照片，谁知他也没有寄来，他到底是个什么样子呢？

她索性将自己的一张近照寄了过去。对方在回信中，虽然充满赞美之辞，却并未表示出爱慕之意。这是怎么回事？后来她想到，毕竟两人只是那么擦肩而过，当初的激情是很容易消散的。如果这是一个优秀的男生，那么他在他们学校，一定会有女朋友的。

想到这里，柳溢雅的心思平静下来，或许他们就只有那么匆匆一瞬的缘分吧。这件事柳溢雅没跟任何人说起过。然后，在大二暑假的前夕，她终于接受了同校男生的表白。这个时候，已是叶紫羽临近毕业之际。

叶紫羽在校，远比第一学年散漫了许多，经常为睡懒觉而逃课。并且他起床后就直接去图书馆看书，等着黎欣下课后来找他。两人性格上的差异也显露些许。黎欣发现，自从跟叶紫羽在一起后，自己很少唱歌了。她曾拉着叶紫羽一起去卡拉 OK，谁知叶紫羽不但不去，还强烈阻止她去。说什么人之所以长嘴就是用来说话的，用来唱歌那就是让嘴巴不务正业。她懒得同他斗嘴，也知道自己斗不过他。黎欣原本还想学拉丁舞，这下更加不能了。不然只怕他还会说出人长脚就是用来走路的，用来跳舞又是让脚不务正业一类的浑话来。总之两人在一起，几乎都是黎欣迁就着叶紫羽。他们虽然偶有口角，却不似其他恋人一般，吵架后赌气不见面，当然更不会说出分手的气话来。

叶紫羽不会唱歌不会跳舞，他和黎欣共同的娱乐，就只有看电影了。只是他们所在的地方，商业娱乐没法跟大城市相比，大片也不会同步上映。所以很多影片都是在校外简陋的录像厅里看的。叶紫羽和黎欣都是周星驰的影迷，有他主演的影片必然要看的，今年周星驰主演的《大话西游》刚好上映，他们都去看了。整部片子上下两集，很长。除了觉得整部片子闹哄哄的，让人笑得前后打跌以外，也没有别的可说。他们这样熟悉《西游记》的人感到，齐天大圣的形象反正是全毁了，他拒绝取经，殴打唐僧，与牛魔王合谋，又勾引大嫂，四处同女妖精留情。并且那个至尊宝拿着月光宝盒在时空中穿来穿去，难免不让人稀里糊涂。但影片快结尾的那一段，却让没太看懂全片的叶紫羽心中颤抖了一下，说不清那是个什么滋味，不过电影看完后，他也没有过多去思考。

学期过半，同学们也逐渐开始思考起就业问题。社会处于大变革中，如今的大学生走出象牙塔后，可不如 80 年代那般风光。何况他们需要自主择业，即便是有委培单位的，单位也在改制。总之说来，一切都是个未知数。并且，他们这一代年轻人，受到改革开放以来各种思潮的影响，追求个人价值，加之社会上非常火热的“下海”一说，风起云涌，常是学生们高谈阔论的焦点。

黎欣比较热心参与这一类话题的讨论。就快毕业了，她内心的不安开始逐渐扩显。时间过得太快，她突然害怕地发觉，自己并没有学到特别有用的东西。好多日子，她都花前月下卿卿我我去了，而她刚进校时，可是决心不谈恋爱的。想到这，她不禁有些赧然，当然她也决不后悔与叶紫羽相恋。只是有时候，她会觉得叶紫羽还真没她成熟，书生气太重，对未来的生活与发展考虑得太少了。

黎欣的母亲沈润珍这段时间，也开始给黎欣写信，原本家信都是由黎欣父亲来写的。沈润珍常在信中与女儿探讨，社会的竞争这么残酷与激烈，而他们的家庭这么平凡，母亲为帮助不到她而难过。但是，如果女儿能继续深造，考研考博，甚至出国，那么家里不管花多大代价，她和她的父亲，都会尽最大的力量去支持她。

黎欣曾想过毕业后就赶紧找到工作，帮助家里减轻负担。但她内心其实也觉得，就凭现在的学历，似乎难以找到自己称心如意的工作。离她的理想和想要的成就，就差得更远了。

不过，多思考总是好事情。想多了后，黎欣也能想明白很多道理，她自己也不是不能安于平淡的。就像上一次阴差阳错报考广播学院落榜一样，她不也能在另外一片天地找到自己的挚爱嘛。

十一、正月繁霜

自改革开放以来，发家致富已成为人们追求的目标。可初期，致富的手段却并不多，因为人们的观念还没有转变。所谓的国营单位、铁饭碗，还是人们的首选。最早发财的，倒是先前没有正式工作，迫不得已干了个体户的无业游民。

早些时候，国家还有个规定，"两劳"释放人员若是自力更生，自己做生意，政府可以适当予以免税。这真是后来的生意人做梦也梦不到的好事。

当然，对普通人来说，发财的机会不多，可发财的观念深入人心。至少，叶紫羽的母亲这次就被深深打动。

所以，当叶紫羽大二寒假刚从学校回家，母亲就对他说，明天市体育中心举办体育彩票现场销售，即中即得，特等奖是一辆奥托小轿车或八万元现金，这数目可不小。同时拿出二百块钱，要他明天去买彩票。

叶紫羽很是好奇，母亲平常相当节约，这回太阳从西边出来了？后来母亲说，单位里这些天都在谈论购买彩票，特别是一个叫小贾的女同事，兴致高昂地告诉母亲，这次中奖率之广和特等奖金额之高，都是前所未有的，她到时请假也一定前去。母亲听得多了，难免不被众人的激情感染。

叶紫羽自然高兴，心想：两元钱一张彩票，自己买个五十张得了，还能剩个一百块钱悄悄地揣腰包里。要是真运气好再中个大奖，可就发达了。

第二日，叶紫羽约了陆禹皓同往市体育中心。这天的天气很不好，冷，早上下了霜，路滑。当他们走到人民路上时，便被眼前的景象震惊。只见道路两侧和过街天桥之上，人群之盛，摩肩接踵，竟是朝着一个方向在前进，热火朝天的气息与冬天的温度形成鲜明对比。叶紫羽问陆禹皓："这么多人都是去买彩票的吗?"

陆禹皓点点头，说："我看是，人家的目标跟我们一样呢。"

叶紫羽笑道："军队都没有这么整齐划一，这是倾城而出啊，估计自古以来，锦城的市民们没这么齐心过，这简直可以载入史册。"

来到体育中心后，两人更是瞠目，原来这里早已人山人海。偌大的操场中人声鼎沸，卖彩票的工作人员被人群紧紧包围在核心。这样的场景，也出乎主办者意料，准备工作略显不足，原先用铁栏杆围出的通道，早被人们挤倒。人们奋不顾身地拥到工作人员身前，手里举着钞票，拼命地叫嚷着，争抢着先买。而工作人员手忙脚乱却不知先接谁的钱好。叶紫羽这才发现，他原先只想买五十张彩票的念头根本不切实际。因为人群已经疯狂，人们拼命地挥舞着钞票去抢彩票，仿佛张张彩票都是头奖，都是一本万利。所以工作人员索性不再将彩票散卖，都是整盒整盒地出售，一盒一百张。

门口还有更搞笑的，一个青年男子站在高处，寒冷的天故意打着赤膊，头戴用报纸叠成的船形帽，右手五指张开，捏着几盒彩票，左手一张张拿出，一张张伸到嘴里，用牙齿撕开刮奖区，一看没有中奖，口一张，霎时间失去作用的彩票便飘落地上。叶紫羽哈哈大笑，眼见这家伙一连撕了几十张，全吐到了地上，神情越是沮丧。他终于跟着疯狂了，仗着年轻力壮，拿出虽千万人吾往矣的气概，硬是迫开人群，挤到工作人员跟前，二话没说，将两张百元钞票递到工作人员手中，领过了一盒彩票。

接过彩票，叶紫羽心底升起大奖到手的快感。可转过身却发现，他很难出得去了。没买到彩票的人还在拼命朝前挤。他刚才可以顺势挤到前面，可要逆势抽身，想也别想。这时陆禹皓早看不见人影。叶紫羽挤得冒火，却无计可施，他四处看看，见左前方正好是通向体育场二楼看台的楼梯，上面倒是无人。他索性挤过去，翻过歪歪斜斜的栏杆，攀上了二楼的走廊，走到了另一端。这一头的人倒是不多，但又没有楼梯可以下去。叶紫羽早不耐烦，也不及多想，一躬身，干脆从二楼跳了下去。

这一跳，可坏事了。这二层走廊离地三米多高，叶紫羽穿着大头皮靴纵身跳下，只听得砰的一声，他双脚落地，紧接着左边脚后跟传来一阵钻心的疼痛。他见周围的人都注视着自己，便硬装作若无其事，面不改色地向路边走去。可他走得两步后，一屁股坐在地上，疼得眼泪都快出来了，再也站不起来。

叶紫羽挪到街沿边坐着，脱下靴袜，仔细检查自己的脚底，却看不出异样，这时脚后跟也不如先前疼痛。他穿上鞋袜，试图站起来，可左脚根本不受力，身子一歪，又一屁股倒在地上。他只好再次除下鞋袜，翻过自己的脚掌来看。他用手指摁了摁左脚的脚后跟，一阵彻骨的疼痛传来，让他直冒冷汗。他想，坏了，难道伤了骨头？这时，耳边却忽听到陆禹皓的笑问声："你坐在这里干吗？捉虱子吗？"

原来，陆禹皓见人多，他不如叶紫羽那般英勇，根本没往里挤，站在外面看热闹。结果几下就被挤得不见叶紫羽的人。寻了半天，终于发现他怎么在街边坐着。叶紫羽苦着脸告诉他，自己站不起来了。陆禹皓问明原因后，立刻担心起来，埋怨他逞什么英雄。两人这么一问一答，站在一旁的人也听了去，顿感好笑。陆禹皓招手让一辆人力三轮车过来，扶着叶紫羽跳上车，朝骨科医院奔去。叶紫羽左脚只是无力站起，不碰的话也不很疼痛。坐上三轮车后，他从包里掏出那盒彩票，展颜道："一人开一半，中了大奖我六你四！"

陆禹皓笑骂道："你怎么成了不知死活的财迷了？"

两人兴致勃勃地开始刮奖，可叶紫羽的脸色越刮越难看。他率先将自己手中的彩票全部刮开，屁都没有中上一个！瞅着陆禹皓手中还有未刮开的，又抢了过来。可一百张彩票全部刮开后，只中了一个尾奖。尾奖的奖项是：可再领一张彩票！世界上最残酷的事，莫过于希望的完全破灭。这时的叶紫羽，脚疼算不了什么，心疼才是真疼啊！

陆禹皓将叶紫羽送到医院，忙去窗口挂了号，再去诊室。医生问明原因，二话没说，让叶紫羽先拍 CT。这一拍片，上百元又搭进去了。拍完后，两人在医院走廊等候多时，医生才拿着片子出来，指着一处骨头对叶紫羽说道："脚后跟根骨裂开一个细小的'V'字形，你还想站得起来？"说完，开了药方，让他们去拿药。又告诉叶紫羽静养三个月，等骨头愈合之后，自会行走如常。

叶紫羽连声叫苦，三个月呀，都开学了，这下可有得让人笑话了。

叶紫羽的母亲下班后，兴冲冲赶回家。她还在单位时，就接到同事小贾打回的电话。小贾兴奋地告诉母亲，她果然买中一个特等奖！这消息让母亲心里直痒痒，也不知自己儿子买中了几等奖？结果她一进家门，就看到一个做梦也想不到的场景：儿子居然左腿缠着白色绑带，一脸晦气地坐在客厅打盹呢。母亲忙问怎么回事，叶紫羽便将事情复述一遍。

母亲听他说完，又好气又好笑。大奖没中，儿子摔伤不说，还用去二百多元医药费，这真是偷鸡不成倒蚀一把米啊。

她心疼儿子，又问伤得严不严重？叶紫羽说没事，医生讲了，养几个月就好。

叶成煊回家后，见到这等情形，也被母子俩的行为气乐了。他说："现场中大奖的事岂有当真的？你们想发横财想晕了，结果怎样？赔本了吧。你妈也真是，平常节约得不行，这回倒大方得很。"

叶紫羽对父亲说："我和妈想的是马无夜草不肥。谁知道马失前蹄。"

母亲还心有不甘，哀叹道："怎么人家的运气就那么好？说中大奖就中大奖，要怪就怪我们运气不好呀。"

叶紫羽不服，说："我觉得你那女同事就像个托儿，她真中大奖了吗？"

母亲说："电话一打回来，全公司的人都知道了，明天小贾上班后还要请客庆祝，这能有假的？"叶紫羽方才不吭气了，只得认命自己时运不济。

原本预计销售三天的彩票，一天内全部卖完，这件事自然成为锦城的一大热点。第二天的《锦城晚报》用了整整一版的篇幅，介绍日前市民争抢彩票的盛况。

很多读者都注意到两条新闻。一条配有图片：一个赤膊青年站在一处啃彩票，作废的彩票扔得满地；而另一条，则浓墨渲染了一位抢彩票的市民，因为人多拥挤，从体育中心楼梯上跳下，摔断腿的事情。阅读晚报的市民们大多亲历现场，看了报道，无不开怀。这一年春节的彩票事件，也就此成为锦城市民其后多日茶饭间闲聊的谈资。

叶紫羽看到晚报后，吃了一惊，虽然文章的某些细节不符，可这篇讲述为抢彩票跳楼摔断腿的，不正是在说自己吗？想来记者也是道听途说，要是亲眼所见，早配上照片了。他自我解嘲地想，自己真有出息，这么多同学当中，他肯定是第一个上报纸头版的人。

这样一搞，整个寒假，叶紫羽都大门不出。陆禹皓来看过他几次，他都叮嘱陆禹皓，可不能跟其他同学说这事。要是同学们都知道晚报上所讲的，那个抢彩票摔断腿的家伙就是他叶某人的话，他可羞死先人了。

叶紫羽读书生涯中的最后一个寒假，就这样轻易而又不易的过去。黎欣后来笑着说，这个寒假的意义对他而言，一定空前绝后。

他瘸了腿，可辛苦了黎欣。到校后，每天都帮他按摩脚底，换药膏。中午他就在教室坐着，黎欣打好饭菜，端到教室，二人同吃。他们这番情意绵绵，不想却羡慕坏了一个人。这就是叶紫羽的室友林楚涯。

林楚涯眼见大学就快毕业，哥儿们都有了女朋友，怎么自己就没人爱呢？他的内心很受伤。看看自己，白白净净，斯斯文文，不比谁差呀，用相貌堂堂来形容也不为过。他实在有些气不顺。这日又见颜墨桐咧着嘴边笑边给陈菲写信，他愤愤不平道："你们这些家伙都有女朋友了，却一点不关照我，全没义气。"

颜墨桐正沉浸在自己的喜悦当中，对林楚涯的埋怨也不以为意。只是逗他说，学校这么多女生，你自己胆小，找不到女朋友关我们什么事？

林楚涯正待反唇相讥，高继远连忙劝慰道："哥们儿你别急呀，这只能说明咱们学校的女生不识货呢。你说像你这样斯斯文文的江南才子，还怕没女朋友？"

林楚涯见二人拿他开涮，知道好汉难敌两张嘴，便一瞪眼，不去理会他们了。不过，他的内心委实难以平静，随手拿起一本杂专心不在焉地翻着，突然注意到杂志每页的页角，都刊登得有交友的信息。他一下子来了兴趣，心眼一转，把宿舍中各人买的乱七八糟的期刊收集到一块儿，仔细地一页页逐一看过，还真找到一则交友信息"性格开朗、坚强的我，欢迎你的来信——赵玟曼"。一看落款，是本市师范学校数学一班。

林楚涯心中一喜，其实他刚才打的就是这主意，找个本市的女孩子交笔友，说不定就是一段美丽的情缘呢。再看这名字，赵玟曼，多好听，一定是个美丽的女生吧！

他一阵兴奋，立即决定写信。其实，交笔友在当时的校园里，甚至社会当中，是相当普遍的。写信，成为青年男女们认识朋友，表达感情最美丽的载体。林楚涯本想立刻动笔，但见颜、高二人都在，怕他们看见，索性拿过书本，声称去教室自习，一个人跑到图书馆构思他的信去了。

等信寄出后，林楚涯天天盼望着那个素昧平生的女生会给他回信。但收到回复的可能有多大？他不知道。他也不想告诉室友们，他们若是知道他交笔友了，肯定会趁机逗闷子，这几个混蛋，他太了解了。想到这，他又有些担心，叶紫羽的女朋友黎欣是生活委员，负责收发信件，他们的信件多半是让叶紫羽带回转交的，万一有回信，可别被这小子看到了。

大约一个星期后，叶紫羽晚上回宿舍，顺手交给他一封信。林楚涯接过一看地址：本市师范学校，顿时喜出望外。想来叶紫羽根本没去注意他的信是从哪儿寄出的，倒是自己多虑了。他躲回自己蚊帐中，忙不迭地抽出信默默阅读。

林楚涯同学：

你好！很高兴收到你的来信。你的名字真好听，很有诗意。你来信中介绍说，你老家在浙江省，那是一个美丽的地方啊，还靠着大海，真羡慕你！我家在农村，长这么大，最远的地方就是到市里了，呵呵。不过，我回家就方便了，每周六我都要回家，然后星期日晚上再赶回学校。你到这么远的地方来上学，一定很想家吧？不过，你大概只能在寒假和暑假当中才能回去了。

你们功课紧张吗？我们快毕业了，功课不是很紧张。原来我想考大学的，怕考不上，所以初中毕业后报考了师范中专，我想你们大学生的生活一定比我们丰富多彩吧。要是你们功课不忙的时候，欢迎你们来我们学校玩。

不打扰你了。祝你学习进步，生活愉快。

此致

敬礼

赵玟曼

1996 年 3 月

信不长，也没什么内容，可林楚涯却看了一遍又一遍，激动得夜不能寐。这毕竟是他第一次收到陌生女孩的来信。他在极度兴奋的状态中又回了封信给赵玟曼。

林楚涯精神抖擞，内心激情澎湃。不过室友们都各忙各的，也没瞧出什么不对劲来。直到这日，林楚涯再次收到赵玟曼的来信。信仍然不长，聊了聊学校的一些琐事。不过信的最后感慨道，阳春三月，她经常在晚饭后和要好的女生们去校外的田野上看别人放风筝，天空中飞扬着的各式风筝让她看得入迷，很是开心。她问林楚涯喜不喜欢放风筝，有时间欢迎他和他的朋友与她们一块去田野上放风筝或野炊什么的，肯定是件非常愉快的事情。

林楚涯看完信后便有些坐不住了，他觉得赵玫曼的意思很明显嘛，就是想约他见面。其实他又何尝不想见面呢？他心中原本设想的是，通过几封信后，再互寄照片，看来这个女生果然开朗大方。不过说到真要去见面了，他不禁又忐忑不安起来，心里转过无数个念头。如果就让他一个人这么冒冒失失地去见笔友，他心中真有些不敢。思量再三之后，他决定，把这件事向室友们公布。

这天晚上，四人都在宿舍的时候，林楚涯将他交了一个女性笔友的事情和盘托出。众人先是惊奇，继而大乐。便让林楚涯将两封信拿出给大家看看。

三人争着看完后，林楚涯便让室友们给给建议，他要不要去见面，怎么个见法？这方面颜墨桐最有经验，他从高一年级就开始交笔友，见面的也不止一个。他也当仁不让，给众人指点开来：一般来讲，主动登报交笔友的女生，要么是本性好文，喜欢浪漫的，要么就是长相不怎么样的。为什么呢？因为漂亮女生会比较矜持，平常宠着的人多了，才没功夫写信呢。但从赵玫曼的来信分析，她敢直接邀请林楚涯去她们学校玩，说明她不怕见光死，那么长相应该过得去吧，不会差到哪里。

听他说完，众人纷纷觉得有理。叶紫羽便对林楚涯道："明天下午没课，你正好去她们学校见见。"

林楚涯吭哧吭哧道："我的意思是，哥儿几个陪我一块去。"

旁人大笑，说难怪你会把信拿给我们看，这种事，自然同去同去！少年人的心性，原本贪玩，何况这种既温馨又刺激之事，他们的兴致怎会不高？林楚涯还犹豫要不要先写封信约好时间再去？颜墨桐说那是画蛇添足，就明天去，因为笔友初次见面多少会有些拘谨的，先见个面后，若是双方印象不错，下回再去，就从容多了，要不怎么说一回生，二回熟呢。倘若先写好信约好要做什么，到时见了面双方却感觉不是那么回事儿，可就尴尬了。

众人听完，又纷纷点头，称赞颜墨桐果然是个中高手。高继远不明白叶紫羽为什么对此事兴致高昂，积极得很，便调侃道："老叶，你说你天天跟在黎欣身后，你去做什么？不怕黎欣知道了打你屁股？"

叶紫羽大恼，一巴掌朝高继远扇去，被高继远闪开，顺手拧住了他的胳膊。两人挣扎做一团，叶紫羽口中又叫骂道："你小子还是入党积极分子呢，明天没你的份儿，不许去。"

高继远不甘示弱，说党团员干部就是要重视和引导好群众的情感问题。徐、颜二人冷眼旁观，也不相劝，只管起哄，于是整个寝室又在一片打闹声中一塌糊涂。过了好一阵子，终于安静了，四人又开始想象，这女生到底长什么模样，漂不漂亮？要是长得很漂亮的话，林楚涯可就交到桃花运了。

次日中饭后，徐、高、颜三人准备乘车去市区时，却找不到叶紫羽了。颜墨桐笑说："他肯定被黎欣拉去打水啦，管他做什么，我们赶紧去。"

于是三人也不等他，自行上了车。到市区后，便朝师范学校走去。学校在城边，十余分钟便到。三人进去时，正是午休时间，操场上有人在打篮球，他们走到教学楼，按信上地址找到赵玟曼的班级，只见班里有五六个同学在座位上聊天。高继远便叫林楚涯进去询问，可林楚涯说什么也抹不开这面子，不好意思进去。颜墨桐颇不耐烦，说都到这了，你还有什么不好意思的？他索性自个儿走进教室，对着坐在后排的一位男生问道："请问赵玟曼在吗？"

那男生一愣，头一转，看看四周，才说："赵玟曼没在。"

颜墨桐见这男生傻乎乎的，便不再问他，转过头去看门外的林楚涯，看他怎么说。林楚涯还没有吭声，教室内一个女生倒主动问道："你们是赵玟曼的笔友吧？"

颜墨桐一指窗外两人说，他们是。那女生一笑，说："赵玟曼应该在寝室午睡，我带你们去吧。"说罢，站起身，带着他们朝学校女生宿舍走去。

林楚涯等人跟在她身后。这女生边走边笑，说："赵玟曼是我们班个子最高的女生。"她这话没头没脑的，颜墨桐听得心头一突愣，暗自琢磨：她为什么说是个子最高的女生呢？不说是最漂亮的？脚步不由放慢。

他何等狡猾，看到那女生暗暗发笑的模样，早在心里打鼓了。林楚涯生性内向，想着见到笔友，早已心跳加速，甚为紧张，见颜墨桐脚步放慢，不明所以，也慢了下来。高继远却浑然不觉，还紧随其后。

横穿过操场，来到宿舍楼前，而林楚涯同颜墨桐才走到操场当中。那女生进去寝室，高继远则站在楼梯口。不一会儿，果然一个高大的女生走了出来。徐、颜二人虽隔得远，却也看呆了：这女生身材粗壮，豹头环眼，想是经常在田间劳动的，面色被阳光晒得黝黑。此刻刚被同学从熟睡中叫醒，脸颊还印有一道深深的睡痕，从左边眼角直至嘴边。林楚涯未看真切，以为是道刀疤呢。他心中慌乱，实不知将要怎么应对，突然间，竟转身拔腿就跑。这倒让颜墨桐愣在当中，不知如何是好。

却说赵玟曼走出来，顺着她同学的指引一看，只注意到走在前面的高继远，便微笑着到他跟前，说："你好，你是……"

高继远也傻了眼，不知如何回答。若说林楚涯刚才已掉头跑了，似乎不妥，他心中也有些不忍，觉得林楚涯太怂了。心想如果含糊其词，定会伤害到这女生的自尊心，慌乱中，突然指着远处的颜墨桐说道："他就是林楚涯，我是陪他来的！"

赵玟曼再朝着他指的方向一回头，便看到颜墨桐。颜墨桐大愣，一时不知如何回答，见高继远连使眼色，他知道若是推托否认，太过无礼，只好硬着头皮招呼道："你好！"

赵玟曼很是高兴，有些激动地对颜墨桐说道："你好，林楚涯！"又对着高继远道："这位是……"颜墨桐只好介绍道："这是我同学，叫高继远。"

于是，赵玟曼又热情地和高继远打招呼，并说道："你们到寝室坐坐吧！"颜墨桐看看手表，说："不用客气了，女生宿舍，我们进去不方便，今天就是顺道来看看，下午还有课，我们还得赶回去呢。"

赵玟曼沉默了一下，说："好，那我送送你们。"

二人不便拒绝，于是一同朝校门走去。到校门口，赵玟曼神情暗淡地说："谢谢你们来看我，我很高兴。"

颜墨桐笑笑："有空联系，我们继续保持通信。"

赵玟曼听他这么说，似有些出乎意料，这才愉快地点点头，面有喜色地说："我以为，你不会再给我写信了呢。"

颜墨桐说："为什么呢？能认识异乡朋友，我感到很荣幸啊！"赵玟曼听他这么说，才真正高兴起来，双方挥手道别。

二人刚一出校门，颜墨桐立刻指着高继远大骂，说他居然陷害他，要不是他反应快，真不知该如何收场，也不知道林楚涯这浑蛋跑哪去了？

高继远偷笑着说："你也不能怪我和林楚涯。我那是急中生智，不然我哪能像你一样应对得这么从容，而林楚涯本来内向胆小。你不是分析，人家敢主动邀请咱们野炊放风筝，就不会是'见光死'吗？你这水平徒有虚名。就该你承担善后的责任。"

他们走到车站，才见到林楚涯居然在站台上站着呢。三人你瞅瞅我，我瞅瞅你，突然爆发出一阵大笑。颜墨桐说："你倒是见机得快，一转眼没影了，怎么？嫌人家丑啊？”

林楚涯不好意思地说：“我不是那意思，我见她比我还高出半个头，这么个大块头，一时脑子里不知怎么的，觉得臊得不行，就没顾上那么多。后来她说什么没有？”

颜墨桐恨恨地说：“赵玟曼问我们是谁？我们说我们谁也不是，我们是陪林楚涯来的，他一见你吓跑了，就把我们晾在这了。这女的一听，伤自尊，哭了。”

林楚涯一听，脸色有些发白，想了一下，说：“其实我真不是瞧不起别人，我当时真的不知是怎么了，我现在过去，我得去跟人家道歉！”

高继远见他神色凝重，真准备返回。忙笑道：“不用了，我们逗你的。你跑掉了，我只好说颜墨桐就是你，他们聊得还挺开心的，双方约定，要积极保持通信联系。”

颜墨桐一笑，骂道：“去你的，你才聊得挺开心呢，魂都被别人勾跑了吧。”

转头又对林楚涯说：“其实，我认为交笔友贵在一种心灵的感觉，双方如果聊得来，就会有许多话题探讨。咱们别整得这么庸俗，好像非把笔友变成老婆一样。老高让我冒充你，跟那女生说保持通信，看得出那女生可高兴了。所以你就别再转回去说明真相了，这反而会伤害别人，你们就做一对真正的笔友吧。”

见室友们都这么说，林楚涯才恢复镇定，说一回校就赶紧再给赵玟曼去信。然后众人上了车，一路无话。

回校后，趁林楚涯不注意，颜墨桐才对着高继远哧哧地笑道：“说实话，我真是挺同情林楚涯的。”

高继远也笑了，说：“咱们也真该体谅体谅林楚涯，他准是抱着相亲的态度去的，结果这未来媳妇比自己还高大半个头，他能不屁滚尿流，转身就跑？”

到了晚上快熄灯之际，三人才见叶紫羽返到寝室。他见林楚涯又在写信，忙问今天见面的结果怎么样，林楚涯红着脸不答。颜墨桐与高继远也不搭理他。

叶紫羽自知中午玩消失不地道，见没人搭腔，便猜想说：“看来这女生长得不错，要不林楚涯怎么会才见完面，回来就写信？这么难舍难分啊？还是老高好，不愧为我们寝室的一面旗帜，以身作则，好好学习，坚决不谈恋爱。林楚涯啊林楚涯，你说你临到毕业了，怎么还来个晚节不保？该记一大过！”

颜墨桐想逗逗他，便问：“你小子跑哪儿去了？不是说好一块去的吗？”

叶紫羽嘿嘿笑道：“没办法啊，下午黎欣硬要我陪她去图书馆查资料，要准备论文。我没理由推脱啊。你快告诉我，那女生到底什么模样？”

颜墨桐便告诉他说，这女生真是漂亮，落落大方，举止得体。叶紫羽悔得不行，说他真应该去看看，下回再约，他一定要去。

众人只是埋头暗笑。

日子波澜不惊地继续着。转眼间，又到五月。屈指算来，叶紫羽他们在校的时间只剩两个来月。所有临近毕业的学子们，最大的感慨就是太快了太快了。不过，大部分男生在面临就业压力的同时，也有过瘾的事情等着他们，第十届欧洲足球锦标赛开赛了！并且，这一届首次扩充为 16 支球队参加决赛，精彩程度大过往界，更让球迷们欣喜若狂。不过，这一赛事导致了黎欣寝室众姐妹的集体不满，因为她们的男朋友都凑一块儿看球去了，反把她们晾在了一边。

两年前的世界杯上，叶紫羽青睐的球队全部折戟沉沙。这一届欧洲杯，他仍然只为自己喜爱的德国队加油。好在德国队比两年前表现出色，有惊无险地进入到决赛。但这时，德国队已是伤兵满营，连一支完整的队伍都不大凑得齐了。叶紫羽很担心他们又和上次世界杯赛场上的意大利队一样，最终功亏一篑。决赛当晚，男生们聚在一起看球。下半场，果然捷克利用点球先下一城，叶紫羽心说完了完了，看来德国队又要上演阴沟里翻船把戏。

时间所剩不多，德国队用完最后一个换人名额。一名身披 20 号球衣的高大前锋上场。电视机前，除叶紫羽外，简逸和李舒两人也都是资深球迷，但他们都未能认出这位新上场的球员是谁？然而，就是这个球迷们不太熟悉的高个子创造了奇迹。他在接下来的比赛中书写了欧洲杯历史上最神奇的一笔。这名球员上场后第一次触球，居然就利用身高优势头球破门得分，将比分扳平。球场上的德国队兴奋了，电视机前的球迷也兴奋了。解说员报出得分球员的名字：比埃尔霍夫。这个名字，即将响彻世界。

比赛进入加时赛，上半场快结束时，比埃尔霍夫在禁区线上拿球，转身一记强行抽射，球又进了！人们沸腾了，困境中的德国队二比一反败为胜。凭借这两个价值连城的进球，比尔霍夫声名鹊起，从此世界足坛就多了个强力中锋。

比赛过后，叶紫羽迅速四处收集比尔埃霍夫的资料。这是一名大器晚成的球员，第一次入选国家队，已经是 28 岁的大龄。跟历来的德国著名球星不同，这之前他一直混迹于意大利的低级别联赛，难怪球迷们都不知他是何方神圣。但欧洲杯的决赛会是一道分水岭，此前的他虽是个无名之辈，但这之后，他是德国队夺冠的英雄，他已经从丑小鸭变成白天鹅，未来的路，将是一片星光灿烂。大器晚成，厚积薄发，叶紫羽既成为他的球迷，也引他为榜样。

德国队夺冠，叶紫羽如愿以偿。不过这段时间实在引起了黎欣的不快，他的眼里都快没有她了。并且，连第一次的毕业生招聘会，叶紫羽都没赶上，还是黎欣自己去的。叶紫羽为此专门去向黎欣柔声道歉。并说，德国队的胜利也会给他带来好运的，下月的招聘会，说不定他一举就能签订用人单位呢。

黎欣虽说生气，但看看兰婧雪和安梓汐的男朋友在这一段时间内都表现差劲，她想想又觉得好笑，也就释然了。

不过，叶紫羽很快会明白，别国的球队赢不赢球，跟他真的没有半毛钱关系。所以他在随后的招聘会上，吃了个大瘪。

毕业生们开始忙着复习考试，写毕业论文。从他们这一届毕业生起，国家开始实施大学生毕业不再统一分配工作，而是和用人单位采用双向式选择的方式，自行取舍。这是中国高等教育里程碑上的一件大事。不过，这时的就业环境还不恶劣。大部分同学都在自己家乡联系好用人单位。本月中，学校发出通知，本省的毕业生就业交流会下周在锦城召开。叶紫羽和颜墨桐打算去看看，其他同学却要回家乡就业，不肯前去。

双向人才招聘会堪称一项新鲜事物。以前毕业的大学生，都有一纸派遣证，派去单位报道的。招聘会场设在校体育馆内。由于本省的企业居多，所以多是本省的毕业生参加，外省同学根本就没去。同叶紫羽交往的朋友当中，只有他和颜墨桐赶往锦城。

去到体育馆后，他们看见应届毕业生到了不少，用人单位却并不多，稀稀拉拉地排了百十家。两人左看看右看看，绕了一大圈后，却不知向谁投递简历好？叶紫羽倒不忙，他站在一些热门招聘单位的摊位旁，瞧着别的学生应聘。只见应聘的学生恭恭敬敬的与面试人员交谈。而面试人员却显得高人一等，跟训孙子一样向学生发难。他看见一些内向的学生，由于紧张，在面试人员面前，都憋得汗流浃背，满面通红。还有好些学生则拿出自己在校期间获得的奖状等各种证明，以博得面试人员的青睐。于是叶紫羽自己就感到气馁了一大半，他在校，什么奖都没得过。

颜墨桐也是一样，但他不死心，瞅着一家招聘单位前人不多，招聘的专业也对口，他便走了过去，递上毕业生推荐表。这家公司是两位中年妇女面试。其中一个接过表看了看，问颜墨桐："还有其他展现自己的材料吗?"颜墨桐摇头。中年妇女便不屑地说道："学习成绩一般，也不是学生干部，又没有获过奖，你没有什么竞争优势哦。"

这几句话，把颜墨桐闹了个大红脸，叶连紫羽在旁，也感到面上无光。心想，那我们不面试了行吧。于是两人灰溜溜走掉。

叶紫羽埋头转身，突然一个女生从侧面飞跑过来，衣带飘起，不巧拂到叶紫羽眼角，有些疼痛，那女生并未注意到，仍在往前挤。叶紫羽有些不悦，调侃道："这妞傻不啦叽的，挤上去也没用。"说完两人一阵悄笑。可他没想到，他们私下的调侃，被旁边一位戴眼镜的中年妇女听去了。这女人想是那女生的家长，立即勃然大怒，高声向叶紫羽骂道："你是个什么东西？我看你才是傻不啦叽的。"

叶紫羽一愣，有点不知所措，他哪里想到同颜墨桐私下调笑的话，竟被人听了去。周围的人都被这中年女人的骂声惊动，纷纷围观过来。那女生和一个男生，想是她的男朋友也连忙过来，问她母亲怎么回事？那女人仍然怒吼道："这人在背后骂你傻不啦叽的，我看他才是一副傻样子呢！"

女生的男朋友听完，也很生气，瞪着叶紫羽反复说道："你这人素质怎么这么差？素质怎么这么差?"又指着中年女人说，"你知道她是谁不?"

叶紫羽本是无心，正在后悔。却被这女人一通高声臭骂，引得众人围观，面子上实在挂不住，也火了。他冲着那男生道："我管她是谁？很了不起吗？我看也不见得。就算我在私下说了什么，可那是跟朋友说的玩笑话。你以为你来个泼妇骂街，谁就会怕了？你好意思说素质？在公众场合大声叫骂，这才是没素质的表现。"

他这番话，抢白得那男生一时无言。这时一中年男子出面劝道："算了，别吵了，大家都是来找工作的，说话注意点就是。"于是，那妇人才狠狠地一瞪眼，双方各自走开。

叶紫羽甚觉没趣，哪里还有心思继续面试，拉着颜墨桐，垂头丧气地离开。

这趟招聘会算白来了，他们一个被面试人员抢白一通，一个莫名其妙地跟人吵一架，还被指责素质低，心情能好到哪去？人才交流会是人才聚集的地方，看来他们都不是人才，以后也别来添乱了。找工作的事，急也急不来，慢慢从长计议吧。

十二、怀允不忘

快乐的时光总是易于流逝。这一年的七月，叶紫羽和同学们入校整整两个学年，他们即将毕业离校，开始新一轮的生活。

留在众多同学记忆中的，只有欢乐和甜蜜。大学是他们一生中最幸福的时光。他们在这块美丽的土地上留下自己青春的足迹。

吴雪燕心头则别有一番滋味，这么快，两年过去了。她的第一届学生毕业了，就要走向社会参加工作。外面的天地是广阔的，每个人都有自己的发展，十年、二十年过后，他们会成为什么样的人物呢？这是一个令人思之兴奋的问题。而她自己，是不是也该选择去加拿大和男友相聚了呢？但她更加深刻感觉到，自己更愿意留在这个美丽的校园里，她热爱这儿的工作，也热爱这种恬静的生活。

叶紫羽给好友陆禹皓写了封长信，这封信更像是对自己大学校园生活的总结。他先是开玩笑说，人生的每一段生涯，他总会做个总结。可偏偏这两年，短得他还没什么好总结的时候，就已经结束了。不过，叶紫羽觉得他非常满意这两年的生活。世界观、恋情都在这里有了归宿。虽然工作还没搞定，但他决定不到学校委培分配的单位去了，虽说那是家国企，但效益不好，工资低不说，没准什么时候就被下岗。大好的青春年纪，他不必为了一个所谓的铁饭碗去这种半死不活的企业守着。现在社会上的热门话题是“下海”，所以他也想去南方闯一闯，只是这种事情，却不知怎么跟女朋友黎欣说，他倒是想两人一块儿南下，但他也知道，黎欣的父母怎么可能同意？

陆禹皓收到叶紫羽的信后，在这方面也给不出意见。他现在完全是个循规蹈矩的好学生苗子了，几年大学下来，连交女朋友的心思都没起过。他完全沉迷于金融专业之中。他的父亲为他联系好了一份银行的工作，不过陆禹皓完全不介意。他想的是可以去银行工作，积累些工作经验，但是最多不过三年，他一定要自己创业！所以他给叶紫羽的回信中，鼓励他能按照自己的想法拼搏，年轻就是最大的资本，不妨少些儿女情长。

叶紫羽认为陆禹皓说得对。早有位作家不是说过，铁饭碗的含义，不是一辈子在一个地方有饭吃；而是有本事在什么地方都有饭吃。于是，他想好了，准备正式找黎欣商量下毕业后的去向问题。谁知黎欣倒先来找他说这事了。

前些天，黎欣见叶紫羽对找工作的事情不怎么上心，一门心思全关心球赛去了，就有点不开心。只是绝大部分男生都这样，她也不好说什么。倒是想起刚进校时安梓汐说过的一句话：这些同龄的男生，都太不成熟了，小屁孩一样。叶紫羽不在乎留不留锦城，黎欣便想邀他去南城，她想叶紫羽应该也不会拒绝的。只是沿海城市的竞争激烈，他们这样刚从学校出来的毕业生，面临的一系列压力都会不小。叶紫羽真要过去寻求发展，必须好好筹划才行。

谁知，就在她准备找叶紫羽商量的时候，家里来了封信，说前不久和一位久不联系的亲戚联系上了，这位亲戚在教育系统工作，他们刚好谈到自家女儿的就业问题。对方听后建议说，现在大专毕业已无多少优势，不如继续读个本科。他在京城外国语大学有些关系，可以安排黎欣前去参加学校的考试，如果合格，就能够专升本，在京城外国语大学的英语专业继续深造。

这是个不可多得的好机会，黎欣的父母大喜过望，连忙来信跟黎欣详说此事。黎欣一听也非常高兴，有这样的机会当然不能放过。不过这么一来，她和叶紫羽同回南城的打算，就要重新考虑了。

叶紫羽听黎欣说了这件事情后，倒挺高兴。他想的是，学校的环境总是要单纯一些，到社会上的变化应该更大。所以他先参加工作，黎欣还在学习，这挺好。等黎欣毕业之时，他已经工作好几年，应该有些积累才对，那时候谈婚论嫁，不正好嘛。

两人的想法一拍即合，原先缠绕在心头的困惑也一扫而光，他们高高兴兴地牵手去市里看了一场电影。

等他们看完电影回校后，又碰见简逸在张罗着请客。天气炎热，一到傍晚，校园的美食街上，四处可见成群结队的毕业生们热闹非凡地聚餐、饮酒，互赠毕业礼物，珍惜着最后这段在校的美好时光。

这次聚会，简逸把叶紫羽宿舍的几个哥们儿都叫上了，早前颜墨桐和简逸因为追求安梓汐的事情，见面从不说话。但自从颜墨桐在列车上认识了程菲之后，立刻就变得阳光了，有一次碰到简逸居然主动问好。他的转变让简逸感到释然，不然总归有点儿别扭。现在临近毕业，他去叫他们一起吃饭，几人也欣然前往。

毕业后，颜墨桐想好了到锦城工作，因为程菲还在那儿上学呢；林楚涯则要去家乡的省会杭城；高继远联系了南方的一家单位，预计八月份前往报到。而黎欣寝室的几对恋人，也基本确定了各自的去处：杨芳雨返回西北老家工作；安梓汐与简逸已经开始忙碌着寻求共同去加拿大留学的事宜；兰婧雪则因为李舒还有一年才本科毕业，打算先留在本地临时找个工作，等李舒毕业后，两人再同回南城发展。叶紫羽和黎欣也告诉了朋们自己的打算。

同学们的这次聚餐要了红酒，平常不喝酒的女生也都端起了酒杯。他们来自祖国的四面八方，毕业后也将奔向祖国的四面八方。众人一致约定，今后的每个整数年，都必须聚在一起。从第五个年头开始、五年、十年、十五年、二十年！天哪，他们都不敢想象，等到自己白发苍苍再聚首时，会是怎样的感慨？

这是一个最能体现少年情怀的时刻。

聚完餐后的几天，就在叶紫羽他们领到毕业证书，潇潇洒洒准备离校之际，学校却发生了一件建校以来前所未有的大事件，这件事甚至惊动了国家教委。

事情发生得有些突然。

前些时候，今年毕业的经济学院各本科专业的学生中，开始有了一个传闻，他们的本科学历不能得到国家认可。学生们议论纷纷，后来这股流言在班主任、辅导员和学校几方面的辟谣下得到制止。但没想到，领毕业证时，大家却赫然发现，毕业证上的落款居然是：校经济技术学院。从头至尾就没见到教育部的大红章。而学士学位证书更是影子都没有。

得不到教育部的承认，这不是黑户吗？学生们气愤了，所谓的经济技术学院，其实是高等职业教育文凭，虽然等同于本科，国家也是认可的，但大家心头却不这么想，总觉得名不正言不顺，上了学校的当。当初填报志愿的时候，学校为什么不事先说清楚？这些学生当年进校，高考成绩都是在重点线以上录取的。众学子的心里，实在难以平衡。

于是，一天晚上十点左右，部分同学自动聚集在学校的主楼前，想要学校给出解释。可这个时候，负责人也不知躺哪儿呼呼大睡去了。等到人越聚越多，大有星火燎原之势，才见到一名校领导和几位老师出来与学生对话。可与学生对话的校领导仍然强调说，你们这批学生进校就是作为高职招收的。众人哗然。之后，一名校领导的跟班不合时宜地插了一句嘴。正是他的这句话，酿成了大乱。

这名跟班打着官腔对众学生说：“你们以后找工作，首先看的还是真才实学嘛！大家怎么这么不自信？难道你们以为谁盖个章，就包你找到好工作了吗？”

学生们一听，立即炸开了锅！工作看什么我们难道不知道？明明是你们做错了，还来说这等风凉话？是可忍，孰不可忍也！于是，不知黑暗中是谁振臂一呼，学生们开始砸门，几下子把几扇门都踢坏了，来劝架的老师也被同学们打跑。现场许多人都是第一次看到几百人对垒几个人是什么景象，情绪莫名高涨。就这样，主楼前很快已聚集上千人，将主楼团团围住。一时间，“还我学位”“学校无耻”的口号震耳欲聋。

这时，有的学生看到主楼外悬挂的“经济技术学院”的门匾，更是气愤莫名。冲动地试图将门牌取下，却不料六个凶神恶煞的保安突然从主楼大厅冲出，将为首的两名学生拖入大厅殴打，同时再将大门关上。因为保安一职几乎都是由学校工作人员的子弟充任的，素质不高，平常就爱惹是生非，欺负学生。这时候还敢这么干，这不是找死吗？学生们原本就对保安不满，此刻火上浇油，众人高声呐喊，大门再次被踢开，人群一下涌入。六个保安都是打架老手，见机也快，知道寡不敌众，立刻四散而逃。学生们相互拥挤，救出了先前被打的同学。可再一看，一个打人的凶手都没逮到，更是义愤填膺。部分学生开始乱砸东西，有的则嚷嚷着要去堵校长的被窝，有的则跑回宿舍，开始串联其他系的学生，想发动全校各年级所有学生来支持他们。

本来这件事情同其他院系和大专部的学生并无牵扯，但消息传出后，同学们倒是充分发扬了团结友爱的精神，几乎一个不落地加入到了这场“暴动”当中。叶紫羽他们专科部的学生已经领完毕业证，本该收拾包袱走人的，没想到临走了还能赶上这么一出大戏。所以当串联的学生前来寻求支持时，这帮人也一窝蜂地跟去了主楼。

他们来到主楼前，看见现场形势乱成一锅粥，很多老师也到场，分别在找自己班里的学生，尽力平息混乱。叶紫羽出乎意料地看见，这大半夜的，怎么黎欣和她们寝室里的人也都跑来了？而且一些原本在学校很文静的，只管努力读书的女生们这时也挤在人群中张望。看来青春少年的心灵当中，少不了都涌动着不安分的因素呢。

将近凌晨两点，学生们在部分学生会干事、班干部的带领下，逐渐恢复了秩序，这高等教育还真不是白给，学生们到底还是有素质的。有去校长家的同学回来说，校长没在，上省城开会了。一名临时推举出的学生领袖想了想说道："既然校长不在，那大家先各自回寝室做好准备，天一亮就去市里游行。"众人不禁咋舌。老师们则被这话惊得面无人色，心想这么下去，要出大事。

第二天一早，千余名经济学院的学生首先聚齐，开始喊着口号向市里游行，学校大门口有老师手挽手阻挡，但这犹如螳臂当车，一下就被学生给冲飞了。游行学生走出校门时，整个队伍已骤增到四五千人。

学校距离县城有十几里远。这条路是去风景区的必经之道。来往的车辆较多，学生队伍走在马路中间，汽车都往两边避让。很多旅游大巴上的人惊奇地探出头来，饶有兴趣地观看着游行队伍。

叶紫羽、颜墨桐等人在队伍当中左看右看，发觉他们这一届毕业生几乎都在，这些人全是与这次文凭事件无关的。看来"事不关己，高高挂起"也不都灵验。这里的学生都是生平第一次组织参加游行，平常只在电视里看到过游行的场面，怎不兴奋莫名。一些女同学的脸上更是笑意昂扬，不知是否将这次游行当成了徒步旅游？真正心情沉重的，还是经济技术学院的毕业生，他们才是这次示威活动的主力军。

学校所在地虽是个世界闻名的风景区，可毕竟这里的行政级别只是个县级市。平常县领导们或许会为自己的辖区有这么一所知名大学而骄傲，但现在，他们有的却只是头疼了。五千人跑上街头游行，就是全县的公安干警和武警官兵加到一块儿，也不够这个数啊。要是再有几个毛贼趁火打劫，这小小的县城，弹丸之地，如何承受得起？于是县委立即开会做出决定，向地区行署报告情况，并请求地委增派警力协助。

游行的学生队伍到达市区后，分为两拨，一部分留在市区，一部分则向火车站走去，准备拦截火车上省城。这个行为更把相关领导吓坏了，连忙抽调警力去维护火车站秩序。警察赶到时，学生们正在准备冲站，警察加紧布防，双方一下正面冲突起来。要说这警察的素质是比保安强多了，只是防守，没有打学生的。可警察人手不够，又不知从哪儿叫来一队保安帮忙。这些保安推拉学生的动作明显粗暴许多，这下学生们不乐意了，昨天晚上出手打人的保安一个没逮到，这账还没算呢？此刻，他们也不管此保安非彼保安，这几号人一下被上百人冲过来包围在中间，一顿乱拳，保安们便站都站不起来了。最后还是二十多名警察挥舞着电棍赶来，硬是迫开学生，强行将人救走。估计这群保安出道以来，也没吃过这么大亏。

这一出上演后，现场的秩序完全失控，学生们进不了候车厅，纷纷翻越栏杆直接跑下站台卧轨。这一举动不但把警察吓蒙了，一些比较理智的学生也觉得不妥。高继远和叶紫羽混迹于人群当中正在四处张望。刚才他们被保安的推攘动作激怒，也冲到那群保安身边一拳打去，却不想叶紫羽的拳头正打在那家伙系的皮带扣上，反而弄得自己的手疼得不轻。他俩看见许多学生纷纷卧轨，也吓着了。高继远心想，这条横贯西南数省的交通大动脉要是瘫痪，非惊动党中央国务院不可。万一死了人，这祸可闯大了。他紧张地四处打望，突然看见一个戴眼镜的小子侧躺在一根铁轨上，一只手撑住脑袋，正为自己这样都能保持住平衡一脸的沾沾自喜呢。高继远定睛一瞧，这蠢蛋不是林楚涯是谁？他慌忙跑过去一把拉他起来，骂道：“你抽什么风啊，待会儿火车过来，可不会知道这里发生了什么事，赶紧上站台。”

然后，高继远又跑去拉其他轨道上的人，并吩咐叶紫羽去抢个话筒来喊话。叶紫羽一听有道理，转身跳上站台，抢过一名车站工作人员手上的喇叭，身手敏捷地爬到铁栏杆上，朝着铁轨当中或蹲或躺的同学们声嘶力竭地叫道：

“同学们注意，赶快回到站台上！火车要过来了！铁轨上太危险，咱们可不能有个三长两短的，我们可是祖国的栋梁之材，没必要去跟火车硬撞，要撞也应该把那些脑子不开窍的学校当局绑铁轨上撞去啊！”

他这么吼了几次，声音都嘶哑了，铁轨上的人大部分倒是听见，纷纷大笑，拉着一些还不明所以的同学上了站台。几个校领导站在乱哄哄的队伍当中不知所措，刚准备开口劝阻学生，就有无数纸团、瓶子朝他们飞去，讲话声也被骂声淹没。这时虽见叶紫羽跳出来，将学生们劝离了铁轨，可这家伙说的那叫什么话，怎么听着不是个味儿？数分钟后，一辆南来的列车总算平安地通过本站。

而县城这边，学生队伍已经在市里的主干道游行。由于更多激进的男生去了火车站，县城的队伍当中女生较多，所以这一边的秩序还维持得较好。老实说，这县政府也够冤的，学生们为了文凭的事游行，矛头是学校，并没有什么社会民生诉求。但县政府门口的人却是最多，学生们也不知道该与谁对话，自然而然的，拥到了当地最高行政机关来。县长一急，让县里的教育局局长出去安抚学生。教育局局长连声叫苦，说我这小小的科级干部，管管县里的几所中小学也还罢了，哪里压得住这么大场面？再说他们也不是冲我们来的，这件事，起码得省教委的人出面解决才行。县长一想是这道理，其实就自己这处级干部的分量，怕也是不够呢。但他是这个地方的最高行政首长，责无旁贷，只好自己出去跟学生们对话了。

这县长的水平还真不赖，他站在门口，拿着喇叭大声对学生们说："同学们，请你们冷静。这里的情况和你们的要求已经上报省里。省教委和你们的校长今天会回校处理这起事件的，相信他们一定会给出一个公正的结果。我身为县长，有维护地方社会秩序的责任，同学们游行之后，请尽快回校。以免地方闲杂人员借机滋事，损害人民群众和同学们的利益。我理解同学们的心情，天气很热，同学们也辛苦了！我决定，由县政府组织车辆，送同学们先回校，请同学们以大局为重，耐心等待从省教委赶来的同志。"

县长这番话入情入理，而且还准备好了车辆送同学们返校，这倒让学生们有些意外。几个领头的一商量，决定听从安排回校，反正声势已造得够大了。有的学生还在想，这事儿本来跟县里没关系，我们跑到这儿来算怎么回事儿呢？

黎欣和安梓汐几个女生也在游行队伍当中，正好看见她们的系主任在劝说学生。系主任是认识她们的，说不定已经看见她们，这可把她们吓了一跳。本来没她们什么事，她们却跑来跟着起哄，被系主任见到，回去没准儿就惨了。正巧县长刚讲完话，还站在台阶上劝慰学生，黎欣急中生智，突然走上前，对着县长说道："县长同志，我们找您也是有要求的。"

她一下子挤到人群前面，话音清脆响亮地传出，倒不愧是差点儿考上播音系的，引得正准备离去的同学纷纷将目光注视到她俏丽的身影上。

县长转头一看，只见一个容颜秀丽的女大学生站出来，在他的右侧说话，不禁一笑，亲切地问道："好，有什么要求你说吧。"

黎欣白皙的脸上微微露出笑意，明亮的双眼望着县长大声说道："我们参与游行，主要是因为，昨天晚上，有几个保安动手打伤了我们两名无辜的同学，这是一起治安事件，可学校没有处理，打人的人却跑掉了，我们请求尊敬的县长同志依法处理凶手!”

同学们一听，纷纷鼓掌大声叫好，他们当中很大一部分与文凭事件并无关系，黎欣这一番话，就将他们的行为，师出有名了。

县长听后，放下心来。暗想这事倒好解决。他掷地有声地回答：“好，我立刻让公安局的同志去办，先找到打人的保安，查明情况，一定严肃处理！现在，就请同学们回校吧。”

人群中再次爆发出惊天动地的叫好声，学生们依次上了停在四周的大巴车。这次县城的游行示威活动，倒秩序井然地结束了。

接连几日，整个学校都在议论着这次事件，反倒冲淡了毕业生们离别之际的伤感。而学校考虑到，经济技术学院的学生不过千把人，而这次参与游行的人数却达五千之众，各系各班的毕业生几乎全部参与，简直唯恐天下不乱。于是，学校出文：本届毕业生三天内办理好离校手续，一周之内必须离校！学生们虽然不高兴，嚷嚷着这母校一点儿人情味儿没有，但一周之后，倒是走了个干干净净。偌大的校园，顿时安静下来。

临走前，高继远却有喜讯传来，学校领导还不错，鉴于他在火车站主动维护学生队伍的纪律，避免了大枢纽交通中断的事故，校党委已正式接收高继远成为中共党员。

叶紫羽同黎欣实在难舍难离，迟迟未肯离校。而寝室里的人已经相继离开。待到这周六早上，两人去火车站送走高继远后，平常往来密切的朋友，已经全部离开。他们从火车站转回来，到城区停留了半天，将平日常去的地方一一走过，以缅怀这两年在这里度过的点点滴滴。后来在县城吃完中饭后，他们坐车到风景区山门外，却没急着回校，而是再次来到了圣迹亭前。

这里的风光依旧迷人，两人心中，却多出一份淡淡的离愁，既为景，又为人。他们并肩坐在亭间，叶紫羽道：“欣儿，明天我们也要离校了，九月后，你又要去京城，此地一别，不知何日再能重游?”

黎欣想都没想，忽地脱口而出：“十六年后。”

十六年后?

叶紫羽望着黎欣一阵莫名其妙：“为什么是十六年?”

黎欣笑言道：“我说着玩呢，前些天杨芳雨在看《神雕侠侣》，大家讨论起杨过和小龙女十六年后的相会，感觉太漫长了，不过也真够浪漫的。安梓汐还说，小龙女有绝世武功，不会变老，要是我们，都不知老成啥样了，可玩不起这样的浪漫。所以你刚才一问，我顺口就冒出个十六年后。”

叶紫羽听她这么说，笑着问：“就算不会老，我也受不了，你想十六年才见一面?”

黎欣眼眶一热，低头靠在他怀中说道：“不是的，就十六天，我也不想和你分开!”

叶紫羽大感欣慰，搂住黎欣，动情地说道：“可是离你明天上车回家，我们差不多只剩下十六个小时了。”

黎欣本来已有些难过，听他这么一说，泪水一下涌出，反将叶紫羽搂得更紧。叶紫羽见周围已有三三两两的游客朝他们看了过来，微觉不好意思。便牵起黎欣的手，走出凉亭。然后说道：“我问你一个问题。”

黎欣抬起头，问道：“什么?”

叶紫羽说：“你觉得令狐冲和杨过相比，哪个更幸福?”

金庸的武侠小说，更像是大学里的必读课本，这两年他们至少通看了一遍。

黎欣想了想说：“令狐冲。”

叶紫羽问她为什么？黎欣又想了想，说：“因为令狐冲一直和任盈盈在一起啊，虽然受了很多苦，但是能和心爱的人在一起，就什么都值得了，而杨过一个人孤苦伶仃地等了十六年，当然是令狐冲更幸福。”

叶紫羽摇摇头道：“我不这么认为。我认为应该是杨过更幸福。因为令狐冲认识任盈盈都很久了，可在五岳并派的比武大会上，他为了哄岳灵珊开心，还是心甘情愿地故意让岳灵珊刺他一剑；岳灵珊死后，他抱着岳灵珊的尸体悲痛发狂，用手指为她掘墓，却舍不得就此掩埋她，丝毫顾不得任盈盈在旁。从这两点都可以看出，令狐冲心中最爱的，一直是他的小师妹。可岳灵珊不但嫁给了旁人，还死在自己丈夫的剑下，这让令狐冲完全绝望。因为他爱的人死了，终此一生，他再也见不到他最爱的人了！可杨过不是的，虽然杨过断了一臂，又苦等了十六年，但杨过心里知道，他最爱的人是不会嫌弃他的。虽然小龙女不在他身旁，却总是想着他。十六年尽管漫长，可他能等。一旦等到了，就是幸福！他就是世界上最幸福的人！我想，如果小龙女真的早已经死去，杨过是会娶郭襄为妻的，就如同令狐冲娶了任盈盈一般。但是最终，杨过等到了他最想要的结果。十六年之后，小龙女病体痊愈，容貌更无二致。杨过功成名就，成了当世大侠，又可以和最爱的人终老一生。所以，是杨过比令狐冲更幸福啊！”

黎欣一边听着叶紫羽述说他的见解，一边频频点头。等他说完，便接口道：“听你这么一讲，我也觉得是杨过更幸福了。”

她又深情地望着自己的男朋友，继续说道：“不过，我们更幸福，因为我们不会分别十六年这么久，十六个月也不用。我下学期去京城上学，一放寒假就过来和你相见。这样，从明天算起，我们最多分别五个月左右，你说好吗？”

叶紫羽大受感动，说：“好啊，那当然好！”

黎欣也一阵激动，又问：“你说，什么是爱情呢？”

女朋友突然问到这么直接的字眼，叶紫羽反倒不好意思了，而且，这个问题真不好回答呢。他笑了笑，正不知怎么说，却见黎欣缓缓说道：“我想，就像周末的早晨，明媚的阳光照射到一张雪白的大床上，床上懒洋洋地躺着一对刚结婚不久的年轻夫妻。先醒来的丈夫微笑着端详起枕边的妻子，似乎永远看不够的样子。过了一会儿，美丽的妻子似乎感觉到丈夫注视的目光，眯着的眼睛缓缓睁开。望见自己慢慢醒转的妻子，丈夫用手腕托着头，轻轻地说一句：早上好！这就是爱情了吧？一起相伴到老，看夕阳西下，风起云涌。”

叶紫羽听着黎欣如诗如梦般的叙述，心神一漾，紧紧握住了她的手。

天色渐已昏暗，游客正在散去，二人也准备回校，黎欣轻轻叹道：“山下读书两年，我还没登上过山顶呢？今日一别，何时再来？”

叶紫羽听见，趁没人注意，轻轻吻了吻黎欣的脸庞，附耳说道：“那我们立个约定，十六年后的今天，再来这里，一同登上山顶。”

黎欣笑道：“还真是要跟杨过和小龙女比呀？”

叶紫羽也笑：“估计是，潜意识呢。”

黎欣说：“行，十六年就十六年！哎，想不到我要爬上这山顶，得花十六年时间呢。”

她突然不好意思起来，脸色绯红。叶紫羽问道：“你在想什么？”

黎欣低下头，说：“我想，十六年后，我们，会带着我们的孩子来吗……”

两人笑意殷殷，相依相偎，陶醉在初夏的黄昏之后。

天色完全暗下来，他们携手回校。从侧门进了学校后，叶紫羽又舍不得就此回宿舍，他牵着黎欣，默默地来到体育场背面的一处山坡上坐下。山坡上静静的，一片漆黑，早没了人声。叶紫羽拉着黎欣在草地上坐了会儿，又顺势躺了下来，黑暗中，两人都没有说话，只听见对方急促的呼吸声不时响起。

躺在青草丛中，叶紫羽一手搂过黎欣的肩头，一手放在她的腰际。他开始吻她。好一会儿，又将嘴唇缓缓地移到她的发际、耳后、脖颈，再缓缓移到她的胸前。挺拔而诱人的胸脯被雪白的衬衣紧紧束缚着，划出一道美丽的弧线，就在他的鼻尖轻轻起伏。叶紫羽听到了她的娇喘，听到了她的心跳，空气似乎凝固了，四周更是静得怕人。

眼睛的视力这时已适应了淡淡的月光，叶紫羽仔仔细细地打量着月色下的黎欣，一时如梦如幻，不知身在何方。只觉得内心一片空灵。他终于支持不住，翻过身去，轻轻将黎欣压在身下，生怕弄疼了她柔软的娇躯。

他从天籁中得到了勇气，他不在犹豫，他像吹响冲锋号的战士一样，挺身而出。他的手再次伸进她的裙裾，将裙摆掀起，然后揉身而上，笨拙却又迫不及待地将自己和女友融为了一体，任她的双臂将自己死死环绕，任她的指甲深深掐进自己的肩背。而黎欣也悄悄闭上了双眼，等待着那刺痛心灵的一击。

夜空如水，山坡如画。他们沉寂在这样的世界里，绽放了自己的处子之花。

风平浪静后，两人并肩躺下，相依相偎，不肯动弹。

叶紫羽说："欣儿，对不起，我……"

黎欣轻轻抚摸着叶紫羽的脸庞，柔声道："我愿意，亲爱的，我爱你。我是你的，我们永远在一起好吗？"

"当然，我们永远在一起！"

十三、他人有心

参加工作对于叶紫羽来说，是个怎样的概念呢？他自己很难定义。这与高考还不同，那时他感觉到自己就此成年。而工作带来的，应该是经济独立。以前在张贤亮的小说中，看到过“没有独立的经济，就没有独立的人格”这句话，他很是不以为然。这时，他却为即将来临的经济独立而激动。

从学校返家后，他告诉父亲，要去南方沿海打工。叶成煊先没正面回答，而是说：“你虽然学的是经济管理，可手无一技之长，又无工作经验，谁会要你？就这样冒失地跑去，找不到工作怎么办？”

叶紫羽倒不怕，说：“没关系，大不了我上酒楼做服务员去。”

叶成煊鼻孔一哼道：“那你高中毕业就该去。做服务员能学到什么？没点儿出息。”

叶紫羽笑笑说：“我就是说说而已，我当然会尽力找个正规的公司上班。”

叶成煊问儿子愿不愿意在自己工作的厂里上班。叶紫羽当然不愿，他想，在父亲手底下干活，还不被他管得死死的？

叶成煊早料到儿子不会愿意的，他这才告诉儿子，他已经帮他联系好单位，是一家生产和销售家具的大型企业。老板姓李，和父亲厂里的老板钱大进是好朋友，所以父亲只是略一提及，钱大进立刻通过关系，敲定了这件事。叶紫羽内心涌出一股感激之情，在自己人生的重要关口，总是父亲给了自己最大的帮助。

在家里待了半月，叶紫羽和陆禹皓见了一面。令叶紫羽意外的是，陆禹皓竟然带了一个女生来见他。原来陆禹皓在毕业前夕，也交上了女朋友。那是比他们小一届的中学校友，在他们之后一年考进了和陆禹皓同一所大学的同一个系，二人意外的相识，偶然的交往，直到正常的恋爱，关系发展迅速。叶紫羽感慨，缘分，妙不可言。

陆禹皓向叶紫羽描述他的未来蓝图，并简单讲述了他如今在股市与期货市场的心得，虽然还没赚到什么钱，但他信心百倍，说银行的工作只是个铺垫，不会待很久，未来他要成立自己的基金公司。叶紫羽惊讶于自己好友的成熟，他连什么是基金都不懂。他笑着说：“你以后一定是金融界的奇才，兄弟们发财的重任，就交给你啦。”

叶紫羽订好南下的车票，临走时，父亲突然悄悄递给他一个信封，说是到了南方，万一碰上什么突发情况急需帮助，可以打开来看。叶紫羽又奇怪又好玩，他能碰上什么情况？父亲这是学诸葛亮啊，还特地交代个锦囊妙计给他带着防身。在列车上，他就忍不住好奇把信封拆了，只见里面仅有一张父亲的字条，上面寥寥写道：

张月您好！犬子叶紫羽刚出校门，执意到南方谋生，实难放心。若有难事，请看在往日之情分上，予以照顾。

叶紫羽很奇怪，张月是谁？他即将去的这家公司，老板也不姓张啊？不过，看这名字像是个女性，难道是父亲当年的旧情人？叶紫羽挺乐，他把信重新收好，放进包里。

就这样，叶紫羽来到了南方的家具公司上班，人生再次翻开新的一页。这里南方沿海的一座小城。城市虽小，却有许多知名的企业，不少世界著名品牌的生产基地都设在这里。

叶紫羽的工作环境不错，在计算机室做管理员。每天按部就班，倒也轻松。只是这样的工作没啥成长性，发展前途更不知所谓。叶紫羽也只是将它看作一个过程，想来也不可能在这样的厂里工作一辈子。不过他既然初来乍到，又托了人情，好好表现一番还是需要的，以免别人闲话。

这个厂和父亲所在的厂有一个项目相同，都生产床垫。在家时，叶紫羽便曾听父亲说起床垫的工艺，这时亲眼见见，很快也就懂得。他在办公室料理完工作后，常去隔壁的床网车间看工人串网。这一日，他又跑过去时，正巧碰上床网车间的主管，乍一看有点眼熟，再一看，居然是当初他在南河打工时的刘队长！这一喜非同小可。

刘队长已经认不出他，经过叶紫羽的提醒，才想起来，两人哈哈大笑，觉得世界真是太小，没想到他们还能在这里遇见。刘队长听说叶紫羽已经大学毕业，刚来这里工作，算起来级别还比他高，连忙祝贺。并声称可不敢让叶紫羽再叫他队长了，叫他老刘就好。叶紫羽问他怎么会到这里？老刘说一年多前他就到南方来打工了。

在外乡碰上熟人是个缘分，叶紫羽此后有空便常和老刘一起喝酒聊天，时间一长，叶紫羽居然在床网生产上摸到些门道。他想，床垫使用的时间久了后，弹簧会因受力不均匀而变形，人睡在上面就会不舒服。如果将每个弹簧的外层先裹上一层纤维布袋，再将弹簧串在一起，这样，便增强了弹簧的独立弹性，使它不容易因受力不均匀而变形。那睡在上面不是更舒服吗？

想到这一点，他很兴奋，同老刘交流后，便去找厂长谈了自己的想法。厂长一听，觉得很妙，马上试生产出一张，发觉效果果然好许多。于是决定增加这道工艺，并将这种床垫定名为“独立袋装弹簧床垫”。叶紫羽也没忘将这一想法告知父亲。

这种类型的床垫一推出市场，竟取得骄人的业绩。只是这种技术的改进并不困难，其他厂家发现之后，便纷纷依葫芦画瓢，也开始生产这种“独立袋装弹簧床垫”。

有了这么一番表现，厂里对叶紫羽自然刮目相看，觉得这小伙子不错，有水平，老板也为此给他发了奖金。叶紫羽难免飘飘然。他没想到，自己刚参加工作，竟能够如此顺利。看来在校时一直担心就业困难，倒是杞人忧天了。

然而，工作之余，叶紫羽却很无聊。小城是个新兴的生产基地，放眼望去全是厂房。连个像样的书店都没有。街上最多的娱乐设施便是歌厅舞厅。工人们下班后常去嚎两嗓子，这偏偏又是叶紫羽最不喜欢的。老刘常来请他喝酒，但他们喝完酒后爱凑在一起打牌，这也是叶紫羽不喜欢的，因为叶家有个祖训，不能沾赌。父亲曾告诫过他。所以晚饭后，他常常在街上漫无目地的溜达一圈，就只能回去，闷闷地躺在床上。

这其间，他收到过高继远的一封来信。高继远已到了深圳工作，离叶紫羽所在的地方不算太远，但刚参加工作，事情也多，两人自是无暇见面。而颜墨桐和林楚涯，也不知毕业后的工作如何？

当然，叶紫羽最大的心事，还是对黎欣的思念愈浓。自七月离校后，两人曾在锦城共度一周，昼夜相伴，恩爱异常。那期间，叶紫羽有一晚做梦，梦见他们还在学校，他在阶梯教室等候黎欣，等了好久，才见黎欣和一个男生有说有笑地走了过来，他生气地躲在树后，他们都没看见他。于是黎欣又和那男生一同转身要走。叶紫羽沉不住气了，从树后窜出，大声呵斥。黎欣一脸委屈地说，她没看见嘛。可叶紫羽生气的是她为什么会和一个男生一同过来，没看见也不找找？他气急败坏，一转身醒了过来。

这个梦当真奇怪，叶紫羽事后感到好笑，怎么生活中从来没有过的心情？为什么在梦里会有？不知在现实生活中若是发生这样的情况，他会不会也是这般反应？

后来，黎欣回家，他们在车站的月台上含泪挥手。原来每次分别，大家心中明白，只不过一个寒暑假，就能见面。而现在，再见已不知何时何地？

在叶紫羽初到南方之际，黎欣也离家去了新学校。一开始，叶紫羽很放心不下黎欣，但他办公室严格规定不许打私人电话，要想通话还得去邮局。费用贵不说，黎欣在那边接电话也不方便，必须到宿舍楼外几十米的一个公用电话亭等着，就这还得排老长的队。

所以他无事时，便给黎欣写信，询问她在京城的一切，一天一封信，从不间断。而黎欣的回信，也如雪花般飞来。这回，倒是不担心有谁会拆他们的信了。叶紫羽在无聊之际，便时时拿出他们这些日子的通信回味。

这一封是黎欣刚到新学校时，写给他的一首小诗：

晚风朗朗，拂过我的长发，
像你的吻，心神荡漾。
天上的明月，也像你的脸庞，清秀俊朗。
手中握着你的信，
似乎闻到你动人的气息，
好像你正在我身旁。
亲爱的人啊，此时的你可在想我？
一天天的等待，让我独自神伤。
记得那美丽的神女峰吗？
我也愿变成一具石像，
只求永远活在你心上！

黎欣从锦城回去后，并没在家待多久，就去了外婆家。直到上京城之前，才回自己家与中学时代的好姐妹陈思娜见了一面。自然，她与叶紫羽的故事和约定，都讲给了陈思娜听。

陈思娜仍然不太看好。她说："你们一南一北贯穿中国，异地恋的苦楚可多了。你承受得起吗？坚持得住吗？"

黎欣没有反驳陈思娜，不过她心里在想，我当然坚持得住。如果说最早刚进大学时，她和叶紫羽恋爱，还有不愿意受到其他男生纠缠的因素，那么两年后，他们已经发展到有了肌肤之亲，她已经是真心实意愿意和他厮守终生了。何况这一次能有机会到京城外国语大学英语系就读本科，也让她踌躇满志，高中毕业时落榜广播学院的阴霾早一扫而光，她相信凭着她和叶紫羽的能力，一定能在今后的社会上幸福生活。那时候，她的父母又怎么会反对呢？

到京城的大学后，黎欣再次有了新的班级，新的室友。这一回，宿舍里共七个女生，只有她一个是新来的。大家有礼貌的认识后，倒不似新生一般兴奋。除了功课外，黎欣整日便是思念叶紫羽，然后每天都给他写信。信越多，思念愈浓。

不久后，整个寝室便都知道她在南方有一个相亲相爱的男朋友了。尽管如此，却挡不住黎欣又成为新学校注目的焦点。这天晚自习，她在教室给叶紫羽写信，想着分别日久，心中逐渐升出几分怨气，这个家伙，最近怎么信都回得少了，也不知在忙个什么？她一分神，后面突然有人轻声叫道："同学，能给我两张信笺吗？"

黎欣回头，见是几个男生，其中一个面目清秀的正跟她说话。她也没多想，顺手将两张便笺递了过去。后面几个男生"吃吃"笑开。原来，他们早就注意上前排的这位女生，故意找机会搭腔的。黎欣一怔之下，立即明白。她也不介意，友好地笑笑，然后收拾书本，离开图书馆回宿舍。这样的场景何其相识，只不过，那是另一所学校，同另一个人的故事。

在南方工作的叶紫羽，其实并没什么事情。只是工作安稳后，有一台电脑归他使用。他每天做完事后，迷上了电脑游戏。玩过电脑游戏的人都知道，刚刚接触到游戏时，一般都会疯狂地着迷。起初黎欣的一封封恩爱来信，带给叶紫羽很大的精神寄托。他想起陆游写给恋人的一首词"山盟虽在，锦书难托”。若与他们此时相比，一个天上，一个地下了。

那一日，他闲逛之际，在一个旧书摊上买了几本《大众软件》拿回房间翻阅，顿时被里面介绍的几款游戏吸引住。是呀，办公室里计算机是现成的，工作又不多，轻松做完后，干嘛不玩玩游戏呢?

叶紫羽次日便去电脑城买了几张游戏光碟，抓紧时间在电脑上装好。不多会儿功夫，就迷了进去。没想到这一玩，一发不可收拾。晚上下班后，他没有跟往常一样去食堂吃饭，而是在电脑前继续玩着游戏。

叶紫羽最爱玩几款游戏，其中一款是《三国志》。他在这里竟然可以创造一个自己，成为生活在三国时代的英雄人物，可以投笔从戎，征战四方，一统天下。《三国演义》他从小看了不知多少遍，他曾为虎牢关下吕布的勇武而神往，为凤仪亭前貂蝉的美丽而心醉，为长坂坡上赵云的坚强而感动，为败走麦城的关羽而流泪，为壮年早逝的马超而心疼。游戏中他仿佛回到那个战乱四起的英雄年代。他的参与，可以左右他喜爱人物的命运，他可以去改变历史了，这样一幅金戈铁马的画圈活生生地展现在他的面前，怎不让他欣喜若狂?

每天晚上，他都到凌晨才不得不返回宿舍。次日八点上班，稍稍把工作理理，便又开始玩上了。叶紫羽是拥刘派，他常常遗憾刘备得卧龙凤雏二人，却没统一天下。所以他在游戏中，常设定于刘备在荆州的时段开始，自己也化身为刘备的将领，同张飞赵云等一同领兵作战。入蜀的时候，自然没有落凤坡的悲剧了。然后下江东，灭东吴，最后举兵北伐，与曹魏决一雌雄，完成历史上诸葛亮兴复汉室，还于旧都的心愿。自己也得以封侯拜相。

《三国志》这款游戏，他从上手到精通再到一统天下，玩过瘾后已整整过去一个月。

他又喜欢的另一款游戏是《金庸群侠传》。在这个游戏里，他化身成为一个初入江湖的落拓少年，四处寻宝学艺，逐步练得一身好武功，什么太极神拳、九阳神功、降龙十八掌通通不在话下，然后同东邪西毒、少林武当一决高低。这样的日子，怎不是神仙过的?

在金庸世界里一统江湖后，他又迷上了《仙剑奇侠传》。这一款游戏，原本便是中国电玩游戏史上里程碑式的杰作，更让叶紫羽回肠荡气。游戏设计了一个心地善良，又爱搞些恶作剧的浮顽浪子李逍遥，为生病的婶娘寻找治病良药走上传奇的旅程，天南海北，陆续认识了三个红颜知己。美丽的女性各有各的可爱，李逍遥和她们各有各的缘分。可到最后，为了他，为了人世间美好的一切，少女们离去了，留下逍遥不再逍遥。无奈无奈，情到深处，情何以堪？

玩上电脑游戏，其他事情，叶紫羽都不大愿意去做，常常连饭都懒得吃了。好在工作确实简单轻松，他没出什么岔子，公司对他没什么意见。可他写给黎欣的信，却少了。

坦率地说，这时候的叶紫羽，完全谈不上成熟。他根本没意识到努力工作的意义。现在所做的，于他不过是有一个领月薪的地方，好歹不用伸手管父母要钱了。他的行为举止，自然也就跟在校时差不多。这期间，同学们的就业情况偶有传来，似乎都有点不着调，颜墨桐在锦城工作，每日里也吵着无聊得要死。

这天下课，黎欣收到叶紫羽的一封来信，她本来很高兴。拆开一看，字迹极其潦草，黎欣都难以辨认，她又很生气，觉得叶紫羽是不尊重自己，他以前可不是这样的。叶紫羽却在信中振振有词，说在亲爱的人面前，就不需要伪装了，自由自在最好，所以才随心写字。真不明白，他是怎么在想问题的。难道工作了，真的和学校的思维差别就这么大吗？

北方的天气冷得很快，11 月下旬，冬季的第一场雪来临。黎欣从小在南城长大，很少见到这样的雪，天地间一片银白。她兴奋地和室友约好，在雪后的一天，去公园照相。公园是前清时期著名的皇家园林，园内有一座十七孔桥，黎欣摆好姿势，等着相机的快门一闪。心想：叶紫羽最喜欢我这件米色的风衣，不知道他看到这张照片会有多喜欢。什么时候，我一定要和他一块儿来玩才好。

而这时候的叶紫羽呢，正在办公室不亦乐乎地玩着电脑游戏。叶紫羽深爱着黎欣，这毋庸置疑，可他目前犯了个最大的错误，就是对自己的女朋友关心得太不够。本来他已经和黎欣约好，等黎欣放了寒假，先到南方来和他相聚，然后再回家。他心想反正三个月后又能见面，所以认为没什么可忧虑。

但是叶紫羽忽略了，黎欣的想法却不相同。黎欣并不是毕业在家，而是又独自一人去了一个陌生的城市，还和曾经朝夕相处的男友天各一方。她不是一个性格很坚强的女孩。这时候的黎欣，比当初刚进大学还需要男友的关心。可这一切，叶紫羽都没想到。

在觉得叶紫羽有了变化之后，黎欣的心里开始不安。难道他开始不喜欢自己了？这本来是莫须有的事，可心中这种想法的种子一旦萌发，就会迅速蔓延。虽然说她自己吓自己，黎欣却开始钻牛角尖。一些微不足道的小事，都会拿来细细琢磨。她很想跟兰婧雪或安梓汐写信说说这事。可一来一回，很长时间。她的心思愈加不定。甚至有了怨气。

其实，叶紫羽和黎欣都没有明白，在他们恋爱的两年中，太过一帆风顺，完全像在一个童话世界里。两人朝夕相处，都没学会将来各自奔赴异地时，应该怎样去关怀对方。所以在很短的时间内，两人闪电般的经历了一场事后想来简直不可思议，却又是他们恋爱以来最严重的危机。

漂亮女生到哪里都会有人追的，即便你名花有主，只要护花使者没在身边出现，那就等于没有。那日在图书馆找黎欣借信笺的男生叫孟乔，他和黎欣同宿舍一个叫许蓓的女生是老乡。通过许蓓，他认识了黎欣。

不过，许蓓在得知孟乔对黎欣有好感后，笑着对他说，他是没指望了，因为黎欣的满腔心思，都牵系在南方的一座小城上呢。孟乔倒也大方，说你别想得那么狭隘，就算做不成恋人，做好朋友也不错嘛。就这样，一段时间后，三人倒成了无话不谈的好朋友。孟乔的性格爱好和黎欣有几分相同，都能歌善舞。同五音不全的叶紫羽比较起来，更能惺惺相惜。有一次，许蓓笑着问黎欣，说叶紫羽她没见过，但她感觉黎欣和孟乔其实挺配的呢。不料黎欣肃容道："可不能开这种玩笑，根本不可能！你不了解我和叶紫羽的感情的。"

可惜这个时候，叶紫羽还浑若无事地做着他寒假相见的大美梦。好不容易写了封信，只是约好时间过来，他去接她而已，寥寥不过百来字。本来心有不安的黎欣看过这封信后，胸中的委屈全然爆发了。

其实她准备寒假去南方见叶紫羽，是顶着很大压力的，因为又得瞒住父母，编谎话将放假的时间推后一个星期，利用这个空隙才能去南方和叶紫羽相见。没想到，叶紫羽却表现得这么轻描淡写。这日晚上刮着寒冷的北风，黎欣和叶紫羽通了电话。黎欣听到他懒洋洋的声音就生气，又有些心酸。

通完话后，黎欣回到教室，捧出书本，却无心思复习。她看见孟乔在教室，想起前些天便想借他的会计课笔记抄写，这时正好找他要去。

黎欣走到孟乔面前，说了来意之后。孟乔竟犹豫了一下，盯着黎欣的手看了看，说："我的笔记还有些遗漏要补充，今天也晚了，明天我整理好再借给你吧。"

黎欣点点头，不再复习功课，转身收拾好书包，回了寝室。

谁知第二日，孟乔在课后叫住黎欣，递给她一本会计科笔录。黎欣接过，道声谢，告诉孟乔她会尽快抄完还他。

谁知孟乔却笑着说："不用了，我昨晚通宵未眠，专门为你誊写了一遍。"

黎欣惊讶地看着孟乔，不知说什么好，对方的行为太让她吃惊。

孟乔又掏出一盒护手霜来，递给黎欣道："北方的冬天很干燥，你肯定不适应吧？昨天我看见你的手都有皴裂了，试试这个，效果很好的。"

黎欣看着孟乔，只见他一脸真诚地微笑着。她略一沉默，没有拒绝他的好意，接过了护手霜和笔记本。

孟乔见黎欣接受了，欣喜若狂。又说："圣诞节快到了，我们班有庆祝活动，我有个霹雳舞表演，希望你能来看我演出，好吗？"

黎欣想了想，答应了。

冬至过后是圣诞，圣诞过后是元旦。年末的节日一个接着一个，学校的活动也一个接着一个。孟乔近日一直处在兴奋之中，圣诞节晚上，黎欣专门来到他们班上看他个人的霹雳舞表演，让他非常满足，班上的同学也开始关心起他俩的关系。然后，他又约她元旦节一同去公园滑冰，黎欣也没有拒绝，虽然那天是和许蓓等人一同去的，黎欣似乎还满怀心事。但孟乔仍然欢喜地感觉到，他和黎欣的关系在慢慢起着变化。

傍晚，他们从公园回校，有室友告诉黎欣，她男朋友来过电话了，见黎欣不在，就让她转告她一下，晚上七点他还会再打来。黎欣无语，却准时去了小卖部的电话亭，等着叶紫羽的电话打来。

时间刚到，叶紫羽的电话倒是准时打来，他丝毫没有觉察到黎欣的情绪变化。也没句体贴的话语，一开口便问黎欣订的几号的票，什么时间能到？黎欣一气之下，顺嘴就说："我怕父母知道生气，不想来了。"

叶紫羽乍一听，完全没有心理准备，本来他满心欢喜，却听说黎欣不来了？他顿时十分生气，说："你怎么讲好的事情又要变卦？"

黎欣赌气说："我反复考虑后，觉得不妥。"

叶紫羽更加生气，大吼道："你不来算了！"

其实，他明明是很想黎欣来的，见她突然反口，内心失望之极，因此恼怒之极。他这时若是表现出相思之情，黎欣自会改口，但他这么一吼，把双方都逼得没了退路。

电话中好一阵沉默。叶紫羽一心等着黎欣改口，却半晌没有声音。他忍耐不住，说：“不来也好，我挂电话了？”

只听见电话中黎欣迟钝的“嗯”了一声。他又气愤不过，叫道：“你这是什么意思？”

黎欣那头又不吭声，他火气更大了，故意恨恨道：“好吧，既然你怕父母知道不肯来，那以后也不要联系了！”

说完这话，他自然等着黎欣出口反对，谁知黎欣仍然不作声。他哪里知道，黎欣这时已哽咽得说不出话来。叶紫羽听不见黎欣的回话，不知道怎么下台，捏着话筒不吭声。

黎欣听不到声音，以为叶紫羽挂了电话，她身后还排着长长的队伍等着打电话，她只好含泪挂了电话，伤心万分，哭泣着奔回宿舍。全然不顾室友们诧异的目光。

叶紫羽见对方挂了电话，也只好收线。他回到房间后，同样魂不守舍。他想不通黎欣这么柔顺的人这次怎么这么倔强了，难道……

这一下，两人都钻了牛角尖。

一晚上过后，叶紫羽逐渐意识到，自己会不会做得过分了？他分析自己的心态，自己时常会回想起离校前的那个夜晚，在那片铺满青草和鲜花的山坡上，他们初窥了两性的秘密。想着想着，他会禁不住一阵冲动。他相信，这一辈子，黎欣注定是他的人了，打也打不跑的！是不是因为如此，他玩游戏的这段时间，竟有些忽略了黎欣的感受？

第二天，他心神不定地上完班后，总算做出决定，再给黎欣去个电话。电话通后，是电话亭的老板娘接的，叶紫羽接通电话后，便带着焦急的哭腔说道：“大姐您好，求求您，能帮我叫一下 207 寝室的黎欣吗！我是她家里人，她妈妈病了，所以急着要联系她，没办法才这时候打电话到您这儿……”

他话没说完，对方已经开口：“行了行了，你别急，我这就给你叫去。”

叶紫羽有些得意地捏着话筒，心想，自己还挺有表演天赋。他知道如果不这么说，电话亭的老板娘决然不肯帮忙叫人来接电话的。他骗她也是情非得已。

过了一会儿，黎欣跑来接起电话。叶紫羽还有些不自然地说道：“欣儿，是我。昨天好像是我不好，我不该同你吵架。其实，我真的挺想你来的。你还是来一趟好吗？我提前帮你买好从这里回家的票，你不用担心父母的。”

他说完后，等着黎欣开口，却不料，话筒里传回一个迟疑而冷漠的声音：

“为什么你昨天不这么说呢？现在已经晚了。”

晚了，怎么会晚了？

叶紫羽真着急了，忙道：“欣儿你怎么了？你说晚了是什么意思？”

黎欣的声音仍然冷漠：“因为我另有了男朋友，已经没法挽回了。我们已经订了票一同回南城。你不必再来电话。”

什么？另有男朋友了？这才一夕之间，怎么可能？

刹那时，叶紫羽犹如被雷击一般，懵了，叨唠着这不可能！他还想说些什么，电话那头的声音却变了，另一个女生的声音问道：“你是叶紫羽吗？”

叶紫羽疑惑道：“你是……”

那头并没有回答，只是说：“给你一个忠告，女孩子是需要哄的。”

叶紫羽没来得及再开口，电话里传来的已经是忙音。

分手？我怎么舍得分手，怎么舍得离开你？

另有男朋友？就算真的另外有人，我也要把你抢回来！

叶紫羽在办公室坐立不安。几分钟内，他彻底懵圈了，这么多年这算是他们第一次吵架吧？一吵就这么严重？叶紫羽真傻掉了，无论如何也想不通，事情怎么一下就演变到要和黎欣分手的地步？而且她有新的男朋友了？天啊，这种玩笑可开不得，要命的。

挨到下班，叶紫羽无心思吃饭，脑子里一片混乱，不知为什么，他朝着火车站走去。本来临近春节，就快开始春运了。他没想着能买到去京城的火车票。到车站只是下意识的一种举动。可他到了火车站后，竟有人兜售车票，他想买硬座，节约些钱，反正他这种状态，也别想睡着觉。可偏偏，还没了硬座，他只得咬牙买了卧铺，这一下，身上不剩多少钱了。他在车站给老刘打了个电话，说有急事离开几天，让他帮着给公司请假。

当晚八点三十分，名为“南风”号的列车准时启动，载着内心惶然的叶紫羽一路奔赴京城。发车不久，列车便熄灯，进入夜间行车。叶紫羽这张卧铺可算是浪费了，一夜难寐。次日醒转，见邻铺有一位中年男士拿出一部手机，正在通话。叶紫羽顿生羡慕之心，要是他和女友都能拥有一部手机，天天可能通话，或许就不会生出这么些波折了。但是这玩意儿差不多得上万元一部，什么时候他才拥有得起啊？

车厢里人不多，很多铺位空着。列车上的广播站开始乘客点歌节目的时候，叶紫羽突然有股冲动，他写了一张点歌单，把自己和女朋友的故事简单讲述了一下。他告诉播音员他此行的目的，是去求得女朋友的原谅，希望她能原谅他对她的一时疏忽。

叶紫羽最后在点歌单上写道：所以，我想点《大约在冬季》这首歌送给自己，我盼望这个冬天，我们能在京城有一个美好的相见，化解掉一切误会。

他把点歌单交给了本节车厢的列车员，让列车员帮忙递给车上的广播站。列车员是个年轻的姑娘，服务态度很好，笑着点头答应。等待着歌曲的播出。节目开始时，一节节车厢依次轮过，到叶紫羽这节车厢时，却跳了过去。叶紫羽不明所以，他心想，也许这支歌太老了吧，所以没有，看来这个兆头不是很好。叶紫心正暗自神伤，广播里突然响起播音员柔和的声音，她提到了叶紫羽写的点歌单，并祝愿说，我们列车组祝愿这位朋友此行精诚所至，金石为开。虽然因列车上的设备有限，没有《大约在冬季》这首歌，但我们仍然为这位乘客送上一支张学友的《一路上有你》。

多么美好的祝福。躺在铺上的叶紫羽怕同车的乘客知道这人是他，不敢起身，但他的泪水已不觉盈满眼眶。他这奇怪的行径还是引起了邻铺的注意。

第三日凌晨五点，车到京城西站。同是一月，南方小城有二十摄氏度，而京城却只有零下二十度，叶紫羽只穿了件薄外套，在飘雪的京城瑟瑟发抖。他在公交车站寻找到开往学校的汽车，跳了上去。虽然车上空无一人，但他却没敢在座位上坐下，座位太冷了！卖票的售票员暗自嘀咕：这小子装什么精神呢，这种天气穿件单衣就出来了。怕冻不死你是吧？

叶紫羽强忍着寒冷，总算到了学校。他找到了女生宿舍楼，可女生宿舍却不是谁都能进的。原本叶紫羽相当讲原则，他在校时，从没进过女生宿舍。但这次他什么也顾不上了。也算他运气好，凑巧宿舍管理员刚起早洗完头，打开大门出来倒水。叶紫羽早已豁了出去，他此时胆子够大，身手也够快。趁管理员背过身去时，噌地一下，窜进了楼里，管理员丝毫没有觉察。

大清早的，楼道里悄无声息，学生们尚未起床。叶紫羽按照通信地址摸索到黎欣寝室门外，伸手敲了敲门，没反应，他又加重力度再敲。屋里的女生都在睡觉，突然听到敲门声响起，许蓓正好睡在靠门的床位，她直起身，拉亮灯，问道："谁呀？"却不见有人吭声，只是门又响了两下。

众人都醒了，许蓓下床拉开门一看，只见一个陌生的男子哆嗦着站在门口，脸色冻得通红。她正感到奇怪，却立刻想到：这不会是黎欣的男朋友吧？

一转头，看见黎欣伸出帐外的脸色果然变了。

叶紫羽从门隙中看到黎欣，他顾不得许多，迈步抢了进去，扑到黎欣床边，颤声道："对不起，欣儿，原谅我好吗？"

见黎欣垂着头不吭声，他竟不敢碰她，只在她身边又轻轻说道："原谅我欣儿，我不该在电话里同你争吵。本来有很多话要解释，可现在我只想告诉你昨天在火车上发生的事。自从上车后，我只盼望列车能快一点儿，时间过一秒，离京城就近一点儿，我的难过似乎也就能减轻一点。后来，车上开始播放点歌节目，我忍不住写了张点歌单，讲了我此行的目的。我说我是去求得女朋友原谅的，我愿意为我的疏忽与粗暴付出代价，但我真的好想此行能与她冰释前嫌。所以，我点一首《大约在冬季》，希望这个冬天，我们能有一个美好的相见。播放节目的时候，是以车厢序号排列的，一节一节依次轮过。可到了我坐的十二号车厢时，却跳了过去。我很难过。我想，可能是我点的歌太老了吧，所以没有。但是没想到，等所有车厢的点歌都播放完后，播音员突然提到了我的名字，叫我注意收听。她把我写的点歌单念了一遍，然后告诉我说，由于车上没有《大约在冬季》的录音带，所以她另为我送上一首《一路上有你》，并祝我此行精诚所至，金石为开，能和恋人重归于好。我躺在铺上，很感激地听完这首歌，这是你以前经常哼的歌啊！我想，我就快能见到你的笑容，听到你的问候了，这一路上，哪里会苦呢？没想到，邻铺的一位旅客也在倾听节目，他后来笑着对我说，你这件事可以构思一篇不错的爱情小说了。我听了，没有吭声。可我心里想，就算这是一个小说，我也不希望它的结局是个悲剧。因为、因为故事中的男主人公，他承受不起的！"

叶紫羽嘴唇哆嗦着，好不容易讲完这番话。他却不知，这寝室中的其余六个女生，全部被他的语言感动，各自在被窝里哭得稀里哗啦。

天啊，待会儿还要考试，一大早的怎么就看上了现场版的言情大片来着？

十四、北风其凉

再说英语系的男生孟乔吃过早餐后，正走向教室，今天考试，马虎不得。他在路上看见自己老乡许蓓寝室的七个女生也都向教室走去，便高兴地朝她们打着招呼，然后小跑过去准备一同前行，可女孩子们都埋着头，没人理会他。孟乔觉得纳闷，怎么了这是？平常她们不这样啊？他刚要开口询问，许蓓却红着眼睛对他说：“这回我也不帮你了。”

什么意思？孟乔更加丈二和尚摸不着头脑了，这都怎么回事啊，话也莫名其妙的？不过马上就要考试了，他虽然满肚子疑问，也只能先憋着，心想等考完试再去问她们吧。

孟乔这两天心里一直乐呵着，原因是黎欣前晚接受了他的表白，幸福来得太突然。那天他刚从宿舍出来准备去教室自习，见黎欣一阵风似的跑了过去，许蓓跟在后面。他连忙拉住许蓓问怎么回事？许蓓知道他对黎欣有意思，赶紧对他说：“刚和男朋友分手，伤心呢，你快去安慰安慰人家。”

孟乔一听，赶紧追了上去。他对黎欣的暗恋不是一天两天了，上一次被拒绝后，无奈只能退而求其次，双方能做朋友也好。只是在他内心，难免遗憾。所以他仍然会尽量找机会和黎欣接触。现在突在听到许蓓说黎欣和男友分手，他心中一个激灵。

在主楼背后的花园里，他追上黎欣，见对方哭得梨花带雨，连忙掏出纸由递了过去。接下来的事情，对几位当事人来说，事后想来都跟断片儿似的不可思议。孟乔也不去询问黎欣为什么突然闹分手，只是劝她别伤心了，劝着劝着，他把手搭在了黎欣的肩头，抽泣的黎欣也没有拒绝。他大着胆子又握住黎欣的手掌，黎欣这才有所惊觉，轻轻把手抽了回去。孟乔看着黎欣的眼睛，又对她说，分手是很常见的事，对当事人来说，也一定很痛苦，但是，逃避一段失败感情的最好方法，是重新去爱，勇敢去爱。

这句话震动了黎欣，也慢慢止住了哭泣。接着，孟乔陪黎欣在校园里走了一圈，看看时间已经不早，又送黎欣回宿舍。

在女生楼下，孟乔抓住机会，大胆地向黎欣问道，他可不可以追求她，做她的男朋友？

也许是平常也积累了不少好感，鬼使神差地，黎欣竟然点了点头。

事情的发展变化让孟乔有点眩晕。不过，等他参加完考试后，他就已经听说了，黎欣原先的男朋友在一夕之间，奔波数千公里，赶到了京城。

叶紫羽一个人待在女生寝室里，忐忑不安。其实他不知道，早上黎欣尽管低头不语，心里却已经软了。只是不知为什么，她还想坚持一下。天大亮后，寝室的女生们逐个开始起床洗漱。因为是冬天，大家穿得都比较厚实，所以叶紫羽虽然房里，大家也没觉得尴尬。黎欣只是在出门的时候告诉叶紫羽，等她回来再谈。

叶紫羽独自在黎欣的床铺上怔怔地坐着，没有睡意，直到黎欣回来。寝室里几位女生考完试后，都借故没有回来，留给他们单独交谈的机会。

叶紫羽直接就向黎欣问了他最紧张的问题：“你真的在这有男朋友了？”

黎欣说是。

叶紫羽急了：“这怎么可能，就算我们吵架说分手，到现在也不过 48 小时，你怎么可能这么快就又有男朋友了？”

黎欣见他老纠结这个，有点生气，说：“你不信？那好，我带他来见见你。”

叶紫羽不敢吭声了，好半天，才嗫嚅出一句：“那你喜欢他什么？”

黎欣沉默了会儿。她想了想，把笔记本和护手霜的事告诉叶紫羽。然后冷眼看着他。

叶紫羽又惶又急，果真有人在打自己女朋友的主意。他不服气道：“这不能说明什么，任何一个男生在刚开始追女生的时候，都会做这些。”

黎欣见他还嘴硬，气道：“可是你就从来没有做过！”

这一句话，噎得叶紫羽半晌无语。好一会才挠着头，哭丧着脸说：“我们在学校时，天气那么潮，你的手不是也没皴裂过吗？”

这话倒把黎欣给气笑了。但她立即板住脸。推过饭盒，说道：“你先吃点饭吧，大家都冷静冷静，吃完我们再谈。”

叶紫羽哪里会有胃口吃东西，不过见黎欣盯着他，不敢不吃，勉强刨了两口，无论如何也吃不下了。

等黎欣收拾了碗筷，拿到水房洗干净回来，还是冰冷着面孔。叶紫羽心想，这是最后的机会了，若她终不肯回心转意，只怕自己的五脏六腑之内，还冷过这京城的天气。

他想了想，也不看黎欣，埋头说道：“柳宗元在他的《龙城录》里记载过一个故事，说隋朝的时候，有个官员叫赵师雄。他去罗浮山游玩，当天夜晚梦见与一个美丽的淡妆女子一同饮酒，女子芳香袭人，言词清丽。又有一个绿衣童子过来，欢歌笑语。后来赵师雄感到寒风吹来，于是酒醒，却发现自己躺在一株大树下，树上有翠鸟欢鸣。他抬眼看见月落参横，女子不知去向，顿时惆怅不已。柳宗元也不由为他感叹说，好风吹醒罗浮梦。到了清朝，有个诗人叫胡亦常，他写定情语，用此化典，却信誓旦旦地说，妾身是浮山，合与罗山住。风雨吹能来，风雨吹不去！前些时候，我迷进游戏里，疏忽你了，是我的错，请你原谅我。以前你放假回家，我写过一句诗，叫‘东西相隔两深伤’，你知道它的下一句是什么吗?”

黎欣不禁问道：“是什么?”

叶紫羽动情道：“天涯思君不可忘。”

黎欣抹了抹眼角的泪珠，内心完全软了下来，她终于绷不住，捶了叶紫羽一下，嘴角却露出了笑意。说：“好了，我答应你了。”

两人总算言归于好。

见黎欣回心转意，叶紫羽大喜，反而有些担忧了，他试探着问：“那个送你护手霜的怎么办?”

黎欣尚未答话，突然听到门外“咯咯”的笑声。原来，宿舍里的六个女生都没走远，全躲在门外偷听他们谈话呢。接着许蓓走进寝室，笑呵呵地对叶紫羽说道：“你好叶紫羽，久仰你的大名，我叫许蓓。关于护手霜引出的问题，你不用操心了。我去帮你解决好了。”

这下叶紫羽的心里柳暗花明，但又该轮到孟乔心里难受了。好在孟乔也是大度之人，等许蓓找他谈过话后，他爽快地表示，尊重黎欣的意愿。不过，他心里还是挺犯酸的，恨恨想道，那姓叶的小子腿脚真麻利啊，一南一北，好几千公里路呢。要是他晚来几天的话，也许一切就不是这样了……

叶紫羽犹如在鬼门关前走了一个来回。好在这次感情危机，来得快去得也快。不过他也深刻反省了自己，怎么能因为电脑游戏而冷淡自己深爱的人呢？他必须要让黎欣明白，也许他会偶尔贪玩，但她永远是他一生中的最爱，这一点将不容置疑。

按原定计划，黎欣考完试，先去南方与叶紫羽相会。这次叶紫羽既然先追到京城，他们索性就一同南下。玩几天后，黎欣再行回家。

先前一人北上，栖栖惶惶。此刻结伴南下，卿卿我我。人生的境遇，真难预料。到了叶紫羽工作的小城后，他先去旅店开了个单间，让黎欣住下，洗个澡去去乏。自己赶紧回厂里报到去。好在他走的这七八天内，厂里也没什么事，老刘也帮他请好了假。于是叶紫羽找到老刘，说他女朋友来了，晚上他们俩请他吃饭。老刘爽快地答应。

等晚上下了班，叶紫羽去旅店接到黎欣，一同去订好位的饭店，老刘已经坐在那点完了菜，付过钱了。他说见到叶紫羽的女朋友很高兴，这顿饭无论如何他要请的，叫叶紫羽千万不能和他争。黎欣见老刘热情大方，心生好感，三人吃着饭，聊着天，心情愉快。叶紫羽和老刘分别喝了五瓶啤酒，还硬是要黎欣也喝了一杯，这餐饭才算吃完。

出了饭店，叶紫羽送黎欣回旅店，先同老刘告别。老刘喝得有点迷糊了，扯住叶紫羽咐耳说道：“我记得几年前在南河工地上，也有个挺漂亮的女孩子来找过你，是这个吗？”

叶紫羽一听，吓得赶紧去捂老刘的嘴，他心想：这混蛋怎么记起这个来了？可千万别再出什么麻烦，这当口这种事真不好解释的。

年前的时间很紧，黎欣待了几天后，便要北归，不然她的父母又会着急了。

分分离离，惆怅又袭。头天晚上，叶紫羽在旅店中搂着黎欣相拥而眠，心中慢慢有了个想法，但思考来思考去拿不定主意。

黎欣回程的列车时间仍然是晚上八点半。白天叶紫羽没去上班，带着女朋友到公园玩了一天，两人利用傻瓜相机的定时拍照功能，把相机架在树杈上、台阶上，拍了很多合影。

时间临近，两人不得不去火车站。叶紫羽买了站台票送黎欣进站。虽然两人已有过多次离别，但每一次，还是难分难舍，心头郁郁。不料，当他们看到停靠在站台前的列车时，叶紫羽不由眼睛一亮，他说："南风号？怎么又是南风号，真巧。欣儿你知不知道，我上次北上京城的时候，就是坐的这趟车啊。"

他这么一说，黎欣也为这样的巧合感慨起来。

叶紫羽又拿过黎欣的车票仔细看了看，说："你这次的铺位在 13 号车厢。我上次是在 12 号车厢，放好行李，我们再去那边看看。"

黎欣同意，两人放好行李，携手来到 12 号车厢前。更让人没想到的是，12 号车厢的列车员乍一看见叶紫羽，愣了愣，不过她很快反应过来，冲着叶紫羽笑了笑。

叶紫羽更加激动了，他好奇地对列车员说："您好，您还记得我？"

列车员一乐："当然记得，怎么你又要去京城？还想点歌吗？"

叶紫羽大笑："我不去了，这次是送我女朋友回去，她上次跟我过来玩了。"

列车员也笑："噢，你把她追回来了？恭喜啊！"

叶紫羽点点头，把黎欣拉过来说："这就是我女朋友。"

黎欣这时也激动了，上前友好地跟列车员打了个招呼。

出现这个插曲，两人暂将分别的忧伤完全被冲淡，他们觉得，都快过去一个月了，这趟列车已不知又发送了几千上万人，而列车员还记得他们的故事。对他们而言，这是一段多么神奇的经历。

汽笛拉响后，黎欣走上列车，她对叶紫羽说，到家就给他写信，她一定也要在列车上点一首歌。听黎欣这么说，叶紫羽终于忍不住，这几日来萦绕心头的困惑终于拿定主意，他大声地说："等春节后，我不在这里待了，我要去京城找工作，我们永远在一起！"

列车开走了。不过这一次的分别对叶紫羽来说，没有惆怅，而是希望，对下一次重逢就再不分开的希望。

黎欣独自在飞驰的列车，心情慢慢平复。车上的广播又开始播音时，她去了播音室，那里面坐着三个姑娘。黎欣微笑着说明来意，三人姑娘一听就乐了，纷纷说，她们都记得这件事呢，太巧了，没想到你又坐上了她们这趟列车。她们请黎欣进播音室坐下，几个姑娘热情地聊了会儿天，其中一个姑娘说，她发现黎欣的音质很好。黎欣告诉对方，她原来也考过广播学院的播音系呢。那姑娘说难怪，拿了份稿给黎欣，让她播一段试试。黎欣咋咋舌，说这么干你们领导要是知道了，会批评你们的吧？那姑娘撇撇嘴说，要是播砸了，肯定挨骂，要是挺好的话，谁还管呢？

黎欣其实心也痒痒，于是坐到话筒前，戴上耳机，播了一段节目。结束后，几个姑娘纷纷叫好，黎欣也很兴奋。最后，黎欣告别她们回到自己车厢，播音员对她说，回去等着，待会我们再为你和你的男朋友送上一首歌。

果然，没隔多久，广播里又响起了张学友的歌声《一路上有你》：这一生遇见你，是上辈子我欠你的。是天意吧，让我爱上你，才又让我离你而去，也许轮回里，早已注定。一路上有你，苦一点也愿意，就算是这辈子注定要和你分离……优美的旋律，动人的歌词，让黎欣也跟着轻轻地哼了起来。

等火车到南城后，黎欣飞奔回家。父母仍然为女儿的归来高兴万分，准备下很多可口的食物。沈润珍感觉到女儿这几年成长得很快，这也让他们放心。在问到新学校的情况后，黎欣心中一动，讲了有男生追她的事。

自从大一叶紫羽寄信到家的事件之后，在黎欣父母心中，以为女儿早跟那个叫叶紫羽的男生断了。这次女儿到新学校读本科，母亲又开始担心起同样的问题。黎欣出于试探的心理，就把新学校里，有个叫孟乔的男生喜欢她的事情故意说出来。

沈润珍一听，详细询问了这个男生的所在地和家庭情况，理所当然地否定了。告诉女儿不能和这个男生谈恋爱。理由还是一样，年纪轻轻，普通家庭，将来的一切都是未知数。女儿以后的路还长，先好好学习，千万别急着谈恋爱。

黎欣心头“咯噔”了一下。不过，这次她倒是轻松地向母亲保证，她决不会和这个男生交朋友的。

晚上，黎欣在自己温暖的小房间里，悄悄给叶紫羽写信。她讲述了在列车上再次点歌的故事。这次的事触动了她小时候的梦想。她想，明年她也利用课余时间去做群众演员，希望叶紫羽能支持。她到京城后，才知道这里有这么多机会。每逢周末，都有人来学校找群众演员，劳务费 25 元一天，管两顿盒饭。学生们都管这样的人叫“穴头”。很多学生去过，他们主要是觉得好玩，也想见明星。但群众演员的工作是很辛苦的，去过几次后，许多人就不愿去了。

黎欣想，开学后，等穴头再来找群众演员，她也报名去。辛苦就辛苦点好了，万一逮到机会呢？她自信自身的条件不差，林青霞不就是在大街上被人发掘，还一举成名的吗。她想自己一定要好好努力，把握将来的各种机遇，争取出人头地。她希望她的故事，不只是一两个人知道。

就快过大年了，叶紫羽欢欢喜喜地从南方小城回到家乡。他也决定，明年北上，重新找工作。他必须得和黎欣在一起，异地恋的滋味太难受，也太不靠谱了。不过，他也有点担心怎么跟家里说，特别是跟父亲交代。

没想到，听了儿子的话后，叶成煊并没有反对。只是想了一下才对儿子说，去京城找工作的话，家里一点忙也帮不上，就得全靠他自己了。另外，职场竞争激烈，京城犹盛，他也应该多些技能。如果真想去京城发展，那去之前，是不是先把驾照学了，再把全国计算机的等级证书也考到手？叶紫羽见父亲说得有道理，当即点头。

春节过后，叶紫羽返回南方，立刻去驾校和计算机辅导班分别报了名。他在这边厂里的工作依然很轻松，业余时间充足，考驾照和计算机考级的时间都够。他想，还是父亲说得有道理，去了京城后，只怕真没这时间的。他跟黎欣说了这事，黎欣也非常赞同。虽然这样一来，他们重聚的时间就得推后，但两人的感情波折过后，坚逾金石，只要不再无理地忽视对方，任谁也无法拆散他们了。

时光如转，到这年的八月，叶紫羽拿到驾照；全国计算机等级也顺利过关，取得一级证书。诸事已了，他跟厂里提出辞职，收拾行李，准备北上了。叶紫羽算算他工作这一年，除去各种开销，还存了 2000 元钱，初到京城后，也能顶一阵子，他挺满意的。可没想到，不经意间，又出岔子了。

叶紫羽买好三天后离去的车票，这晚上同老刘等一众老乡去大排档喝酒，过了零点，他带着七分醉意回宿舍睡觉。他的宿舍是个狭长的单间，两三平方米，除了一桌一椅一床，也就放不了其他什么东西了。叶紫羽回去后，倒头就睡。因为南方小城的夏天又闷又潮，叶紫羽都开着窗子。他睡到半夜，迷糊中感觉房间里有什么动静，但眼皮沉重得始终睁不开。直到清晨醒来，准备穿衣服外出时，才发现，裤子找不着了！叶紫羽明明记得昨晚回来后，他把衣裤脱了搭在椅子上的，怎么会不见了，这么小个屋，就算它自己长腿了也没处跑啊？他找来找去，偶然一瞥，瞧见裤子居然被扔在窗子外面，他一下反应过来：坏了，遭贼了！连忙跟出去捡回裤子，一摸，钱包早没了。再四处一看，自己的身份证丢在拐角处，他忙跑过去捡回来，又回屋查看，一统计损失，2000 元现金和一张车票全没了！

叶紫羽的脸红成猪肝色，忙去叫醒老刘。两人一商量，先报案吧。于是老刘推出自行车载上叶紫羽，匆匆向派出所骑去。

叶紫羽头一回进派出所报案。他急惶惶地冲进大厅，看到个警察就说，他遭贼了，要怎么报案？警察见他满头大汗，气喘吁吁，把他引到一张办公桌前坐下，问他怎么回事，丢了什么东西？但等叶紫羽说总共丢了2500元左右的钱后，警察的神情明显懈怠下来，连准备好的笔录也不打算做了，估计是在想，看你这汗流浃背的样儿，还当多大损失呢，二千多元还报什么案？于是警察说声知道了，起身走开，竟无人再理会叶紫羽。过了会儿，厂里管行政的主任过来了，不知谁惊动了他。主任是本地人，问清叶紫羽情况后，拉他走出大门，才无奈地告诉他，这金额太小，警察根本看不上眼，不愿立案，叫他也别报案了，没用。主任说他们这地方，自从“下海”热起来后，外来人口比本地人口多了数倍，抢劫吸毒的案子每天都不知有多少，谁还没被偷过？这不算什么，还是回去算了。

叶紫羽心想，这两千元钱也许对别人没啥，对我现在可要命了，我拿什么去京城呢？不过，眼前的警察忙忙碌碌，没谁理会他。他虽然难受，也只能跟着主任回厂去了。厂里老板倒是大方，得知叶紫羽钱丢光了后，把他叫去安慰了两句，说在这个地方，没丢过钱，没遭过贼才是不正常呢，叫他没必要垂头丧气，然后又叫财务额外给了叶紫羽九百元钱，算是资助他。

回房间后，叶紫羽心有不甘，心想拿钱也就罢了，你偷我的火车票干嘛，还拿到退票窗口去退票？于是他跑到火车站退票窗口去守了半天，自然，这跟大海捞针没什么两样，他一无所获，只好又花了400余元新买了张票。叶紫羽想，真晦气，要是什么时候火车也像飞机一样改实名制，这贼就好抓了吧。至少他偷到我的车票也没用。就这样，叶紫羽怀揣着仅剩的五百元钱来到京城。要在一个陌生的城市开始新的打拼。

京城毕竟是京城，全国的中心，一流人才高度集中的地方。要在这个地方混碗饭吃，不是那么容易的。叶紫羽想到个故事，唐代时，白居易求取功名，第一次到长安，前去拜访前辈诗人顾况。顾况一看他的名字，就调侃说：“长安米贵，白居不易啊。”但等顾况读过白居易写的“野火烧不尽，春风吹又生”之后，立刻赞赏道：“你能够写出这样的诗来，就不怕长安米贵了，你在这里一定能有很好的发展。”

叶紫羽心想，不知道自己来京城，会有什么样的际遇？他先在西郊离黎欣学校不远的地方租了一个约四平方米的小屋住下来，月租160元。小屋里用两张长凳架上一块木板便可当床，还有一把靠椅和一张两屉书桌，这便是所有家当了。房间只接了一只自来水管，可以用之洗漱，大小便则须跑到百米开外的公厕。好在他人年轻，火气旺，用冷水洗漱，慢慢也习惯了。

黎欣已到最后一个学年，功课轻松了，她找到个公司兼职。虽然没几个钱，但这样叶紫羽心中的压力还能稍稍轻些。

闲话少述，叶紫羽的第一分工作是在一家直销公司。那时的所谓直销，就是拎着货品走街串巷，直接向消费者兜售。叶紫羽鬼头鬼脑地干了一阵子，各个写字楼窜进窜出，被保安撵了无数次，一分钱货品没卖出去。更有一次，他拎着两套厨用刀具出门，趁保安不注意，溜进一座办公大楼，看见一间办公室里只有两名女子，便鼓起勇气进去向人推销。他本来推销的经验与胆气都不足，进去后，见女子奇怪地望着他，一下不知怎么介绍。干脆先不说话，直接抽出把刀来，意思是说，我是推销菜刀的，您看您要吗？谁知这举动把办公室里的人吓得不轻，这是要干什么？大白天的打劫呢？等他们弄明白叶紫羽的来意后，气得够呛，一顿往外轰，把这小子赶出门外。

叶紫羽无法，他的性格无论如何也做不了这样的工作，实在难为了他，没辙，一个星期后他只好撤了，一分钱没挣着不说，还倒贴了路费。

进入深秋，京城气温下降很快，天气越来越冷。叶紫羽心中越来越慌。京城米贵，白居不易啊。他现在租住在西郊外的平房区，房租倒是便宜得很，但这种房型到了冬天，需要自己生炉子供暖的，叶紫羽从小在锦城长大，他哪会这个？等真正进入冬天，他这房子要是没暖气的话，就等着冻死吧。好在目前他还有个电饭煲，晚上可以烧一锅热水暖暖手。没想到的是，这小屋里的电压连个电饭煲都承受不起，没烧两次，竟烧了保险。这电线与屋后院里的房东一家是连着的，于是房东出来训斥，说你是不是在烧电炉子，叶紫羽说没有，只是电饭煲。房东很不悦地说，电饭煲也不行，没看见烧了保险吗？影响到大家多不好！

叶紫羽想，这里真不能待了，得跟黎欣说说，帮着找找住的地方。

这天中午，他走过一座过街天桥，看见上桥的阶梯拐角处，一个五六岁的小男孩正跪在那里讨钱，本来这种小要饭的在京城遍地都是，人们早习以为常，见怪不怪，但这一个却让叶紫羽震撼了。因为这个小男孩不是朝着人来人往的道路前方跪下，而是背向地下收钱的破瓷碗，他的双手分别握着天桥一格格的栏杆，整个小脸蛋都嵌进栏杆的缝隙里，出神地望着远方，一动不动。叶紫羽的双眼当即就湿润了。他想，此刻这个小男孩在想什么呢？是在想远方的父母吗？这个小叫花子看也不看一眼脚边的破碗，更不会见人就叫叔叔阿姨给点钱吧，他就像一尊小小的雕像一样。叶紫羽莫名的在小男孩的身后站了许久，他右手插在口袋里，死死拽着一张五元的钞票。他想把这张钞票放到小男孩的破碗里，可这是他今天出门身上仅有的一张钞票，如果给了对方，他这顿午饭就没着落了，并且还得走路回住所。

叶紫羽心中斗争了半天，终于还是没舍得。一步步走下天桥，可他总忍不住回头去看小男孩。天桥下面有个卖鸡蛋卷饼的，叶紫羽突然心动，暗自道：罢了罢了，走回去就走回去吧。他拿出五元钞，买了一个鸡蛋卷饼，一边大口吃着，一边转身跑回天桥上，把买卷饼剩下的三块钱放到了小男孩的破碗里。

小男孩仍然没有回头。叶紫羽喉咙哽咽了两下，可能是因为他卷饼吃得太快，又没有喝水，咽着的缘故吧。他再次走下天桥，突然有人跟他打招呼，他抬头一看，见一对恋人在他面前，男的对他似笑非笑。叶紫羽怔了怔，没认出这人是谁？

来人笑道："不记得了？我是孟乔，年初有过一面之缘的。"

叶紫羽恍然大悟，难怪这么眼熟。他想起年初之事，也是好笑，问道："你毕业了？"

孟乔说："是啊。怎么你又来京城看望女朋友？"

叶紫羽直言道："不是，我是来这里找工作的。"

孟乔道："哦，比翼双飞呢？"

叶紫羽点点头："是的，防患未然，绝不再给敌人可乘之机。"

说完，两人互相盯住对方的眼睛，沉默了三秒，同时都笑了。

孟乔拉过身边的女子道："介绍一下，这是我女朋友。你有空的话，一起吃中饭？"

叶紫羽见这女孩儿也挺漂亮，友好地打了个招呼。

三人走进路边的一家面馆，孟乔说："我也才工作，都不富裕，就请你吃碗面条吧。"

叶紫羽也不拒绝："那得要份加肉的。"

孟乔又笑："你这儿从地方到京里来工作，主管哪个部呢？交通？还是铁道？"

叶紫羽道："少扯淡，我正失业呢。你分哪部了？外交？还是国防？"

孟乔道："我也想呢。外交部是那么好进的？实不相瞒，我在个破杂志社混饭呢。"

叶紫羽道："什么杂志社？长学问了啊，文化人！"

孟乔又笑："羡慕是吧，你若是也想长学问，随时欢迎。我们的杂志主要刊登跟计算机产品相关的信息与商情。说白了就是拉广告的，每天得扫遍电子市场的大街小巷，累个半死一点不夸张。"

言者无心，听者有意，叶紫羽上了心，问道："真的那么容易进？"

孟乔道："当然。你以为这是什么好工作？一月 300 底薪，在京城也就够喝凉水的，其他的，就看你的业务能力了。"

叶紫羽却想，这也好过街头直销。不然，还有何为？眼看着天气愈寒，都快下雪了。他立刻应道："这么说，你能介绍我去这杂志社上班？"

孟乔点头："当然，你想好了后，下周一可以直接到社里找我，我介绍人事领你去办入职手续，很简单，有身份证和毕业证就行。"

就这样，二人说定了。吃着面条的时候，他们各自回想起以前的事情，都不禁好笑。叶紫羽说："下次我请你喝酒。"

道别后，叶紫羽去黎欣学校接她下课。两人相见时，叶紫羽故作神秘地问黎欣："你猜我今天见到谁了？"

黎欣说："这么大个京城，让我上哪猜去？没听说在京城你还有什么朋友啊？"

叶紫羽嘿嘿笑着说："我碰见孟乔了。"

黎欣想到年初之事，脸上也是一红，问道："那你们说什么了？"

叶紫羽说："姓孟的还挺仗义，说他在个杂志社工作，中午他请我吃了碗面条，我说下次请他喝酒。他说可以介绍我也去杂志社工作。"

黎欣说："我知道那个杂志社。很多同学毕业不愿回老家，想留京，没其他出路都先去那杂志社工作一段时间，那儿倒是挺锻炼人。主要面向全国最大的电子市场拉广告，不过你没有一丁点儿人脉，这工作做得下来吗？"

叶紫羽说："去试试吧，总比直销要强，不然暂时也找不到其他工作。"

讨论完这事，黎欣又告诉叶紫羽，她今天打听到学校附近的三环路边上一个地下室还有床位，住的几乎都是学生。她叫叶紫羽也搬过去，不然天气再一冷，西郊的平房没暖气，肯定扛不住。而地下室虽然也没暖气，但比地面可暖和多了。不用生炉子也能挨过冬天。

叶紫羽同意了。第二天，便同黎欣一块儿去收拾了行李搬家。

地下室很挤，住了很多人，可以按床位出租，叶紫羽在一个四人间租了一个床位，月租一百二十元。倒比西郊还省钱。

下个周一，叶紫羽按约定好的时间去了杂志社。一个中年妇女为他办完手续，他又花半天时间，完全搞清楚这份工作的性质。这是一份相当具有挑战性的工作，月薪 300 元，剩下的全靠广告业务提成，按广告总额的 6% 计算，连续两个月完不成销售任务，底薪减半。

叶紫羽心想，就算不减半，一个月光靠这 300 元，还不是只有喝西北风的份儿？能不能在京城生存下来，只有华山一条路了。勇敢向前冲吧！

就这样，他骑着一辆相当破旧的自行车，将自己的身影，映遍在这京城的大街小巷。

十五、夙夜在公

天气又逐渐寒冷，刚开始时，叶紫羽还不适应，嘴唇发干，他总禁不住用舌头去添，结果嘴唇红得跟涂过口红一样，去拜访客户，老是引起客户的误会和惊讶。这小伙子长得倒挺帅的，居然还擦口红？他每天骑着自行车在街上穿梭，车后的行李架上托着高高一摞广告杂志，碰上与行业相关的公司，就递上一本，争取留下对方的联系方式，以期待后续能够有机会合作。但大多数公司都在各种写字楼里，他仍然需要进去陌生拜访。不过，有了由头，起码业务对口，一般也不会被大厅的保安阻拦，比揣着两把菜刀上人家公司还是强多了。

可这样的业务也不容易干。因为竞争太激烈，每家公司每天都有大量接洽广告的人员上门，很多老公司已经建立了对口的联系，一个新人想来分一杯羹，几乎不可能。而碰上新公司的机会，渺茫得很。叶紫羽身上那几百块钱，还要交房租，很快所剩无几。所以很长一段时间，叶紫羽每天早上出门，只能带上十元钱。早餐自然是不吃的，中餐走到哪算哪，就在路上买一份五元钱的盒饭；晚餐则回到住的地下室附近，那儿的盒饭便宜些，四元钱。这么一算，每天他带十元钱出门，回来的时候口袋里还能剩一元钱呢。

气温降到零度以下后，叶紫羽更锻炼出一项本事。本来每天到了中午吃饭时间，他都是随意在街头碰上卖盒饭的就买一个，蹲在路边就开吃。他也没什么不好意思，因为每到这个点儿，蹲在路边刨盒饭的人多了，大多数都是他这种外地来京城打拼的年轻人。但天气冷成这样，再蹲在路边吃，饭很容易就凉了，而且是冰凉，这就难以下咽了。

所以这时候，叶紫羽虽然还蹲在路边吃盒饭，但架势和速度就比起天气温暖的时候，已不可同日而语。盒饭一般是两个饭盒，一盒装菜，一盒装饭，被小贩们从保温箱里拿出来递到顾客手中时，已变得温热。每次叶紫羽接过这样的盒饭，总是先将装饭的盒盖先打开，然后将装菜的一盒摞在装饭的盒盖上，再把菜上面的盖子掀开，左手五指叉开，稳稳地将两个盒子托住，右手捏起筷子，先挑一筷子菜，搅和在饭中，“呼呼”两口，快速吃进嘴里。等装饭的盒里只剩半盒饭时，再把上面盒子里的余菜统统倒进饭里，然后扔掉上面的盒子。他手里拿着一个饭盒更加方便，筷子一伸，头一埋，几秒钟时间，整盒饭菜全部刨进肚子。这吃饭的速度，一点不比周星驰电影《龙的传人》里面，星仔和师叔抢饭刨食的速度差。

老实说，这也就是京城的生活逼出来的吧。如果叶紫羽不用很短的工夫把饭吃完，那么零下几度甚至十几度的天气，很快就能把饭菜都冻成冰，他还怎么下咽？

旁人看来，这段生活肯定是辛苦的，但当时的叶紫羽浑然不觉。首先他自己认为，年轻时因拼搏吃下的苦头和艰辛，以后都能换成财富回报自己。更何况，毕业后仍然能和自己心爱的人在一起，这是多少同学羡慕的呢。林楚涯就说过，同学里这么多对谈恋爱的，他最看好的还是叶紫羽和黎欣，要是他俩毕业一年后还能在一起，这辈子怕是就分不开了。

叶紫羽对吃住都没太多讲究，地下室的条件虽然简陋，但只要寝室的人不吵就行。大学里不也一直是这样住着的吗？可有一点却是他极其不适应的。说来好笑，叶紫羽一直对卫生间很挑剔。偏偏这里地下室的卫生间太老式了，蹲位和蹲位之间连隔断都没有。他完全受不了这个。好在离地下室不远的地方，有一所财经大学。于是每天晚上，他宁愿步行十余分钟到学校的卫生间去解决问题。学校多少还是有点距离的，去一趟也不容易，所以叶紫羽又养成个毛病，上卫生间的时间特别长。完事儿后，他还可以在财大的教室里坐着看会儿书。

搬到地下室后，叶紫羽仍然每天一早出发，骑着自行车到电子市场及其周围的大厦拉广告。那时候，作为中国最大的电子市场，这里工作的人有几个共同的偶像，都是搞计算机或软件出名的，如柳传志、求伯君、王选等，还有杨元庆。联想集团的总裁柳传志准备退居幕后，提拔了年仅 33 岁的杨元庆执掌联想大印，这个消息震惊了整个圈内。在京城电子市场工作的人有着最直观的感受，莫不高山仰止，引以为榜样。

有一天，叶紫羽跑到联想总部的大楼里拉广告，在楼道里东张西望，很怕被保安发现后给轰出去，却不想正碰上杨元庆，他在计算机报上经常看见对方的相片。杨元庆问叶紫羽找谁？叶紫羽硬着头皮说，我来找您公司联系广告。杨元庆很客气地说这事你去找广告部的人吧，于是把叶紫羽带到广告部门口，介绍一个人说，你跟他谈。那人见对方是总裁亲自带来的，不知什么来头，很客气地接待了。虽然后来这人告诉叶紫羽他们的广告都是找合作公司代理的，委婉地拒绝了叶紫羽。可叶紫羽走出大楼后，还是很高兴，感到很有意思。

一个月很快过去，叶紫羽的业绩为零。发工资那天，他领到了三百元钱。他心想，我的天，等会儿回到地下室，床位费就得交掉 120 元，剩下 180 元要顶一个月，这可怎么活？叶紫羽没法不担心了，在京城立足就这么难？

领工资的时候，他又见到了孟乔。虽说他当时到杂志社来是因为孟乔介绍的，但他和孟乔没在一个业务组，每天大家都各跑各的路线，所以一直没见上面。今天发工资，大家都回到社里，才碰了头。

孟乔看见叶紫羽手里捏着扁扁的工资信封，再看看叶紫羽的神情，就知道他这个月没拉到业务。不过他自己比叶紫羽也好不到哪去。

叶紫羽虽然心头哀伤，挺发愁下个月生活费的，但他看到孟乔，想起上月孟乔请他吃了碗面条的事儿，觉得今天发工资，不管多少，他也得请回来才是。于是他招呼孟乔，下班后硬邀他去了个小饭馆，点了两个菜，要了两瓶啤酒对饮。啤酒有点凉，几口喝完。孟乔觉得还不过瘾，说这都冬天了，得喝二锅头，这可是京城名酒，又不贵。于是二人又一人上了一瓶小瓶装的二锅头。

这个酒的度数高，有 56 度。喝下肚后，感觉身子暖和了，脑子也灵活了。孟乔说：“眼瞅着圣诞节要到了，不如我们批发些玫瑰花到双安商场附近去卖卖？那里娱乐场所多，高校也多，好歹能赚几个钱贴补贴补。”

叶紫羽一想也行，问孟乔：“你知道上哪儿批发？”

孟乔一拍胸脯，说：“这当然，我好歹在京城待三年了，上东门蓝岛附近的鲜花批发市场采购去，那儿便宜。”

就这样，两人约定好了，星期天下午去采购玫瑰花回来卖，本钱一人一半，利润平分。

到了那天，两人在约好的地点汇合，一同上了公交车去鲜花批发市场。孟乔在一个摊位上同老板娘讲好价，选了 40 朵玫瑰，其中红色的 20 朵，黄色的 20 朵，本来一元一朵，孟乔硬是缠着卖花的老板娘又让了一元，一共付了 39 元。回去后，天夜已晚，孟乔叫着叶紫羽一起，把玫瑰枝上的刺先掰去，然后说：“在水盆里放一晚，明天花会开得更鲜艳，我们叫价五元一朵，给四元也卖。”

叶紫羽犹豫着问：“这样就行，也不弄个塑料纸做包装?”

孟乔摇头道：“不用，就这么卖吧，别再增加成本了。”

京城已经下过第一场雪，夜晚的寒风变得刺骨。第二天，两人下班后，一人捧了20朵原生态的玫瑰，就到商场门口的过街天桥上站着去了。

想象总是很美好，现实总是很残酷。叶紫羽捧着花看着来来往往的人群，才发现自己真的不是这块料。他根本无法拦住行人兜售。估计很多人见他捧着玫瑰站在桥上，还以为他在等女朋友呢。而他自己，那一句“先生你好，买朵花吧，或小姐你好，买朵花吧”在嗓子眼儿转了无数次，就是无法吐出去。那时，他觉得自个儿跟《三毛流浪记》里的三毛似的，四处灯红酒绿，唯他一筹莫展。

叶紫羽在桥上晃悠了40分钟，一朵没卖出去。他这边冷得不行，跑下桥去找孟乔。刚才两人分两个地段卖花。他找了半天，才看到孟乔在商场的帘子后面倚着，一脸垂头丧气。叶紫羽过去叫住他，孟乔无奈地对他说，看来昨天他的判断失误了。本来有几个人要买他的花的，却嫌他没有包装，最后都没有成交。

本来叶紫羽在桥上挺难受，一看孟乔也这样，他的心情倒好了。两人一合计，孟乔又想到，中苑宾馆那好像有个歌咏比赛，不如再过去试试。于是两人又骑车赶往中苑宾馆。可不知是孟乔的消息有误，还是他们到得太晚，比赛早已散场。总之他俩赶到目的地后，人影也没见着几个，宾馆大门静悄悄的。这一折腾，两人完全泄了气，天又冷得邪乎，一咬牙，也别卖了，干脆回去洗洗睡吧。就这样，一朵花也没卖出，白白损失39元投资，加上俩人去蓝岛的车费1元，共40元。

往回走的时候，孟乔连花都不想拿了，他问叶紫羽：“你有没有跟人送过花?”

叶紫羽一愣，不明白他什么意思，想了一想，自己还真没给人送过花呢，便摇摇头。

孟乔笑道：“这花要再放两晚，也没法卖了。干脆，你全拿去送黎欣得了，肯定能让她高兴高兴。”

叶紫羽一想也是，正好前面不远就到学校。于是他同孟乔告别后，便去了黎欣宿舍。当他捧着40朵鲜艳的玫瑰走进校门后，一路就受到了不少人的关注。人们估计他是捧着鲜花来向哪位女生表白的，只有他自己有苦难言。

来到黎欣寝室门口，他想起去年从南方追来的那一出戏，自己都有点儿不好意思了。从那以后，这寝室的女生们都把他当情圣了。其实，他还真不是那样的人。不过这次还好，他敲开门后，发现只有黎欣一人在寝室里。

黎欣被捧着大把玫瑰的叶紫羽惊呆了，今天也不是什么重要日子，他买这么大捧玫瑰来做什么？这以前他可是从没买过花送她的？叶紫羽倒老实，直接把他去卖花，结果一朵也没卖出去的事讲给了黎欣听。

黎欣听了，先是没有作声。突然淡淡一笑，对叶紫羽说："这些花你也别送我了，我全买下来罢。"

叶紫羽一愣，不明白她是什么意思。却见黎欣转身走到自己床前，从枕头下拿出五百元钱递给叶紫羽，说她兼职的公司今天发薪水了，这些钱，让叶紫羽拿着先用。因为她还在上学，父母有寄生活费给她，她也用不上。

叶紫羽一时不知说什么好，接过了钱，顺势把黎欣也搂在了怀中。当他搂住她时，感觉到黎欣的身体轻轻地颤了一颤。叶紫羽想，哪个女孩子不爱美呢，这是黎欣第一次自己挣到的钱，她应该去给自己买件衣服或是一瓶香水才是。可是她却把钱都给了他。唉，等自己有钱了，一定要对她好才是。

这次卖花，算是叶紫羽第一次与别人合伙做生意，以完全失败告终。

孟乔对这事耿耿于怀。他那段时间手头也挺紧，这次卖花陪了20元本钱，虽不多，但让他很没面子。他一直在叶紫羽面前自诩为老京城，做的事情也不见得多靠谱。过了差不多一周时间，孟乔又来找到叶紫羽，说他这次联系了个好活儿，一起去。

叶紫羽问他做什么？孟乔说他前天在街头看到有人做问卷调查，他就主动跑去找带队的督导询问。那督导是个二十七八岁的女子，姓朱。她告诉孟乔，他们是央视下属的一家调研公司，经常有很多项目要向消费者做调查，按次给酬劳。如果孟乔有兴趣，可以留个联系方式，有业务的时候通知他。

结果，才过了一天，姓朱的女子就来电话了，说有个日用品系列的调研，三天后开始进行，他们若有意愿，先来做培训。孟乔自然一口答应。叶紫羽想想这比卖花强多了，也答应同去。

次日，两人一同去了调研公司，见到姓朱的女子后，口称朱老师。然后对方把他俩带到一个会议室座下，说十分钟后开始给大家培训。

趁这空隙，二人把会议室内的人打量了一番。地方不大，但人已经挤满了，加上他俩总

共有 25 人。不过，叶紫羽注意到，除他和孟乔外，别的都是女人。

过了一会儿，朱老师进来，每人发了一套问卷表，告诉大家上面有 40 道问题，他们的任务就是找消费者回答这四十个问题，勾好答案，留下姓名和联系方式即可。然后每个回答问题的消息者，他们都会回赠一块香皂。

叶紫羽觉得这个工作不算难，好做。他打开问卷，听着朱老师逐一说明怎么提问，怎么填写。问卷分为四个板块，都是日常的洗化用品。第一项是关于洗发水的，要求了解消费者知道哪些品牌，喜欢哪些品牌，自家用什么品牌等等，这一项很好回答。第二项是关于沐浴液，这没什么；第三项关于洗衣粉，也没什么。可等朱老师讲到第四项的调查说明时，叶紫羽同孟乔一下傻眼了，这第四项居然是关于女性卫生巾的！

叶紫羽顿时闹了个大红脸，他可算明白为什么这会议室里除他和孟乔外，其他的都是女性了。再看这问卷上的问题，需要向消费者提问，对方用什么品牌？超薄还是加厚？带不带护翼，防不防侧漏？喜欢几片装的？

叶紫羽心想，他一个大男人，要这么跑到大街上去问个陌生女孩，别人还不把他当臭流氓骂一顿？再看看孟乔，孟乔也傻眼了。叶紫羽低声对他说道：“你就找这么个活儿？”

孟乔苦笑着回答：“谁知道要问这个？这活儿干不了，等会儿赶紧撤吧。”

两人不说话了，埋着头，听着台上朱老师继续讲解着关于女性卫生巾的一切，两人都挺不好意思，又觉得好笑，这叫个什么事？

好不容易等人讲完，两人赶紧起身，来到姓朱的女子身旁，说这活儿他们干不了，去问一个陌生女孩卫生巾的事，这怎么开口啊？

朱老师也乐了，说她早发现他俩在下面也挺尴尬的了。不过他们免费听了培训，也不是坏事，说不定以后在这方面还能帮自己女朋友参谋参谋呢，这多贴心啊。

开过玩笑，朱老师才说，如果他们不好意思去做问卷调查，但是可以做回访，不过回访的酬劳要低一些，不知他们愿不愿意？

叶紫羽忙问回访是什么做的？朱老师说，等调查问卷收回来后，公司会从中抽查一批回访，看有没有做假，还有些问卷信息不完整，则需要补充完整，

就这么个意思。

叶紫羽一听，这个没问题啊，当即答应下来。

等回访的时候，叶紫羽尽心尽力，一一核实，还真纠出了两份造假的。这让朱老师对他很有好感，又交给他几项调查工作。每次都能挣上几十元钱，这让叶紫羽很欣慰。只要肯努力，老天也会帮你的，他相信，他在京城的生活会好起来的。

当然，杂志社的工作还是最主要的。好在叶紫羽这一段时间虽然没谈成一张单，但还是认识了不少客户。由于他每次与人打交道都恭谦有礼，渐渐的和一些公司的相关负责人也都熟悉了。其中一家公司在紫竹公园附近，离电子市场有点远了。杂志社的业务人员一般不愿意去那边，因为公司不集中。但叶紫羽想法不一样，他的业务能力不强，在电子市场竞争不过别人，到这边人少的地方来，说不定还能搂出两个客户呢。

果然，叶紫羽在这边联系上了一家名为远星公司的外资企业，每星期新的商情杂志出版后，他都会给这家公司送来。这一天，叶紫羽送完杂志，同远星公司外联组的负责人沐小姐聊了几句天，然后告辞出来。没想到他们聊天时被公司另一位男士听见了，便问叶紫羽是哪里人？叶紫羽回答锦城。

男士一听笑了，说："我姓王，刚才听你说话，带有锦城的口音，所以特地问问你。不知道你熟不熟悉锦城的 IT 市场？"

叶紫羽点点头，说："还行。"

男士又说："我们想找锦城一家生产打印纸的企业的电话号码，这家企业不算知名，不知你能帮助找一找不？"

叶紫羽当然答应了。回去后，他写了封信给在锦城工作的老同学陆禹皓，没想到一星期后，就收到陆禹皓的回信，告诉他轻而易举地弄到了那家企业的业务联系电话。

叶紫羽十分高兴，准备下一次去时，就把这个号码告诉那位姓王的先生。

时间就这么晃晃悠悠地到了年底。叶紫羽是真急了，他在杂志社的业绩到现在还是个零蛋呢。又一个周一上班时，叶紫羽特地查了查日历，今天是 12 月 29 日，明年的 1 月份就过大年了。也就是说，12 月内没有业绩，次年一月他就没薪水可领，别说过年，回家都成问题了。

叶紫羽已经绝望之极。但他还是照例去各公司送新的一期杂志。到了远星公司，接待他的还是沐小姐。叶紫羽送上杂志后，随口问了一句："明年的广告合同，你们签吗?”

沐小姐说：“这还得问问我们公司的总经理，下次来再说。”

叶紫羽已经想好今年注定吃瘪了，问完后本来也不抱希望。没想到这家公司的老总突然就走了进来。沐小姐很好心，立刻介绍叶紫羽说，这是杂志社的工作人员。王总您看明年的广告合同我们签吗?

叶紫羽一看来人，正是上次托他打听电话号码的那名男子，原来他就是这家公司的总经理。叶紫羽连忙把打听到的号码告诉了王总。王总微微一笑，对沐小姐爽快地说道：“那就签吧。反正明年也是要签的。”

叶紫羽一听这话，高兴坏了，又说：“您看今天 29 号了，31 号前能付款吗?”

王总问：“支票行不?”

叶紫羽说：“当然行。”

王总说：“那没问题，后天你来拿支票吧。”

那一刻，叶紫羽幸福得想要晕死过去。

元旦节到了，叶紫羽还在睡懒觉，黎欣已经跑到地下室来找他。两人的心情都不错，黎欣问叶紫羽今天上哪儿玩？叶紫羽想了想，建议去动物园玩。黎欣奇怪，说为什么想去动物园？叶紫羽说，这充分证明我是一个充满童心的好人。黎欣乐了，她知道叶紫羽这么说，就一定有什么好事情，让他的自信大增。

果然，叶紫羽讲了去年最后一天，也就是昨天发生的事情。黎欣微微一笑，不由也为他高兴。两人快快乐乐地到动物园玩了一天。有意思的是，两人在猴山看猴子的时候，发现不知哪位游客掉了一支化妆用的眉笔在猴山，被一只猴子捡到了。那只猴子拿着眉笔，飞快地爬上一座山头，居然试着要去给另一只母猴化妆。这个动作把围观在猴山周围的人都给乐坏了。叶紫羽哈哈大笑，突然拉过黎欣，问：“你喜欢哪个品牌的化妆品?”

黎欣摇摇头：“我可不懂这个。”叶紫羽乐道：“其实我也不懂，不过刚才的情景倒是让我想到一首词：凤髻金泥带，龙纹玉掌梳。走来窗下笑相扶，爱道画眉深浅入时无？弄笔偎人久，描花试手初。等闲妨了绣功夫，笑问双鸳鸯字怎生书?”

黎欣笑道：“你把这首词用到这两只猴子身上，合适吗?”

叶紫羽含笑道："我是想用在你身上，等你毕了业，我一定送你一套名牌化妆品，然后为你画眉。"

这一年春节来得比较早，所以春运也早早开始。元旦假期结束后，叶紫羽和黎欣都考虑该订几号的票回家了。这时远星公司又联系叶紫羽，问他愿不愿意到公司去兼职，可以利用每天晚上的时间去公司，帮助统计某品牌打印机近几年在国内发布的广告数据。春节放假前干完，酬劳是1000元。这个消息又让叶紫羽大喜过望。他想，加上杂志社的广告提成，他的钱夹总算鼓了一回，他想给黎欣订张卧铺票回家，免得坐硬座车太遭罪，至于他自己倒无所谓。

可是，春运期间，想到在售票点直接买到出京城的卧铺票，根本不可能。只有找票贩子买高价票。黎欣知道后，说不用麻烦，她们几个同学一起回家的，相互有个照应，就买半价的学生票好了。她反而担心叶紫羽怎么回去？

叶紫羽让她放心，说："我在远星公司上班都得上到腊月二十九，干脆坐除夕那天的火车回家算了，那天的车票总该好买了吧。"

黎欣一惊，说："这样的话，你岂不是要在火车上过除夕夜了，这怎么行？"

叶紫羽说："这有什么不行？人生会在火车上过一次除夕夜，这也是难得的，也许将来还是很值得纪念的一件事呢。"

商量定后，叶紫羽每天跑完广告，就去远星公司做资料统计。这个工作还有个好处，就是免费提供一顿晚餐。这更把叶紫羽乐坏了，他连每天晚上的盒饭钱也省了。而且公司提供的晚餐相当丰盛，比四元的盒饭不知强出多少倍。叶紫羽真心感慨，难怪大家削尖脑袋都想挤进外企工作，这福利待遇真心好啊。

过了几天，黎欣正式放假，叶紫羽送她去火车站。这一次，两人没有在站台上依依惜别了。因为最多20天，他们都会回到京城团聚。有了明确的再相见的时间，自然就不会像当初在南方分别时那么愁肠寸断似的。

等黎欣乘坐的火车开走后，叶紫羽才到售票厅买他自己回锦城的票。这时的售票厅人山人海，各地返乡的人大包小包，挤得过道水泄不通。叶紫羽一点也不慌，他来到退票点，等人退票。还有两天就到除夕了，他不信等不来票。果然，没到半个钟头，就有人拿了一张除夕当天一大早的票过来退。叶紫羽一看，7次列车，终点正是到锦城的。便跟退票的人砍了砍价，以便宜10元的价格买了下来。叶紫羽特别得意，都知道春节的票难买，特别是回锦城方向的，可他不但买到，还便宜了10元。当然，由京城到锦城，火车要开33个小时，他得到大年初一的下午才能到家了。

叶紫羽原以为除夕之日火车上人应该很少才对，谁知上了车，才发现仍然人挤人的，热闹得很。不过，这些人都是短途。火车开出五六个小时后，车上的人明显就少了。叶紫羽以前看过一个小说，描写的也是除夕夜一个人坐火车回家，而火车上除他之外，仅有一人。所以两人开始都不说话，后来新年钟声到来之际，两个人互相友好的道了声问候，新年好！这时，列车员也过来了，祝他们新春快乐，并煮好了热气腾腾的饺子送给这两位乘客吃。小说的描写温馨感人，叶紫羽就想，今天晚上也是除夕夜，他会有什么不一样的遇见呢？列车员会不会也给他们送饺子呢？

谁知，天黑下来的时候，叶紫羽身边的乘客下了车，空出一个位子。他都坐了一天的硬座了，身子骨就倦了，这下看看也没人上车。他索性就在两个位子上躺了下来，然后就睡着了。等他稀里糊涂的一觉醒来时，看一看表，大年初一已经到了。叶紫羽还在想，不知道刚才列车员有没有送饺子？他不会因为睡觉错过了吧？但观察一下周围的人，不管睡着没睡着的，一律表情平淡，没谁像刚吃完饺子的。

叶紫羽暗叹口气，心想：难怪小说都是骗人的，这除夕之夜在火车上过，跟平常也没什么两样啊。还饺子呢？饺子汤也没有。他正想着，列车员倒是过来了，不过没推着煮好的饺子，而是拿着一个笨重无比的无绳电话，问旅客们有没有要给家人打电话拜年的？

叶紫羽问列车员要不要收费？列车员白他一眼，说当然要收费的。叶紫羽又问多少钱一分钟？列车员说六元钱。叶紫羽悄悄吐了吐舌头，不吭声了。心想自己还是老老实实接着睡觉吧，反正下午也就到家了。

大年初一的下午，叶紫羽回到了家中。火车上的过除夕，听着挺有意思。叶紫羽原本想着有这种经历的人一定不多，起码他身边的同学朋友都没有过，等聚会时，他可有得向他们吹了。现在经历了他才知道，其实跟平常坐火车没啥两样。

假期里，叶紫羽首先去见了陆禹皓。好朋友事隔多日相见，自有一番高兴。令叶紫羽意外的是，陆禹皓真的已经把银行的工作辞掉，目前正着手租一间办公室，准备自己创业。叶紫羽简直太佩服自己的好朋友了，他对陆禹皓说："才毕业一年多你就创业，肯定是我们所有同学中第一个当老板的了，本命年都还没过吧你？"

陆禹皓笑道："你不是特会背毛主席诗词吗？他老人家那话怎么说来着？一万年太久，只争朝夕。"

叶紫羽嬉笑道："是啊，小小寰球。有几个苍蝇碰壁，嗡嗡叫。自己当老板可不简单，创业艰难，你可得做好碰壁的心理准备，打算怎么开展业务？"

陆禹皓说："第一步就是炒股，这个人人都会。然后做金融投资咨询。再以后怎么发展还没考虑，得脚踏实地，一步步地来。"

谈完工作，陆禹皓又说："听蒋妍希讲，今年高中同学们准备聚一聚，开个同学会，你有时间去吗？"

叶紫羽一愣，第一反应是："小雅会去吗？"

陆禹皓也是一愣："这么多人，为什么你专门打听小雅？什么意思啊？"

叶紫羽一笑，关于大学期间因颜墨桐跟柳溢雅通信的事，他连陆禹皓都没告诉，实在是不知道怎么启齿。他只好故意说："我有次做梦，梦见开同学会，醒来后有哪些人参加了全没记住，就记住个柳溢雅了。"

陆禹皓大笑："你不会是对人家有非分之想吧，以前怎么没看出来？不过你现在是有女朋友的人了，别吃着碗里瞧着锅里。"

叶紫羽心想，哪有这事。不过他也不解释。一问聚会的时间，他又只好摇摇头表示遗憾了，说那个时间，他都回京城了。

陆禹皓又问了他在京城的情况。叶紫羽不想让朋友操心，说都挺好。

两人吃完饭，又聊了会儿天，然后各自回家。叶紫羽走到自家楼下，刚好收到一封黎欣的来信，拆开一看，有一张照片，是黎欣在申城外滩照的，假期里，她去那玩了。黎欣在信上说，希望以后能和他一块儿去玩才好。照片上的黎欣穿着件桃红色风衣，那是叶紫羽最喜欢的。他拿着照片仔细端详了好久，看着女友大方温馨的笑容，微微有些波浪的发型，既有知性的风采，又有女性的妩媚，真想立刻把她搂在怀里。

十六、灼灼其华

时间过得很快。返回京城的时候，叶紫羽还是一副处变不惊的样子，不过这次他不再有那么好的运气，可要吃亏了。

春节过后上京城的人，比节前回家的人更多。叶紫羽本以为他稳稳能买到票的，起码硬座没问题吧，还托了人去买。结果，居然也没买到！他算是深刻领教到春运的疯狂了。杂志社开工在即，这没法拖的。后来还父亲找了位火车站的朋友，把他送上了列车，好歹能按时赶回京城。不过，这一趟回京，比他回锦城时还不如，连座位都没有了。

上车前，叶紫羽还抱了一丝希望，想补个座位。上车后，他自己都吓了一跳，厕所里都挤满了人，还想补票？车开动后，一队列车员在列车长的带领下，挨次检查各节车厢，把厕所里的人都叫了出来，否则这一路车上旅客都不能上厕所的话，非憋出事来。

厕所里是没人了，可车厢除了厕所外的任何地方，已不留一点空间。叶紫羽总算是在两节车厢的接头处勉强蹲了下来，他这时的感觉，是当年在船上睡在甲板上时，是一件多么幸福的事情。这里左右都是人，他就这么蹲着，不吃不喝，不拉不撒。刚才厕所里挤满人时，他还在担心等会上厕所怎么办？现在他觉得厕所里挤满人一点问题都没有，起码他们这些蹲在车厢接头处的人，连转动一下身子都困难，哪里去找吃的喝的？没有吃的喝的，又哪来拉的撒的？

一开始，叶紫羽觉得时间特别漫长。怎么跟蹲了一个世纪似的，才过一个站？怎么蹲得太阳系都要爆炸了吧，还没有出省？叶紫羽早不知道什么叫腿脚麻木了，完全失去知觉。前几个钟头是特别煎熬，难受得想死，可十几个钟头时，居然就觉得没那么难熬了。叶紫羽觉得他的身体就剩下大脑还能动动，他想，人的适应能力还真强呢，难怪能从猴子变成今天这样儿。

大约过了 20 个钟头，车外的世界已经从白天转到黑夜再隐隐露出鱼白肚，车上的人你靠着我、我倚着他的，睡得奇形怪状。这么艰难的姿势下，大家睡得还挺香。叶紫羽不知道列车已经开到哪里，他突然醒过来，只觉得心里发慌，头晕，身子打抖。其实也不奇怪，毕竟他近二十个小时没吃没喝了。可怜他上车时没有带吃的，也不敢挤到餐车去买。挤不挤得过去且不说，别看他现在这就是巴掌大个蹲人的地方，一旦离开了，马上也会被抢占去。

叶紫羽感觉自己都快不行了，他不会饿死在列车上吧？那这可是一大奇闻了。他两只手开始不由自主地在身上摸索着，幸运的是，他居然在大衣口袋里摸索出一大把时下挺流行的“大大”泡泡糖。他想了想，估计是初五去舅妈家拜年时，表妹塞他口袋里的。

叶紫羽手忙脚乱地撕开包装纸，忙不迭地将泡泡糖塞进口里大嚼起来。这个品牌的泡泡糖像软糖一样，糖分挺多。虽不能下咽，嚼了几块过后，叶紫羽不发抖了，饥饿的感觉也减退很多，心里也不发慌了。于是他长舒口气，闭目养神。火车在下一个站点停靠的时候，叶紫羽奋力扒在车门处，叫站台上的小贩递给他一个面包和一瓶矿泉水，这才算正式吃到上车后的第一顿食物。就这样，他在车厢接头处整整蹲了 33 个小时，终于在第二天的傍晚到达京城西站。让他振奋的是，当他拖着疲惫不堪的身体走出车站的甬道，竟然看见打扮得漂漂亮亮的黎欣等候在站外接他。他立刻变得精神头十足，挽着女朋友高高兴兴地坐车回到住所。

叶紫羽按时赶回杂志社上班，报过到后，开始去跟他的客户一一拜访交流。他首先去了远星公司。去年要不是远星公司在年底的最后一天签了广告合同，又给了他一份兼职，他回家过年的钱都凑不齐呢。所以叶紫羽对这家公司心怀感激。没想到，开年这一来，还有更幸运的事情等着他呢。

叶紫羽到了远星公司后，照例去找沐小姐打招呼，谁知又碰上王总，这回王总把他叫到了总经理办公室，说要同他聊会儿天，这让叶紫羽受宠若惊。两人进办公室后，王总问了叶紫羽的生活及工作情况，以及毕业于哪所学校。叶紫羽一一作答。最后，王总告诉他，他们公司今年会新招几名市场调研人员，去年叶紫羽在公司兼职的时候，王总对他感觉不错，所以就想问问他愿不愿意正式入职公司？

叶紫羽一听就愣住了，然后双眼发亮，王总是说真的？他们想录用他？要知道，他不过是锦城来的无业游民，学历并不算高，又没有京城户口，在这个年代，居然有京城的外企肯录用他！他这算是天上掉馅饼了吧。当然，其实外企业王总看中的，是他的勤奋与肯干。

叶紫羽自然满口答应。虽然他与这家公司打的交道已不算短，可当他真正成为这家公司的一员之后，还是被震惊了。这个仅二十余人的外企驻京机构，居然有十三人毕业于中国排名第一的顶级的高等学府，其他的也纷纷来自京城几所名牌大学，这才是人才济济，真正的精英团队啊！

叶紫羽入职没几天，就碰上一件好玩的事情。公司一位姓齐的博士将携新婚妻子赴海外从事科研工作，于是公司同事在王总的带领下，为齐博士小两口设宴践行。开宴之前，王总幽默的嘱咐，叶紫羽一定要参加，学习学习老大哥是怎么结婚的。叶紫羽心知肚明，这是王总特意关照他，要他尽快融入团队呢。

那天下班，公司一众人等来到一家装修清雅的饭店，新郎新娘早已盛装在门口恭迎。宴席开始后，几轮酒下来，众人全部迷迷糊糊。这时候，有人提议要给新郎新娘出题，要求双方分别同时回答，若答案一致，则出题的人罚酒；若答案不一致，则新郎新娘罚酒。众人大笑，皆接受这一提议。

叶紫羽恰逢其会，本已高兴万分。他早已在脑子里盘算着出一个什么样的问题了。等到空隙时分，他站起身，首先端起酒杯，敬了齐博士一杯，祝他新婚快乐，又表示自己先干为敬，举手投足大方得体。然后他向新郎新娘提的问题是："新郎第一次到新娘家里时，新娘家里都有谁在？"这个问题让同事们都觉得挺有趣，静等着新郎新娘的回答。

新郎新娘各自拿过纸笔，略一回忆，在纸上写下了答案。不过等婚礼主持人拿过双方的答案一看后，不由笑了。然后主持人大声宣布：新郎写的答案是，他第一次去新娘家里，见到了岳父、岳母和姐姐；新娘写的答案却是你爸爸妈妈、舅舅阿姨、姐姐姐夫和我。众人一听哄然大笑，纷纷调侃博士，说你这可错得离谱，先别说少了这么多亲戚，难道你头一次上门，新娘子都不在家的吗？你到底去了谁家啊？

新郎一脸尴尬地挠挠头，没奈何，只得举起酒杯一口喝完。虽然叶紫羽提的问题对方没有回答正确，他本不用罚酒，但他还是赶紧站起身来，笑着陪饮了一杯。王总看在眼里，暗暗颔首，觉得这小伙子有股机灵劲儿，识大体。

时间过得很快，一个月之后，叶紫羽的工作表现得到了所有同事的认同。

大家都对这个独自在异乡闯荡的小伙子产生了好感，工作上也都肯帮助他，叶紫羽成长得很快。

天气渐渐转暖，正是大好春光。叶紫羽自离校后，还从未如此惬意舒坦过。现今工作稳定，又拿着高薪，令人羡慕，意中人也在身边，随时可见。故宫、北海、颐和园……纷纷留下叶紫羽和黎欣成双成对的身影。

更令叶紫羽高兴的是，“五一”劳动节后，他被公司派往锦城出差一个月，要去完成一项计算机市场的调研工作。这真是一举两得，在自己老家做调研，他有着先天优势，又可以顺便探望父母朋友。春节后返回京城，他在火车的车厢连接处蹲了30多个小时，苦不堪言。这次公派回锦城，却可以搭乘飞机，两相比较，不啻天壤之别了。

叶紫羽回到锦城后，工作上的压力并不大，他每天完成相应的数据收集后，通过电子邮件传到京城总部。这个年代使用电子邮件的人和公司并不多，普通的一台笔记本电脑至少也要四五万元，够在京城四环内买上十平方米的小屋了。所以每当叶紫羽拎着笔记本电脑，要上一杯可乐，坐在肯德基明窗净几的座位前敲打着键盘时，都能引来不少年轻人羡慕的目光。

工作之余，叶紫羽常去找陆禹皓。陆禹皓没想到叶紫羽这么快又能回来，他的小公司也已经起步了。麻雀虽小，五脏俱全，正好能让叶紫羽参谋参谋。对于金融和股市，叶紫羽仍然一窍不通，但他走南闯北，接触的人和信息较多，也能给到陆禹皓一些启发。

这天忙完工作后，叶紫羽又去找陆禹皓，他们约好在陆禹皓公司楼下的咖啡厅见面。等叶紫羽赶去的时候，陆禹皓已经坐在那里了。令他吃惊的是，他看见柳溢雅居然在座！原来再有几个月，柳溢雅也要毕业了，所以提前回到锦城联系单位实习。

突然见到柳溢雅，叶紫羽想到自己冒充颜墨桐给她写信的事，心中有愧，说话也有些不利索了。柳溢雅哪里知道他的心思，她和叶紫羽有近四年未见，还当他生分了呢。她问长问短，倒是挺乐。陆禹皓在一旁看着见到柳溢雅就不自然的叶紫羽，心中暗暗好笑，他以为叶紫羽真的暗恋柳溢雅呢。

柳溢雅自然想不到以前和颜墨桐的通信，会关叶紫羽什么事，所以在交谈中丝毫没有提及。三人聊些以前上高中时的事情，纷纷大乐。慢慢地，叶紫羽的神态也恢复了正常。他们相互询问起对方的情感问题，柳溢雅说，她在快上大三的时候，认识个男朋友，现在相处得挺好。叶紫羽听后，心中顿时轻松许多，开玩笑地跟柳溢雅说，她的动作太慢，他可是一上大学就交上女朋友了。三人大笑。同学间的聚会，总是最轻松，最愉快的，同窗的友谊和情感，在世俗的社会当中，总显得格外的真诚。

叶紫羽跟柳溢雅聊着天，不由想到颜墨桐。这家伙也在锦城工作，不过前几次他放假回来后，颜墨桐也放假回老家了，一直没见着。这一次，叶紫羽心想可以约他见面了。

三人用完晚餐，都抢着买单。陆禹皓说，如今叶紫羽去了京城工作，柳溢雅实习完后还要去惠城，啥时回来也不一定，算起来他是地主了，该他尽地主之谊，最后由他买单。告别的时候，他们相互祝福，约定来年再聚。

之后，叶紫羽又去见了颜墨桐。颜墨桐听说他出差回来，非常高兴，同样约了时间地点一起吃饭，居然也是三个人。因为颜墨桐还带来他的女朋友程菲。这是叶紫羽第一次见到程菲，对方的性格开朗、大方，待人热情，立刻获得叶紫羽的好感。让他觉得，她和颜墨桐就该是一对。恋人之间的缘分问题，真是很奇妙的。颜墨桐也问到黎欣的情况，叶紫羽说他们在京城一切都好。颜墨桐说黎欣又快毕业了，问他们是决定留在京城发展了吗？这倒让叶紫羽愣了一愣，这个问题他们还没商量过呢。他含糊着回答说，应该是吧。

数日后，叶紫羽完成了在锦城的调研项目，回到京城。恰巧黎欣有空，专程赶来机场接他。两人倒不顾及，在机场就来了个拥抱。叶紫羽高兴之余，随黎欣前去乘坐往市区的公交车时，竟没有注意到，这条线路并非回他们住所的。等黎欣带着他在一个陌生的站台下车时，他莫名其妙，还没反应过来这是要做什么？黎欣这才偷乐着告诉他，在他出差的这段时间里，她已经跟单位签约，由兼职转为全职，月薪翻了两倍。她想着现在她和叶紫羽都有了稳定而不错的收入，正好又有同事给她推荐了一处小区的公寓，她去看了看，挺喜欢，租金也公道，于是她就租了下来，并把两人的东西都收拾好搬了过来。现在，她带叶紫羽来的地方，正是她新租的公寓。

叶紫羽又惊又喜。本来他正在打算不住地下室了，心想着回京后同黎欣先商量好，再去看房，谁知道黎欣居然一个人把一切都办妥了。看来他这女朋友真是越来越漂亮能干了。他爱怜地看着黎欣，要不是街上人多，他真想立刻吻吻她。不过，叶紫羽也另有好消息告诉黎欣。他这次出差，公司每天补助500

元，当初他在锦城跟颜墨桐说起的时候，颜墨桐都羡慕死了，说外企的待遇可真是好，内地多少工厂的工人一个月才挣500块钱呢。叶紫羽出差一个月，除去吃住行的开销，补助还剩一半，正好可以买一部手机。以后两人相互之间，或同家人之间的联系，就方便多了。

黎欣听后，果然很高兴。回到公寓，叶紫羽一看，比地下室舒适了好多。虽然房间面积不大，但亮亮堂堂，厨卫一应俱全。自动供暖，再到冬天他可不用担心生炉子的问题了。叶紫羽看到卫生间里还装了热水器，大喜过望。他不怀好意地盯着黎欣，趁她不备，从背后一把将她环住，双双入室沐浴爱河。

这周周末，他们携手外出逛街。两人跟大款似的，逛了好几个手机店，受到店员热情的接待。手机在当下，可是个身份和财富的象征。经过反反复复的比较之后，他们终于选定一款蓝色“爱立信 GF768”的机型。这些天，第16界法国世界杯足球赛已经在如火如荼地进行了，满屏都是这款手机赞助世界杯的特约广告，画面中的手机机身小巧，颜色鲜明。其实叶紫羽和黎欣在出门之前，基本就已经确定要买这款手机的，只不过还是要多逛逛，多享受下高消费的乐趣，两人心里那小小的虚荣心得到了极大的满足。

一部手机加移动公司的入网费，共花去5000多元。付完款后，叶紫羽又不禁心疼。同黎欣议论说：“手机裸价三千多块倒也罢了，这入网费算怎么个玩意儿？居然也要两千？真跟黑社会入会似的。每月还得缴纳保护费，美其名曰‘月租费’，你说这手机明明是我买的，入网费没奈何也交了，还月租个什么？我租谁的了？好吧，租也就租了，凭什么打电话接电话都还要扣费呢？名字取得挺好听，双向收费。这又是什么道理？”

和叶紫羽相处日久，黎欣知道他正理歪说的时候，一定是心情极好的，并且一定是能把她逗笑的。买完手机，两人又到商场的服装区，挑到一件春装连衣裙，叶紫羽大方地为黎欣买了下来。晚上，他们在一家小店共进晚餐，两人感觉，在京城的日子，总算能定定心了。

上一次世界杯，叶紫羽正在上高三。那一次他钟爱的球队都没能进入决赛。这一次世界杯他已经参加工作。公司王总也是个球迷，在球赛进入八强对决的时候，他号召公司男士每人都参与竞猜，每场球必押20元赌注。这一搞，公司男士人人看球的精神大增。因为时差原因，球赛都在后半夜进行，可众人皆一场不拉，第二天上班仍然精神抖擞。

叶紫羽一如既往，无怨无悔地支持着他倾慕的阿根廷队与德国队，赌注自然也下在这两队身上。可惜的是，四分之一的比赛中，阿根廷一球惜败于荷兰队，阿队的中场大将奥特加被罚下场，战神巴蒂斯图塔回天无力。叶紫羽看得心里直犯酸，没了马拉多纳，阿根廷队空有一众世界级的球星，却始终缺少灵魂，无法再登上世界的顶峰。而德国战车也老化得该杵拐棍了，居然被世界杯新军克罗地亚狠狠揍了个三比零！这找谁说理去？叶紫羽输得没脾气，到了巴西和法国队的决赛期，他想了想，觉得法国虽是东道主，但还是巴西队的赢面大些，所以他把赌注押在了他并不喜欢的巴西队身上。

决赛之夜，王总居然在京城一处著名的酒吧包了场，让公司男士全体集中看球。这可乐坏了公司的全体男士，纷纷回家请假。叶紫羽回去后，也笑嘻嘻地告诉了黎欣。他虚情假意地说，他本来不想去的，但公司总经理做东，别人都去，他不去不好。黎欣有过陪他在学校看欧洲杯的经验，才不相信他的鬼话呢。不过她也没为难他，只是告诉他，通宵看球别太劳累，注意休息。欢喜得叶紫羽又想抱住她亲热，却被她躲开了。

到了酒吧后，球赛还没开始，众人一边喝着啤酒，一边闲聊。叶紫羽从谈话中听出，原来王总也是阿根廷队和德国队的铁杆球迷，也对阿根廷和德国队的输球恨得咬牙切齿。可奇怪的是，王总却没有押注在这两队身上，所以这两场球，他都赢钱了。

叶紫羽不解的向他询问。王总哈哈大笑，解释说，正因为他太爱这两支球队，所以押注的时候，才故意不押这两支球队。这样一来，要是这两支球队获胜，他自然高兴，输那么点钱也不在乎了，因为他的精神是愉悦的。如果这两支球队败北，那么他就会赢钱，等于精神上受挫，还能在经济上捞到点补偿。这样，怎么都比押注在自己心爱的球队身上保险。若不然，万一自己喜欢的球队输球的话，那可是精神和经济上的双重打击啊！

叶紫羽听完他的理论，顿时佩服得五体投地，这才是真爱啊！看来他要跟前辈们学习的地方还真不少呢。

比赛即将正式开始，赛前的体育新闻报道，说巴西队的头号球星罗纳尔多突然昏厥，原因不明。顿时又令叶紫羽的心提到了嗓子眼儿，心想不会那么巧吧？他看中哪队，哪队就出问题。好在双方球员入场时，巴西队仍然是罗纳尔多领衔，叶紫羽才舒了口气。

但比赛开始后，叶紫羽不得不郁闷了。罗纳尔多虽然首发，但却是魂不守舍，居然腿部抽筋。巴西队的其他球员也因为罗纳尔多的不在状态，跟着一起低迷，在球场上梦游。上半场后时段，法国球星齐达内神灵附体一般，居然利用他平日的弱项头球两次破门得分，震惊了全世界。这是玩的哪一出？叶紫羽目瞪口呆，完蛋完蛋，这场比赛铁定又要输钱了。他想起古龙武侠小说中描写的一个剑客。武林中都以为这个剑客惯用左手使剑，快捷无伦。殊不知，这个剑客右手使剑更快，但是他从未用过右手出招，是以武林中人都不知晓。当这名剑客面临生死决战之际，对手不明就里，忽视了他的右手，就必遭失败。难道这秃顶的齐达内居然是个深谙此道的武林高手？

球赛进行到下半场，法国队愈战愈勇，气势如虹。终场前再进一球，将比分锁定在了三比零。巴西队这回面子里子统统输光，只剩下头号球星罗纳尔多那漂亮性感的金发女友独自坐在看台上黯然神伤。法国队历史性的首次夺取大力神杯。

本届世界杯足球赛，叶紫羽下注过的球队，无一不败。总共输了多少钱，他也心疼得不愿去计算了，灰溜溜地回去睡会儿觉，一早还得上班呢。黎欣事后知道了，倒是幸灾乐祸地挺高兴，连连骂他活该，自作自受。

世界杯过后，人们的又生活归于平静。叶紫羽和黎欣同这个城市所有普通市民一样，上班、下班、度周末，日子前所未有的安详。这期间，叶紫羽很想买一台电脑，可一台组装机至少也得七八千元。他们才买了手机，手头并无余钱，暂时是买不起的。当然，叶紫羽买电脑主要是想用来打游戏，黎欣也不会同意的。

叶紫羽想想在锦城，大街小巷遍布电脑游戏厅，两块钱玩一个小时，毫无压力。可京城一家都没有，他不明白为什么会这样。怎么京城在这方面比锦城还落后？一天下班，叶紫羽和同事一块儿骑自行车回家，说起这事。同事告诉他，大学里有电脑室可以玩游戏啊，只要是在自由上机时间，买票就可以了，老师也不管。

叶紫羽闻言大喜，问对方有没有关系，能到哪个大学去上机？同事说，他弟弟在航空大学读书，可以帮他买他们学校电脑室的上机票。不过，航空大学离这儿的路程可不近。叶紫羽哪还在乎这个，连声叫同事赶紧帮他联系联系。过了两天，同事便给他拿回一叠航空大学电脑室的上机票。

叶紫羽高兴万分，下午下班就准备去学校玩游戏。他想好理由，给黎欣打了个电话，说今天要加班，让她别等他吃饭了。黎欣也没起疑，只叫他晚上回家注意安全。挨到下班，叶紫羽直接朝学校奔去。要说学校离他上班的地方还真不近，骑自行车也得骑40分钟。这当时天气也热了，叶紫羽骑得满头大汗，也没当回事。这要是做其他事情，他可没这么好精神劲儿。本来他想好玩两个小时就回家的，但游戏一上手，他哪还管得了自己。他完全当自己已经化身为三国时代文武双全的英雄将领，在古战场上领军厮杀、攻城略地了。

玩游戏的时间总是过得很快，不多会儿就到了晚上11点半。电脑室要关门了，叶紫羽这才关机回家。他一路上把自行车蹬得飞快，赶到家里，也过了零时。他轻手轻脚，心想洗漱了赶紧睡觉，别影响到黎欣。谁知他轻轻推开房门的时候，只见灯还亮着，黎欣正倚在床头看书，她还没睡呢。

叶紫羽一脸的尴尬，黎欣并没察觉。她坐起身来，关心地问他："你回来啦，怎么加班到这么晚？"

叶紫羽支支吾吾不知怎么回答，反问："你怎么还没睡觉？"

黎欣说："我想等你回来再睡。"

叶紫羽脸上一红，觉得很不好意思。他扶黎欣躺下，在她唇边一吻，赶紧去洗漱了，关灯躺下。黑暗中，黎欣翻了个身，把头偎依在他怀中，沉沉睡去。叶紫羽用手轻抚着她的秀发，特别感到惭愧，心想以后可不能这么干了。

但没过几天，叶紫羽心中再次瘙痒难耐，他盘算半天，对自己说，等把手上的这些上机票用完，他就不再去了。于是他又给黎欣电话，说自己这些天都要加班，可能会很晚，让她自己先睡觉，别等他回家了。

黎欣并未起疑，仍然只是叮嘱他晚上回家注意安全。两天后，黎欣把手机交给叶紫羽带着，说她这几天用不着。叶紫羽也没多想。

不料，这天晚上8点来钟，叶紫羽正在学校电脑室玩游戏玩得不亦乐乎，突然黎欣打来电话，说她正在他公司楼下，她给他买了冰激凌，让他赶紧下来拿。电话中，黎欣的语气充满了甜蜜和兴奋，可叶紫羽却哑然了，这该如何是好？

他正考虑怎么回答黎欣，黎欣那头已经挂断电话。他吓了一跳，赶紧关机，收拾好物品往公司赶。可惜学校离公司实在太远，十分钟后，黎欣的电话再次打来，口气中已明显充满愠意，责问他为什么还没下来？叶紫羽无奈，只得说出实情。黎欣那头一声未吭。叶紫羽知道事情严重了，他恳求黎欣再等等，他马上到了。可黎欣还是一声不吭地挂断了电话。

等叶紫羽赶到公司楼下时，人影全无。他又急忙赶往住所。进屋后，一片漆黑，黎欣还未到家。叶紫羽想出去找找，却没方向，只好在屋里等待。谁知等了近一个小时，黎欣还没回来。他不禁有些急了，也有些生气。就算自己有错，也不能一句话不说，就跑得无影无踪了啊。

夜已深，叶紫羽心慌意乱，他决定还是沿着上班的路再去找找。正要出门，黎欣却回来了。叶紫羽心中一块石头落了地，不免又生出几分气恼，他问黎欣："你跑哪儿去了？"

黎欣不答，也不看他。径自洗漱完毕，换了睡衣，面朝里上床躺下，留给叶紫羽一个沉默的背影。叶紫羽见黎欣对他不理不睬，不禁更生气了，但转念想想，毕竟是自己不对。他调整了下情绪，上前坐到床沿边，伸手轻抚着黎欣的肩头，柔声道歉。黎欣埋头不语，慢慢地，传来一阵低泣。叶紫羽知道这次自己理亏，伤到黎欣的心了。可对方不吵不闹，他更不知如何是好。僵持了好长时间，终于还是黎欣说道；"困了，睡吧，明天还要上班。"叶紫羽才长叹一口气，倒在床上。

第二天起床，两人仍然无话，各自整理好后出门。直到下午快下班的时候，叶紫羽才给黎欣打了个电话，告诉她下班先别忙走，在办公室等等，他过去接她。黎欣不置可否，叶紫羽下班后赶紧赶了过去。他在黎欣的办公室楼下见到了她，可黎欣仍然不言不语。这件事叶紫羽虽然知道自己有错在先，但其实他也没觉得有多罪不可恕，想想道个歉也就过去了，不料黎欣会这么较真。看来他还是不太懂得女人的心思。

叶紫羽想他专程来接黎欣，对方一定会开心。然后两人一同去吃饭，再去看场电影，昨天的那一点小风雨也就过去了。谁料见面后，还是难发一言，这是怎么了？叶紫羽有心要逗笑黎欣，却又像无处使力。他们静静走过一家安静的小餐厅时，叶紫羽说："要不我们就在这吃点东西吧？"

黎欣点点头，两人进了餐厅。落座之后，服务员拿来菜单，叶紫羽叫黎欣点菜，黎欣摇摇头，说："随便，还是你点吧。"她这种态度，让叶紫羽很窝火，但他没吭声，接过菜谱点完菜后，他皱眉对黎欣说道："昨天的事呢，我已经跟你道过歉了，你非要抓着不放吗？"

黎欣也怒了，终于不再沉默，反诘道："你知不知道欺骗这种行为有多恶劣？可你还满不在乎的样子！"

叶紫羽说："我并没有不在乎，恰恰我觉得是做错了，才向你道歉。可我觉得你没必要揪着不放。而且我觉得我不过是去打打游戏，这也不算多出格的坏事吧。"

黎欣说："后半句才是你想表达的重点吧。道歉只是因为你想敷衍了事，你根本没认识到问题的严重性。"

叶紫羽急了："问题是这个问题它根本就不严重，你非要说得这么严重。"

黎欣白他一眼："那好吧，你既然这么认为，那我们就不要再说这件事了。"

叶紫羽还觉得窝心，也说："那好吧，你要我怎么样，你才高兴呢？"

黎欣说："我不想你怎么样，我也没有不高兴。"

叶紫羽说："可我看你的样子，就知道你不高兴。"

黎欣说："好吧，那你要我怎么样，你才觉得我高兴呢？"

叶紫羽哑然。话说到这个份上，显然是说拧了。双方都不知怎么把话题继续下去，服务员这时把他们点的菜端了过来，可两人明显都没了味口。草草吃了几口，还剩一大堆。叶紫羽也不提看电影的事了，两人默默回家，各自看了会儿书，然后休息，一夜无话。

因为这事，黎欣这几天上班也是闷闷不乐。正好许蓓外出到她单位附近办事，约她一块儿吃中饭，其间她见黎欣情绪不高，就问她怎么回事？

黎欣把她和叶紫羽争吵的事情讲了一遍。许蓓听了后说："他不是跟你道歉了嘛，你干嘛还非得不依不饶，又弄得自己不开心。"

黎欣说："可是我觉得他的道歉一点都不真诚，一点没认识到自己的错误，纯粹就是敷衍了事。"

许蓓听得好笑，说："那你想他怎么做呢？"

黎欣一愣："你的口气怎么和他一样？"

许蓓说："本来就是呀，他哄你说加班，其实跑去玩游戏，这个错误真不算大。你让他认个错也够了，小夫妻俩干嘛这么顶真？"

黎欣脸上一红，嗔道："什么小夫妻呀，我们可还没结婚。"

许蓓逗她："是呀是呀，你们这是无照驾驶呢。"

黎欣作势要打许蓓。其实她之所以这么生气叶紫羽骗她，还有一点内心深处的原因没有跟许蓓讲到，只因此时的她自己领悟得也不够深。她只是觉得，自己的父母一直都不赞同她和叶紫羽交往的，而她一直瞒着父母，竟然还和他同居了。本来她一想到父母的时候，就倍感压力。可是因为爱情，她愿意顶着压力付出。谁知叶紫羽这么不思进取，居然为了打游戏而欺骗她。她之所以这么生气，似乎有一点儿觉得自己这么付出不值。

但经过许蓓这么一说合，她心里也释然了不少。等下午快下班的时候，她主动给叶紫羽打了个电话，说晚上一块儿去看场电影吧。

叶紫羽见黎欣的心气儿转过来了，自然很高兴。他连忙订了晚上的电影票。等看完电影回到家中，两人已冰释前嫌。关灯上床后，叶紫羽着意迎送，黎欣加倍殷勤，到后来恩爱有加，相拥而眠，

之后，这件事情在叶紫羽心中，自然如春风了无痕了。

十七、子无良媒

这个夏天，京城感到无比燥热，人们常常在热得受不了时，真心期盼着老天爷来一场大雨，好让高温不断的天气能够凉快凉快。但对于生活在长江流域的人们来说，则希望老天爷千万别再下雨了。因为进入夏天后，长江的汛期加长，水位居高不下，洞庭湖、鄱阳湖连降暴雨，一时间洪水肆虐，无数人民群众的生命财产受到极大威胁。全国乃至全世界的目光都聚焦到了灾区。世界各国政府及国内各类机构开始组织为灾区捐款。去年刚回归中国的香港地区捐款6.8亿元，为世界之最。紧排其后是台湾地区，再其次是新加坡。世界华人血浓于水的亲情体现无疑。

叶紫羽所在公司楼下也设立了一个募捐箱。每到午餐时间，写字楼里工作的人们外出午餐，经过时纷纷解囊，在募捐箱前排起了长队，其中有不少外国人。

不经意间，夏天的燥热还没有完全褪去，秋天便伴随着几场秋雨悄悄来了，这样的雨让人欢喜。对于京城来说，最能展现秋天韵味的，当属西郊的香山红叶。叶紫羽同黎欣早已约好，等国庆节放假就去香山及附近的卧佛寺一游。谁料，这天公司领导找到黎欣谈话，说公司刚在申城成立分部，需要招聘人员，考虑到黎欣的老家就离申城不远，所以问问她愿不愿意调去申城工作？黎欣听后的第一反应，当然是愿意的，可随即想到了叶紫羽，于是跟领导说，她想考虑一下。领导点头同意，让她两天后想好了回复。

本来黎欣还没考虑过这个事情，毕竟他们好不容易才在京城稳定下来，原以为至少要工作生活一段时间后，再做未来的考虑。可她也知道，到申城发展也不容易，现在这个机会突如其来，如果错过的话，将来会有什么变化可就不好说了。而且，她的父母一定极其希望她去申城的，只是……

下班后，叶紫羽接到黎欣，神情甚是高兴，居然还哼起了跑调的流行歌曲，要知道这家伙向来是五音不全的。黎欣知道他准有好事情要告诉她，于是她故意装作没看出与平时有什么不一样来，她知道叶紫羽性子直，藏不住话的，过不了一会儿，准忍不住告诉她原因。果然，叶紫羽见黎欣没啥反应，便满脸笑容地告诉她，他今天收到一个天大的好消息。黎欣一惊，蓦然想到自己可以调去申城工作的事，难道？随即她便知道自己会错了意，叶紫羽怎么可能这么快知道她的事情。于是她问他："什么好消息，说来听听。"

叶紫羽开心地搂住她的肩膀告诉她，今天他得到了公司的表扬。黎欣一听这事，不由乐了，说表扬你一下就值得你这么高兴呀，你还真是个可爱的好孩子。叶紫羽昂昂头，说当然不止这些。原来，今天王总找他谈话了，告诉他明年开春，公司将选派人员去国外总部交流任职一年，选定了叶紫羽。叶紫羽一听，喜从天降，他心想：自己入职才刚过半年，难道就这么优秀了？王总仿佛看出他的心思，故意逗他似的说，因为公司现在的工作人员不但全来自国内顶尖的名牌大学，绝大多数都有了在国外工作学习过的背景，所以他们都不太情愿又去总部呢。而这次选派人员去国外工作，带有培养新人的性质，首先得考虑没有出过国的职员，所以选中了叶紫羽和另外两个毛头小子。

王总话虽然这么说，叶紫羽心中仍然疯狂窃喜。出国是这个时代多少年轻人梦寐以求想要争取的机会啊。叶紫羽邻居家的孩子当年自费出国，据说挺悲催的，在纽约华尔街边上卖糖炒板栗呢，可仍然羡慕死了周围的邻居，那孩子的父母还自豪得不行。而他这可是公派出国工作学习！这简直、简直太那啥了，叶紫羽当时的心情简直无法形容了。王总叮嘱他，赶快准备好个人相关材料，抽时间去把护照办了。叶紫羽连连点头。

黎欣听完，也不禁为他高兴。转念一想，既然叶紫羽要出国工作，那自己在京城也是孤单一人，正好可以趁这个机会回申城工作啦。她顿时也兴奋起来，把领导想调她去申城工作的事情也说了出来，心中还想，好事都凑一块儿了。

谁知叶紫羽听完，却是一愣。看着黎欣高兴的样子，问道："你很想去申城？"

黎欣说："那当然，我爸妈早盼望我回去了呢。申城离我家多近啊。"

叶紫羽又问："那你什么时候会调过去？"

黎欣说："如果个人同意的话，下周就要去申城报到。"

叶紫羽沉默了下，说道："那就是说，我们下周就要分开了？"

黎欣也想到这个问题，说："那国庆节你就来申城玩吧，反正也快了。"

叶紫羽突然觉得，出国工作的喜讯似乎无法再让他兴奋起来。他想了下问道："可是你有想过吗，要是你去了申城，就不会再回京城了。而我要是出国一年，回来铁定还得在京城工作的。"

黎欣说："那还早呢，再说那时候你也可以来申城工作了啊。有了国外的工作经验，在申城机会更多。"

叶紫羽说："可我总不能一回国就离职吧，那成什么了？"

黎欣想想也是。两人一时都觉得左右为难，不再说话了。

第二天上班，黎欣又思考了一整天。午休期间，她到外面给父亲单位挂了个电话。恰巧她母亲沈润珍也在，一听女儿的声音，立刻嘘寒问暖，谆谆叮嘱。黎欣口头答应着，顺便提了下公司可能会调她去申城的事。谁知沈润珍一听，顿时欢喜得不得了，叫她无论如何要努力争取。黎欣无言，告诉母亲她会争取，然后挂了电话。回到办公室，她终于拿定主意，遂去了领导办公室表明态度。

晚上，黎欣特意约了叶紫羽在一家咖啡馆用餐。她先到了后，点了一杯柠檬汁，一边想事情一边等着男友。直到叶紫羽来到跟前才惊觉。叶紫羽笑道："你一个人在咖啡厅总是这么魂不守舍的样子，以前在学校就这样。"

黎欣笑笑，示意叶紫羽在她身边坐下。叶紫羽一时倒有些不好意思了，本来他们都习惯了面对面坐着的，已经不好意思在公众场合这么亲密了。黎欣说："你还记得校门外的咖啡厅吗？那时我要你坐我对面，可你总要跑来我这面跟我挤在一起。"

叶紫羽不由乐了，挨着她坐下后说："当然记得。"

黎欣说："那你还记得你在咖啡厅里背诵过的诗吗？"

叶紫羽不答，看着黎欣，轻轻地吟道：

"我们是在那家天蓝色的咖啡馆里认识的，

所以我一直很喜欢那个地方。

那时你总爱喝浓浓的咖啡；

那时你总爱在强烈的音乐声中度过周末；

那时你总爱靠在我的肩上嘲笑月亮；
那时你总爱一遍又一遍地谈起故乡的白桦林。
我们常常在周末走向那座蓝色的岛屿，
T 恤衫裹紧我蓬勃的筋骨，
连衣裙托出你坦率的曲线。
我们在狂热的吉他声中憧憬又憧憬，
仿佛每一立方米都是爱的空间。”

这首诗，正是当年叶紫羽在学校咖啡厅背诵过的，事隔数年，他仍然倒背如流。黎欣知道，一旦在这样的环境下谈论起诗词，叶紫羽总会神采飞扬。她又说道：“你还记我们在学校看过周星驰演的《九品芝麻官》吗？”

叶紫羽说：“当然记得。”

黎欣说：“里面引用过的那首宋词呢？”

叶紫羽笑了：“想考我？不就是秦少游写的《鹊桥仙》嘛。纤云弄巧，飞星传恨，银汉迢迢暗度。金枫玉露一相逢，便胜却人间无数；柔情似水，佳期如梦，忍顾鹊桥归路？两情若是久长时，又岂在朝朝暮暮。”

黎欣叹喟道：“是啊！两情若是久长时，又岂在朝朝暮暮？亲爱的，我觉得，我还是应该调到申城去工作。你也应该抓住去国外深造的机会。虽然我们会分开几年，但跟一辈子长相厮守比起来，还是很短暂的，不是吗？”

叶紫羽猛然愣住了。

秋凉如水。

叶紫羽和黎欣在去申城的列车站台上难舍难分。

叶紫羽在扑满灰尘的列车车窗上，勾画出自己的名字，然后深情地说：“让他陪着你一路向东吧。”

黎欣秀目含泪，旁若无人地偎在叶紫羽怀里，双手紧紧揽住他的腰，一点也不顾忌旁人看过来的目光。叶紫羽轻叹一声，他何尝舍得离开她。但他反复思考后觉得，自己明年就要去国外，与其到时让黎欣一个人待在京城，不如趁这个机会让她离父母近些，自己到了外面后，也会安心些。只可惜黎欣去得太快，想当初，若不是黎欣要在这里，他根本不可能到京城来工作的。谁知现在黎欣又要离开京城了，倒剩下他自己还要在京城孤独地待下去。

黎欣走后，倒是没人管着叶紫羽玩游戏了。他下班后，尽可以去航空大学一直玩到机房关门。可他发现，自己玩游戏的兴趣，似乎也没那么浓厚了。

黎欣到申城后，每天晚上八点，都会准时给叶紫羽打电话。虽然申城离家较近，可毕竟也还隔着几十公里路，她不可能天天回家。她也会常常想念他们在京城双宿双飞的日子。有一天，她突然很想给叶紫羽写信，她想起当初他们每天一封信的时候，嘴角不禁微微露出笑意。自从买了手机后，他们即便分开，也再没写过信了，都是在电话中互诉相思之意。黎欣自到申城后，住在公司安排的单身宿舍，她常常觉得，这个社区的环境跟那年她去叶紫羽工作的那个南方小城何其相似。在京城的时候，她下定决心来申城，本以为自己能挨得住这相思之苦，谁知真和叶紫羽分开两地了，她亦是想他得很。这天正好是周末，黎欣写了封情意绵绵的信给叶紫羽，心想着明天寄出，便夹在工作笔记里，又忙着赶回老家去见父母。

在申城工作后，只要没有特殊情况，她每个周末都会回家陪伴父母，这周也是如此。而父母总会准备好丰盛的晚餐等她回来。黎欣到家，和父母吃过晚餐，又聊了一会儿天，便去洗澡去了。等她洗完了出来，突然发现父母的神色不对，才注意到自己的工作笔记被母亲翻开了，那封写给叶紫羽的信想是被母亲看到。

黎欣顿时窘迫不安，叶紫羽去北京的事情她父母一直不知。他们都当在学校的时候，女儿早听吩咐，断了两人的关系呢。他们想不到叶紫羽居然藏得这么深，都到京城去了！这一惊非同小可。沈润珍的脸色很不好看，她强忍着没有发脾气，静默了好长时间，才悲情地对女儿说："想不到你骗了我和你爸这么多年，你居然还和那个男生在一起。好吧，他现在不过是个打工仔，一天东颠西跑的，你跟着他到底有什么好？你这么做让我们很难接受。"

黎欣知道瞒了父母这么久，很是不孝。她不敢多说，也不知说什么好，只能垂着头不吭声。沈润珍尽量平复了下自己的心情，心想女儿大了，多说也无益。好在女儿总还是回到申城，今后跟自己离得近了，多留心便罢。她重重地叹了口气，吩咐她回房睡觉。

这两天在家，黎欣也没睡好。周一清晨，早早地回了申城。那封信落到母亲手里，也没寄出。本来她和叶紫羽约定，今天是要通电话的，但她也没了心情。碰巧高中的好友陈思娜来了申城，约着晚上一块儿吃饭。饭后又跟黎欣一块儿住到了她的宿舍。于是黎欣觉得仿佛有了理由，就没再给叶紫羽电话。

第二天，天气突变，不但气温下降很多，还下起了瓢泼大雨。黎欣却接到公司任务，要她去北市区一家公司洽谈一桩公事。北市区离她的公司很远，黎欣并无怨言，立刻去了。她转了三趟公交车，又搭乘了一段私人载客的摩托车，才到了目的地。

当她到达对方办公室时，身上的衣服已经被雨淋湿大半，头发也在滴水。对方公司的总经理见天气这么恶劣，黎欣还准时到达，心中挺佩服这个貌似柔弱的女子。他关切地叫人拿了张干净的毛巾给她。黎欣觉得自己的样子真是狼狈，道了声谢，接过毛巾去了卫生间。她站在镜子面前把身上脸上的雨水擦干，又把头发解开，用毛巾搓了一把。看看差不多了，没奈何，只得披散着头发回到对方办公室。那位总经理正在看文件，见有人进来，一抬头，不由“咯噔”一下，这个头发湿漉漉的女孩子简直太美了！他心中当即冒出一句诗来：清水出芙蓉，天然去雕饰。

黎欣脸上还带着歉意，笑着说真不好意思，给他添麻烦了。她这一笑，对方更觉得如同一朵高洁灵秀的梨花在他面前突然绽开。梨花带雨，洁白无瑕，令他顿生怜爱。

他请黎欣坐下，自我介绍说他叫曾景桓。黎欣俏皮地说她早就知道，来之前公司领导已经告诉过她了，她正是来找曾总的，不然岂敢乱闯。曾景桓亲切地问她何事？黎欣便把公司交代的事情跟他说了，曾景桓不假思索，立刻答应。他这么爽快，反倒让黎欣先是一愣，继而大喜。因为她来之前，公司领导还告诫她说对方总经理很严肃，这个事情要好好谈，争取给对方留个好印象，以便能有再次拜访的机会，谁知三言两句的，对方竟然一口答应，她实在是喜出望外。

谈妥正事，曾景桓又随便闲聊起其他事情。问黎欣是哪里人，来申城多久了，什么时候参加工作的。黎欣一一作答。其实曾景桓存了心思，他不好直接问对方年龄，但了解了对方参加工作的年限，再加上大学毕业的时间，稍一盘算，对于对方的年龄也就差不离了。他们闲聊的时间都超过了谈工作的好几倍，曾景桓见黎欣有了告辞之意，正想着怎么再让对方多留一会儿，突然注意到对方的普通话非常标准，便笑着说：“黎小姐的普通话说得真好，要不是你先告诉我你在南城长大，我还以为你是京城人呢。你是在京城上的大学吗？”

黎欣说：“我可是上过两个大学的，到京城主要是为了进修外语。”

曾景桓一听，说：“那真巧，我也是外语系毕业的。”

黎欣说：“是吗，那的确好巧，您还是前辈啦。”

曾景桓笑道："前辈？是德高望重的老前辈吗？看来我一定是太老了。"

黎欣被他逗笑，连说："没有没有，我可没这么想。其实您挺帅的。"

曾景桓这下、总算找到理由了，定要留下黎欣请她吃饭。

黎欣盛情难却，也想拉拉关系，便答应了。

到了下午的饭点，曾景桓带黎欣去了家颇为高雅的私家餐厅用餐，两人聊到大学时的趣事，聊到今后工作的发展，都感觉到很愉快。聊到后来，还用起了英语对话，甚为开心。黎欣脑子里突然有个念头一闪而过：可惜叶紫羽的英文太糟糕，没法这么交流。

结账时，餐厅经理报出一千元的消费，曾景桓浑不在意，用信用卡付了账。黎欣暗暗吐了吐舌头，这都赶上她半个月工资了。饭后，曾景桓开车将黎欣送回了宿舍。

黎欣到家后，也感到累了，她躺在床上很快入睡，又忘了给叶紫羽电话。

第三天，黎欣到公司汇报了日前和曾景桓谈妥的事情，公司领导很满意。下午无事的时候，她觉得应该给叶紫羽去个电话了。她想，算来已经有四天没有跟叶紫羽联系，他肯定生她的气了。

黎欣拨通了电话。果然，叶紫羽在电话中的声音冷冷的，问她这几天干什么去了？黎欣做了解释。但叶紫羽很不满意。说着说着，二人便在电话里争执起来，叶紫羽觉得黎欣太不尊重他，黎欣觉得叶紫羽太不理解她。最后，两人都不知该怎么说下去，只好甩下一句"就这样吧"，然后挂断电话。

在黎欣没有如约打来电话的这几天，叶紫羽的心情动荡到了极点。第一天没联系，叶紫羽隐隐不悦，心想第二天她肯定会打来，一定要好好批评批评她。第二天白天，仍然没有音讯，叶紫羽更加恼怒。再到晚上，叶紫羽的恼怒又变为担心，怕黎欣不会出什么事吧？第三天上午，还是没有音讯。叶紫羽在办公室坐立不安，一会儿气愤难消，一会儿忧心忡忡，真恨不得立刻飞到申城去，看看到底怎么回事？想到这儿，他的突然转念，心想会不会是黎欣已经回京城了，说不定那两天就在火车上呢。她之所以没给他电话，一定是想给他个意外惊喜。想到这里，叶紫羽整个人都激动了，他脑海中浮现出黎欣匆匆下了火车，笑意盈盈回到住处的画面。她系上围裙，把房间整理好了，又做好饭菜，悄悄地等着他回来。叶紫羽越想越激动，下班时间一到，他兴冲冲地就往回跑，结果回来后当头一盆冷水。家里没有丝毫变化，仍然是生锅冷灶，一片凌乱。他浑身散架似的瘫倒在床。

第四天，手机铃声终于响起，他连忙拿起一看，来电显示着申城的号码，心知这一定是黎欣打来的了，他心中一块石头落地，突然就有种想哭的感觉。但他接通电话的时候，却极力控制住自己心情的起伏，让声音故意变得冷淡。

黎欣如实讲述了没打电话的原因，可叶紫羽越听越是生气。这算什么理由？于是好不容易等来的电话，却是不欢而散。

叶紫羽实在苦闷透了，一会儿生气，一会儿自我宽慰。发生这样的事情，仿佛又是他早就意识到的。这样的矛盾对于异地恋来说，就会不可避免地发生。

另一头的黎欣心情也不轻松。同样的，她一会儿觉得自己扛着家庭的压力，已经够委屈了，叶紫羽还不理解她；一会儿也觉得自己做得不对，忽视了叶紫羽的感受。想来想去，她突然下了决心，干脆这个周末回一趟京城吧，先不告诉他，等到了门口再打电话，给他一个惊喜。想到这里，黎欣露出笑意。异地恋的恋人们，是不是都这样痛并快乐着呢？

可就在黎欣准备订票回京城的时候，叶紫羽却破天荒地把电话打到她京城的总公司，告诉她原来的同事，若黎欣打电话来汇报工作，麻烦让她给他也来个电话。黎欣知道后，以为出什么大事了，否则叶紫羽不会这样做。她急忙给他电话，谁知叶紫羽平静地告诉她，他已经做出决定：放弃京城的工作，到申城，和黎欣在一起！黎欣紧紧地握住话筒，眼泪一下就流了出来。

原来，和黎欣在电话中谈得不欢而散的那天当晚，叶紫羽做了个梦。他梦见黎欣还在京城，而自己却要去美国。分开的时候，黎欣送他去机场，两人都好难受。可他还是登上了飞机。在飞机上，他越来越难受，于是就难受得醒了过来。

梦很简单，所以叶紫羽醒来后记得很清晰。他翻个身看看床头的手表，正是午夜最寂静的时候。叶紫羽再也无法入睡，他想了很多。他想，在梦里都这么难受，如果明年他真的出国工作，和黎欣相隔的距离，再不是想见就能见的了，他们将怎样经营这份感情？现在他们刚刚分开两个城市不到一个月，矛盾就隐隐出现，何况在两个国家？只怕到时候，他们就真得分手了。他反复权衡，虽然这份工作和派驻国外是他梦寐以求的，但和黎欣比起来，还是黎欣重要。而且当初要不是黎欣在京城，他根本不会来这里。现在黎欣离开了这里，他又有什么不能放弃这里的呢？

所以，他在夜半无人私语时下定了决心：辞职，去申城！

王总收到叶紫羽的辞职申请后，非常惊讶。找他来问原因。叶紫羽只是回答他不准备在京城工作生活了。王总很奇怪，说你知不知道，有多少大学毕业生削尖脑袋想进我们这样的外资企业？更何况明年还有出国学习的机会。

叶紫羽何尝不惋惜失去这样的大好机会，可他离开京城的真实目的，实在无法向王总启齿，只有沉默以对。王总无奈，见他决心已定，只好签批了他的辞呈。他最后跟叶紫羽说的一句话是：“你现在做出的决定，正在使你的人生轨迹，发生截然不同的改变。比之眼前，将充满更多的不确定性。”

叶紫羽向王总深深鞠了一躬。他走出他的办公室，再走出公司，走出大楼，然后回头看了看大门，突然泪流满面。他很留恋这个地方，他也习惯了这座城市的人文和生活。时间好快，一晃已经两年了。两年时间并不算长，他刚从地下搬到地上。他本以为还能在这里走得更高、更远，让自己变得更强。但现在，他要离开这里了，要去另一个城市重新起步。虽然那又是一个完全陌生的地方，但他深爱的人在那里等着他，他相信他在那里还能闯出一片天地，所以他无怨无悔。

十八、夜如其何

申城是中国最大最繁华的城市之一，也是闻名世界的大都市。远在战国时期，楚国贵族黄歇受封于这里。黄歇是战国时期著名的“四公子”之一，号春申君，与齐国的孟尝君、赵国的平原君、魏国的信陵君齐名。那时，流过申城的江水因泥沙淤积，将河床越抬越高，常常泛滥。春申君带领百姓开浚，疏通河道，筑起堤坝，造福于民。后人为纪念他，便把这条江命名为春申江，简称申江，而这座城市，自然被命名为申城。

从京城坐火车到申城只需一夜，叶紫羽坐的硬座。到站时，他蓬头垢面，睡眼惺忪，挤在人群中下了火车。却一眼看见黎欣早早地在站台上等候他。

黎欣也看见了他，顿时满面笑容，飞快地跑过来，当着众多人之面，扑到他怀里。叶紫羽顺手将她搂住，下车的人都望着他们，他们也不介意。不管怎么说，两人又在一起了。

叶紫羽肯来申城发展，让黎欣感到很欣慰，这说明这个男人是很爱她的。其实对于去不了国外，她多少也有点遗憾。

在叶紫羽到来之前，黎欣已搬出了公司宿舍，在小区找了处一室一厅的房子。叶紫羽去后，心想，生活还是有进步的。起码比起他刚到京城的时候，条件还是好多了。晚上黎欣带叶紫羽在附近的小饭店吃饭。叶紫羽一看菜单，可比京城贵多了。黎欣笑着说，虽然餐馆吃饭贵了，可他们住的环境也好了，厨具燃气一应俱全，以后下班回来，可以自己做饭，这也才有居家过日子的感觉，不能老在外面吃饭。叶紫羽点头称是，说那以后黎欣下班后可得好好表现，得有个贤惠小媳妇的样儿。黎欣捂着嘴偷笑，说申城都是家里的男主人下班后买菜做饭呢。叶紫羽皱皱眉，说这里的男人太阴柔了吧？黎欣说才不是呢，这说明这里的男人会疼老婆，所以女孩子都喜欢嫁到申城。她无意间的这句玩笑话，令叶紫羽脸上微微变色，但随即恢复原样。

饭后刚回到房间，两人就抱在一起，深情的拥吻。又是一次小别重逢。在他们相处的几年中，这种情形已发生多次。每次分别总有小小的伤感，每次重逢的激情更是难以遏制。

第二天，黎欣早早起床上班，叶紫羽也不敢耽搁，随后自己去了人才市场。申城的人才市场比京城还多，叶紫羽在几个招聘的摊位和面试人员交流后，突然感觉，在这里讲普通话的人虽然不少，但却似矮了两截。最得意的是讲英文，其次是讲申城话，二者皆不能的，才讲普通话。偏偏叶紫羽的英文也是弱项，申城话就更不用说了，根本听不懂。他在里面溜达了几个小时，也没什么意向，只好先回家去。

此时叶紫羽倒还不急，他给自己的目标是在20天之内找到一家公司上班，先不论薪水高低，只求有发展潜力和机会就好。

他还没到家的时候，黎欣打来电话，说今天在家自己做饭吃，她下班买菜回家。叶紫羽想想说，他正在回家，反正也没事，不如他去菜市场买菜好了，这样等黎欣下班回来差不多也做好可以吃了。

黎欣在电话里偷笑，悄悄对着话筒给了他一个亲吻。

其实，叶紫羽的烹饪水平真不差。本来他家乡锦城就是美食之都，那里的男人虽不如申城的男士这么会操持家务，但单论厨艺，却不输于申城。叶紫羽的父亲叶成煊就做得一手好菜，兴致高时，也曾指点过儿子几招。

叶紫羽来到住处的附近的菜市场，想好今天做个两菜一汤。他先去卖猪肉的摊位前看了看，很有意思地发现，这里的肉都切成很均匀的一小块一小块放在案台上，不像锦城，全是一大条一大条挂在铁钩上。并且这一小块一小块的肉又分好成几类，全瘦的，半肥半瘦的，带皮的。叶紫羽盘算好今天做一道韭黄炒肉丝，一道红烧狮子头，一份白萝卜素汤，所以肉类只需要买瘦肉就好。他估摸着肉的分量，指着两块叫摊主称给他。摊主拿起来在电子秤上一过，告诉叶紫羽总共三块钱。也没说多少钱一斤。叶紫书也没问，他心中觉得真便宜，这三块钱瘦肉的分量做两道菜绰绰有余了。

至此后，叶紫羽开始了在申城长达半年的煮饭生涯。他几乎每天去菜市场买菜，不过直至他离开申城，也不知道申城的猪肉卖多少钱一斤。他只知道，一顿饭买两至三元的肉足够两人吃了。

黎欣下班回来后，看到叶紫羽做好的饭菜十分欢喜，这还是她第一次吃叶紫羽亲自下厨做的菜呢。她没想到他的水平还不赖。

有些事情，有了开头，接下去似乎就顺理成章了。开始做的时候，也许别人会赞许或心生感激。但如果老做一件事顺理成章之后，就不会再有和赞许和感激之情了。这时候你要是不做了，一切就变了，反而容易受到谴责。

叶紫羽下厨的水平固然不错，但天天做饭，不到十天，他就烦了。很快20天过去，他除了去人才市场，或照着报纸上的招聘信息寄出个人简历，也没其他事情。可惜的是，20天过后，他的工作仍然没有着落。所以他也就顺理成章地下了20天厨。

叶紫羽的情绪开始焦躁，他没想到申城的工作这么难找。他在京城的时候，也只不过闲了半个月，就到杂志社上班了。更何况他现在的工作资历，还强过初到京城之时呢。

其实，叶紫羽没有意识到，他对待工作的态度，悄悄发生了改变。初到京城的时候，他可以接受300元一个月的底薪，在冰天雪地的京城不辞辛劳地跑遍城市的大街小巷。但是现在，再有类似的工作，他哪里肯去？毕竟离开京城前，他已经有过那么一份收入和发展都颇为高端的工作。

时间仿佛以加速度在流逝。很快两个多月已经过去。天气由冷转寒，再由寒转热，又是一年的春天已经悄悄来临。这期间，叶紫羽回家过了一个春节，又匆匆赶来申城。可今年的春天并没给他带来好运，他在申城的工作还是高不成、低不就的悬在半空。

这天，黎欣告诉他，高中时的好姐妹陈思娜周末举行婚礼，邀请老同学们参加，让她一定把男朋友带上。毕竟他的大名早就如雷贯耳了，但家乡的好姐妹们一直都没见过。

叶紫羽心中自然乐意，从京城到申城的火车要路过南城，可他一直还没有去过。不过这次去，还得小心避开黎欣的爸妈。两人随即盘算了下给新郎新娘的礼金要多少合适。申城租房等生活费用不低，尽管两人基本在家做饭，节约了不少费用，但叶紫羽已经长时间没有收入了，光靠黎欣一人的工资，生活仍然开始略显窘迫。黎欣最后说："要不我们就封个两百的红包吧，这边的习俗一般就是两百元的。"

叶紫羽心中知道，习俗是两百，但对方作为黎欣的好同学好姐妹，只封两百元是真不应该的，可两人真的拿不出多余的钱了，否则交房租都会成问题。可这还不得怪他这么长时间都没找到工作吗？叶紫羽心中郁闷，哑口无言。黎欣其实何尝又不明白，但她还是宽慰叶紫羽，说陈思娜知道她在外地打拼不容易，根本不会计较，让他别多想。

到了周末，两人一大早坐上火车赶往南城。此刻的江南春日正盛，道旁垂柳拂肩，花气醉人，田中禾苗一片油油发绿。看着这美景，两人的心情都舒畅起来。

到站后，他们直奔举行婚礼的大酒店。远远的，就看见新郎新娘站在大堂门口盛装接待来宾。黎欣高兴地飞奔上前，与新娘拥抱。叶紫羽跟在后面，同新郎新娘握手祝福。这里多是黎欣的熟人，她四处打着招呼，同人们握手交谈。叶紫羽到礼宾处签名并送上礼金，看到所有来宾的礼金都写在红色留言簿上，他心中一动，一瞄上面的名字，凡他平日里从黎欣口中听到过的她的朋友的名字均有看到，而别人送出的礼金，没有低于六百的。他的两百元在上面实在扎眼。

叶紫羽脸上无光，低头转身到别处坐下。但他的目光一直往礼宾处梭巡，看到后续又有不少人过来纳礼，然后低声议论，又朝他坐的方向看过来。叶紫羽心想，他们一定是在议论礼金上的名字了。他愈发坐立不安，没来由的生出些恼怒。

黎欣过来时，发现他神情不对，问他怎么了，他又说没事。可他脸上的表情分明表现出他的不爽，这下把黎欣的情绪也影响了。她觉得叶紫羽莫名其妙，这里多是她的老同学、老朋友，她以前向来是他们关注的中心，今天第一次带男朋友回来亮相，多少人都偷偷看着他们呢。而叶紫羽这副模样，这让别人怎么想，他也太不为她着想了。

中午时分，婚宴开始。入席的时候，新娘陈思娜硬要黎欣和叶紫羽坐到主桌，叶紫羽哪里肯去，而黎欣见好朋友诚意邀请，怎好拒绝，所以两人只有分桌入席。这下叶紫羽更难受了，他坐的那一桌，一个人也不认识，并且别人都用南城的方言相互交流，他一个字也听不懂。再看看黎欣，有人敬酒，有人攀谈，她怕是都快把他忘了吧。叶紫羽的心态越来越不平衡，这时旁边的人朝他端起酒杯示意，他都没注意到，倒让旁人尴尬了。

好不容易午宴结束，叶紫羽便要回去。可黎欣早答应过人家还要参加晚宴，等第二天一早再回去的。叶紫羽无论如何不肯了，他对黎欣说，要不你再待一天，他先回申城。这明显的气话，黎欣怎会听不出来，真要这样的话，不是让别人看笑话吗？黎欣只好答应跟他一起返回。她去向陈思娜和其他同学道别，其他人也都注意到她似乎在同男朋友闹不愉快，都没说什么，只客气地说声路上好走。

就这样，黎欣好朋友的婚礼，他们兴冲冲而去，气哼哼而回。叶紫羽也找不出原因到底哪里不对劲了，只感到申城的生活，找不到初到京城时的积极向上，好生压抑。可为什么会这样，他也想不明白。

回到申城后，叶紫羽每天仍然外出找工作，然后回家做饭。不过他现在找工作，完全成了碰运气了，他是想有差不多的就行，甭管干什么，可还是屡屡碰壁。想来人的运势也是有起伏的，叶紫羽现在的运势看来完全处在了低潮期。

这天上午，叶紫羽出门的时候下起了小雨。到中午虽然雨停了，但天气阴得可怕，又刮起了大风。只穿着单衣的叶紫羽感到异常寒冷，正好走到一处街心公园，索性进去坐坐，避避风，他也不想那么早回家。

叶紫羽进入公园，找了个背风处的石凳上坐下，还是觉得凉风直从裤腿里贯进来，冷得不行。他两手在大腿上来回摩挲取暖，心想申城冷的时候，温度虽不如京城那么低，但这种凉是直往骨子里钻的，跟锦城倒有几分相似。他坐在公园里胡思乱想着，一个老头笑哈哈地跑过来，跟他坐在一起。叶紫羽有点儿奇怪，这么多位置你不坐，跑过来跟我挤什么挤？我又不是老大娘。

他准备起身离开，老头儿笑容满面的开口问他："小伙子，衣服穿少了吧，你是来申城出差的吗，哪儿人啊？"

叶紫羽心想："这老头儿大概是住附近的吧，没事儿就在公园里晃荡，也寂寞得慌，逮到个人就想跟人聊天。"

他自己本来也没事，就回答老头儿说，他是锦城人，来这里找工作的。没想到老头儿一听，却格外亲切起来，激动地说他去年才退休回的申城，原先他就是在锦城工作的呢。

叶紫羽问他在什么单位？老头儿狡黠地说："我在国营 132 厂工作，你知道 132 厂是做什么的吗？"

叶紫羽听出老头儿有考他的意思，但这个难不倒通晓历史的他，何况他还是一个军事爱好者。他早知道"132"是锦城飞机工业公司的代号，早于五十年代我国"一五计划"期间兴建，是我国设计、研制和成批生产歼击机的重要基地。便回答道："132 厂是研制战斗机的单位吧，在西郊的黄田坝不是？我小时候常去那儿玩呢。"

老头儿大喜，说："你果然是锦城的没错啦，一般人不会知道这个厂的代号。我就是这个厂的技术员，在那儿工作好几十年，去年退休，才回到老家申城同儿女团聚的。"

叶紫羽不由对老头儿肃然起敬，他知道这个厂的技术人员可了不起，为中国研发制造出第一代歼击机做出了巨大的贡献。

老头儿又问他，为什么跑到申城来找工作？锦城也是个不错的城市啊？叶紫羽这才一五一十地把他来申城找工作的原因全部讲给了老头儿听。老头儿听后，问他找工作的情况怎样了？叶紫羽说正找呢，还没有眉目。老头儿又问他现在住什么地方，叶紫羽说在西郊租的房子住。老头儿接着问："有打算在申城买房吗?"叶紫羽不由一笑，说现在连工作都还没着落呢，还谈什么买房。老头儿却要打破砂锅问到底，又问："那你女朋友的父母对你们的交往是什么态度?"叶紫羽回答说，她父母现在还不太赞成。

老头儿一副若有所思的样子，然后对叶紫羽说："我教你个法子，你应该赶紧去把结婚证办了。"叶紫羽乍一听，觉得好笑，心想，这老头儿怎么想到那上面去了？他是听我刚才那么说，怕女方父母不同意生出变数，教我先来个生米做成熟饭不成?

这时，一阵风吹过，叶紫羽感到好冷，不由一哆嗦。

老头儿不由笑道："你衣服穿少了吧，想不到今天会突然变天。我来帮你搓搓热，让你感受一下申城人民的温暖。"说完，他把一双大手放在叶紫羽腿上摩挲，帮他取暖。叶紫羽挺不好意思，但也对这老头儿心生感激，连声道谢。

又坐了一会儿，叶紫羽准备回去了，他起身告辞。老头儿竟有不舍之意，还送他到了公园门口。他走出几步，回头一看，老头儿还在原地望着他呢。老头儿看见他回头，朝他挥挥手，大声说："好好努力小伙子，你会有出息的。"叶紫羽也朝老头儿挥挥手，表示感谢。他觉得这个老头儿还真可爱。

一到五月，天气升温得很快。这么长时间，叶紫羽的厨艺大大提高了。因为他除了做饭外，没别的事情可做。时间一久，他自己的心气儿都散了，申城找个工作这么难？他不敢有什么奢望了，他甚至都绝望了。心想，要是能扫大街的话，他也去了。一次，他从人才市场出来，口渴得紧，买了瓶汽水在路边喝着。一个也从人才市场出来的男子在他旁边抽烟，搭腔问他对人才市场什么感觉？叶紫羽见对方也是找工作的，深感同病相怜，无奈地说，他今后不来人才市场了，没戏。看来他不是人才，他琢磨着回头还是上劳务市场算了，在那儿没准儿能找到活儿干。

男子倒笑了，说在那儿你更找不着工作。叶紫羽问为什么？男子说："听你口音应该是外地人，申城已经有了庞大的人口基数，政府要搞就业优先的话，必须要先考虑本地人，但这些就业岗位都很低端，所以越是低端的岗位，越需要本地户口。可一个城市朝着国际化大都市的方向发展，一定离不开外来人才的引进，而且城市越发达之后，越能产生虹吸效应，把人才都吸引过来。所以呢，也只有越高端的岗位，才越不会有户籍的限制。你别灰心，好好努力。"叶紫羽认为对方说得很有道理，关键是他听着挺顺耳。

离开人才市场后，他走在霞飞路上，这是申城最繁华的街道之一。突然，他看见一支庞大的游行队伍，喊着口号走来，看模样都是些学生。叶紫羽觉得真稀奇，学生游行，这是多少年不见的大场面了。他心知一定有大事发生，赶紧去听别人怎么议论的。这一听果然了不得，美国居然把中国驻南斯拉夫的大使馆给炸了！

这种场景，天生就能让叶紫羽感到兴奋。他们这一代人，从小接受反美教育长大。他自己仿佛回到学生时代，二话没说就跟着游行的队伍就朝美国领事馆前进。在领事馆门口，许多按捺不住的学生义愤填膺，向领事馆投掷了许多石块。这其中，自然少不了叶紫羽的。

游行之后，叶紫羽还沉浸在兴奋之中。回到家里，黎欣早已下班，他把今天发生的事情讲给黎欣听。可黎欣听了后，表情木然。叶紫羽有点奇怪，想当初在学校的那次游行，黎欣也是慨然参与的，而且非常出众地与县长对话，长时间为耳闻目睹的同学们所津津乐道。现在她怎么全变了样？

可黎欣的一句话，却呛得叶紫羽说不出话来。

黎欣说："你都多大了？还当自己是学生吗？这是你现在该干的事吗？你为什么不多操心下工作的事？这么没有担当！"

叶紫羽当场也怒了，你怎么知道我没有操心工作的事？什么叫没担当了？

其实，不知不觉中，黎欣和叶紫羽都没有意识到，近段时间以来，他们的沟通，已经很少了。虽然每天他们都有见面，但心里的距离却在疏远。

黎欣想不明白，到申城后的日子怎么过成这样。叶紫羽长时间闲在家里无所事事，让她的压力变得非常大。虽然父母并不需要她赡养，可参加工作以来，她没给过父母一分钱。她时时自责，什么时候才能让父母享受到女儿的福气呢？这可是她上学期间立誓要做到的。但现在自己参加工作了，才发现这还是遥不可及的事情。

自从上次与曾景桓洽谈过后，对方又约过她几次共进晚餐。她先前还答应了，后来她敏感地意识到，对方对她似乎有了工作之外的好感，于是她刻意疏远了同对方的联系。叶紫羽到申城后，她再没与对方见过面。孰料这日也是凑巧，临近五一，黎欣利用周末回家，居然在火车站候车室碰上了曾景桓。曾景桓见到黎欣，甚是高兴，说自己去南城出差，两人因此得以结伴同行。等到了南城后，更巧的是黎欣的父母都在站台上等候着接她，见女儿跟一个男子一同下车，有点意外。黎欣只好介绍说，这里他们合作公司的总经理，姓曾，到南城出差的，刚巧碰上了。她父母一听，顿时笑容满面，朝曾景桓点头问好。曾景桓也会来事，口称伯父伯母，表现得十分恭敬。沈润珍对他顿生好感，问他哪里人？他回答申城本地的。沈润珍对他的好感又加强几分，见他时不时望着自己女儿的眼神，就明白怎么回事了，反倒是黎欣的表情不冷不热。于是沈润珍说，你难得过来，既然刚好碰上了，如果不忙的话，到家里吃餐便饭吧，反正都已经备好了的。曾景桓见说大喜，连声道谢。黎欣见母亲开了口，也不好表示反对。就这样，曾景桓随着他们一家三口去了黎欣家里，周围的邻居们还是第一次看见黎欣带了个陌生男子回家，都猜想这多半是她的男朋友吧？于是邻居们都朝着他们一家三口笑。黎欣知道他们误会了，却不好解释，只得低头不语。到家后，沈润珍让他们父女陪客人在客厅坐坐，自己忙着到厨房把备好的菜都炒上。等她把晚准备好后，到客厅一看，黎欣父亲与曾景桓也聊得正欢，她不由一笑。饭后，黎欣送曾景桓出门，邻居们还是一副热情好奇的眼光看着他们。她有口难言，送走曾景桓后匆匆回家，告诉父母他们之间只是普通朋友关系，可父母却笑而不答。

两天后，黎欣从南城返申，不想在南城车站又碰上曾景桓。她正惊讶，曾景笑着说那天在她家吃晚饭的时候，他问过她父亲她什么时候返申，就特意跟她买了同一车次。黎欣转头看看父亲，见父亲对她点点头，正一脸笑容呢。曾景桓拿出一件白色的连衣裙，说谢谢前天晚上她和她家人的热情款待，正巧他在商场看见这件新款的连衣裙上市，他觉得非常适合黎欣，就想着买来送她，聊表谢意。黎欣说这怎么好，开口拒绝，沈润珍看在眼里，却说："既然买都买了，那就收下吧。谢谢景桓有心了。"

曾景桓连连摆手，只说应该的应该的。

黎欣说："现在的天气也没到穿裙子的时候啊。"

沈润珍说："那就先放家里，等你下次回来再穿。"黎欣只好无语。

上车后，曾景桓不谈工作，也不谈私生活的事，只闲聊社会上的八卦新闻。说到电影演员赵薇现在可是火得一塌糊涂，黎欣一乐，说："你也喜欢看《还珠格格》吗?"曾景桓说倒不是因为喜欢，但社会热点总要关注的。黎欣说她倒是挺喜欢这部电视剧，可惜电视台播放的时候，没能完整的看一遍。

说者无心，听者有意。数日后，黎欣在办公室突然收到一个包裹单，也没写落款。她不知道是什么东西，跑去邮局取来一看，竟是一套完整的《还珠格格》电视剧光碟。她心里叹息一声，五味杂陈。想了想，把光碟锁在了办公室的抽屉中。

自从那次回申城后，再看到叶紫羽整天浑浑噩噩的样子，她不知道该说什么，也提不起精神去说什么了。只是这以后的每个周末，她都跟叶紫羽说，她得回去陪父母。

叶紫羽没做多想，他觉得这也应该，反正两个地方隔得这么近。当初她之所以选择来申城，不就有这个原因吗。于是他点点头表示支持，只是对黎欣说，星期天返回的时候，提前告诉他一声，他可以去车站接她。

黎欣怔了一怔，一下子想起叶紫羽以前在车站通宵达旦等候接她的情形，不由得眼中泪光隐隐。

十九、吉士诱之

很长时间不走运的叶紫羽终于找到工作了。

周六的上午，叶紫羽又去了人才市场。这次他相中一家规模不大的广告公司，面试的时候，老板出了两个书面题目让面试者当场作答，叶紫羽一蹴而就，写下的答卷让老板十分满意。于是对方当场拍板决定录用。尽管公司开出的收入还不足他在京城的一半，但足以令叶紫羽欣喜若狂。唉，费尽九牛二虎之力，在申城白白待了大半年，这份工作来得可真不容易啊。

叶紫羽同公司约定好，下周一就去报到。这样的话，本周六他还能熬个通宵，星期天美美地睡上一觉，星期一他就要迎来新的生活了。黎欣在周五的晚上仍然回了南城，叶紫羽准备周日晚上去接她的时候，再把这好消息告诉她。

之所以周六晚上要熬通宵，是因为第一届女足世界杯决赛在美国城市洛杉矶举行，因为有时差，球迷们不得不熬夜看球。进入决赛的队伍是美国队和中国队。说来搞笑，这两个国家的男足都不咋样，在世界足坛根本排不上号，女足倒冲上了世界的顶峰。不过叶紫羽也曾想过，八成是人家男足厉害的国家不屑于女足，才让这两个国家逆袭成功的吧。但不管怎么说，中美两国是世界大国，他们无论做什么都得令世界刮目相看，何况两个月前两国还因为大使馆被炸的事件闹过一场，这无疑也增加了这场比赛的看点。

这天晚上异常的闷热，叶紫羽虽然一个人在家，但他明显感觉到小区里好多家庭的电视机都在发出声响，到了凌晨，这种声响更明显了，想来不知有多少国人在这一刻都守在了电视机前。前期中国队打得实在太好，球迷们没法不膨胀，都设想着在美国本土击败美国那是什么滋味。

决赛开始，双方都比较谨慎，场面一度僵持。毕竟进入决赛的队伍实力都不俗，大家都不敢有失。可球迷们就会觉得无味了。

90 分钟比赛结束，双方互交白卷。接着进行加时赛。加时赛中，亮点出现，中国球员范运杰一个头球攻门，中国球迷都以为要进球，准备欢呼了，球却在球门线上被挡了下来。中国队痛失金球。接着比赛又陷入僵局，加时赛的比分还是 0 比 0。然后是点球大战。中国球员的第一射和第二射都稳稳滚进球门，只有第三射的时候，球被美国门将挡出。而美国球员大概是因为主场优势，发挥超级稳定，连射四球都进了。到第五球决胜负之即，中国球迷的心都悬到了嗓子眼儿。所有人都在心里念叨着“别进、别进、千万别进——”可是，只见电视画面中的中国的守门员还来不及有什么反应，球又进了。

那一刻，球场上的美国人沸腾了，电视机前的中国人沉默了。叶紫羽看着踢进致胜一球的美国姑娘将球衣抛向球迷，心里酸溜溜地骂道：去你的，你里面穿着这么厚一件黑色褂子有什么好脱的。

虽然没有夺冠，但叶紫羽和国人一样，觉得女足的姐姐们足够出色了，只怪运气不站在我们这一边。他想，这也没关系，毕竟是对方主场。等下一届吧，下一届中国主场，看摁得死你们不？可惜，过去的就是过去了，谁也想不到那便是唯一的一次。

球赛完后，叶紫羽自去睡觉。这一觉直睡到下午才醒来。他胡乱下了碗面条吃，看看时间差不多了，便出门往火车站赶去。

本来黎欣回家前打了招呼要他不用去接的，但叶紫羽有了工作这天大的好消息，激动难耐，还是决定跑去火车站，想着给对方一个惊喜。

世间之事往往就是这么无情，须知这惊喜是不能随便给的，否则很容易造成惊吓。叶紫羽赶到车站后，在出站口等着黎欣出来。虽然他不清楚黎欣具体乘的哪一趟车，但按以往的情况判断，基本都在这一时间段内。可这次却让他失望了，他一直没见到黎欣走出车站。怎么回事，她是没回来，还是自己没看见错过了？叶紫羽不甘心，继续在车站门口等候，两只眼睛死死地盯着出站口。又过了半个多小时，他终于看见黎欣出来了，她穿着件漂亮的白色连衣裙，在人群中像盛开的芙蓉一般美丽。但叶紫羽又怀疑自己是不是眼花了，为什么黎欣身边还有一个男子同她说说笑笑？

黎欣和男子并肩走出车站，人很多，黎欣根本没注意到叶紫羽。但叶紫羽还是下意识的躲在一边。他间隔着几十米的距离跟在他们后面，看着他们一同穿过马路。过人行道时，男子伸手搂了搂黎欣的腰。这个小小的搂腰的动作，让叶紫羽心头一紧。他没有出声，目送他们远去。

过了好一阵子，叶紫羽才发现自己脑门上冒出一层密密的细汗，手脚却冰凉。他在一幢大厦的台阶前坐下，休息了好一阵子，才拖着疲惫的脚步乘上返回的公交车。他心想，刚才看见的男子，一定是黎欣的同事或朋友吧。现在的男的都这样，有意无意地，总想找机会占占漂亮姑娘的便宜，比如过个街就故意牵牵手搂搂腰什么的，还能显得特别绅士，特别会照顾女孩子似的。这样一想，他的心情好像变得轻松了点儿。

黎欣的印象中，这已经是第三次和曾景桓一同从南城回申城了，并且他又一次去了她家里。曾景桓买了许多礼物送到她家，说是感谢前一次她父母的盛情款待。乐得她父母合不拢嘴，直夸曾景桓懂事。曾景桓的意思很明显了，父母的态度也很明显了，可她自己该怎么办呢？父母并不清楚叶紫羽也在申城。要知道了，还不定会怎么生气、伤心。

她自明白曾景桓的心意后，也悄悄拿他和叶紫羽做过对比，但这样的念头每每冒出，就被她强行掐掉。因为她认为，自己是爱叶紫羽的，如果要对比的话，就亵渎了她的爱。可叶紫羽仿佛越来越不懂得爱她了，甚至亲热的时候，都少了以往的那份激情。难道两个人相处久了都会这样吗？还是得到了就不再珍惜？

黎欣回忆了她与叶紫羽相识以来的心路历程。最初在学校，好多人追她，她选择了叶紫羽。兰婧雪还笑话过她，说她不是只想拿叶紫羽来当个挡箭牌吧？可她知道，她是深深地爱上了叶紫羽，甚至认为她对叶紫羽的爱，远远超过了叶紫羽对她的爱。正是如此，一向保守的她，才会在毕业之际把自己的第一次交给了他。

后来在京城发生的插曲，让她知道并相信叶紫羽对她的爱，也是那么真、那么浓。他们既然都这么深爱着对方，这一生一起度过，怎么都会幸福吧。在京城从地下室奋斗到地上的那一段日子，看似很辛苦，可他们都感到很充实、很欢乐、幸福满满。到了申城后，她很想把这种感觉延续下去，可惜幸福感不但没有增加，反而一点一滴的在悄悄消失呢？

她变了？叶紫羽变了？还是环境变了？

曾景桓总说是到南城办事恰巧碰上她。其实她何尝不明白，他是在找机会和她接近。她发现，自己并不反感曾景桓这样做，甚至有一点点骄傲。只是，她将如何面对另外一个已经相处了五年的恋人？

她同曾景桓走出车站的时候，莫名其妙的一阵心跳，过街的时候都有点心不在焉。曾景桓搂住她腰间的那一刹那，她全身微微一震。曾景桓说叫出租车送她回家，她坚持拒绝，还是独自乘了公交车回来。

当她回到住的地方，掏出钥匙打开门的时候，突然有些不知所措。但她很快发现，屋里没人，也没有做饭。她不知道叶紫羽去了哪里，但总不会去火车站的。因为她告诉过他不用去接她。

黎欣简单收拾了下屋子。时间好快，在这里已经住了快一年了。这的条件比在京城的时候好，可始终只是个单间公寓。临时住住固然可以，如果要正式成家呢？

打扫完卫生，她又把脏衣服拿去洗。当她正在阳台上晾衣服的时候，门被推开，叶紫羽回来了。她想对他笑，可是笑不出来。于是她说了一句："回来啦。吃饭了吗？"

谁知叶紫羽的态度更是冷淡，看都没看她一眼，从鼻孔里"嗯"了一声，转身就到椅子上坐着，捧着本杂志看了起来。

他这样的态度，反倒让黎欣感到心安。甚至，有那么一点儿欣慰。

叶紫羽眼睛盯着杂志，却不知道字里行间写了什么内容。房间里的空气很沉闷，他觉得透不过气来，干脆闭上眼睛，又到床上躺着。他的脑子越躺越乱，越躺越迷糊，不知过了多久，才听到黎欣说了一声："去洗下脸，好好睡觉吧。"他不回答，然后就再也没声音了。又不知过了多久，他睁开眼睛，四周一看。见黎欣居然在椅子上躺着睡着了。他蹭的一下站起来，走到椅子前拉起她。

黎欣吓了一跳，睁开眼见叶紫羽面带怒气地站在面前拉她，她没好气地回了一句："你干什么？"

叶紫羽也没好气地说："什么干什么？叫你到床上去睡觉。"

黎欣道："你这样我怎么睡？"

叶紫羽道："我在这你就不能睡了？那要谁在这你才能睡？"

黎欣猛然抬头看头叶紫羽。叶紫羽也不甘示弱地看着她，两人这么对视着，眼皮都不眨一眨。稍时，还是黎欣先低下头了，转身准备走开，叶紫羽却伸手一把将她拽住。黎欣挣扎不开，生气地叫道："放开我！"

叶紫羽道："放什么放，碰不得你了吗？"

黎欣觉得他太莫名其妙了，明摆着存心找碴。她放弃挣扎，也不说话了。再次抬眼冷冷地持着叶紫羽，嘴角挂着一丝轻蔑的冷笑。

她的神情让叶紫羽的自尊突然感到极大的伤害，看着黎欣从未有过的挑衅的目光，他终于忍不住，一巴掌扇了过去。

黎欣吃惊地盯着他，仿佛不认识他了似的，他会动手打她？

她含着泪叫了一声："你干什么！"一边叫着，一边用两只手在他身上乱打一气。叶紫羽反倒不动了，任由她的双手打在他身上，一点儿也不痛。

很快，黎欣停止了动手，突然拿起包，一转身飞似的冲出房门。

叶紫羽没有阻拦她，自顾在椅子上坐下，大口喘着气。

过了好久，他冷静下来，心想这是怎么了？他本来是想开开心心地告诉她，他找到工作了呀。事情怎么会演变成这个样子？

夜逐渐深了，黎欣还没有回来。叶紫羽不禁有些担心，他下楼去，在附近找了找，没见到黎欣，打她的 call 机也不回。

叶紫羽急了，一遍又一遍的 call 她，还是不有回音。最后，他只得在传呼台留言，说十分钟后再没有回音，他就报警了。终于，他再次给 call 台打电话时，传呼小姐告诉他，对方留言了，叫他不要再找她，她已经在一家宾馆住下。

叶紫羽又变得极为气愤，可这脾气不知该向谁发。想想明天第一天去新公司上班，不能耽误了，他强忍住怒火，回房休息。

第二天，他早早地醒来，早早地去了公司。由于是周一，公司正好有例会，老板向员工们介绍了新同事，人事经理就给了他一大堆资料，让他先自行熟悉公司相关的规章制度和业务条款。叶紫羽心不在焉，好在第一天也不会安排他做什么事，不然他准得搞砸。

中午休息的时候，他顾不上吃饭，抓紧时间赶到了黎欣公司楼下，然后打给她电话，说自己就在楼下，让她下来一趟。

黎欣下来了，两人面对面站着，又沉默着，不知说什么好。还是叶紫羽先开了口，告诉黎欣，他今天第一天上班。黎欣微微有些诧异，仍然未吭声。

叶紫羽又说："你昨晚跑哪去了，我很担心。"

黎欣顿了顿，面无表情地说："我没事，在宾馆。"

她冷漠的态度让叶紫羽又有点儿生气，但他克制住了，说："那好吧。有很多话我想跟你说，晚上我来接你下班，回去慢慢说。”

黎欣说：“你不用来接我，晚上我约了人，会很晚回去，也可能不回去。”

不回去？叶紫羽顿时怒了，看看周围来来往往的行人，他努力平复了下心情，用平常的语调说道：“怎么能不回去？就算是要分手，也要说清楚对吧？”

黎欣听他这么一说，慢慢抬头看了他一眼，终于说：“好，那我晚上忙完就回去，你不用来接我。”

叶紫羽道：“什么事一定要今天办？不能说说吗？”

黎欣面无表情：“也没什么事，只是约了朋友晚上到霞飞路的餐厅吃饭，不想失约。”

叶紫羽一听这个理由，又想发火，但看看时间紧迫，还得赶紧回去上班，就对黎欣说了一句：“下班你先等我。”然后匆匆离开。

叶紫羽回到自己办公室，又抱着资料继续看。他心想，什么事儿都凑一块儿了，还不如今天不上班呢。可他还得表现出很认真的样子。这段时间找工作的辛苦，真把他搞怕了。

下班后，叶紫羽再次赶往黎欣公司楼下，可是没见到人，于是他又打她的传呼。黎欣回了电话，告诉他别等了，她已经去了霞飞路。叶紫羽再也忍不住火气，吼道：“我不是叫你先不要去的吗？”

黎欣倒是没火，但口气冰冷得吓人，她说道：“你现在凭什么管我？”

凭什么？叶紫羽一下愣住了，但随即更加愤怒：“你别管我凭什么，总之我现在叫你赶快回来！”

电话那边，只是传来轻蔑的一哼，然后挂断。

叶紫羽双目通红，他想黎欣现在要是在他面前的话，他一定会把她撕碎。可是她现在在霞飞路上，在跟别人共进晚餐。

叶紫羽哪有心思独自回家，他不由自主地也去了霞飞路。他不知道自己想干什么，是想去找黎欣吗？开玩笑，他压根儿就不知道黎欣在哪家餐厅。而霞飞路上大大小小的餐厅只怕有数千家之多。

霞飞路很长，不愧被称为申城第一街，这条路见证着申城自开埠以来的繁华与荣耀，今天又要见证一个小人物的失落。

叶紫羽从东头往西走，霞飞路上一如既往的灯红酒绿。他知道黎欣就在这条街上，可她到底是在哪家西餐厅或是酒吧？根本无从找起。

他走在街上是机械式的，漫无目的。或者说他的目的就是想让自己麻木。

双腿麻木，身体麻木，神经麻木。等一切都麻木了，回去就一定睡得着了。

整条街长约十公里，叶紫羽凭着双腿全程走下来，心思几番转念。先前怒气冲冲，继而愁肠百结，最后黯然神伤。

他在这条路上耽搁了两个多小时，脑中发晕。终于乘上一趟公交车回去。谁知到了家门口，他往身上一摸，暗叫一声坏了，原来早上出门时心不在焉，竟忘了带钥匙。

他将头靠在门上，欲哭无泪，悲从心起。此刻再无法可想，黎欣今晚若不回来，他定然进不了门了。

叶紫羽颓然坐在楼道间，昏昏睡去。不知过了多久醒来，发现脸颊生疼，用手一摸，只因他倚在楼梯的隔栏上睡着，脸上已被烙出深深的印子。

他揉揉脸庞，看了一眼时间，已经快到晚上 12 点了。黎欣还没有回来？

他再也不想发火了，拿起手机，给黎欣的 call 台留言说，他忘了带钥匙，进不了门，不知她几时回来？

放下电话不久，就传来上楼的脚步声。只见黎欣走上楼来，神情木然地看着他。

他站起身，走到门口，柔声说了一句："开门吧。"

黎欣拿出钥匙，手抖了一下，将门打开。犹豫了一下，说："我不知道你没带钥匙。"

叶紫羽咽了咽口水，说："没关系，我也是刚知道我没带钥匙。"

进门后，黎欣下意识的要开灯，叶紫羽叫了声："别开。"

黎欣愣了愣，不知道他什么意思。黑暗中，叶紫羽依稀分辨得清黎欣的身影。他伸出手去，轻轻握了握黎欣的手，随即放开。然后慢慢说道："好奇怪，我们这是怎么了？中午分开的时候，我说过，就算是要分手，也要说清楚是吗？"

黎欣在黑暗中抬了抬头，看着叶紫羽，没有出声。

叶紫羽的声音越发轻透："我相信命运，你信吗？我觉得我们之间会发生点儿什么了，你有话不妨告诉我。昨天下午，我去火车站接你了，也看见你了。"

黎欣一惊、一愣。她看着叶紫羽，咬咬嘴唇，说："好，我全告诉你。"

黎欣把她和曾景桓如何相识，以及曾景桓如何去见过她的父母，原原本本讲给了叶紫羽听。

叶紫羽心如刀绞，可表面上，他必须要表现得平静，表现得与旁人无异。

还好没有开灯，房间里很暗。黎欣每说到一处，他心里就异常难过地想到：原来，他大你十岁，自然有经济基础打动你父母了……原来，我一个人在这里吃方便面的时候，你们全家陪着那个人在你家里吃饭……原来，那条白色的连衣裙是他买给你的……原来，我独自在火车站翘望的时候，你们并排坐在一起……

黎欣讲完，心中仿佛轻松下来。她想，他如果要动手打她的话，就让他打好了。这番话说完，她知道，他们的关系，再也回不去了，心中又不由一阵凄凉。

叶紫羽一动不动。他在想：好快！我们怎么就变成这样了？

他感到这一次的变化与京城那次全然不同，什么原因他还说不清楚，但他知道就是不一样。这一次没有办法挽回什么了。

他感到站立不稳，有想呕吐的感觉。他对黎欣说："你先休息吧，我到外面坐会儿。"

黎欣却说："不了。我不在这儿住。我订好了宾馆的房间。他还在外面等着我。"

叶紫羽愣住了，他刹那间觉得，这个女人好陌生，好残忍。

他还是点了点头，对黎欣说道："好。都累了，改日再谈吧。"

黎欣拉开门，没有回头，只说了一句："你好好休息。"然后把门掩上。

泪水终于无声地从叶紫羽的脸上滑落。

黎欣下楼。走出小区大门后，她捂住嘴一阵飞奔，泪水夺眶而出。

这么多年的感情就这么完了？她也不由神情恍惚。

曾景桓守候在外面，见她平安出来，心中一定，扶着她上了车。

路上，黎欣望着窗外一声不吭。曾景桓轻轻地说："我会对你好的。"

黎欣还是没有吭声。

曾景桓等了会儿，又说道："婚姻很现实。我很敬佩你的父母，他们真的很伟大，为你操碎了心。我希望，我能够接替他们，好好照顾你。曾经我也有过女朋友。我那时正年少，没有承担起我该担当的责任。这样的事，不会有第二次的。你相信我。"

黎欣终于说："我相信你，我现在心很乱——"

曾景桓说："你不用有心理负担。我认为，不能让心爱的人得到应有的照顾和爱护，不配说爱。这个道理，只有成熟后的男人才会懂得。”

黎欣说：“可是，这么多年都过来了。现在却要……”

曾景桓说：“我们都是成年人了，难道你能让你的父母接受他吗？你们能拿什么孝顺你的父母？如果你远嫁，你妈妈怎么办？不要怪别人的世俗。有本事，你就用你的成就来证明自己。我们都是世俗之人，清高可以，可是你能拿什么来支撑起你的清高呢？拿不出来，就是虚伪。一无所有，你凭什么清高？”

黎欣更加心烦：“可人家会认为，我是嫌贫爱富。”

曾景桓笑道：“怎么可能？要说富，那比我富有的人多了，我算得了什么？我相信我们之间若能结合，是缘分，是情感，是我爱你！”

次日，天早早地亮了。

窗外被晨光照耀，满眼青翠。叶紫羽一夜无眠，他不准备去上班了。他给公司老板打了个电话，说他突然生病，不好意思给公司添麻烦了。他的本意是再不去公司了，谁知老板听后，却大方地表示，身体不好赶紧去医院看看，病好了再来上班。他是真的很欣赏叶紫羽的才华。

叶紫羽愣住了，不由独自苦笑。先前他一直找不到工作。现在他不想工作了，可工作反而又看好了他。

叶紫羽觉得昨夜发生的一切，都像一场梦一样，太不真实。可真实的是，现在确确实实只有他自己。而以往这么早醒来，旁边一定还睡着一个人。

叶紫羽突然反悔了，他觉得昨天他在充什么大头虾？他应该像上一次闹分手后跑到京城去一样，恳求她，打动她，要她回心转意。

想到这，他又激动了起来，五年的感情，怎么可能说断就断？他准备给黎欣去电话。谁料黎欣的电话倒先打了过来。他接通电话一听是黎欣的声音，不由一喜，还以为黎欣与他也是一般心思，正待开口，听得黎欣说了几句话，顿时变得面如死灰。黎欣告诉他，下午她会过来取走她的衣物。

叶紫羽咬紧牙关控制着自己的情绪，好半天才发出声音：“好，你来拿吧。”

黎欣沉默了一下，说：“他会跟我一起来。”

叶紫羽浑身一震，颤声道；“你自己来不行吗？”

黎欣又一阵沉默，然后低声说：“他不放心。”

中午，叶紫羽下楼，在快餐店吃了两大碗饭。

其实他一点胃口都没有，吃的时候差点吐了出来。

但他强忍着把反胃的食物都咽了下去。因为他想凝聚起充沛的体力。说不定待会与人动手，手上没劲怎么行？

先前黎欣说她会和那人一起来整理行李，叶紫羽虽然强忍住没在电话中说什么，但挂断之后，两眼通红，面容狰狞，神情已近疯狂。同来是什么意思，向我示威吗？他脑海中浮现的，全是什么杀父之仇、夺妻之恨等。失恋分手本是极难受之事，思想就容易走极端。他心想：好吧，同来就同来，大家同归于尽好了！他走进厨房巡视一圈，看见灶台木盒上插着的尖刀，他取下来拿在手中，往旁边的布条上一挥，布条应声断为两截。这把刀的刀身虽然很薄，但足够锋利，他试着插在鞋袜当中，放下裤腿，倒是掩藏得很好。

叶紫羽的行径已似发疯，吃完饭后，他回房间坐下，心中盘算着等会他们来了自己该怎么行动，是二话不说直接拿刀捅人呢，还是先礼后兵？后又想到黎欣父母，心想你们打着爱护女儿的名义无端阻挠，更为可恨。干脆让你们尝尝失去女儿的滋味，岂不快哉！

想到黎欣父母后，他一转念又想到自己父母，这下可要对不住他们老人家了。一想到亲人，他心中生出一股悲凉，觉得应该留下点儿话。他不敢直接给父母打电话，这时脑中第一个想起的人，是多年的好友陆禹皓。于是他给陆禹皓打通了电话。

陆禹皓突然听他说到和黎欣分手了，心中也大感意外，他听出叶紫羽口气悲痛，正寻思怎么安慰他，又听他说准备杀了二人，大家同归于尽。不由大吃一惊。虽说杀人哪是那么容易的事情？但人在失去理智的时候，做出什么事也难以预料。即便杀不了人，伤到人也是件麻烦事。陆禹皓知道此刻他光是劝慰没什么用，对方不会听的，双方相隔千里，他也到不了现场阻止。他想了想说：“你好歹和黎欣相恋五年，你忍心杀她？依我看，你把那男的杀了算了。”说完这话，他又装出正在思考的口吻，同叶紫羽商量道：“不过你杀了对方，自己肯定难逃一死，也没法和黎欣破镜重圆。事情过去后，黎欣父母肯定会把她再嫁给别人，你这不是更亏大了，这么干也不划算。还得想想。”

叶紫羽一时激愤，万念俱灰，只想着与人同归于尽，哪里会去考虑这么多事。只想在临死前与好友告别，留下遗言。谁料陆禹皓帮他分析起怎么杀人更划算，倒把他愣在那里。

又听陆禹皓说：“你有把握将那个男的一刀毙命吗？如果你杀不死他，回头自己再被弄到牢里去，那你不是成全了对方？白让她父母这俩老浑蛋看笑话。我觉得你一个人在申城势单力孤，不如忍一时之气，我明天坐飞机来申城，一起商量商量怎么出这口恶气。”

叶紫羽快被他说晕了，自己怎么可能把好朋友拖下水。便说没问题，他自己能办到。陆禹皓又故作轻松道：“最近一直没同你联系，我正在研究股票、期货市场的量化交易模型，觉得这太有意思了。我现在跟你解释你也不会懂，总之这个能研究成功的话，赚钱对我们来说将易如反掌，即便成为亿万富豪，也指日可待。功成名就不在话下。你现在的事情，说白了不也因为你没钱吗，所以我觉得我们可以从长计议。”

这话触到叶紫羽的痛点。仔细想来，对方的父母之所以一直反对，还不就因为他一无所有吗？他自信不比其他人差，假以时日和机会，未必不能像陆禹皓说的那样。他真的要铤而走险吗？

黎欣在来的路上，一直在想她对叶紫羽会不会太残忍了点儿？她的内心深处，其实是非常有主见的人。她对叶紫羽的感情何尝不深，五年来两情相悦，说断就断，她心中何尝不隐隐作痛。但她既然已经做出了这样重大的取舍，亦怕自己反复，所以索性狠一点，快刀斩乱麻。虽然两人心中都会很痛，但想着此事总是早些了断更好，何必虚耗时日，拖来拖去的夹缠不清。

来到熟悉的门前，曾景桓同她站在一起。

当她敲门时，背脊一阵发凉。

数秒钟后，门开了。

叶紫羽站在当处，面无表情。

黎欣见他并无异状，心中松了口气。

叶紫羽先前狂躁难遏，但当黎欣二人出现在他面前时，他反而镇定了。

既然已经想好，再大的痛，也不能失了风度。

三人默默进屋。黎欣开始收拾东西，叶紫羽与曾景桓面对面坐下。

曾景桓见三人共处其间，又无话语，气氛冷冷，不无尴尬，从口袋里掏出香烟，递给叶紫羽一支。

叶紫羽不接，冷言道：“我从不吸烟。”

曾景桓自己点燃一支。

叶紫羽突然想到，他与黎欣相处之时，黎欣说过，她自小闻不得烟味，才不要找吸烟的男朋友，幸好叶紫羽是不吸烟的，可见两人缘分。今日曾景桓却是吸烟的，这又怎么说？原来很多话是当不得真的。

他心中一酸，不愿被人看出，直盯着曾景桓，幽幽问道："听说你生意做得不错？"

曾景桓见他发问，不由一怔，回答道："也没有了，也就刚能混口饭吃。"

他回答得很低调，叶紫羽话锋一转；"哦？解决温饱了。所以该找个女人了是吧？"

曾景桓又是一愣，见他话语不善，不再接口。黎欣听在耳里，感觉不对，正好手里拎到一只提包，她转过身，指着提包上的英文问曾景桓："能翻译出来吗？"

曾景桓亲热地朝她笑笑，说："想考我？当然能了。"

黎欣说道："行呀，英文水平不错嘛。我再考考你。"

俩人随即用英文当着叶紫羽的面笑谈起来。

叶紫羽傻子似的歪在一旁，没人搭理。人家讲英文呢，他哪里插得上嘴？心头不由暗暗恨道："欺负老子半桶水呢。"

他看着黎欣眼角浅浅的笑意。这笑意他很熟悉，可现在这笑意却是对着另一个人的。

他胸中猛然迸出难以遏制的悲凉，眼眶一热，心却凉透。

他怕别人注意到他的窘相，自讨没趣，也不吭声，转身走进厨房，将门掩上，方由泪水潸然而下。

他默默地站在这个角落里，感觉全身没有一丝力气，却又不想坐着，也不想靠着，就这么耷拉着脑袋蹲在墙角一声不吭。

过了半晌，门外有人敲门，他定了定神，起身打开门。

敲门的是黎欣。见门打开，她走了进来，随手掩上。她看了叶紫羽一眼，低声道："我收拾完了，马上就走，有几句话还想单独和你说说。"

叶紫羽看着身边这个深爱着的，并也曾经深爱着他的恋人，心中默默念道："现在还能说什么呢？"

黎欣正要开口，叶紫羽突然伸出手，将她紧紧抱住！

黎欣一惊，忙挣扎了两下没有挣扎开，还来不及说话，叶紫羽已经吻住了她的双唇，胳膊也越搂越紧。她往后一退，背部已顶在墙上，她又惊又怕，想到曾景桓正在房间等候，以为叶紫羽会干傻事，一时不知如何应对才好，只得任由叶紫羽亲吻着自己。一闪念间，两人脑海中都掠过当年在学校名山大操场上的初吻。

过了好一会儿，叶紫羽却松开了她，退后半步，不再望她。

黎欣又要开口，见叶紫羽闭紧眼睛摇了摇头，于是她只好什么也不说了。

她望了望这个她曾经深爱过的男人，心头一阵乱撞。踌躇了一下，咬一咬嘴唇，打开门走出去。

曾景桓已将收拾好的行李拎在手中，正等着她出来。

她也不抬头，轻声道："我们走吧。"

曾景桓同黎欣朝楼下走去，叶紫羽站在房内一动不动地盯着他们。

待曾景桓侧身关上房门的时候，他没来由地觉得，这个身影似乎在哪见过？

房中再次只剩下叶紫羽一人。他寂寥无名，但觉心中伤痛再难忍受，一把拖过床上的被子，蒙在头上。

久久的，屋内传出一声瘆人的长嚎。

二十、鲜克有终

花前失却游春侣，独自寻芳，满目悲凉，纵有笙歌亦断肠；

林间戏蝶帘间燕，各自双双，忍更思量，绿树青苔半夕阳。

这首词名为《采桑子》，是五代时期的南唐词人冯延巳所作。

冯延巳仕官南唐，三度拜相，他高官显爵，位极人臣，但写的词却很柔情。他惯用清新的语言，刻画出人物的内心活动与哀愁。譬如这首词中，道尽了独游之悲。笙歌本是令人欢乐的，但无人同赏，反增凄凉。偏又见着蝶燕双飞，更使自己不堪思量。可见人一旦失去爱侣，再好的风光，也会变得黯然失色。

连日来，叶紫羽每天强忍着难受去上公司上班，于路上常常念到此词。他心中怅然这份工作为什么不能早点到来？说不定一切都会不一样的。现在他还留在这里上班有意义吗？但他同时也在心里极力说服自己："忍一忍，会不会就好了呢?"可他实在没法专心工作，每天上班，都是应付了事。公司曾交代他为客户写两篇软文，明着发议论，暗地里却是为企业的产品做宣传。他应付着写了，自己觉得难以入目，谁知却登在了《申城服务导报》上，众人都夸他好文才。他只有无奈苦笑。

直到一天早上出门，他心思恍惚，居然忘了带钱包。等走到公交站台，排队等候公交车的时候，准备买票，才发现找不到钱包了。此时他还不确定钱包到底是被小偷扒了还是忘在房间内？可如果现在返回去拿钱，上班必然迟到。他摸遍了全身口袋，只摸出一个五毛的硬币，心想：五毛有什么用？坐公交车至少也得一元钱啊。他心中踌躇，一不留神硬币掉在地上，滴溜溜地滚到街沿边。排队的人都低头看去，不知谁掉的，有的人想捡又不好意思。叶紫羽也没动，心想懒得捡了，捡起来也不够坐车。可随即一转念，总比身无分文好吧，于是弯下腰又从人群中捡了起来。可当他直起身来时，发现周围的人看他的眼光都不一样了，有鄙视的，有妒忌的。他心想坏了，这些人准以为他把别人的钱捡了。他知道这座城市部分市民的性格，本来五毛掉地上了，大家都不知道谁掉的，都不好意思出手捡，没想到这小子居然出手了。叶紫羽注意到这些目光时，也百口莫辩了。他要是说这是他掉的，谁信呀？你掉的你刚才不捡？还不是到看失主没动静，你才捡的。我们都没好意思捡，就你好意思，你这不是挠我们的心吗？

叶紫羽也管不了别人怎么想了，可是捏着五毛钱，他还是上不了车啊。他挺无奈地四处望望，看到一个穿公交制服的中年女人在车门口检查上车人员投币的情况，他想了想，硬着头皮走过去，直愣愣地朝人家问道："大姐，您是天天在这工作的吗？"

这一问，吓了那中年女人一跳，抬头警惕地盯着他，说："你要干什么？"

叶紫羽知她误会了，连忙解释说："不好意思，我的钱夹不见了，现在急着上班去，可还差五毛钱才能买票。您要是天天在这上班的话，您看您能借我五毛钱不？我明天上班还在这坐车，我再还您。"

中年女人听了，这才放心，挥挥手让叶紫羽上了车，然后操着当地方言对司机说："这人皮夹子掉了呀，让他上去好了伐。"

驾驶室的司机点点头，示意叶紫羽上车。女人又对叶紫羽说道："你明天坐车的话，多投一元钱好了伐。"叶紫羽连连点头道谢。

这里是起点站，车启动后，还有座位。但叶紫羽一直站着，都没掏钱哪好意思坐啊。

公交车一路颠簸，可也没叶紫羽脑中的思想颠簸得厉害。他突然想到，自己还在这座城市硬撑什么？他现在在这里真可谓举目无亲，一个朋友都没有了。如果钱夹不是拉在房间而是被偷的话，那么他将连个 5 元钱的盒饭都买不起，并且一个能借钱给他的人也找不到。就算公司有相识的同事，但他才在这上班几天？就找人借钱，人家会怎么想？可自己又去哪儿呢？这一路到京城、到申城，都是因为那个人，都不是他自己先想到要去的。现在那个人与他已形同陌路，他陡然发现，自己找不到生活的目标了！

中午，他找公司老板借了钱买工作餐，傍晚回到家中一看，幸好钱夹还躺在家里，是他忘记带了，他方才舒了口气。早上在公交车上的想法还萦绕在脑海中，他还有必要待在这里吗？可是他又要去哪儿呢？这个样子回锦城肯定是不行的，他如此丧魂落魄，实在不敢面对父亲。再回京城，已经时过境迁，他又能讨得了什么好去？何况京城也是当初因为那个人的原因去的。

夜已深，他还理不出头绪，沉沉睡去。可这天晚上他做了一个梦，梦到他回到了大学母校，他走在那一条条熟悉的道路上，心中非常激动。可偌大的校园看不到一个人，又让他很紧张。他四处奔跑，大声叫喊，也没人回应，他开始感到害怕。

这一害怕，居然把叶紫羽吓醒了。他一看表，才凌晨4点。这下再也睡不着了，他记起学校的吴雪燕老师，自从毕业后，他还没与吴老师联系过。他想了想，爬起身，给吴老师写了封信。

等他写完信，天色已经发白，他也不睡觉了。洗漱完毕后，早早地出门上班。

一星期后，他接到个电话，一看来电显示，心里"咯噔"一下，电话区号显示是学校所在的那座城市。他摁下接听键，电话那头传来一个女性热情的声音，果然是他的班主任吴雪燕老师打来的。

吴雪燕在电话中激动地说道："好你个叶紫羽，毕业这么久了才想起跟老师联系？你都快把老师忘了吧？真不像话。"

叶紫羽想哭，但是笑了。他好久没笑过了。他说："吴老师我天天想您。"

吴雪燕也笑了，说："我才不相信你的鬼话呢。你现在在申城工作吗？"

叶紫羽说："是啊。目前在申城。"

吴雪燕说："那太好了！我后天就到申城。所以今天收到你的信之后，想想也不用给你写回信了，就直接给你打电话吧。"

叶紫羽一听激动了："您要来申城？那太好了！您什么时间到，我去接您吧。"

吴雪燕说："好啊。我也很想见你们呢。我后天晚上到申城机场，正愁不认识路呢。"

叶紫羽道："没问题。有我在，您保准丢不了。"

和吴雪燕老师通完电话后，叶紫羽的心情一时好转。他心想，不知道吴老师来申城做什么？幸好他给她写了信，不然这次就错过了。

两天后的下午，叶紫羽跟公司请了假，早早到机场等候。他看到吴老师走出机场，立刻兴奋地呼唤起来。

吴雪燕也看到了叶紫羽，朝他挥挥手，笑意盈盈地走过来。叶紫羽热情地帮老师拎过行李，一同朝车站走去。吴雪燕笑着问道："怎么就你一个人来接我？黎欣不在吗？"

她话音刚落，顿时发现叶紫羽的脸色大变。

申城宾馆的咖啡厅布置得温馨大气，钢琴声像泉水一样清澈动听。吴雪燕和叶紫羽已经在这里坐了两三个小时了。他们不停地交谈着。叶紫羽才知道，原来吴老师终于肯去加拿大了，签证已经下来，她是到申城转机的。他想到自己至今才想到同吴老师联系，不由深感惭愧。而吴雪燕也清楚地知道了叶紫羽毕业后的经历，也得知他和黎欣刚刚分手。她被叶紫羽的执着与付出感动，却不知怎么安慰他。她心中感慨，叶紫羽和黎欣都是她喜欢的学生。她曾经想过，他们倒是挺合适的一对儿。可对于两人的分手，她也不觉得有多奇怪，因为大学里演绎过的这类爱情故事着实不少。在她自己身上，不也有类似的状况发生吗。

叶紫羽问吴雪燕："您要去见见她吗？"

吴雪燕本来有此打算。但看着叶紫羽的神情，她想了想说："不必了，我后天就要去加拿大了，还有些事情要处理，以后再说吧。你们都是我的学生，无论怎样，我希望你们都能生活得好。"

叶紫羽神情古怪，说道："我想她一定会生活得很好吧，那个叫曾景桓的据说是一家公司的总经理，经济条件自然不会差的。"

吴雪燕乍一听，却脸色大变，问道："你说什么？你说那人叫什么名字？"

叶紫羽重复了一遍，奇怪地看着他的老师。吴雪燕轻轻摇了摇头，心道："天哪，天下的事情怎么会这么巧？怎么会是他？"曾景桓正是她之前学生时代的男朋友啊！

两人用过晚餐后，叶紫羽告别老师回家。吴雪燕久久不能平静。第二天上午，她忙完自己的事情，思前想后，还是给曾景桓去了个电话，约他一见。

曾景桓接到吴雪燕的电话很意外，也很高兴。问清她在哪里后，立刻过去相见。两人也约在了咖啡厅。见面之后，自有一番感慨。

当曾景桓知道吴雪燕是来申城转机去加拿大和董凯完婚的时候，他向她祝贺。也高兴地告诉吴雪燕，说他新近交了个女朋友，也准备结婚了。

吴雪燕淡淡地点了点头，说："我知道。"

曾景桓感到意外，笑道："你如何得知？"

吴雪燕慢慢答道："因为黎欣和叶紫羽都是我的学生。"

曾景桓一听，大为吃惊。他脑中首先想到的，是世界上竟会有这么巧的事？

两人沉默了一会儿，曾景桓问道："那你有什么意见吗？"

吴雪燕淡淡一笑："我能有什么意见。我了解你的为人，其实我想知道的是，你真的很爱黎欣吗？"

曾景桓答道："那是当然。你应该明白，我从不是一个花心的人。"

吴雪燕道："可是你拆散了一对原本恩爱的人。"

曾景桓正要辩解，吴雪燕示抬手意对方先听她说完。她说："你放心，我不问原因。你比黎欣年长十岁，我只是想你亲口证实一下，你能待她好便好。"

曾景桓道："我完全可以保证。这样，晚上我们一起吃饭。我去叫上黎欣，正好让她见见老师，你们也有几年没见了吧？"

吴雪燕摇摇头："不用了。你代我向黎欣祝贺吧。你们能结合，没有错，很好。可是叶紫羽也没有错。"

曾景桓不知道怎么回答，说："你见过他了？"

吴雪燕点点头："他情绪很不好。"

曾景桓道："那你替我们安慰安慰他。"

吴雪燕道："他也不是小孩子了，失恋这种事情，旁人能安慰得了吗？老师可以传道授业解惑，唯独感情的修行，要靠他自己走过这一关。"

曾景桓不再言语。过了一会儿说道："我明天送你去机场吧。"

吴雪燕又摇摇头："还是让叶紫羽送我吧，他现在孤身一人在申城，连个朋友都没有，能见到我，总想多聚聚。你也别告诉黎欣我在申城，否则我不与她相见，怕她多心。"

曾景桓笑道："你对这两个学生，倒是很关心。"

吴雪燕也笑笑，不再答话。两人握手道别。

曾景桓走后，吴雪燕回到房间休息了会儿，她仔细想了想，觉得还应该好好和叶紫羽谈谈。作为老师，她应该帮助他，虽然这并不容易。她给叶紫羽打了个电话，叫他下班后来找她，她请他吃饭。叶紫羽高兴地答应了。

吴雪燕再次见到叶紫羽，先不谈黎欣的事，而是问他跟哪些同学还有联系？叶紫羽耸耸肩，说他这几年东奔西跑，除了颜墨桐，其他大学同学都断了音讯。

吴雪燕笑笑说："幸好他们都跟我联系了，看来我这个老师当得还不算差。"

叶紫羽一喜，连声问起同学什么都在做什么，又叫吴老师赶快把同学们的联系方式都告诉他。吴雪燕笑着答应。

叶紫羽这才从老师的口里知道，兰婧雪和李舒已经结婚，去了李舒的家乡生活；杨芳雨回到家乡的政府机关工作；安梓汐和简逸早就留学国外；林楚涯居然又考上了研究生；而高继远一直在南方一座四季如春的城市工作生活。总之，大家毕业后的发展都还不错。

叶紫羽听完，不由一番感慨。他心想，在学校恋爱的人不少，最被看好的一对儿是他和黎欣，可他们最后是这样的结果。倒是安梓汐和简逸，当初他觉得安梓汐矫揉挑剔，谁知道人家才是情比金坚呢。

吴雪燕的脸色变得郑重，她对叶紫羽说："我明天就要走了。"

叶紫羽说："我知道啊，我还得送您去机场呢。"

吴雪燕道："所以，我最后还想跟你说说感情方面的事。"

叶紫羽怔了怔，说："您说吧，我听着呢。"

吴雪燕说："昨天我听了你讲的这几年经历的事情，有苦也有笑，挺好。年轻的时候多一些经历，总是不错的。但是现在，你必须放下这段感情了。"

叶紫羽苦笑了一下说；"我知道。"

吴雪燕说："你不知道！不客气地说，你现在就是在失恋的状态中回不来了。这里面有两个原因，其一是感动，自己被自己感动，觉得自己真挚地守着一份感情，而对方怎么就不珍惜这人世间最美好的东西呢？所以自己沉溺其中，不愿自拔，自己感动自己玩。"

叶紫羽脸色一红，反驳道："不，不是这样的。"

吴雪燕加重了语气："我话还没说完。其二，你是不甘心。你不甘心从锦城到京城，再从京城到申城，一路追随，真心付出，临到了却被人甩了。我甚至觉得，你们的恋情在两年前京城的那次纠葛后，就该视作结束了。你觉得你那时是浴火重生吗？我反而觉得是画蛇添足，所以今天的结果是必然的。一夕之间反复变卦，证明连你们自己或许都不知道，其实你们并没有那么相爱。"

叶紫羽顿时懵了，难道是这样？他不认可吴老师说的话，但不知怎么回答。

吴雪燕接着说道："昨天你告诉过我，你在这发展得并不好，连一个朋友都没有，工作也不理想。如果你觉得这是你不想来的城市，你就离开这里，要拿得起放得下。当然说着容易，做到可不容易。"

吴雪燕说完，看着叶紫羽涨红的脸，知道他现在心里一定很难受。她心中微叹，这个男孩子虽然很优秀，可性格上优柔寡断，做事情的目的性不强，终怕难成大器。自己的话虽然苛刻了些，他一时或许难以接受，但对他的成长未必不是好事。

叶紫羽此刻却蓦地心头一跳，想起另一件事。他记得，许久以前，他和黎欣在大钟寺外游玩，讲起测字的事例。黎欣说了一个"僧"字，让他测测她将来的老公姓什么？他牵强附会的说是姓叶，逗得黎欣一笑。

现在看来，"僧"字拆开，不就是一个"人"字，一个"曾"字吗？这不就是说，她的老公将是一个姓曾的人？

难道，这一切在冥冥之中……真是命运？

送走吴雪燕后，叶紫羽还在想着老师说的话。虽然不太认同，但确实让他下了离开申城的决心。现在他要考虑的是去哪里？

过了几天，叶紫羽的生日到了，今年他的生日可巧，正好碰上跟中秋节同一天。这更令叶紫羽悲从心起。他想起自己在学校为黎欣写过的那首词：约定佳期临近前，心中喜欢，逐开笑颜，人月当两全……今年的这个生日，月圆人孤单，是不会有人陪他过了。所以这一天跟平常的任何一天一样，没有半点不同。至于他自己心底的那份苦涩，他自己明白，还得自己消化。

晚上，他却接到父亲打来的电话。当时他鼻头一酸。父亲祝他生日快乐后，兴奋地告诉儿子，他此刻正在去深圳的路上，就快到了，他们可是自己开车去的。叶紫羽大感奇怪，开车去的？从锦城到深圳，起码有近三千公里路程啊。

叶成煊并不知道儿子在申城的近况。这一次，是他同他的老板钱大进一块儿去东南沿海省份考察几家机械生产厂家，准备订购几台新型的生产设备回去。因为时间充裕，叶成煊突发奇想，说动钱大进开车前去。年轻时的叶成煊也是闯荡过不少地方的，他想看看如今老虽老了，自己的身体状况到底怎么样？钱大进虽说近几年发了大财，大把钞票进了口袋，实为土包子一个，也没去过什么地方。这次若自驾前往南边，一路上的风景名胜可不少，有叶成煊沿途引经据典介绍游乐，正好可以涨涨见识，所以欣然同意。几千公里的路程，加之途中走走停停，等快到达时，已整整用了十天。叶成煊虽觉劳累，可身体完全吃得消，没什么毛病。只要安安稳稳睡上一觉后，每天同样精神焕发。这让他对自己非常满意。叶成煊告诉儿子，他今年整整六十岁了，有一则电视广告给他印象挺深刻，说的是“六十岁的人，三十岁的人心”，他觉得就是他的写照。

听着父亲意气风发的话，叶紫羽大感欣慰。叶成煊在电话中自豪地说：“你老子我老当益壮，再干个 20 年，一点问题没有。”

叶紫羽笑了笑，说：“还干 20 年？您想 80 岁退休？好吧，这可要一言为定，祝您老长命百岁。”

叶成煊哈哈大笑，说：“今天是中秋节，又是你的生日，该祝你长命百岁才对。你今天吃蛋糕了吗？吃月饼了吗？”

叶紫羽听父亲这么一问，心头一酸，心想：今年别说吃了，我连月饼和蛋糕啥样都没见着呢。

他自然不会和父亲明言，强笑道：“我现在不吃那玩意儿，怕胖。我减肥呢。”

叶成煊被儿子逗乐，嘱咐他一人在外，自己凡事小心，然后挂断了电话。

父亲的豪情壮志，感染了叶紫羽。他知道父亲对深圳有着别样的情怀。

叶成煊年轻的时候，正逢三年自然灾害时期，他突发奇想，准备逃亡香港。都到了深圳，正要闯过边境的时候，被边防民兵抓了回来。算他运气好，在当地碰上熟人，才没受什么罪，直接被遣返回锦城。

叶紫羽灵光乍现，心想，自己不如去惠城吧？那儿毕竟是改革开放的前沿地带，又与京申两城同为国际化大都市，发展机会相比京申两地来说，只会更多。而且，自己刚毕业的时候，工作实习的那座南方小城离惠城尚近，对自己来说，那里也不算完全陌生。

数日后，叶紫羽在新公司刚做满一个月，便提出了离职。因他还在试用期内，公司也没说什么，一个月工资照发。他领到工资后，便去火车站买了前往惠城的车票。从火车站回去住所的路上，天色已晚，看着夜幕下繁华的霓虹灯，他心中不由悲凉又起。虽然他在这里的生活很不如意，可前后一算，他来申城也几近一年了。既然就要离开，多看几眼当地的景致也是好的，下一次不知何时再会来到这里。

叶紫羽在街道上走着，望着来来往往的行人，望着身边的一草一木。申城路边的电线杆子、车站站牌、绿化树上，总是贴满巴掌大小的不干胶贴，上面的内容大致以两种最多。一种是代办文凭，从中学生到博士生，从国内到国外，应有尽有。叶紫羽以前也看到过，他还想过自己要不要去办一个外国文凭，找工作会不会容易些？《围城》里的主人公方鸿渐不就办了个外国的冒牌货，回来还当上大学的讲师了吗？不过他想想自己那三脚猫外语，还是熄了这念头。

另一类居多的小广告，是招聘男女公关。这个对学历没要求，收入还丰厚得很呢。都用大大的黑体字写着“月薪 2 万起”，外加奖金提成。这真是个天文般的数字了。叶紫羽懂得这种工作是做什么的，此刻他突然好奇心起，想想自己明天就要离开了，打个电话去了解了解又有何妨？他记了其中一个小广告中的联络方式，走到一条行人稀少的街道，在一个电话亭站住，插入电话卡，用公用电话拨通了小广告中的 call 机号，告知 call 台请对方回复电话亭的号码。

没过多久，果然有电话进来，叶紫羽接起一听，是个男子的声音，操着极不标准的普通话，嗓音浑浊，一听便是吸烟过多导致。叶紫羽直接说他想应聘公关，对方问了下他的身高年龄，立刻说可以录用，但是要先交 500 元服装费。叶紫羽一听乐了，说：“可以，这费用怎么交？”对方说：“我给你你一个银行卡号，你把钱转入卡里后，再打这个电话同我联系，我告诉你怎么到公司。”叶紫羽说：“行，你快把卡号给我吧。”于是对方告诉他一个卡号。叶紫羽装得有模有样，重复念了一遍卡号，说：“我没记错吧？”对方说：“没错。”叶紫羽说：“我现在就找地方转款去，你记着查看啊。”对方说：“好，你快去吧。”

挂断电话，叶紫羽嘴里暗骂道：“这些低智商的东西，这样也能骗钱的？”他朝前走了几步，感觉玩得还不过瘾，于是他在前方又盯着小广告抄了一个 call 机号码，再找了个电话亭打过去。他倒想看看，这里面到底有多少套路？

这一次回过来的，是一个中年男子的声音，但比上一个好听多了，略带磁性，普通话也很标准。对方同样问了叶紫羽的身高年龄，又问了他姓什么？叶紫羽略一停顿，没有讲自己的真实姓氏，下意识地说自己姓钱。估计近日他尽想着找地方挣大钱了。

对方听后，问他十分钟内能否赶到平江饭店大堂？叶紫羽一盘算，平江饭店离这里不算太远，十分钟足够了，便说可以。于是对方又告诉他，让他十分钟后，在平江饭店正门进去左手边的沙发处站立三分钟，然后出去找个电话亭再同他联系。

叶紫羽心想，这个倒没有开口就叫先交服装费啥的，管他有何目的，去看看再说。于是他应承下来。

十分钟后，叶紫羽按照电话中男子的指示，在平江饭店的指定位子站了三分钟。他看着饭店大堂进进出出的人群，不知对方有何用意。三分钟后，他走了出来，在附近找了一个电话亭，再次同对方联系。

对方很快回过来电话，问道："你是穿的黑色长裤、黑色皮鞋、蓝色衬衣，身高在一米八左右吗？"

叶紫羽一怔，答道："是的。你看见我了？"

对方答道："是的。看见了。"

叶紫羽突然感到有点害怕，他不自觉往四周瞅了瞅，这条街上倒很热闹，远处还有警察在执勤，他心里才安定了些。又听电话中说道："你知道我们这行是干什么的吗？"

叶紫羽回答："当然知道。太明显不过了。"

对方似乎在电话中轻笑了一下，说："那好，我也不避讳了。干我们这行的男子，通常被称作'鸭子'。你的身材相貌还过得去。现在，你可以叫我龙哥，我给你两个问题，你先思考后，再作回答。"

叶紫羽听他这番话，本来觉得好笑，龙哥？你以为港片里的香港黑帮老大呀？但接下来对方问的两个问题，却让他非常吃惊。对方的问题是：第一，你认为做这一行，会得到些什么，会失去些什么？第二，如果你的至亲好友知道你在做这个，你怎么办？

叶紫羽顿时哑口，他完全想不到对方会提出这两个问题。他犹豫了一下说道："现在就要回答你吗？"

对方说道："不用现在回答，我给你 40 分钟时间好好想想，40 分钟后，你找个电话亭再联系我。"

叶紫羽答应了。随后他去到公交站台，坐上了回家的公交车。在车上，他一直在想那个"龙哥"提出的两个问题。本来他打这个电话纯粹是一时兴起，闹着玩的，是想看看这街头的小广告是怎么骗人的。可这两个问题，似乎击中了他的内心，本来他想打完这通电话，就直接回家睡觉的，谁还理搭这破事儿啊，但现在，他却不由自主地沉思起来。

公交车不过20分钟，就到了他住的小区。叶紫羽没有直接回房，他在街道上漫步。这里行人更少。40会钟过去后，他决定给对方回电话。

电话接通后，叶紫羽觉得对方的声音更有磁性了。自称龙哥的人问他：“你想好刚才的问题了吗?”

叶紫羽道：“想好了。先回答第一个。做这一行，我目前还不清楚也不知道我会得到些什么。但现在我没做这行，却清楚地知道我失去了什么。”

电话中，对方明显愣了一下，显然没想到叶紫羽会有这样回答。他缓缓说道：“听起来你有心事，不妨先讲讲?”

叶紫羽知道，无论怎样，这通电话之后，他不会和对方有任何联系了，对方也不会知道他是谁，他现在报给对方的名字都是假的呢。所以他很想倾诉，把自己近来的遭遇和自己最真实的感受想法，说给一个未曾谋面的人听。

他这一番讲述，足足有半个钟头，对方居然认真地听完了。然后，对方问他：“你现在很想挣大钱是吗?”

叶紫羽答道：“是。”

对方又问：“你感觉现在很缺钱吗?”

叶紫羽再答：“是。”

对方接着问；“假如你现在很有钱了，你最想立刻去做的事情是什么?”

叶紫羽愣住了。是啊，现在我很有钱的话，我最想做什么？去把黎欣抢回来？好像这也不单是钱的事。他一下子不知道怎么回答。

对方又说道：“来做这一行的人之中，有的是在外面欠了大笔的赌债，所以他们的目的很明确，要还债。还有从乡下来的，学历低，找不到好工作，在城市难以立足，他们的目的也很明确，抓紧时间挣钱，尽早回乡下盖房子，娶老婆。你现在很想有钱，但有了钱一时却没有明确的目的，说明你现在最需要的不是钱。”

叶紫羽浑身一震，真如对方所说吗？他讷讷地言道：“其实我也想有钱买房，有钱娶个漂亮老婆的。”

对方笑了一笑，说：“我看出你是聪明人，你明白我所指的不是这个意思。你说的那是有了金钱催生出的欲望，人人都会有。不客气地说，你还太嫩。通过你刚才的讲述，你应该是个至情至性的人。所以我倒认为，你做了这行，得到的是尊严，失去的也是尊严。”

叶紫羽道：“失去的是尊严，我懂。可为什么得到的也是尊严呢？我不懂。起码我打电话来应聘，就是冲着高薪来的。”

对方又笑了笑，说：“过些时候，你总会懂的。”

叶紫羽心中感叹，这人难道仅仅是个做“鸭头”的吗？他此时不由对这位龙哥有点肃然起敬。

对方话锋又转，说道：“好了，现在我们说点具体的吧。”

接着，这位龙哥把做这行的一些要求与注意事项，以及报酬的分配讲给了叶紫羽听。最后问他还有什么要知道的？

叶紫羽答道：“没有了。现在我想好您的第二个问题了。就是我不会做这行的，因为我已经想到天下没有不透风的墙。如果我的至亲好友都知道了，我死不足惜，只怕还会让家族蒙羞，连累高龄老父不得善终。”

说完这几句话，他未等对方开口，“啪”地一声，赶紧挂了电话。

叶紫羽事后曾想，若不是这种事情，他倒真希望能结交结交那位“龙哥”。

叶紫羽离开申城这天，正值中国五十周年国庆之日。

共和国举行了一次盛况空前的阅兵仪式。大阅兵早上十点开始，叶紫羽在小区楼下一家小卖铺观看。仪仗队，将校方阵，各兵种，再到坦克方队、导弹方队……威仪棣棣，一列列地向世人昭示着一个盛世中国。

威严的场面久久地刺激着叶紫羽的心灵，他在为祖国的强大而自豪着，又在为自己的渺小而痛苦着。不过最后，他突然变得很有信心。

他觉得，他这是在向 20 世纪告别，向 21 世纪招手。

一个世纪都快结束了，还有什么不好的、想不通的事情放不下呢？

他拎着行李出了门，直奔申城火车站而去。

再见了，申城。

再见了，美丽的东方大都市。

新世纪里，我一定会有更好的，属于我自己的生活！

（上篇完）

下　篇

二十一、东方未明

这是一个经济发达的南部沿海省份。惠城则是这个省份的省会城市，中国的第三大江穿城而过。农耕时代，这里是蛮荒之地，是发配犯人之所在。可中国从黄河文明走向海洋文明之际，这里便成了改革开放的前沿，生机勃勃地飞速向前发展着。正是如此，全国各地的劳动者，从高知高干到目不识丁的普通劳动者，都汇聚在这里，寻找着属于自己的梦想。

那日叶紫羽在惠城火车站下车后，虽是傍晚，也立刻感到一股热浪扑面而来。在这个南方大都市，十月的天气，竟比他家乡的三伏天还要热。叶紫羽便有些心慌，他第一次涉足这座城市，不但举目无亲，甚至该往哪儿走，他都拿不准。好在他出门的经验已足够丰富，寻思着先找个落脚之处，再考虑其他问题。

叶紫羽随着人流往站外走，一路总有人操着蹩脚的普通话过来搭腔，他一律不理，径自出站。关于当地火车站的传闻，在来之前，他可听说了不少。知道这里龙蛇混杂，抢劫行骗之事层出不穷。出站后，他装作对本地很熟悉的样子，脚下一刻不停，对不断上前询他问要去哪里，要不要坐车的陌生人一概不理会，直到走到一处安静、整洁的大院门口，才在街边的报刊亭买了张惠城市区的地图，仔仔细细地看着，心里却在寻思到哪里先找个便宜的旅店住下，次日再往人才市场看看。不过他举目四望，能瞧见的，都是霓虹闪烁的大宾馆，不用问也知道那里的住宿费不低，可不是他所能消费得起的。

叶紫羽开始踌躇往哪儿走，便见一个穿着皱巴巴的西服的男子拢了过来，笑着问他："先生要住宿吗？很便宜很实惠的。"

叶紫羽心想，这里离火车站也经不近了，居然还有人揽客，不过他在这里感觉比在火车站广场踏实些，加之正有所需，便问道："在哪里？多少钱一晚？”

男子回答道：“不远，就在附近，走路七八分钟，什么样的价格的房型都有。看你要住哪种的？”

叶紫羽问：“最便宜的多少钱？”

男子答道：“最便宜多人间，10 元钱一晚。”

叶紫羽又问：“有浴室可以洗澡吗？”

男子回答：“当然有。24 小时热水。”

叶紫羽想了片刻，答应了，便叫男子带他前去。男子很殷勤地要帮叶紫羽拎包，叶紫羽摇头拒绝，说包不重。男子也便罢了。可叶紫羽跟着男子走出几百米后，觉得不对，怎么他们又朝着火车站的方向去了？他连忙叫住男子，那人告诉他，他还有同事在车站广场上也接到客人，过去汇合，顺便让宾馆的车送他们一同过去。

叶紫羽一听疑虑更深，说：“你不是讲走路几分钟吗，何必要坐车？”男子笑容满面地告诉他反正也是顺路，让他放心好了。

叶紫羽虽然心有疑虑，但左右无地方可去，只好随着男子前行，心想还是要回到火车站广场上来，自己刚才又多此一举了。

到广场后，果然见一辆破旧的面包车停在那儿，男子上前同司机商量了几句，转头对叶紫羽说：“我们还要在广场上接人，先送你们两人去宾馆住下。”

叶紫羽上车后，看见后排位置上已经坐了一名青年男子。那人见叶紫羽上车，朝他点了点头。叶紫羽也朝对方点点头，问道：“您也是刚来惠城的吗？”

对方答道：“是啊，我从新疆来的，坐了七天七夜的火车呢。”

叶紫羽问：“你坐的硬座吗？”

对方答道：“是啊，中途还转了一次车呢。”

叶紫羽心想，自己从申城过来，才一天一夜，还是坐的卧铺。看来世界比他还辛苦的人多着呢。

两人都是从异地第一次来惠城，萍水相逢，也不禁多了几分亲近之意。叶紫羽问对方怎么找上这家宾馆的？对方说下火车一出站就有人问他住不住宿，他询问了价格，觉得十元钱一晚不贵，就答应了，然后在车上坐了快半个小时了，叶紫羽才来。

叶紫羽听他这么一说，心里微觉放心。问了对方姓名，得知对方姓陈。可面包车开出十几分钟后，还没有停下的意思，叶紫羽心里又嘀咕开了，姓陈的也在疑惑。不过他们两人同行，比起一个人来，胆气倒是壮了不少。

约半个小时后，面包车总算在一条污水横流的小巷口停了来下。司机说宾馆到了，叫他们下车。二人下来一看，什么破地方啊？居然开车开了半个小时。叶紫羽想想揽客的男子说走路只需七八分钟，就感觉不妙。果然，破破烂烂的宾馆前台走出一人，招呼他们办理入住手续。二人到前台一看，更加皱眉，住宿价目表上写着最便宜的多人间，也要 80 元一张床位，比先前揽客的男子所说的 10 元钱，高出太多。叶紫羽尚未开口，陈姓男子已经大为不满地问道："不是说有 10 元一晚的房间吗？怎么变成 80 元？"

前台一穿着花衬衫的男子一脸不耐烦的神情，答道："10 元的房间已经满客，现在最便宜的就只剩 80 元的。"

陈姓男子大怒，说道："那我不住了，我另外找去。"说完朝叶紫羽一看，又道："我们一起另找地方。"

叶紫羽瞧在眼里，心中明白他们上当了，要走只怕没那么容易。果然，几个男子从旁边闪身出来，也不说话，只是将叶陈二人围在中间，狠狠地盯着他们。花衬衫皮笑肉不笑地看着二人说道："要走可以。但得把车费交了，不能白送你们过来吧？"陈姓男子问道："车费多少？"

花衬衫答道："50 元一位。"

这分明是敲诈了，陈姓男子满脸通红，顿时发作道："老子从新疆过来，没怕过谁，你们想敲诈我，没门。"

花衬衫一声冷笑，说："从哪来都一样，天下没有免费的午餐，也没有白坐的车。我们开门做生意，明码标价，公平得很。你要么住店，要么交车费。否则，报警也这样。"

叶紫羽心想，确实，报警也未必讨得了好。上车之前，并没谈到车费。而住宿费对方坚称没有 10 元的房间，确也无可奈何。

这时，花衬衫目光转向了叶紫羽，他见叶紫羽面目斯文，想来好欺负些，便朝他道："你是住下呢，还是交车费？"

叶紫羽面无表情道："不住。"

花衬衫道："那交车费？"

叶紫羽仍然面无表情："不交。"

花衬衫怒了，一使眼色，站在叶紫羽身边的男子便出手推了叶紫羽一把，鼻孔一哼，说道："小子，你很拽啊。"

叶紫羽也不看他，昂着头说道："我不是拽，也没什么本事。但我现在很缺钱，所以钱比命重要。大不了我明天横尸街头，这钱也不会给的。"

说了这几句话，他才朝着花衬衫冷笑了一下，又道："你不用叫这么多人吓唬我，我手无缚鸡之力，任谁也打不过，有一两个足够。你们谁要动手的话，随便好了。"

花衬衫不由愣了愣。其实他们不过是当地的小混混，开了家破旅店，专门在火车站招揽初到惠城的外地人，以低廉的价格骗到这里，再以高价入住。一般人虽知上当后，但总想着多一事不如少一事，住一晚明天赶紧走就是了。所以他们屡屡得逞。没想到今天这两人还真跟他们扛上了，他们心中自然不愿把事情闹大，否则这生意肯定做不下去的，一时倒也不知怎么办好。

叶紫羽此刻倒不是在说大话。他在生活和情感上连遭挫折，失意来到惠城，本来心中就一直堵得慌。下火车时已经着意提防，不料还是着了道儿。他一时心灰意懒，心想世事怎么如此艰难？对方要打人就让他们打好了，最好打死他，一了百了，省得烦心。

众人就这么僵持着，花衬衫眼见局面不善，心思一转，出去了一下，很快又进来，拨通了摆在前台的电话，然后拿起话筒递给叶紫羽道："你的电话。"

叶紫羽一愣，心想此处怎么会有我的电话？他接过话筒"喂"了一声，只听对面一个男子的声音连连向他道歉，说实在不好意思，他也不知道10元的住宿满房了，可不是要存心欺骗他们。叶紫羽这才听出，电话中讲话的正是刚才在街上拉他过来的揽客男子。他知道对方是在跟他唱双簧呢，也不点破，仍然声调平和地说道："太贵，我们住不起。"对方的声音还是很热情，说："你看这样好不好，你们还是住下。我跟店老板说说，让他给你们好一点的房间，房价么，打个折，这样你们也能休息得好点儿是不？我们在火车站揽客也不容易，大家都互相体谅下吧。"

叶紫羽心想你们一个唱红脸一个唱白脸，我如何不知。他问道："打折打多少？"

对方显得很慷慨的样子说道："这位兄弟，我觉得你为人挺耿直，我让店老板给你们打个五折，40元一晚怎么样。"

叶紫羽此时也觉得不能把事情闹得太僵，也不知姓陈的男子怎么想。但不能对方说什么就是什么，所以他回道："40元不行。我忍痛也就能给35元。"

对方一听，故作犹豫了下说："行行行，35就35，我当交你们这个朋友了。”

叶紫羽心想，鬼才交你这种朋友。他转头目视同来的陈姓男子，征询他的意见。二人先前虽不相识，但此时必然要保持一致。陈姓男子想了想，点头表示同意。于是他们周围的几个混混才转身离去。

二人办理了入住手续，进去房间一看，是个三人间。房间里除了三张旧床之外，凳子水杯什么的全都没有。这样的房间，即便 35 元也是亏了。二人各自躺到一张床上，闭上眼睛休息了会儿。相约出去吃饭。

附近的小吃档倒是不少，他们各自选了便宜盒饭，各自付了钱，大口大口吃完，再回到房间。陈姓男子坐了七天七夜的火车，身上甚脏，他想洗澡，却发现这个旅店根本没有洗澡的地方。再问旅店的所谓的工作人员，对方说只能接水到公共卫生间冲去。姓陈的无奈，只能接了一桶凉水，到卫生间草草冲了冲了事。叶紫羽却不愿意，他爬在床上仔细地又看了半天地图，已经想好，忍一晚，明天先去人才市场，再到人才市场附近找找出租屋。

等姓陈的洗完澡回来，他们躺在床上聊天，叶紫羽方得知对方来惠城只是路过，明天还要去附近一个城市投奔朋友。他们正聊着，门被推开，又有人进来住宿。这是个三人间，原本是要住三个人的。来人进房后，见已住了两人，略一点头，到空着的床位上去了。看看房内简陋的环境，咕哝了一声，又走了出去。叶紫羽见这人连个行李包都没，空着两手，也不知是不是从火车站招揽来的吧。过不多久，那人再次从门外进来，却拎着一瓶开水，拿着一桶方便面。他将方便面泡上，才对叶紫羽二人招呼道：“两位从哪里来？”

叶紫羽此时看这人有些眼熟，却想不起哪里见过。等他开口，乡音甚浓。他突然回忆起当年上学之时，在长江上坐船回家，在船上让出半席之地让他安睡的，可不就是此人！他脱口叫而出：“请问你是叫孙玉强吗？”

对方见叶紫羽叫出他的名字，脸色大变，神情甚是紧张。叶紫羽却没发觉，仍然激动地说：“我叫叶紫羽，你还记得吗？那年从宁城到山城的船上，我们一起睡在甲板上的，还多蒙你照顾。”

对方望着叶紫羽，噢了一声，似有想起，终于面露喜色，说道：“对对对，想起了，我们是老乡啊，好多年不见了啊。”

叶紫羽伸出手去，激动地说：“是啊，你现在剪了平头，我差点儿认不出你。想不到我们居然在这里碰上。”

孙玉强也觉得世上之事太巧，方便面也不吃了，拉着叶紫羽硬要到外面喝酒去。叶紫羽想到数年前分别时，就说过下次再见，当把酒言欢的话语，也不推辞，叫了陈姓男子，三人一块儿出去，找了个大排档坐下。

酒一下肚，三人的话语多了不少。叶紫羽大略讲述了自己这几年的工作情况，说这次到惠城也是来找工作的。姓陈的也说了，他是来投奔朋友，看看有没有什么工作机会。孙玉强却含含糊糊，只说自己这几年走南闯北，去了不少地方。

酒喝得差不多后，叶紫羽站起身来要去结账，却被孙玉强一把按住，表示这顿酒由他来请。叶紫羽自然不肯，他记得昔年道别之时，他曾豪气干云地想到过，他日江湖上再见，他一定要请对方好好喝上一杯的。谁知此时此地相见，他仍是穷得叮当响。不过这顿酒他无论如何要请的。争了半天之后，叶紫羽还是没拗过孙玉强，还是由对方付了钱。孙玉强对叶紫羽说道："你肯当我是朋友，我很高兴。你刚来此地，又无工作，还是我请你。"叶紫羽心中大惭，心想自己算得什么，对方也太过谦了。

回到房间后，二人继续谈起别后的经历。想是酒后人也更熟络了些，孙玉强才说道，他刚从拘留所里放出来，否则哪里会住这么破的旅店？叶紫羽吃了一惊，又听孙玉强讲，自从上次回家后再出来，他就没打过工了，一直在江湖上偷盗为业，高档宾馆、高档饭店享受过不少，世人哪知他背后干着什么勾当，只要见他有钱，自有前来阿谀奉承的。所以他常常花天酒地，今朝有酒今朝醉。上一次钱花完了，他在附近某处再次出手，不料竟被警察抓个正着。只是这次的数目不大，所以在拘留所里蹲了一个月，便被放了出来。因此他也是刚来惠城，身上除了一张毛巾裹了一把匕首、一盒刀片，再别无他物。他准备在这里瞅瞅机会，寻思着干一票。不想会遇上叶紫羽。

叶紫羽这才明白，为什么先前叫出孙玉强名字的时候，他会大惊失色。叶紫羽平素说起偷盗抢劫之事，心里殊为痛恨。可此时，他却恨不起孙玉强来，心里长叹一声。却不知姓陈的男子在旁边听了，突然对孙玉强说道："这位大哥，我以后干脆跟着你混吧。"

他话一出口，另外两人都是一愣。原来，姓陈的男子在新疆当兵多年，转业后一直没正经事可干。这次来南方是投奔以前的战友的，看能不能在南方找到事情做。不过他知道他的战友也不过是在这边一个小工厂里做保安，找到他后，也做不成什么大事。一样得辛苦赚钱糊口，前途渺茫得紧。他刚才听了孙玉强的话，觉得人生能把该享受的享受了，也不枉活了一回。至于是不是违法乱纪，都活得没方向了还管那么多做啥？

孙玉强笑道：“跟着我干当然可以，不过这可不是什么好事情。别看有钱时花天酒地，坐牢的滋味不好受呢。干上这些勾当，没有回头路好走的。到时后悔就来不及了。”

陈姓男子道：“我当然不后悔。我快30岁的人了，一天享受的日子也没过过。我一没学历，二没技术。来这边也恐慌着，除了干点儿体力活儿，还能做什么？倒不如跟着你去，今朝有酒今朝醉，还想那么长远干嘛？”

两人越说越投机，居然便约定了此后共同进退。叶紫羽在一旁听着，不由一阵着慌。心想，自己该当如何？他也没有着落啊。便道：“不如我也同你一起混吧。”

这下轮到孙玉强与姓陈的男子愣住了。孙玉强笑道：“那怎么行？你是大学生，又长得这么英俊，终有时来运转的一天，与我们不同。怎么能走这条路。”

叶紫羽本因心中慌乱，临时起意，见对方也这么说，不吭声了。当晚，三人尽皆彻夜难眠。次日一早起床，孙玉强问姓陈的男子：“你真打算跟我走了？”姓陈的毫不犹豫地点点头说道：“决定了！管他正路邪路，人各有命，或许这是我命中注定吧。”

虽然二人沦落为盗，但此刻三人同处一室，反是叶紫羽显得孤单了。他心想，这两人不管做什么，总还有个照应。自己却要独自一人面对这座陌生的城市，相比之下，他心中更加惶恐。孙玉强见他的表情不安，问他到这之前有过什么打算？叶紫羽说他最初的打算也就是先去去人才市场。孙玉强便提出，他们二人先陪他去公交车站，再行离开。就这样三人一同出门。

他们到前台退了房，走到大街上，在一处公交站台找到去人才市场的车次。孙玉强二人陪着叶紫羽等候来车。叶紫羽不知说什么好，虽然时间很短，交流得也不多，但他内心实是把这二人当作了朋友。他知道二人今后一去，或偷或抢，已非善类。但如今对他却是义气当先。很快，公交车来了，叶紫羽跳上车，只对二人说了句保重。二人向他挥手告别，孙玉强又说了句：“还能再见的话，再找地方喝酒。”叶紫羽不知说什么好，只有笑笑，也向他们挥手告辞。

公交车驶出一个小时左右，到了惠城人才市场站。叶紫羽跳下车，到门口一看，稀稀疏疏的没几个人。走进大厅，看到一幅海报上写着：在本地人才库登记一份个人简历和求职资料，只需 25 元费用，可保留三个月，供用人单位查看选择。叶紫羽觉得划算，便去工作台前要来纸笔填写了一份。在“职业选择”一栏，他想了想，首选了广告策划类，其次选了营销类。他心中默默祈求上天，但愿他在惠城能有一个新的开始、好的开始。

在人才市场办理好登记后，他按地图的指引，到离这最近的地方去找出租房。说起到大城市求发展的外来人员，在京城绕不开地下室，在惠城则离不开城中村。城中村是南方沿海大城市进化过程中的一种特有现象。因发达城市的建成面积迅速扩张，原先分布在城市周边的农村被纳入城市的版图，被鳞次栉比的高楼大厦所包围，形成了都市里的村庄。这种地方人口杂乱，治安形势严峻，街巷狭窄拥挤，卫生条件落后，各种农民自建的多层小楼挤在一起，形成颇为奇特的握手楼、一线天等街景。这种地方在白天进去，也会感到如傍晚一般遮天蔽日。可这里有个最大的好处就是房租便宜，且手续简便，又无中介费。初到此地寻求发展的人们为了节约开支，首先会选择居住在城中村，作为他们起步阶段的一块跳板。

叶紫羽很快在附近的城中村找到一个单间，月租只需 280 元，水电齐全。虽然没有家具，但有一张床，铺上被褥就可以睡觉。叶紫羽觉得合适，很快与房东达成协议。当他办完一切手续，关上门独自坐在房内后，虽然房内简陋异常，心里却有了安稳的感觉。他拿抹布把房间擦得干净亮堂，到下午吃饭时间，独自出去，在楼下买了个四元钱的盒饭，吃完后四处逛逛，熟悉了周围的环境。

惠城的工作机会果然众多，自第二天起，叶紫羽一连接到几个电话，都是一些用人公司查看了他的简历后，约他前去面试。叶紫羽自然高兴，想他在申城的时候，一个月也接不到半个面试的通知。

不过，这里的工作机会虽多，却是龙蛇混杂。叶紫羽接到其中一个电话，一看公司地址是当地挺有名的写字楼，便兴冲冲地跑去应聘。结果对方对他讲了一大通分级理论、裂变理论、人际网络开发等等，宣称有多少人做你的下线，你可以在很短的时间内成为一个百万富翁等等。叶紫羽一听，这不就是传销吗？居然骗到小爷头上了！他听完讲解，头也不回地走掉，心中愤愤不平道：你打我一顿不要紧，可你不能侮辱我的智商啊，我像是给人做下线专坑亲人好友的吗？

又有一次，是到一家电器连锁公司面试，一个麻脸女人出面接待了他们，也不知什么职位，简单询问几句后，就递给他一沓白纸，让他去会议室写一份五千字的家电连锁规划，策划一下当前的经济形势下，应当如何开展家电连锁业务？叶紫羽一看时间已经快到中午 12 点了，这五千字要写下来，不知要到几点，肚子还不饿瘪？他也没见这公司有为他们提供午饭的意思，于是在白纸上写道：当前的经济形势下，还是要先吃饱饭。写完将笔一搁，扬长而去。

几次折腾后，真正的机会终于出现。那天傍晚，叶紫羽累了一天，正蹲在城中村的村口吃炖萝卜块，就接到一个电话，是一个中年女人的声音。对方说他们是一家化妆品公司，从人才市场调到他的档案，通知他明天去面试。叶紫羽很奇怪，他从来没接触过化妆品行业，印象中这是女孩子干的工作啊，怎么找上他了？不过既然有公司主动打电话给他，他还是立刻答应下来。

次日一早，叶紫羽去了这家位于市中区名为风雅的化妆品公司。这次面试很顺利，面试官在做了简单的问答后，表示认可，随后又主动询问叶紫羽，问他有什么要了解的？于是叶紫羽表达了自己的想法，问公司怎么想到招他面试的？他原以为这行只招女生呢。

面试人员朝他笑笑，告诉他说。化妆品虽然是女性用得多，但男性从业人员可不比女性少，这是一个朝阳行业，未来的发展不可估量。至于叶紫羽说的情况，可能是因为平常在商场一线的工作人员以女性居多，造成他这种感觉的吧。

对方说完后，又让叶紫羽填了份入职申请表，告诉他从明天起，先来公司进行为期三天的基础培训，培训期间提供午餐，培训结束后根据考核安排工作职位并公布薪资待遇。叶紫羽感到，这家公司的安排给人很正规的印象，这可比那家光让人写五千字计划不给吃饭的电器公司强多了，于是欣然同意。

回去出租屋的路上，叶紫羽还有点儿乐。自己居然会去一个化妆品公司上班？这真是从来都没有想到过的事情。虽然面试人员说这是一个朝阳行业，但他感觉这是一个上不了台面的行业，而且阴柔之气太重，似乎不符合他的理想与追求。不过，以他现在的处境，还有得挑吗？当基本的生存都面临危机的时候，谈理想未免太奢侈了。

叶紫羽踏踏实实地到新公司接受了三天培训。内容并不复杂，都是关于皮肤和产品方面的知识。和叶紫羽一同接受培训的有十来个人，其中七个女生。除他以外，另外还有两个男的，一个叫薛浪，一个叫许衡。所以三个男士自然走得比较近，休息时间就聚在一起闲聊几句，叶紫羽得知二人也是从外省来到此地的。

给众人培训的老师是一位军医大毕业的女子，名叫白慕雅，现担任公司的技术及培训部经理一职，比叶紫羽大不了几岁。白老师身材修长，气质出众，叶紫羽暗想她为什么不去医院工作，倒跑来化妆品公司了？

这一类的知识点难不倒叶紫羽，三天过后，培训结束。什么皮肤分层、细胞活化，新陈代谢等等，叶紫羽都清楚掌握。至于公司几大系列的产品架构及价格卖点，他也记得滚瓜烂熟。培训结束后，白老师宣布次日考核。不知为啥，叶紫羽心中居然有点小小的紧张。

二十二、君子所履

话说叶紫羽到风雅化妆品公司后，参加的第一次测试，居然得了个第一名，这可把他笑坏了。他想了想自己上一次得第一名是什么时候，打死也想不起来。倒是记起了好几次倒数第一，基本上都是高中阶段化学测验挣下的。想想当初学化学那德行，他都臊得慌，如今倒干起化妆品行业了

虽然这只是小小的一次培训考核，并且公司也没有因此把谁辞退，但得了第一的叶紫羽还是加深了培训部经理白慕雅对他的印象。职场新人往往就是这样，不需要你有多么得出类拔萃，但你只要稍稍领先一点，带来的益处和机遇便不可估量。培训之后，公司还没有给他们定岗定位，而是决定由老员工带着，在市区的营业网点先实习一周。白慕雅就因为叶紫羽考核排名第一，专程挑了他跟着她实习。

化妆品市场正在中国方兴未艾。随着人民的生活水平日益提高，解决了温饱问题，自然要有更高的精神文明和物质文明的追求，谁不愿意把自己打扮得漂漂亮亮的呢？正所谓爱美之心，人皆有之。所以商场的柜台里，化妆品琳琅满目，街道两旁的美容院比比皆是。行内人士则把百货商场内销售的化妆品，统称为日化线；把美容院经营的产品及项目，统称为专业线。并由此衍生出各种功效的护肤品，比如美白祛斑的、保湿抗皱的等等。各商家为了突出各自产品的特性，又开发出许许多多技术性的概念，如植物精油、生化因子等，难以足一而论，可见这一行业的体系庞大，分支众多。

风雅公司目前的经营规模只算中等，但百货商场同美容院都有涉及。叶紫羽跟着培训部经理实习，实则是捡了大便宜。很快一周过去，白慕雅对叶紫羽的各项表现都很满意，周末中午的时候，两人在一家商场柜台检查完毕，准备回公司。白慕雅笑着告诉叶紫羽，他们的实习结束，下周起，他就要去销售部

门，不归她管了。叶紫羽听了很高兴，这说明他将正式成为公司的一员。他自毕业后，辗转了几个城市，这是他找工作最为顺利的一次。白慕雅看看时间已过了12点，便准备在商场附近吃完中饭再回公司，她见麦当劳里人不多，便叫着叶紫羽一块儿。叶紫羽正想着事儿，随口应承着，说他不喜欢麦当劳的汉堡，要不去肯德基得了？白慕雅听了说也行，肯德基就在对面，也不远。说完，她便准备过街。而叶紫羽在随口提到肯德基后，缓过心思，立刻懊恼得不行。原来，他来惠城已有大半个月，身上带的那点儿钱早捉襟见肘了。他如今跟当年初到京城一样，每天出门身上只揣十元钱，还扯什么麦当劳肯德基，随便哪家的套餐他都买不起。按理说，这是第一次和公司同事在外吃饭，作为男生应该请客才对，可他哪请得起？而既然白慕雅提出了去吃麦当劳，他若是顺着她，睁只眼闭只眼装作不懂，就让对方买单好了。可他偏偏多嘴说吃什么肯德基，别人也依着他了，那还不更该他请客才对，何况别人还带着他实习了几天，教会他这么多东西。但现实是一分钱难倒英雄汉，这该叫他如何是好？这陌生的城市，连个救急的熟人都没有。

白慕雅哪里知道他的心思，两人进到肯德基餐厅后，她叫叶紫羽赶紧去占两个空位，自己到点餐台前排队。叶紫羽不敢吭声，红着脸在一个角落的空位前坐了下来。等白慕雅托着两份套餐来到座位上，看着叶紫羽窘迫的样子，不明白怎么回事？她也没在意，递了一份到叶紫羽跟前，说道："我们吃快点，等会还得赶紧回公司。"

白慕雅说着，拿起可乐喝了一口，却看见叶紫羽眼眶微红，神情激动，她不明白怎么回事，问道："你怎么了？"

叶紫羽用手擤了擤鼻翼，抬头对白慕雅说道："对不起，白经理。您这几天教了我很多东西，我应该感谢您，今天我应该请您吃饭才对，可是我……"

叶紫羽自从在申城遭遇情变，再来惠城，已经过去几个月了，这番心事一直郁郁地积在心头，他虽然时时激励自己，强加克制，可这段时间过的生活，实在不成样子。时间、机会都在流逝，他除了年岁徒长，一无所获，而今仍然落魄到这般地步。他终于忍不住，将这几个月以来的事情，包括来惠城的原因，原原本本地说给了白慕雅听。他还从没向任何人这么详细地说起过，待到说完，又大感惭愧。

白慕雅一直静静地听着，虽然表面仍然平静，其实心中委实已被对方感动。她微微笑了一笑，对叶紫羽说道："无论如何，你已经开始重新振作，总是好的。不过今天这顿午餐你真想多了，我可没觉得该你请我。从公司的角度来说，我是老员工，你是新人，我算你半个上级，自然该我请你。从朋友的角度说，我是本地人，你从外地来，我初尽地主之谊，难道不应该？再说，以后都在一家公司工作了，你还怕没机会请回我吗？”

叶紫羽感激地点了点头，心想，自己刚到公司，与对方本不太熟，竟然跟人讲了这么多私人的话题。他越发感到脸红，拿起汉堡慢慢吃着，再没好意思说话。

几天后，到风雅公司的这批新人被正式分配到各个部门工作，男士们都进了销售部。不同的是，苏衡和薛浪还得在本省做一段时间业务员，天天跑门店，唯独叶紫羽却获准直接对接 Y 省的工作，算起来，等于比苏薛二人高了一个级别，这让叶紫羽格外高兴，他知道这里准有白慕雅的帮助，他暗暗记下了这份人情。

Y 省是风雅公司在南方的重点市场之一，也是一个风景如画的地方。叶紫羽自被任命对接 Y 省的业务以来，就从公司市场部申请调出了一年来有关 Y 省的业务数据，了然于胸后，很快熟悉了情况。到月底，公司通知他到 Y 省省会出差，同当地代理对接销售任务，并把所有产品上柜的商场巡视一遍。叶紫羽欣然领命。这份差事是他喜欢的，并且去到那里，还可以见见他多年未见的老同学高继远。前番从吴雪燕老师那里，他已经得到了高继远的联系方式。只是他匆匆来到惠城，忙于找工作，还未同高继远联系过。

叶紫羽拨通了高继远的电话，本想在电话里让高继远猜猜他是谁，谁知高继远一听声音就猜出是他，兴奋地大叫起来。叶紫羽告诉高继远，过几天他过去出差，找时间见见。高继远一听，硬要叶紫羽告知详细的到达时间，他好去车站接他。叶紫羽推辞了几句，见高继远执意要求，也就跟他说了。

等叶紫羽到达的那天，高继远早早已在站台上等候，一见到叶紫羽的身影，就在人群中高声呼唤。当年一个寝室分睡在上下铺的兄弟，相别许久再见，怎不激动万分。高继远硬要帮叶紫羽拎着行李箱走出站台，叶紫羽也不客气。二人来到车站广场后，高继远径直走到一辆银色的小轿车面前，打开车门，放好行李，招呼叶紫羽上车。叶紫羽笑道：“你是不是假公济私，开着单位的车接私活来了。”

高继远道：“我可没那么大权力，这是我家的车。”

叶紫羽有些意外，拍着高继远的肩头笑道："好哇老高，混得不错，这才几年，居然买车了，剥削阶级了啊。"高继远道："别取笑我了。"

叶紫羽道："哪敢取笑，这年头有私家车的，还不得是个地主老财。"高继远道："买车就是为我接送老婆方便，可没其他意思。"

叶紫羽一听，又是一愣，继而喜道："你居然结婚了？恭喜恭喜！女孩儿是哪儿的？怎么看中你的？凭什么就嫁给你了？快说快说！"

高继远笑道："你慌什么，待会儿边吃边聊。"

汽车开出约半个钟头后，来到一处颇有民族特色的酒店。高继远已经在这订好席位，要为二人的久别重逢好好干杯。三杯下肚后，高继远打开话匣，讲出一段奇妙的爱情故事，竟把叶紫羽听得呆了。

原来，高继远自分配到本地工作后，因他为人处世得体，又肯埋头苦干，日子稍长，便为领导赏识，年轻的同事们也乐于和他结交。每逢周末，他爱和同事们一起，去近郊一个体育场踢球。那儿空气新鲜，环境很好，周围有几幢漂亮的私人别墅。球场旁边还有个不太高的土坡，上面有树，有凉亭。踢累了时，就坐在上面休息，每次，高继远都觉得很惬意。再到周一上班，他心中都非常舒畅并充满活力，日子过得甚是开心。单位上开始有年长的热心人主动为他介绍对象，他并不推辞，相了几次亲后，他看中一位姑娘，两人热恋了小半年左右，却被一个有钱的公子哥儿横刀夺爱，于是姑娘把他甩了。

高继远说到这里，叶紫羽心中一动。又听高继远继续讲到，重回单身的日子后，他还是每周跟同事们去体育场踢球。有一次和对方争顶时，撞破了额头。众人正踢得激烈，顾不上关心他，他便自己下场到旁边休息。正难受的时候，一个面容和蔼的中年女人朝他走来，关切地问他："先生，你要紧吗？我带你去楼里洗洗伤口吧。"说着用手一指球场外的其中一幢别墅。高继远微感诧异，问道："您是？"

中年女人笑着告诉他："我是楼里的保姆。"

高继远也笑着道了声谢，说："不用了，这点小伤，没事的。"

中年女人却不离开，继续劝他道："先生您还是去洗洗吧。我家主人也喜欢足球，她很想跟您聊聊，她差不多快半年没见到您了。"

听她这么一说，高继远感到奇怪，问道："您家主人认识我吗？"

中年女人微微一笑，说："你去看看就知道了。"

高继远见她盛情邀请，便跟她去了。进到别墅内，里面很安静，只见房内装修得也很豪华。对方先让高继远到卫生间清洗了下伤口，又带他上了二楼客厅。高继远一眼看见正对球场的落地窗边，坐着一位身穿蓝色长裙的年轻女子，披肩的长发随着一丝微风轻轻拂动，秀丽的脸庞有些苍白，两眼热情而又激动地望着前来的高继远，手里还拿着架望远镜。高继远有点儿吃惊，他这才反应过来，原来中年女人口中讲的是“她”，是指女的。

女子并未起身迎接，只点点头表示欢迎，便朝高继远说道；“你好。我喜欢足球，也喜欢看你踢，你先请坐。张阿姨，您快去拿点药过来。你疼不疼呀?”

未等高继远开口，女子已经一连串地吩咐。她的声音清脆动听，沉寂的大厅内，立刻就充满了生机。

高继远突然有点局促，摇手谢道：“不用麻烦，蹭破点儿皮，不碍事的，刚才已经清洗过了，谢谢你。”说完这话，他又问道：“对不起小姐，我在哪儿见过你吗?”

女子脸上突然泛起红晕，害羞地偏了偏头，避开了与高继远对视。这时，被称作张阿姨的中年女人拿了药走过来，笑着说道：“你是没有见过我们家小玉，不过半年前，她就每个周末都守在窗边看你踢球了。这小半年再没见你来过，可把人急坏了。”她说着，放下药水，又笑着走开了。

高继远听了，惊讶万分。想不到这段时间当中，还有人这么惦记着他。两人似乎都有点不好意思，都没说话，房中静静的。尔后，小玉抬头看高继远，正巧高继远也抬头看她，两人的目光碰在一起，双方的心中均是一动，但谁也没有再将目光移开。过了片刻，小玉不好意思地笑了笑，缓缓地述说开来。

她告诉高继远，她的父母都很忙，经常为生意在外奔波，她还有一对双胞胎弟弟，在寄宿学校读书。这幢房子常常是她一个人住着，只有张阿姨陪她。她平时很少出门，总是一个人静静地待在家里，日子过得平淡无味。本来楼下球场经常有人踢球，她也没怎么在意。直到一天，她漫不经心地坐在窗边望着外面，偶然一阵爽朗的笑声远远传来，不知为何，她的心思居然也随着笑声开始颤动。于是她极力向外张望。她看到一个高高大大的男子正追寻着足球积极跑动，每次断球、传球，他都大声呼唤队友的名字，努力进攻。当出现巧妙的配合与漂亮的射门时，他都会大声叫好，场上又会响起一阵快乐爽朗的笑声，她的心思则再次随着这笑声颤动。

那晚，她急切地让张阿姨去帮她买回一架高倍的望远镜。她的心里，不再只有淡淡的惆怅，而开始有了殷切的盼望。她盼望着每个周末的到来，盼望着再次听到那笑声，盼望着再次看到那身影。那时，她就会举起这架望远镜……

此后的每个周日，她都会坐在窗边看球，特别是穿蓝色球衣的 12 号，也就是高继远。她发现他每次带球冲锋的间隙，总会一甩头发，仿佛朝她这边看上一眼。望远镜里，她能把他的眼睛看得清清楚楚。那眼神是那么明快，充满活力。男子汉的尊严、傲气都通过这眼神透射出来，使他的整个人犹如罩上一层耀眼的光环。她的心醉了，从此爱上足球。

平日里，她老是播换着电视频道，收看各个地方的球赛。周末就看“现场直播”。她天真地想道，每个队里都有球星，他们队里谁是球星呢？就是这个 12 号了吧！看他的眼神，总是那么神采奕奕，无所畏惧。像谁呢？巴乔？不，巴乔的眼神是忧郁的。罗纳尔多，不，更不是了。也许……不对，他就是他吧，和谁都不像。小玉悄悄地笑了，她只知道为数不多的几个球星。在她心目中，高继远已经成了和这些世界级足球大腕并列的人物，少女的天性，就是这么爱幻想。

日子不断地延续，撞击着她心灵的火花。望远镜里，他们的距离好近，她就在咫尺之间看着他，为他加油。他那么努力地奔跑，寻找着射门的机会，仿佛要将每一粒入球，都化为一束鲜花奉献给她。她觉得她和他心灵之间的距离，渐渐在缩短，只剩下面对面时，那浅浅的一句问候。可是，这一切从半年的一个周末突然中断了。近半年的光阴，一共是 22 个星期过去，她没有再见过高继远的身影。她又失去了欢乐。可怕的是，她连以前平平淡淡的心情也找不回了。每个周末落空的企盼，一次又一次加深了她的心痛，一共是 22 次！每当周末过去之后，她绝不敢去回想，只有痛心的思念和哀伤。

小玉说到这里，声音有些哽咽。高继远前所未有的被震撼了！他觉得自己算不上一个很出众的男子，上天却给他安排了这么神奇的际遇。他很感动，轻声向小玉问道；“你为什么不到操场上来看我们踢球呢，说不定，我们可以早些认识。”

小玉的身体微微颤抖，她脸上挂着笑容，却滴下了眼泪，向着高继远道：“你没有注意到我坐的是轮椅吗？”

高继远“啊”了一声，这才反应过来先前她为什么不站起来迎接他了。小玉告诉他，她在上初中的时候，有一次放学独自回家，遭遇车祸，腿部受伤，从此再也站不起来了。高继远不由上前两步，将小玉的手握在掌中。她的手很软很凉，但被高继远握住后，很快变得温润如玉。高继远对她说，他想从今以后，他天天都来这里，带着她到外面散步、看球。让她永远在他的身边为他鼓劲、加油！

高继远把他的故事讲完好一阵子，叶紫羽都未接话，只是不住地摇头赞叹。他简直想象不到大学时代在男女之情上，表现最为循规蹈矩的高继远，居然会上演一出这么浪漫感人的爱情，不可思议，太不可思议了！他连连向高继远举杯，替他高兴。喝了几大杯酒后，方才问道："这个小玉，现在是你的妻子了？"

高继远笑着点点头，说："从初次见面算起刚满三个月，我们就去领了结婚证。"

叶紫羽笑道："要是我的话，我第三天就去领证！衷心祝贺你，我的好兄弟！"

高继远接受叶紫羽的祝福，又问道："你还没说你和黎——"

叶紫羽知道他要问什么了，一挥手赶紧打断，摇摇头笑道："不要提，不要问。我正在忘记她。"

高继远一怔，便知他言下之意。他忍不住还是想问，但想想自己也曾失恋过，终于还是没有问出口。

这一晚，两人已数不清喝了多少瓶酒，他们实在是太高兴了。高继远问叶紫羽："你这次来这里出差要待几天？"

叶紫羽说："等明天见过经销商后才能确定。"

高继远说："再过几天，就到2000年了，世纪之交，也是千年之交。不是每个人都能经历这千年的跨越，不如等那天晚上，我们一起畅饮聊天，共同迎接新世纪、新千年吧？"

叶紫羽算了算时间，心想到时工作应该都完成了，正好可以过完元旦回惠城，便欣然同意。随后，两人又聊起大学时代的往事，聊到颜墨桐、林楚涯，回忆起他们陪林楚涯到县城见笔友的事情，两人哈哈大笑。直到很晚，才尽兴而归。

次日上午，叶紫羽酒醒，首先去见了当地代理商，对方很热情地接待了他，两人商讨了一些关于品牌销售方面的问题，叶紫羽便提出将所有销售网点巡查一遍，对方遂将相关资料都提供给他。叶紫羽排了排行程，盘算着要在元旦前一天完成所有工作，时间也挺紧。他不敢耽误，当天下午即开始一家家巡店。

接下来的时间，叶紫羽将白天对门店的情况收集记录，晚上回到宾馆房站整理好，做成相关报表，再出门找个网吧，用电子邮件将报表传回公司。所有工作完成后，离睡觉的时间尚早，他就在网吧上网。他看见网吧里许多人都在玩一款软件，图标是一个很可爱很迷人的小企鹅，原来这是一款名为 QQ 的开放式社交聊天软件，推出的时间还不长。叶紫羽一下来了兴趣，他向别人请教了怎么运用之后，赶忙也注册了一个账号。并取了一个网名，叫“忘机鸥”。很快，他就弄懂了 QQ 的玩法，然后玩得不亦乐乎。此阶段玩 QQ 的最大乐趣，就在于和同时在线却并不认识的、天南海北的人聊天。

你不知道对方的性别，不知道对方的年龄，却可以与之畅所欲言，这太神奇了。想想生活当中，你若是走在路上，突然想对一个迎面而来的人说声“你好，能认识一下吗?”对方不当你是神经病也当你不怀好意。可在 QQ 上，这种问候却变得这么亲切，这么友好。

果然，叶紫羽挂着 QQ 在网上转悠了一会儿，就有人主动发来信息加他了。

叶紫羽看到屏幕右下角的小企鹅变成了喇叭一闪一闪，连忙点开通过，就看见对方的问候传来：你好！忘机鸥？这是只什么鸟?

叶紫羽一乐，见对方的网名叫“蝶儿”，性别显示为女，地址居然在江城，离他这里可隔着上千公里。他回答道：菜鸟。

短暂的等待后，蝶儿回话：活的?

忘机鸥：活蹦乱跳。

蝶儿：好吃不?

没有直接的回答，忘机鸥的名字下边显示出一串夸张的、吓得打抖的表情。

蝶儿：哈哈哈。不好吃吗?

忘机鸥：味道好极了，请。

蝶儿：口水……

忘机鸥：口感挺好?

蝶儿：嗯嗯。就是太瘦，没吃饱。

忘机鸥：囧囧囧。

蝶儿：哈哈哈哈。

素未谋面的两人就这样无厘头地在网上聊得开心。叶紫羽的十个手指头像跳舞一样，在键盘上流水般敲打出一节节汉字组成的漂亮话语。

接连几日工作之余，叶紫羽都上网聊天，除了蝶儿外，他又加了好多陌生的好友。不过每天，还是同蝶儿聊得最欢。这晚，蝶儿见他在线，主动发了一个猪头的图片过来。叶紫羽一看，立即回应。

忘机鸥：这是你的相片？真漂亮。

蝶儿：NO，这是我帮你画的相。

忘机鸥：你不能照着你自己的模样画啊。

蝶儿：你这么极品，我哪敢掠美。

忘机鸥：过奖过奖。

蝶儿：所以我一直珍藏着你的画像。

忘机鸥：客气客气。

蝶儿：今天实在觉得这种暗恋不好，所以跟你吱一声。

忘机鸥：岂敢岂敢。

蝶儿：哟，这么有文化有修养，是混文子（字）圈儿的吧。

忘机鸥：嗯，还好，跟蚊子不是一圈儿的。

蝶儿：偷笑中……你是白领吗？

忘机鸥：不知道，我每天穿白衬衣上班，算不算？

蝶儿：当然算！

忘机鸥：那太好了，等会我给我妈去个电话，告诉她，她儿子现在是白领了。

……

同样是些无厘头的话语，两人却你来我往说了一个多小时也不见乏味。叶紫羽想到网上的一句名言：你永远不知道，网络那头和你聊天的是一只狗还是一只猫，不由笑了。

很快到了这年的最后一天，叶紫羽的工作全部顺利完成。晚上十点过后，高继远打来电话说过会儿来宾馆接他。叶紫羽便先行到门口等候。不多时他便见到高继远的银色轿车缓缓地开了过来，他走下台阶，向高继远示意，待车在身前停稳，伸了手去将车门拉开，却见后排坐了一位身穿蓝色大衣的年轻女子，肤色白皙，容颜秀美。他一怔之下，立刻想到这应该就是高继远的妻子小玉了。

果然，女子笑着对他说道："你好，叶紫羽。你的大名我早就听说，很高兴见到你。"

叶紫羽也笑道："你是小玉吧，你的大名更是如雷贯耳。不过，可惜——"

小玉不懂，问他："可惜什么？"

叶紫羽道："可惜老高把你形容得很美，今日一见，才觉得他的形容，哪比得上你真人十分之一的漂亮。我真应该早点让他带我去见你才对。"

叶紫羽这些日子在网上跟天南海北的女孩子聊天，变得愈加会说话了。小玉一听，含笑低头，她听到自己老公的好友如此称赞自己，自是十分欢喜。高继远更是哈哈大笑。

叶紫羽伸手拍了拍高继远的肩头，故意长叹道："美人如玉，我见犹怜。老高你真是捡到宝了，看来上辈子你的确学习雷锋好榜样，做了不少好人好事，不然怎么能找到小玉。这些年你做梦都笑醒好几次了吧？"

小玉觉得叶紫羽太逗了，捂着嘴"咯咯"笑个不停。然后对他说："你这么称赞我，我可不敢当，远哥说你是他们班男生中最帅的，也果然名不虚传。"

高继远转过头对妻子说道："这小子自恃文采好，当年在学校就凭这点把戏，把好多女孩子哄得开心呢，你看你又着了他的道儿了吧。"

叶紫羽挠挠鼻尖："学校里尽是庸脂俗粉，我今儿才明白老高原来不仅是人长得高，眼光更高啊。难怪上学那会儿就他不谈恋爱，原来女同学们都入不了他的眼。"

高继远知道斗嘴是斗不过叶紫羽的，他微笑着专心开车，不再接叶紫羽的话头。小玉倒是很热情地向叶紫羽介绍起本地的风土人情，三人在车里谈笑风生，甚是开心。

不多久，车开到市中心广场，高继远已在中心酒店顶层的旋转餐厅订了位子，准备在上面一边用餐，一边欣赏都市的夜景，三人将共同迎接新千年的到来。

高继远将车停到停车位后，先下车打开后备厢，从里面拿出一副折叠的轮椅放好，再将小玉从车里抱出，轻轻放在轮椅上。恩爱之情，溢于言表。高继远推着小玉，招呼叶紫羽一同坐观光电梯上楼。

广场上人来人往，非常热闹。看来全城的年轻人几乎都聚集到这里来迎接新千年了。他们上了顶楼，由服务生引领到餐位中坐下。这儿是这座城市的最高点，叶紫羽向外一望，四周灯火辉煌，热闹非凡。前几日，这里突降大雪，新闻上说，这是这座城市五十年来的第一场雪，自然也令这里的市民更感欢乐。这时从高处望去，房顶和树上还是白雪皑皑，广场上却是人山人海。

时间一分一秒地过去，伴随着零点脚步的临近，激动的人群异口同声地随着广场上巨大的电子钟倒计时的数数：十、九、八、七……三、二、一、〇！漫天绽开的礼花顿时照亮夜空，此起彼伏的欢呼声彻响耳畔，人群中许多情侣相拥相吻。高继远也站在小玉身后，紧紧将她的手握在掌心。

叶紫羽想起他看到过的一本杂志上讲，恋人之间无论在一起多久，分手后都得用双倍的时间才能忘却。当时他心疼之至。现在他想，就算用双倍的时间去忘记又如何？那也不过十年而已。十年之后，他也才三十出头，正当而立之年，有何可惧？

钟声响起时，他已许下心愿：

我生命中的天使，虽然我还不知道你在何方，但我相信，此刻的你一定也在这个世界的某个角落，与我一样迎接着千禧年的到来。我期待着与你相遇！

二十三、彼黍离离

客路青山下，行舟绿水前。潮平两岸阔，风正一帆悬。

当火车先过黄河，再过长江时，叶紫羽靠在软卧车厢的铺位上，望着车窗外的风景，不由地想起这首诗来。其时中秋将至，北方的天气一日凉胜一日，南方却仍然炎热如夏。叶紫羽已在北方出差数月，正赶回惠城总部。本来他是想在北方待到国庆节过后再回去的，谁知公司突然发文，要求驻外和出差在外的中高层人员下周统一回到总部开会。叶紫羽心知这次回去开会，公司将有重大变化。他算算时间还充裕，自己不如坐火车返程，难得在路途中清闲两天，还可以静下心来想想事情。

此刻距叶紫羽入职风雅公司，已过三年。这三年中，风雅公司占尽天时，市场开拓顺风顺水，不断发展，每年的营业收入都呈几何级数增长，公司资产不知扩大了多少倍。叶紫羽还记得自己进入风雅公司后，首次到南城出差，表现良好，回公司后提交了一份报告，既将市场现状一一归纳，又把自己的见解和设想全部体现。连他自己都没想到，这份报告最后提交到公司总经理手内，居然受到总经理的高度赞赏。其后上上下下皆对他刮目相看，他便成为他们那一批新人中，公司的重点培养对象。从 Y 省回来后，他先后再被公司调往其他两个省份负责。也是他时来运转，当此际正值国产化妆品蓬勃发展之机，风雅公司的产品质量又非常过硬，销售工作并不难做，支援部门的白慕雅一直对叶紫羽抱有好感，暗中支持。是以连续三年综合业绩考评，叶紫羽都稳居榜首。今年上半年结束，他被提升为北方大区的负责人，带领着一支数十人的销售团队，全面负责北方九个省市的销售工作，收入也比原先翻了好几番。他偶尔回想起几年前初到申城谋生的时候，找个工作都那么难。对比之下，不由得感慨万千，看来惠城倒是他的福地。

火车进站之际，叶紫羽的手机响了，他一看，是白慕雅发来的信息，说她已经开车到了停车场接他，让叶紫羽出站后过去找她。叶紫羽心想正好，他一直很感激白慕雅对他的帮助，这次回总部专门给她带了不少礼物。

他拎着大包小包出了站后，老远就看见白慕雅站在停车场入口。他朝她挥挥手，奔了过去。在车上，叶紫羽把送给白慕雅的礼物一一取出。白慕雅满心喜欢，连声道谢。随后两人聊起公司的事情。

白慕雅问叶紫羽："你知道这次公司开会有什么重要的事项吗？"

叶紫羽说："当然知道，听说公司准备在全国设五个分公司，这样一来，整个销售体系会有大变化了。"

白慕雅道："那你怎么看？"

叶紫羽道："这个问题我这几天都在思考，我很赞同。我认为设分公司加强渠道运营至少有四大好处。其一，打个比喻，秦始皇统一中国以前，中国的政体采用的是'分权制'。商周时代，天子是天下的共主，名义上的最高领袖。而分封的诸侯表面上接受天子的领导，实际上除纳贡之外，封国的事务全由自己决断，天子绝无管理的权利。这就好比公司目前销售行为中采用的省级代理制。代理商除给总公司回款外，市场事务便不能插手，这种管理完全是粗放式的。而自秦朝以后的中国，采用的则是'中央集权制'的政体，中央的政令通过省市各级机构能有效地下达到基层。这就好比企业运营的渠道转化为分公司后，分公司不再是乾纲独断的诸侯国，而是直接隶属于总部的一级办事机构。由此实现企业的营运从粗放式的代理转为纪律化的经营，也就实现了企业对市场网络真实、有效的布局。其二……"

他滔滔不绝讲到这里，白慕雅赶紧笑着打断道："行了行了，你这么细致的分析，不如留到公司会议发言上去讲。我是想说，如果这一模式施行，现在各大区负责人的职位都会有所变动，你有什么打算吗？"

叶紫羽笑道："最好能以锦城为点，设立其中一个分公司，这样我争取调到锦城工作，就可以回老家了。"

白慕雅撇撇嘴道："这么想回家？当初又何必来这里求发展。除了设分公司这一项外，你还知道其他事项吗？"

叶紫羽摇了摇头，听白慕雅继续说道："这次会议，设分公司的议程还不是最重要的，最重要的，是要换董事长了。"

"换董事长？"叶紫羽果然吃了一惊："这是怎么回事？"

白慕雅告诉他，其实这次把所有中层以上管理人员召回公司开会，是因为某集团出巨资全盘收购风雅公司，上周已正式签协议，未避免市场议论，所以对外保密。等新董事长主持完会议后，就会正式发文。

叶紫羽问道："新董事长是什么样的人？"

白慕雅摇摇头道："我也没见过。听说还不到40岁，叫林敬安。"

叶紫羽又问："是哪里人？"

白慕雅再摇头表示不知。叶紫羽心想：看来新的大老板还挺神秘。

晚上，叶紫羽请白慕雅吃饭，他硬抢着买单。两人又说起那年吃肯德基的事情来，白慕雅直乐，说那时她压根儿也没想过要叶紫羽买单，他这心里的别扭，纯粹是自找的。

叶紫羽如今已从初到惠城时住的城中村搬了出来，在公司附近租了套环境不错的单身公寓。回到住所后，他先去冲完凉，然后坐在桌前，打开电脑上网。QQ闪动着传来一则问候：到家了吗？

叶紫羽不用看也知道，这是蝶儿发来的。他暗暗一笑，回复道：安全抵达。

上网已经很长时间，叶紫羽不知加过多少人的QQ，更不知同多少陌生人聊过天，但几年来一直保持着网上联系，既没有中断，也没有见面的，就只有这个"蝶儿"。想想就挺有意思，这几年流行网友见面，叶紫羽倒没这想法，不过他管蝶儿要过照片，但蝶儿一直不肯给他。叶紫羽问她是不是"恐龙"？对方不正面回答，反问他是不是"青蛙王子"？叶紫羽说不是，他是癞蛤蟆。蝶儿问他为什么这样说自己？叶紫羽说，因为他跟癞蛤蟆一样，是有着远大理想抱负的，一心要吃天鹅肉的，绝不坐井观天。蝶儿又被他逗笑，说自己既不是恐龙，也不是天鹅，等以后，她照了好看的照片，再给他传过来。叶紫羽也不介意。

后来，网络上兴起一款名叫《群侠传》的游戏，蝶儿很喜欢，首先加入，然后又把叶紫羽拉了进去。这款游戏虚拟了一个网络中的武侠世界，玩家们获得ID后，可以在这个世界中工作挣钱，游山玩水，行侠仗义。当然，行侠仗义的前提是你得先练好武功，否则很容易就被别人"PK"了。游戏中的人物造型都很精美，女的漂亮聪颖，男的英气勃勃。叶紫羽很喜欢蝶儿选的造型，不知不觉中，就把游戏中的形象当成了蝶儿本人，这之后，渐渐地也就懒得再管蝶儿要照片了。

两人经常在游戏世界里结伴同行，由于蝶儿在游戏里的知名度很高，所以有不少玩家来找过叶紫羽决斗。叶紫羽在游戏世界里加入的是武当派，虽然份属名门大派，但因为他的工作较忙，上网的时间不多，所以练级比较缓慢，武功低微。一旦有人找上门来 PK，他惯用的招数就是双脚抹油，赶紧下线逃跑。久而久之，他的大名“忘机鸥”也成了游戏世界里出名的胆小鬼了。不过蝶儿一样喜欢他，并在游戏世界里保护他，挺身与上门 PK 的人过招。游戏中还有求婚和结婚的设置，但忘机鸥和蝶儿一直没有成婚。

有一次，他们联袂行走江湖，来到一处风景很美，人烟稀少的湖畔，忘机鸥说要亲亲蝶儿，蝶儿还没回答，另一个玩家扮演的角色正好走过来，他以一副武林前辈的口吻训斥两人说：“孤男寡女，没名没分的却腻在一起，成何体统？”

蝶儿生气了，叫上忘机鸥一块儿 PK 对方，打得对方落荒而逃。于是游戏中，英俊美丽的两个小人儿神气得不行。而电脑屏幕前的叶紫羽，也乐得哈哈大笑。不过，蝶儿对忘机鸥经常不在线感到很不满意。叶紫羽告诉对方，自己是做销售的，工作忙，平时没太多时间上网。他很奇怪蝶儿为什么有那么多时间一直泡在网上，他问对方是做什么的？蝶儿说自己刚参加工作不久，在个熟人的公司兼个闲职。叶紫羽心想，原来我们刚在网上认识的时候，你还在上大学？难怪能有这么多时间上网。

因为明天要到公司参加会议，叶紫羽也不敢太晚睡。和蝶儿聊了十来分钟后，他便下了线。蝶儿虽然不满，也无可奈何。

第二天，叶紫羽来到公司一看，嗬，可真热闹，好多他不认识的新同事。叶紫羽很为这几年公司的飞速发展而骄傲。他隐隐也有些不安，不知道公司被收购之后，对他们这批老员工会有什么影响。叶紫羽在大厅看到苏衡和薛浪两人，这是与他同一批进公司仅有的两位男同事，他高兴地同他们打着招呼。苏衡和薛浪现下也各自负责着一个省份的业务。薛浪为人豪爽重义，见到叶紫羽，高兴地过来握手。而苏衡却淡淡一笑，表现得很淡然。苏衡也是名牌大学毕业，又与叶紫羽同时入职，但此时职位却比叶紫羽低了一级，他虽然嘴上不说，心里却是不服气的。叶紫羽心知肚明，仍表现得浑若无事。他们都是成年人了，在职场也历练了这么些年，该怎么为人处世，各人心中自有一杆秤。

叶紫羽到前台打卡签到。前台的文员女孩叫小霞，长得俏丽乖巧。她给了叶紫羽一份会议流程表和与会人员名单。叶紫羽拿过来一看，见到名单中有吴立的名字，并且担任着总经理助理一职时，不由又好气又好笑。他走到薛浪面前，指着吴立的名字悄声说道："这个变态佬怎么升职了?"薛浪乐不可支："谁知道呢，这么大公司，指不定好这口的还有谁呢。"二人同时想起刚进公司不久发生的那件事情，不由都笑了起来。薛浪故意对叶紫羽说道："我记得那时候可把你吓得不轻吧。现在你不怕了？成熟了?"叶紫羽道："现在这个世界，谁还怕谁，他要再敢摸我，我就敢摸他。"他刚说完这话，见薛浪已侧着身子故作呕吐状，他作势一脚踢过去。二人再忍不住，哈哈大笑，引来无数疑惑的目光。

原来，当初叶紫羽第一次出差回公司后，见到了公司这位行政部副经理，叫吴立，是一位四十余岁的中年男人，身材瘦小，戴着眼镜，头顶微秃，倒像个知识分子。叶紫羽恭敬地向对方问好，吴立不置可否，拿出一堆表格递过来，淡淡地告诉他，他已经过了试用期，即将转正，叫他把这几份表格填了。叶紫羽不知道这家伙是什么来头，虽见他态度傲慢，也不敢得罪他。尔后，公司又通知他们，说新人转正后，还有个为期三天的封闭式培训会议。叶紫羽也没多想，跟着大伙儿统一坐大巴车去了会议宾馆，不过他挺纳闷怎么没看到薛浪，还是旁边的人告诉他，薛浪乘的火车晚点了，要傍晚才到。果然，在大伙儿用晚餐的时候，薛浪才赶到。本来，叶紫羽是想和薛浪住一个标间的，这样两人晚上可以聊聊天。谁知吴立却吩咐后勤专员，把他和薛浪安排住一个房间。叶紫羽便不好再说什么了，隐隐还有些妒忌，薛浪什么时间同行政经理把关系搞这么好了？他知道，新到一个公司，一定要尽快建立起自己的人脉，看来自己这方面滞后了。

第二天吃早餐时，叶紫羽看见吴立一个人坐在一张桌前，于是他也坐到他面前用餐，再次恭敬地同他打招呼。吴立也有了很大转变，神色变得亲热。两人一边吃一边聊天，倒挺愉快。下午的时候，薛浪找到叶紫羽，说晚上他想换到叶紫羽的房间来，可以聊聊天。叶紫羽自然答应。到了晚餐时候，吴立跑来叫叶紫羽，说要请他到外面喝酒。叶紫羽受宠若惊，自然答应。于是两人到外面去找了个小饭店，点了几道菜，一瓶接一瓶的喝开了啤酒。吴立人虽瘦小，酒量却不错。两人这一喝，足足喝了四个小时，20 瓶啤酒下肚，才歪歪斜斜地往回走，叶紫羽还抢着买了单。回去的路上，吴立的手搭在叶紫羽肩上，紧紧地搂住了叶紫羽的脖子。叶紫羽心想这老人家肯定喝多了，站不稳，得扶着点儿，所以也伸出一只手，搀在吴立的腰间。

到了宾馆，吴立打起精神对叶紫羽说，今晚他不如就睡叶紫羽的房间好了，免得这么晚回去打扰到同房间的人。叶紫羽心想，房间里有两张床，薛浪睡一张，另一张让吴立睡，自己打地铺好了，于是答应。

两人进了房间后，叶紫羽见薛浪已经睡熟，便指着空床小声对吴立说道："吴经理您睡这张床吧，我去打地铺。"

吴立道："不用这么麻烦了，我们挤一张床睡吧。"

叶紫羽说："这床太窄，还是您自己睡吧。我打地铺没关系的。"

说完，叶紫羽先把床罩铺在地上，一看薛浪压着两枕头，于是走到他床前，想抽一个枕头出来。他的动作很轻，却还是把薛浪惊醒了。

薛浪一睁眼，看见叶紫羽俯身站在他的床头，而另一张床前，还站着吴立，脸色立刻就变了，双眼直愣愣地看着他们。叶紫羽连忙说道："我拿个枕头，不好意思吵醒你了，你快睡吧。"薛浪抬了抬头，让他把枕头抽走，却把被子裹得更紧了些。

叶紫羽把枕头放好，往地铺上一趟，立刻呼呼大睡，他实在是困了。入睡之前，他脑中莫名其妙的闪过了刚才薛浪的眼神。那眼神令他有一种特别的、熟悉的感觉。他顿了片刻后终于想起，这眼神跟他看的周星驰电影《大圣娶妻》里，小妖怪在高台上看着唐僧时的眼神一模一样啊，那渗到骨子里的惊恐，好酸爽。

培训会后，众人回公司上班。隔天下班后，吴立来找叶紫羽，说前天他请了他喝酒，今天他要请回他到花园酒店喝咖啡。叶紫羽也没多想，便答应了。他本来还想叫着薛浪一起去的，但薛浪打死也不肯。

花园酒店是一家涉外五星级酒店，咖啡厅装潢得高贵典雅。叶紫羽当时还是第一次涉足这样的场所，不免心头惴惴。

二人坐定之后，吴立对他说道："小叶，我觉得你不够意思啊。"

叶紫羽一听，大为不解，自己可以说是在特意同他交好了，他怎么这么说？于是他笑着说道："吴经理这是说哪里话，有什么要求您尽管吩咐好了。"

吴立问他："你有女朋友了吗？"

叶紫羽摇摇头，说没有。

吴立神色暧昧地说道："以后你跟着我，我带你去参加些社交活动，有很多美女富婆在那里的，我介绍你跟她们认识认识。”

叶紫羽喜笑颜开：“那太好了，我得谢谢您啊。”

这时，吴立突然伸出手，一把抓住了叶紫羽放在桌上的手，紧紧握住不放，神情激动地说道：“小叶，我发觉我对你已经产生一种特殊的感情了。但你还没有啊！”

只听得“呯”的一声，叶紫羽已将桌上的咖啡杯打翻，一屁股差点儿坐到了地上。吴立的神色有些尴尬，缩回了手。服务生已赶过来收拾台面。叶紫羽定定神，坐端正后，连声说着不好意思。他心里还有点儿发蒙，这老头儿说这话是什么意思？

几天后，到了周末。叶紫羽正在家休息，接到吴立的电话。说晚上有个派对，叫叶紫羽前去参加。叶紫羽心想，对方倒是说话算数。想想能见富婆美女，他也就去了。

到了会议地点，吴立已经等在那里，见他到了，亲热地拉着他的手进了会议室。里面果然热闹，男男女女一大堆，有人已经在发言。叶紫羽坐在一旁听着，越听越不对劲，卖安利产品？这不就是传说中的传销吗？幼稚！这种把戏还想诓他！叶紫羽立刻不高兴了，强行忍耐。20 分钟后会议休息，他立刻跟吴立告辞，说有事要先回去。吴立也不阻拦，说我送你到路口。

到了路口，叶紫羽再次向他告辞。谁知吴立却说：“我也不去参加会议了，没劲。不如我今晚就到你那儿去住吧，晚上我们再喝喝酒。”

叶紫羽心里“咯噔”了一下，他连忙推辞，吴立却不肯，非要去他那儿住去。叶紫羽只好说他住在城中村呢，条件太差，怎么好让吴经理去住。吴立却表示没关系，一定要上他那儿去，说着，又握住了叶紫羽的手。

叶紫羽浑身发毛，他想起上次在咖啡厅吴立说过的话，毛骨悚然地想：这家伙不会就是传说中的同性恋吧？天哪！他慌忙甩掉吴立的手，强作笑颜道：“吴经理，今天真的是不方便，等改天我把房间收拾收拾，再请你过去喝酒吧。”

吴立仍然不依不饶：“小叶啊，我说了不介意，你怎么这么倔呢？”

叶紫羽心想，你不介意，我介意得很啊！他不敢直说，无奈只好编谎话道：“吴经理，跟您实说了吧，今天确实不行，我女朋友在屋里呢。”

吴立一愣，怀疑道：“你不是说还没女朋友吗？”

叶紫羽道：“也不算正式女朋友吧，不过她正好这几天出差回来，反正我们住一块儿。”

吴立终于不好再说什么，黑着脸道：“那好吧，今天就罢了。我们下次再约，你可不能再阻三阻四的了。”

叶紫羽赶紧赔笑说道：“那当然，那当然。”然后，他抬手招了一辆摩的，跳上去，一溜烟儿跑了。

周一再到公司上班，叶紫羽就得躲着这位吴经理了。他想还好要不了多久，他又得到外地出差，现在尽量避开他得了。只要不跟他单独在一起，他还能干什么？

又过了几天，叶紫羽接到公司通知，要出差了。出差前，他想跟薛浪聚聚，便约薛浪下班后在人民路天桥上碰面。薛浪也在准备出差，立刻答应了。

下班后，叶紫羽跑得贼快，先到天桥上等候薛浪。过了半晌，他正在看手机短信，突然有人在他身后伸手拍他的屁股。叶紫羽吓了一跳，转头一看，天哪！怎么是吴立？他又看到薛浪也在一旁，才定了定神。吴立笑道：“你们俩吃饭，居然也不请我？”

叶紫羽说道：“哪能啊，不是怕你忙吗？”

说着，三人一同朝饭店走去。路上，叶紫羽悄悄拉着薛浪放慢脚步，低声问他：“你干嘛把吴经理叫上了？”

薛浪说：“我哪有叫他，是他问我去哪儿，硬要跟着来的。”

叶紫羽不好再说什么了，却听薛浪又犹犹豫豫地说道：“这家伙，好像是个同性恋呢。”

叶紫羽一听，顿时激动了，问：“见鬼，你怎么知道的？”

薛浪见叶紫羽这么问，心中一下嘹亮：“这么说，你也知道了？”

二人正要再说，吴立已转过头，招呼着他们快点儿。他们只好住口。

到饭店后，这一顿饭吃得有多难受，自不必说。饭后，叶紫羽怕吴立又提出要上他那儿去住。他眼珠一转，有了主意，便故意对薛浪说道：“酒足饭饱，我们去找点儿节目吧？”

薛浪一听便会意，立即应到：“好啊，前面那个城中村就有，就去那儿吧。”

吴立自然也明白“找点儿节目”是什么意思。那时候，每个城中村黑黑的小巷里，隔一段就站着一个浓妆艳抹的女郎，为打工的人群提供着廉价的性服务。他们说的节目，就是去嫖娼。

吴立脸色一变，说："不去不去，这有什么好去的。"

见他不肯，叶紫羽同薛浪均是心中一喜，暗想这下终于可以摆脱这家伙了。表面上，他们却要装作极力邀请他，两人干脆一人拖着他的一只胳膊说："去吧去吧，吴经理，一起去玩玩吧。我们请客。"

吴立的脸色变得极其难看，他说："真不行，我不去了，我好像喝多了，头晕，难受，我得先回去了。"

于是，叶薛二人装作很遗憾的样子放开了他。等他匆匆走远后，二人再也忍不住。哈哈大笑起来。叶紫羽问薛浪怎么知道这家伙是同性恋的？薛浪告诉他，第一晚培训时，吴立主动说和他住一间房，他也没多想。结果睡到半夜的时候，他感觉有人钻进他的被子里，摸他的膀子。他向来睡觉都喜欢光着上身睡的，立刻便被惊醒。一看被窝里怎么多了一个人。于是他赶紧装作尿急，慌忙起来上洗手间。等他从洗手间出来后，赶紧把长衣长裤穿上，然后跑到另一张空床上躺着，把被子裹得紧紧的。就这样，还一晚上没睡着。所以第二天他赶紧要求换房，谁知第二晚叶紫羽偏偏又带着吴立进了房间。当时他被惊醒的那一刻，实在吓得不轻，他还以为叶紫羽也好这一口呢。

叶紫羽忍不住又笑了起来，他总算明白为什么那晚薛浪盯着他时，会是那样的眼神了。

薛浪故意逗他道："现在怎么样，我们还去找节目吗？"

叶紫羽心中一抽，真有点儿动心了。不过想了想后，还是叹道："算了，赶紧回家吧，别去惹出一身病来。"

这一晚，叶紫羽睡得挺香。不过第二天早上醒来，他一看手机短信，又差点儿摔了个屁股蹲儿。只见手机上显示着一条吴立半夜发来的信息：你好令我失望，我没想到你会去做这样脏脏的事情，我不会再理你了。

叶紫羽只觉得瀑布一般大的汗珠顿时从脸上源源不断地淌下来。

以上情节，就是叶紫羽第一次遭遇同性骚扰的事件。当时的他真是怕得不得了。几年后叶紫羽再想起这件事，只觉得乐。他不明白自己当初干嘛会那么害怕？真要是干架，就吴立那小身板，他轻松就能收拾的呀。在这行业工作这些年，叶紫羽见到的同性恋还真不少。他专门去查阅了一些相关书籍，逐渐对此报以理解的态度。不过他自己的性取向正常得很，现在谁要是还敢骚扰他，那他可就不客气了。

关于吴立的这档子事儿，还有后续的笑话。当时叶紫羽的顶头上司姓朱，叶紫羽曾把吴立是同性恋的事跟朱经理讲过一嘴。有一次朱经理与吴立一同到S省出差，晚上睡觉时，姓朱的也心虚，于是利用职权之便，硬要叫S省的省区经理小张也来房间睡觉。朱经理想得挺美，三个人睡一间房，踏实。小张满腹不高兴，自己有房间不住，非得到这来打地铺。可谁叫姓朱的官大一级压死人呢？小张没法子，好歹在地铺上也睡着了。到夜深的时候，他突然发觉旁边多了一个人，还摸他的身子，他吓了一跳，顿时明白姓朱的为什么一定得叫他过来了，原来姓朱的是个同性恋啊，居然欺负他。小张好委屈，咬牙挺了一阵，实在受不了，也不敢吭声，跳起身，抓起衣服跑了。

小张同S省的代理商关系很好，忍不住把这耻辱都跟对方说了。代理商也是个年轻的小伙子，听后觉得好笑，只能劝小张以后小心为妙。不过他自己也留了心。尔后，这位朱经理在惠城买了新房，一个人住着正开心。恰好S省的代理商过来开会，朱经理请其喝酒，酒后拍着代理商的肩头，热情地邀请对方到他家里去住，说他刚买的新房，够大。这位代理商顿时想起小张当年的委屈样儿，吓得屁滚尿流，连连推辞，急惶惶的跑了。

其实那晚，朱经理因为三个人在房间，睡得比谁都香。半夜起来非礼小张的，是姓吴的这家伙。可小张哪里想得通其中关节。只道朱经理也是有老婆的，怎么会好这一口？这位可怜的朱经理，虽不久便从公司跳槽。却仍有人深深记得这位男女通吃的家伙，时不时当笑料讲出。这不白之冤，怕是没地方洗清了。

自叶紫羽在公司时间日长，又升职后，再见着吴立，两个人都客客气气地点点头，也不多说什么。目前，叶紫羽只是好想不通，这家伙凭什么也升职了？

二十四、职思其居

开会时间一到，风雅集团新任董事长林敬安走进会议室。在场窃窃私语的众人立刻安静下来，会议室变得鸦雀无声。叶紫羽坐在后排打量着新老板，只见林敬安约40岁，身材魁梧，方面大耳，相貌堂堂，双眼炯炯有神。这样的有着成熟魅力的男人，到哪都是引人注目的中心，叶紫羽已经悄悄听见年轻的女同事们在暗中啧啧称赞了。

林敬安走到正中的位置坐下，环视四周，面带笑意，开门见山地说道："各位同事，上午好。我之所以出巨资收购本公司、本品牌，就是看好这个行业，看好我们的发展潜力。而我本人，向来是不甘寂寞的。我做事情，只有第一，从无第二。自今以后，我们就要在一起共事了。我的目标，就是要在三年之内，把我们的品牌打造成行业的领导者。我有克服困难的意志，也有投入资本的决心。所以我要求公司的全体员工，要有事业心和献身精神，要有强烈的竞争意识和创新意识。这样，我们就能够建立起我们强大的商业帝国。而在座的每位同事，都将成为这个帝国的栋梁，无论经济还是名望，都能得到丰厚的回报。不知各位有没有信心一起来完成这个目标，完成这个理想？"

众人异口同声地回答了一个响亮的"有"字。又听林敬安继续说道："很好，我喜欢你们干脆利落的回答。商场如战场，公司经营得好，我们就是胜利之师，诸位和我就是一个战壕里的战友。如果经营不善，只怕我们就会沦为一个监牢里的难友。我想诸位也不愿意做后者吧？"

他这么一说，把众人逗笑了。叶紫羽没想到新董事长还能这么幽默，对林敬安的敬意和好感更增添了几分。他看看四周的同事，大家都以一种崇拜的眼光看着林敬安，想来人们内心的感受，都同他一样。

林敬安做事的风格果断明快，讲完这番话后，他给大家提了个要求，让在座的每个人写一份对公司或行业的见解或建议给他，并注明自己的名字和现任职位，一周后上交。说完即宣布散会，整个过程，用时不到 15 分钟。

叶紫羽心头一震，心想这可是自己的强项，当即下定决心要好好做一份方案出来。他的心情居然有些激动。

当天下午，董事长助理会同行政部门公布了集团新的组织架构。首先有三大板块，分别是生产中心、营销公司和财务中心。生产中心涵盖了生产车间、研发部门、采购部门、产品培训、仓库物流等，由一名总经理全权负责；营销公司则包括人事、行政、市场、销售、促销、客服等部门，以及全国五个分公司，亦由一名总经理全权负责；财务中心则由林敬安直接管控。

营销公司的总经理姓王，是跟着林敬安从原集团总部调来任职的，对人和蔼可亲。比较出乎人们意料的是，生产中心的总经理，竟然由白慕雅担任。其余各大部门的部门长也基本确定，唯独销售部门和分公司未定。

叶紫羽心中谋求的，最好是能出任锦城分公司负责人的职位。如果达不到，去当个副职也行。他想自己毕竟是那儿土生土长的人，在当地开展工作，总有些优势。也乐得在家门口轻松。他猜想，董事长既然叫写见解或建议，一定会亲自过目，其用意不言而喻，他可得好好把握。

下班后，叶紫羽约白慕雅吃饭，要为她庆贺升职。白慕雅笑着告诉他，今天不少原风雅公司的老员工都要给她庆祝，正好一块儿呢。叶紫羽欣然答应。

等他去了后，才发现足足有一大桌子人，吴立也赫然在列。叶紫羽略有些尴尬，自那次风波之后，他们几乎没有过交流，更别说坐在一张桌子上吃饭了。吴立也看到了他，但立刻眼睛一翻，望向别处。叶紫羽心中又觉得好笑，他想不通当年自己干嘛那么害怕？还是没见过世面啊。薛浪没有来，其他同事并不知道他们的过节，刚巧吴立身边有个空位，一个人站起来便要拉他坐在吴立身边，叶紫羽连连摇手，慌忙窜到白慕雅身边的空位上坐着，嬉笑着说："我坐这好了，这两边都是美女，多赏心悦目。"他是为了化解尴尬故意说笑，可吴立听在耳里，脸色一变，更加黑了。

白慕雅哪里知道他们之间的事情，她原是有心安排叶紫羽和吴立挨着坐的，见状也不好多说什么。白慕雅对侧坐的女孩是前台小霞，她娇笑着对叶紫羽说道："羽哥，那你坐到我们中间，主要是想跟白姐挨着，还是想跟我挨着呢?"

叶紫羽一愣，居然不知道怎么回答，在座的年轻女孩子们都笑了起来。吴立仍然沉着脸一言不发。叶紫羽只好跟着笑笑，不愿再多讲话。

酒宴之后，众人相互道别，各自回家。白慕雅给叶紫羽使了个眼色，叶紫羽会意，等着跟她一同走在最后。只剩下他们两人的时候，白慕雅说："别怪我多事，我早发觉你和吴立有些不对付。不过吴立现在是营销公司王总的助理，低头不见抬头见，以后工作中，你们免不了要打交道的，我觉得你应该和他多亲近亲近。"

还要亲近？叶紫羽一听这词儿就浑身难受，他想了想，觉得应该跟她讲明。于是他再三要求白慕雅保密后，便把几年前发生的那场同性恋风波原原本本说给了白慕雅听。

白慕雅认真地听着，先是吃惊地瞪大了眼睛，像在听天书，继而表情不断变化，越变越古怪。等叶紫羽讲完后，她一手指着叶紫羽，一手捂着肚子笑得直不起腰来。她乐得嘴都合不拢，喘着气对叶紫羽说："真想不到，老吴居、居然爱——爱上了——"

叶紫羽脸都绿了，大声道："你行了啊，赶紧打住吧你，恶心死我了，你还笑。太没有正义感了。"

白幕雅还是控制不住，她实在没法不笑。公司居然还有这种事？太逗了。本来公司是有明文规定，禁止办公室男女恋爱的，可这男男算不算违规？她憋住笑，对叶紫羽说："好吧好吧，放心我不会乱讲的。不过，你也没、没有被老吴非礼，不如——"

她见叶紫羽眼睛都瞪圆了，赶紧改口说："不如早点回家休息吧。明天还有很多事情要做呢。"

叶紫羽点点头，突然又想起个事儿，说道："我还有正经事要问你。你以后负责生产中心了，就不会在写字楼这边办公了吧？"

白慕雅点点头道："是啊，过几天我得去郊区厂里办公了。那儿的风景不错，你有空可以来玩。对了，我今天听说董事长曾经还是一名军人，而且很喜欢研究军事历史。"

叶紫羽道："难怪了，他今天开会就挺有军人范儿的。"

白慕雅道："你现在知道怎么做了吧？"

叶紫羽不明白："什么怎么做？"

白慕雅不动声色道："列席会议的人下周提交给董事长的建议。其实，商场上也有个最简单的道理，就是投其所好。"

叶紫羽听懂了。

接连几天，叶紫羽下班回家后都潜心作业。原本他晚上回家，总要上一阵网，同蝶儿在网络江湖里闯荡闯荡，现在他也没空了。蝶儿在 QQ 上问了他好几次，他都说忙，暂时没工夫陪她。蝶儿很生气，说你再不来，我就另找人陪了。最近有个华山派叫花逢春的，没事儿老跟她献殷勤。叶紫羽嗤之以鼻，还花逢春呢，他怎么不直接叫采花贼？他告诉蝶儿，没事儿少跟华山派的人混在一起，谁知道他们练没练过辟邪剑法？气得蝶儿说再不理他了。

一周后，叶紫羽提交了他的报告。又过了三天，他被叫进了董事长办公室。当时他正在自己的办公桌前想事情，接到通知后，立即精神一振，心中暗喜。他明白，一定是交上去的报告被董事长看到了。

果然，当他敲完门，听到一声“请进”，然后走入董事长办公室，一眼看到对方办公桌上放着的，正是他提交的建议报告。他恭恭敬敬地说了声：“林董好！您找我？”

林敬安点点头，示意他坐下，没有说话。叶紫羽这是头一次单独面对董事长，他有点紧张，身体坐得笔直。林敬安沉默着，看似在想什么问题，其实是在暗暗打量叶紫羽。他见这小伙子眉清目秀，心中已有几分喜欢。又见他坐下后背不弓、腰不塌，双眼平视前方，不卑不亢，便更加满意了。他问道：“你当过兵吗？”

叶紫羽灿烂一笑，说：“报告林董，我没当过兵。我高考的时候倒是想考军校来着，可惜没考上。”

林敬安点点头，问：“这么说你还有过军人梦想的，那后来你读的什么学校？到公司工作多久了？平常有什么爱好？”

叶紫羽一一作答，最后说：“平常没事的时候，就喜欢上上网、看看书，我比较喜欢看历史军事类的书籍。你上次开会时也说过，商场如战场，我觉得这类书籍常常能在销售工作中给到我启发。”

“哦？”林敬安来了兴趣，他问道：“比如说呢？你举个例子。”

叶紫羽道：“比如说，我们销售工作中的渠道联合与网点布局，就应该具有宽泛的战略眼光。正如当今世界，美国凭借着二次世界大战以来逐渐壮大的政治实力、经济实力、科技实力、军事实力，奠定了自己唯一超级大国的地位。他在全世界的布局，就是通过‘北约’这一渠道控制欧洲与大西洋地区；

通过‘美日韩同盟’这一渠道控制环太平洋地区，再通过以色列在中东地区钉入一颗楔子，整个世界，就尽在掌握了。然后，他就可以在全世界推广他的价值观与意识形态，以他的标准四处宣扬民主，宣扬人权。我觉得，这完全可以看作一个企业对外经营扩张的手段，值得借鉴。”

林敬安听完，拊掌一笑：“说得不错。你知道我们公司集团化后，要成立销售型分公司的事吗？”

叶紫羽道：“略有耳闻。”

林敬安道：“分公司怎么布局，你有什么见解？”

叶紫羽成竹在胸：“分公司一定要设在重点市场，起到区域龙头的作用，并且它的市场影响力能够有效地辐射周边省市。从这点上看，我认为沈城、锦城、江城、杭城、迪城较为合适。东北地区向来是传统化妆品大市场，沈城是东北最繁华的城市，有着北方最大的小商品市场，影响力足够，这个点也必不可少；而锦城、江城、杭城分别位于长江流域上游、中游和下游，取得这三个市场，犹如在整个长江经济带上竖起三面旗帜，国内主要区域布局就有了鲜明的立足点；迪城虽然偏远了些，但作为中国最大省份的省会城市，影响力不可低估。并且正因为迪城离总部太远，难以辐射，从外地派人的服务成本太高，不如让它自成体系。另外，很多与其地接壤的中亚国家，都以迪城为窗口，这里也可以为产品将来进入国外市场埋下伏笔。所以在我看来，首批分公司设在以上五个城市为好。”

林敬安不置可否：“为什么不考虑京城和申城？”

叶紫羽道：“我觉得现在还不成熟。首先，在京城和申城布局的成本太高，取得收支平衡的时间就会延长。另外，这两个地方是我国最为国际化的大都市，国外的品牌太多，如果一开始重点进入这两个地区的话，就意味着我们将要直接与国外品牌竞争，这不合适。同一线品牌对抗，我们还需要时间。”

林敬安又问：“你了解京城和申城吗？”

叶紫羽答道：“还算了解，我刚毕业时，分别在这两个城市工作和生活过几年。”

林敬安脸上开始微笑，问道：“你喜欢什么样的老板或上司？”

叶紫羽也面带笑容：“我喜欢刘邦一样的老板。”

林敬安略有诧异：“汉高祖刘邦？”

叶紫羽道："是的。"

林敬安道："为什么不是力拔山兮力盖世的霸王项羽?"

叶紫羽道："楚汉相争的时候，作为将领的韩信和作为谋士的陈平，分别评价了他们都跟随过的这两位大老板。韩信说，项羽厉声怒喝的时候，很多人都吓倒。但他不能信任人，不能任用有才能的将领。所以这只不过是个人的勇气罢了。项羽待人，表面仁慈有礼，言语温和。当部下生病，他会同情病人的痛苦，流着泪把自己的饮食分给病人。但当受用的人立了大功，应当加封爵位时，他却把刻好的印章拿在手里，把玩得磨去了棱角，还舍不得颁给人家。这就是所谓的妇人之仁，不识大体。陈平也说，项羽这个人，恭敬而爱人，节操高洁的人士大多归附了他。但项羽在论功行赏、赐爵封邑的时候，却很吝啬。所以士人也不会真心归附于他。项羽的个人英雄主义，远不比刘邦能让愿意一展抱负的人才尽心效力。"

林敬安大笑："好！刘邦说过，运筹于帷幄之中，决胜于千里之外，他不如张良；挥师百万，战必克、攻必果，他不如韩信；镇国家、抚民众、不绝粮道，他不如萧何。所以刘邦的天下，是靠这三个人打下来的。你愿意成为他们之中的谁呢?"

叶紫羽也跟着笑："这三个人我哪里敢比。如果真要比的话，我倒愿意做曹参。刘邦定下的规矩，他专注的执行下去就好了。"

林敬安很是受用："萧规曹随，不错不错。曹参能当丞相，自然不可小看。你想过人才应该具备什么样的基本素质没有?"

叶紫羽精神更旺："这就跟古代做大将一样，在市场经济的搏杀中，论资历论学历，随时都有成千上万有资格领军销售的人才，但能够脱颖而出的少之又少。所以我认为有三点必须具备。第一，全面型的销售负责人，要有前瞻性和适应情况变化的弹性。因为市场是有风险的，有经验的人一般会审慎面对环境变化，这本来是一项美德。但如果过于依赖经验，执着于行业传统，市场必然会陷于保守并缺乏前瞻性；第二，还要有面对压力绝不退让的勇气和决心。我认为，优秀的主管通常要比较内敛，虽然精力旺盛，但不到关键时刻，绝不随便发威，他的勇气在于承担责任上，他能够倾听别人的意见，又能孤独地负起决策的责任。还有第三点，就是优秀人才的直觉比思考更重要——"

说到这里，叶紫羽停了停，他担心自己太急于表现，见董事长并无倦意，润了润喉咙又接着道："任何一个行业启动某个项目时，都必须熟悉其中的技巧和规则，可熟悉之后，又不能拘泥不化，特别是突如其来的变化，固然要分析思考，但临场发挥操作，则一定要凭借直觉，全力以赴，取得成功。喜欢谈论策略，光会口头上说我会采用什么策略开发市场，大幅盈利的，实际操作未必会强。战国时期，赵括的‘纸上谈兵’，人们都听过，他在实战中大败亏输的史迹，足以令人惊醒。所以，市场千变万化，竞争激烈，平常多一些积累，到了决断时，直觉比思考更重要。”

叶紫羽的表述很合林敬安的意，他终于哈哈大笑：“我们今天的对答，像不像诸葛亮和刘备的隆中对，未出茅庐，已定天下三分？不过，我不要三分天下，我们要一统江湖。你有这信心吗？”

叶紫羽壮志陡增，朗声回答：“当然有。千秋万载，一统江湖嘛。”他顺嘴说出这句口号后，觉得有点儿滑稽，也跟着哈哈大笑。不过，有一瞬间，他的心思转移到《群侠传》的网络游戏上去了。叶紫羽心想：趁他不在，蝶儿不知跟华山派那个欲练神功、挥刀自宫的采花贼有没有眉来眼去？

叶紫羽从董事长办公室出来时，红光满面。外面大厅坐着的员工，却惊奇不已。董事长单独找人谈话，从来没有超过 15 分钟的，却和这个叶紫羽谈了足足有一个小时。众人看他的眼光，各色都有，含着羡慕、不解，还有妒忌。

白慕雅已经移到生产中心办公，下午空闲时，她给叶紫羽打了个电话，开口就说：“恭喜你。”

叶紫羽奇怪：“恭喜我什么？”

白慕雅笑道：“别装了，今天董事长找你单独谈了一个小时，破纪录了。”

叶紫羽更奇怪了：“我才从他办公室出来不到两个小时，怎么你就知道了？”

白慕雅道：“这有什么奇怪的。这么敏感的人事变动时期，有点儿风吹草动，消息还不满天飞？能透露下你跟董事长聊些什么吗？”

叶紫羽自然不会瞒白慕雅，把他们聊的话题简单说了。白慕雅听后，又笑着问他：“你现在是不是有点儿得意？”

叶紫羽也笑道：“说实话，还真有点儿。”

白慕雅道：“你在办公室还得悠着点儿，不能太高调了。”

叶紫羽明白她所指的，说道：“你放心，我知道。”

等挂了电话，白慕雅心中暗想，这小子果然聪明。不过，今天他借助同董事长的谈话这么一露脸，也不知会引起多少人暗中妒忌。

叶紫羽今天的心情很好，他在办公天室里没表现出来，还是静静地在办公桌前待着。等下班的时候，他想约上苏衡和薛浪，请他们吃饭。薛浪倒是立即答应，但是苏衡犹豫了好一会儿，面带难色地说，他家里有事情，得早些回去。叶紫羽有点遗憾，只能表示改天约。薛浪也没什么意见。

叶紫羽独自回家后，还挺兴奋。他今天可是好好在董事长面前表现了一番。他躺在床上从头到尾回忆了下他和林敬安的谈话，觉得锦城分公司经理的位置，应该蛮有把握，这样倒也一举两得。

几天后，令公司所有人倍感意外的一纸通告出来，叶紫羽被直接任命为营销公司副总经理，主抓销售部和各地分公司，并统筹协调市场、培训等其他部门的工作。叶紫羽自己也没想到这样的结果，他连升几级，一跃成为公司高管。直到他搬进自己独立的大办公间，还怔了好一会儿。

行政部已经帮他把办公室收拾得井井有条，他坐在沙发上，感觉挺惬意。就听见手机不断响起信息声。他拿起一看，全是同事们发来恭喜他升职的短信。本来他看了就删的，后一想又不对，还是应该回复一下。正回复时，有人敲了敲办公室的门走了进来。居然是营销公司的总经理王总过来了。叶紫羽连忙起身，请他坐下。

王总也是性格直爽之人，他对叶紫羽说："今天这个任命一下来，我可一下就感觉轻松多了。以后销售运营方面的工作，你可就要多操点儿心了。"

叶紫羽忙说："今后王总您还得多指导我。"

王总摆摆手道："叶总不用客气。你知道我是跟着林董过来的，这之前，我对化妆品的运营一窍不通，后勤方面的事情，还能凑合着管管。真正市场一线的工作，还得要你这样的专业人才来做才行。你放心去干，我全力配合好你。"

叶紫羽心生感激，用力点了点头，向他表示谢意。王总又问叶紫羽喝不喝酒？叶紫羽说喝。王总一乐，说他早已想到，做销售出身的人哪有不喝酒的。然后表示晚上他请叶紫羽喝酒。叶紫羽一口答应。

下了班，他们没叫别人，王总定好了位子，让司机送他们过去。王总自带了一瓶十五年的茅台，说这可是好酒，今天他们一醉方休。叶紫羽心想，管它几年的茅台，到他嘴里就一个味儿，算是糟蹋了。他对白酒没有兴趣，平常就是喝喝啤酒。王总很懂白酒，一边喝一边同他讲解这品酒的滋味和道道。叶紫羽总能恰到好处地配合上话。所以两人这顿酒喝得其乐融融。叶紫羽这才知道，原来王总是林敬安曾经的战友，后跟着林敬安在医药行业、金融行业打下一份基业，集团总公司的业务还大着呢。

王总虽然好酒，酒量却很一般。这瓶酒他和叶紫羽二一添作五，一人一半。喝完下肚王总就有了七八分醉意，叶紫羽除了脸色稍稍红了一些，一切还正常。他打电话叫来司机先送王总回家，自己则打算慢慢走回住所。

在路上，叶紫羽很骄傲，他轻轻地哼起不着调的歌曲。他心里还藏着一个只有他自己知道的秘密。两年前，媒体曾铺天盖地地报道过一个叫张涛的小伙子出任宝力集团总裁，时年仅 29 岁。宝力集团可是全国有名的企业。当时叶紫羽还住在城中村的出租房里，心里羡慕得不得了，再联想到自己时下的处境，更不是个滋味。他发誓自己一定也要奋斗到那一天，可他又觉得自己像在痴人说梦。谁料到机会来了挡都挡不住，不经意间，他就有了今时今日的收获。今年的他，也才 28 岁呢。

回到家里，叶紫羽仍然睡意全无。他打开了电视。自从房间安装了网线后，他基本上就没开过电视了。叶紫羽随意按开一个频道，正看到一档介绍篮球明星姚明的栏目。姚明这几年可算是中国最火的体育明星，因为他成功登陆了美国 NBA 篮球联赛。电视里正在回放他刚到美国参加比赛的故事，那时他英文不熟，队里还给他配了翻译，可惜姚明初来乍到，不适应 NBA 的打球节奏，显得无所适从，他接连在球场上失误。更有一次，姚明一对一防守一名小个球员的突破，对方的速度太快，他滑步阻挡，谁料脚下一绊蒜，右脚磕到左脚，居然立足不稳，众目睽睽之下，“啪”地摔了个屁股蹲儿。这下可糗了，从电视里都能听到，整个球场都在哄堂大笑。赛后的新闻发布会上，他的翻译也出现了疏漏，出现个小小的错误。翻译自我解嘲地向记者们道歉，说出了逗笑记者的一句话：我们都是菜鸟。

这名来自中国的菜鸟篮球手，首秀出场一分未得，其后更有两个失误三个犯规，平均每场比赛只得到 3.3 分。所以，当姚明迎来他在 NBA 的第八场比赛时，当地电视台的一个脱口秀栏目中，NBA 明星巴克利一面点评着球赛，一面开玩笑地跟主持人打赌说，如果姚明能在单场比赛中得到 19 分，他就去吻驴的屁股。结果，屌丝的逆袭就此开始，姚明在那一夜开始了他惊人的表演，他替补上场，却九投九中。终场时，更用一记三分锁定胜局，单场砍下 22 分！球赛沸腾了，电视栏目的收视率沸腾了，连明知是在看前两年录像的叶紫羽都沸腾了。一条灰驴被牵到了嘉宾台前，节目中的巴克利倒也是条汉子，说话算话，伸出他的厚嘴唇心惊肉跳地亲吻了驴的屁股。这一幕让叶紫羽看得哈哈大笑。随即他想到，看来任何人在任何行业上位，想让别人心服口服，都得有一个经典的事迹才行。对于球星，得拿下一场万众瞩目的比赛；对于影星，得塑造出一个深入人心的角色；而对于他，当然得创造一个业绩的亮点。其实他也明白，对于他的升职，公司肯定有不服气的人，不定有谁正盼着看他的笑话呢。所以他接下来要做的事情，并不轻松。

叶紫羽想到，下周他应该跟他部门的员工开个会。他开始在脑海中思考开会的细节。

二十五、经营四方

周一的时候，叶紫羽坐在会议室的中心主持营销公司的会议。王总为了不干扰他，特意外出，没有参会。而参会的人们，怀着各样的心思，都在观望叶紫羽怎么出招。大家在职场也不是一天两天了，都懂得新官上任三把火的规矩，就看他点哪儿了。

叶紫羽头一次坐在中心位置主持会议，以前他都是靠边儿坐的。看着两旁的人众星捧月一般围着他，心里不由微微有些紧张，但表面气定神闲。薛浪坐在后排，悄悄给他挤了个眼色，竖了竖大拇指。叶紫羽也朝他笑笑。苏衡坐在薛浪旁边，面无表情。叶紫羽看着苏衡的样子，似有所悟，当初他们三人同时进入公司，关系一度挺好。后来各自负责一块业务，还常常互通电话。但叶紫羽在三人当中率先升职之后，和苏衡的交流就少了。这次，他荣升副总经理，苏衡还在原地踏步，两人的差距越拉越大。对方论学历、论资历都不比他差，近几年在市场上的表现也不错。他想苏衡的心理不平衡，也可以理解。

吴立也坐在其中，面无表情。不过他的内心可不平静，甚至有些愤愤不平地想，姓叶这小子真走狗屎运了，莫名其妙得到董事长的赏识，一步登天。虽然自己是王总的助理，他也管不着自己，可想想以后相处，自己免不了也要向他赔上三分笑脸。如果姓叶的还记着从前的过节，怎知他会不会给自己穿小鞋。如果那件事情传开，自己岂不成了公司笑柄？

叶紫羽在星期天已经打好了开会的腹稿，他把自己要讲的话和用的语气反复斟酌，并且把有可能碰到的问题和突发状况都设想了一遍，他知道自己今天不容有失。所以等开会的人到齐之后，他直接切入主题，第一句话就向众人发问："各位，目前我们公司的产品在市场上已经有了一定的占有率和知名度，但这只是起步，不是结果。所以市场还要细分，团队还要扩建，不知各位对组建和培养更好的营销团队有什么看法?”

众人自然不会在这个时间贸然发言，都盯着他。叶紫羽自知其意，他本来也没打算等别人回答，又继续说道;“业绩的持续增长，需要更科学、更完善的组织管理架构。一个以出售产品获取利润的销售型公司，必然以营销为中心。所以营销团队的组织和人才的选用，将非常重要。公司的部门多了，团队的员工多了，工作重心之一，就是要按部就班地培训梯队人才。人人知道自己的位置在哪里，知道自己该做什么。若不然，很容易造成山头主义，公司的事务人人都可以插一手，或让执行人员不听从安排，自得其乐;或让其无所适从，不知听谁的好。如果有新员工入职，则会观察现状，然后站在他自认为得势的一方，无由地产生公司内耗。陈力就列，不能则止，这是孔子说过的话。作为民营企业，它同以前的国有企业相比，最大的特点就是不会也不能养闲人和无用之人。”

他的这番开场白，说得人人心头一震。其实叶紫羽并没有针对谁的意思，可总有人觉得他这话是在针对自己。吴立首先就有这种感觉，他心中愈加不爽，一转念头，生出主意，故意开口说道:“叶总的话我很赞同，目前市场一线人员的确还需要补充。想来找对人才是我们现在的一项要务，这方面如果做得不好，或是出错，公司就会付出代价，不单在财务上蒙受损失，也会影响公司的营运效率。叶总在这方面有什么好的见解，给我们指导指导?”

叶紫羽面上微微一笑，心中却想，幸好昨天我的功课做足了，不然说不定今天就被这老家伙坑了。他摆出一副大将风度道:“吴总助提出的问题的确很关键。想来，如何找对人才是我们接下来要去解决的一个问题。只有人才和职务相匹配，公司就得到一位有胜任能力的部属。说到这里，我倒是有个案例可以跟大家分享一下，《三国演义》的故事，大家都很熟悉了吧?我对里面的两段演绎感触挺深。其一是马谡，他也算是一位人物，官在参军任上，发挥作用极大，协助诸葛亮南征的时候，提出‘攻城为下，攻心为上’的战略方案，才有了‘七擒孟获’这一千古美谈，只是这位兄弟言过其实，不能独当一面。诸葛亮北伐时，对马谡超常任用，使之为大将，结果有了街亭之败，北伐之师，元气大伤。其二是凤雏先生庞统。他初投刘备时，因为相貌丑陋，只被委任了一个小小的县令之职，结果这老哥们儿整日不理政事，宾主之间，两不得其便。要不是张三爷去视察的时候粗中有细，发现了庞统的经天纬地之才，真要把他一绳子捆起来，作为庸官俗吏的典型游街示众，凤雏早变草鸡了。诸葛亮就对刘备说过，庞统非百里之才，大贤若处小任，必以醉酒误事。这两个故事，都指出了人才的任用选拔，如果不能与职务匹配，就会对一个整体造成损害。所以我们的团队今后在人才选用方面，我觉得有两条经验值得借鉴，第一是汉朝的时候，有句话叫‘求忠臣必于孝子家’，所以汉朝的官吏选拔，有一项就叫‘举孝廉’。什么叫作孝？其实就是知恩图报，报答父母的养育之恩。人如果在知恩图报的家庭氛围中长在，必然性情忠直，友爱待人，品德高尚，值得信任。第二是清朝时代标榜的‘圣朝以孝治天下’。为了持续不断得到忠臣良将的候选人才，光靠招聘肯定不够，还得培养知恩图报的企业文化。所知的，是老板、公司和顾客的恩义，所图报的，是企业的使命、顾客的使用效果。一旦建立起这样的企业文化，就能够不断吸引和培养出忠诚有素质的人才。与之相反，如果人们在一个杂乱无章、得过且过还唯利是图的公司里待着，久而久之，每一个员工都会自私自利。企业里，如果总是哀叹好的人才难得，只怕要从自身的问题找起。因此，反求诸己或是真正的人才选拔之道。”

叶紫羽讲得有趣，不少人被他的讲话吸引，时不时发出笑声。最后，叶紫羽宣布，销售部以及五个分公司的负责人，他将从公司选拔和对外招聘两方面着手，尽快将名单确定，并报请董事长以及王总。与会人员都认真地听着，没谁表示反对。叶紫羽知道，自己上任的这头一炮，算是打响了。

几天后，各分公司经理的任命下来。其中薛浪担任杭城分公司经理；苏衡担任沈城分公司经理。这两位跟叶紫羽是同期入职的，按理说关系非同一般，但叶紫羽感觉他同苏衡总有些隔阂，对方似乎总对他怀有那么点儿敌意。他怕今后在工作中产生内耗，所以在提报苏衡任分公司经理之前，曾有过犹豫。但客观地说，苏衡在市场上的表现要略强于薛浪，既然要提薛浪，没理由不提苏衡。叶紫羽想，只要他以诚相待，相信苏衡也会投桃报李的。

安排好公司的工作，叶紫羽着手拟定自己的出差计划。新接手全国市场，他要在尽量短的时间内把每个省都走到，然后再抓住重心，树立榜样。这样，他的整个市场布局，就有了成功推进的基础。

叶紫羽出差期间，工作相当尽心尽力，白天同经销商分析问题，同商场谈判，走访重要销售网点，一天下来，颇为劳累，可叶紫羽丝毫不觉其苦，晚上在宾馆还能兴致勃勃地整理下心得笔记。每到一处，常有当地的客户在工作之余邀请他到歌厅和酒吧玩乐，叶紫羽都婉言谢绝，因为他实在是五音不全，一听别人说要他唱歌，他打心眼儿里感到恐惧。他的酒量虽不算小，但他自己也搞不懂的是，在饭桌上他颇能豪饮，在酒吧却喝不了多少便觉得头昏脑涨。每一次拒绝别人的邀请，他都要费不少口舌，因为对方很难相信，现在的人除了这些普遍的娱乐方式，还能有什么特别的爱好。

所以一般晚饭之后，叶紫羽都在房间待着，做完工作总结后，就上网聊聊天。他每到一个城市，就进进当地的聊天室。有时进去了也不说话，看着电脑屏幕上各人的打字聊天，他觉得说得好的，就发个表情表示下支持。一般来说，总有女生主动找他聊天，只要对方一开口，他都会积极回应。并且他妙语连珠，幽默风趣，短时间就能吸引对方的好感。就这样，他天南海北的结识了不少朋友。本来生活中绝无可能相识的人，竟然能通过网络熟悉。人生很奇妙，网络则更加奇妙。不过，大多数人聊一阵子后，总会慢慢淡下来。多半是上线后打个招呼，便各忙各的去了。真正在网络中交往几年，还一直保持着密切联系的，只有蝶儿一人。这天空闲，他进《群侠传》游戏中去找蝶儿，蝶儿说她在长安城内。叶紫羽便叫她在城门口等他，他马上赶过去。

到长安城要经过华山脚下。他刚走到山后，就被一个人拦住，问他可是忘机鸥？叶紫羽回答说是。岂料对方二话不说，直接点开 PK。叶紫羽吓了一跳，急忙按功能键断网，退出游戏。他想，哪来的疯子，都不认识怎么就开打？耽搁了一分钟后，他再次登录。谁知刚一进游戏画面，立刻进入到 PK 的界面，原来那人原地等着他上线呢。叶紫羽“啪”的一拍键盘又慌忙退出，那混蛋抽什么疯呢，今天是缠上他了不成？这次他干脆等了足足五分钟，然后再登录，心想难不成你还在原地守着？然而令他火冒三丈又伤心欲绝的是，对方果然还不依不饶地等着他。一见他进入游戏，又朝他杀来。

情急之下，忘机鸥冲对方大叫道：“兄台且慢，无缘无故，你老是 PK 我干什么？就算要杀我，我也得死个明白啊？”

对方这才暂且停手，向他喝道：“你要去哪里？”

忘机鸥道：“我要去长安城。”

对方道：“这就对了，我不准你去长安城。”

忘机鸥火冒三丈，心想你哪根葱啊，还管我去哪儿，有王法没有？可惜，他现在是在游戏世界里，这里就是没有王法，只有武功高低强弱之分。他只能忍气低下头，说：“兄台这是为何？我急着去长安城见一个人，还请兄台高抬贵手。让我过去。我可以给兄台一千两银子买路钱。”

对方又问：“钱不稀罕，你去见谁？”

忘机鸥怒气填胸，这谁啊？真有病啊？他一瞥眼，看到电脑屏幕左下方显示的对方名字：花逢春。顿时恍然大悟。这不就是也在追蝶儿的那个华山派的家伙吗，难怪了！他一下乐了，问道：“阁下不准我去长安城，是不愿我去见蝶儿吗？”

花逢春倒不含糊，直截了当地答道：“是。”

忘机鸥道：“你可知我同蝶儿一同行走江湖多年，见不到我，她该有多伤心。”

花逢春道：“以后自有我陪着她，她只会更开心。你靠边站吧。”

忘机鸥是真火了，这家伙太恬不知耻了，他故意讥讽道：“你既已加入华山派门下，拜了岳不群为师，想必是要练辟邪剑法的。你难道不懂‘欲练神功，挥刀自宫’吗？蝶儿还要你陪个啥？你个人妖。”

花逢春大怒，挺剑杀了过来。忘机鸥知道这回他无论如何不能再断网逃跑了，且不说蝶儿估计在长安城早等得不耐烦，到这份儿上他还要逃，江湖上真没法立足了。他心想，打就打吧，大不了掉级，追女事大，可不能含糊。

说话间，花逢春与忘机鸥已斗在一起，全力 PK，一个使华山剑法，一个使武当剑法。斗不数合，忘机鸥忍耐不住，竟哈哈大笑。原来，这个花逢春也是个大水货，武功居然跟他半斤八两！两人来来往往斗个旗鼓相当，忘机鸥肚子都笑痛了，因为这个游戏江湖里，像他这种水平的烂人实在不多，他从不敢跟任何人打架，因为那就是找死的份儿，想不到今天，他也能跟对手过过比武的瘾了。亏了他先前都不敢照面就逃。想到这个，忘机鸥不禁又有点儿生气，这家伙的水平一塌糊涂，居然敢大咧咧地 PK 他，纯粹是打心理战啊！再一想，他又有点儿泄气，看来自己在江湖上的脓包形象名不虚传啊。

两人丁零当啷地打得热闹，突然有人走进来观战。没看一会儿便瞪眼骂道：“你们两个大活宝，在这要什么宝呢？”

两人同时看过去，见到居然是蝶儿来了。他们立刻退出战斗界面，不约而同向蝶儿发出笑脸。蝶儿也笑了：“你们在这干嘛呢？就你们俩这水平还好意思比武？要是被其他人看到还不笑掉大牙？整个江湖中，没有比你们武功更差的了，你们倒真不怕丢人。”

忘机鸥笑道：“这家伙把我堵在这里，不准我去长安城。他居然敢抢我的女朋友，就算他武功顶天，我也得打啊。”

花逢春道："谁是你女朋友？蝶儿承认是你女朋友了吗？别不害臊了。我目前虽然武功低微，但我是初入江湖啊，要不了几天，我就能把这小子打得屁滚尿流。"

蝶儿笑得花枝乱颤，说："就你们俩？我谁也瞧不上。不然以后还得我保护你们，传出去我岂不是太没面子了。"

花逢春急忙说道："要不了多久，我的武功肯定超过你，你不用担心这个问题。神雕大侠杨过一开始，不也没他老婆小龙女功夫高吗，你别急呀。"

蝶儿笑着对花逢春道："那好吧，等你武功比我高了，再来找我吧。"

花逢春想了一想，说："这个自然可以。但在这之前，你不能被那个家伙拐跑了呀。"

蝶儿抿嘴笑着说："你放心好了，我眼光没那么低，凡是武功比我差的，一律不嫁。"

花逢春非常高兴："好吧，你这么说我就放心了。那先拜拜了二位，估计我妈正到处找我回家吃饭了。"

忘机鸥一听乐了，这还由老妈管饭的，哪来的小不点儿啊？

花逢春下线后，华山脚下只剩下他们二人，蝶儿还乐着，对他说："我早叫你多上线，多练习升级，你就是懒。这下好了吧，居然连个小不点儿都打不过。害得我在长安城白等了那么久，还以为你被哪个门派的小妖女迷倒了，连时间都忘了呢。"

忘机鸥道："我怎么可能忘了时间，我刚走到华山脚下，就遇上这小子找我 PK，我以为敢主动 PK 的吧，肯定有秒杀我的实力，所以断网逃了两次。谁知这小子不离不弃，还真一直在原地守着呢，最后逼得我没办法了，我想为了你，死就死吧。于是我抱着视死如归的精神应战，谁知道这小家伙也是个三脚猫把式，大家半斤对八两，尽唬我玩呢。"

蝶儿笑道："反正我已经应承他了，武功不如我的人，一律不嫁。我得说话算话，以后咱俩还是别一块儿行走江湖了，名分未定，传开了招人误会，多不好。"

忘机鸥道："这叫什么话，难不成你还要搞个比武招亲？"

蝶儿还在乐："那也未尝不可。"

忘机鸥恳求道："别闹了，万一真招个贪图富贵的主儿，跟《射雕》里的杨康一样，你看看那女的结局有多惨。单亲妈妈不说，还早早去世。"

蝶儿不以为然："可她生的儿子不错啊，成了一代大侠，也挺威风的。"

忘机鸥没辙了："说来说去，你就是嫌弃我呗，找那么多借口。"

蝶儿道："要我不找借口也行，可你总得表现一下吧。"

忘机鸥道："反正我练武的天赋就这样了，你想我怎么表现?"

蝶儿想了一想道："那好吧，你应承我去做三件事情，那我还可以考虑考虑。"

忘机鸥一乐，连连点头："这个可以有，只要不违侠义之道，我全依你。"

蝶儿笑道："你行了吧，就你这水平，还学人家张无忌呢。我叫你去练成乾坤大挪移，也不违背侠义之道，你琢磨着你能行吗?"

忘机鸥笑道："乾坤大挪移虽然难练，未尝不能做到，你只不要我去练葵花宝典就好。"

蝶儿啐他一口："不要脸，你喜欢就去练好了，我可管不着。"

忘机鸥嘻嘻一笑："你还是先说你要我做哪三件事吧。"

蝶儿道："我现在也没想好，等我想好了再跟你说。"

忘机鸥道："那你慢慢想，不着急。"说完，他发了一个图片过去，想吻对方。谁知被蝶儿发了一个怒火冲天的表情回复过来，并一脚将他踢了个狗啃泥。

次日，叶紫羽手头的事情较多，没有登录游戏。却突然收到蝶儿的QQ信息，说她觅到两把宝剑，可以增加游戏主人公的武力值，正好送一把给忘机鸥，问他何时上线？叶紫羽回复说今天的工作还没做完，只怕要很晚。蝶儿说很晚的话，她都睡了，不如他把他的账号密码告诉她，她用他的身份登录，先接收宝剑。叶紫羽回答说好，然后把他的密码"425824"发给了蝶儿。

等到了凌晨，叶紫羽忙完手头的工作，才进入游戏看了看，蝶儿已经不在线，他看了看自己的行囊当中，果真多了一把宝剑，不由一乐。

又过了一日，叶紫羽晚饭后登录游戏，找到蝶儿，对她说："宝剑赠英雄，你这件事做得太对了。"

蝶儿愣了一下，才反应过来，说："拉倒吧，我怎么不见你红粉赠佳人呢?"

叶紫羽道："你那么漂亮，我怕唐突佳人。"

蝶儿笑道："就你会说。我且问你，你的生日是什么时间?"

叶紫羽不加思索地回答道："8 月 24 日，记得我以前同你说过吧。"

蝶儿道："你是说过，昨天游戏中的时间，正好是 8 月 24 日，宝剑权当送你的生日礼物吧。"

叶紫羽这才恍然大悟，感激道："谢谢你记得。"

蝶儿道："我记性可好着呢。所以你答应我的事可别食言。"

叶紫羽道："当然不会。话说，我答应过你什么来着？"

蝶儿道："看看，前天才答应为我做三件事，今儿就忘了。"

叶紫羽开怀道："跟你开玩笑呢，我当然记得。"

蝶儿道："你这样真让人不放心。不过呢，第一件事我已经想好了，今天就告诉你吧，免得时间一久你不认账。"

叶紫羽接着笑道："这么不信任我？好吧，你现在说第一件事吧，我立刻去做。"

蝶儿道："第一件事情就是，放假的时候，你到江城来见我。"

叶紫羽一下愣住了。尽管他和蝶儿在网上聊天聊了几年，在游戏中发展到了谈婚论嫁的地步，可现实生活中，他们还从未谋面，连照片也没有发过。却不知蝶儿今天怎么突然提起这个来了？

蝶儿等了会儿，见他没有回复，又问道："怎么？第一件事就做不到吗？这可不违背侠义之道吧？"

叶紫羽答复道："我答应你的一定做到。可是，这三件事是在游戏中答应的，应该在游戏中去做到，跟现实生活无关吧？"

说完这话，叶紫羽说不清自己是个什么心情，隐隐觉得不妥。他双眼盯着电脑屏幕。可屏幕上久久没有反应，也不见蝶儿回话。于是他打字过去问道："你怎么了？"却见系统提示说：对方已经下线。

叶紫羽一惊，再去 QQ 上找对方，却见蝶儿的 QQ 头像也呈现灰色，没有在线。他知道肯定因为刚才的话，蝶儿生气了。这下没法了，他们还没有互留手机号码，一旦下线，他真不知上哪儿找她去。

接连好几天，叶紫羽上网，都没见着蝶儿，他真有些急了。其实那天，他也就是那么一说，在他内心未尝不想见见蝶儿真人。只是社会上的舆论都在讲网友见面是很低级很无聊的一件事情，不像正经人干的事。他觉得以他现在的身份，还去见网友，特别羞于启齿。其实他无数次想象过，这个在游戏世界里和他并肩行走江湖的明媚女子，在真实生活中到底是个什么样的存在？

尽管蝶儿不在线，叶紫羽还是坚持每晚一上网就给她留言。终于在这天晚上等到了蝶儿的回音。叶紫羽一见到蝶儿，连忙发过去一串流泪大哭的表情，说："你怎么这么狠心，这么长时间不理我，音讯全无。"

蝶儿回道："你把我拒绝在游戏之外，才是真狠心吧。"

叶紫羽忙道："我哪里是拒绝，其实我是担心。"

蝶儿问道："担心什么？"

叶紫羽道："我是青蛙啊，担心见光死。"

蝶儿道："我记得你以前说过你是癞蛤蟆的吧。"

叶紫羽道："反正也差不多了，近亲。"

蝶儿不禁又被他逗笑，做出个要打他的手势。

叶紫羽接着说道："我周末会来江城，请你喝咖啡好吗？"

蝶儿一怔："你说真的假的？"

叶紫羽道："当然是真的。明天一早就去订票。"

蝶儿道："要我去车站接你吗？"

叶紫羽道："不用啦，还有公司的事情。我办完事来找你，你说个碰面的地方吧。"

一旦确定之后，网友见面也不是难事。叶紫羽对江城并不陌生，他先前已经多次来此地出差。所以蝶儿告诉他不如在省博物馆门口见面时，他一口答应。

到那天约定的时间，叶紫羽略提前了几分钟到达，他怕迟到，让女生等他可不好。在前去的路上，他的心情隐隐有些激动和不安。论坛里看别人讨论见网友的故事倒是见多了，可他这还是头一回呢。他想起了上大学时，林楚涯去见笔友的事情来。那一回，全寝室的人都陪着去了，他本来也要去的，临时有事又没去了，后来还后悔得不行。可那毕竟是学生时代的事情，现在他都多大了，想想都有些不好意思。不过，他又在脑海中一遍又一遍地想象蝶儿会是什么模样？一开始，他把对方想象得很漂亮，可他又想，希望越大，失望越大，所以他最后，已经把对方的模样圈定得很宽泛。

等叶紫羽到了博物馆门口后，却看见门口已经站着一位衣着鲜亮入时的少女，戴着副墨镜，像是在等人。叶紫羽心中一震，预感到这会不会就是蝶儿？他走上前去，正好女子也转过身来，两人一照面，均是一笑，不约而同地开口道："你是——"

话音未落，两人又都住了口，笑了起来。女子取下墨镜，问道："你是忘机鸥?"

叶紫羽一面回应："是。你是蝶儿?" 一面打量着面前的女子。只见蝶儿穿着大红色的上衣，长发披肩，圆圆的脸庞，明亮的眼睛，身材高挑，神情甚为活泼。他心中暗喜，对方的真实形象比他心中所想的漂亮多了，这是个意外的惊喜。

两人来到一家咖啡馆，面对面坐下。叶紫羽主动说道："我本名叫叶紫羽，不知道你的名字呢?"

蝶儿告诉他，自己本名叫顾菲柔。不过，她还是喜欢叶紫羽用"蝶儿"来称呼她。叶紫羽说那挺好，反正他叫蝶儿也叫惯了。看得出，蝶儿对叶紫羽的印象也很好，不过，她还是对叶紫羽上次拒绝她的事情耿耿于怀，非要问个清楚。叶紫羽却怎么也说不清楚，因为当时拒绝的时候，本来也没想清楚。后来，还是蝶儿转移了话题，他们相互告知了很多，从多大年龄，哪里人，谈没谈过恋爱，到喜欢什么颜色，爱吃什么食物都原原本本讲了出来。不过叶紫羽不愿多提感情方面的事情，只简单说他大学时有过女朋友，工作后就分手了。其实几年过去，他已很少去想那段感情。即便偶尔闪过脑海，也不会再有针扎的感觉了，那只是一种淡淡的忧伤，像雾一样缥缈。如果说他现在还有怅惘的，那是对未来一种说不清道不明的东西，他觉得近几年自己在飞速前行，可想得到的东西，还是遥不可及。但如果要他清楚地表述想得到的是什么，他又说不清楚那究竟是什么。这种感觉，没法向任何人说清。

不过叶紫羽暗自奇怪，尘封了这么久的一段故事，为什么要跟初次见面的网友提起？难道真的怕网络太虚幻，见了面还不坦诚，还怎么做朋友？

蝶儿聪明伶俐，她从他不多的讲述当中，悄悄地揣测着。

二十六、有女同行

叶紫羽计划在江城待三天。两人虽是在网络游戏中相识，见了面后，却一刻也不到网吧玩游戏。空闲时，让蝶儿带着他到处走走。他这才知道，虽然自己来过江城几次，但压根儿说不上对这座城市有多少了解。他跟着蝶儿去了几个地方后，才搞懂这座城市的魅力，这真不是走马观花能够说得上的。一座城市真正的味道，绝非地标性的现代化建筑，而一定藏在普通民间看似平平淡淡的地方。从这一点上，叶紫羽也见识了蝶儿身上的优雅和知性，他本以为，这就是个单纯喜欢玩网络游戏的俏丫头呢。

这天中午，两人约了见面，准备到一家颇为雅致的餐厅吃饭。在街上时，突然有人看到蝶儿，叫了一声："顾小姐。"

蝶儿和叶紫羽一同转头看去，见是两名穿着西装的青年男子。蝶儿脸上微微一红，和他们打了招呼，问道："你们怎么在这儿？"

其中一人指着身后的一幢高楼答道："顾总让我们跟这个商场洽谈一下，准备周末在商场做活动，设个新开楼盘的形象宣传台。我们刚签完合作协议出来，商场的经理一定要请我们吃中饭，所以在这等对方。"

蝶儿露出顽皮的笑容，眨眨眼睛道："你们可别跟我姐说在这遇到我啊，我跟她说身体不太舒服，正请假在家休息呢。"

两名男子乐了，会意地点点头。然后不住地打量起蝶儿身边的叶紫羽。

蝶儿赶紧同他们告别，拉一拉叶紫羽的衣袖，两人走开。

路上，叶紫羽笑道："我倒还没问过你，你在哪儿上班呢？"

蝶儿道："我在一家房地产公司做助理，这两天为了陪你，我可是连班都没去上了。"

叶紫羽道："刚才那两人口中的顾总，是你姐姐？"

蝶儿点了点头。叶紫羽又问："你是你姐姐的助理吧？"

蝶儿又点了点头："你怎么知道？"

叶紫羽笑道："把你们的对话串起来一想，猜也猜到了。难怪你工作一点儿不忙。"

蝶儿伸手捶他一拳，嗔道："你这么说什么意思？虽然上级是我姐，但我的工作一样是凭能力应聘的好不好？要是我装病被姐姐知道了，肯定被她好一顿说。"

叶紫羽道："你姐姐不跟你家人住一起吗？"

蝶儿道："她已经嫁了人，自然跟我姐夫住一起。我家里只有我爸妈和我一块儿。"

叶紫羽"噢"了一声，听蝶儿大致讲了讲她家里的情况，这才知道，原来蝶儿家庭条件蛮优越。她父亲是当地一个实权部门的局长，姐夫是一家集团公司的总裁，经营着高档的餐饮、酒店和地产。她姐姐从国外留学回来后，嫁给了她姐夫，到集团担任了房地产开发项目的总经理。蝶儿大学毕业参加工作还未满一年，目前在公司做她姐姐的行政助理。

两人边走边聊，到餐厅坐下，叶紫羽向外一看，居然能见到长江，他心中一喜，站起身走出侧门，站在外廊上向江上望去，只见江水清碧，急急向东流淌，令人心旷神怡。蝶儿也走出来，站在他身边，两人并肩望着辽阔的江面。江风阵阵吹来，叶紫羽隐隐闻到蝶儿身上的香水味儿，竟觉得十分好闻，心中轻轻一震。

回到座位上，叶紫羽叫过服务员，请蝶儿点了菜，他又要了啤酒。谁知蝶儿突然摇手拦住，叫服务员改上一瓶红酒。

叶紫羽诧道："你要喝吗？我不喝红酒的。"

蝶儿问他为什么不喝红酒？叶紫羽说他根本品不出红酒的优劣，索性便不喝了。

蝶儿咯咯笑了，说："那今天本小姐教教你吧。你怎么这么笨？武功差且不说了，连酒都不会品。"

叶紫羽见对方又将话题搭到网络游戏中去了，笑道："武功本是末节，若是舍本逐末，已落下乘。我虽不会品酒，但有一样东西，却是品得极好的。"

蝶儿见他所说的前半句，也听出是武侠小说大师金庸书中的句子，正要回敬他吃不到葡萄说葡萄酸，又听到后半句，不由好笑，问道："你会品什么，清蒸鱼还是炖白鸭？这两道菜正是我们这里的名菜，我刚才都点了。”

叶紫羽得意地摇摇头道：“闻香识女人。你今天早上起床一定洗了澡，并且在沐浴之后马上喷了××品牌的香水。而且只是在左右肩上各喷了一下。我说得对吗?”

蝶儿果然惊讶了，能闻出她喷了什么品牌的香水不足为奇，可他怎么知道她是在早上沐浴之后马上喷的，而且只喷了左右肩头？她好奇心起，不禁伸手抓住叶紫羽的手掌，连声催促道：“快讲快讲，你是怎么知道的?”

叶紫羽掌心被她的小手一握，只觉得温软细腻，十分舒服，心中又是一荡，说道：“先前正对江面时，你站在我左边，江风一吹，我就闻到你身上的香水味儿了。虽然若隐若现，却恰到好处。如果你是喷在耳后，这种香型会略显强烈。只有沐浴过后喷在肩头，混合着肌肤天然的体香，再透过衣衫，香味才会这么温和迷人。”

蝶儿听他说得果然不错，心生佩服，娇声道：“那你看这款香水适合我吗?”

叶紫羽道：“空谷幽兰，楚楚动人，最适合不过。”

蝶儿嫣然一笑：“看来你不愧是化妆品专业人士，对香水居然这么在行……”

说到这儿，她突然想起一事，口中一顿，方又笑道：“化妆品行业一定是女孩子多，你整天在脂粉堆里莺莺燕燕，难怪这么懂香水，你不会、不会……”她已经忍不住笑得话都说不清了。

叶紫羽当然明白蝶儿言下之意，知道她在打趣自己，突然抬起手掌，伸出食指，在蝶儿的手心里一挠。蝶儿本来还握着他的手，突然被他一挠，觉得掌心好痒，立刻将手缩回，才反应过来两人的手握在一起已经许久，不禁双颊绯红。

这时，服务员已将他们点的酒菜端了上来。蝶儿在两个高脚杯里各倒了半杯酒，豪气地拿在手中，向叶紫羽敬酒。叶紫羽心想，昨天两人初见时，可没见她喝酒。没想到她今天这么豪爽，也举起酒杯，仰头一饮而尽。

蝶儿喝完，拿起筷子夹起一块鱼肉，放进紫羽碗里，说道：“这是我们这里的名菜，你尝一尝。”

叶紫羽道了谢，放进嘴里，果然鲜美无比。又听蝶儿说道：“今日天气不错，外面的风景也好。算得上良辰美景了罢。你会联句吗？不如我们来联句吧？”

叶紫羽一听，倒合心意，说：“好啊，不过要是谁输了的怎么办？”

蝶儿道：“输了罚酒一杯。”

叶紫羽道：“那我们的联句是自己创作，还是可以用古人的？”

蝶儿惊奇道：“自己创作你也行？我水平可没那么高。不过，两者都可以吧，出句是自创的，答句便要自创；出句是古人的，答句自然要用古人的。”

叶紫羽点头同意，于是两人开始。

蝶儿心想，今天我们能坐在这儿吃饭聊天，都是因为玩武侠网络游戏的原因，便有了主意。出联道：“动色云山出有喜。”

叶紫羽一听，便知其意，回句道：“忘机鸥鸟亦相亲。”

这两句诗，出自元好问之手。元好问是宋金时期的诗人，他最有名的句子莫过于“问世间，情为何物，直教生死相许”了。看过武侠小说《神雕侠侣》的人都知道。叶紫羽心想蝶儿果然兰心蕙质，她用上这个句子，既暗含了他们相识的原因，又把自己在武侠游戏中的网名“忘机鸥”点了出来。

轮到他出句，他信口便来：“闲馀何处觉身轻，暂脱朝衣傍水行。”

蝶儿一听便笑，答道：“鸥鸟亦知人意静，故来相近不相惊。”

这四句诗出自唐朝名相裴度，原意指自己身心轻快，依水而行，只为寻求安宁。水上的鸥鸟似乎也知他心意，在他身边飞来飞去，虽然亲近，却不打扰他。叶紫羽用在这里，当然是指自己来江城见蝶儿，也是来亲近她的了。

两人引经据典联了数句诗后，不由互相佩服对方的文学水平竟然不低，特别是叶紫羽，他再看着蝶儿，心中不由泛出“才貌双绝”四个字来。他想：你既然有意点到我的网名，难道我就点不到你的网名吗？再轮到他出句时，他冒出了一句：“蝶雁为双翼。”

蝶儿一愣，这一句不像是古诗词中的，她眉头一皱：“这是什么句子，你自创的？”

叶紫羽微笑不答。蝶儿心想，这一句平常得很，要联下句也没什么难的。于是她也自创了一句接上。谁知叶紫羽却笑了，说：“这句话也是有出处的，可不是我自创，你接不上，就得认输。”

蝶儿又想了一想，还是不知出处，只好向叶紫羽询问。叶紫羽笑道：“你这么爱玩《群侠传》，我以为你对武侠人物应该很熟悉才对，这话的下一句是“花香满人间”。出自古龙的小说《楚留香传奇》。你大概不会不知道楚留香吧?”

蝶儿笑道:“楚留香当然知道,看过电视剧。”

叶紫羽道:“是啊,蝶雁为双翼,花香满人间。就是形容楚留香和他两个朋友名满天下的意思。”

蝶儿道:“好吧,算我输了。”她说完,拿起桌上的红酒杯,一口干了。

叶紫羽开心不已,说:“现在剩下的这点酒,也不必谁输谁喝了,美味佳肴在桌上,美貌佳人在对座,美丽风景在窗外。这点酒显然是不够的了。”

蝶儿哈哈大笑。他们这顿饭,竟然吃了足足三个小时,两人都感到非常愉快。

又过了一天,蝶儿依然陪着叶紫羽游览风景名胜。只是到下午,她告诉叶紫羽,说晚上有个饭局,很重要。本来是邀请她姐姐出席的,但偏偏她姐姐今天临时出差要去外地,便吩咐她一定要代为参加。叶紫羽一听,说这很重要,那你就去参加好了,他不要紧的,晚上自己随便吃点什么就可以了,反正这几天好吃的东西已经吃了不少。蝶儿却噘着嘴说,她是希望叶紫羽能和她一起去的。

叶紫羽愣了愣,说那些人他都不认识,还是不去为好。蝶儿说其实那些人她也不熟,只是跟公司有生意往来,算是比较重要的合作商,她跟着姐姐与他们打过交道,但这次她一个人应酬,也有些不自在,所以希望叶紫羽陪她。叶紫羽见她言辞恳切,便答应了。蝶儿非常高兴,说吃饭的地点附近有个大湖,夜色很美。他们应酬完,还可以在那儿散散步。

等时间差不多时,叶紫羽陪着蝶儿去了吃饭的地点。这是一家很高档的酒楼,两人进了包厢,里面已经围着大圆桌坐了八九个人,见蝶儿进来,一同起身相迎。蝶儿笑着同众人打招呼,她认得其中几人,都是自己开公司的老板。一个方面大耳的中年男子向蝶儿说道:“顾小姐能来,太让我高兴了。你是越长越漂亮了。顾局长真是好福气,有你们这一对如花似玉的女儿。”

蝶儿记得这人叫于进达,和她姐夫也是相识的,生意做得不小。便客气地回道:“于总过奖了,今天我姐姐临时出差,不能与各位相见,等会儿我一定代她敬各位一杯。”

于进达仰头大笑:“你们姐妹俩都这么漂亮懂事,老刘好福气,娶到了你姐姐。不知将来谁有福气娶到你呢!”

从姓于的话语当中，叶紫羽听出这人是认识蝶儿的父亲和姐夫的，他心想：原来蝶儿的姐夫姓刘。于进达这时也注意到了和蝶儿同来的叶紫羽，询问道："这位是——"

蝶儿连忙介绍说："这是我朋友叶紫羽，他刚从惠城过来。"

于进达连声道："欢迎欢迎。"请他们在座位上坐下。蝶儿只介绍叶紫羽是她的朋友，至于是什么样的朋友，她不明言，旁人自然不好再问，只有心中各自揣摩了。

叶紫羽往四周一看，只见包厢里连他一共坐了十一人，五男六女，于进达坐在主位，想是今天由他请客。他挨着蝶儿坐下，反正谁也不认识，也不与旁人搭话。

众人动筷之初，一切尚好。可酒过三巡，场面就有些收不住了。虽然饭桌上的气氛热闹了不少，就连谁也不认识的叶紫羽都放松下来，不再拘谨。可有的人数杯酒下肚，就开始胡乱敬酒，这个要干杯，那个也要干杯。谁若是不肯干，对方便偏要纠缠不休。蝶儿已经被人敬了数杯酒了，她本不想再喝，可因她是代姐姐出席，不好拒绝，只好一一喝了。不过她酒量甚好，虽然脸上红霞飞起，白嫩的脸庞已经似桃花般灿烂，神情仍然不变。叶紫羽在一旁看着她，心想她如果不胜酒力，自己代她喝几杯也无妨。

于进达此时显然已经喝高，说古人但凡有才，都是好酒的，比如李白，比如苏东坡，所以他也好酒。接着便开始拽文，一个劲儿地吹嘘自己如何喜欢文学，如何能吟诗作对。在座的人或事不关己，或碍于于进达的身份，刻意要迎合他，均表现出"啧啧"的赞叹之声。叶紫羽着实好笑，暗想你说话就说话吧，非得时不时从嘴里拽两句文，也不嫌生硬，自己还觉得挺有品位，真让旁人替他难堪难受。于进达沾沾自喜，见酒杯一空，大声叫嚷着服务员给众人添酒，却见席上另一男士一摆手，推托不喝了。于进达照例不答应，硬要满上。突听那人冷冷道："于总真是豪爽，酒量我们不敢比肩。但咱们既然喝的是古代名酒，不妨附庸一回风雅，来行个酒令，再喝如何？"

众人听他这么一说，均朝他望去，叶紫羽只见说话的人身形瘦高，相貌俊雅，心中倒生出几分好感。蝶儿小声告诉叶紫羽，这人叫王雨恒，是个富家子弟，跟她姐姐公司和这个姓于的都有生意往来。

于进达愣了一下，马上笑道："好啊，王先生说划个什么拳吧？"

那姓王本不想把话说得太重，可他实在不想再喝酒，加上先前的几杯酒下肚，也有些放开了情绪，便讪笑着说道："我说的不是划拳，是行酒令。古人在酒宴上，常喜欢玩一种'飞花令'，我们不如也来试试。"

飞花令是什么玩意儿？于进达根本不懂。叶紫羽却知道，飞花令是古时候人们常玩的一种行酒令。"飞花"一词则出自唐代诗人韩翃写的"春城无处不飞花"的句子。行飞花令可以选用诗词，也可以用曲。但选择的句子一般不超过七个字。具体的玩法是指定一个字，要求分别出现在每个人所吟诗句中的每一个位置上。以"花"字为例，第一个行令的人说一句"花径不曾缘客扫"，这个花在第一字的位置上。下一个行令的人接一句"落花人独立"，这个花在句中第二字的位置上，这就表示过关了。第三人再往下接，花字则要移到第三个字的位置上，比如这句"且向花间留晚照"。以此类推，在第七个字上完成一轮，再循环下去，接不上来的就要被罚酒。当然，名为"飞花令"，却不是说只能用"花"字行令，风花雪月，酒色财气，无不可以。不过，叶紫羽心想，这也太难了吧，这玩意儿现在谁还玩得了？难道这姓王的有这么高的造诣？又听王雨恒继续说道："于总这么喜好文学，我们当然得来点儿斯文的。当然我们不必跟古人一样，对飞花令要求这么严格。我们在座的男士们只需说一句诗，诗中只要能有一个'酒'字就可以，说不上来的就罚酒一杯，您看怎样？"

叶紫羽心想，这还差不多。只见于进达眼珠一转，一时间倒也想起好几句带酒字的诗句来。他斜眼看看周围五颜六色的美女们，笑着张口道："好啊，那我们就附庸风雅一回，大家来玩玩。"只听见立刻又有人出声推托道："那不行，那不行，这才高难了，我们可没有那么好文采，我看还是于总您二位玩吧，我们在旁边助助兴就好。"

王雨恒也不强迫，说道："那也好。"

叶紫羽瞧这阵式，估摸着这姓王的应该有点儿料，想以此出出于进达的丑吧。眼中浮现出一丝狡黠的笑意，心道有热闹好看了。

谁知这时，身旁的蝶儿却推了他一把，大声说道："叶紫羽，你不也挺喜欢诗词的吗？你跟各位一起玩吧。"

众人听她一说，都回过头来看着叶紫羽。顿时令他心头大恼。蝶儿这么一表示，令他感觉他喜欢这诗词，同了于进达一般的肉麻和浅薄，他又不好埋怨蝶儿，正低头不语，于进达已经哈哈一笑，说道："那好啊，叶先生不如同我们一块儿行酒令吧，大家图个开心，没什么关系的。"他言下之意，似乎是说，他说不上来也没什么要紧。于进达大概在想，如果就他和姓王的两人行开酒令，万一他说不上来，可就窘了，看这姓叶的言语不多，一副没见过世面的样子，真要是比不过姓王的，就让他给垫垫背也好。

叶紫羽心头着恼，暗想懒得同你一般见识。他正要开口拒绝，抬眼看到蝶儿脸上的殷勤之色，自然明白他如果能在蝶儿的熟人面前表现一番的话，她会是何等的高兴和满足，心中顿生不忍。略一踌躇，便展颜道："好吧。就请各位多多指教了。"说完，他转头朝蝶儿微微一笑。蝶儿见他答应，满面笑意盈盈，睫毛轻颤，朝他眨一眨眼，一脸的欢喜。

只听于进达抢着说道："听我先来一句：明月几时有，把酒问青天，不知天上宫厥，今夕是何年。酒字有了吧!"

叶紫羽笑着心想："这家伙只怕自己知道的先被别人说了出来，所以抢着开口，可见他胸中实在没多少料。"

这时听王雨恒接着说道："兰陵美酒郁金香，玉碗盛来琥珀光。"这是李白的一首名句。

轮到叶紫羽，他轻轻一顿，也用了一句李白的诗："天若不爱酒，酒星不在天，地若不爱酒，地应无酒泉，天地既爱酒，爱酒不愧天!"

他引的这句，竟是每一节都含了一个"酒"字。说完，仍然朝着蝶儿一笑。只见蝶儿也已经笑得像朵花了。众人一震，看他的眼光有了几分惊讶，他们感到有好戏看了，都安静下来，停箸不食，留心关注起三人的酒令。

叶紫羽乍一开口，于进达也有几分意外，他忙道出暗自准备好的第二句："朱门酒肉臭，路有冻死骨。"

话音刚落，众人"哄"的一声笑了，纷纷鼓掌叫好。王雨恒接着道："风吹柳絮满店香，吴姬压酒劝客尝。"仍是李白的名句。

叶紫羽也紧跟一句李白的诗："花间一壶酒，独酌无相亲，举杯邀明月，对影成三人。"

又听于进达道："对酒当歌，人生几何？譬如朝露，去日苦多。"

王雨恒道："陈王昔日宴平乐，斗酒十千恣欢谑。"

叶紫羽道："一朝不得意，世事徒为空，霜鸟换美酒，舞衣罢雕龙。"

于进达神情颇为紧张了，但仍能接道："问讯吴刚何所有，吴刚捧出桂花酒。"

这是毛泽东的诗词。于进达说出来后，突然笑了。他想亏了特殊年代期间，他正上小学，老师拼命让他们背毛主席诗词来着。这句大白话一般的句子，在中国流传很广，在座的也都熟悉，又都笑开，纷纷叫好，于是于进达更加得意地笑道："估计在座的各位当中，我年纪稍稍大些。那时候上学最流行背毛主席语录，现在这语录记不得几句了，但他老人家的诗写得好啊，我还是能背诵的。"

叶紫羽心想，毛泽东诗词自己也能倒背如流，就那么几句含了酒字，看你用完后还能用什么？便见王雨恒又接道："五花马，千金裘，呼儿将出换美酒，与尔同销万古愁。"

叶紫羽跟道："开颜酌美酒，乐极忽成醉，我情既不浅，君意方亦深。"

于进达这回倒不慌了，朗声道："把酒酹滔滔，心潮逐浪高。"又是一句毛主席的诗。众人也是一阵欢乐。

王雨恒道："八月九月天气凉，酒徒词客满高堂。"

叶紫羽道："长剑一杯酒，男儿方寸心。洛阳因剧孟，托宿话胸襟。"

于进达得意道："狮子眼鼓鼓，擦菜籽，煮豆腐。酒放热气烧，肉放烂些煮。"

他一说完，自己先笑。众人却愣了，这是什么诗？叶紫羽也哈哈大笑，他此刻觉得这家伙真有趣，于是赞道："好诗，好诗。"

于进达神秘地冲他一乐："你知道这句诗出自哪里？"

叶紫羽笑嘻嘻地咧嘴道："知道知道，还是毛泽东同志的名句嘛。据说他八岁时去外婆家看舞狮，狮子舞到谁跟前，谁就得作诗一首，这是当地的规矩。恰巧狮子舞到毛泽东面前，他脱口而出作了这么一首。"

众人本来觉得这算哪门子诗？一听是毛主席八岁时的作品，又哄然叫起好来。于进达拍拍叶紫羽的肩膀道："小兄弟果然好学问。"

王雨恒仍然不紧不慢："欲邀击筑悲歌饮。正值倾家无酒钱。"

叶紫羽也不慌不忙："归家酒债多。门客粲成行。高谈满四座。一日倾千觞。"

又轮到于进达了。他平常积累本不多，几句毛主席诗词一想过，仓促之间，实在记不起带有"酒"字的诗句了。他只得一挠头，自我解嘲道："我有点儿喝高了，还有什么？得，我没词了，这杯酒我先喝！你们二位继续？"

此时王雨恒的注意力完全集中到叶紫羽身上，席间众人也被行酒令斗诗吸引住，这种场面难得一见，令他们兴趣大增。虽然众人大半不知诗句出处，却只盼两人继续斗下去，看看到底谁先江郎才尽。

王雨恒对叶紫羽说道：“我们接着来?”

叶紫羽笑着一点头，听王雨恒吟道：“昔在长安醉花柳。五侯七贵同杯酒。”

叶紫羽：“摇笔望白云。开帘当翠微。时来引山月。纵酒酣清晖。”

王雨恒：“情人道来竟不来。何人共醉新丰酒。”

叶紫羽：“山鸟下厅事。檐花落酒中。怀君未忍去。惆怅意无穷。”

王雨恒：“莫惜连船沽美酒。千金一掷买春芳。”

叶紫羽：“与君数杯酒。可以穷欢宴。白云归去来。何事坐交战。”

王雨恒：“君家有酒我何愁。客多乐酣秉烛游。”

叶紫羽：“玉瓶沽美酒。数里送君还。系马垂杨下。衔杯大道间。”

王雨恒：“长风吹月渡海来，遥劝仙人一杯酒。”

叶紫羽：“东道烟霞主，西江诗酒筵。相逢不觉醉，日堕历阳川。”

王雨恒：“我亦为君饮清酒，君心不肯向人倾。”

叶紫羽：“南国新丰酒，东山小妓歌。对君君不乐，花月奈愁何。”

……

两人联了数十句后，王雨恒已想不起李白哪些诗中还有“酒”字，略微一停顿。

其实二人斗诗，王雨恒引用李白的七字句，叶紫羽便一直以李白的五字句作答，竟是非常轻松自如。王雨恒道出的诗句，都是李白诗中流传较广的，而叶紫羽随口道出的，若非学文颇深者，知之甚少。旁人尚不知二人高下，可王雨恒自己明白，看来叶紫羽的功底要高他一筹。

王雨恒不再强引李白的诗，吟出了柳永的名句：“今宵酒醒何处，杨柳岸晓风残月。”

叶紫羽见对手已无法用李白的诗同自己对抗，哈哈一笑，改用一句李白的七言：“青莲居士谪仙人，酒肆藏名三十春。湖州司马何须问，金粟如来是后身。”

随即，他也不准备再用李白的诗句了，宋词里含酒的句子也不少，他心中不惧。却见王雨恒举起杯来，对他一笑说：“叶先生的诗词功底很深厚啊，我甘拜下风了，先饮此杯。”

两人斗了这么多句子，叶紫羽瞧出王雨恒的诗词功底着实不弱，这时见他言语有礼，连忙谦逊道："王总客气了，您肯定还有带酒字的诗句没有出口，您这是让我呢。不如大家一同举杯吧，非常荣幸认识各位。"

席间众人全部站了起来，纷纷干杯，均想今天这顿饭吃得有意思，长见识了。蝶儿更是美目流盼，满心说不尽的欢喜。

二十七、月出皎兮

饭局散了后，叶紫羽和蝶儿双双来到湖边漫步。天色虽晚，一轮明月当空，湖边种植了不少花草，清风悄拂，周围花气袭来，足让两人心旷神怡。蝶儿酒气微消，一张俏脸仍是红彤彤的。叶紫羽虽喝了不少酒，但精神正旺。他打趣说："饭后百步走，正好帮助消化。"蝶儿说："是啊，保持身材很重要。"两人都乐，又听蝶儿说："其实我很喜欢做菜，我已经学会好多好多的菜式。我觉得做菜给自己的亲人吃，绝对是一种享受。"她说得眉飞色舞，不经意间，自然而然的挽住了他的胳膊。

两人走了一阵后，在一方草地上坐了下来。叶紫羽望着波光粼粼的湖心赞道："这个地方真不错。"

蝶儿说道："这样不错的地方，在我们这可多了。你喜欢这座城市吗？"

叶紫羽点点头："喜欢。"

蝶儿眼波流动："那你喜欢这里的人吗？"

叶紫羽心中一动，她这么问是什么意思？却听蝶儿又说道："明天你就要走了，这几天我们都在一起，我算不算你这次出差的艳遇呀？"

叶紫羽道："嗯，滟滪大如猴，瞿塘不可游；滟滪大如马，瞿塘不可下。"

蝶儿伸手打他："讨厌，你才是猴子呢。"

叶紫羽自然明白蝶儿所指的艳遇，可他不知道怎么回答，故意拿滟滪打趣。这滟滪是古时候三峡之中瞿塘峡口的一块巨石，兀立江心，令往来的行船望而生畏。夏季涨水，滟滪堆大部浸入水下，船从上游顺流而下，如箭离弦，分厘之差，就会船沉人亡。所以有了"滟滪大如马，瞿塘不可下"的说法。陡然之间，叶紫羽忆起他上大二时，一个人乘船经历三峡的事情来，转眼间，已经快十年过去了。

蝶儿问他：“你在想什么呢？”

叶紫羽道：“我在想时间过得真快，我都快三十岁了。你才刚刚大学毕业，应该只有二十出头吧？我上大学的时候，你还在上小学呢。想不到游戏中，还要你带着我混江湖。”

蝶儿手背轻触嘴唇，笑道：“是呀是呀，你这个年纪，都老得可以做大叔了。要不以后我叫你大叔好了。”

叶紫羽道：“嗯，乖。”

蝶儿故作生气：“讨厌，占本小姐便宜，当心我废掉你的武功。”

叶紫羽乐了：“就那么点儿微末道行，废不废都一样。我估计游戏里都是跟你差不多年纪的小孩子吧，老被你们欺负真没劲，我以后不玩了。”

蝶儿一怔：“那可不行，你必须陪着我。”

叶紫羽笑道：“那个花逢春呢？他不是哭着喊着要陪你吗？”

蝶儿经他一说，想到那个人，不由也乐了：“那个人估计真是个小孩子呢，挺好玩的。不过你答应我做三件事，现在还有两件没做，别想反悔。”

叶紫羽道：“你放心，既然答应了，你说什么，我一定做到。”

月明风清，蝶儿望着他，心中一阵说不出的欢喜。她身体一倾，靠在了叶紫羽身上。

人生自是有情痴，此事不关风和月。

叶紫羽一个激灵，伸出右手，搂住了蝶儿的纤腰，低头一看，蝶儿也正望着他，眼神中饱含期待。他突然觉得浑身像被烈火点燃，忍不住朝蝶儿精致的唇上吻了下去。

蝶儿有些害羞地闭上眼睛，但没有躲避。她扬了扬俏丽的下巴，伸手环住他的脖子，热情地回应着他。这忘情的一吻，仿佛已让时间停滞，天地间只剩下他们和头顶的明月。

也不知过去多久，夜空中微微添了些许凉意。蝶儿对叶紫羽说：“我们回去吧。”

叶紫羽点点头，站起身来，同蝶儿到路边等出租车。谁知老半天也没等到一辆。蝶儿提议再走一程，到热闹一点的大街上再打车，会容易些，叶紫羽点头同意。

再次并肩而行，两人心中都有了点异样的感觉。沉默了一阵后，蝶儿开口问道："你有女朋友吗？"

叶紫羽回答："当然没有。"

蝶儿一笑，又问："那你有过女朋友吗？"

叶紫羽一愣，点点头，心想这个问题她以前问过，怎么又提起来？

果然，蝶儿接着问："分手了？能说说为什么吗？"

为什么？叶紫羽心中一动。这件事过去多少年了，他一直克制着不去回想，也没再向任何人提及，不过今天，他一定要回答她。刹那间，那段浑浑噩噩的时光，那个绝望难受的夜晚，沥沥浮现心头。他突然觉得先前在湖边的那一吻，都何其相似。叶紫羽轻叹一口气，不愿再向蝶儿隐瞒什么，把那几年的感情经历都讲给了她听。

蝶儿静静地听着，听他讲完，一声未吭。

出租车来了，两人一同上车，叶紫羽提议先送蝶儿回家，他再回宾馆。蝶儿想了想，点头同意。她向司机说了一个地点，司机点点头，加大油门，汽车飞驰而去。晚上车少，20 分钟左右，已到蝶儿家里。叶紫羽送蝶儿下车，往周围一看，这一带都是别墅区。他有点儿吃惊，问："你家住这里？"

蝶儿一笑，说："是啊，这是我姐夫娶了我姐姐之后，孝敬我爸妈的，我不过是跟着沾沾光而已。"

叶紫羽不再说什么了，挥挥手同蝶儿告别，再乘着出租车回到宾馆。

他回房间后，先去洗了个澡，然后躺在床上，准备睡觉。按理说，今天喝了不少酒，应该很快入睡的，可偏偏翻来覆去的就是睡不着。他只好把手机拿在手里翻看，见有一条未读信息，他解锁一看，是蝶儿发来的。他心想，怎么她这么晚了还没睡？却见蝶儿的短信中写道：你以前女朋友的生日可是 4 月 25 日？

叶紫羽一下没反应过来，随即诧异万分。他回了一个信息：你怎么知道的？

蝶儿又给他回了信息：上次我问你游戏密码是多少，你告诉我 425824。我当时想，8 月 24 日是你的生日，那么前面三位数，一定是另一个人的生日。你应该很爱这个人，她在你心中非常重要。所以你在组合密码的时候，把对方的生日放在了你的生日之前。这说明，你爱她，甚至胜过爱自己。

叶紫羽手一抖，不知怎么回答。好一阵子，才回复：也许当初是这样的，不过现在只是一种习惯。因为现在要用密码的地方实在太多，我怕记混了，所以才沿用的。

他把这条信息发出去后，想了想，又发了一条：完蛋了完蛋了，你把我的银行卡密码也破译了，我不想改也不成了。

蝶儿发过来一串笑声，问：你准备怎么改?

叶紫羽回复：改成218824好了。

蝶儿接着回复：真的吗?

叶紫羽再回复：千真万确，不信的话，明天你可以在游戏中登录我的账号试试。

蝶儿再次发过来一个笑容，说了声晚安。

叶紫羽也回了个晚安，然后放下手机，准备睡觉了。

这时候，他突然听到门铃响了。这么晚了会有谁?他怀疑是不是有人按错了，便没打算起身。谁料门外的人不见动静，又按了按门铃。叶紫羽无奈，纳闷地从床上下来，心想谁这么晚发神经呢?他极不情愿地打开门，却立刻瞪大了眼睛。只见蝶儿右手食指点着脸庞，笑容可掬地站在外面!

叶紫羽慌忙请她进来，问她怎么来了?

蝶儿脸上一红，低头说："今天家里没人，我一个人在家害怕。所以，所以——"她突然话锋一转："怎么我打扰你休息了吗?"

叶紫羽不说话了，他笑嘻嘻地看着蝶儿，一把将她抱在了怀里。

蝶儿在他怀里悄悄地问："你怎么知道2月18号是我的生日?"

叶紫羽不答，还是满脸笑容地看着她。

蝶儿从他怀中挣扎出来，故意把脸一板，伸手捏着他的鼻子说："快告诉我！我觉得你现在的样子色眯眯的呢!"

叶紫羽故意哼了几声，说道："我现在要还不色眯眯的，估计就真练过辟邪剑法了。"话音一落，他不由分说，重新把蝶儿紧紧搂在怀中。蝶儿还要挣扎，叶紫羽轻轻咬着她的耳朵边喃喃说道："记得几年前，我刚加你QQ好友那会儿，你在上面填写过你的生日。后来你虽然隐藏了，我却已经记下了。"

蝶儿只觉得耳朵边痒痒的，听到他这句话，身子一软，再无力挣扎，任由他搂住。叶紫羽双手平伸，将她抱起，走到床边，轻轻放下。自己也跟着俯下身子，再次吻住她的双唇……

第二天清晨，叶紫羽醒来时，房间内很安静。他睁开眼，看见蝶儿还在身旁熟睡。他轻手轻脚下了床，走到窗边，将窗帘拉开一丝缝隙，立刻有一道明媚的阳光透射进来，照到雪白的大床上。他赶忙把窗帘掩上，却听见身后的蝶儿说道："让阳光照进来吧。"

他转头一看，见到蝶儿已经醒了，正侧起身，用手腕托着头，微笑着看着他。蝶儿见他转头，甜甜的冲他说了一句："早上好。"

叶紫羽没有回话，他大力拉开窗帘，瞬间阳光满屋。然后他走回床边，俯下身，在蝶儿唇间轻轻印了一吻。蝶儿突然笑着说道："我们是不是特像一对恩爱的小夫妻啊！"

叶紫羽挠挠鼻翼："我怎么觉得像老夫老妻。"

蝶儿抿着嘴唇又笑："要是我们能这样一起相伴到老，看朝阳初升，风起云涌，爱情带给人们的幸福，也就不过如此了吧。"

叶紫羽也不禁神往，乐道："人生如此，夫复何求。我们赶紧起床吧。等会儿，我可要先去车站了。"蝶儿一看时间，咋咋舌，说她姐姐今天回来，她说好要去机场接她的。叶紫羽让她先去洗漱，自己收拾行李。

出了门后，两人一看时间还充裕，叶紫羽便说不如找间餐厅用早餐？蝶儿说这儿离她上班的地方不远，那有一家不错的餐厅，她带他去。叶紫羽同意。

到餐厅坐定后，蝶儿说："我已经想到要你做的第二件事情了。"叶紫羽问是什么？蝶儿摇摇头道："我现在先不说，等会儿分开了，我发信息到你手机上。免得口说无凭，回头你又要赖。"

叶紫羽心想，现在我可舍不得要赖了，要不然你不理我怎么办？他心中好奇，正想对蝶儿说你不如就现在告诉我得了，我不会反悔的。却听蝶儿说道："其实我在我姐姐手下工作，也只是过渡一下，我已经申请了到英国留学，家里也都支持我。要是我一去三年，你会不会忘了我？"

叶紫羽愣了一愣，当即说道："当然不会。"

蝶儿满意地点点头："那我就放心了。现在我们要分开了，你什么时候再到江城？"

叶紫羽沉吟了一下："我看看工作安排，确定了告诉你，应该很快的。"

蝶儿突然脸上一红，低声说："我会想你的。"

叶紫羽心中一暖。他想：自己这是又恋爱了吗，难道自己又要开启一段异地恋？

他记起当初和初恋女友分手时，曾痛心之至的立誓，用双倍的时间去忘却她，忘却过去的五年。那也不过再花十年时间而已。现在屈指算来，刚好过去六年，远远没到十年呢。看来自己比想象中的要坚强。

用过早餐后，两人在餐厅楼下的大堂道别。叶紫羽要出门打车，蝶儿要上扶梯从另一侧先去办公室，两人将在这里暂别了。大堂内人来人往，他们不好意思再有亲昵的举动，蝶儿含情脉脉地望他一眼，低低说了声“再见”。叶紫羽微笑着点头，示意她先走。

蝶儿转身上了扶梯，叶紫羽一直盯着她的身影。他看着缓缓上升的自动扶梯，看着蝶儿慢慢消失在眼前。他脸上还在微笑，心中却毫没来由地一阵欢喜，一阵怅惋。

叶紫羽打车到了车站，检票过后，在候车室休息。这时，他的手机短信声响起。他以为这是蝶儿的信息，拿起一看，却是公司同事薛浪发来的。薛浪出任杭城分公司经理之后，业绩表现不错。他此刻也出差在某地候车室候车，正有空闲，便给叶紫羽发信息汇报近来的市场情况。叶紫羽了解之后，勉励他继续努力，争取年终排名能排到全国各分公司之首。不料薛浪却来了牢骚，说他正想跟叶紫羽提这事。本来他接下来两个月内，共安排了三场大促活动和三场培训，向支援部门申请的时候，却说他申请晚了，本季度的人员支持和活动支持已经全部安排给了沈城分公司。叶紫羽想起前两天是由生产中心和市场部各转来一份文件，提到这件事，他也是签了字的。便劝慰薛浪说，这种事情就得早做计划，他提交晚了，可怪不得别人。不料薛浪却说，他的报告明明比沈城分公司早提交，却无端被吴立压了两天，搞成苏衡抢先了。说到吴立，叶紫羽就好笑，只能叫薛浪下次先跟自己打个招呼，他会对各个分公司一视同仁的。薛浪又嘀咕说，产品培训也非常重要，特别是新品上市期间，可生产中心也偏心沈城分公司，这怎么搞？

叶紫羽愣了愣，生产中心是白慕雅在负责，白慕雅同他一向交好，有什么事情都会同他商量，怎么可能无由地厚此薄彼。所以他颇为不快地告诉薛浪，好好把心思放在市场上，别无中生有，生产中心不可能偏心谁。薛浪听出叶紫羽话中有斥责的意思，顿时急了，说他听到风声，苏衡和白慕雅似乎在谈恋爱，生产中心能不偏心吗？

这话让叶紫羽大吃一惊，问薛浪听谁说的，这怎么可能？薛浪说有什么不可能，他曾经偶然看到过苏衡和白慕雅一起逛街，苏衡还搂着白慕雅的肩，倒不是听谁说的。

叶紫羽心中突然闪过一种异样的感觉，他沉默了会儿，只好说公司有明文规定的，禁止办公室恋情，特别是重要岗位，以免给公司管理造成不便。如果发生，当事人双方必须要有一方离职。在没有确认之前，他让薛浪不要捕风捉影，更不能传话。

合上手机屏幕，叶紫羽陷入了沉思。他忆起刚入职风雅公司的时候，白慕雅带着他出差的情形。那时他刚到惠城，是多么的稚嫩和无助。他还记得白慕雅请他吃肯德基的趣事。他在公司能有今天的地位，也离不开白慕雅的帮助。有时候，他会觉得白慕雅像他姐姐一样亲切。在白慕雅出任生产中心总经理之前，他们常常一起吃饭聊天。他从没听白慕雅谈起过恋爱之事，他感觉她太有事业心，是个标准的女强人，不知什么样的男人才配得上她。可她和苏衡……怎么会？

苏衡这个人虽与叶紫羽同时入职公司，但他对他的关注不多。现在于心中打量起他，才感到苏衡长相其实也颇为英俊，只是神情中总透着一股阴沉之气。自叶紫羽发觉对方心思颇重，与自己直来直去的性子不大相投，便开始对他敬而远之。

叶紫羽打开手机，拨打了白慕雅的号码。电话一接通，他还没来得及问好，就听见白慕雅笑声连连："叶总在哪儿出差呢？怎么想起打我电话了？"

叶紫羽也笑笑："我回公司了，什么时间有空，请白总赏脸吃饭。"

白慕雅立即道："好啊，今天下午就有空，你准备请我吃什么？"

叶紫羽忙道："跟你开玩笑呢，我还在江城出差，等我回来一定请你吃饭。今天是有事请你帮忙的。"

白慕雅故作生气道："居然骗我！好吧，你这顿饭算欠下了，要我帮什么忙？"

叶紫羽笑道："你放心，我回惠城第一件事就是请你吃饭。现在有件关于分公司产品培训的事情想请你帮忙。"

白慕雅大笑："不用你说，早安排了。这件事你还真得好好感谢我。为了搞好销售部门的新品培训，我决定亲自去沈城分公司培训三天。怎么样，够支持你的工作吧？"

叶紫羽心中猛地"咯噔"一下，口中说道："那真是有劳你了。不过刚才杭城分公司向我申请，他们下月也要开展新品培训，你看能不能给他们也安排一下？"

白慕雅在电话中想了想，说："产品培训的人手确实不够。两个地方同时开展大型培训的话，很困难。不过——"她话锋一转，又说："那我只好从派到沈城的人员当中，抽调两个去杭城。沈城的培训，只好由我在那多顶几天了。这样总行了吧。"

叶紫羽道："那太感谢啦，只好辛苦你了。"

白慕雅道："没关系啦，反正也是一举两得的事儿。"

叶紫羽道："什么一举两得?"

白慕雅发觉自己失言，忙道："没什么，用错词了。你放心，培训的事我会安排好，你就等着回来请我吃饭吧。"

叶紫羽再次道谢，然后挂断了电话。他心知，薛浪说的事，看来八九不离十了。他自己心中，实在说不清是个什么滋味。

手机的短信铃声又响起了，他只好打开来看，却见这次真是蝶儿发来的短信。蝶儿告诉他，她要求他做的第二件事，就是下月她父亲生日的时候，要叶紫羽再来江城，参加她父亲的寿宴。

叶紫羽长叹一声，不得不把思绪再拉回到蝶儿身上。蝶儿要他下个月去见她的家长，其意不言而喻。她是个热情善良的姑娘，这是想把他们的关系向长辈公布了。叶紫羽比蝶儿大了八岁，他想事情，不能再像她一样单纯了。他知道自己喜欢蝶儿，可他也明白，自己拿什么去喜欢她、去面对她的父母呢?

自从他得知蝶儿的父亲身居要职，蝶儿的姐姐嫁入豪门，他就想过这个问题。他不想自己的感情像上一次那样，再因为经济的原因受到打击。不过工作这么多年后，叶紫羽越来越理解以前初恋女友父母亲在女儿择偶时的态度。他想换作是他，今后如果有了女儿，他愿意自己的女儿嫁给一个什么都没有，什么都是未知数的男人吗?在职场打拼了这么些年，他相信无论战争年代还是经济年代，一定是以成败论英雄的。他需要拿得出手的成就和骄傲。

叶紫羽想得头昏脑涨，昏昏欲睡。发车铃声在这时候响起，他赶忙拎起行李箱上车。他非常疲倦，很想在座位上睡一觉。

果然，他一阵困乏，靠在靠背上沉沉睡去。随着车子的飞驰，他居然坐了一个梦。他梦见蝶儿带着他一同回她家里晚餐，家人尽在。蝶儿家的餐厅豪华气派。她的父亲一副领导派头，很有几分严肃。她的姐夫谈笑自若，成功人士的气度淋漓尽显。而他自己呢，则显得颇有些不入流。

二十八、鸿雁于飞

团圆莫忆春香到，一别西风又一年。

不经意间，北方又在下大雪了。看着电视新闻镜头中出现的雪花飘飘北风萧萧，身在南方阳光充足的海滨度假山庄，风雅公司的员工们个个满心喜悦。一年结束，集团公司在新春到来之前召开年度总结会议，这是惯例。今年年会大大出乎员工意料之外的是，林敬安早早发话，要选择一个风景优雅宜人的地方开会，最好能够面朝大海，春暖花开。看来董事长的心情相当不错，估计是见到公司并购后的业绩报表一直节节攀高。大老板的心情好了，底下的人自然也就乐了。众人对此次会议的流程和议题普遍感到轻松，暗自盘算着今年自己的年终奖不知能拿多少，春节假期可以上哪儿旅游一下。

叶紫羽这一年马不停蹄地四处奔波，功劳可谓不小。他督促各区域的分公司以业绩目标为导向，全力冲刺，自己更是亲自紧抓锦城分公司的业务。恰是这一年，市场格局出现重大的变革，精品连锁店这种新兴的渠道突然发力。在很多品牌仍然强攻百货商场的情况下，风雅公司已经悄悄地把主打方向朝精品店倾斜。叶紫羽特别看好这一趋势，于是当竞争对手们还忙于同大商场较劲，讨论着进场费、条码费，折扣点，再忍受着采购主管们或明或暗的回扣要求时，风雅公司的产品已经慢慢在精品店占据了有利的形象和陈列。精品店的经营者们此时也渴望引进有影响力的品牌提升店铺形象，风雅公司的品牌带着电视广告、带着促销团队主动找上他们，怎不让他们欣喜万分，一拍即合。而当消费者发觉自己想购买的东西在身边就能很方便的买到时，并且店家的接待与售后服务更是好上加好，他们又何必非要去商场消费？当这块蛋糕越做越大，风雅公司的产品销量也就节节高升。

数百人的会议，够行政部门忙乎的了。光分配房间，就得有许多讲究。董事长林敬安得安排一个总统套房；总监以上级别的高管，全部安排海景单人房；经理级别的管理人员，安排两人一间的海景房；经理级别以下的员工，统统住双人标间，至于有没有海景，就得看运气了。

叶紫羽从市场上直接到达会场，行政部的小霞见到他，笑嘻嘻地把房间钥匙给他。叶紫羽道声谢，说他带得有礼物，叫小霞回头来拿。乐得小霞硬要帮他提行李。叶紫羽到各地出差，经常会带些当地的小礼物回去给行政部和客服部的小姑娘们。他升职之后，也从不摆副总的架子，是以在公司的人缘越来越好。特别是一些小姑娘们，都非常喜欢这位帅气又平易近人的副总经理，经常在背后谈论起他。

此刻，叶紫羽哪需要一个小姑娘帮他提行李，他当然拒绝了。小霞似乎有什么话想悄悄跟叶紫羽说，但却没有机会说出口。

叶紫羽正要进房间的时候，旁边房间的门突然打开，一个人走了出来，叶紫羽一看，是苏衡。他朝他点了点头，苏衡热情地走过来说："叶总你刚到啊？出差辛苦了。"

叶紫羽笑笑说："你也辛苦了，什么时候到的？"

苏衡说："我上午就到了，刚睡了一小会儿，正准备下楼买包烟。"

叶紫羽说："那你快去吧，我也回房间休息会儿。"

苏衡说："好的，叶总您先休息。等会儿我再找您汇报下工作。"

叶紫羽"嗯"了一声。进房间后，他还在觉得苏衡今天的表现有点儿奇怪，以前苏衡汇报工作可没这么积极过。

进到房间后，叶紫羽先洗了个澡。然后到阳台上注视着海面。蔚蓝的海面像丝绸一样柔和，微荡着涟漪。从高楼上望去，烟波浩渺，一望无际。在阳光的照耀下，水面上一片金光闪闪。

叶紫羽随手拍了几张海景照给蝶儿发了过去。感慨说，等夏天的时候，希望他们能一起来这里度假游泳。蝶儿回复他一个撇嘴的表情：就知道你不诚心，春节还没过呢，就开始说夏天了。叶紫羽笑笑：春天已经来了，夏天还会远吗？

几个月前，蝶儿曾要叶紫羽在她父亲生日时，去江城见她。叶紫羽最终还是没去，他给蝶儿解释公司的业务太忙，那几天刚好碰上董事长要他陪同检查各分公司的工作，实在没法请假。蝶儿虽然不乐意，但想了想也就原谅他了。其实，叶紫羽并非完全没有时间，只是他暂时不愿去见蝶儿的父母。事后，他利用出差的机会去江城见了蝶儿，哄得蝶儿开心。两人的恋爱关系算是确定下来，不过叶紫羽仍然没有去见蝶儿的家人，他觉得时机还不成熟。蝶儿想想自己刚参加工作，父亲还想她去英国留学，要是知道她恋爱了，肯定会顾虑许多。所以她也赞成暂时不告诉家里人。不过她想，等她去英国之前，一定要把叶紫羽带回家。

这天晚上，参会员工全部到达。由于会议从第二天开始，所以头天晚上度假山庄里就热闹了，关系要好的同事们三三两两约在海边玩乐，有的点了篝火围着蹦迪，有的在沙滩上踏浪而行。叶紫羽约了白慕雅在酒店的咖啡厅饮茶，咖啡临海的一面，全部装修成宽大透明的落地玻璃，望向海面的视野极好。两人也有许久没有坐在一起聊天了，他们谈了谈近来工作上的事情，对公司的发展都甚感欣慰。私下也感叹明年的工作压力只怕更大了。叶紫羽看着海滩上开心玩乐的员工们，笑着说："我出差的时候，碰见个做公路仪器的销售代表。我们聊天时，对方听说我做化妆品的，羡慕得要死。问我是不是化妆品这行美女特别多？我说那是当然。对方当即痛心疾首，说他们做公路仪器的，公司根本见不着几个女的，市场团队中就更是清一色的男性了。他真后悔选错了行。我告诉他，这有什么好后悔的？如果一盘好菜放在你面前，却要求你只能看，不能吃，你会不会更难受？"

白慕雅还没明白他的意思，不解地望着他。听叶紫羽接着说道："好比我们公司，算得上美女如云了吧。可公司规定了，不许员工之间谈恋爱，这不就等于能看不能吃吗？"

白慕雅不禁莞尔。叶紫羽指着沙滩上的男男女女笑问道："你说这么多人之中，有没有正在发展地下恋情的？"

白慕雅一怔，说："我可没工夫留意这个，你听到谁跟谁好了吗？"

叶紫羽摇摇头道："这倒没有，只不过我发觉销售部有人有这种苗头，想起来了，就随便聊聊。"

白慕雅笑道："怎么操起这份闲心了？看来你的业绩指标还有很大上涨空间啊。"

叶紫羽也笑："你真比董事长还狠，看不得我们休闲一会儿。再说，这也不是闲操心，不少公司都有禁止员工之间谈恋爱的规定，可我觉得这规定真不咋样。像我们这样的化妆品公司，肯定是年轻人居多。青年男女在一起工作，日久生情不是很正常的事吗？别说公司，就算是战争年代，那么残酷的环境中，战友之间，不也有谈恋爱的吗？就连军队这么严格管理的单位都不干涉这个，所以禁止员工之间谈恋爱，我觉得根本就禁止不了。而员工之间恋爱了想瞒住公司，也是不可能的。天下没有不透风的墙，何况恋爱中人习惯成自然的一些亲昵举动，他们自己浑然不觉，旁人却早已瞧出端倪了。”

白慕雅疑惑地看了看叶紫羽，不知道他是有感而发，还是有所针对。她故意说：“别欺负我们没文化啊，今年的热播剧《亮剑》我可是追着看了的。那里面不是讲了吗，战争年代想谈恋爱，得是‘258 团’，要年满 25 岁，八年党龄，团级以上的干部才有资格恋爱结婚，你当个大头兵你以为你能谈恋爱？非给你个处分不可。”

两人正聊天时，苏衡和吴立也来到咖啡厅。他们看见叶紫羽和白慕雅在这里，只好过来打个招呼。吴立对两人都很恭敬。叶紫羽现在的身份不同了，对过去的事情也不介意，常常还觉得好笑。不过他不明白为什么吴立和苏衡看起来私交不错？吴立当年骚扰过他，也骚扰过薛浪，难道独独放过了苏衡？要说苏衡长得比薛浪英俊点儿吧？莫非——叶紫羽觉得自己的思想有点儿邪恶了。他打住念头，邀请二人一起坐下来聊聊，同时注意到苏衡和白慕雅短暂地交换了一下眼神。苏衡的眼中，分明含有一丝不快。不过等他再瞧着叶紫羽时，已经变得热情洋溢。

四人坐在一起，并没有什么共同话题，都是应付式的聊天。吴立便说明天的会议安排以及布置，他都去监督过了，一切顺利完成，各位老总们大可放心。然后又恭维叶紫羽和苏衡说，今年公司的市场业绩完成得非常漂亮，董事长一向大方，奖金人人有份。这多亏了叶总和苏经理，他们都跟着沾光了。苏衡连连谦让，说今年的业绩能这么顺利完成，全靠叶总指导有方，他其实也是沾了叶总的光呢。

叶紫羽则谦逊地笑一笑，说本年度苏衡带领的沈城分公司在各分公司当中，业绩排名第一，功不可没呢。然后他话锋一转，说沈城公司今年得到生产中心的支持是最大的，苏衡还应该好好感谢感谢白总才是。苏衡的脸上略略出现一丝尴尬，不过转瞬即逝，立刻恢复常态。他端起茶杯向白慕雅敬道：“叶总说得对，是应该好好谢谢白总的。”

白慕雅口里答谢，也端起茶杯饮了一口。

又聊了一会儿，叶紫羽的电话铃声响起。他拿起一看，见是董事长助理打来的，连忙接听。对方告诉他，林董到了，通知叶紫羽到他房间去一趟。

叶紫羽不敢怠慢，跟三人告辞，立刻去见林敬安。

在总统套房内，叶紫羽见到林敬安，笑着向他问好。林敬安哈哈一笑，热情地拍拍叶紫羽的肩头，请他坐下，随便问了些近来的情况。

叶紫羽一直很感激林敬安的知遇之恩，他把近期的工作情况挑重点汇报了些。林敬安很是满意，同时告诉他，从明年起，集团准备再组建一个物流公司，他的精力，全部要放到那上面去。化妆品这一版块的业务，要叶紫羽和王总多费心了。正说着，王总敲门进来了。林敬安招呼他坐下，又说到化妆品销售渠道的变化，明年公司计划重金投入卫视广告，并请明星代言，所以各销售渠道还要加倍扩充网点，问二人有什么建议？

王总自然不会说什么具体的东西，他们都是想听听叶紫羽的想法。

关于这个问题，叶紫羽是有考虑的。他给两位领导讲了讲他的思路。现在的销售管理形态，无非有两种，一种是按渠道划分管理，一种是分片区划分管理。按渠道划分，则公司总部相应要成立连锁部门、KA 部门、商场部门、终端部门，分别对接各渠道的销售业务；按片区划分，则指区域内的各个渠道，统一由区域管理，在区域内细化。目前风雅公司采用的分公司战略，就属于按片区划分管理。他认为渠道细分后，不必改变大的管理格局，只需要加强总部的领导与监督就好了。

林敬安正是这样的想法，他赞许地点了点头。王总自然没有异议。林敬安又问他，加强总部的领导与监督，该怎么执行？

叶紫羽提议，他认为营销公司还应该增加一名副总，这样一来，两名副总可以分别以南北市场为重心，指导督促渠道的细分与扩充，就不会忙不过来了。

林敬安心中明白王总只是个摆设，业务方面他起不了什么作用的。叶紫羽提出增加一名副总的想法正合他意。他原来还担心，增加一名副总的话，叶紫羽会不会认为分割了自己的权力，想不到他主动提出这一点，林敬安大为高兴。

王总这时笑着说话了：“叶总这个提议很好，其实董事长就是这么想的。关于新增一名副总的人选，叶总有没有什么建议？”

叶紫羽一怔，这个他倒还没想过。又听王总说道：“今年沈城分公司的业绩表现突出。我咨询过生产中心白总，以及老吴和市场部、培训部等部门长的意见，他们都觉得沈城分公司的经理苏衡业务能力突出，工作认识负责。我想提拔苏衡担任副总经理一职，叶总呢，则任常务副总，由苏衡分担及配合你的工作。不知叶总有什么意见？市场的业绩，主要还是靠你们了。我知道我就是个摆设，今后只为你们打打杂好了。”

说着，王总自己先笑了起来，叶紫羽也只好跟着笑。不过他心里暗暗吃惊。怪不得苏衡住在他隔壁的房间，原来分配给他的，已经是高管级的单人海景房了。今天苏衡一见到他就表现出少有的恭敬和热情，大概他已经知道王总会提议晋升他的职位，他是怕自己会执反对意见吧。

叶紫羽相信，吴立肯定帮苏衡在王总耳边吹了不少风。如果白慕雅也推荐苏衡的话，自己就不好说什么了，王总虽然不具体管事，他也不会傻到直接和他唱反调的。所以叶紫羽略一沉吟，便表态说，他没意见。

林敬安一见事情商量妥定，叫秘书过来泡茶，三人又天南海北地聊起天来。

这时，白慕雅和苏衡等人也已各自回了自己房间。白慕雅正要洗漱休息，收到一条苏衡的信息：到我房间来吗？白慕雅心想，酒店里住满了公司的员工，她这么晚去他房间，万一被谁看见，不是自找麻烦吗？但她知道苏衡的脾气，今天在咖啡厅，她感觉到他已经有些不高兴了。她想了想，还是决定过去找他。

白慕雅和苏衡各住了一个单人间，只是不在一个楼层。她没乘电梯，从防火通道的楼梯走了下去。来到苏衡的房间门口，她正要按门铃，发现房门虚掩着，她便推门走进去，顺手关紧房门。

苏衡正站在房中等她，见她进来，并没有亲热的举动，而是强忍着不快说：“刚才在咖啡厅的时候，有老吴在，我不好说什么。我知道你跟叶紫羽的关系不错。当初他能升职，不全靠了你帮助吗？不过你现在是我的女朋友了，我不想看到你们还走得这么近。”

白慕雅不知说什么好，暗叹口气，伸出手指抚了抚苏衡的脸庞，微笑着说：“怎么？你还吃醋呢？我跟叶总只是工作上的交流，难道你不清楚？”

苏衡道：“我清楚，可是我也不喜欢。”

白慕雅道：“好吧，我答应你。以后少跟他单独接触。时间不早了，快休息吧。”

苏衡见白慕雅顺从的表了态，这才满了意，又道："我还有事同你商量呢。你说王总要是提出升我做副总的话，姓叶的会不会反对？"

白慕雅道："我想他不会反对。"

苏衡道："可今天我见到他，很热情的主动和他打招呼，他倒不冷不热。"

白慕雅笑了笑："你这算平时不烧香，临时抱佛脚吧？以前你总是一副清高的样子，对叶紫羽颇不服气。他不一样委以重任，让你出任沈城分公司的经理吗？放心吧，我觉得他不是个小心眼儿的人。从目前公司的相关人选来看，你是最适合升任这一职位的人，又有王总提议，我想他不会不同意的。"

苏衡不悦道："你这话怎么说的，他不是小心眼儿的人，难道我是了？"

白慕雅道："你不是小心眼儿的人，你只是不服气叶紫羽升职比你早、比你快。其实叶紫羽有他的过人之处，林董现在很看重他的，我觉得你升了职后，也要同他搞好关系。"她本来还想说，其实叶紫羽为人真诚，并不难相处。但她到底把这句话忍住了。

苏衡哼了一声，不说话了。白慕雅拉起他的手，轻轻说："好了。楼里都是同事，万一被人看到惹些麻烦，我先回房了，你早点休息吧。"

苏衡想想也是，现在是关键时刻，可不能被人落下话柄。他上前一步搂住白慕雅，低头在她脸上吻了一吻，开门送她出去。

白慕雅回到自己房内，换了睡衣躺在床上，却全没了睡意。苏衡刚进公司的时候，也是她培训的，不过当时她对他的印象不深。后来苏衡到销售部任职出差，常常发短信给她，很恭敬的请教些问题，她都给他回了，却没有多想。谁知苏衡出差回来后，便以感谢为名，送给她从各地带回的礼物，让她推却不得。后来，苏衡没事的时候，也爱打电话给她。不过她要是在忙的话，对方就会很识趣地挂了电话，不打扰到她。但隔些天后，电话又会打来，慢慢地，她对这个人有了些好感。不过，在她的心中，倒是挺希望另一个人出差时能时时惦记着她。可那个人在工作之外，似乎很难想到她。

有一天加班，她忙到很晚，身心都很累，偏偏老家的母亲打来电话，说她弟弟最近要结婚，手头紧，要她这个做姐姐的赞助一笔。她知道母亲从小就不大疼她，只偏爱弟弟，立刻答应了寄钱回去。正要挂电话，母亲却又唠叨起她，这么大了也没找个男朋友，尽让邻居说闲话。她最听不得这话，挂了电话后，只有独自生闷气，还有什么心思加班？她拎起挎包打车回了住所，到了门口才惊觉钥匙忘在了办公室。她顿时忍不住了，坐在黑黑的楼道里低声哭泣起来。这时候，苏衡的电话打了进来。她接听后，应付了两句，正要挂电话，苏衡却听出了她情绪不对。没过一会儿，苏衡居然来到了她家楼下，又打电话问她在哪儿？有不开心的事情，不如出来喝杯咖啡。她这才告诉他，自己忘带钥匙了，还在楼道里坐着呢。苏衡赶紧跑上楼，找到她，连声安慰。又陪她打车回公司拿钥匙，再送她回来。自己方才离去。白慕雅感觉自己最无助的时候，苏衡帮助了她，她开始对他的好感大增。在职场上，很多人看到光鲜靓丽的白慕雅，投来的都是羡慕佩服的眼光。可谁又知道，她也是一个独自在异乡打拼的女子，也渴望着别人的关爱与呵护呢。就这样，她逐渐接受了苏衡，两人恋爱了。因为工作的关系，两人小心翼翼，不露口风。公司的人只道她眼光高，还不肯找对象。

再说叶紫羽从林董房间出来后，一看时间，都过了午夜 12 点了。他回到自己房间，正要休息。房间的电话铃响了，他一接，居然是薛浪打来的。薛浪说他已经往他的房间里打了无数个电话了，就看他回来没有？叶紫羽问他什么事？薛浪只说了句见面聊，就挂了线。

不一会儿，他就到了叶紫羽房间。叶紫羽笑骂道："这么晚了不睡觉，还聊什么聊，你精神倒好。"

薛浪神秘兮兮地问他："听说要升苏衡做副总了，这事你知不知道？"

叶紫羽一愣，继而觉得好笑。刚才出林董房间的时候，王总还叮嘱他这件事先保密，等开完会宣布。谁料到公司上下早已满城风语。他反问薛浪："你怎么知道的？"

薛浪说："什么我怎么知道的，各部门的人都在传。我想知道你会不会同意？"

叶紫羽道："王总如果提议，我为什么不同意？再说他表现确实也不错。"

薛浪不满道："什么表现不错？今年他沈城分公司虽然业绩排名第一，但那是因为市场的底子好，如果按同期增长率来比较，他连第三都排不上，有什么好骄傲的。"

叶紫羽没吭声了。薛浪又说："我觉得苏衡这个人太有心机，妒忌心强，又自以为是。提升他很多人未见得服气。而且，他一直不满意你老压他一头，真升了他的职，以前说不定他连你都不放在眼里，还不知会整出什么事来呢。"

叶紫羽笑道："提升他别人不服气，提升你呢？会不会有人不服气？"

薛浪连连摆手："你别开我玩笑。提升我，我自己都不服气。但苏衡这样的人，有功劳自己揽，有过错别人扛。反正他升职后，我可不愿意在他手下。"

叶紫羽逗他："这种事情，是董事长和王总决定的，真要那样安排，你有什么办法?"

薛浪突然狡黠一笑，说："我还真有办法。"

叶紫羽颇感意外："哦？你有什么办法?"

薛浪说："我以前跟你讲过，苏衡和白慕雅在悄悄谈恋爱，今天我还拍到证据了。"

说着，他打开手机相册，递给叶紫羽。叶紫羽伸头一看，只见手机连拍了白慕雅出入苏衡房间的一连串照片。他大吃一惊："你怎么拍到的?"

薛浪得意道："我的房间刚好在苏衡斜对面，无意中被我拍下的。"

叶紫羽道："行啊，没看出你还有做狗仔队的潜力呢。"

薛浪说："要不你把照片拿给林董看看。占据公司重要职位的两个人关系非同寻常，我想董事长和王总就不得不另行考虑了。"

叶紫羽正色道："这怎么行，那不显得我太小人了。再说了，白总去一下苏衡的房间又能说明什么？另外——"他停顿了一下又说："白总无论为人处世，还是专业能力，都是不可多得的人才。我一向很尊敬她。难道你忘了我们刚进公司的时候，是她培训考核我们的，说起来她对我们还有半师之谊。你可不能把她拖下水。"

薛浪脸上一红，想了想，难为情道："你说得对。"

叶紫羽叫薛浪把照片赶紧删了。然后告诉他，苏衡即使提升副总。薛浪仍然会属自己直接管理，叫他别东想西想。

待薛浪走后，叶紫羽总觉得心中颇为不畅，又说不出个缘由。他去浴室冲洗之后，躺在床上也是久久不能入睡。

第二天，公司大会顺利召开。林董致辞时就说了，这将是一次胜利的、完满的大会。会议将成为公司里程碑式的时刻，标示着公司的继往开来。大老板既然一上台就给会议定了基调，会议不成功也得成功了。所以行政部事先准备的稿件和表彰全部恰到好处，应邀参会的行业媒体立时便把新闻通传出去。

会议最后，王总当众宣布了对苏衡的任命，也宣布了叶紫羽任常务副总。并明确整个北方市场今后就由苏衡直接管理，南方市场仍由叶紫羽代管。薛浪听王总这么安排，心中倒放下块石头。他的杭城分公司属于南方市场。

会议之后，是盛大的晚宴，全体员工盛装出席。放眼望去，数百人中，倒有百分之八十是女性员工。叶紫羽心中感叹，多少其他行业的男性们又要羡慕他们福利好了。记得自己上高中时选择文科班，也是女生多，不就让理科班的男生们掉眼珠子吗？等会议结束后，再过几天就该放假了，今年回家，是不是也该约同学们聚聚？

晚宴当中，还穿插了本年度优秀员工的颁奖，叶紫羽获得杰出领导奖，苏衡及沈城分公司获得最佳业绩奖；薛浪正在座位上撇嘴的时候，主持人宣布他得到了最具潜力奖，顿时让他喜出望外，三步并两步跑上主席台，先前肚里的不快烟消云散。

叶紫羽暗笑，他悟到企业在每个员工面前，树立的应该是一个由物质、精神和职务构成的梯子，让员工自己去攀登。这样激发员工的激极性与创造性，企业必定兴盛。

二十九、日将月就

风雅集团化妆品板块的业绩猛涨，引起了业界的广泛关注。开年之后，叶紫羽督促公司的业务团队群策群力，一连串的订货会议，都取得不错的效果。跟去年相比，环比增长又创新高，行业的媒体纷纷报道。一时间，叶紫羽乃至苏衡和薛浪等公司的中高层，在行业内都颇具知名度。

苏衡已升任副总经理，监管着整个北区的业务。不过苏衡并不满足，他本就认为这是小菜一碟，今天才到这个位置，他已经觉得晚了。虽然这次升职，叶紫羽爽快地同意了，没有他想象中的刁难，但苏衡心中仍有种说不出的感觉，他对叶紫羽无法产生好感，他相信未来的关键时刻，这个人还会威胁到他。还有那个薛浪，明显对他的升职不服气，那个家伙和叶紫羽可是穿一条裤子的。他能有什么好办法把对方压住呢?

年后的会议较多，苏衡也到北方出差。他升职后，沈城分公司经理的职位交到了他原先的副职雷坤手上。雷坤对他一直马首是瞻，所以他对雷坤也以心腹待之。这次苏衡到沈城出差，雷坤早早地开车在机场迎候。待苏衡走出机场时，立刻有公司的女员工上前，捧着一束鲜花献给他，雷坤也殷勤的在前面引路，并从他手中抢过行李，一直帮他拎到车上。这些行为，都让苏衡很是受用。

等到酒店安顿后，苏衡没有让分公司的其他员工作陪，只是单独和雷坤吃过饭，又去洗浴中心放松下身体。洗完澡换过睡衣，两人半躺在沙发上，苏衡把公司近期的动向和他的想法都讲给了雷坤听。没想到雷坤却立即给他出了个好主意。原来，沈城分公司管辖的 D 省经销商余波虽然业绩表现不错，但与雷坤不和。他听说这个余波和他们杭城分公司的经理薛浪早先曾在一个公司上过班，关系不错。他们可以从中做做文章。苏衡问他怎么做?雷坤便低声把自己的想法一一说了。苏衡一听大喜，两人当场决定，立即行动。

几天后，沈城分公司来人到D省经销商处，提出合同将要到期，他们不再续签，准备更换当地经销商。原经销商老板余波做得好好的，当然不同意。去年的任务他都完成，续约他是有优先权的。可公司态度很明确，宁愿收货，也一定要中止合作。并且从今天起，将不再给他供货。余波立刻找到雷坤同，可雷坤的态度更坚决。余波知道自己拜错庙门了，这个家伙早就想把这块肥肉拿给他的熟人，说不定就是他在背后捣鬼，找他不是白瞎吗。余波左思右想，决心越过雷坤，直接找他的上级申诉。谁知他把电话打到风雅公司的副总经理苏衡那儿，对方的态度倒是很谦和，可讲什么就是不肯答应，说续签合同的决定权，是下放到分公司经理手中的，现在沈城分公司的营运刚受到公司的嘉奖，他没理由干涉他们的工作。

余波碰了钉子，还不甘心，又找自己以前的老同事薛浪想办法。可薛浪也无能为力，因为他管不到沈城分公司的事，同北区的副总经理关系也一般，说不上话。余波无奈，只有打落门牙往肚里吞。

D省的市场无故被人撬走了，余波还在气头上，底下门店又有人来找他诉苦。这几家连锁店都是他以前关系很好的大客户，他一直积极和他们保持互动，几家大店的业绩很好，向来是年终领奖台上的上宾。谁料新的经销商接手后，经常缺货断货，满足不了销售不说，答应的支持也不到位，害得他们的营业额连续下降。他们去找经销决询问，对方说是厂里供货量不足，没办法。可他们走访了其他地区的门店和商场后，却发现那里并不缺货。看来新的经销商是故意针对他们穿小鞋了，这该怎么办？

余波气不打一处来，可他也只能对客户说，我也帮不了你们了，我现在已经不是风雅公司D省的经销商了。客户们就说，你同他们杭城分公司的经理不是挺熟吗，让他帮帮忙，从那边调一批货来卖吧，这样大家都能赚钱。余波一想是个办法，便给薛浪打去电话。薛浪一听，当即拒绝，说这是窜货行为，公司知道后，肯定严惩，麻烦大了。余波又连声恳求，说这事怎么可能让公司知道，这几家连锁店都是风雅公司品牌的忠实客户，这边姓雷的小子是故意整他们呢，否则怎么就针对他们缺货？再说了，要是薛浪肯调货过来，他们一定更加努力的销售，还能帮薛浪冲不少业绩呢。

薛浪被他说得动心，也明白余波受了委屈，他只要叮嘱他，这事可得保密，不能出一点差子，并且从杭城发过去的货，仅限于他的几个关系户销售，他们还得自己贴条码。余波见薛浪同意，自然满口答应。

这其间，叶紫羽也到了杭城分公司出差。D 省调货的事情，薛浪没敢跟他说。叶紫羽检查了一季度的业绩报表，看到增长迅速，非常高兴，勉励薛浪更上层楼，争取拿到半年度的最佳业绩奖。薛浪连连点头，表示努力争取。

工作之余，两人一起吃饭，不由酒喝得多了，兴奋的谈起刚进公司的事来。薛浪提起苏衡，说他们三人本来同进公司，按理说关系应该更好才对，可苏衡的为人不太光明，他瞧来起他。接着，又议论起他和白慕雅的事情。叶紫羽想到白慕雅和苏衡走到一起，心里多少还是有些不是滋味。叫薛浪打住这个话题，只管做好业绩便是。

薛浪此刻自然不知，他刚把货通过余波发到 D 省某个连锁店那儿，沈城分公司的雷坤就派业务员找过去，跟连锁店的老板把私交搞好，又答应店家可以在余波那儿大量进货，并由他们这里无条件调换货。店家以为业务员和他交情好，刻意帮他忙呢。更把自己进的好货再放到整个北方的网点售卖，也没见沈城分公司有什么反应。于是心中偷乐，从南方的调货量日益增大。

生活和工作都在按部就班。这年五月，叶紫羽接到陆禹皓的电话，说他准备结婚，要叶紫羽回来做他的伴郎。叶紫羽大喜，二话不说，赶回锦城。

陆禹皓近年的生意也蒸蒸日上，他的婚礼，各类嘉宾不少。有提前到的，陆禹皓都将他们安排在举办婚宴的酒店住下。叶紫羽心想着做伴郎一大早得起来，回家离得还挺远，便也住在酒店。晚上他和陆禹皓陪先到的客人饮酒，众人都喝高了。其中一个土财主便硬拉上陆叶二人，说要请他们去风月场所开心一下，还说明天陆禹皓就结婚了，以后老婆管着，干这种事儿的机会可就少了。还好叶紫羽没醉糊涂。赶紧说不能去，万一出点儿差错，新郎和伴郎婚礼前一天一块儿进了派出所，明儿还得让新娘领人去，这事儿就可以上新闻头条了。众人被他说得大笑，方才作罢。

第二天婚礼上，叶紫羽作为伴郎，陪着新郎新娘在门口迎客。他惊喜的看见，高中时期的蒋妍希、柳溢雅、张芷嫣等好几个男女同学都来参加婚礼了。叶紫羽上大学后和他们还没见过，此刻自有一番高兴。叶紫羽想到大学时给柳溢雅写信的事情，心中隐隐不安。可柳溢雅早把这事忘到九霄云外，更想不到这事和叶紫羽会有牵连，提都未提。

等婚礼的程序进行得差不多了，叶紫羽也喝得正在兴头上。他终于有空，跑到老同学那一座坐下，要和大家干杯。老同学们先前也喝得不少了。柳溢雅已经醉意朦胧，但脑子还清醒。她迷糊着对叶紫羽说："大情圣，刚才同学们还聊你呢。我们这得有多少年没见了？十年有了吧？"

叶紫羽皱皱眉头："从最后一次聚会算起，也就七八年时间。其实我一直想死你们了。拜托呀，什么大情圣？从哪儿给我安这么一名头，太难听了。"

柳溢雅轻哼一声，不屑道："你那么伟大的爱情故事，早在高中同学们中间传遍了，大伙儿都说，当年咋就没看出来你这么有爱心呢？为了心爱的姑娘都追遍整个中国了。"

她这么一说，同学们全部哈哈大笑。叶紫羽只能苦着脸赔笑道："这都过去多少年的老皇历了，还提呢，你的信息更新太慢。"

蒋妍希一听，来了精神："怎么？你把人家甩啦，又上哪儿攀高枝去了？"

叶紫羽说："是人家甩了我好不好。我攀什么高枝，现在喜欢我的都是男的。"

众人又哈哈大笑，夸他好福气、好手段，男女通吃。

叶紫羽感到，和同学们在一起，就是能让人心情放松。本来那次恋情在他心中一直是很沉重的事情，现在也可以无所顾忌了。他问几位女生："几位大美女现在是什么状况？结婚了还是当妈了？"

蒋妍希和张芷嫣都告诉他，她们已经结婚了，但是没生小孩。柳溢雅则说，她男朋友都没有，结婚生子还早着呢。

叶紫羽说："你这么漂亮怎么还没男朋友，要求不要太高，大学也没谈一个？"

柳溢雅说她大学倒是谈了一个，不过毕业后分开两地，就分手了。

叶紫羽这才想起，柳溢雅就是在惠城读的大学。他感慨道："你离开惠城，我反倒又去了惠城。要是你还没离开，那该多好。"这句话把柳溢雅说得愣了一愣。她大学毕业那年就已返回锦城，一直在父亲的公司上班。原先在学校谈的男友也要回老家，两人就此分开。

张芷嫣这时又问："叶紫羽，你追遍中国的事儿到底是不是真的？给我们好好讲讲，我刚听说的时候，好佩服你。"

叶紫羽说："别问了好不，我那就是不懂事呢。"

张芷嫣说："不行。这么多年了你还没找女朋友，是还留恋以前吗？你一定得说说你的爱情观，我还说要我老公好好向你学习呢。”

这话把大家逗笑。叶紫羽突然想到蝶儿，这个网络上认识的小姑娘，算是他现在的女朋友了吗？他不好意思跟同学们讲这事，不然大家又要笑他还真与时俱进，居然网恋了。不过张芷嫣的话触动了他，对爱情的认识，最近的确在他脑海中反复盘旋。面对青少年时期的老同学，他突然很想一吐为快。于是开口说道：“记得我刚失恋的时候，坐在申城的霞飞路上长歌当哭，我明知对方正在同别人约会，那个时候，怨恨大增。可这一年年来的思绪，真的是明白了一句被人说烂了的、觉得虚伪、觉得无趣的话：爱一个人不是要得到她，而是要她幸福。返璞归真就是这种境界。叔本华说过，爱情如果不是以悲剧结束，那么到老必然是无聊的琐碎。像一对年老耳聋的老夫妻，每天的对话就是‘老头子你说什么，我听不见啊。’所以这一年年以来，我自己都数不清自己的思想有过多少次反复。时而怨恨，时而伤感；时而回忆往日的甜蜜，时而痛恨分手时的无情。甚至冲动的立誓，一定要重返申城复仇。当然我也想过，塞翁失马，焉知非福？说不定哪一天对方的生活起了变化，不幸福了，后悔了，又想找我了，可惜却迟了。但现在又经历了很多事，我似乎想明白，天各一方不算什么，东西永隔也不算什么。普通的爱情才会繁衍出一种说法，男女分开后，都忍受不了对方会比自己的生活好。那是错的，是普通的层次，也是人性丑陋的一面，而这一层次是可以超越的。想想其实每个男人小时候都想过要同什么样的女孩子在一起，那时会有什么条件呢，什么都没有，就是两个字：感觉。

所以，爱情没有伟大，爱情也没有成功和失败，它不用相濡以沫、白头偕老来装饰；不需要用贫穷来证明其坚贞，用金钱证明其堕落。爱情不是同情，爱情不是施舍，如果掺杂了这一切，它只能说明在它的男女主人翁之间，产生过恋情。记住，是恋情，不是爱情。恋情就可以转化成以上的种种事例。那爱情它是什么呢？是心灵的满足！所以如果你的标准容易达到，比如说，恋人之间，见到你，我就满足了，那么，见到你，我就获得了我的爱情。而如果，我拥有了你，却不满意你不能陪我逛街，不满意你不能陪我说话，或是不满意两个人的生活不够宽裕，或是因为生活的小事而吵架，对对方不满……那么，即便两人都拥有了对方，并且是对方的唯一，也没有爱情。爱情不是一次性能获得的，它会随着心灵的参照物而变化。”

叶紫羽藏在心中已久的这番话，说得人人都安静下来，品味着话语间的味道。后来，柳溢雅接过话头略带埋怨地说："我在中学时代从没有收到过男生的纸条和情书，有时候看到姐妹们都有男生递纸条，心里特羡慕，难道自己不够漂亮，或者性格不够讨人喜欢？"

叶紫羽正要说什么，张芷嫣已经抢先笑道："那是因为你太漂亮，成绩又好，各方面太出众了，出众到令所有男生都觉得配不上你，仿佛只要给你递纸条，就是典型的癞蛤蟆想吃天鹅肉。所以呢，把男生们都吓回去了。叶紫羽，你说我说得对不对？"

叶紫羽连连点头："对的对的，实在是对极了。其实，我就是其中一只癞蛤蟆。"

他的话又逗得全桌人哈哈大笑。

婚礼结束，同学们分别时，叶紫羽本想和大家握手告别，他先把手伸向了柳溢雅，柳溢雅一愣，有点不习惯他们之间还采用这种告别方式。她正准备把手伸出握住叶紫羽，蒋妍希已经在身后笑道："还握什么手，咱们之间别搞这些俗礼了。赶紧上车走吧。"于是叶紫羽只好缩回手，与大家打着招呼告别。

从锦城再返惠城后，他吩咐助理小霞，通知各市场和各分公司，上半年即将结束，抓紧时间冲刺任务，同时也命令各级管理人员准备好相关报告，按总部要求回公司述职。叶紫羽在这段时间查阅了所有报表，杭城分公司最为突出，看来这次是稳居第一了。

等各路人马回公司后，自有一番热闹。薛浪最是大出风头，各区的负责人都听说了，杭城分公司的业绩在上半年是一枝独秀。他们都闹嚷着叫薛浪请客。

业务会议照例由叶紫羽主持，所有高层列席。会议前，叶紫羽已经和王总、吴立、苏衡等人商量过，半年度的最佳业绩奖、最佳团队奖、最优秀经理人奖，全部由薛浪和他带领的团队获得。叶紫羽本以为苏衡会提出异议，谁料他很爽快地同意了。他一同意，吴立自然没什么话说。于是这一决定顺利通过。叶紫羽把这一结果告诉薛浪后，薛浪也有点意外，不过他后来想，也许是苏衡升职后想通了，投桃报李吧，他对苏衡的意见也立刻改观。

等各市场各分公司的工作汇报完毕后，叶紫羽在会议上当众宣布薛浪获奖，在座的人都热烈为他鼓掌。然后，王总出面。但他只是说说场面上的话勉励大家，总结报告则由二位副总担当。苏衡的发言不长，他念完讲话稿后又给大家举了几个例子，说到当年一个很出名的洗发水品牌，请了香港的天王巨星打广告，做形象代言人。本来前景一片大好，结果因为市场管控不严，窜货和假货问题严重，无法保证渠道商的利益，品牌最终倒掉。所以他要大家以为个品牌为鉴，吸引教训，踏实工作。

叶紫羽最后发言。他很赞同苏衡的意见，同时更加强调，近几年内，公司的盈利核心是品质、品牌和渠道。要确保市场的良性发展和公司内部的良性竞争，有效地提高工作人员的积极性，保障大家的劳动收入。若发现有用不正当手段的，必定严厉处罚。这些话，说得薛浪心里“咯噔”了一下。

会议结束后，王总正考虑着让吴立通知两位副总和各分公司经理，找地方聚餐，由他请客犒劳犒劳大家。上半年业绩完美达成，他这个总经理当得轻轻松松，也多亏了有这帮人努力工作。不料吴立却带着沈城分公司的经理雷坤来到他办公室。说有事单独向他汇报。王总觉得奇怪，但还是客气地请雷坤坐下，问他有什么事情？

雷坤见吴立已经知趣的退出办公室，才小心翼翼地说，前段时间，业务人员走访市场的时候，发现整个北方市场，特别是沈城分公司管辖的区域，有大量窜货，他已经查实，所以特来向王总报告。

王总吃了一惊，问他这件事两位副总知道不？雷坤吞吞吐吐，说他在调查的时候，发现这次窜货行为有利益输送的问题在里面，好像两位副总都牵涉其中。所以他不敢轻易让别人知道，只好越级汇报给王总听。

王总挠了挠头，两位副总都牵涉其中，那这件事可就大了。他一时没了主意，只好叫雷坤注意保密，他会找董事长商量这事。雷坤恭敬地答应了，然后向王总告辞。

王总在办公室又想了会儿，还是没有主意。下班时间快到了，吴立进来问他还要不要安排请客？王总没心思再设宴，正好把这事告诉吴立，问他怎么办？吴立也吃了一惊，想想后回答说，这件事还是汇报给董事长为好。于是王总赶紧打电话给董事长的秘书，问林董在不在惠城？得到肯定答复后，他连忙赶了去见林敬安。

林敬安一听这事就皱紧了眉头，他最恨这种挖公司墙脚的事。他考虑了一下后，告诉王总，让他暂时当不知道这事。他会安排董事长助理和集团人力资源部门的人下市场暗访，等查实后再作处理。王总一听顿时心宽了，只在不牵连到他就好。而且由董事长助理和集团下属的部门去查证，一旦是真，也不用他得罪人。

市场人员开完会后，又各自返回市场。叶紫羽想到淡季来临，他应该下市场多与经销商沟通，给大家打气，也为下个销售旺季做准备。于是叫小霞帮他排好行程，订好机票。

几天后，叶紫羽一路走访，又来到江城。不过这次呆江城只有一天时间，到达之前，他给蝶儿打了电话，约她晚上有空一见。蝶儿见他要来，高兴地答应了。谁知江城的经销商正有很多想法要和叶紫羽商讨，原本决定下午开完的碰头会，搞到晚上十点才结束。叶紫羽和经销商告别后，匆忙赶到约会地点。

蝶儿已经孤独的在这里等了他四个小时。本来早就坐立不安，相当生气。可一旦见到叶紫羽之后，心中一喜，脾气也发不出来了。叶紫羽连连道歉，蝶儿故意埋怨说，他这工作也没什么好干，这么辛苦。他要是喜欢江城，不如她帮他介绍一份这里的工作，收入保证不比在惠城低。

叶紫羽愣了愣，故意说好，不知她能介绍什么工作给他？

蝶儿大喜，以为他讲真的，立刻说她姐夫的集团在招人，只要他愿意，随时可以去。

叶紫羽说你姐夫不是做地产和酒店餐饮生意的吗，我压根儿就不懂，去能干什么？

蝶儿说，你去做个副总经理什么的，不懂学一学不就懂了，那有什么难。到时她也不用给她姐姐做助理了，就给叶紫羽做助理。

叶紫羽有些不悦，说你尽扯淡，这样不如说是让她姐夫养着他俩呢。别人凭什么呀，你真是幼稚。

他这么一说，蝶儿也不高兴了，还委屈得不行。叶紫羽见话说重了，又只好哄她开心。

不过这次哄她不大容易，蝶儿低头久久不语。等她抬起头来，眼中似有泪光闪动："上次我让你答应我的第二件事，等我爸爸过生日的时候，邀请你来参加。你说工作忙刚好抽不开身，我也没怪你。可是我一说到让你见我家人，你就特不愿意，我不知道你是怎么想的？平常你也很少给我电话或信息，我一点感觉不到我正在恋爱当中。你呢？你是正正经经把我当你的女朋友吗？"

叶紫羽望着这个比自己小了近十岁的女子，一时不知怎么回答。想了想说："你跟你家里人讲了我们的关系？说你在网上认识了男朋友？他们接受吗？"

蝶儿摇摇头："没有。所以我才想带你先见见他们。"

叶紫羽道："其实你也担心他们会反对你在网上交男朋友是吧？"

蝶儿说："是的，一般人都会认为网上认识的人不靠谱。那你觉得你靠谱吗？"

叶紫羽故意一脸正经地回答："不靠谱。"

本来还含着泪光的蝶儿被他气得笑了，伸脚在座位下轻轻踢了他一下："讨厌，你能不能好好回答我。"

叶紫羽慢慢说道："我不是不愿意见你的家人，而是怕见他们。我并不自卑，可一想到我们是在网络游戏中认识的，现实中我比你大了近十岁，目前只是个普通的打工者，我们又不在一个城市生活，你觉得你的家人能接受我吗？如果你的家境很普通还好，偏偏你又生在富豪之家。真要像你说的那样，去找你的姐夫或姐姐要份工作，他们会怎么想？"

蝶儿不吭声了。叶紫羽说的话，她不是没想过。她甚至预料到，家里人一定会反对。但她觉得，自己有勇气冲破家人的偏见，甚至是牢笼。能和心爱的人在一起，这些世俗的东西算什么？就像他们在游戏中浪迹江湖一样，那是多么的惬意和美好！

叶紫羽只有苦笑，如果他赞同蝶儿的话，他自己都觉得自己在骗小姑娘。这个话题不能再谈下去了，他转而说："我确定，我是正正经经把你当女朋友。当然，如果你愿意的话。"

蝶儿破涕为笑："我当然愿意。不过，你说我们今后怎么办？"

叶紫羽道："你现在还小，记得你说过你要去英国留学，我等你回来。"

蝶儿说："等我回来，会有什么不一样吗？"

叶紫羽笑道："你别小瞧我，说不定那时候，我就不比你姐夫差多少了。当然，最重要的是，现在你要是跟你爸讲，你交了一个不怎么靠谱的男朋友。你爸肯定会说，慌什么，你现在还小，别急着恋爱。而等你留学回来，你再要跟你爸说你还没有男朋友。我估计你爸就能急了，没准儿会说，那你得赶紧找个对象啊，不然成老姑娘了，别嫁不出去可怎么办？"

蝶儿被他逗笑了。然而笑过之后，心里却隐隐产生一丝不安。正如叶紫羽所言，她父亲顾局长的确曾问过她交男朋友没有？她回答说没有。于是局长大人放心地点了点头，果然说她现在还小，应该把心思多放在学业上。不过顾局长又说，他一位老同事的儿子明年也到英国留学，跟蝶儿在一所大学，到时两家人一起送他们去，他俩倒是可以先交往交往。

蝶儿知道父亲的这位老同事，现在的级别比父亲还高。对方的儿子她也见过，挺帅气的一个小伙子。不过，父亲说他们可以先交往交往，又是什么意思呢?

所以，蝶儿半是玩笑，半是故意地对叶紫羽说："你能等，我还不知道我能不能等呢。"

叶紫羽听后，沉默了一下。心想，异地恋再变成异国恋，这滋味只怕真不好受。

时间已经不早了，叶紫羽送蝶儿回家。这是他们第三次在江城见面。可这回仿佛是一次不太愉快的晚餐。蝶儿到小区楼下，向他告别后，转身离开，没有亲昵的动作。

在叶紫羽走访完市场回到公司的时候，林敬安派到北方市场调查窜货问题的工作人员也回到了总部。

三十、莫高匪山

风雅集团总部派往北方市场的调查人员经过一个多月的调查走访后回到公司，把他们的调查结果汇报给了林敬安和王总。

据他们所言，北方市场的确有较严重的窜货问题。货源也已查实，基本上都是从杭城分公司发出的。至于两位副总，苏衡可以确信没有参与其中，更没有利益输送行为。他事后还努力督促沈城分公司加强市场服务工作，先把来历不明的货也一起消化掉，再加强与相关门店的日常联系。而叶紫羽有没有问题，他们则不敢肯定。因为杭城分公司是叶紫羽直接管辖的，半年度的工作会议中，他又对杭城分公司大力表彰，所以还需进一步查实。

调查人员虽然这么说，但言下之意，林敬安是明白的了。他一直很器重叶紫羽，所以出了这样的事情，愈加令他愤怒。不过，他还是吩咐王总，此事暂时不要外泄，先将问题抛出来，看叶紫羽怎么回答。

王总领命之后，回到自己办公室，又找来吴立商量。吴立建议说，既然确认事情与苏衡无关，不妨找他来通通气。于是王总找来苏衡。苏衡不露声色，假意思考后说，货是从南方过来的，南方市场是叶总直接管辖，他不便直接质问杭城分公司，并且叶总是常务副总，名义上也管着北方，所以不如由王总知会叶总，如果叶总不相信，就由他亲自去北方市场看看好了，下面的人会全力配合。这件事他还是暂做不知的为好，以免叶总误会。

王总想想也是，便让二人自行去忙，他打电话约了叶紫羽到楼下咖啡厅谈事。

叶紫羽全然不知，到咖啡厅后还跟王总开玩笑，说什么大事不在办公室谈，还让总经理大人这么破费?

王总一脸严肃，把北方大量窜货的事情告诉叶紫羽，问他怎么处理?

叶紫羽吃了一惊，问有没有查出窜货的源头？王总说，最大的嫌疑是杭城分公司，只是不确定都有谁参与其中。叶紫羽想到年中会上，杭城分公司因业绩猛增大获表彰，知道这件事情麻烦了。但他不认为薛浪会干这事，有可能是终端的店家外发的货也不一定。他还不知道，岂止是薛浪，公司连他也怀疑上了。叶紫羽思考后说，他要去北方市场了解情况。王总点头同意。

从咖啡厅出来后，叶紫羽没有直接回公司，漫无目的地在街上走了走，他凭直觉感到这个事情有点奇怪，但又说不清奇怪在哪里。他决定打电话问问薛浪，想想又算了。自己没搞清楚之前，不要影响到他。叶紫羽立刻吩咐助理小霞订第二天到沈城的机票。本来，他是打算周末去一趟江城见蝶儿的，看来又要失约了。果然，他打电话给蝶儿说明原因，蝶儿很不开心，却也无可奈何。

叶紫羽到沈城，当地的分公司经理雷坤仍然在机场等候，见到他时满脸堆笑。叶紫羽和他客套几句后，直接开问窜货的事情。雷坤便开始诉苦，说最近好些个大连锁店被这件事搞得乌烟瘴气，私自下调售价打价格战，影响很不好。叶紫羽问有没有窜货来源？雷坤说窜货方搞得很隐蔽，条码都是改过的，但他们还是发现的蛛丝马迹，肯定货源来自杭城。

叶紫羽不再问了，让雷坤带他走访店家。雷坤却为难地说，苏总已经有其他要紧的工作安排给他了，他只能让手下一个业务代表陪着叶紫羽走访相关店家。叶紫羽并不介意，让他忙去好了，自己只是需要一个熟悉当地情形的人带路就行。

叶紫羽在当地一待就是十余天，正碰上季节转换，北方的天气降温很厉害。一下从十几度降到了零度左右。叶紫羽没有多带防寒的衣服，常常感觉到冷。不过比他身上更冷的，是心冷。

他在这么多天的走访过程中，也确认了货源来自杭城分公司。一天深夜，他打电话给薛浪。薛浪已经休息，看到来电赶紧接了。本来还想说笑两句，谁知叶紫羽劈头就问："北方的窜货，是不是你发过来的？"

薛浪一下惊住了，想要抵赖，又不敢，只好不吭声。叶紫羽叹了口气，又说："我已经在北方待了十余天了。你想好再找我吧。"说完，他挂上了电话。

约十分钟后，薛浪主动打来了电话。这次他毫不隐瞒，竹筒倒豆子一般，将整个事情的来龙去脉都告诉了叶紫羽。并表示，这件事都是他一个人的主张，并未牵连任何人。

叶紫羽心中有气，你说不牵连就不牵连？但他忍住没有向薛浪发脾气，只是告诫他不要再给北方地区的客户发货。回头这件事怎么处理，他再通知他。

叶紫羽对整件事起了疑心。他又专程跑到D省，找到余波了解情况，余波承认他有参与窜货，同时也十分委屈地说了他的苦衷。于是叶紫羽又去找相关店家。其中大量平价在北方市场放货的那家店主虽然支支吾吾，但叶紫羽还是看出了端倪。他把整个事情前后详细一推敲，顿时意识到，这分明就是个圈套。可惜，他们已经一头钻了进去。

叶紫羽返回沈城，公开了整个事件，交代雷坤处理后序的工作。雷坤说他已经在着手进行了，应该不会造成太坏的影响。叶紫羽心说，我当然明白你早有准备，一石二鸟。可他也不说破。雷坤请他去酒吧喝酒，他破天荒地居然也答应了。

这座城市刚刚下过入冬后的第一场雪。雷坤叫了分公司的同事一起，众人玩得倒是挺开心，纷纷敬叶紫羽的酒。叶紫羽来者不拒，令员工们觉得，这位叶总倒是比苏总随和，跟他们一点都不摆架子。而叶紫羽却在想着自己的心事。雷坤注意到了，问他在想什么？叶紫羽淡淡地笑，说他想到最近网上很流行的一句话：眼看他初乍到，眼看他起高楼，眼看他宴宾客，眼看他楼塌了。世事无常，人为何不能活得实在点呢？

叶紫羽的话说得雷坤愣在那里，他自己则起身去了洗手间。他洗了把脸后，到大厅的沙发上坐下，仍然感到了七分醉意。大厅安静，没人打扰。窗外的雪花晶莹剔透，这么快又是一年岁末了。

叶紫羽突然很想蝶儿，于是他拨通了她的电话，借着几分酒意，他向蝶儿坦言道，他在北方，他很想她。

蝶儿那边很嘈杂，但蝶儿银铃般的笑声却很清晰。她说："哥哥，北方一定很冻吧？连你说的话都动听多了。"

叶紫羽一阵冲动，好想明天就飞去江城。可目前的状况，他又怎能随心所欲？

回惠城后，叶紫羽通知薛浪回总部，分公司经理的职责交由副经理暂代。薛浪也有了心理准备，知道事情要糟，却不知道他把叶紫羽牵连在内。

叶紫羽也想好了，他准备向公司递交辞呈。至于公司要不要调查他有没有受贿，就随便他们吧。他问心无愧。

叶紫羽找时间约白慕雅吃饭，对方欣然应约。席间，叶紫羽告诉她自己准备辞职。白慕雅非常意外，问他为什么？叶紫羽看出白慕雅毫不知情，他把他了解的情况讲给了她听。白慕雅涨红了脸，说这仅仅是你自己的推断，也许公司并不这么认为，你又何必辞职？

叶紫羽望着白慕雅，终于直截了当地说："我肯定会辞职。不过，我知道你和苏衡走到了一起，我感觉不合适。想劝劝你，这个人太有心机，靠不住。"

白慕雅愣住了，她盯着叶紫羽看了半天，突然似笑非笑说："那你呢？你靠得住，可是你会爱我吗？会和我在一起吗？"

叶紫羽被她的话震惊，也愣住了。

望着公司如今高高在上的叶副总经理，白慕雅的思绪突然飘回到七年前。那时候，公司刚招了一批年轻的新人，其中有叶紫羽，也有苏衡。而她是他们入职的培训老师。白慕雅很欣赏叶紫羽，欣赏他的聪明与努力。却不知何时，她发现自己喜欢上了他！追根溯源，她发现就在那一天的肯德基餐厅，他们第一次外勤。这个初到惠城的大男孩真诚而不可遏止地讲述了自己的爱情故事，她已为他深深打动。

但那以后，他对她没有任何进一步的表示。两人相处融洽，却完全是同事之礼，他对她甚至还像老师一样尊敬。她很想主动向他开口，却自忖自己的年龄还比他大。只好强行抑制住自己的情感，襟怀坦荡的与他交往共事，可她知道自己内心的怅惘。后来，苏衡的努力争取让她不知不觉地陷入其中，她庆幸自己终于能把他放下了。可今天她同他面对面谈到感情的事，她才发现，自己原来并没能够完全放下。

叶紫羽好长时间说不出话来，最后说："我是担心，他不是真心爱你。"

白慕雅笑笑："我们的年纪都已不小。他如果不肯真心爱我，那我也不会真心爱他。但我们目前还是会在一起。也许我们都到了需要婚姻的时候，恰巧这段婚姻还可以互利。"

叶紫羽内心感叹着，他对白慕雅点点头，说："无论怎样，我都当你是我的好朋友。"

再说薛浪回到总部后，立即来找叶紫羽。

叶紫羽请他在沙发上坐下，也不再训他，只是问："你有没有私下收余波的钱？"

薛浪神态坚决地发誓："没有。"

叶紫羽心中一宽："那就好办了，我们一起辞职就是。没什么大不了。"

薛浪大吃一惊："我走就是了，你干嘛要辞职?"

叶紫羽满不在乎地说："也许别人的本意就是冲着我来的呢，辞职真没什么问题，否则整日勾心斗角，活得岂不更累?"

薛浪眉头紧锁，悄声道："我这几天一直在想这事，感觉说不定是上了人家的套。不过我也想到个主意。"

叶紫羽问他什么主意？薛浪告诉他，这件事背后肯定跟苏衡有关。大不了同他弄个鱼死网破。他手里有证据证明苏衡和白慕雅二人的关系不寻常。可以扳倒他们，至少要逼迫他们其中一人和他们一道离职。薛浪分析，以苏衡的为人来看，他必不肯离开公司，所以只能是白慕雅走人。而白慕雅离开，对公司的影响会更大。并且，她离职后，苏衡同她的感情会不会稳定也很难讲。说不定二人因此分手，薛浪感觉好歹能出口恶气。

叶紫羽一听便否定了，他告诉薛浪，自己始终记得初到惠城时白慕雅的恩惠和情谊。不要牵扯上她，何况天下之大，何处不能留人？将来俩人换个地方，重新奋斗便是。

不料，叶紫羽交上去的辞职报告，迟迟没有批复，连薛浪的离职也搁下了。叶紫羽感到挺奇怪。他去问过王总，王总说这件事由林董亲自处理，他也没得到答复。叶紫羽知道林敬安一直器重于他，可他也知道董事长的性格，如果林敬安真的相信他受贿的话，绝对不会留他。不过，叶紫羽手中一些重要的工作已经分派给了旁人，他自己相当于被闲置了。叶紫羽也不介意，心想没事儿倒好，自己正好抽空去一趟江城呢。窜货的事情，公司的人几乎都已知道，明白叶紫羽这回栽了。助理小霞的工作也被分成了好几份，不过小霞对叶紫羽依然尊敬、热情。偶尔交代她做个事情，她依然尽心尽力，让叶紫羽很感动。

辞职没批，叶紫羽就先请假，王总倒是答应了。于是叶紫羽挺开心地给蝶儿发信息，说过两天去江城看她。蝶儿先是很开心，可到了晚上，又要叶紫羽赶紧上网视频对话。叶紫羽如约上网，蝶儿却在视频中告诉他，真不凑巧，她姐姐过两天要带她去一趟英国，先到她留学的学校看看环境。

叶紫羽说这事重要，那他们只能另约时间见面了。蝶儿在视频中点点头，突然提出，要和叶紫羽拥抱。叶紫羽笑了，说这怎么拥抱啊？蝶儿说怎么不可以，你环住屏幕，我也环住屏幕，不就抱在一起了吗?

叶紫羽说那好吧，便按照蝶儿的要求做了，然后又说，这样我都看不见你了。却听蝶儿喃喃地说道，就算面对面拥抱，不也看不见对方的脸吗？也许有时候明明内心明了，去不知晓怎样去懂得。明明看不见对方的脸，却贪恋双臂的温暖。当某一天，真正相背而行，渐行渐远，不记得彼此的容颜，却还记得拥抱时的温暖。

这话说得叶紫羽心中一怔。

挂断视频，叶紫羽才反应过来，他其实还想问问蝶儿，就她和她姐姐去英国吗？还有没有别人一起？

叶紫羽只好不去江城了，在公司闲待着。过了一阵，公司又有传闻，说要新来一位副董事长全面负责集团的事务。又说公司要成立一个新的彩妆事业部，正在筹备人手。叶紫羽心想，看来自己的事情是要交给这位副董事长来处理了。

果然，年底的最后一天，行政部来通知他，说林董和新来的副董事长等下会到，要他半小时后去会议室开会。

叶紫羽提前去了会议室，见公司的高管都已就座，这一幕让他似曾相识。苏衡和吴立坐在一起，低声交流着，时而故意发出点笑声，便有旁人上前凑趣。叶紫羽也不理会他们，自顾坐着。

时间一到，董事长林敬安和一名年轻男子走进会议室，众人均想，这大概就是新来的副董事长了吧，没想到这么年轻。叶紫羽看了男子一眼，见男子的眼光也朝他看来，赶忙低头避开，突然心中大震，想到了什么，立刻抬头又朝男子看去。天哪！这不是他的大学校友简逸吗！他是副董事长？简逸显然也看见他了，微微点了点头，暗中向他示意。

林敬安向在座的各位介绍了新任副董事长简逸，大家热烈鼓掌。林敬安又补充说，简副董事长还将兼任化妆品公司的总经理，王总不再负责公司，另有任用。众人又是一惊，这个变化让大家始料不及。接着，简逸发言，他客套了几句，说自己刚从国外归来，会尽快融入公司，这里的事情还要仰仗各位等等，接着话锋一转，说最令他激动的是，他在这里见到了他的老同学叶紫羽，想不到毕业十年之后，两人还能共事，这真是天大的缘分。说着，便走到叶紫羽跟进，同他紧紧握手，哈哈大笑。

简逸这一举动，举座皆惊。很多人霎时明白，为什么叶紫羽的辞职报告没有批了。叶紫羽注意到，苏衡和吴立的脸都绿了。

会议之后，简逸来到叶紫羽的办公室，两人再次紧紧地握了握手。叶紫羽说："你早知道我在这里工作？"

简逸大笑："我一来就看到你的辞职报告了。"

叶紫羽道："什么原因你了解了吗？"

简逸道："了解了。"

叶紫羽道："所以我不得不走。"

简逸道："你真的受贿了？"

叶紫羽道："没有。"

简逸再次大笑："没有就好，既然没有，干嘛还要辞职？"

叶紫羽道："我说没有，你就相信？"

简逸道："当然相信。"

叶紫羽有点感动："我们都多少年没见了？你为什么这么相信我？"

简逸道："因为我们是同学啊，这个理由还不够吗？我看我这个总经理也不用兼了，一并交给你打理算了。"

叶紫羽一愣，正要说什么，简逸已经摇手打断了他，说："十年没见，今天我们别老谈工作了，先去吃东西。工作改天再谈。"

叶紫羽只好依了他，随即告诉他附近的一家酒楼不错，要引他去。简逸仍然摇手，说不在这里吃，他已经定好地方了，叫叶紫羽跟他走。说完便拉着叶紫羽一起下楼。

办公室的人看着二人出去，一时都还回不过味儿来。

简逸的司机早在楼下等候，立刻载上二人去了一家私房菜馆。这里环境幽雅安静，叶紫羽随着简逸进到一个房间，看见有位女子已经笑意盈盈地坐在里面了。他眨眨眼睛，再次感到不可思议：安梓汐！这个女子竟然是安梓汐！

叶紫羽又惊又喜，安梓汐已大大方方地主动给他来了个拥抱。简逸在一旁哈哈大笑。叶紫羽感慨道："想不到你们还在一起。"

安梓汐立刻装作不满了："你这是什么话？什么叫还在一起？我们一直在一起好不好！"

叶紫羽也哈哈大笑："说错了，说错了。我就是这个意思。你得原谅我，我现在的心情根本无法形容。见到你们实在太意外，太开心了！"

简逸招呼大家一同坐下，然后得意地说："梓汐也早知道你在这里了，这是我们故意安排的，就得让你意外一下。因为你也想象不出，当我们刚知道你在这家公司任职的时候，那种意外的惊喜。"

叶紫羽忙问他们这是怎么一回事？才听简逸慢慢道来。原来，大学毕业后不久，他们二人就一同出国，在国外前前后后又读了四五年书，然后结婚。拿到绿卡后，就定居在当地工作生活。本来他们也没有回国的打算，但简逸看到父亲年纪越来越大，自家公司的事务越来越繁忙，他心疼父亲，就同妻子商量。安梓汐则完全支持他的想法，于是两人就回来了。

叶紫羽疑惑地问："那你们怎么到了惠城？记得你家是在厦城的啊？"

简逸耸耸肩告诉他，惠城的整个业务板块都是他父亲旗下的企业，而林敬安是他的表姐夫，也是他父亲一手提携的。

叶紫羽至此全然明白，什么话也不说了，先与简逸对饮三杯。安梓汐不肯相让，硬要加入和他们同饮。三人这番互述别来之情，几个小时过去，兴致不减。

安梓汐向叶紫羽问道："我们出国的时候，通讯可没现在这么发达，同学们都失联了，你知道谁的消息，快告诉我们。"

叶紫羽一愣，有点茫然。他突然想到个问题，若是问他的中学同学，他一定能说个七七八八。但这大学同学，他却极少音讯。他心中自问：这是为什么？难道自己下意识地在回避什么吗？

安汐梓说道："其实我主要想知道我们寝室的姑娘们……"

叶紫羽知道她想问什么，笑道："很久以前，我们就没有在一起了。"他这么一说，简逸和安梓汐立刻明白，他想绕过过段话题，于是二人都不再问。国外生活多年，让他们养成了很好的尊重个人隐私的习惯。而那背后是怎样的一段感情故事，他们或许也猜想到些。

却说苏衡下班回家后，感觉自己还没回过神来。今天的局面他始料未及。公司的变化真够大的，可惜变化的却是他花了无数工夫，下了无数心血的王总。王总不再负责公司，吴立这条线看来也没多大用处了。他突然想起楚霸王项羽在乌江边上的感叹的话来，这真是非战之罪，天亡我也。突然之间，副董事长成了叶紫羽的大学同学，据说这副董事长还是真正幕后大老板的公子。苏衡愤愤不平地想：去他的！还有比叶紫羽运气更好的人了吗？有这层关系在里面，他苏衡再有能力，再怎么斗也是输了。

白慕雅回家后，看见苏衡黑着脸半躺在沙发上，也不开灯。知道今天的事情对他打击颇大。她悄悄叹了口气，早劝过他不要针对叶紫羽，可他偏偏不听。事情出现这么戏剧性的变化，她也不知说什么好了。

白慕雅打开房间的灯，走到苏衡身边，挨着他坐下。突听苏衡恨恨地说道："等上班我就跟公司辞职。那小子运气好，他不走，我走就是。"

白慕雅轻声说："好啊，明天放假，我们正好出去旅游度假，放松一下。"

白慕雅平静的态度令苏衡一愣，他转着看头她。白慕雅笑笑说："我也想清楚了，我们一起辞职，没有什么大不了的事情。"

她的表态，令苏衡心里一阵暖流涌起。他很感动，握住了她的手。

白慕雅又说："其实公司早在风传我俩的关系，我觉得现在不妨大大方方地承认了。你不是没有能力，咱们重新再来，我支持你。"

苏衡将她搂入怀中，他突然意识到，自己以前做得远远不够，他今后更应该加倍珍惜眼前的这个女人才对。

节后上班。白慕雅果然找到了简逸提出辞职。简逸热情地接待了她，问："你辞职不会是对我有什么不满吧？"

白慕雅没料到简逸会这么说，当即说道："当然不是。"

简逸哈哈大笑："不是这个原因就好办了。我还说呢，我刚刚来到公司，也没哪儿就把你得罪得非要辞职了啊？"

白慕雅被他说得都不知道怎么回答了。又见简逸敛容说道："坦率地讲，你辞职的原因我也猜到了，我不希望你走。即便苏衡要离开，也只是因为你们俩人的恋爱关系，两个人不适合在同一家公司担任相关联的高层职务。除此外，绝无其他因素。并且苏衡的离开，也不算主动离职，所以公司该给他的报酬和补偿一分都不会少。"

白慕雅颇感意外地看着这位年轻的副董事长。她没想到他的性格这么大方直爽，不禁对他顿生好感。职场多年，她知道在这样的领导手下做事，是可遇而不可求的。

白慕雅表示要考虑考虑，简逸大手一挥："没问题，给你充分的时间考虑。当然你的职位可能还会有些变动，我想调你来总公司做常务副总，辅助我的工作。"说到这里，简逸故意顿了一顿，又大笑道："当然，你不用担心，你的薪水也会水涨船高的。我决不会又让马儿快些跑，又想马儿不吃草。"

白慕雅不由被他的豪情逗笑了，她试探着问："为什么不让叶总辅助你呢？你们又是要好的同学，做起事来配合应该更默契才对。"

简逸毫不隐瞒："我原先是这么考虑来着。可这家伙吃错药了，死活不同意。他说他如果留在公司的话，一定要去负责彩妆项目，我只好答应他了。”

白慕雅更感意外，他要去负责新项目，这是为什么？

原来，那天简逸夫妇和叶紫羽聚会之后，话题聊回公司的发展。叶紫羽确定公司要搞彩妆项目后，就主动请缨了。简逸也问他为什么？叶紫羽说目前的工作环境让他感觉心累，他也不想让员工们觉得，他的得势是沾了简逸的光。毕竟这次窜货事件发生了，也有他没监管好薛浪的责任。所以彩妆项目上马后，会另外选址办公。他也算脱离了现在的环境。并且薛浪一定要受到处罚，但他想把薛浪带去一块做彩妆项目，也算让他将功折罪吧。

简逸说，他设想的彩妆项目经理这一职位，薪水可没有常务副总经理的高。叶紫羽毫不在乎，说赚钱的机会在后面，眼前这点利益算什么。彩妆事业部成立后，他只要求将薛浪和他现在的助理小霞调过去，其他岗位，一律招聘新人。

他这么有信心，简逸也颇为高兴。问他为何看好彩妆？叶紫羽极有信心地告诉他，前番出国考察，他就留意了国外的彩妆市场。他研究过一些资料，了解到国外彩妆的销量能占到整个化妆品销量的 40% 以上，而在国内呢，只有区区 5% 左右。随着中国与世界接轨的动静越来越大，他早就看好彩妆的发展了，他相信未来三五年内，国内市场一定会迎来一个彩妆的井喷期，到时候名利双收，何愁不赚个盆满钵满？

白慕雅听简逸讲完，基本上已经决定不辞职了。但她还是要跟苏衡商量一下，她一定要尊重他的意见。没想到苏衡主动给她打来了电话，说起他今天向人事部提出辞呈，谁知人事部只是以他俩之间的关系为由接受，并未按自动离职处理，还把工作多年的补偿款都一分不少的算给了他，让他非常意外。其实他知道这是一家很好的公司，白慕雅如今在公司的发展也不错，所以他不想她离职，请她慎重考虑。

白慕雅没想到苏衡能这么想，她又是高兴，又是欣慰。而简逸呢，看到各方面的事情圆满理顺，不禁自鸣得意，自己的领导能力就是挺强的嘛。

三十一、鹤鸣九皋

叶紫羽对彩妆事业部投入了极大的信心与激情。项目正式启动前，他分别去日本和韩国考察了一番。这两个国家目前的彩妆市场发展已较充分，又同为东方国家，有供值得学习参考的经验。回来后，简逸组织了一个小型会议，专门听取他的汇报。

叶紫羽很兴奋，讲述了他的所见所闻，以及接下来工作推进的基本思路。不过简逸倒提出了建议。他说他回国前，有请一家专业的市场调研公司针对国内的彩妆市场做过调查。结果表明，彩妆行业在国内方兴未艾，还没有经受过大规模的冲击。所以简逸认为，可以利用风雅集团的强大实力，在品牌推出之际全力“空中轰炸”，也就是强势广告宣传。结合各大电视台黄金时段、时尚杂志、专业媒体、大城市主干道灯箱、路牌广告等等，全天候的投放巨量广告。

叶紫羽不认为光靠广告攻势就能拿下市场。还必须结合“地面进攻”。地面部队就是一线的品牌团队。团队不但要掌握先进的“武器技术”（量化使用销售工具，熟悉网络），除了善于打“攻坚战”（重要卖场一定要想方设法进入），也要善于打“游击战”（做好促销）。更重要的是，要会控制“战后局势”（售后服务）。这样，才能综合的打造出一个强势品牌。同时，不能师出无名，也就是说，公司的产品必须真正能给消费者带来方便和益处，才能立于不败之地。

综上所述，叶紫羽认为马上开展广告攻势并不适合，还得按部就班。先投资技术研发与生产，引进先进的生产线。这有两个好处，一是降低生产成本，二是东西方的水土、人的肤质尚有所不同，在国内投产，便于在技术上根据中国的情况即时做出相应调整，保证产品更人性化，更贴近市场需要。

他讲到专门引进彩妆生产线，有人提出了异议。因为市场能够开发成什么样子，还不得而知，生产线的引进耗资颇大，万一产量需求不足，产能过剩，浪费就大了。不如全力推广好品牌，而生产可以 OEM 解决。

叶紫羽讲这个不必担心，他认为销售的根本在产品创新上，其次才是品牌创新。只有在产品创新上很难突破时，人们才会选择品牌创新。因为，产品创新和技术创新需要长期积累研发，具有永久的发展源泉。品牌创新尽管会在短期内有所收获，但由于它易于被复制，长期发展会有后劲不足之感。所以他的基本结论是：潮流千变万化，品质始终如一。

最终，叶紫羽的意见为大家所接受。简逸表扬他说，看来他为彩妆项目的推出做足了工夫，这个项目在他手里一定靠谱。叶紫羽说自己信心十足，记得上学的时候，数学老师给他们讲过一个励志的故事，说自然科学的皇后是数学，数学的皇冠是数论，而哥德巴赫猜想则是皇冠上的明珠。最终这颗明珠被中国的数学家陈景润摘得。而他认为，彩妆就是化妆品中的明珠，他也要将它摘得。

当然，公司新高层虽统一了意见，不单纯依赖广告砸市场，但品牌的形象代言人还是要选择的。市场部同经纪人公司联系后，对方推荐了数位当红年轻女影星的资料过来。叶紫羽不追星，只觉得个个漂亮，谁代言都不错，便让简逸确定。简逸谁都没挑上，却建议用一个年纪已经偏大的女歌星。叶紫羽知道这个女歌星，曾经也是国内的一线明星，玉女形象。不过半隐退多年，在年轻人心目中的地位，已略逊于许多后起之秀。叶紫羽心中不解，搞不懂简逸为什么推荐这个人？他去向简逸征询，简逸似笑非笑，让他更起疑惑。简逸看叶紫羽的神态，怕他想歪了，不得已，只能暗示说，这个女歌星和他父亲的关系不错。叶紫羽恍然大悟，说用这个做形象代言人也挺好，他没意见。

数月以后，关于产品生产和形象的具体工作，已由市场部牵头，督促相关部门和人员逐渐完成。而叶紫羽则带领着销售团队在外出差，紧锣密鼓地洽谈意向客户。好消息在这段时间内不断传来，所有工作推进都相当顺利。叶紫羽随即决定，在江城召开一人次全国意向经销商座谈会，在产品正式上市之前造造声势。

不料，座谈会的邀请函发出去后，全国的经销商积极响应。连叶紫羽都始料未及，产品还未上市，就呈众星捧月之势。等座谈会开完，各区域的销售地盘基本瓜分完毕。

会议之后，人人开心。当地一名经销商豪兴大发，便欲做东，邀请参会众人齐上黄鹤楼一游，并在楼下设宴。众人此行达到目的，心情舒畅，欣然叫好。叶紫羽前两次来江城见蝶儿，也有打算到黄鹤楼玩耍，因时间不凑巧，均未成行。这一次，他想叫上蝶儿，便打电话给她。一开始，蝶儿未接。过了些许时间，她给他打了回来。得知叶紫羽在江城，不无遗憾地埋怨他为什么不早说？偏偏她现在又不在江城，和姐姐出差了。叶紫羽顿生失落，说怎么老是不巧？蝶儿说，那是他心不诚，要是他提前告诉她，她就可以调整时间了。叶紫羽想想也怪自己，本想来之前就给蝶儿电话，又怕会议期间没空，不如会开完后，给蝶儿一个惊喜，谁知道又弄巧成拙。他只好怏怏地告诉蝶儿，原本想同她一起上黄鹤楼的，现在又不知几时才有机会了？蝶儿在电话中笑，说她作为本地人，从小就被学校组织去黄鹤楼春游，对那儿实在没多大兴趣。叶紫羽问她对哪儿有兴趣？蝶儿脱口而出："我最想去的是挪威，我想去看世界最深的大峡谷。"叶紫羽立即应道："那好，我陪你去！"蝶儿一愣，问："你说真的吗？"叶紫羽说："当然是真的。"蝶儿在电话那头笑了笑："黄鹤一去不复返，白云千载空悠悠。你的话我记住了。"说完，电话里沉默了一阵，然后，蝶儿轻轻说道："我挂了。"叶紫羽"嗯"了一声，双方挂断电话。

不知为何，叶紫羽心中竟一阵莫名的怅惘。

黄鹤楼伫立在长江之滨，素有"天下江山第一楼"的美誉。做东的经销商先引客人至酒楼，向众人介绍说，从前有位姓辛的女子在此卖酒为业，但生意并不好。有一天，来了一位衣衫褴褛的客人，向女子讨一杯酒喝。女子不以对方衣衫褴褛而怠慢，盛了一大杯美酒奉上。谁知这位落拓的客人自此后天天来讨酒喝，又不付钱。但女子依然很客气地招待他，并无厌倦之色。于是半年之后，客人告诉女子，他欠了很多酒钱，没办法还了，不如作一幅画送她，权当酒钱。说完，从墙角拾起个橘子皮，画了一只鹤在酒店墙上。因为橘子皮是黄色的，所以画出的鹤也呈黄色。画完之后，客人飘然而去，女子也不以为意。有一天，一桌客人在此饮酒吟诗，喝到高兴处，抚掌大笑。不料墙上的黄鹤听到拍手歌唱之声，竟然活了起来，并合着节拍翩翩起舞，酒店里的人都看得呆了。

自那以后，酒客顾客盈门。人们争相来看黄鹤起舞的奇观。十余年后，女人已经积累起许多财富，那位客人又飘然而至。女人向他致谢，并表示愿意锦衣玉食地供养着他，客人却笑着告诉女人，他并非为了这个而来，接着取出一支笛子缓缓吹响，只见墙上的黄鹤飞来客人面前，客人跨上鹤背，腾空而去。女人为感谢并纪念这位客人，便出资在此地修起一座楼阁，这就是后来的黄鹤楼。

众人听他讲完，尽皆赞叹。叶紫羽想起自己初来江城见蝶儿，曾与人斗诗斗酒的事，不禁出神。有人问当地的经销商，为何对黄鹤楼的典故如此熟悉？莫不是也想碰到个化装成乞丐的神仙，别说管半年酒饭，就是送一幢楼给他住，也是值了。众人哈哈大笑，东道主却感叹地向众人讲述说，这黄鹤楼曾经的确是他的一块心病呢。原来他出生在H省北部的一个贫困的小山村，通过努力学习，考进了江城的大学。走出大山的那一刻，全村人都来送他，都告诉他，学成后要当大官，当了大官好帮村子里做事。可他所学的专业，似乎跟当官儿不沾边。到学校后，他连饭都吃不饱，硬是靠着在学校食堂帮工，一干四年，撑到了毕业。其间他连一次家也没回过。他记得大三寒假的时候，一位同样家境贫寒的女生也到食堂帮工，两人相识。大年初一，他请这位女生一同到他们向往已久的黄鹤楼游玩。那天人多，等他排队排到售票口，一看票价80元，顿时吓了一跳，两个人的门票就得花160元，这是大半个月的饭钱了，他实在难以承受。售票员见他待立不动，催他抓紧时间买票，后面排队的人也让他动作快些。女生看出他的窘境，把他拖出了队伍，告诉他，不看了，我们穷，看不起，我们去看长江大桥，大桥不要钱。这个楼修在这上千年了，跑不掉。等有钱了，我们再来看。可是，等开学后，女生不再到食堂帮工了，因为有个开小轿的人，开始到学校门口接她。那以后，他再没机会和女生说一句话，只能在校园中偶尔看到她的背影，直至毕业。想不到多年以后，他能邀请众多朋友登上黄鹤楼，也算是完成一桩心愿吧。

他的话令众人感慨，叶紫羽对他说："从你的讲述来看，你的年纪比我小，因为我上大学的时候，160元能吃一个月。"众人被他这句话逗笑，又听他继续说道："虽然你现在没有当官，但你好好做风雅的品牌，同样能帮助你的家乡人。我们一起努力完成今年的任务，明年公司共同捐资，为你的家乡修一条路。"在场的人纷纷叫起好来，更添游兴。

叶紫羽悄悄地拿出手机发了一条信息：我一定带你去看挪威的大峡谷。

秋季。收获的季节到来。

风雅集团彩妆系列正式上市的发布会，相当隆重。所有人一进会场，便大为叹服。长长的品牌形象廊，五彩变幻的背景墙，无不美轮美奂，彰显靓丽。璀璨红毯上的优雅身姿，有你，有他，有她们。镁光灯的闪耀下，身着晚礼服的女嘉宾都有一种化身明星的即视感，每个人在色彩与灯光的炫染下，都成为瞩目的焦点。产品陈列台前，缤纷的色彩更让来宾心生愉悦。这已不单是产品的展示，更是一个时尚艺术的体验。客人纷纷赞扬，这样的彩妆产品完全堪称一件美丽的艺术品。会议的重点，是叶紫羽亲自操刀写的创意，为人们带来一组灵感与色彩共舞的彩妆大咖秀。身材高挑的中外模特身着五彩华裳，轮番出场，演绎着精致的色彩。身处其间，仿佛在繁花似锦的春日中畅游，在绿意嫣然的夏日中放飞，在满城虹霓的金秋中漫步，在白雪皑皑的冬日里翩翩起舞。春夏秋不断变幻的美景与模特的妆容服饰相得益彰，描绘了风雅彩妆的足迹，春之灵，夏之舞，秋之思，冬之谜；更充分体现出品牌不断求新，引领潮流的气势。最后，形象代言人亲临现场，更将会议的气氛推向高潮。早为众人熟知的玉女歌星一席优雅的红裙，笑面如花地走至台前，与众人频频颔首示意，点燃了全场的热情。粉丝们蜂拥而上，齐声高呼偶像的名字。连叶紫羽这个从不追星的人也被感染。业界媒体现场报道，称之为一场前所未有的视觉盛宴。

会议取得成功后，主办方收获了许多荣誉，风光无限。答谢晚宴上，简逸特意向叶紫羽敬酒，笑问他感想如何？叶紫羽回答，他在想刚到惠城找工作的情形，误打误撞进入化妆品行业，一开始觉得这个行业不够阳刚，现在他却深深地爱上了这个行业。简逸笑道："彩妆项目的发展和你设想得完全一样。会议之后，不如我们去夏威夷度假，好好地放松放松。"

叶紫羽也笑："您是大老板，尽管去。我可不敢轻松。"简逸问他为何？叶紫羽说，他感觉压力还大着呢。他认为，一般品牌的发展有两个比较明显的危急时刻，过不去这个坎，公司就会在市场的压力之下崩溃。第一个坎在产品上市初期，这时候公司能凝聚起的人力和资源以及市场地位都处于相对弱势，利润来源比较少，一旦不能早日打开局面，前景不明，工作团队的士气会受损，对公司忠诚度下降，而经销商的信心也会受损。如果再对市场产生错误判断，对属下的团队产生疑惑，导致裁人、减薪，军心只会更乱。但这个时期，是在为最基本的生存去奋斗，一般人员都会很团结，内部矛盾较少，上下能打成一片，所以这个坎并不是难以克服。最大的危机，更容易出现在有所成功之后。如果一个品牌克服了上市初期的恶劣环境后，实力有所增长，竞争力也厚实起来。身处其中的成员，难免踌躇满志，并会依自己的习惯与经验去办事，少了革新与突破的动力，开始故步自封。因为成功的经验总是令人怀念，特别是从艰苦奋斗中走出来的人，经常充满着神话与传统。由于有成功的实绩，代表它的人会变得不可侵犯，逐渐便没人敢对此直接的批评，或继续革故鼎新。所以阶段性成功后的最大敌人，就是自己，正所谓生于忧患，死于安乐。接下来的工作自然不轻松了。

叶紫羽说完，简逸大加赞赏，说他日一定将叶紫羽引见给他父亲。

发布会当晚，叶紫羽发信息和蝶儿交流。他兴奋地告诉蝶儿，今天的会议很成功。蝶儿回信息祝贺他，说她想象得到，他这么能干，一定能把事情做好。

叶紫羽问蝶儿在干什么？蝶儿告诉他，她还陪着姐姐在加班呢。叶紫羽一听，便不好多说什么了，只让她忙完早点休息，然后道了再见。

蝶儿没有告诉叶紫羽的是，她此刻也正在参加一个高档的名流派对。她根本不想去，可姐姐和姐夫硬要她参加，她无奈只好去了。派对在一个相当豪华的私人别墅区举行，这里有穿着燕尾服的老外弹奏着高雅的钢琴曲，有训练有素的侍应生托着红酒杯穿梭于谈兴正浓的客人之间。派对大厅散发着低调的奢华，香槟、时装、马卡龙、鲜花、礼花构成了这里的基本元素。可惜蝶儿来此颇不情愿，所以周围的一切都让她不自在。蝶儿的姐姐察觉到了她的情绪，轻轻问她："觉得这里的环境怎样？"蝶儿摇了摇头。

姐姐笑笑，低声告诉她："精英人士向往大自然，却又和城市之间的关系密切，所以他们离不开城市。可是绿色健康的生态环境又是他们坚定追求的，于是就有了这样的城市山居豪宅，舒适的距离和优越的生态完美融合。有同一层次经济能力和审美价值观的人喜欢在这里聚会，在生活上找出共鸣，才能匹配他们出众不凡的身份地位。结交各界名流，沟通社会资源、确定并印证自己的社会身份。巩固自己的地位和影响力，同时交换、获取自己需要的社会资源。赢取新的合作伙伴，创造更广阔的事业成功。你要适应这里，因为你属于这里。"

蝶儿撅起嘴，跟姐姐赌气："属于这里的是你，不是我。"

姐姐笑笑，不与她斗嘴，而是拉着她向人群中走去。迎面见到姐妹俩的人，纷纷向她们点头示意，先是问候一声"顾总好"，然后看看蝶儿，惊讶地赞扬："想不到顾总的妹妹也这么漂亮，造物主真是太偏心你们姐妹了！"姐姐矜持地笑笑，对人们的赞扬示以感谢。然后对蝶儿说道："看见了吗，你当然属于这里。美国作家菲茨杰拉德心中的完美情人姑内瓦，在她自己的日记扉页上题词说，所有追求光鲜生活的人，派对上完美闪光的那一刻，是他们的人生高潮。香槟要用来当礼花般喷射，鲜花要簇满房间，马卡龙要绿似抹茶，黄得淡雅，粉得娇贵，男女嘉宾的服装要出自时装设计大师之手，礼花要气势炫人。它代表的是一个时代最高端的时尚与追求。这是多少人羡慕不来的，我们感谢上苍让我们拥有这样的生活，更要好好地享受这样的生活，也才对得起自己的努力和亲人们努力。"

蝶儿不吭声了，不知为何，她想到上次叶紫羽和一群人在酒桌上斗诗斗酒的情形，嘴角不由微微上翘，露出浅浅的笑容。这时候，叶紫羽发来了信息。她一看，叶紫羽却在为类似的派对欣喜。她虽然回信祝贺他，心中却有些生气地想：如果你追求的是这种荣耀，只怕永远也比不过我姐夫，因为姐夫是含着金钥匙出生的。我对这样的生活一点都不稀奇，你何必非要有这种追求？

蝶儿想，自己向往的恋情，应该是叶紫羽当年在校园里的那种情怀吧，就像他们在游戏中游历江湖一样，他武功极差又怎样？一文不名又怎样？她一样那么深爱着他。可现实生活中，他为什么偏偏不愿意那样纯粹了呢？

蝶儿感到有些悲伤。她知道叶紫羽在努力想和她走近。她却觉得和他越走越远。是不是男女间最遗憾的改变，就是擦肩而过后，双方都活成了彼此原先的样子？

她正胡思乱想着，她姐夫和一个年轻英俊的男子来到她们姐妹面前。男子很有礼貌地躬身向她们姐妹问好。她抬头一看，认出男子是她父亲同事的儿子。姐夫优雅地拉起她姐姐的手，对他们说："我们去跳一支舞，你们先聊着。"

蝶儿看着姐姐和姐夫走进舞池，就想回座位上休息。她本来没兴趣和男子聊天，却听他无奈地说："这样的场合我真不习惯，下次无论如何不来了。"

蝶儿心中突然产生共鸣，她瞪大了眼睛看着男子，不知道他说的是不是真心话？

彩妆发布会后，新品在短时间内，已全面辅向市场。叶紫羽马不停蹄，紧接着安排各地区的培训会和促销活动。薛浪在这一阶段帮叶紫羽分担了重任。他一直为自己前番的过错深深自责，对待此刻的工作便加倍努力，废寝忘食。

第一轮促销活动，就搞得风生水起。

各地的活动都执行之后，叶紫羽审查产品上市的各项指标，成绩均为优异。他一直悬着的一颗心才终于放下。他想，这个时候简逸要是再提出去夏威夷玩，他肯定答应了，而且还得让他多给个名额。

这日，行业内一家知名媒体的总编来公司拜访简逸和叶紫羽。二人将总编请到会客间热情接待。风雅公司的彩妆上市以来，这家媒体一直跟踪报道，出力不少。三人一面饮茶，一面客套了几句后，总编说出了他此行的目的。原来，这家媒体即将举办一届国际美容化妆品时尚大会，有多个国家已确定参会，包括英国、法国、美国、意大利等。这些国家的部分知名品牌现纷纷莅临，将本届国际美容化妆品大会作为一个展示自我并瞭望中国时尚行业的窗口。整个大会分许多版块，诸如化妆品峰会论坛、时尚教育论坛、魅力女性论坛、彩妆流行造型发布、化妆大赛、美甲新技术讲座等。几乎所有的业界名流都会参与，同时也邀请了当地主要政府官员出席和讲话，使本届大会的规格也上了一个档次。

主编口若悬河，滔滔不绝。等他讲完，简逸赞扬一番，问他今天来公司有何指教？主编才切入正题，说本届大会的总冠名权和各板块活动的冠名权尚有部分没有确定，不知道风雅公司有没有兴趣冠名？

叶紫羽问对方：“这届大会的主办地点选在哪里？”主编回答：“在锦城。”

叶紫羽和简逸同时大笑起来。主编正有些摸不着头脑，只听简逸问：“这届大会最贵的冠名权是哪个板块？”主编回答说：“当然是总冠名。”简逸豪气地一抬手：“那么就请您把总冠名和彩妆流行造型发布，以及化妆大赛的冠名权，一并交给我们公司吧。需要多少费用，你说了算。”

主编喜出望外，他先前已去了几个公司拉冠名，费了不少口舌还没定案。不料在风雅公司一下就确定了三个，连价都没讲，幸福不要来得太突然哦。简逸说干就干，当即安排与总编签约，又吩咐财务部门预交订金给对方。主编对这位豪爽的年轻老板佩服和五体投地，当他得知简逸的父亲就是那位全国知名的大企业家后，不禁咋舌。

事情谈完，主编满心欢喜，辞谢而去。简逸大笑着对叶紫羽说：“你去参加这次大会，算是衣锦还乡了吧？”叶紫羽也哈哈大笑：“多谢老板成全。”

一转眼，到大会开幕那天。风雅公司作为总冠名方，加之近年在在市场上的声势，备受业界瞩目。叶紫羽以风雅公司首席代表的身份出席会议，受尽荣宠。主会议大厅悬挂着本届大会主席团成员的巨幅头像，叶紫羽赫然在列。

本来，叶紫羽仅在高峰论坛上有一个三分钟的致辞，可没想到，就这三分钟的发言，居然引起很大反响。等高峰论坛结束，叶紫羽来到展会大厅，看见薛浪正和一群同事在他的头像下面合影。薛浪见到他后，高兴地跑来，拉他和大家一起合影。叶紫羽欣然参与，众人欢乐的摆出各种姿势照相。又有本不相识的人从这走过，看见他后，高兴的前来请求合影，并交换名片，叶紫羽也不拒绝。正忙碌间，就见媒体的主编匆匆跑来找到叶紫羽。

主编对叶紫羽说，刚才他在高峰论坛上的发言很精彩，引起了好多与会代表的关注。本届会议在明天还有个职业经理人的论坛，想格外请叶紫羽前去发表演讲，希望他能答应。

叶紫羽愕然，他自己毫无准备，便要推辞。主编却执意恳请，说他是本届主席团中最年轻的成员，对于这个行业的职业经理人而言，是个莫大的激励，先前他短短的讲话已经获得高度好评，大家很想再多听听他的观点，这对他们公司吸引人才也是好事，所以请他万勿推辞。

叶紫羽听他这么一说，不由动心。本届会议的主席团成员之中，大概也只有他一人是以职业经理人的身份出席的，其他人均是公司老板或大股东。他在这个论坛的演讲，的确意义非凡。叶紫羽动心了，只是时间太紧让他有些担忧。不过，他还是点头答应下来。

当晚，叶紫羽几乎没睡，通宵准备演讲的内容。好在他人年轻，这么大的工作量，第二天上午当他来到会议室前，仍然神采奕奕。那一刻，他有一种决定命运的感觉。

三十二、受爵不让

走进会议大厅的叶紫羽表情淡定。他直接上讲台说道："如何成为成功的职业经理人，我个人整理了十三个要点。我知道在我国某些地方，十三点是调侃一个人做事不经大脑，傻得可爱的意思。我当然不希望诸位把我当成这样的十三点。"

他这个开场白，引得众人一笑，会场的气氛活跃起来。叶紫羽又道："我国最有名的兵法是《孙子兵法》，刚好也是十三篇，看来'13'倒并非一个不好的数字。现在我就来逐一讲述一下。欢迎大家随后指正。

"第一点，当然是体制，建立公司体制，也可称作企业文化。能成就一番事业，需要占天时、地利、人和。引申到商业竞争中而言，天时，包括管理好老板，上下同一遵守的公司准则。现在中国的私营企业，尤似古之封建王朝。若说外企，有如外国之君主立宪，一切政务由内阁负责。而中国，便是天子一言九鼎，朝廷的中枢首辅，只不过秉承旨意行事而已，所以中国企业的推动与变革，绝非来自员工，而都是来自上层。中国企业的成功塑造，多取决于老板而非职业经理。为帅为将者恐惧的，是应付得了边关战事，应付不了朝廷言论。一不小心便牵连中招，中国人的办公室文化，爱飞短流长、捕风捉影。所以销售负责人犹如手握重兵的将帅，要想建功立业，首先得要老板的充分信任和充分授权。国家元首同政府首脑不是同一概念，也可以不是同一人。对私有企业而言，二者的分开，前者叫作老板，后者叫作职业经理。前者如果划为领导层，后者可以划为管理层。在公司的生存发展步骤当中，总是会有如此局面，领导要向左走，管理者却想往右。当然，尽管两者的方向行为相反，但共同的目标肯定是一致的，即谋求企业组织的进步与发展。二者总有矛盾。解决矛盾的办法之一是一元化领导。投资者兼负两种角色。然一旦缺乏监督，很容易形成二战期间德国的政治形式，权力过分集中并将意识形态强行推广，结果带领这个团体走向毁灭。企业运作中，管理者是完全保持和投资者的一致性还是各有己见的好呢？打个比方，汽车有油门来加速，也有刹车制动。各种不同的功能相互补充，相互制衡，才能组成一部可完整运作的机器，所以企业运作中，是不能完全强调二者保持一致性的。差异化可以转化，好比射击采用缺口瞄准一样，三点一线，就是平行对准不同平面上的三个点，只不过要不同平面的点，处在同一水平线上。综而论之，有据可循的公司章程，有据可依的发展目标，必将成为今后企业的立业之本，任何人都不可以将个人的意志凌驾于公司之上。这仿佛一个国家，上至领袖，下至庶民，没有人可以违背宪法！法制之下，才能有真正的繁荣和昌盛。

“第二点，教育为本。天时不如地利，地利不如人和。如果将老板的充分信任和授权比作天时，那么获得可用之才的支持，即是得到人和。持续不断地获取有用的人才，是企业的生存之道。也就是说，企业的基础，同国家的发展一样，百年大计，教育为本。教之道，贵以专。现在的民营企业，正逢市场经济逐步深化。与计划经济时代相比，获取人才和留住人才都有着不小的困难。因为它不可能再依托行政手段，用户口、用档案、用组织关系来控制人才的意愿。企业内部文化的塑造，应该注意利用有利于自己的强力势态，而不对职员责备求全，才能很好地量才用人，创造出蒸蒸日上的局面。把人放在一个混乱的环境当中，他就会无所事事；放在一个规范的环境当中，他就能按部就班；人才会表现出不同的特性，有能言善辩、机智灵活者，有老成持重、眼明心细者；企业能氢人放入有利的势态下尽情发挥，其能量将不可抵挡、无坚不摧，无往不利。合造的岗位安放了合造的人才，充分发挥个人的优势，取长补短，这就是教育的成果。基层人才培养的一般原则是，不寄希望于得心应手的员工总能招聘得到，而要依靠自己的教育力量做好充分的准备；不寄希望于优秀的员工唯命是从，不会流失，而要靠自己的教育取得认同，坚定其心。

“第三点，团队建设。一个强大的民族背后，必然站立着一支强大的军队，这是军人的使命！而市场上，一个一流的品牌背后，也必然站立着一支团结、出色的营销队伍，这是市场人员的使命。团结就是要有核心，核心能得部属的信任与拥戴。职业经理人的成功，首先在于团结内部和取得人心。一是要赏罚分明而适度；二是要用怀柔宽仁的手段去教育团队，用严格的规章制度去约束规范团队；三是要以身作则。有此三点，即可称‘带兵有方’。销售团队的灵魂并非某个领头人，而是这个团队的荣誉。进入团队，就会自觉履行对团队荣誉的责任。团队建设要注意三点：其一，忌讲精神奉献，而无物质支持；丰厚的物质奖励和条件是最有效的凝聚力。这一点无需回避。世界大企业都是为员工提供了丰厚的报酬与物质生活条件，才让人趋之若鹜。小气的老板是成不了企业家的，精神激励其实不过是此类老板们舍不得付出的借口。其二，压力来自市场，鼓励来自公司；团队自有荣誉感，责任感。业绩不稳，每个人自会有市场压力，羞对市场，愧对公司。若企业能加以鼓励，必产生士为知己者死的效应，努力拼搏以求回报企业。而企业若只一味指责团队，则会让人有绝望感，心怀异议，各自去之。其三，责任应自上而下承担，功劳应自下而上奖励。出现失误，负责人不能辞其咎，团队首领应付起责任，接受相应处罚；获取功劳，奖励应从基层和一线人员起颁发。如此团队，工作动力将无出其右。”

叶紫羽刚讲完第三点，大厅内响起一阵暴风雨般的掌声。他心想，在座的职业经理人一定不少，这掌声怕是鼓给在座的老板们听的。他接着讲：

“第四点，市场攻略。商场如战场，战场上最重要的是敌情，敌情即是竞争对手及战场环境。详尽的筹划，无非确定以相对最小的代价，获取相对最大的利益。衡量销售行为的成功，当是以消费者受益而满意，各级渠道商从销售中获利，厂商从商品中获利为最佳；若商品不能带给消费者真正的有用之处，则始终算不得成功。所以，市场筹划的最高谋略，是用创造需求来占有市场；其次是用优异的品质来获得市场；再次是用营销之能来夺取市场；以降价或削减利润来求得市场是最差的选择；而用非常手段压缩成本，假冒伪劣，更是自取灭亡。善于规划市场的职业经理人犹如名将临战，降服敌人不用通过战场厮杀，夺取城池不用强攻，毁灭敌人的国家，也不需要旷日持久的征战讨伐。这样，自己的营销团队并不需要疲于奔命，而已经圆满完成销售业绩，此当为市场攻略的最高准则。在制定具体的市场策略当中，我方有独有的技术专利时，则对竞争对手保持自己的技术优势；在技术资源等同的情况下，品牌形象和质量稳定上即要高出一筹；而形象与质量也难分高下时，则营销团队一定要有强大的战斗力。若当真各方面一无所长，则要设法改进基础，从零开始创造市场准入的优势，免得进入市场则面临亏损。职业经理是企业投资者的辅佐。虽不能乾纲决断，然辅佐得详细周密，企业必定兴盛；辅佐得有缺陷漏洞，企业就必然呈现弱态。在进行市场战略规划当中，投资者最容易给企业造成灾祸的情况有三种：一是不了解市场现状而盲目行动，拔高业绩指标，这将对营销团队产生束缚；二是不按既定的制度实施管理，干预企业人事，这将造成企业员工的困惑；三是没有深入销售一线亲身体会终端操作，又要参与指挥，导致营销团队疑虑重重。企业上下既迷惑不知所以，又疑虑不明就里，企业的危机就到来了。真所谓自乱市场，非战之罪。至此，市场攻略的取胜之道则总结出几个方面的战略战术：清楚地知道自己的优势。若能以市场的空白点为主攻，所获取会最大；如果市场没有空白点，必须与同行业的公司争抢市场，则要以己之长敌对手之短；建立并培养一支即有忠诚度，又有战斗力的营销队伍。上下同欲者胜。企业的员工具有相同的价值观；正确发挥投资者与职业经理人的作用，关键是职业经理人能得到投资者的充分信任与充分授权；销售技巧熟练。准确了解市场状况和竞争对手状况，从实际出发制定市场策略，知己知彼，才能获胜。这样，在不利的情况下充分考虑到有利的因素，工作就可以顺利进行；在有利的情况下充分考虑到不利因素，各种可能发生的祸患便可以预先排除。

“第五点，销售作战。军队打仗，兵贵神速，不贵久。销售则要快速打开销售通路，不能拖。通路打开需要钱，久拖不决，则花费日大。尽快打开销售通路，将产品铺向市场，产生回款，则可以用回收款来做周转和再投入资金，减少公司硬性的再投入增大，此所谓以战养战。经营一个企业，就要力争早日盈利。久不盈利，则显得公司前景暗淡，就会使工作团队士气受损，对公司的忠诚度下降；而进行市场行为，维持正常公司营运的费用不断产生，将会使投入资金难以为继，那么市场业绩必然每况愈下。到那时，即使有再高明能干的人，也无法挽回危局。切记之，无利润，便是最佳的产品，最高的形象，最好的员工，也将招致一片困境。所以，商品经营只听说过宁可使公司架构先简单高效，但求速胜速决的事，还没有见过专讲究门面形式或好高骛远而久不能收支平衡的。商品销售久不获利而对企业有利的情形，闻所未闻。故不完全了解盲目经营之害的人，也不可能真正认识到如何良性经营。所谓营销高手，应当在制定销售计划的时候，审时度势，考虑周全，万不可朝令夕改。原始投入的追加不能超过三次，而应当用商品的获利来满足企业的开支。企业因经营不善而陷于困境的一个原因，是不断的追加原始投入。营运成本越来越高，投资者的信心便会受损；其必然对市场产生错误判断，对属下的团队产生疑惑，导致裁人、减薪、军心更乱。善于指挥销售的人才，总是注意利用有利于己的公司资源、必胜态势，而不对部属求全责备。因此他们能很好地量才用人，利用和创造必胜的态势。懂得销售之道的职业经理人，是企业兴衰的掌握者，是关乎企业安危的重要角色。其必须高明的规划好企业达到盈亏点的时间进度，使自己和投资者都能心中有数，方能心中不慌。”

讲完这一段，下面又是一阵掌声，叶紫羽心想：这回鼓掌的多半是做老板的吧。

“第六点，服务宗旨。现在，企业经营的最大成本不在生产，不在销售，而在售后。售后服务成本越来越高，将成为削弱经营利润的最重要因素。一般来讲，商品在针对受体进行宣传时，都会拔高。对受体的概念性东西灌输得神乎其神，其实质却大众化，那么这中间的差距，就得靠售后服务去填补。差距越大，售后服务的工作就越繁重、成本就越高。售后服务的出发点在于让消费者的消费行为放心、满意、乐于付出。并以此衬托出商品的竞争力和企业的实力。如果售后策略能做到以最圆满的承诺，实际只会产生最微小的付出，也能让消费者的消费行为放心、满意，就达到企业的目的了。所以，售后服务部门的工作职责，表面上看，是为顾客提供最好的服务，但其实质，是如何减少对顾客的服务，将最圆满的承诺，在最不经意当中化于无形。。二者看似背道而驰，实是寻求最佳的契合点。

“第七点，树立榜样。榜样的力量是无穷的，样板市场、样板顾客、样板员工，一切都是增加竞争中对自己的有利势态。打造榜样的神话，必力成三个方面：灵魂人物、核心品牌和样板市场。必须将三个方面的故事叙述得有如神话传说般美丽，才有流传久远的影响，才有持之以恒的发展。灵魂人物，谓之以奇；核心品牌，谓之以特；样板市场，谓之以新。灵魂人物创业的奇迹，可以为企业的存在笼罩上奇异的光环，吸引人才的取向，并以能为之效力而自豪。更吸引媒体的关注，间接为企业做出宣传。核心品牌总有特别的卖点，总能满足消费者特别的需求，给予市场意外的惊喜。自然形成衡量商品的标准地位，成为众多商品效仿的标准，市场主动权，尽在掌握。样板市场之新，在于总有新气象，新花样率先出现。样板市场就是企业的童话世界。童话中的美丽公主，也许会受到巫婆的妒忌，但结局一定是和英俊王子幸福生活；童话中的善良老人会很贫穷，但结局一定会得到宝贝安享余生；童话中的弱者会受到不公正的欺凌，但结局一定会获得强大的力量战胜邪恶……所以，企业所需要的一切美好事物，最终都能在这里得到体现。

“第八点，江湖地位。两个主流公司面对面竞争，争当行业或区域的领袖地位，这是公司业务发展至一定阶段的必然之举。也正如一个国家要被世界认同为大国，必须战胜另一个大国，方让世界不敢小觑，树立独立自主的大国形象。两个实力强大的竞争对手正面对决，关键是力争掌握市场的主动权。其难点在‘以迂为直，以患为利’。以迂为直就是设法把自己过长、过繁琐，运作不顺畅的通路改观，变成直通目的，直面终端的捷径；以患为利就是要将对自己不利的负面因素，设法变成有利的正面因素。如自己广告投放不如对手多，则强调人力促销，价格不如对方优惠，则强调产品人气等等。竞争到了白热化阶段，谁能为成为市场的主导者，则譬如两鼠穴斗，狭路相逢勇者胜！此间无取巧可言，只有全身心地投入工作，迎难而上。

“第九点，出奇制胜。冷兵器时代，火攻是一大出奇制胜的手段。商业竞争中，也要有此利器，这就是与众不同的促销方案与有力的执行。好的促销方案，并不是一味求新，发前人之未有，而在于游刃有余的变化。正如音调不过宫、商、角、征、羽五种，就足以组成各种美妙不尽的乐曲。一次完美的促销，有两个重要的方面。一是完善自我，促销团队要训练有素、组织严密，能在商家杂乱，促销遍地的对抗中，做到建制不乱，宣传有力。能在人如潮涌、混沌不清的情况下，做到圆运自如。二是利以诱之。给消费者以利诱，诱服他们了解和购买产品。

“第十点，商品生产。物质基础的第一性，对销售产生先决作用。战争中，善于用兵的人会预先创造出不被敌人战胜的条件，来等待可以战胜敌人的时机。产品如果本身有高出一筹的优势，是对手无法拥有的，这就在竞争中取得了有利地位。从政府机构的质量审查和消费者对质量的重视程度来看，产品本身的优势，保障了营销上已立于不败之地。成功的营销总是先取得必然成功的条件，然后才寻找机会切入市场，占领市场；失败的营销总是先天尚有不足，却希望进入市场后，在市场运作中企图侥幸获取市场而造成。市场中，用来衡量企业成败的因素，一是地域，二是销量，三是客源，四是实力，五是成果。在不同销售范围内出售商品，表明占领销售区域的大小，例如在世界范围内销售称为全球性商品，企业跨出国门称之为跨国公司；销售区域的大小，致使销售量的不同；销售区域和销量的大小，表示了商品客源和认知度的多少；正是销售占领的区域、销量、客源，形成了企业的经营实力；而企业的实力，最终决定了市场营销的成果。

“第十一点，商品定位。产品质量的稳定是‘正’，产品定位好就是

‘奇’。以正迎敌，出奇制胜。质量稳定，市场认可是前提；定位准确、占领市场是目的。产品定位时，必须掌握好四个环节，充分发挥主观能动性，从而使产品的特性得以最大限度地突出，最终取得强大的市场优势。这四个环节分别是：产品架构、功效诉求、价格和客户群。产品架构即产品的组成系列，有核心产品，也有辅助产品。核心产品是利润的来源。功效诉求即使用产品后能取得的结果，容易达到，表述简单。价格定位无贵贱之分。高价位产品，打开市场难，却易于消化。所以前期拉力要大，营运成本则高；低价位产品，打开市场易，却难于消化。所以前期以推力为主，营运成本相对低，后期需要维持大面积市场覆盖率。客户群定位简单、直接，将减轻各个环节的工作盲区。

“第十二点，公关策略。公关的目的有三：其一是为企业创造良好的生存、发展环境；其二是让竞争对手无法掌握公司的动态及虚实，用以迷惑竞争对手；其三，兵无常势，市场在不断变化，没有千篇一律的定规和一成不变的模式。其相应做法是为算计、伪装、变化。通过认真地算计来分析市场的优劣得失，了解对手的有利条件与致命弱点，掌握对手的虚实强弱。通过主观努力的结果，在合理的运筹调度之下，让一切朝着有利于己的方向变化。伪装得不露痕迹，使对手不知道我们的市场策略，便想不出应付的方法来，人们都知道取得成功的模式，却不能真正清楚所用模式必然取得成绩的奥妙。因为每一次策划取胜所采用的模式都不是简单的重复，而是针对不同的市场情况灵活运用、变化无穷。水流没有固定不变的形态，市场营销也没有一成不变的规律。公关动态配合好销售策略，就能够因形措势，因敌制胜。公关的本质，是让各种关系能为我所用。使责任部门、消费者能按我们的意图行动。所以必须对公关对象的需求真正了解，真实做到有的放矢。

“第十三点，信息调研。知己知彼，百战不殆。这是贯穿整个商战的宗旨。相对而言，知己较为容易，而知彼则相当困难。如果没有通畅的渠道和有效的手段，对市场和竞争对手的情况不能确定掌握分析，也就无从制定正确的战略战术。而掌握住信息攻略，正是知彼，正是了解市场、了解竞争对手最重要、最可靠的途径和手段。信息调研可怕之处，还在于故意让错误的信息真实的让对手知道，引诱对手犯错误，而使自己占据有利位置。优秀的职业经理人，取得的市场业绩超过竞争对手，就在于做事之前，准确地掌握市场信息，制定市场策略。决不能道听途说，或所谓高人指点，也不能光用某些事件现象类比推测，更不可闭门造车，凭一时兴趣，而只能踏实地去侦测市场获得。”

叶紫羽一气呵成，极具煽动性地讲完他的“商战十三篇”。当他说完“谢谢”，走下讲台时，全场掌声雷动。

这次的主题演讲获得极大成功，不少人跑来找他交换名片。他志得意满，满脸堆欢的与行业的知名人士们应酬。忙乎了好久，才终于有了空闲时间。他走到大厅人少的地方，拿出手机，看见好几十条未读信息，除了几条工作方面的汇报之外，其余全是蝶儿发来的。叶紫羽心想什么事呢？怎么发这么多信息？他本来很高兴，想着跟蝶儿分享今天的成功，可看完信息后，不由心中一凉，喉咙像被棉花堵住了一般，半晌出不了声。蝶儿在信息上给他留了好长好长一段话：

昨天，我和他订婚了。就是以前跟你提起过的那个人，爸爸同事的儿子。今天，两家人一起送我们到香港，我们将在这里飞往英国。可这两天，我脑海中一直想到的，都是你。我有好多话想告诉你，但是没法亲口在你耳边述说了。

遇到你的时候，我还在芬芳的校园。那时我刚学会上网聊天，感觉好俗气，却又如此真实。其实，我骨子里一丁点都不文艺，也不优雅。只因为光阴太过舒适和空虚，所以才异想天开，要用远距离的爱情来构筑青春。

我的人生本该是一本平淡无奇的书，却无意中遇见你。而你，是一阵惊雷般的欢喜，为我推开别样的一扇窗，让我发现无限风光，满心荡漾。

于是我独自幻想，相爱自有相见时。到那时，一愿郎君千岁；二愿妾身常健；三愿如同梁上燕，岁岁长相思，一世亦欢颜。

后来，我们真的见面了。走出单纯唯美的游戏，我怀着一丝不安和慌乱。结果沐浴在真实世界的阳光里，一切居然那么美好、那么激动人心。我怎能不庆幸自己的好运？

牵手漫步，江边拥抱。那些没有声音的画面时常在脑海回放。我愿变成一只蝴蝶，无忧无虑围绕在你身旁，让空气中的味道，永远散发出迷人的花香。

渐渐的，你在我心中的分量越来越重。

可渐渐的，我感觉你给我的关心始终还是那么一点点。

我们第三次见面（可能也是最后一次）的时候，我完全明白了你想建功立业的需求。你对爸爸和姐夫的身份地位很在意，你不想在世俗的评价中低过他们。哪怕在我眼里，你比他们都优秀。那次分别时，你抱紧了我，我也抱紧了你。当时的我在想：拥抱真是很奇妙，虽然两颗心靠得很近，却看不见对方的脸。我不记得在哪里看到过这句话了，很是喜欢，温暖又伤感。

你跟我讲过你那次不成功的初恋。那些点滴汇成巨浪，一直敲打着你心头的忧伤。我只恨君生我未生，为什么比你小了好几岁，让我无法在更早的时间遇上你。以至于你现在对爱的要求和付出，都跟以前不一样了。而我呢，我仿佛知道我要的爱情不能天长地久，但我却愿意将你挂在心头，迟迟舍不得忘怀。难道这是宿命吗？游戏里繁花凋零的世界，和你狭路相逢；现实中凛冽清新的冬日，暗自飞雪伤怀。有些岁月，如风吹过，如水流过，可是亲爱的，告诉我，我是否也是你曾经爱过的人？

我真的变成了蝴蝶，却是那只忧伤的蝶，一路独舞，你不曾望见，也不曾留意。你不会明白，你是我生命中最美丽的邂逅。但我知道，现在的你我，想要的，是不一样的。你经过了水乡，你走过了长桥，哪一处才是等待的终点？这已经不是游戏中，可以离开后重启的界面了。很多事情能够控制开场，却控制不了结局。

你说过陪我去挪威，看世界最深的大峡谷。如今，我要去了，和别人去。命运是何等的好笑，无论你说的还是我说的，要一同去的地方，居然都是我们各自前往。原来，真的是缘分不够。那些我们说过的话，都随风飘了去吧。

我知道你正在参加一场盛宴，我相信以你的才华和优秀，一定能在那里风光无限。今日阳光大好，我现在已经到达香港机场，就要登机飞去英国。亲爱的，祝愿我们都要幸福。遇见时，牵手而行；离开后，请记得我的微笑。

珍重。

珍重……

叶紫羽站在空旷的大厅角落，仰头向天，泪流满面。

偶尔走过的人看他一眼，都以为他在为自己成功的演讲喜极而泣。

三十三、鲜可以饱

圣诞节的前一天，叶紫羽独自去了香港。

在香港，圣诞节是法定节日，所以整个城市的节日气氛非常浓厚。叶紫羽怀着心事，在繁华的街道上漫步。他看到一棵棵巨型圣诞树承载着世界各地的祝福，在摩天大楼间闪耀着迷人的光彩。想起以前看过的香港影视剧里，年轻的恋人们在摩天轮下表白自己的爱意，接着深深一吻，然后携手走到广场上，将自己和恋人的同心锁牢牢锁在一起，为彼此的感情在将来回忆时，添上浪漫的一笔。他的脸上，不觉微微露出笑意。时间好快啊，转眼间，香港回归祖国都十年了。

叶紫羽登上香港市中心最高的观景台，在五光十色的光影世界里欣赏香港。从这里极目望去，可以 360 度鸟瞰香港最唯美的夜景。今晚，还会有绚丽的烟火擦亮维多利亚港湾的夜空，配合着千变万化的音乐声响与灯光效果，必定令人陶醉于这东方之珠璀璨夺目的圣诞景致。叶紫羽自然对这样的景致感到震撼难忘。只是难忘的同时，又莫名难受。此情此景，为什么偏偏还是他独自一人？

从观景台下来，容身于熙熙攘攘的街道，突然，一个小伙子走到叶紫羽跟前，张开双臂对他说了句什么。叶紫羽怀揣心事正在走神，没有听懂对方讲的粤语，他感到两人即将碰在一起时，下意识地一闪身，退后半步，侧身绕开了那青年男子，回头再看。只见对方站在原地，耸耸肩，露出一丝尴尬的笑容。叶紫羽正不明所以，一位漂亮的女孩又走上前，欢快地笑着向叶紫羽张开双臂。这次女孩口里说着不太标准的普通话，但叶紫羽听懂了。原来这里的年轻人在进行一个“圣诞夜免费抱抱”的活动，素不相识却有缘相见的陌生人，都是朋友抱一抱。这次叶紫羽没有躲闪，女孩上前抱住他，说了句英文“Merry Christmas”。叶紫羽一下被女孩的情绪感染了，他回到先前那个小伙子面前，给了他一个感激的拥抱，同样对他说了句“圣诞快乐”。小伙子笑容满面，拍拍他的肩背，回了一句“Merry Christmas”。

这时的街头，走过长长一段香港年轻人的队伍，他们有的人手中拿着“免费抱抱”的英文字样，看到路人，无论男女老少，都亲热地抱一抱，没有要求没有是非，只为相遇是缘。还有的人打扮成白衣天使的样子，唱着圣洁的赞歌，邀请着路人的参与。

终于，路人的情绪都被感染了，瞬间变得高涨，大家跟着年轻人唱起歌，跳起欢快的舞步，到处可见欢乐喜悦的人群。叶紫羽听懂了，也看懂了。歌声和舞步表达了一种无私的大爱：我们相信黑夜即将过去，我们相信光明终将来临。叶紫羽第一次体会到一种别样的迎接新年的美丽。

第二天一早，叶紫羽去了大屿山。他来香港，原本因为蝶儿从这里飞往英国，而他和蝶儿曾经约定过一起来这里游玩。

月初收到蝶儿离去前告别的短消息后，叶紫羽当时真想立刻乘飞机赶到香港。可他赶去能做什么呢？他有能让她留下的理由吗？他只能最后一次在游戏中留言给蝶儿：此去万里之外，珍重！愿你把幸福紧握在手里！

其实，他还想打上一句话：爱你，在我心里。

叶紫羽在大屿山的大佛脚下出神地望着大海，似乎想看清地球的另一面。他在佛前焚香祷告：功业难堪，生死何欢？运转周天，来生结缘。

人生，会有来生吗？

叶紫羽相信有。相信来生的那一天，他新婚后的第一个清晨，明媚的阳光照射到雪白的大床上，床上懒洋洋地躺着他和他美丽的妻子。先醒来的自己微笑着端详枕边的爱人，似乎永远看不够的样子。过了一会儿，妻子似乎感觉到丈夫注视的目光，身子轻轻动了动，眯着的眼睛缓缓睁开。看着慢慢醒转的妻子，他用手腕托着头，轻轻地在他耳边说了句：“早上好！”

从香港返回内地后，刚过海关，叶紫羽就接到薛浪的电话，问他电话怎么连着两天都打不通？叶紫羽说他去香港了，没开通国际漫游，自然打不通。

薛浪叨咕着说香港现在也不算国外了吧，还要什么国际漫游？叶紫羽懒得和他闲扯，问他要带点什么免税品不？薛浪笑嘻嘻地说不用，他此刻正在东城呢，和当地的代理商黄老板在一起。正说着，薛浪身边的黄老板已经接过电话，客气地对叶紫羽说道，听说他刚从香港回来，那是要经过东城的，一定要邀请他过来坐坐，吃顿便饭。

叶紫羽正要拒绝，想想明年的销售任务也该找黄老板沟通沟通了，于是谦让了几句，便答应前往。

黄老板立刻开车，同薛浪一起到车站迎接叶紫羽。见面后，大家亲热的寒暄几句，黄老板便引着二人去酒店吃饭。

等到了一处高档的酒店后，立刻有酒店的经理上前叫着黄老板的名字热情招呼，引着三人进入一处豪华包厢。看来黄老板已是这里的熟客了。

三人入席，酒菜已在极短的时间端了上来，叶紫羽不由赞叹这里的服务做得真好。黄老板却哈哈大笑几声，说这里的服务算得了什么？叶总难道不知本地的哪一项服务是全国做得最好最知名的？

叶紫羽不由一笑，他心里自然是知道的。东城这个地方，城市布局非常奇特，几乎找不到什么地方算市中心，因为每一个镇和开发区都是一个中心，而全市居然有三十多个五星级酒店，在全国地级市中，首屈一指。据说每个大星级酒店的娱乐中心，都有特别的服务，所以此地号称男人的天堂。

等酒过三巡，三人的交谈更是少不了这个话题了。黄老板说："本地的经济，是以制造业起家带动的，可现在制造业太不景气，不少生产企业纷纷倒闭。但东城市面上的繁华更胜昔日，仍然源源不断的吸引着外地来的打工者和消费者，这其中的奥妙，自然是人人心知肚明的，说穿了不就是个孔夫子老人家说的，食色性也嘛！"

黄老板倒是颇合叶紫羽的味口。他也有了三分酒意，感言道："东城这地方发展之初，被认为是很没品没文化的地方。本来嘛，这一片在古代向来被称为南蛮之地，谁知道改革开放后，经济实力甩了内地的历史文化名城一帽子远，那些有文化的气不过，但在经济挂帅的前提下，难免生出妒忌，只好祭起文化的大旗，故意贬损东城罢了。其实作为一个全新的城市，我倒觉得这里的文化细胞干净明快，没那么多老城沉淀下的糟粕。比如这里的人物特点相当鲜明，不管你来自哪个省份，到了这里要么是老板，要么是白领，要么是打工仔，还有良家妇女和所谓的失足妇女。你一眼看过去，基本一目了然。老板是老板，打工仔是打工仔，良家妇女自然是良家妇女了。"

黄老板听得哈哈大笑，举起酒杯说："叶总高见，来来来，敬您一杯。"

薛浪也听得高兴，说："制造业衰败，特殊服务业兴盛。女的来这里干特殊行业固然可以大把赚钱，男的机会就少多了。”

黄老板乘着酒兴道：“机会总是男女平等的。咱们这里的特殊服务业，号称具有统一的服务质量标准。这标准是要经过培训和实践的。可是拿什么来给这么多女的做培训道具和实践呢？这不还是需要男的嘛。这个工种的收入也相当可观啊。”

薛浪见他说得好笑，便道：“那岂不是说，做这个可以免费享受美女还有钱拿了？有这种好事，说得我都想辞职干这个去了。”

黄老板酒精上头，连连摆手乐道：“你可干不了这个。想象总是美好的，可现实总是残酷的。我认识一个开娱乐场所的老板就跟我说过，当初他去劳务市场物色了几个体魄强健的农村小伙子，带回公司把工作性质一说，小伙子们全瞪大了眼睛，天下还有这种好事？立刻答应了。可没干几个月，全跑得无影无踪。要知道这些小伙子从老家出来，个个龙精虎猛，做这份工作之前，身体棒得都像摔跤的；做了这份工作之后，那小样儿都像吸毒的。他们干这个工作之前，觉得自家祖坟上一定冒青烟了；等干了这个工作之后，恨不得立刻回家挖了自己祖坟。”

他这番话，逗得叶紫羽和薛浪捧腹大笑。叶紫羽想起很久以前，他离开申城时打过一个电话应聘“男公关”的事情，更加莞尔。

酒到酣处，黄老板搂着叶紫羽的肩膀，笑着说道：“叶总难得到我这里来一趟。东城闻名的这项特殊服务，不可以不试。酒店旁边的娱乐中心就有，兄弟做一回东，就请两位移步同往吧。”

叶紫羽心中一怔，本能地想开口拒绝，可半晌没开得了口。这种事情，他平常听人说道得多了，出差外地时，也曾有合作商做过此类邀请，他一律加以婉拒。在他内心深处，还是认为这是不道德的。可今天，他却觉得心中仿佛有一条虫子在爬，爬得浑身痒痒。又想到曾经属于自己的女人，现在只怕正在跟另一个男人卿卿我我，一种说不清道不明的怨气让他很想放纵自己一把。

薛浪自然会意，走过来扶起叶紫羽，跟着黄老板出了包厢。

楼下已经有娱乐中心的工作人员等候，殷勤的扶着他们进入会所，走到一个灯光昏暗的大房间内，在沙发上坐下，又有服务生端着清茶过来，放在三人面前。这时候，只见他们面前的射灯突然亮了一些，原来他们前面竟是一个小小的舞台。然后对面的木门打开，十余个衣着鲜艳的女子袅袅婷婷地走了进来，排成一排，齐齐地弯腰施礼，然后脆声说道：“欢迎老板光临，我们愿竭诚为您服务。”

这阵势倒把叶紫羽吓了一跳，他毕竟是头回来这种场合，有些手足无措，只觉得心跳加速，面红耳赤，浑身更似火炭一样。他只好装作酒醉犯迷糊，窝在沙发上一声不吭。黄老板很有经验地做了个请的手势，对叶紫羽说道：“叶总不必客气，这些都是他们这里价格最高的女孩子，您先挑一位吧。要是都不满意，叫她们的经理过来，再换一批。”

叶紫羽耷拉着眼皮，不敢搭话。薛浪瞧得明白，接过话道：“叶总喝多了，我来代他挑选一位。不过我们叶总是文章才子，他的眼光可不低呢。”

娱乐中心的经理赔笑道：“老板们放心好了，您可别小看了我们这的女孩。不是极品哪敢往老板们跟前现眼？”

说着，他指了指一名长发遮住了半边脸颊的高挑女子，说：“小雅，你走过来，让老板们仔细瞧瞧。”然后又低头附在叶紫羽耳边道：“这个是新来不久的，很漂亮，原先还是大学生呢，老板您看看满意不？”

女子穿着露肩的晚礼服，肌肤白嫩，步履优雅地走过来，正要开口，叶紫羽一抬头，两人刚好四目相对。叶紫羽双眼霎时瞪圆，他感觉自己的全身的血液都凝固了！天啊，这怎么可能？而面前的女子也神色大变，不由自主地用手掌捂住了嘴唇，吃惊不小。

站在叶紫羽面前的，竟然是他的高中同学柳溢雅！

叶紫羽的酒劲全醒了，他揉揉眼睛，怀疑自己是不是看错了？正要说话，却见柳溢雅眼中流露出恳求的神色，心中疑惑顿生，对那经理道：“就要她了。让她带我去房间吧。”转头又朝薛浪和黄老板二人道：“你们慢慢挑，我先进去了。”

黄老板还以为他迫不及待，哈哈一乐，挥挥手请他先走。叶紫羽拉着柳溢雅的手，随她走过一节长廊，进到一个房间。

刚进屋，叶紫羽立刻将房门反锁上，再仔细看着柳溢雅，只见她化着浓妆，却掩饰不住疲惫的倦色。虽然她勉强冲他一笑，神情却更是带着令人心疼的忧伤。

叶紫羽示意两人在沙发上坐下，也不吭声，等着柳溢雅说话。

终于，柳溢雅抬手轻轻擦了擦眼角的眼泪，跟叶紫羽讲述了原因。

原来，柳溢雅父亲的公司从事制造行业，前两年一直在扩大生产投资，不料制造业连续低迷，产品大量滞销，柳父损失惨重，追加的投资无法收回，便想在金融市场搏一搏，挽回损失。谁知这一步更是错上加错，从今年下半年起，国际金融市场就状况不断。到年底，西方各国已有多个投资及基金公司倒闭，这一现象很快席卷全球，被称为次贷危机，各国失业率上升，连累中国的经济增长也都放缓，国际上的金融风暴隐隐已现端倪。柳溢雅的父亲这时候进入金融市场真不是时候，金融市场的亏损和制造业比起来，更是个无底洞。很快，柳家的公司破产，还欠下巨额债务。

叶紫羽听到这里，忍不住插嘴："难道就因为这个，你来做这行还债?"

柳溢雅苦笑一下："债倒不用我来还。可是我妈妈受到很大刺激，一下病倒了。她本来就有先天性心脏病，身体一直不太好。送到医院诊断后，医生说妈妈的病情复杂，需要做开胸手术，这又需要一笔数目不小的费用。但家里还欠着银行的钱，俗话说救急不救穷，哪里还有人敢借钱给我们？所以，所以我一时慌乱，病急乱投医，问到以前一个大学同学的姐姐在这边做这类似事情，想想这个挣钱快，咬咬牙就来了。"

叶紫羽满嘴苦涩，问她："你、你来这多久了?"

柳溢雅又擦了擦泪："今天是第三天。想不到，偏偏就遇上你了。"

叶紫羽暗叹一声："要是你第一天就遇上我，该有多好。"

他伸出手去，握住了柳溢雅的手，坚定地对她说："你妈妈手术费的问题，我来和你一起想办法。我想这件事，同学们都愿意帮助你的。这里不是你该待的地方。我想说，不管你信不信，这是我第一次来这种地方，想不到就遇见你。这一定是上天的意思，上天都希望我们不要在这里越陷越深。所以现在，你必须跟我走。"

跟你走？柳溢雅愣住了。叶紫羽紧了紧她的手，低头思索了一下，拿出电话，打给黄老板。黄老板很快接听了，正要问叶紫羽对服务满不满意，却听叶紫羽语气沉重地要立即找他商量事情，便告诉了叶紫羽房间号，请他过去。

叶紫羽让柳溢雅在房间稍候，自己出去找黄老板。他到了对方房间，只见黄老板穿着睡衣，正惬意地抽着烟，挥手叫一个女子出去，想是正享受完服务。

等那女子出去后，叶紫羽急忙告诉黄老板，先前自己叫的那个女子是竟然是自己家乡的邻居，因为缺钱一时心急，刚做了这行。现在他要带她走，问黄老板该怎么办?

黄老板听了，也是一愣，世上居然有这么巧的事?

叶紫羽心想这件事一定要他帮忙，又出言相求。黄老板却说："现在是文明社会，做这样的事情虽然违法，但都是你情我愿的。要是不想干了，随时可以走。只不过那女的要是现在就走的话，她之前的工作就算白干了，一分钱都拿不到。"

叶紫羽一听，顿时心宽。暗想这时候哪里还稀罕这些？便说道："那就好。那些钱没什么好拿的，我先带她走了。后面的事情，麻烦您去跟他们老板交涉一下吧。"

黄老板说："这倒是小事一桩，这家店的老板我认识的。你带那女的出去吧，我现在就找她们老板聊聊。"

叶紫羽连忙道谢，然后回到先前的房间，见柳溢雅还在里面暗自垂泪。他上前柔声安慰道："我们可以走了，你住在哪里的？有什么要收拾的吗？"

柳溢雅犹豫了一下说："我住宿舍的，就在旁边一幢楼里。有些换洗衣服，也没其他东西了。"

叶紫羽道："那回去收拾一下，今晚你就先跟我回惠城吧。"他见柳溢雅神情犹疑，又宽慰道："你妈妈的事情，你尽可放心，回头一定能想到办法解决的。"

柳溢雅终于展颜一笑，点点头道："那我先换身衣服，然后回去收拾一下，你在停车场等我吧。"

叶紫羽却道："我陪你一起去宿舍。"

柳溢雅想想后，点了点头。然后她走进洗手间换衣服。

洗手间是用玻璃隔开的，虽然贴了窗纸遮挡视线，但仍然透光。柳溢雅进去后，脱掉身上的晚礼服，换上T恤衫。叶紫羽隔着玻璃在外面见到她隐隐约约的身材和举止，不觉竟怦然心动。

两人刚下楼，叶紫羽接到黄老板的电话，说他和这里的老板说好了，可以走人，还可以退还先前交的押金。叶紫羽连声道谢，陪着柳溢雅去宿舍收拾完行李物品，再去停车场，黄老板和薛浪已经等候在这里。

黄老板提出自己开车送叶紫羽回惠城，叶紫羽只想快点离开这里，便不拒绝，躬身表示有劳对方了。薛浪说他在这里还有工作没完成，今天不回惠城，让叶紫羽先回。

叶紫羽知道薛浪是怕柳溢雅尴尬，感激地朝他点点头。

个把钟头后，车已到叶紫羽住的公寓楼下。叶紫羽再三向黄老板表示感谢，又目送他开车离去。才对柳溢雅说："今晚你就先在我这里休息吧。"

上了楼，叶紫羽不好意思地对柳溢雅说："我住的房间也很小，只有一室一厅。我把床单换换，今晚你睡卧室，我睡客厅的沙发。"

柳溢雅哪里肯听，硬要自己睡沙发，让叶紫羽睡床。可她哪里争得过叶紫羽。等两人又一阵忙碌，把房间都收拾好后，却毫无睡意。叶紫羽觉得今晚的事情跟做梦一样，他对柳溢雅说："你饿吗，要不我们去楼下吃宵夜?"

柳溢雅笑笑说："我还真感觉有点饿了呢。"

于是两人下楼，在叶紫羽常去的大排档点了东西，面对面坐下。叶紫羽此时的神态已完全恢复正常，仿佛根本没有发生东城这件事一样。他问柳溢雅："我记得你的大学就是在这座城市读的，离这儿不远呢。"

柳溢雅说："是啊，上学的时候我还来过这里。记得那时候，我给你写过信，想不到你会到惠城工作。"

叶紫羽笑道："当初你考上这里的学校，可羡慕死我了。都不明白平常也没见着你怎么刻苦学习啊，怎么考试成绩就那么好?"

柳溢雅先是想乐，可接着却又想哭，黯然道："还提这些做什么?"

叶紫羽道："有些事情，过去就过去了，其实不必太介意的。书上常说一句话，上帝在为你关上一扇门的同时，也会为你打开一扇窗。我现在想说，当我们面前的门被关上时，也没有必要太过慌张。你妈妈手术的费用，前后一百万差不多了吧。我工作这么些年，有一些存款，先借给你。回头回去锦城，再找陆禹皓他们帮帮忙，他们一定会很乐意帮助你的。这件事你就放宽心吧。"

柳溢雅听他这么一说，感动得泪水一下流了出来。她开始懊悔自己的冲动了，自己居然去做了那种事，现在被叶紫羽撞见，今后怎么面对同学们？想到这，她不由面生惭色。

叶紫羽知道她的心思。他管服务员要了一瓶啤酒，满满倒上两杯，自己端起一杯，另一杯递到柳溢雅手中，将两人的杯子碰在一起，郑重地说道："无论以前、现在，还是今后，我们都是好同学，好朋友。你仍然是我们羡慕、喜欢的班花。那些不愉快的事情，可能真的只是一场梦呢，我们总不能被噩梦吓倒吧？所以我们要多发掘现实生活中的美好。我们干了这杯酒，忘掉做过的噩梦。"

柳溢雅终于被他的豪情带动，情绪变得好转。两人开始谈论起这些年各自有联系的同学们的变化，回忆起当年在学校的趣事，不禁哈哈大笑。两人越聊越起劲，叶紫羽闹着要给陆禹皓打电话。柳溢雅阻止他说这么晚了，别去打扰别人。叶紫羽不听，说骚扰骚扰陆禹皓算什么，再说这小子现在肯定盯着美国股市没睡觉呢。

果然，他电话一拨通，陆禹皓立刻就接听了。不过陆禹皓开口便骂："你又在哪儿风流快活呢，这么晚不睡，跑来打扰我工作。"

叶紫羽回嘴道："你这算哪门子工作？谁让你去盯什么纳斯达克了，那不是你自己愿意的吗？既然是自愿的，那不就是享受吗？你吵吵个啥？得了便宜卖乖。"

陆禹皓笑骂道："好吧，就算我在享受好了，你跑来打扰我享受干嘛？"

叶紫羽道："你先前还真说对了，我现在就是快活得不得了，你知道我正和谁在一起喝酒吗？"

陆禹皓道："谁啊？美女？"

叶紫羽道："是啊，大美女一枚，你认识的。"

陆禹皓奇怪道："我认识的？在惠城吗？那能有谁？"

叶紫羽道："就是你当初暗恋过，整天有事没事跟在人家屁股后头献殷勤的。"

陆禹皓一听急了："你可别瞎说啊，我老婆就在旁边躺着呢。再说我哪有暗恋谁？跟在人家屁股后面献殷勤的都是你吧！"

叶紫羽道："你就栽赃吧，我给谁献过殷勤了？你怕老婆也不能说瞎话呀。"

陆禹皓不屑道："别不承认了，小雅啊、妍希啊，只要你一见到，不都跟在人家屁股后面流口水吗？你那色眯眯的熊样儿，大伙儿全看在眼里呢。"

叶紫羽哈哈大笑："你算说对了，现在就让你听听这位美女是谁，看你妒忌不？"

柳溢雅听他这么一说，接过电话，笑着说道："陆禹皓，我可没得罪过你们啊，你们别没事儿就老拿我开心好吧？"

陆禹皓吃了一惊，然后笑道："小雅，你真在惠城啊？那你可得好好让叶紫羽这小气鬼请你大吃几顿。不能轻易放过了他。"

柳溢雅连连点头，表示一定做到。三个昔日的同窗好友这么一闹腾，柳溢雅的心情总算真正好转了些。叶紫羽告诉陆禹皓，过两天，他们都会回锦城，到时再聚聚。挂上电话，他看看时间，真不早了，于是二人回到房间，各自休息。

第二天，叶紫羽去了公司，处理完日常事务后，他找到简逸，说马上到元旦了，没什么事的话，他想提前回锦城过节。简逸自然答应。下午，叶紫羽去了趟银行，把自己的活期定期等各类存款全部集中到一张卡上，才返回住处。

走进房间，他不由眼前一亮，柳溢雅把他搞得又脏又乱的寓所收拾得明窗净几，纤尘不染。积累了起码半个月的脏衣服也全部洗了，整整齐齐地晾在阳台上。叶紫羽挠挠鼻子，颇为不好意思地向柳溢雅道谢。柳溢雅表示这算什么，举手之劳。

然后，两人仍然下楼吃饭。其间，叶紫羽将银行卡递给柳溢雅，说："不好意思，我工作这么多年，也没存下什么钱，这里有 46 万，你先拿着，其他的，等回锦城再找同学朋友想想办法。"

柳溢雅本能地要推辞，叶紫羽已将银行卡硬塞在她手中，轻轻将密码告诉了她。柳溢雅一听，又吃了一惊："这密码怎么会是我的生日？"

叶紫羽笑道："今天去银行的时候，我就顺便把密码改成了你的生日。我想这样你该没法找借口，说你记不住这张卡的密码了吧。"

感激的话，柳溢雅已说不出口。其实她很想问：你怎么记得我的生日？可她又觉得无需再问。

好长时间，他们没有交谈，柳溢雅默默地吃着饭，想着心事。叶紫羽也不打扰她，他自己倒是挺自在，独自喝了两瓶啤酒，略有些醉意。

吃完饭往回走的时候，叶紫羽的手机短信声响起。他拿起一看，笑道："明天一早回锦城的票已经订妥，咱们一起走，我提前向公司请好了假。只可惜你把房间收拾得这么干净。这一回去，大半个月没人住，又要布满灰尘了。"

柳溢雅笑笑："那今天晚上可得把行李先收拾好。"

回去后，柳溢雅帮着叶紫羽收拾完行李。因为昨天睡得太晚，叶紫羽已经感到很困，忙完后，他酒意上头，赶紧冲了个澡，便躺在沙发上呼呼睡去。他这一觉睡得可香，还做了个美丽的梦。等他半夜觉得口渴，迷糊着从梦中醒来时，发现柳溢雅穿着轻柔的睡衣正趴在他怀中，柔软而丰满的身体紧紧地挨着他。

三十四、今夕何夕

回锦城后，叶紫羽和陆禹皓约在一个精致豪华的小酒馆中见面，这是两人认识十多年来头一回。叶紫羽觉得新鲜，问他怎么改性了，以前他从不去酒吧什么的。陆禹皓说，这里虽是酒吧，却很安静，比书吧还安静。他感觉在这里待待，能让思维变得特别活跃。

叶紫羽拿过餐牌看了看，吃了一惊。啧，这里的消费还真贵啊！他按便宜的点了几样食品，等服务员送上来一看，还真不错。尝一尝，味道好极了。他取笑陆禹皓："什么让思维变得活跃？不如说你就是学会奢侈和享受了。"

陆禹皓摆摆手："还真不是你说的那样。我确实感觉到这里可以放松来着，然后很多问题一想就豁然开朗。不然我问问你，你现在对股市是什么感觉?"

叶紫羽一听就大笑："我能有什么感觉，你知道我从来不碰股票，也不感兴趣。但是这一年，感觉周围的人都疯了。只要活在中国的人，想不关心股市都难啊。"

陆禹皓笑道："那谈谈你的看法。"

叶紫羽皱皱眉："这有什么好谈的，我还另有要紧的事情跟你商量呢。"

陆禹皓不允："先讲这个，讲完这个再说其他的。"

叶紫羽只好讲道："虽然股市从年初就开始猛涨，人人说起来都跟打鸡血似的。但我关注到股市的时候还是因为530事件，感觉太搞了。前几天还辟谣说不涨印花税，想不到几天后，财政部就在凌晨突然宣布上调三倍印花税。这下身边炒股的人个个都炸锅了，大盘急速下跌，个股腰斩，好不容易赚的钱全部砸了进去。然后是各种段子满天飞，大家都骂财政部跟大伙儿玩半夜鸡叫呢，还说这也算'五卅惨案'了吧。我听着都乐。你说我幸灾乐祸也成，反正我没炒股。”

陆禹皓也笑：“530 事件在我来看，是政府调控泡沫行为的一大败笔。相信今后没谁敢再这么蛮干了。”

叶紫羽道：“那你这轮亏钱了吗？”

陆禹皓点点头：“当然亏了，这种人为因素强行干预造成的后果，谁也没办法。但大盘降到 3000 多点的时候，我开始逐步加仓，到 6000 点顶峰的时候，总获利已经超过了 530 之前的收益。”

叶紫羽道：“我就是没搞明白，为什么国家强行调控，结果急跌一阵之后，反而让大盘指数更创新高？而且我看到最近很火的一个专家说，明年还有可能到 8000 点呢。”

陆禹皓说：“你考虑得很对。所以说，这个新高，其实是虚高。现在的点位，不是从新高已经跌落下来 1000 点左右了吗？还说什么到 8000 点，纯属无稽之谈。”

叶紫羽道：“那你怎么判断 530 之后会创新高？还敢加仓？”

陆禹皓容光焕发：“说了你也不懂。我从去年开始，就在进行一种数据分析，我把它称作‘量化模型’，现在还很不成熟。但股市几个大方向性指标已经能捕捉到，我是抱着实验的想法操作的，没想到一切顺利。”

叶紫羽的确不懂：“量化模型？是什么？”

陆禹皓道：“你可以把它理解为一种金融工具。你不炒股，很难向你解释。我只能给你打个比喻，惯性这个概念你懂的吧？”

叶紫羽点点头：“当然。”

陆禹皓又道：“物理学上讲，惯性是物体的一种固有属性，表现为物体对其运动状态变化的一种阻抗程度，质量是对物体惯性大小的量度。你想象一下，你射出去一支箭，不论你力气大小，这支箭都会在空中飞行一段距离，你的力气大，箭在空中飞行的距离就长；你的力气小，箭在空中飞行的距离就短。但无论力气大小，在你射出这支箭后，它在空中飞行的那段距离，靠的就是惯性。因为这时没有任何助力作用到箭上，只有空气的阻力。而当阻力越来越大时，箭就会掉落地上。我的这个量化模型，就好比是以力气大小为依据，分析箭飞出去的这段距离会有多长？如果针对不同力气射出的箭，量化出标准的飞行距离。就好比一只股票，在它上涨的势头当中，量化出具体的点数上涨区间，那么我在这个点数区间内买进和卖出，不就能稳赚了吗？”

叶紫羽思索了一下："这个道理我有点儿懂，但我听人讲，中国股市，忽涨忽跌，你这能用得上吗？"

陆禹皓道："正是考虑了人为因素，所以才用上惯性这个理论啊。不管这只股票再怎么忽涨忽跌，都在我量化的区间之内，我取其中一节，只要做到精确，就是立于不败之地。好比你力气再小，拉弓射出去的箭也能朝前飞行一段距离。不会说你刚射出去，它立刻就朝反方向飞来。除非……"

叶紫羽一摆手打断他："我懂了。除非你刚射出去，迎面就刮来一阵10级台风，这支箭立刻就会被挡回来。但这种可能性毕竟很微乎其微，像这次国家涨印花税的手段。所以除去这种极端因素，你这个量化模型现在成功了，就能百试不爽。"

陆禹皓道："差得远呢，现在哪里谈得上成功，只不过才把握了很粗犷的一些指标。好比在牛市里，人人都能赚钱，不值一提。要是在熊市的时候，我能根据量化模型精确分析出数据买进卖出，那才是真成功，真牛叉呢！"

叶紫羽大喜："我都被你说兴奋了。我觉得我应该去开个炒股账户了。"

陆禹皓大笑："你早就该去开户了。好吧，现在说说你找我商量什么事吧？"

叶紫羽见他问起，神色一敛，把柳溢雅家中发生的事情原原本本讲给了陆禹皓听，只是略去了他在东城偶然遇见柳溢雅的那一段。

陆禹皓听完，叹了一声："这个忙咱们一定得帮，可惜她父亲去做金融投资，真该先来问问我才对。"

叶紫羽同他逗趣："我们哪知道同学中还隐藏着你这个金融天才啊。说什么我下周也要去把炒股的账户开了。"

陆禹皓笑道："你借了多少钱给小雅？"

叶紫羽道："我只有40多万，全借给她了。"

陆禹皓惊讶道："40多万？不少了啊。你真大方，没见你对我这么大方呢？典型的重色轻友。"

叶紫羽下巴一扬："拉倒吧，你都土财主了，还在乎我这点儿。"

陆禹皓得意扬扬："算你说对了，我还真就是土财主呢。小雅妈妈的手术费差多少？让她别找其他人借了，剩下的都由我借给她吧。"

这回轮到叶紫羽惊讶了："你这么大方，这些子儿对你来说不都能下崽的吗？你不放到股市里钱生钱了？"

陆禹皓咂咂嘴："新年的股市行情，我不看好。所以我基本已经清仓了，来年我只会保持最低仓位。多余的现金全部取出来。刚才你也讲到，那什么狗屁专家，其实他预测的明年大盘指数是在 2000 点至 8000 点之间，有这么预测的吗？他还不如说大盘指数会在 1 到 10000 点之间呢，肯定百分之百正确。那帮傻媒体还帮着吹捧这人，也不睁开眼看看，昨天收盘的指数是 5261 点，要是能涨到 8000 点，这中间的收益比接近 35%，现在这种经济形式下，还做梦娶媳妇儿，尽想好事呢？这人顶着经济学家的名头一忽悠，招致多少散户跟进。而要是大盘真跌到 2000 点的话，中间的损失那就是百分之七十、甚至八十。一百万进去，几天工夫变成十万八万出来，好比你买一辆奥迪车，交完钱人家给你一辆奥托，这是个什么事儿？想一想都能猜到，那时候不知该有多少人哭着喊着要跳楼了。"

叶紫羽被他的比喻逗乐："这么说你全部套现了，那太好了。明天约小雅出来喝茶吧。不过我就不参加了，你单独约她，不然我怕她心理负担太重。"

陆禹皓神秘兮兮地盯着他："你怎么这么关心小雅？你是不是在追人家？"

叶紫羽心中一动："我要真是追她，你这钱就别给她了，直接给我得了。"

陆禹皓不以为然："你追她又有什么不可以？咱们高中同学里，没结婚没对象的，大概也就剩你们俩了吧。何况小雅论长相论人品，也不比你在大学里要死要活，追着满世界跑的那位差吧？"

叶紫羽不耐道："没事儿你提她干嘛？小雅当然不差，我这不是觉得配不上人家嘛。你也就别瞎操心了。"

他见陆禹皓还要说什么，连忙摆手阻止。就在这时，他无意中看到酒馆中厅对面的一桌客人，脸色变了变。

陆禹皓见他神态有异，不解地问他怎么了？

叶紫羽还是紧盯着对面的客人看，口里应道："奇了怪了？今天是什么日子？"

陆禹皓嘲弄道："能是什么日子？北风那个吹，雪花那个飘，再过两天又是元旦了。不过今年奇怪得很，北方不下雪，南方下大雪，你是高级白领，还能坐飞机回来，没看新闻报道说，从南方回内陆的铁路公路都因为大雪中断了吗，多少人因为雪灾困在路上挨饿受冻，太不可思议了。"

叶紫羽还在喃喃道："是不可思议。天气不可思议，事情不可思议。我怎么也尽遇上不可思议的老朋友呢？"

陆禹皓没听懂他的话，顺着他的目光看去，只见对面的座位上坐着两位青年女子，正交谈着什么事情，面相很陌生。他问叶紫羽："什么老朋友？你认识她们?"

叶紫羽反问道："右边长发穿风衣的那位，你不认识吗?"

陆禹皓听他这么一说，又转头仔细看了看，还是不认识。

叶紫羽提醒他道："你还记得高三的时候，我们去市教育学院参加历史讲座的事吗?"

陆禹皓想了想："勉强有些记得，不过这跟她们有什么关系?"

叶紫羽的神情变得激动："你是认不得了。但如果我没认错的话，她一定就是当年一起听讲座的那个女生——杨婉清!"

杨婉清？这个名字一出口，陆禹皓立刻想起了。他又转头看过去，说道："如果真是她的话，那实在太巧了。"

叶紫羽轻叹一声："人生何处不相逢呢。"

两人看着对座的人议论不已，终于引起对方的注意。穿风衣的女子也朝他们这边看了过来。脸上的表情突然一怔，然后略低下头，似在回忆什么。终于，女子重新抬起头，朝着叶紫羽笑了。她的笑容，还是像鲜花般灿烂。

叶紫羽也朝她笑了。然后，女子站起身，风姿绰约地朝他走来。叶紫羽也站起身，等对方走到身边时，他微笑着叫了声："婉清?"

女子伸出右手："叶紫羽！你还记得我？我太高兴了！我们有十几年没见了吧?"

叶紫羽握住她的手道："准确地说，是十三年零五个月。"

杨婉清调皮地伸伸舌头："十三年，好夸张。不过，我还是准确地认出了你。"

叶紫羽道："谢谢你还认得我，很高兴再见到你。"

杨婉清突然好笑："我当然认得你。这么些年，其实我时常想起，那个夏天，像只兔子一样跑掉的大男孩，是被谁吓成了惊弓之鸟？从此再也不敢上门?"

叶紫羽哈哈大笑，多年前那一幕，清晰无比地印入脑海。

陆禹皓这时也站起来，笑着说："我还有事，不如我先走了，你们再聊会儿?"

杨婉清这才注意到陆禹皓，她朝他一笑，落落大方的向他伸出手，说声

“您好”。又向叶紫羽问道：“这位是你的朋友？”

叶紫羽还未回答。陆禹皓已笑着说道：“我是他的朋友，也是他的同学。我知道你叫杨婉清。曾经我们也曾并排坐在一间教室里听历史讲座，只不过——”他指了指叶紫羽，继续说道：“当时我们中间隔着一个位置，坐着他。所以你并不认识我。”

陆禹皓的话再次勾起三人的回忆，他们同时大笑。杨婉清说：“今天真是好巧，不如你们等等我，那边坐的是我的客户，我们很快就完事了。然后我们再聊好吗？”

陆禹皓笑道：“我是真有事要先走一步了，还是你们聊吧。”

杨婉清明亮的目光望向叶紫羽。叶紫羽想了想，点点头。于是，杨婉清先回到自己座位上去了。陆禹皓朝叶紫羽挤挤眼，先行告辞。叶紫羽叮嘱他别忘了柳溢雅的事，陆禹皓叫他放心，他明天就约柳溢雅把事情办了。

叶紫羽独自坐在座位上等候杨婉清。透过大大的落地窗向外看去，天空在此时突然变得灰暗，像要落雪。街上起风了，往来的行人都捂紧了大衣或围巾，脚步匆匆。他在室内，却感到无比的温馨和温暖。

不多时，杨婉清已经谈完事情，笑意盈盈地走过来，在他对面坐下。她问叶紫羽：“你在想什么？”

叶紫羽脑海中浮现的，是十三年前，他和杨婉清第一次见面时的对答。杨婉清见他不回答自己，嫣然一笑，也望向窗外，轻轻说道：“今夕何夕，见此邂逅？”

叶紫羽笑了，他回过神，应道：“昔我往矣，杨柳依依；今我来思，雨雪霏霏。转眼过去这么多年，你都在哪里，做什么呢？”

杨婉清知他有此一问，其实她也有同样的好奇。她告诉叶紫羽，她当年的第一目标如愿以偿，大学毕业后，她分配去了当地一家著名的律师事务所上班。又一年，通过了国家司法考试。再实习一年，拿到了正式的律师执照。然后，她回到锦城工作。慢慢地，在律师界也小有名气。接着，她出国深造，算起来，已经在国外待了四年。这次回来，半是探亲，半是工作。刚才和她坐一起的，就是想她帮忙解决一桩跨国纠纷的客户。

杨婉清几句便讲完自己这么多年的工作经历，清晰而有条理。然后她望着叶紫羽，想听听他这么多年的情况。叶紫羽却没有讲述，而是继续追问道：

“那你现在是中国人，还是外国人？还和当初的男朋友在一起吗？有小孩了吗？”

杨婉清笑道：“你总是喜欢打破砂锅问到底。我还是中国人，只是拿了澳洲的绿卡。当初我跟你说起过的男朋友，在我们大学毕业后分手了。后来嘛，在工作当中，也交往过两个男朋友，但都没有成功。这些年在国外，工作压力比较大。还顾不上考婚姻。所以呢，也就没有小孩子啦。OK，该说说你的情况了吧？”

叶紫羽想了想，皱皱眉头不知该从何说起。他这些年，生活的城市换了好几个，工作也换了好几份，可不像杨婉清这么清晰有条理。他只好说自己毕业后四处游荡，最后在惠城安定下来，一直从事着化妆品行业的工作。没出过国，但一直想出国来着。可惜英文单词又记不得几个了。

杨婉清被他逗乐了。她顿时想起当初她和叶紫羽用英文通信的事来着。她说：“那不用问我也知道你还是中国人了。其他的呢，有女朋友吗？结婚了吗？有小孩了吗？”

叶紫羽挠挠鼻子：“你倒不吃亏，我问你的，你全得问回来。女朋友谈过两个，不过现在都飞得无影无踪。所以呢，你后面的问题不用回答也都清楚了。”

杨婉清笑道：“其实我很感兴趣，你的女朋友都是什么样的？”

叶紫羽说：“这可难说清楚了。第一次分手的时候，我跟个祥林嫂似的，见谁都叨叨。但现在，这段感情在我心中已经很模糊了，仿佛那是别人的事情，而自己只是听说。至于第二段感情，不久前刚结束。因为起源于网络，更让我分不清是现实还是游戏。所以我还不想去触碰它，更不知道怎么形容。”

杨婉清表示理解，她不再追问。这时，天色已经完全暗了下来。她看了看时间，对叶紫羽说：“真想和你多聊聊，可是我哪里能想到今天会见到你。出来的时候，我答应过我妈回家陪她吃晚饭，想必她现在已经在等着我了。”

叶紫羽笑笑：“那你赶快回家吧，别让她等急了，你常年在国外，好不容易回来一趟，估计她也盼着你多陪陪她呢。”

杨婉清感激地看着他：“你真会体贴人。那么明天，你有空吗？”

叶紫羽微微一怔：“明天，有空啊。”

杨婉清道：“那你可否陪我去一趟苏桥博物馆？那里是展示我国商周时期本地文化发展的专题博物馆，今年才对外开放。我在国外看了报道，就想回来后亲身体验呢。”

苏桥博物馆？叶紫羽一听，笑了：“我也看过那里发掘出商周遗址的报道，你大概忘了当年我还在那里打过工吧？可惜我在那里撬动过很大一块石头，却没有发现这个宝贝。”

杨婉清掩口笑道：“怎么能忘？我还去那里的工地上找过你呢。”

说起这件往事，两人又是一乐，当即约定明天上午 10 点在博物馆门口碰面。

当天晚上回家，叶紫羽兴致盎然。他把放在床下的一个大箱子拖出来，里面放着他整个学生时代朋友们写来的信件，足足有几百封。其中就包括了和杨婉清的英文通信。他把这些信件翻出来，重新读着，看着当年稚嫩的语言，心中有种说不出的滋味。他想这些信件可都是好东西，太有纪念意义了。等他老了再拿出来读读，想必又是另外一种感受。可惜近些年来，网络越来越发达，人们都不再写信，全改用电子邮件了。愈是这样，这些青少年时期手写的信，就愈是珍贵。现在的学生都不会再有这样的记忆了。

第二天，叶紫羽按时到达博物馆，这一路的变化真大。当年这里还是一片田野，现在除了博物馆外，四周已是高楼林立。叶紫羽到达后，正在四处张望，就听到身后传来杨婉清的声音：“你是在寻找当年的记忆吗？”

叶紫羽转身看到她：“是啊，当年烟柳画桥，风帘翠幕；现在市列珠玑，户盈罗绮。以前的痕迹，一点也找不见了。”

杨婉清接着说道：“芳菲歇去何须恨，夏木阳阴正可人。如果还是一成不变，怎么体现这座城市正在飞速的发展呢？当然我们少年时留在这里的足迹，越来越难找到。故地重游，难免让人心中遗憾。”

感慨一番后，她招呼叶紫羽进了博物馆，两人边走边看，同时轻声地交流着。参观完主体陈列馆出来后，只见一条河流从园内流淌而过，叶紫羽眼睛一亮。杨婉清知他心思，打趣道：“想必这条河流之下，就是当初你劳动过的地方吧。”

叶紫羽哈哈大笑：“从这里上岸，不知是不是你来找我的遗址？”

杨婉清也笑了起来：“罢了罢了。请君莫奏前朝曲，听唱新翻杨柳枝。”

叶紫羽听她说到“杨柳”二字，突然心中一动，思绪飘到另一个人身上。杨婉清、柳溢雅，杨柳清雅。这两个是他少年时代爱慕过的女生。怎料事隔多年，他几乎同时与二人再次相会。不过当初，他在高考后几乎已向杨婉清表白，哪知竟是一场误会。想到这里，他默默地笑了。

杨婉清看见，问他在笑什么？叶紫羽答非所问："我想知道你现在对婚姻和感情是怎么看待的？"

杨婉清愣了愣："你问我自己？坦率地说，这几年我独自在国外工作生活，越来越少考虑到婚姻这回事，我想我可能越来越倾向于独身主义了。我觉得独身有很多好处，比如不用为家务问题与另一个人争吵之后达成什么协议，更不用对自己的行为做谨慎的解释。这样拥有的生活自由，更能充分放飞我在工作上的理想。"

叶紫羽点点头："你的话，让我觉得你真是我熟悉的人。"

杨婉清奇怪："为什么这么说？"

叶紫羽笑："因为在分别的这些年中，我偶尔想到你，就觉得你该是个女强人。"

杨婉清大笑："好吧，就算是吧。那么你呢，你现在也是孤家寡人，你怎么看待婚姻和感情的？"

叶紫羽摇摇头："我很困惑，说不清楚。"

杨婉清调侃道："困惑？那不如把你的手给我，我给你看看手相？"

叶紫羽诧异道："你做律师的，还懂看手相？"

杨婉清乐道："做律师的更要懂得察言观色。命理玄学，自然是要学上一学的。"

叶紫羽也乐了，伸出手去："好吧，烦请大师帮我看看吧。"

杨婉清点点头，一看他的掌纹，顿时笑开："难怪你会困惑，看你的感情线，真是个天生的多情先生啊。"

叶紫羽问："为什么这么说？"

杨婉清指着他手中的掌纹说道："你看你的这条感情线，末端有一条分线下垂，和你的理智线相交，这说明你在感情上就是比较纠结的一个人，虽然肯为他人着想，但考虑太多，行动迟缓。一般遇到喜欢的人，就会因为自身信心不足，容易让人捷足先登，最后自己又后悔不已，独自哀伤。"

叶紫羽被她说得一愣。杨婉清笑道："怎么了？小女子学艺不精，言语中要是有冒犯的地方，还请先生多多见谅。"

叶紫羽连连摇头："不不不，我觉得你说得很好，还请继续指点迷津。"

杨婉清又拿起他的手仔细端详："你的感情线前端上面有一条细线相伴，不仔细看不易发觉，这也可以视作姻缘线。说明命中真正属于你的人，其实早就相识并守在你身边，你却还不知道。"

叶紫羽心中又是一震，只听杨婉清的话语一字一句响彻耳畔："总观你的感情线，目前虽然不太顺利，但事在人为，转机很快就有。关键是你多半认为自己该勇往直前，去前方寻找自己最合适的人。而其实最合适你的人不在前面，她早就在你身边出现。但是她不会永远在那儿等待，所以你该抓住机会的时候，一定要抓住哦。"

叶紫羽听得激动，手掌一翻，用力地握了握杨婉清的手，感激地说道："太好了，我都不知道怎么谢你，你绝对堪称我生命中的女神。当年要不是你，我未必考得上大学。现在，你又教我认清了追寻爱的方向。"

杨婉清心思一动，连声娇笑："不敢当，不敢当。你这么说，我都不好意思了。"

叶紫羽内心纠结已久的疙瘩解开，他朗声大笑："明天我要去办一件大事，后天我再请你吃饭如何?"

杨婉清遗憾地摇摇头："可能这次没机会了。元旦节我和母亲要去趟山城探亲，然后直接飞回澳洲。"

叶紫羽道："这么说，今天别后，我们又将不知何时再见?"

杨婉清笑道："现在的通信工具这么发达，我想我们不会再十几年音讯难觅了吧。"

叶紫羽想想也是，笑着说："我一定去澳洲看你。"

杨婉清点点头："随时欢迎。"

叶紫羽开心道："昨天你突然讲到今夕何夕，见此邂逅，我当时就很感慨。你大概不会知道，很多年前，就是我们上一次分别后不久，我写过一首诗，名为《邂逅》，是送给你的。虽然一转眼间，十几年过去，这首诗的意境跟现在的情况也有点儿不搭了。但我还是想把它送给你，不知可否?"

杨婉清感动地说："我非常荣幸，也非常期待。"

于是，她听见叶紫羽极富磁性的声音朗诵开来：

你知道 我那不合时宜的礼貌与尊严
你也知道 我那不合时宜的胆小

那么你就应该明白
擦肩而过时我的无奈
我不想你在记忆中出现
却无法不让你在记忆中出现
那一瞬间的匆忙相向
那一永难释怀的优柔寡断
哪怕 能溶成两个字向你倾吐
再见 为了再见
心灵的一隅
让树荫下的天空灰暗
期待着重逢
幻相着重逢
却害怕重逢的表现
是不是依旧无奈
山泉没有了高亢
牧琴没有了悠扬
春天 竟然也落下了两片叶子

三十五、曷其有常

又一个新年的第一天到来。

叶紫羽少有的在节假日早起，满心欢喜地出了门。身处久违的故乡清晨，他略略盘算了下，自己少说也有十个年头没在锦城过元旦了吧。今天天气出奇的好，阳光明媚。太阳在这个城市的冬天可是稀罕物，所以市民们齐齐外出，挤满了各个公园、景点和南河两岸，露天下晒着太阳，喝着清茶，打着麻将，好不惬意。

昨天晚上，他接到陆禹皓的电话，说见过柳溢雅了，并且手术方面的费用已经解决，不是什么大事。叶紫羽表示感谢，倒引得陆禹皓猜想联翩。他说：“为什么你要表示感谢？我和小雅也是同学啊，我们俩的交情不见得比你差吧？要你充哪门子代表？”

叶紫羽不正面回答，却说：“你的女儿都满半岁了吧？”

陆禹皓莫名其妙：“怎么扯到这上面来了？我们家闺女儿时出生的你又不是不知道。”

叶紫羽说：“我是感叹呢。你说我们俩这关系，就算给下一代指腹为婚也不为过吧？可惜你家闺女都半岁了，我这还没着落呢。你说我要是现在结婚，生个儿子也得到年底了吧？整整比你家闺女小一岁半。说什么这小一辈也没法成亲了，只能让他们义结金兰了。”

陆禹皓听出了弦外之意，他说：“慢点慢点，你这话是什么意思？听你这么说，你是看中谁家小娘子了吧？”

叶紫羽道：“是啊，我准备明天一大早出门抢亲呢，你要不要保驾护航？”

陆禹皓来了兴趣：“少扯淡，你真打算表白了？快说是谁？是小雅吗？”

叶紫羽不禁脸上微微一红：“你觉得我们合适吗？”

陆禹皓大笑："合适，太合适了，为什么不合适？你早该这么做了。"

叶紫羽这才正经地告诉陆禹皓，他明早约了柳溢雅见面。

此刻，叶紫羽已到柳溢雅家楼下。柳家离他们高中校园不远。高中毕业时，他曾和同学们一起来玩过。这么多年过去，她还住在老地方。他给她发了信息。很快，柳溢雅从楼上下来。见到叶紫羽，她正要说感激的话，叶紫羽已对她说："等会儿我们先去趟学校，你记得那旁边有一家老字号面馆吗？再去尝尝他们刀削面的味道吧。上学时，我家离学校远，因为害怕迟到，我不吃早餐就出门了。大冬天的早上骑着单车，感觉好冷。等早自习后，跑来这个小面馆要一份刀削面，看着热气腾腾的大面锅，才有缓过劲儿的感觉。"

柳溢雅说："我也记得，那家店的味道不错，我以前也爱跟妍希她们一起去，我们还站在旁边看店里的大师傅削面呢。"

叶紫羽打趣她："干嘛看别人削面，怕他少给你两片啊？"

柳溢雅被他逗笑："是呀，所以每次他都多给我两片。"

叶紫羽故作醒悟状："难怪我那时觉得你挺胖。"

柳溢雅想想说："嗯，我那时是挺能吃的。"

叶紫羽撇撇嘴："岂止是能吃，还特懒。上体育课我们都跑圈儿，就你不跑，在旁边笑嘻嘻地看着。你家离学校这么近，你还老迟到，也没见被老师罚站。我们背后都特气愤，凭什么呀？就因为你长得漂亮，成绩好？"

柳溢雅直乐："瞎说，根本不是这样。我不跑圈儿和迟到没挨罚，都是因为我爸给老师写了请假条的。"

叶紫羽道："是哦，你爸就包庇你。"

柳溢雅又想笑，没笑出来。她想到父亲破产后，人一下显得老了好多，心中一疼。

叶紫羽见她神色有变，也收敛了笑容。两人走到学校门口，今天放假，大门紧锁，连个人影都没有。再看旁边的面馆，居然也没有营业，门口挂着个牌子，写着：元旦放假三天，假后照常营业。叶紫羽脸上露了悻悻之色。

柳溢雅望着他："你真的这么想吃这里的面条吗？"

叶紫羽仰头一笑："跟你逗着玩的。我其实想来缅怀一下过去。高中时代真的很幸福，可当时，我却那么浑浑噩噩，白白辜负了韶华时光。"

柳溢雅的思绪也被他带到过去，她回忆起自己的少女时代，也不禁面露笑容。

叶紫羽趁机问道："那个时候，你有暗恋的同学吗？"

柳溢雅不防他有此一问，脸上一红，然后摇了摇头。

叶紫羽却点点头："我想也是。那时候都别人暗恋你来着，你光挑人都费劲，哪还有工夫暗恋别人？"

柳溢雅终于又笑了："没有的事儿。你别光看我不跑圈儿。其实我功课抓得挺紧的，那时我特怕考不上大学。"说到这，她顿了顿，又问："你今天怎么老提高中的事儿？"

叶紫羽心想，你总算问到点儿上了。他看着柳溢雅，郑重其事地说："我约你来这里还有个目的。我是想告诉你，当年暗恋你的人当中，有我。"

柳溢雅"啊"了一声，没想到他会说这个，愣住了，不知该怎么答话了。叶紫羽又继续说道："那个时候我脸皮特薄，虽然有这意思，但自己想想都会害臊，更不敢跟别人讲了。虽然毕业后我们还见过面，我回回都装成很磊落的样子和你交谈，其实内心总是一阵扑腾。在那时，我有我的女朋友，你也有你的男朋友。本以为生活就这样了，我们各自都找到了各自的幸福。我没想过有一天，我们还能有这样的机会。现在我们的年纪都不小了，我不能再浪费机会。所以我想告诉你，我爱你！"

柳溢雅毫无心理准备，只觉得有一股凄涩酸苦的滋味从口中生出，塞满心头，堵得胸口发疼。她黯然摇了摇头："我不配别人的爱。东城的事情，你是知道的。"

叶紫羽柔声道："你不必老有这个心理负担。我能够想象到，你家里突然发生这么大的变故，连原本亲近的亲戚朋友都避之不及时，你一个女孩子，情急之下会有多么恐慌。为了母亲，你当然可以牺牲自己的一切。但那件事只是一个噩梦，就算很恐怖，可我们必定会从梦中醒来。所以你不要再去理会它了。"

柳溢雅久久不语，半晌，还是叹了口气说："我们都过了三十岁，我已经不再是单纯的女中学生了，你不能再把我停留在你学生时代的记忆里。我很感谢你的帮助，但我真的不配有你的爱。"

叶紫羽说："为什么不配？这种想法好蠢，我就吃过这种想法的亏，害人害己。"

柳溢雅不明白他的话。叶紫羽也不隐瞒，向她讲述了蝶儿的故事。

柳溢雅静静地听完，还是默然不语。

叶紫羽不由急了，嚷道："那好吧，上高中的时候，我偷偷地喜欢你。可我不敢让任何人知道，更不敢让你知道，就是因为我觉得配不上你。你这么漂亮，学习成绩比我好，家庭条件也比我好。要是传出去，别人不得说我癞蛤蟆想吃天鹅肉？现在倒好，什么都反了，你又觉得配不上我了。既然你觉得配不上我，我也觉得配不上你，反过来想，岂不是说明我们天生一对，正好相配？"

柳溢雅都被他绕晕了，感觉自己站不稳了。叶紫羽趁机扶住她，在她耳边说道："我们结婚吧！"

柳溢雅浑身一颤，又被他的话语惊呆，叶紫羽却趁势把她拉入怀中。

今天来此，叶紫羽早有充分准备。他竟然从口袋里掏出一枚钻戒，不由分说套在柳溢雅的无名指上，又牵起她的手，轻轻在她耳边呢喃道："我知道，回锦城的前一天晚上，我们已经有过了，不是吗？我希望这一生，我们都能永远那样相拥到老。"

柳溢雅泪流满面。不知是不是幸福来得太突然。但她能够把握，她不会拒绝了。她的手臂环紧在叶紫羽腰间。叶紫羽也紧紧将她抱住，心中欢乐无限。突然，柳溢雅仰起头，含着泪、带着笑对叶紫羽说："不管你信不信，我要告诉你一个秘密。中学时代，其实我也暗恋过一个人，他就是你。"

叶紫羽欣喜若狂，他控制不住自己的情绪，口中胡言乱语道："昨夕何夕，见此邂逅？今夕何夕，有此良人！"柳溢雅不明白他在说什么，叶紫羽笑着说："我太高兴了。前一句，送给一位老朋友。那是一个神奇的人，每次遇见她后，我就会有好运。比如这次，她说爱我的人早就在我身边出现，我应该抓住。你看，今天我就拥有了你。后一句，当然是送给你的，我当真高兴得快要晕了，我亲爱的人！"

陆禹皓是第一个知道叶紫羽和柳溢雅正式恋爱的人，紧接着，原先班里的同学几乎都知道了。可惜的是，时间太仓促，没法请大家聚聚。元旦假期已经结束，叶紫羽得赶回公司上班了。好在要不了多久就到春节，那时再约大家也行。叶紫羽告诉柳溢雅，这段时间，她就好好在家照看母亲，等他春节再回来，两人就去把结婚证领了。

回到惠城，叶紫羽还想，应该把自己准备结婚的事告诉简逸，也免得他和安梓汐老操心为自己介绍女朋友了。

新年第一天上班，办公室还充满着节日的气氛。叶紫羽也是满心欢喜地走进公司，一路微笑着和同事们问好。刚进办公室，就接到简逸的电话，让他到会议室开高层会议。叶紫羽答应，随即去到会议室。走进一看，却只有简逸一个人在内。他笑着问："怎么回事，其他人呢？过个节把大家都过懒了？"

简逸摇摇头，面色沉重地说："其他人我通知他们一个小时后到，我有事想单独和你先商量下。"

叶紫羽到他对面坐下，等着简逸说话。简逸却又沉默了半天，才难以启齿地说道："最近总公司遇至资金周转上的问题，我想先从彩妆公司抽调部分资金。另外，新一年整个公司的营销费用，可能需要重做。因为要缩减预算。"

叶紫羽愣了一下，说："我们这个项目的发展势头是很不错，但未来几年，肯定还有更大的发展，如果没有特别的需求，我希望现在还能继续在这个板块加大投入。我可以断定，五年后我们将获取比现在高出十倍的业绩和利润。"

简逸点点头，但还是说："我完全认同你讲的，但现在我父亲那边真的遇上困难了，请你支持我。"

叶紫羽听他这么说，便不再坚持，说："那就按你的意见办吧。"

简逸看着他，说："谢谢。我打算抽调的资金，大概会是这个数。"他一面说着，一面拿笔在本子上写了个数字，递给叶紫羽。

叶紫羽一看笑了，着实吃惊不小。他盯着简逸，用戏谑的口吻说道："大哥啊，如果抽走这么大笔资金，别说明年的发展了，要保持今年的业绩都不太可能。我们是做化妆品，又不是做毒品。哪有这种一本万利的可能？"

简逸说；"这是总部的决定。"

叶紫羽说："我不清楚总部的动向，但我想你能明白，我们经营的这个项目，是个朝阳行业，比传统的制造业强多了。总部为什么不在这一块加大扶持，反而要挪用资金，你告诉我还有什么更好的项目？"

简逸说："这个你就不必问了，反正已经势在必行。"

叶紫羽脸色发青："那你还假惺惺找我商量什么？你这么说，是逼我辞职了？"

简逸也生气了："你要这么说，随你怎么想。"

叶紫羽一语顿塞，闷了一口气，道："那好吧。会议我不参加了，你们爱怎么决定就怎么决定吧。"说完，他转身甩门走出了会议室。

回到自己办公室，叶紫羽把门反锁，独自在里面生闷气。两人自大学相识，关系一直不错。这两年在工作中并肩战斗，更是相得益彰。谁料他今天居然来这一手。叶紫羽从锦城回来，心情一直很好。他还想着告诉简逸他准备结婚的事，哪知道会上演这么一出。助理小霞过来敲门，他隔着门告诉她，自己要静一静，别让人来打扰到他，电话也别转接进来。小霞和他同事多年，还没见他发过这么大脾气，伸伸舌头，回到自己座位上。随后有人来找叶紫羽签字报销，都被小霞挡住了。

叶紫羽在房间不出来，也没有敢进去打扰他。约半个来小时，他的手机响了。叶紫羽本来也不打算接，可一瞅来电显示，居然是安梓汐打来的。他犹豫了一下，接起电话。

安梓汐在电话中笑着问他："听说你回来了？在办公室吗?"

叶紫羽说是。安梓汐又说："我现在就在办公楼下的咖啡厅，下来饮杯咖啡如何?"

叶紫羽知道安梓汐约他，准是知道了他刚才和简逸争吵的事，他没法拒绝，答应五分钟后下去。

安梓汐特意选了个隐蔽安静的位置等着叶紫羽。见他过来，笑一笑，倒直言不讳："听人说早上你和简逸争吵了?"

叶紫羽也笑笑："你收风收得真快。公司的运营状况你都是清楚的，总部突然抽调走这么大批资金，我怕供应链会成问题，我们对供应商的结款周期必然要拖长，这样一来，资质出众的供应商未必会答应，而其他的供应商也会担忧。一旦发生点风吹草动，就会引起不必要的麻烦。"

安梓汐悄悄叹口气："你说的这些我都懂，我想简逸也明白的。"

叶紫羽又来气了："就因为他明白，还要这么做，我才更生气。"

安梓汐说："他没跟你解释原因?"

叶紫羽道："没有。"

安梓汐说："他其实是内心有愧，因为他知道你在这里付出了多少心血。所以他用蛮横无理来给自己壮胆。"

叶紫羽听她这么说，倒不由一笑："你们真是恩爱夫妻，这么了解你老公。"

安梓汐眼中泛起一丝柔情："结婚这么多年，我们倒真的是挺恩爱，这些年生活得无忧无虑，也多亏了简逸爸爸的照顾。可简家就要发生大事了，能不能平安了结，我们现在谁也说不准，且看老天保佑吧。”

叶紫羽吃了一惊，他很想问是什么事情。但想到简逸和安梓汐都不明说，显然这是他们简家很机密的事情，不愿让外人知晓。所以他忍住了没问。

安梓汐注意着叶紫羽的神态，她解释道：“希望你别误会，我们不是要隐瞒你什么，而是那些事情会怎么发展，我们现在也预料不到。”

叶紫羽对安梓汐笑笑：“我明白的，你放心。简逸做什么决定，我都会支持他的。”

安梓汐心感宽慰：“谢谢你。”

叶紫羽摆摆手：“这有什么好谢的。倒是简逸不该顾虑太多。别忘了我们曾经是同学。”

说到这，叶紫羽又会心一笑：“还有件事本想一早告诉你们的，倒耽搁了。”

安梓汐问什么事？叶紫羽说：“我打算结婚了，对象也是我同学。”

安梓汐一惊，立刻想到什么，开口要问，已见叶紫羽摇着头说：“不是大学同学，你不认识，别想差了，是我的高中同学。”

安梓汐立刻笑了：“大学同学会你不参加，回头别搞得高中同学会也不参加了。”

叶紫羽知道她打趣他，哼道：“我这回是参加完同学会，才要跟她结婚的。你跟简逸毕业后就没去过锦城了吧？这次我婚礼邀请你们，正好你们夫妻也可以旧地重游。”

安梓汐饮了口咖啡：“非常荣幸。”

叶紫羽上楼之后，径直去了会议室。

会议已经开完，仍然只有简逸一个人坐在里面。

叶紫羽重新在他对面坐下，说：“刚才冲动了，就按你说的办。”

简逸说：“谢谢，我请你喝酒。”

叶紫羽看看表：“已经到中午了。我听说附近新开了家菜馆不错，去晚了就没位。”

简逸笑道：“不出去喝，就在会议室。酒菜让人买上来。”

叶紫羽一愣，又一笑：“好提议，我让助理去办。”

一个小时后，小霞拿着酒菜到会议室布置好。她觉得真稀奇，新年第一天，两个领导玩什么花样呢？

简逸压抑在心中的郁闷已经很久，这次破天荒的和叶紫羽在办公室对饮，着实是想放纵一下自己的行为。从小，他就被无数礼仪约束着。

酒过三巡，简逸说："老叶，你还记得刚上大学时，我们曾有过一次饮宴吗？和梓汐她们寝室的女生。"

叶紫说笑道："当然记得。当时梓汐拒绝了我们寝室颜墨桐的追求和你在一起，我还很为他抱不平呢。"

简逸也笑："我那时特别担心你挤兑我。"

叶紫羽很感慨："十多年了吧，你和梓汐恩爱如昔。看着你们，我都觉得温暖。"

简逸也感慨："是啊。虽然我母亲很早离开了我。但我从来都不缺家庭的温暖，就是因为有父亲和梓汐两个亲人。"

他自饮了一口酒，问叶紫羽："你这一生，最崇拜的人是谁？"

叶紫羽略一思索道："崇拜谁说不上。但我这一生，最尊敬和爱戴的人，是我父亲。"

简逸道："就这意思，我们一样。我最崇拜的人也是我父亲。我父亲出身卑微，没读过什么书。但他头脑聪明，会做生意，并且平等待人，真诚地去做善事。我想无论怎样，我都会爱我的父亲。"

叶紫羽赞扬道："那是当然。虽然从未见过您父亲，但他的大名早如雷贯耳。我没想到会成为他属下公司的一员。令尊大人的事迹，从报纸到网络都有那么多的评说和介绍。希望来日能有机会，我可以当面聆听他老人家的教诲。"

简逸突然有点感伤："父亲以前太忙了。哪天有空，我一定带你去见他。"

这一顿会议室的饮宴，直把两人都喝得红光满面，醉意醺然相携着的从里面出来。喝成这样，也不用上班了。简逸的司机扶着二人下楼，送他们各自回家休息。外面的一众员工诧异万分，但谁也不敢多问，赶紧去把房间收拾干净。

叶紫羽回家后，一觉睡到了晚上，直到柳溢雅打来电话，才把他叫醒。他笑着把今天发生的事讲给了柳溢雅听。等他俩说完甜言蜜语，挂了电话。叶紫羽再回忆起中午的情形，突然感觉简逸的话有点奇怪。

接下来的一周，叶紫羽一直在考虑大比例削减营运费用后，新年度该怎么规划？这可是个伤脑筋的问题。想来想去，他都觉得来年的业绩没法不受影响。他隐约感觉到了简逸一定有他不得已的理由，所以他决定了，再难自己也要想法扛下来。

就在叶紫羽苦苦思考的时候，他意外地接到挺长时没联系的白慕雅的电话。叶紫羽还是很热情地同白慕雅通话，两人寒暄了一阵后，白慕雅突然问他最近见过林敬安没？叶紫羽说林董又不管这边的事情，他好久都没见过他了。白慕雅才说，她们那边的高层自新年后，就没见到过林敬安，电话也没接。所以她想托叶紫羽问问简逸，林董是否去了国外？什么时候能回，有许多事情还等着他决定呢。叶紫羽听白慕雅这么一说，才意识到，这几天他也没见过简逸了呢。他让白慕雅等等，然后给简逸拨了个电话，果然没有接通。叶紫羽也感觉有点不对劲了，他跟白慕雅一说，白慕雅问他现在可有时间？不如到她那边去一趟，一起碰碰情况。叶紫羽答应，随后便赶了过去。

凑巧的是，叶紫羽开车到原办公大楼下，还没停好车，正看到林敬安和几个工作人员从一辆车里出来，朝楼里走去。他心中一喜，正要高声招呼，林董一行已经进了电梯。他连忙把车开到车库停好，也赶着上了楼。等他进到办公室，却见白慕雅和很多公司员工都站在大厅，他问白慕雅林董呢？白慕雅说他已经进了董事长办公室。叶紫羽便想跟进去，白慕雅拉了他一把，说有几个不认识的人跟着林董上来，先进去了，要他等会儿。

两人正说着，董事长办公室的门突然推开，一个陌生人当先出来，紧接着又有两人挟着林敬安走了出来。林董的双手并拢，上面盖着一件西装外套。叶紫羽眼尖，发现林敬安的双手似是被拷着，他心里大吃一惊。这时，林董的保镖也发觉情况不对，抽身上前，挡住了来人的去路。

陌生人看出来者身手不凡，向后退了半步，右手摸向腰间，居然掏出了一把手枪，半举在肩旁。同时，左手在上衣口袋里掏出了一个证件，举高一亮，大声说道："警察办案！请你们不要妨碍公务！"

众人都被震慑住，保镖也不敢动了。又见四五个人从楼梯间冲进办公室，接应三人把林敬安带出办公室，迅速退入电梯，下了大楼。

等这群人消失在眼前，公司的人才反应过来，议论纷纷。叶紫羽镇定下来，低声吩咐白慕雅，让她赶紧宣布今天临时放假，让员工们先行回家，白慕雅赶紧照做。随后，留在公司的几位高管商量了一下，还是一头雾水，便由白慕雅给当地公安机关打电话询问，得到的答复却是当地公安机关并无抓捕行动。大家更不知所措了，叶紫羽联想到简逸上周的反常举措和突然失联，更加暗暗心惊。他又悄悄给安梓汐打了电话，仍然不通。一阵不祥的恐惧感袭上心头。

董事长和副董事长都突然失联，公司已经很难正常运转下去，索性宣布放假，复工时间等候通知。没想到，几天后，叶紫羽等人也受到了公安机关的传讯，不过公安人员对他们只是进行了简单地询问，便让他们回家。但是告知他们，林敬安等人涉嫌一宗案件，公司将被查封。

又过了数天，一件惊天大案开始被各大媒体作为头条报道，叶紫羽等人逐渐明白了前因后果。简逸的父亲简凡良因一宗走私巨案被捕，震惊全国。报道说，简凡良的集团公司数年来有预谋地腐蚀拉拢各级国家干部，走私成品油、汽车、香烟等物，金额达百亿之多，目前此案正在展开全面调查，鉴于案情复杂，涉案的国家工作人员包括了政府机关、海关、银行等要害部门，收受的贿赂特别巨大，调查机关将在充分取证后，开庭审理。犯罪分子必将依法受到党纪国法的严惩。

一段时间内，街头巷尾都在热议此事。叶紫羽也紧密关注着案情。不过，他能从报纸和网络上得到的信息，都很泛泛。毕竟这个案子太大，牵涉的内幕太多，在案情未定之前，不会向社会透露太多具体的调查结果。即便如此，光是报道出的内容，已经让叶紫羽感到很不安了。此案被公认为涉案金额之巨，作案时间之长，规模之大，案件涉及面之广，是前所未有的，堪称新中国成立后少有的经济大案，从而引起国内外的广泛关注。

公司被暂停营运后，叶紫羽也算失业了。不过他并不为这个难过，他只是很担心简逸和安梓汐，难道他们也被牵连进去了吗？公司和品牌算是倒了，如果好朋友也出了问题，叶紫羽倍感心头郁郁。

这期间，离春节的时间越来越近，柳溢雅打电话问过他订好回锦城的机票没？要他提前说一声，她好去机场接他。叶紫羽在电话中没法跟柳溢雅讲清这么复杂的事情，只告诉她公司出了事情，他大概要到除夕前后才回得去。不过这次，他回锦城后可能就不走了，以后两人天天见面，长相厮守。

电话另一头的柳溢雅幸福满满。关于结婚的事，她有自己的想法。不过，她准备等到叶紫羽回来后，再同他好好商量。

三十六、瞻望父兮

春节到了。这一年，中国人将来迎来很多喜庆的事情。最重要的，当然是奥运会将在中国举行。全国人民为了这一天，企盼已久，并且还一波三折。叶紫羽深刻地记得，第一次申奥的时候，他在上高中，中国人以为十拿九稳的奥运会主办权，结果以两票之差，败给了澳大利亚的悉尼。当时像他们这般大的学生，义愤填膺，觉得这简直是全世界联合起来给中国使的阴谋诡计。更可气的是，在竞争城市投票之前，老师还布置了有关申奥的作文，要求同学们抒发中国强大了，中国人民从此站起来了的自豪感。这下自豪感没找着，真想拿起枪找帝国主义拼命去。第二次申办的时候，叶紫羽已经参加工作，正在江城出差。那一晚，中国申办成功了，全中国顿时沸腾，扬眉吐气。江城有很多国营大厂，工人们热情地自发组织上街游行，敲锣打鼓。江城的夏夜，暑气不减，叶紫羽那一刻正和朋友们在街边的大排档吃着烧烤喝着啤酒。而今年，时间晃晃悠悠就到了召开之年。

但叶紫羽暂时没有心思去感受这些国家大事了，他深深陷入了自己的迷茫之中。在惠城打拼多年，却不料这么个结局，两手空空回来锦城。

他回来那天，柳溢雅去接的他。当她挽着他的胳膊，亲热地偎依着他一块儿前行时，叶紫羽有了一丝不安。公司被查封，以前所谓的股权、分红，都成画饼。他年过三十，反倒又成了无业游民。他将怎么去撑起婚姻，撑起未来的家庭？何况他对自己这么多年奋斗得来的成果，眼看着一夕之间，毁于一旦，心中也有着说不出的疼惜和难受。

叶紫羽的思想变化，都被一个人清晰地看在眼里。这就是叶紫羽的父亲叶成煊。以前叶紫羽回锦城，要么因为工作忙忙碌碌，要么就和同学朋友相聚，而叶成煊宝刀未老，还在床垫厂上着班。父子俩反而没单独在一起长谈过了。

但叶成煊一直关注和关心着儿子的工作生活。他见儿子已成长得稳重成熟，心中自是欣慰，也就再不干涉儿子的思想和生活，有时候叶紫羽的母亲操心儿子的婚事，同叶成煊唠叨，叶成煊总是叫老伴不要瞎操心，孩子自己的事情，他能够把握得好。

但这次出的事情这么大，叶成煊已有耳闻。他一开始担心儿子也卷入其中，后来知道儿子没事，立刻宽心。等叶紫羽回家后，叶成煊看出儿子有心事。他没有直接询问他，而是借着某一天，叶紫羽的母亲和老姐妹们外出旅游，家里没人做饭，叶成煊叫上儿子，说爷俩儿不如去附近一家老字号牛肉馆吃饭，那的味道被人称赞几十年了。还说要是你妈在家，是坚决不允许跑外面吃饭的，现在机会难得，由他请客。叶紫羽被父亲逗乐，说哪能您请？您发出邀请就够了，买单这事儿还得儿子来。

就这样，父子俩选到一个好时机去牛肉馆吃饭。他们在餐桌前面对面坐下时，叶紫羽特别感动。父亲快七十岁了，更加苍老了，但精神依然矍铄。他回想自己懂事以来，和父亲共有几次单独长谈？小时候都是父亲训他，训到激动时，还会抡他一巴掌，这自然不算，那得算单挑，只是输的总是他。所以第一次长谈，应该是他拿到大学录取通知书那次吧，那一次是他和父亲同时迈向新征途；第二次长谈，是上大学后的第一个寒假，那一次父亲和他各有各的喜悦；第三次，是在申城。那是叶紫羽成长中经历的最大一次挫折，那次长谈后，他下定决心到惠城发展。再以后，好像就没了，就到了今天。原来，他跟父亲单独长谈的时间这么少。

叶紫羽敬了父亲一杯酒，想起什么，问道："爸，那年我在申城，您去深圳，我就想问问您来着，您年轻的时候，是怎么想到逃亡香港的？当时我没觉得什么，后来我读了很多关于那个年代的书籍，也在网上查阅过很多资料。才知道那是件多么叛逆和震撼的举动。"

儿子的问话，让叶成煊的思绪短暂回到过去，甚至让他想到了自己的父亲。叶成煊对儿子笑道："有件事我一直没同你说过呢。你做上化妆品这一行，出乎我的意料，不过我倒是挺高兴。现在我考考你，你知道锦城的第一家化妆品店叫什么名字吗？"

叶紫羽乐了："这我哪儿知道？就算资料上也不会记载这种事情吧。"

叶成煊道："资料自然不会记载，不过我却知道。"

叶紫羽道："您为什么知道？"

叶成煊道："那是因为这家店是你祖父开的，所以我知道。"

叶紫羽哈哈大笑："原来我这是家学渊源哪，祖父什么时候开的这种店，您快说说。"

叶成煊道："那都是20世纪20年代的事了。这么个店算什么，只不过当时家里在锦城最繁华的街道上有几间铺面，而新上任的本省督军又号召移风易俗，所以你爷爷就拿了一间铺面开了这家店，字号'标准美'，其实里面也就卖些水粉和雪花精一类的东西。"

叶紫羽见父亲还能讲出这么专业的名词来，更加乐了。说："回头干脆我们再在那儿开一间化妆品店，还叫标准美。现在老字号吃香呢。"

叶成煊道："好啊。不过原址开店，怕是给不起租金了吧？"

叶紫羽一想也是，他咋咋舌头。那个地方在如今的锦城，用寸土斗金形容决不为过。他一转念问道："当年那些铺面是租的还是买的？"

叶成煊道："当然是自家买下的产业，对当时的叶家来说，那几间铺面算得什么。"

叶紫羽突然遗憾道："那些铺面要是能留到今天，咱家在锦城，估计也能算得上富豪阶层了吧。那是什么时候卖了的？"

叶成煊道："哪里会卖，怎么没的就不去说它了。后来锦城解放，新中国成立，社会发生这么大的变革，你爷爷和你大伯父在那个时候相继离世。财富的得失，哪里还放在心上？正所谓得之何幸？失之何伤？我们普通人生活在世上，唯有爱不能失，只要心中有爱，对家人的爱，对朋友的爱。要敬畏生命，而财富多少与得失，又有什么好计较的。"

叶紫羽心里微微一动，感到父亲话有所指。果然，叶成煊又说道："还记得你刚考上大学的时候，我们谈过什么吗？"

叶紫羽想了想说："记得，但不知你指的哪件事？"

叶成煊道："那时我刚退休，又准备去钱老板那儿上班。我说市场经济时代，普通人一样有了实现自身价值的机会。我不敢奢望重振祖业，但起码要试上一试，不能让别人说我们一代不如一代。而且，我也希望有生之年，也能为你，甚至你的下一代，创造一点价值。那样做父亲的才会死而无憾。"

说到这儿，叶成煊掏出了一张银行卡，放在叶紫羽面前，"这是我这些年的存款，都在这张卡上，有50万。现在给你。"

叶紫羽愣了："我怎么能要您的钱，您自己留着吧。再说我也不缺钱啊。"

叶成煊道："我留着做什么？迟早都是要给你的。你这次从惠城回来，我知道你一定碰上了不如意的事情。我只想告诉你，这不要紧。至少目前，我为你独立在外的生活经历感到骄傲。何况我们叶家自有祖训，子子孙孙除了不能沾赌，至于功名利禄，各安天命了，不必强求。清清白白做人，安安稳稳生活，这也是幸福的人生。"

父亲的话，又一次感动了叶紫羽，压制在心头的郁闷一扫而光。他点了点头，向父亲敬了一杯酒，突然一笑，对叶成煊说："有件事要告诉您，我想结婚了。"

这下轮到叶成煊一喜，忙问："结婚？那好啊，女方是哪儿的？怎么没听你说起，也没带回家给爸妈瞧瞧？"

叶成煊从未过问过叶紫羽交女朋友的事情，他想儿子能处理好感情的问题，但儿子年过三十了还没动静，他有时也难免偷偷着急。毕竟他都快七十了，还是很想抱孙子的。

叶紫羽告诉父亲："这次的对象是本地人，想见容易，明天就能叫她到家里吃饭。"

叶成煊却道："可以等等，等你妈回来，你领对方到家来吃饭。"

叶紫羽点头应承。

这一次晚餐，父子俩尽兴而归。

尔后几日，叶紫羽都和柳溢雅在一起，他跟柳溢雅说了父母要见她的事。柳溢雅羞红了脸，说她也跟自己爸妈说了他们的事，她爸妈也想见他呢。

叶紫羽大乐，说这也好。不如去饭店找个包间，让双方家长坐在一起，大家一次性都见了得了，省事。柳溢雅觉得也行。叶紫羽又同她商量，婚礼该怎么操办？柳溢雅却说她等他回来，就是要商量这事，她不想举办婚宴，想两人出去旅行度蜜月。叶紫羽觉得不妥，别的不说，现在同学们都知道他俩在一起了，要是不请他们，他们可不会答应。柳溢雅听了，低头不语。叶紫羽见她这副神情，已猜到几分她的心思，看来那次人生的意外她还没有完全放下。于是叶紫羽故意叹一口气，说："那好吧，不举办就不举办了。我只是有点心疼，不排场一回，以前陆禹皓结婚时我送出去的大礼，就收不回来了。不过也罢，姑且便宜了他。"

柳溢雅一听叶紫羽答应不办婚宴，顿生笑颜，扑在叶紫羽身上吻了他一口，又笑他小家子气。

等叶紫羽的母亲回来后，叶紫羽和柳溢雅安排双方家长见了面，结果两方父母各自对自己未来的媳妇女婿都相当满意。一家人欢宴之后，叶紫羽和柳溢雅便去领了结婚证，两人鸳盟终谐。

一个月后，叶紫羽和柳溢雅从东南亚旅行回来，陆禹皓到机场接他们二位。陆禹皓刚去提了新买的宝马车，叶紫羽一看手痒，硬要自己驾驶过过瘾。路上，叶紫羽问陆禹皓："你的量化模型研发到哪一步了？"

陆禹皓有点无奈地说："万里长征，刚刚起步。还有得受累的。不过我愈干愈有信心，尔曹身与名俱灭，不废江河万古流。"

叶紫羽听他拽文，更加乐了："我看你新买了豪车，以为你已经研发成功，开始大把赚钱所以要享受享受呢。"

陆禹皓故作不屑道："这算什么豪车，我期望的豪车得比这个贵十倍。只不过我的股票和基金暂时已经全部清仓了，什么时候再进场还不知道，现在现金充裕，该花就得花。"

叶紫羽问："去年年底的时候，你不已经从股市抽离大部分资金了吗？我还以为过了快半年，投资环境都好转了呢，你怎么还空仓了。"

陆禹皓道："虽然模型的研发暂时不能准确赚钱，但预防亏损还是八九不离十的。所以上个月，我根据模型的信号分析，决定空仓。"

叶紫羽想说，万一这月大涨，你会不会后悔死？就感觉车身一震，朝路边偏了过去。陆禹皓吓了一跳，忙道："你小心点儿，别撞马路伢子上了。"

叶紫羽道："我没怎么样啊。"正说着，他抬头往前一看，车更往马路边上靠去，他急踩刹车。陆禹皓急道："你没喝酒吧？"

叶紫羽道："喝什么酒？我刚才看到前面毛主席跟我招手呢，我心里一激灵，眨眨眼睛再看，毛主席真跟我招手呢，我差点没吓死。所以赶紧踩刹车。"

这时候，他们已开车到了市中心的人民广场，广场正前方有一尊高大的汉白玉毛主席挥手塑像，已经伫立在广场上几十年了。叶紫羽硬说刚才毛主席跟他招手？他见鬼了不是？这是塑像啊！

叶紫羽和陆禹皓在前排大眼瞪小眼，正琢磨毛主席老人家是不是真显灵了？就听见柳溢雅在后排推开车门，大声叫道："你们两个傻瓜，赶紧下车！招什么手，是地震了！"

叶紫羽和陆禹皓这才恍然大悟，连忙跑下车。只见周围大楼里的人们纷纷跑出来，站在广场中央空旷的地方，议论着刚才发生的事情。好在接下来，并没有情况发生。于是叶紫羽三人重新上车，开回家去。但在路上，他们各自接到外地朋友的电话，说刚才看新闻，知道他们那地方发生大地震了，全国都受到影响。朋友们都关心地问他们平安与否？三人这才知道，原来刚才地震是真的。接着，三人的手机都没了信号，他们这才慌了，不知道家人这时怎么样。等叶柳二人到家楼下下车，陆禹皓一溜烟走了。柳溢雅在后面叮嘱他开车小心。等他们上楼后，看见叶紫羽的父母安然无恙的在家，心里才踏实了。柳溢雅又急着要回自己家看自己父母怎么样。叶成煊却慢条斯理地劝慰他们别急，他说锦城建城以来，都有几千年历史了，水旱从人，不知饥馑。古人建城，都很讲究风水的，不会胡乱开建。所以就算锦城离震源很近，也会化险为夷。如果市区真有哪幢房子裂了塌了，那跟地震无关，得去找房地产开发商，那多半是那帮奸商缺斤少两造成的。

两人听得好笑，心情放松了不少。叶紫羽也接嘴道："谁说不是这道理呢。您看毛主席塑像在广场落成四十年了，一点儿事也没有，说明建造质量相当过硬。毕竟那个年代，谁敢糊弄毛主席啊。新修的楼要是有问题，的确不能怪地震。"

话是这么说，但柳溢雅打不通电话，还是感到不安。于是叶紫羽又陪着她去了柳家，直到看见柳溢雅的父母也安然无恙，他们才完全放心。不过随后他们打开电视收看新闻，又被震惊了。原来这次地震的震中在离锦城不到一百公里处，震级达8.0，全国已经在极短的时间里动员起来，国务院总理也亲赴灾区。电视画面中，受灾的人们缺衣少食，牵动着所有国人的神经，政府已经组织了军警等各方力量全力救援。

此后几天，叶紫羽同全国人民一样，都关注着灾区的情况。到余震基本停止，要开始灾后重建工作时，许多民间人士也自发参与其中。有朋友给叶紫羽打电话，说他们组织了一个车队，带了许多食品和矿泉水，准备到灾区捐献，并帮助那里的小朋友。叶紫羽一听，毫不犹豫地加入了。

到灾区后，他们主要在一所小学陪灾区的小孩子们上课和玩乐。孩子们是最脆弱的，他们的心灵必须受到最全面的呵护。有一天，叶紫羽和朋友同一群小朋友做完游戏，正靠在一面山坡上吃方便面，叶紫羽看到不远处有个人挺面熟，他以为自己看错了，他连忙起立，走近几步再看，果然，这人竟是简逸！简逸也看到了叶紫羽，心中一喜："你也在这！"两人跑前几步，紧紧握住对方的手，同时问出口："你怎么在这里?"却见安梓汐从旁边走过来："我们都在这。"

傍晚，叶紫羽、简逸和安梓汐三人坐在山坡上，述说了离别后的事情。

原来，简凡良出事后，简逸和安梓汐也被控制起来。但随着案情的清晰，公安机关查明了所有违法事情，都跟简逸和安梓汐无关，并且两人对其父经营走私生意，并不知情。所以前不久，已经不再限制两人的自由。

简逸告诉叶紫羽："我们没事以后，商量了一下，不打算留在国内了，准备出国生活。没想到走之前，看到西部发生了地震。这里的景象太惨了，可惜我们没钱了，帮助不了更多的人。所以只想尽自己的一份力量，来灾区做义工。等完成这件事后再出去，正好还可以来锦城见你，跟你告别。想不到你也来了灾区，我们能在这里见上。"

叶紫羽心中有很多疑问，很想问简逸，但怕简逸难过，忍住没开口。倒是简逸主动把一切告诉了叶紫羽。

简凡良生意做得太大，涉及走私之后，一直对简逸严格保密。这种生意，简凡良的防范之心很强，决不能把自己的亲生儿子牵扯进来，他只让儿子管理集团的正常业务……

叶紫羽听简逸讲完后，久久不语。最后他问："那林敬安为什么原因被抓?"

简逸说；"林敬安成立的公司，暗中洗钱。他以前跟着我父亲，搞过汽车走私。这次带着巨款去京城托关系的，也是他。"

叶紫羽终于明白了一切。他见简逸面有惭色，反而安慰他说："你父亲当真倒也了得。搞出这么惊天动地的大案。我很高兴你没受到牵连就好。"

简逸长叹一声："我父亲是做机械配件发家的，肯吃苦，肯学习。他原本连普通话都说不好，全国到处跑业务，后来普通话说得让别人根本听不出籍贯。可惜他太容易相信义气。其实他内心早已料到过，做违法的生意终难善终，所以才坚决不让我知晓他的这些秘密，就是为防止某一天东窗事发，好与我无涉。"讲到这，简逸又诚恳地对叶紫羽说；"我也没想到，这件事把你也连累了。"

叶紫羽一摆手："我们这点事算什么？你不用内疚了。毕竟事前你也不知，何况我们还是同学朋友呢。"

简逸感激地看了叶紫羽一眼。又听他问道："此行做完义工，你们就去澳洲？那不是很快了？"

安梓汐插嘴道："是啊，签证我们已经拿到了。这一趟真不白来，还让我们有机会当面向你解释清楚。"

叶紫羽道："为什么一定要出国？现在出去，你们什么都没有了，还要从零开始？"

安梓汐露出幸福的笑容："我已经怀孕了，要不了多久，就会有个可爱的小天使到人间来陪我们。到国外从零开始，可能会很辛苦，但我们的心灵会觉得放松。"

简逸牵过安梓汐的手："我会努力工作，让你和宝宝生活得幸福快乐。"

安梓汐嗔他一眼："别忘了，我好歹也是大学生。未来的生活，当然是我们共同努力，我不会让你一个人辛苦的。"她说这话时，柔情无限。

叶紫羽望着安梓汐，莫名的感动。学生时代，他对她总抱有一丝偏见，觉得安梓汐恃宠张扬，娇气虚荣，是因为简逸家世显赫才和他在一起的。可看着她现在与简逸患难与共，毫不在意生活中巨大的挫折，他不禁为自己当年狭隘的想法感到歉意。

又过了数日，叶紫羽和简逸夫妇同共回到锦城。叶紫羽专门叫了柳溢雅，请他们夫妇二人吃饭。安梓汐听叶紫羽介绍说这就是他的新婚妻子，心中不禁生出异样。简逸对柳溢雅说着抱歉，早在去年年底，叶紫羽就邀请过他们来参加婚礼，很遗憾没有成行。柳溢雅笑着说没关系，他们选择了蜜月旅行，没设婚宴。今天得到他们的祝福，同样荣幸。

安梓汐尽管此时心中总浮现着另一个人的面貌，并暗暗与柳溢雅比较，但她还是亲热地和柳溢雅交谈起来。几分钟后，她们就相互熟悉了，安梓汐还邀请柳溢雅以后如果去澳大利亚玩，一定要去找他们。

中途，柳溢雅去洗手间的时候，安梓汐举着杯对叶紫羽说："看得出，你们很相爱。恭喜你找到一位美丽善良的好妻子。"

叶紫羽与她碰杯："我和小雅很早就认识，可那时候，我却不知道她是属于我的。跑遍了整个中国，才找到原本就在身边的她，这就是妙不可言的缘分吧。"

说着这话，叶紫羽突然想起，当初自己寝室的颜墨桐狂追安梓汐，安梓汐却喜欢上了简逸，害得颜墨桐伤心欲绝。为了帮颜墨桐重树生活的勇气，叶紫羽拿出高中的毕业照，让他选个女生写信交友，结果颜墨桐选中的就是柳溢雅。他们虚构相识的场景通了几封信后，颜墨桐偶遇程菲，不愿再给柳溢雅写信。叶紫羽没办法，只能模仿颜墨桐的笔迹，自己给柳溢雅写信。不料他们几个人，十几年后倒坐在一块儿了。看似毫无瓜葛的人之间，其实早被生活中他们自己都不知道的线索穿在了一起。他也暗自心惊，要是颜墨桐当初和柳溢雅因为通信真的成了，那自己现在会和谁在一起呢？

叶紫羽想着想着，乐呵呵的笑出了声。柳溢雅正好从洗手间回来，问他笑什么？他还在笑，却不回答。柳溢雅再用探询的目光看向简逸和安梓汐，他们耸耸肩，也表示不解。其实叶紫羽心里在想，这个事情讲起来太复杂而漫长了，而且难以启齿。柳溢雅至今还不知道他曾以另一个人的名义和她通过信。总之，叶紫羽确信了人和人之间能发生什么样的故事，一定都是命运的安排。

三十七、适彼乐土

叶紫羽离开锦城十余年，对这座城市的变化，其实了解得并不多。虽然他在过年的时候常有回来，但除了走亲访友，基本上没到哪儿去过。这一回，算是彻底有了时间放松。他让柳溢雅陪着，去了很多地方。好些当地的名胜古迹在他感觉很熟悉，仔细一想，自从小学春游一游之后，二十年没去过了。于是反应过来。熟不熟悉，不在物理上的距离，而在于心灵的距离。

若论锦城市区范围内的景点，最著名的大概要属南郊公园。这里是祭祀三国时代蜀汉皇帝刘备的帝陵，也是祭祀蜀汉丞相诸葛亮的祠堂。唐代大诗人杜甫有诗赞曰：蜀主窥吴向三峡，崩年亦在永安宫。翠华想象空山外，玉殿虚无野寺中。古庙杉松巢水鹤，岁时伏腊走村翁。武侯祠屋长邻近，一体君臣祭祀同。

这个周末，叶紫羽和柳溢雅携手同游。来到公园大门口时，二人听到有外地的游客正指着门口“汉昭烈庙”四字牌匾在议论，说好奇怪，这块牌匾怎么短了一截似的？叶紫羽刚好接口道：“你们说得对，因为这块匾的落款被锯掉了，所以就短了一截。”

游客一听，好奇地问：“干嘛要把落款锯掉？不如你给我们讲讲？”

叶紫羽一听，好整以暇，给现场的各位一番娓娓道来。

话说本省名胜古迹当中，有不少中华民国时期大人物的题字。比如青城山的上清宫，是国民党总裁蒋中正手书；都江堰的二王庙，是著名的“倒戈将军”冯玉祥手书。蒋中正写的是严肃的柳体，属于中国书法中有名的一脉。与老蒋平常板起个脸，不苟言笑的模样，倒也贴切。而冯玉祥看上去五大三粗，一脸老农民似的憨厚，其实狡黠异常，想不到他的书法亦如此漂亮。可见在民国的乱世之中，能出人头地的，不论文武，绝对都不简单。

而汉昭烈庙的名气比之这两处地方有过之而无不及，四个大字也写得熠熠生辉，为什么被锯掉一截，故意抹去题名？莫非题字之人名不见经传？

其实不是的，书刻这“汉昭烈庙”四个字的人物，当年在本省也是响当当的一角，不然也没资格动这块匾。这个人的大名叫刘成勋，字禹九。北洋政府授予过他上将军衔，担任过督军总司令；孙中山也曾委任他做过本省的省长，所以那时候的他真是风光得不行。刘上将春风得意之际，出资修葺了锦城南郊刘备的庙宇。因为他发迹之后，一直对外宣称是刘备的第 48 代玄孙，所以庙宇修缮完毕，他亲自题字，落款为“四十八代裔孙成勋献”。

一九四九年后，旧军队的首脑们，都被视之为旧军阀中的代表人物。一说起军阀，受过新社会教育的老百姓脑海中，少不了会勾勒出一个只会剥削人民的坏蛋形象，都“军爬、军爬”地叫着，基本上声名狼藉。刘成勋更是在民国中期二十年代末，就已经倒台下野，成了过气人物，即便跟蒋中正、冯玉祥等人也没法相提并论。所以呢，新成立的人民政府理所当然的觉得，这么著名的历史胜迹门前，镶上个二流军阀的名字，实在不大好看。怎么处理好呢？想了一想，索性把刘成勋的落款锯掉完事。于是这块“汉昭烈庙”的牌匾，就成了今天这副短板的样子。

等叶紫羽讲完，才发现周围已经围了一大圈人在听他讲。见他讲完，纷纷鼓掌叫好。等众人散去后，叶紫羽颇感得意，对柳溢雅道：“我学问大吧？我觉得我要是去上百家讲坛，一定能一举成名。”

柳溢雅却笑：“臭美，他们八成把你当导游了。”叶紫羽又感叹：“你还别说，做化妆品这一行，首要的就是培训能力，口才就是这么练出来的。其次是策划能力，随时做个促销，搞个活动，那都得能写，文笔也是这么练出来的。”

说到这里，叶紫羽突然想到，反正现在没事，如今网络文学这么发达，为什么不写写文章？聊以自乐也好啊！他跟柳溢雅一说，柳溢雅也赞成。

说干就干，当天回家后，叶紫羽就打开电脑浏览各大网站，后来决定，在天涯论坛上开始他的码字生涯。他进到天涯社区的锦城论坛，试着在那上面发表了一段点评本地历史人文的文章。

过了一段时间，叶紫羽又点开网站看看，论坛上居然有了好几个人给他留言，他顿时兴奋了。这种感觉很奇妙，让他浑身是劲，于是他又接着写了一段。这一次，留言的网友更多了。很快，本篇文章就建到 100 楼。叶紫羽第二天打开网站的时候，发现有站内短信。他打开一看，居然是天涯编辑发来的，说他的这篇文章被推荐到了锦城论坛的首页。这一来，阅读到的人更多了，点击率直线上升。叶紫羽那股兴奋劲儿，都快找不着北了。柳溢雅觉得他的样子好可爱，打趣他说："这才多少人看你的文章，你就兴奋成这样。你要是拥有个成千上万的粉丝，你还能睡得着吗?"

柳溢雅这么说，好事儿还真的来了。等叶紫羽这篇文章的点击率超过 50 万之后，电视台的编辑也找到了叶紫羽。邀请他去录制一栏节目，关于锦城人如何看待锦城发展的话题。叶紫羽再次大喜过望，欣然答应。

这天，叶紫羽又泡在网上写文章，突然接到白慕雅打来的电话。他想到他们之间挺久没联系了，正要问好，白慕雅激动的跟他说，风雅公司可以重新运营了！原来，公司业务一直被人看好，有业界隐形首富之称的李先生出手，已接盘公司。李先生看得很明白，风雅公司品牌本身在终端的口碑并没受到太大影响。付清供应商的欠款，重新投入生产，品牌照样能盈利。对他来说，捡了便宜也未可知呢。白慕雅告诉叶紫羽，李先生希望公司原来的核心高管全部复职，以保证波折后的公司早日恢复元气。所以她打电话给他，想他尽快回来。

叶紫羽虽未与李先生打过交道，但李先生的大名是知道的。叶紫羽曾为品牌付出过很大心血，得知风雅公司有如此转机，也喜出望外。不过，他不愿再回去工作了，他推荐她把薛浪找回公司。叶紫羽把想法告诉了白慕雅，同时祝福白慕雅，愿她和公司一切顺利。

挂了电话后，叶紫羽内心起伏，无限感慨。

到了录制节目那天，柳溢雅帮他打扮了一番，还在他脸上亲了一口。叶紫羽说："你比我还兴奋，要不咱俩一块儿去得了。"柳溢雅噘着嘴道："可惜人家没邀请我。什么时候等你名扬天下了，可以带家属上电视台录制节目了，再把你老婆带上吧。"

叶紫羽也回吻她一下："我保证，一定。"

等叶紫羽出门后，柳溢雅也去了趟医院，她这两天感觉身体不适，想去检查一下。

叶紫羽到了电视台录制现场，镁光灯下，居然有点儿心慌。突然想起他以前调侃别人的一段话来，不由偷乐。主持人正好过来，问他笑什么？他回答她，自己早想好好写一篇品评论欠锦城的文章，却心有余力不足，以前写过一些，都半途而废。这就像平常看到些让自己激动或愤怒的场面与文字，往往脑海中就幻化出一个妙语连珠的自己来，指点江山，舌绽莲花；好不意气风发，好不才高八斗，好不大将风度。可真要用文章细细道来时，笔下却又半天吐不出一个字，完全不知从何说起。因为他明白，这话搁在肚子里容易发人深省，要用文字表达出来，没准就丢人现眼了。好比电视里看到影视类明星接受采访，总觉得他们的回答怎么这么弱智？自己草根一个，反正也不会有人采访，没想到这次真轮到他实践一回被采访了，却怕得上下嘴唇得直打绊儿，讲不出一句利索话来。

主持人被他逗笑了，对他说别紧张，等会儿他们一问一答，忘记镁光灯就好。

正式开录了，主持人问：我们这是一栏聊天的节目，专门聊锦城，想听听你的看法。

叶紫羽回答：说到聊天，当以京城和锦城两地的言辞最有意思。同样是长时间扎堆说一些闲聊的事，京城称之为“侃大山”，锦城叫作“摆龙门阵”。京城用上了一个“侃”字，这闲话之事，也便生出了一种责任感。理直气壮，侃侃而谈。并且“侃大山”不受空间、论题限制。兴之所至，无论什么场所、什么话题，都能侃得起来。而锦城用了一个“摆”字，就得有些许讲究了。人们常说摆设摆设，“摆”和“设”是关联在一起的词语。摆龙门阵看似无边无际、无拘无束，天上人间、古今中外，都能随便聊。但你若真想摆得有滋有味，一定是要设个地点，设个主谈的话题。否则你这龙门阵，绝对摆得不过瘾，甚至不能称之为摆龙门阵了。而一场龙门阵下来，相关人等说不定便可了解若干信息，增长几许知识，打开几许心扉，再结交上几位朋友呢。锦城还有句土话，形容某人某事非常漂亮、非常厉害、深以服众等，会由衷地赞叹道：“简直不摆了”！呵，这摆与不摆之间，竟然也流露出几分哲学的味道。若不是一个博大精深的城市，又怎能在市井之间形成如此神韵？

主持人：您说得真有意思。那我们先从锦城的历史定位来谈谈？

叶紫羽：好的。谁也不会否认锦城是一座历史名城。进入 21 世纪，中国飞速发展，国内各省各城也飞速发展，忍不住就想比比看了。国人历来注重排位学，这是丝毫乱不得的。加之中国国土面积广大，各地方的人就琢磨着自己所属的城市在国内能争上个什么位置。这种排位有很大的潜在价值。官方不能明着搞个谁第一谁第二，于是民间的排名就火起来了，一时间网上各大论坛的城市地位之争，尘嚣甚大。以至于在门户网站上发帖，网站都得提醒国人一句：文明发帖，谢绝地域攻击。

武林中人若要别人认可自己武艺出众，得摆个擂台，这是需要找好地点的。说不定这地点，也会随着这场比武出了名，像金庸小说中的“华山论剑”。锦城人既然叫摆龙门阵，就得需要地方。京城在出租车里能侃大山，这里是不行的。出租车里称得上什么阵势？所以这龙门阵，最好是在饮茶的地方摆，因此本地的茶馆便经久不衰。但饮茶需要闲情逸致，总是与休闲联系在一起，所以锦城也便与休闲亲密地绑在了一起。

本来，本地民间的休闲早早已被认可。可突然有一天，冒出一个所谓的名人来，他担当了很多城市的战略发展顾问，还主编了一本关于城市定位的书。这本书的理论是不是假大空，一般人说了不算，也就不敢妄评。不过他在书中讲，他们花了大量工夫和论证，得出个结论：锦城是个休闲之都。废什么话呀？这顾问大概是顾得上就问，顾不上就不问。走在街边随便问个本地人，他都自豪地知道这里休闲得很呢。何况在这之前，杭城已经把自己定位成休闲之都，开始宣传了。现在这么叫，未免拾人牙穗。如果两个城市在这方面做对比，杭城市区就有名扬天下的西子湖，湖畔有山、有江、不远处还有海。一个城市的地貌把江山湖海全部拥有，唯有此间。杭城的文化底蕴也不比锦城差，真要比休闲品味，怕还是杭城有优势些。

而自秦汉以来，凡大一统朝代，锦城一定是国之西南重镇。若天下分裂，则为割据王朝的首都。完全称得上雄踞一方的大都市，几千年来定的型，连名称都从未改过，何必再去定位什么休闲之都，未免多余。这些都应该是本地多元化发展的一部分，但绝不能等同。几千年的文化积淀，构成它周围的名胜古迹都是世界级的，只可惜我们没能借此打造出世界级的文化影响。我们只把它们整成了一个个收费挺贵的景点而已。

主持人：说说历史，再说说人文。您怎么看？

叶紫羽：锦城的文风，历来都是很兴盛的。中国古代若是形容一个人的文采好，会说他诗词文赋，样样出众。凑巧的是，诗词文赋之中，取得顶尖成就的人物，皆有本地之人。论诗，谁都得公认诗仙李白为首；论词，苏东坡若是自承第二的话，没人敢说第一；论文，陈寿所著《三国志》，与司马迁的《史记》并列为中华前四史；论赋，司马相如出手，汉武帝也要击节三叹，无人再与争锋。古龙的武侠小说代表作《风云第一刀》里，描写“小李飞刀”李寻欢“一门七进士，父子三探花”。读来让人满口赞叹。而北宋年间本地的陈氏家族，一门四进士、兄弟双状元。这是真实存在的，其威风可想而知。

明朝正德年间的科举状元杨慎写过一首词：滚滚长江东逝水，浪花淘尽英雄。是非成败转头空，青山依旧在，几度夕阳红。白发渔樵江渚上，惯看秋月春风。浊酒一杯喜相逢，古今多少事，都付笑谈中。这是《三国演义》的开篇词，很多人误以为罗贯中所作。如今辟为著名景点的杨家老宅就在锦城北面。倒不愧为人杰地灵，值得一游。这首诗意境高远，给后人留下无数念想。它让人感受到，这里的历史人文浓厚、深沉，虽无单刀直入的快意，却有历尽荣辱的沧桑。在成败得失之间看透世间哲理，有历史兴衰之叹，更有人生沉浮之慨，这是一种高洁的情操、旷达的胸怀。在时空人事的感悟之中，别有一般滋味涌上心头。

以上例子，说明当地人物的文化成就，灿烂夺目，让人佩服。可惜到了近现代，本地不但经济衰落，连文化也衰落了。当代人耳熟能详的四大名著、三言二拍、聊斋志异等等，都是江浙一带文人的著述。明清之际，在一个个绝代佳人的映衬之下，江南才子粉墨登场，唐伯虎与秋香、冒辟疆与董小宛、侯方域与李香君，给后世流传下多少经典的故事题材。

不过，清代本地还出了一名才子，叫李调元。要说中国的私人藏书，以浙江宁波府的天一阁最为有名。有位作家写过一篇散文“风雨天一阁”，曾使天一阁声名在外。可很少有人知道，本省也曾有过一座著名的藏书之处，号“万卷楼”。内中保存的书籍，达十万卷之巨。这座楼，便是李调元建的。李调元和他的父亲曾分别在浙江、河北、广东等地任过官。父子两人爱书成癖，只要遇到前朝的珍稀古本、善本，不惜重金求购。万卷楼的藏书，是他们多年来不辞辛劳、辗转收集得到的丰硕成果。

除了大量购买外，藏书中还有不少李调元的手抄本。李调元从小有抄书的爱好，凡他家中没有收集到的好书，他便去借别人所珍藏的来抄写。李调元在做京官时，曾如饥似渴地广抄皇家大内藏书。所以他曾自豪地宣称，万卷楼中，御库抄本，无一不备。据记载，万卷楼藏书分经、史、子、集四十橱。李调元每天登楼校雠，手不释卷。

我曾想，万卷楼绝对是本地文化史上的一大丰碑。如果万卷楼不被毁去的话，后世再有本地人写出一篇类似于“风雨天一阁”的文章，对万卷楼加以介绍。如今的万卷楼，是否会与天一阁齐名？

可惜，万卷楼毁了，毁于嘉庆年间的白莲教起事。嘉庆年间，白莲教徒举起大旗反清，清廷旋即派兵镇压。白莲教支持不住，逃窜到本地。本地的白莲教徒也不少，群起响应，战火很快漫延至二十余县。这其中，包括了李调元的家乡。

李调元是个致仕的官员，眼见故土又生乱象，心中忧虑，无奈之下，带领着全家到锦城临时避难。人可以走，万卷楼的这么多书却搬不走。想必，李调元身在锦城之际，心还仍然牵系在家乡那一片小山之中吧。

终于，战乱过去，李调元连夜赶回家乡。可惜他看到的，只有一片飞灰瓦砾。他心中的担忧，不幸成为眼前的事实：万卷楼被焚毁了！所有的珍藏，付之一炬。万卷楼好比是李调元的魂魄所筑。魂没了，人也就变成行尸走肉。没多久，这位大才子就在一个寒冷的冬天郁郁而终。去世前，只留给后人一首诗：云绛楼成灰，天红瓦剩坯；读书无种子，一任化飞埃。源远流长的文化，经不起这样的消磨。新世纪，本地的人文精神重新起步。只希望锦城能无愧于一个有着传统文化底蕴的城市。

主持人：您的讲述很精彩。略谈一些历史人文，我们再聊聊新世纪的经济与发展吧。

叶紫羽：我不是经济学家，不敢妄谈。只认为发展经济很重要，却不能破坏人文。比如锦城是一个平民城市，它就要延续这种血脉，别变成一个贵族城市，经济越发达，越要让人民生活的幸福指数增高才对。好比经济学中的水桶理论一样：一个桶能装多少水，不是由这个桶最长的一块木板决定，而是由箍成这个桶的最短的一块木板决定的。假设经济上去，人们活得却不是味儿，堵车、缺水、雾霾，房价贵得离谱，上下班都要几个钟头，生活一点都不方便。真成了那样，就算是把城市毁了。如果普通市民享受不到经济发展的成果，反而这一切是以降低当地老百姓生活的幸福指数换来的，那这一切，真的不要也罢。并且，以建高楼大厦为荣，全国的城市都跟一个模子里浇出来似的有意思吗？也许有那么点儿意思，就是大家不用出去旅游了。其实旅游的实质，不就是从我住的地方，跑到你住的地方去吗？既然你我住的地方都一样了，那还有什么好去的？

主持人笑：您这么说，以后大家都不用出去旅游了。

叶紫羽：刚才也就是逗个趣。其实讲经济发展，要从改革开放讲起。首先是南方，改革开放兴起，广东成为中国经济起飞的前沿，成为排头兵。其原因，毗邻港澳是最重要的基础条件。广东的飞速发展，与其说是招商引资有多成功，不如说是广东人建设家乡大获成功。因为广东引的资，主要靠海外的广东人回来投资的。最早在珠三角一带投资建厂的，以香港人和香港的资金居多。香港人是什么人？不就是广东人吗？李嘉诚、霍英东、邵逸夫，哪个的祖籍不在广东？他们是香港人，也是广东人，他们在广东投资等于是在建设自己的家乡。福建厦门和广东汕头能够分别成为最早的四个经济特区之一，凭什么？不就凭闽南籍和潮汕籍的海外华侨最多吗。国家也想借人们的乡土之情，以促进地方经济的发展。这些城市的地方政府，给归家的海外游子们，提供了优厚的投资环境。加之香港的特殊位置与条件，华侨们在海外获得巨大发展后，一旦中国的国门打开，都愿意回来投资，也算衣锦还乡。所以，广东，最早是靠在海外打拼的广东人回来投资获得经济飞跃的，不是靠的世界500强。那些家伙跟风投一样，要看到了利益后，才会像苍蝇沾腥似的飞过来。当然，我们这里是内陆，因为地理条件的限制，不可能像广东，在清末民初的时候，有那么多人漂洋过海去做小生意。那时候我们这出去的人都怀揣着打天下坐江山的梦想，全干革命去了。但是今天，经济发展靠什么？除了政策，就属人才。要依靠国家的大方略，依靠西部大开发，依靠国际化的发展模式。可落到细微处，落到实处，要靠热爱这个地方的人才。如果在外的锦城人无论取得多大的成就，都心向家乡，像当初海外的广东人一样，倾心于对自己家乡的投资，倾心于建设自己的家乡，这里才可以如鱼得水，才可以成为让人引以为豪的城市。而不是靠喊着空洞的口号，靠虚高房价，靠好吃好喝好玩来打造华而不实的城市。

主持人：您的意思，是指要引进各种人才吧？不过，最近新闻常有报道本地人和外地人之间的争论。有人认为外来人口大量涌入，对一个城市的治安等综合管理造成影响，因此很有意见，特别针对周边的一些小城市，这个问题您怎么看？

叶紫羽：有意见的人显然无法理解，一个核心城市对周边县市打工者的吸引力。他们住惯的城市就像自己安详的母亲，看着他们长大，他们对自己长大的城市有一种非本地人难以理解的情愫。外来人口的涌入，各种口音的交织，让他们有些难以适应。的确，城市变得太挤了，也太乱了。外来人口的增多，增加了管理的难度，也增加了犯罪率。其实这样的情形不光发生在锦城，几乎发生在中国的每一个人口超过500万人的核心城市。所以我们应该看到，每个城市的发展，都必须有人才的流动。没有人的流动，就不会有蓬勃发展的动力，就更不会有跨越式发展的可能。发展带来的问题，只有通过发展继续完善，现在早已没有了回头路，以前的城市再也回不来了，我们必须接受现实，把目光向前看。锦城既然一直向往发展成国际大都市，就必须向周边区域开放，既辐射又吸收，既统领又兼容。城市生活，不该因户籍问题而排他，在锦城生活着、奋斗着的人，只要他自己愿意认可，就是锦城人。有着这样胸怀的城市，才是一个强大的城市。跟 GDP 没多大关系。在平凡之中，在不经意间显现出伟大，这才是锦城该要追求的。因为锦城的积累丰富，缺的是雍容，缺的是气度。

节目录制完毕。叶紫羽感觉非常不错。主持人都表扬他了，表示有机会再合作。他一路高兴着回家，在楼下刚好碰到柳溢雅。他问她上哪儿了？柳溢雅说她去了一趟医院。叶紫羽顿时一惊，忙问她怎么了？哪里不舒服？

柳溢雅红着脸，望着他深情地说："我怀孕了。"

叶紫羽又是一惊，等他反应过来，立刻一把将柳溢雅抱起来，心花怒放。

柳溢雅的头搁在叶紫羽肩上，两人紧紧相拥，心里都美滋滋的。只是叶紫羽看不见柳溢雅的面容，没发现她的脸上，欢乐中带着忧伤。

三十八、我心匪石

天气转入初冬。

柳溢雅的腰围渐渐突显。按照约定，这一天她再次来到医院体检。

接待柳溢雅的医生正是张芷嫣，她硕士研究生毕业后，分配到锦城妇幼医院工作，目前已经是这里的主治医师。有人说中国就是个熟人社会，这还真不假。虽然医生们都一样尽职尽责，但找到自己熟悉的人，柳溢雅还是会感觉放心许多。

做完检查后，张芷嫣把柳溢雅邀请到办公室，对她说："胎儿一切正常。这是你怀孕第 15 周了，以后的几个月，你每半月都得来检查一次。"

柳溢雅点点头，用手轻抚着腹部，脸上满满的幸福感。张芷嫣瞧着她的模样，心中突然有些不安，她问："你还不让叶紫羽陪你做产检吗？"

柳溢雅说："以后，我都得要他陪我来了。"

张芷嫣叹了口气："我真不知道我这么做，是在帮你还是害你。"

柳溢雅上前一步，拉起张芷嫣的手笑道："亲爱的，说什么傻话呢。你都不知道我老公得知我怀了小孩后有多高兴。我们还得要感谢你保驾护航呢。"

张芷嫣道："可是你的身体情况，生小孩是有风险的。我真有些后悔没早跟叶紫羽说。"

柳溢雅安慰她："你别瞎想。我知道我有心脏病史。这个病是我妈遗传的，可你看我妈还不是照样生了我？不用担心啦。"

张芷嫣想想事已至此，也只好叮嘱柳溢雅多加注意，有问题及时给她打电话。柳溢雅满口答应，然后两人告别。

出了医院，柳溢雅叫了一辆出租车回家。一路上，她在想该怎么和叶紫羽坦白了。

当初她得知自己怀孕后，欣喜万分。但去医院做完体检，医生却告诉她，她的身体不适宜生育，因为她有先天性的心脏病史，建议她终止妊娠。柳溢雅一听就呆了，但她反反复复思考过后，还是决定，一定要生下这个孩子！她是多么渴望成为一个母亲。不过，她怕同叶紫羽商量后，对方会反对。所以她先要对自己的丈夫保密。如今胎儿已经有100余天，再终止妊娠的风险，和生下来一样大，所以她可以告诉叶紫羽了。

柳溢雅记得自己告诉丈夫怀孕的那天晚上，两人都兴奋得久久不能入睡。他们相拥着半躺在床上，聊着关于孩子的话题。

柳溢雅问叶紫羽："你是想要男孩还是女孩？"

叶紫羽道："这个嘛，当然是龙凤胎最好。"

柳溢雅白他一眼："你想得倒挺美，要是两个的话，医生早就说了。"

叶紫羽笑道："想想还不行吗。要是一个的话，我想要女儿。"

柳溢雅略感奇怪："为什么不是儿子？男的不都重男轻女吗？"

叶紫羽摇头："才不是呢。至少我想要女儿。因为我们的女儿一定很漂亮。这样，以后的生活中，我就有你和女儿两大美女相伴了。虽然我不反对女儿18岁时可以谈恋爱，那也是18年后的事了。"

柳溢雅温柔地笑了："你想得还真远。那我想要儿子，这样我就有两大帅哥相伴了。"

不知怎的，她口中说着玩笑话，心中却好一阵难过。

叶紫羽毫无察觉，他接着说道："其实男孩女孩都好，我都会很喜欢的。反正过两年再要一个，无论如何都得凑个'好'字，管它什么计划生育，大不了到国外生去。"

柳溢雅点点头，内心交织着幸福和感伤。

她回家后，叶紫羽还没有回来。一早他就告诉她，今天要去陆禹皓的公司商量事情。最近叶紫羽还挺忙碌，要不断在天涯上更新文章，跟陆禹皓也隔三岔五碰碰头。想是陆禹皓的量化模型进展不错，他们正琢磨着筹建立一个资金管理公司呢。

柳溢雅给叶紫羽发了个信息，问他什么时候回家？等了几分钟，没见回音。她正准备再打电话，就听见钥匙开门的声音，叶紫羽提着菜市场买回的蔬菜肉类进了屋，笑着说今天他下厨给她做几道菜。柳溢雅自然乐得享受。两人自成婚以来，一直举案齐眉，琴瑟和谐，令不少朋友羡慕。叶紫羽开玩笑说，他总感觉和她相见恨晚，可一想并不是这样呀，两人刚上高中就认识了，相见恨早还差不多。为什么会有这样的感觉？叶紫羽说不清楚。或许是遗憾浪费了太多时间，如果当初直接大胆地表白，是不是就不会有以后这十余年的兜兜转转？是不是他们早就幸福地生活在了一起？最近两人常常谈起上学时候的事情，叶紫羽发觉柳溢雅自怀孕后，比他还喜欢聊这个话题。

今天也是这样，等饭菜端上桌，柳溢雅尝了一口，直表扬他的烹饪水平越来越高了。叶紫羽说："其实我一直是深藏不露。"柳溢雅笑他吹牛，问他记不记得上学的时候，班里组织过一次野炊？叶紫羽说："当然，那是高二春游的时候吧。我记得大家的兴致特别高，准备了不少菜品，可最后做出了几道菜却记不清了。"说到这，他又作突然想起的模样："对了，好像有一道春卷，你吃得特多，一个接一个地往嘴里塞。我发觉你那时就好能吃哦。"

柳溢雅正用筷子夹了一道菜，被他这么一说，哭笑不得。嗯了一声回道："是呀，这一点一直没变过。"叶紫羽点点头，不再言语。柳溢雅见他还一副浑若无事的样子，再忍不住，生气的拿起筷子敲了一下他的头。叶紫羽哈哈大笑："我以为你真能沉住气呢。能吃是好事，何况你吃了又没长胖，多少人羡慕啊。"

柳溢雅被他逗乐："就你会说。我记得那次春游，我们摄过像的吧，还制了盘录像带，后来还在教室里播过一次？"

叶紫羽点点头："是啊，陆禹皓带的摄像机嘛。那年代有摄像机可了不得，跟电视台的记者似的。我记得我还得意扬扬地扛在肩上给大家拍摄了好些片段，我还专门拍了你呢，你那时还扎着马尾辫。"

柳溢雅又笑："那时候女生不都扎马尾辫。那次的录像带陆禹皓那还有吗？要是现在翻出来看看，多有意思。"

叶紫羽略带遗憾道："我前两年就问过陆禹皓了，他说早就不见了。以前大家意识不到这些影像有多珍贵。"

柳溢雅也感到遗憾。她又问叶紫羽："记得那次春游后，全班还拍了张集体照，为什么照片上没你？"

叶紫羽吃惊道："这你都记得？你那个时候就这么关注我？"

柳溢雅白他一眼："拉倒吧，我是前不久刚翻到这张照片，发觉上面没你。那时候谁爱管你跑哪去呢。"

叶紫羽暗笑，他记得野炊过后，自己急不可耐地到游戏厅打电子游戏去了。

柳溢雅口中否认，心中却在想：那个时候，自己有没有特意地关注过叶紫羽呢？想着想着，想起一件事来，突然心如明镜。她问叶紫羽：“你还记得高三上半学年期末的第一次摸底考试吗？”

叶紫羽道：“记得啊，怎么了？”

柳溢雅问：“你记得什么？”

叶紫羽道：“我什么都记得。”

柳溢雅又问：“那考试的时候，你抄我的英语答案记得吗？”

叶紫羽摸摸鼻子：“这个不记得了，有这事儿吗？等咱们的孩子出生了，你可别跟小孩胡扯这些，怕教坏。”

柳溢雅乐：“你别心虚，看来你是真不记得了。我之所以肯把英语给你抄，是因为之前考历史，我也抄了你的答案。”

叶紫羽也乐了：“闹了半天，是搞等价交换啊。”

柳溢雅的表情突然变得严肃：“可是试卷发下来后，我才发现，我抄你的历史答案，都是错的。你抄我的英语答案，都是对的。更可恶的是，你自己的历史答案，居然也是对的！”

叶紫羽错愕：“不会吧？如果真是这样，那肯定是我后来检查试卷时，做了改正。我肯定不会故意给你抄错误的答案啊！”

柳溢雅扑哧一笑：“当时我可不这么想，我被气坏了，以为你就是恶作剧整我，所以就决心找机会给你点颜色看看。”

叶紫羽问：“是吗？那后来你找到机会了吗？”

柳溢雅没有继续回答，却话锋一转：“记得上次我跟你说过，中学时代，我也暗恋过一个人，他就是你。你相信吗？”

叶紫羽大笑：“我当然相信啊。”

柳溢雅说：“你肯相信，我却不那么自信。因为在那种情况下说出来的话，很让人觉得是在放马后炮。可我的确是说真的，并不是为讨你开心。我为什么会喜欢你，究其原因，就是因为那次考试。”

叶紫羽瞪大眼睛，表示难以理解。

柳溢雅却清晰地忆起往事。她告诉叶紫羽，那次摸底测验后，她坚信他小家子气，故意给她错误的答案，所以她总想找机会报复他一下。在这样的心态下，她开始特别的注意起叶紫羽。找到机会，她就故意损叶紫羽两句，可对方浑若无事，让她不知道他是装傻呢还是真傻？可关注对方久了，她自己都不曾察觉，对方在她心中慢慢起了变化。一天放学，轮到柳溢雅值日，同学们都走了后，她开始打扫教室，偏巧叶紫羽还在座位上捣鼓着什么。她走到他身边一看，只见他鞋带的顶端散开了，他正擦燃根火柴，想用火熛一下，把散开的带须捻在一起。于是柳溢雅毫不客气地吹了口气，把火吹灭。叶紫羽一愣，以为是她没留意，又划了根火柴。谁料柳溢雅回过头，噗的一下又吹灭了火。叶紫羽才反应过来她是故意的，虎着脸说了句“捣什么乱”，然后转身挡着她，划燃第三根火柴。结果柳溢雅踮起脚，瞅个空隙还是把火给吹灭了。叶紫羽哭笑不得，面对柳溢雅色厉内荏地说：“还敢捣乱，信不信我把你的校服烧个破洞?”柳溢雅一噘嘴：“就捣乱，你烧好了。校服这么难看，我早不想要了。”叶紫羽拿她没办法，只好拎着鞋带准备出教室到走廊上去。不料柳溢雅居然跟在他身后，看来她是准备捣乱到底了。叶紫羽心思一动，突然转过身，伸出双手，将柳溢雅的两只手紧紧抓住，然后又将她的双手都塞到自己的左掌中握紧。柳溢雅的劲儿没他大，挣扎不掉。叶紫羽则用右手从容不迫的划燃火柴，在柳溢雅面前晃晃，得意地说道：“你真不怕，那我连你的头发一块儿烧了，让你去做小尼姑。”柳溢雅涨红了脸，叫道：“快放开，手都被你拽疼了。”叶紫羽笑嘻嘻地说：“你答应不捣乱了，我就放开。”柳溢雅无奈，只好点头。

她讲述完她的回忆，却令叶紫羽回味了半天，他看着妻子，不禁伸手将她的手握住。柳溢雅看着两只握在一起的手，柔声说：“你知道吗，那一次，是我的手第一次被男生握着，还握得那么紧。自那以后，我的心里，就明明白白有了你。”

叶紫羽突然好感动，他用另一只手夹起一道菜，送到妻子嘴边。柳溢雅满面娇羞，一口吞下。两人情意绵绵，一时间屋内温暖无限。过了一会儿，叶紫羽叹道：“那些美好绚烂的青春，真如夏花一般，呼啦啦的开放，又呼啦啦的凋谢。我一直觉得我的记忆力超强，往事无不铭刻在心。想不到我也有记忆的空白。可惜今天没准备酒，否则我们应该对饮三杯。亲爱的，我爱你!”

柳溢雅被他说得不好意思起来，故意板起脸道：“别肉麻了，现在才知道我好，那时候你干嘛去了？心思都跑到另一个学校的女生身上了吧。”

叶紫羽一愣，正要解释，只见柳溢雅头一偏，哼道：“别以为我不知道，高三最后一个学期听历史讲座的时候，你跟外校一个女生打得火热。有一次课间休息，你叫陆禹皓和刘轩去帮你买早点，他们帮你买了两个肉包子后，躲在外面吸烟，让我顺便帮你带回去。我当时就生气了，你坐在课室里泡妞不愿意出去，凭什么我还得给你送早点？这笔账到今天还没跟你算呢！不过呢，当时我听刘轩说你正跟个外校的女生瞎黏糊，我就想去看看，那是个什么样的女生。要不然，我非把那肉包子扔去喂狗，才不带给你呢。”

叶紫羽被妻子说得面带苦笑：“还好你没想过往肉包子里加泻药。”

然后，他面露深情，正色道：“现在我相信，上天注定要在一起的人，无论经过多长时间的洗礼，经受多少事情的波折，他们始终都会在一起的!”

柳溢雅忍不住热泪盈眶。

半个月过去。

叶紫羽陪着妻子，来到医院做产检。

柳溢雅事先和张芷嫣通了电话，她们商量定了，还是由张芷嫣告诉叶紫羽具体情况。

有老同学帮衬着，叶紫羽一直是很放心的。没想到，柳溢雅做检查的时候，张芷嫣把他叫到办公室，郑重的向他说：“有件事情，我必须预先告诉你，你得有心理准备。”

叶紫羽被她弄得心里“咯噔”一下，紧张地问：“怎么了？胎儿有问题吗?”

张芷嫣摇摇头：“胎儿一切正常，是小雅的身体情况比较复杂。”

叶紫羽脸色一变，等待着张芷嫣继续说下去：“小雅的家族有心脏病史你知道吗？严格说来，她的身体不适合受孕。因为孕妇身体的代谢机能比平常时期旺盛，血液循环总量增加超过30%。而妊娠期子宫增大，会迫使膈肌上升，使心脏向左上方移位，影响血液回流，加重心脏负担。生产时，还会出现子宫收缩，产妇用力，心跳变快。等到胎儿出生后，腹压突然下降，胎盘的血流循环停止，母体回心重量增加，心脏的负担又会突然加重。所以，如果心脏不好的话，很容易发生心力衰竭。导致死亡。”

叶紫羽一听就震惊了，他急切道：“你怎么不早告诉我?”

张芷嫣说：“我是想早告诉你，可小雅坚决不让。她怕你心疼她，会建议把孩子拿掉。而她非常想要这个孩子，她知道你也很想要个小孩。”

叶紫羽喉咙一紧，声音发颤：“我是想。可是我更想要她。”

这时，柳溢雅已经检查完回来，正好听到二人的对答。她连忙走到叶紫羽身边，微笑着安慰他说："芷嫣是医生，她只是把可能发生的情况告诉我们。其实你不必太紧张，你看我妈的心脏也不是很好，可她也生了我呀。别担心好吗?"

叶紫羽听她这么一说，心中稍安。又向张芷嫣问道："发生意外的可能性有多大?"

张芷嫣踌躇了一下："这个真的不好说。"

叶紫羽脑海中急速地思考着，然后坚定地说："既然这样，我还是决定引产，小雅不能有任何意外。"

张芷嫣再次摇了摇头："现在引产，风险和生产一样大。"

叶紫羽一下说不出话来。柳溢雅看在眼里，被丈夫感动。她拉起他的手，向张芷嫣示意告别。

走到医院的花园当中，柳溢雅抬手抚摸着丈夫的脸庞，深情地说："亲爱的，我们的运气向来不坏，不是吗？我会像妈妈一样，平安生下宝宝。我们一家三口会很快乐的!"

叶紫羽还是说不出话，但他使劲点了点头。

柳溢雅又笑了笑，挽起他的胳膊提议说："这里离我们高中时春游过的公园不远，我们再到那里走走吧?"

叶紫羽点头答应，带着妻子去了公园。

公园里有座小土山，土山上有座塔，塔前面有棵遐逾百龄的大树。

十多年过去，景致并无多大变化。只是大树的树枝上，不知从何时起，挂上了许多代表幸运的红绸带。而大树周围的栅栏间，则放满了一张张许愿卡。

叶紫羽也在树前默默地许下心愿。然后，他牵着柳溢雅，一张张阅读着人们写在许愿卡上的心愿。他们看见有一张卡上写道：我要回到1980年，买下两千块钱的猴票。亲爱的，我就可以在今天给你买大房子了。

他们觉得好笑，又看下一张：希望我老婆能征服宇宙，希望大家都开开心心。

二人不禁哑然失笑。叶紫羽心想，这哥们儿对老婆居然是这种愿望，征服宇宙的女人也敢要？这内心得有多强大啊!

继续看第三张，是个女孩子写的：2006年深秋，爸爸，如果我知道那晚你会离开我，下了自习之后，我会早点回家。

蓦地，两人都有些心酸。

叶紫羽对柳溢雅说：“我们走吧。”

柳溢雅说：“我们再看最后一张吧。”

叶紫羽拥着妻子，翻看了第四张：我是小钰，今年 24 岁。我要回去找 19 岁的小钰，对她说，一定一定不要爱上瑞伦。如果有人遇到当年的瑞伦，请代我告诉他，今年的 7 月 5 日之前，直到那天的最后一分一秒，我还在这里等着他。

叶紫羽和柳溢雅都沉默着。他们的眼睛都有点酸涩，似有一股哀凉的感觉环绕上身。柳溢雅问叶紫羽：“如果你能回到过去，你愿意回到哪一年哪一天？”

叶紫羽不加思索地回答妻子：“我愿意回到我们上高中的那一天，就是我握紧你的手的那一刻。回到那个温暖的时光，重新来过。我要对你说，这一生，就把你的手交给我吧。不管前路高高低低，都不再放开。这样，我就不会去京城，不会去申城，也不会去惠城。不必兜兜转转十几年，才再次握紧你的手。”

柳溢雅再也忍不住了，她靠在丈夫肩上，任由幸福的泪水滴落眼前和心头。

那一天回家后，叶紫羽没事便上网搜索关于女性妊娠期的帖子。特别是有心脏病史的女性怀孕注意事项。很快，叶紫羽就把这些注意事项倒背如流，然后开始照章执行。他先是一丝体力活也不让柳溢雅干了，又想方设法为妻子补充营养。他看到网上介绍这种病例需要补铁和蛋白质，于是家里的食谱立即调整，鸡蛋、牛肉、猪肝、菠菜、木耳成了必不可少的菜品。好几样菜是柳溢雅不喜欢的，天天吃真是为难她。可她想使小性子的时候，叶紫羽总是温存劝解，终于让她觉得，吃什么都很香了。

过年前后，气温急剧下降。叶紫羽又担心妻子受凉感冒，因为感冒是诱发心衰的重要因素。而锦城的冬天是相当阴冷和潮湿的。他买来几种型号的油汀和电暖器，放在房间 24 小时开着，终于使室内温暖如春。柳溢雅偶尔去看看电表，不禁咋舌。这要是一个冬天都这么用电暖器，等到开春，电费只怕都得上万了吧。叶紫羽还是浑不在意，为确保妻子无恙，其他的算得了什么？

柳溢雅在家里闷得久了，想出去走走。叶紫羽夜观天象，日测阳光。只要天色阴暗，就劝慰妻子还是别出门的好，万一累着或是着凉就不好办了。偏偏锦城的冬天，阳光跟金子一样珍贵，非常稀罕。而叶紫羽也几乎足不出户，整日在家，除了上上网，就是陪着妻子。好不容易遇上个艳阳天，柳溢雅必定拍掌欢呼，叶紫羽也才肯带着她出门走走。这其间，陆禹皓偶尔会来他们家做客，看着他们夫唱妇随，不由得调侃他们，说上学那会儿，哪里想得到叶紫羽会这么上得厅堂，下得厨房？

十月怀胎，一朝分娩。

尽管怀孕期间，柳溢雅没出过一点问题，次次体检也都正常，但他们和医生商量后，还是确定采用剖宫产的方式生育，这样对大人和婴儿都更加安全。

准备手术的前几天，柳溢雅已经住进了医院。生育的人很多，剖宫产都得预约。事先叶紫羽打听了，给妻子手术的医生医术高明，非常有名望，这让他放心不少。他对妻子说，等孩子出世，他感觉自己的人生一下就完美了。但柳溢雅却变得若有所思，说这个世界没有什么是完美的，人和事都一样。无论什么样的人，都不可能没有欠缺，有的人苦于疾病，有的人苦于心病。好比普通人看大富大贵之人，会觉得他们什么也不缺，不应该有烦恼，但他们在他们生活的那个层面，烦恼的事情一点也不会比普通人少。所以她认为人们的生活尽管千差万别，但上天一定是平等的，生老病死，太寻常不过。什么事情都要看得开才对。

这天上午，柳溢雅按约定时间被推进产房。张芷嫣是这次剖宫产的助理医师，事前她拿了厚厚一大沓责任协议让叶紫羽签署。叶紫羽已了解清楚医院的规矩，全部签好。本来他们双方的父母都说要到医院来，叶紫羽觉得太有压力，叫他们先都别来，特别是柳溢雅的父母身体也不怎么好。他说等生产后，再去接他们过来。

产房门关闭后，叶紫羽的心脏提到了嗓子眼儿，“咚咚咚”地跳得厉害。产房门和手术室之间是一道不算长的走廊，走廊的那一面还有一道门。叶紫羽站在产房门外，透过门上一格小小的玻璃窗紧盯着手术室的门，四肢发软，脑中一片空白。十五分钟后，手术室的门依然紧闭。叶紫羽想，柳溢雅现在应该躺在产床上了吧。他额头上不知不觉竟沁出一层细汗。先前他劝父母们别来，这时却觉得压力大得难受，很想给父母打个电话。想想自己内心中如此软弱的时刻，这还是破天荒头一遭。

叶紫羽拿出手机，想给好哥们儿打个电话，希望他们能安慰自己几句，分担下压力。谁知电话都是忙音。他想，这真是上天的旨意了，任何一个做父亲的，必然要一力承担起这种压力和责任。

又过了45分钟，手术室的门打开了。一位身材小巧的护士推着一架婴儿车缓步出来，到门口问道："谁是24床的家属?"

叶紫羽赶忙答应。护士又说："10点36分，小孩平安出生，六斤六两。"说着，她打开婴儿车上裹着的被子，一个白白嫩嫩的婴儿赫然出现在叶紫羽眼前。婴儿闭着眼睛，口里含糊不清地哭闹着，四肢乱动。

叶紫羽的反应竟一下迟钝了，不知该说什么。半晌问道："男孩儿女孩儿?"护士并不答话，用手拨开了尿布，让他自己看。这时，叶紫羽才感觉到自己不知不觉眼角湿了，他克制住自己难以形容的心情，尽量用平静的语调说："噢，太好了，是个女儿。"

随后，婴儿又被护士推走擦洗身体。这便是叶紫羽父女俩的第一面了。整个过程，女儿扑腾着四肢，眼睛睁也未睁。叶紫羽表情平淡，似乎心不在焉。父女俩有点形同陌路哦。

这时，叶紫羽看到父亲和母亲自行赶到了。叶成煊见面就问："生了吗?"

叶紫羽点点头："生了，是个女儿。被护士抱去擦洗了。"

叶成煊大喜，又问："小雅呢？怎么样了?"

叶紫羽道："还在手术室里，剖宫产得过会儿才能出来吧。"

叶成煊道："那我们先到婴儿室去等着。"说完也不耽误，转身乐颠颠地走了。

叶紫羽见父亲走了，又转过身，继续望着手术室的门口。

这一次，等待的时间不长，张芷嫣突然急急地出来。叶紫羽正要开口询问，却见对方面带紧张说道："小雅的身体有些变化，发生了充血性心力衰竭，有生命危险。现在心血科的医生正在里面努力抢救。"

叶紫羽仿佛感到一记重锤击在脑上，顿时浑身瘫软。他明白自己刚才见到女儿时，为什么没有欣喜若狂，为什么魂不守舍了。因为他还担心着妻子啊。

张芷嫣赶忙伸手想要扶他，同时说了句："你先别急。"话音未落，就见叶紫羽已经一屁股坐在地上，只艰难地吐出三个字："快救她。"就再也说不出话来。

三十九、蜉游之羽

柳溢雅死了，死于生产时的心力衰竭。

叶紫羽抱着女儿，在柳溢雅的床前站着，凝望着她秀丽安详的面容。

女儿在哭，他在流泪。

张芷嫣告诉他，小雅临去前，一直在微笑。她说，女儿比我漂亮，她爸爸一定开心。

可此刻的叶紫羽怎么也开心不起来。

他让父母照看女儿，自己独自回家。

他把妻子所有的东西都拿出来，放在客厅。她的衣服、她的手袋、她的相册、她的化妆品。他一件件地抚摸着她的东西，就好像抚摸着妻子双手。

他在相册里看到妻子写下的一张信笺，是留给他的：

亲爱的老公，我明白一个道理，幸福的生活，不能太多欲望。只要能和你长相厮守，就算我们变成两只老鼠钻在垃圾筒里，我也很满足了。可是，我还有一点小小的奢求，我想要一个我们的孩子。你也说过，有了孩子，你感觉人生一下就完美了。的确，有了小孩，家也就完整了。这个要求一点都不过分，为什么对于我们，却似一道鸿沟？所以，我一定要把我们的孩子生下来，不管多大的风险都值得。亲爱的，你说是吗？如果改天回家，我们抱着宝宝一块儿翻开这本相册，就让宝宝拿着这张信笺拍照留念，让他（她）知道，爸爸妈妈欢迎他（她）的到来。如果，只有你带着宝宝回家，那等你想好宝宝的名字，就写在信笺上，和我们合影的照片放在一起，让它代表我们的团聚吧。当然，如果有那一天，亲爱的你不要悲伤，因为世界是温暖的，你要多温暖的看看书、上上网；多温暖地跟人接触，外出走走；多温暖地带着宝宝去晒太阳。这样，我也就跟着温暖起来了。

叶紫羽顷刻间明白了，妻子早有预料，但她愿意以生命为代价生下女儿。

他的泪水也在顷刻间涌出。他捧着妻子的照片，默默地对她说，女儿的名字，我已经想好了，叫叶柳诗，你觉得好听吗？

晚上，叶成煊打来电话，叫他回父母家住，别一个人待着。叶紫羽拒绝，说他想一个人静静。叶成煊担心儿子钻进死胡同，就说孙女儿一直在哭闹，她已经没有妈妈了，当爸爸的怎能不在身边？

这话说得叶紫羽的心好疼，一股立即想见到女儿的渴望油然而生。他去洗手间用冷水仔细地洗了洗脸，便出门去了父母家。

当他到了父母家中，看到女儿刚喝过奶粉，躺在摇篮里呼呼大睡。他走上前，盯着孩子粉嫩的小脸，看着她长长的睫毛，忍不住用手轻轻触碰。

母亲猜到他没吃东西，悄悄去厨房热了饭菜端给他。叶紫羽摇摇头，表示不饿。母亲却坚持要他吃点儿。他不好太过拂母亲的好意，勉强吃了点儿，味同嚼蜡。

晚上，女儿哭闹着醒来，叶紫羽赶紧冲奶粉给她喝。父母也被惊醒，纷纷起床，叶紫羽让他们去睡，自己反正没有睡意，由他先照看着女儿。

等女儿吃饱喝足，再次睡去后，叶紫羽觉得胃里一阵痉挛，忍不住跑到洗手间，把吃的那一丁点儿东西全部呕了出来。他呕了半天，才去给你自己倒了杯水，一口气喝下。可刚喝完，他又想呕。这下，他连喝一口水都会立刻呕出来。

第二天，叶紫羽病了。好久没生病的他，这一场病来势汹汹。

呕吐，头痛，昏睡，腹泻，继而全身关节疼痛，开始发热出汗，忽又转作发冷发抖。他意识到自己在发高烧，强忍着反胃吃了药，然后无力的躺在床上，反反复复的昏睡，又反反复复的醒转。并且，还反反复复进入同样的梦境。在梦中，有两帮人在打架，一群人穿着黑衣，一群人穿着白衣。场面很大，血肉横飞。他想躲，但脚下乏力，跑不动，只能眼睁睁在他们之间看着。一不留神，便有凶神恶煞的黑衣人冲到他面前，朝他挥舞起棍棒，于是他被一身冷汗惊醒，目瞪瞪地盯着虚无的黑夜许久。再进入梦境时，打架还在继续，不过这次他看清了地点是在学校门口。于是他朝校内跑去。有许多同学在里面，但他们对他都视而不见，他与他们打招呼，可是无人响应，他空自着急。

再次醒转，是父亲站在他身边，伸手贴在他的额头，看还有没有发烫。叶紫羽模糊地答应着，让父亲放心，又继续昏睡。场景依然在学校，门口打斗的黑衣人已经冲了进来，似乎是朝着他来的，而白衣人已不知去向。他心里发慌，叫熟悉的同学帮忙，可同学们仿佛看不到他，各自做着各自的事情，当他空气一样的透明且不存在。他想喊那些熟悉的面孔，却叫不上名字。黑衣人冲到他面前，恶狠狠地想要抓住他，他已经绝望了。这时，空中突然响起一个女生的声音：帮帮他，快帮帮他！说也奇怪，同学们好像都听到了这声音，一齐将目光射向了他。

于是，叶紫羽大汗淋漓的又一次睁眼醒来。这次他感觉原本沉重的身体轻松了许多。他回想起来，刚才真有种灵魂出窍的感觉。

叶紫羽挣扎着下床，给自己冲了杯冲剂，仰头喝下去。这一次，竟没有反胃。他回到床边半躺下，大口大口地喘气，一看窗外，天已经亮了。

这一晚，可把叶紫羽的父母累坏了，既要照顾出生不久的孙女，又要担心丧妻之痛的儿子。好在他们看见儿子的精神已有好转。

上午，陆禹皓来到这里。

叶紫羽的父母家对陆禹皓来说，熟门熟路，上学的时候没少来过。

他进门后，看见叶紫羽仿如一夜之间颧骨突起，脸形消瘦，想到柳溢雅突然离去，不禁也是心酸。当他看见摇篮里的婴儿，立即惊叹道：“这是小雅生的孩子，好漂亮的小姑娘！你给她取名字了吗？”

叶紫羽点点头：“取好了，叫叶柳诗。”

陆禹皓抱起叶柳诗，用手指头逗逗她的小脸蛋儿，转头对叶紫羽说道：“振作些，兄弟！父母还在，女儿还在！”

他想他不用多说，对方什么都明白的。

叶紫羽感激地朝他点点头，坚毅地说道：“放心，会好的。”

数天以后，柳溢雅的后事在亲人们的悲痛中料理完毕。陆禹皓又来到叶家，说他要去阆城出差，谈一桩业务。想让叶紫羽一同前去，顺便散散心。

叶紫羽本能地要拒绝。叶成煊在一旁听见，插口劝说道：“阆城你还没去过，正好去看看吧。清朝时期，你的曾祖在那里做过一任道台。现在那座道台衙门还在呢。”

叶紫羽想到妻子说过的，多温暖地跟人接触，多外出走走。他犹豫了下，答应了。

阆城在锦城的东北部，陆禹皓对叶紫羽说，阆城之内，还有一座阆苑古城，为中国保存最完好的几座古城之一，等办完事情，两人可去古城游玩一番。

到达目的地，陆禹皓自去办事，叶紫羽在宾馆休息。等陆禹皓办完事，有他当地的朋友给二人接风，又带着他们参观古城。

虽然朋友热情讲解，叶紫羽对古城的兴趣依然不大。在他看来，这样的古城建筑在他幼年随处可见，现在绝大多数被拆建了，修起了高楼大厦。剩下的，就成了旅游景点。并且这古城里鳞次栉比的店铺，都出售着工业现代化后粗制滥造的小商品，能让他有什么胃口？只是他惦记着父亲说过的道台衙门，唯独想去看看那里。可他去到之时，却只见到一座门楼依稀尚有曾经的气势之外，其他建筑皆破败不堪，心中不由更为失望。

陆禹皓知道他的心思，便提出直接去纪念袁天罡的风水宫一览。众人无异议，于是驱车前往。风水宫离城还有几十公里，但汽车开到一半路程后，地势和风景便颇为吸引目光。到了风水宫后，叶紫羽见这里的建筑并不高大，但山门前的明堂开阔，两边各有一道河流蜿蜒而下，自有气势。

进入山门，正前方一坐大殿，内中只清清爽爽的供奉着袁天罡与李淳风二人的塑像。当地的朋友介绍说，别小看了这个地方。据说袁天罡和李淳风两位大师曾云游四方，各自选择自己将来的墓地。袁天罡来到这里后，见一处高坡四周，有九条明显的山脉，好像九条蛟龙一样，从九个不同方向汇聚来此。龙头所向之处，就是这座高坡。他大为惊叹，这里居然是一个世间少有的“九龙捧圣”的风水宝地。于是袁天罡随手掏出一枚铜钱，埋在此处作为记号。后来，李淳风也来到这里，同样一眼相中此处，他大喜之下，将一枚金钗插在这里作为记号。等到阴宅开建，两人同来此地，各自找出曾经留下的记号一看，金钗居然正插在铜钱的钱眼之中！两人不由相视而笑，于是就在这里建起了这座风水大殿，遗址保存至今。昔日钱眼之处，就在如今香案之下。

叶紫羽熟读历史，虽知这是后人传说，但他素来敬仰二人，于是上前，跪倒在地，双手作揖，拜了三拜。起身时，见香案前的三炷香缓缓焚起青烟，变幻有形，倒似“839”三个数字，他也不以为意。

回到锦城后，叶紫羽的精神面貌有所好转。

他要亲自为妻子柳溢雅选定一处墓园。

功夫不负有心人，最终，他在近郊选中一处地方。这里山清水秀，地阔分金，只有一条小路进入，即清静又视野开阔。叶紫羽挑选了时辰，捧着妻子的骨灰盒亲手下葬。完后，他久久不愿离去，坐在妻子的墓前，望着墓碑上妻子的照片，仿佛入定一般。

照片中的柳溢雅浅浅的笑着，模样温柔迷人。墓碑上没有刻她的生卒年月，只有叶紫羽亲手写的四句话：

魂兮归来，一世伤怀。叶某此生，永无再爱！

陆禹皓再来找叶紫羽的时候，开玩笑地说，从他身上，都可以看出仙风道骨了。

陆禹皓笑，说今天有事找他商量。叶紫羽问他何事？

陆禹皓告诉他："我想好去南方特区成立一家资金管理公司。你曾在那边工作多年，我希望你可以过去主持公司的工作。"

叶紫羽没想到是这事，看来陆禹皓的进度很快啊！他问他量化模型近期的表现，陆禹皓告诉他，虽无法保证赚钱，却可以保证不亏钱。叶紫羽不太明白，问他什么意思？陆禹皓才兴奋的向他详细讲述。

原来陆禹皓的量化模型研发至今，对市场进入空头区或多头区的区隔已相当精准。在多头区的时候，系统给出的交易指令可保证买入的股票百分之九十以上都会上涨，赚钱相当容易。而当空头区的时候，系统的信号非常少，甚至没有信号，这时就不要再买入股票，自动规避了下跌的风险。

叶紫羽听了，也为陆禹皓高兴。这么多年的志向和付出，总算没有白费。不过他问："中国股市，熊长牛短，那有信号的时候多，还是没信号的时候多呢？"

陆禹皓说："以现在的指令来看，没信号的时候多。"

叶紫羽道："那如果以一年时间来打个比喻，就是说，一年中赚钱的日子少，不赚钱的日子多了？"

陆禹皓笑道："是可以这么说。但你要知道，很多人在股市里亏钱，不是亏在买错，而是亏在卖错。牛市里赚了钱，在牛转熊的时候，本该落袋为安，可惜绝大多数人做不到，不知道已经到了高点。结果指数一落千丈时，想走也走不了。赚的钱亏了不说，连本钱也都赔了进去。所以，这个模型能预测到下跌趋势，这种时候提前清仓，你可以想象一下，这是一种什么样的感觉？”

叶紫羽也笑：“这种感觉果真妙不可言。不过，如果我们设想得再极端一点，要是连续一年，甚至两年都是熊市，市场行情都很差，会出现什么样的状况？”

陆禹皓道：“我明白你的意思。熊市的时候交易信号少，但并不是完全没有信号，所以只要信号准确性高，一样可以赚钱。”

叶紫羽又笑：“听你这么一说，我感觉跟捡钱似的。要不了多久，下一轮中国首富，该轮到咱哥俩了吧。”

陆禹皓自豪道：“未尝没有机会，现在关键是样本量。样本量足够，就能够提高信号给出的准确性。哪怕是极端弱势的市场情况下，只要一有信号，就敢大资金买入。就算相对的收益率不高，绝对收益也不低。”

叶紫羽反有点担心：“这么说，万一信号有误，大资金买入，可就被套得死死的了？”

陆禹皓说：“这种可能性不是没有，现在做的工作，就是降低这样的风险。”

叶紫羽完全明白了，不过他说：“我还有点建议，就是在绝对弱势的环境下，再把测试的时间加长。因为一旦到特区创立公司，一年的纯费用支出是多少，得预算清楚，弱市环境有信号的收益抵不了支出，那可就是亏损了。”

陆禹皓说：“这个我也有考虑，但中间不确定的因素太多，这就是风险了，做生意不可能一点投资风险都没有，不过这个我是可以承受的。”

叶紫羽却道：“我放心不少。可我还不能去。”

陆禹皓一愣，问道：“为什么？”

叶紫羽拿出一本册子，递给陆禹皓。陆禹皓低头一看，是本招生简章，心中不解。

叶紫羽告诉他：“小雅刚去不久，我也没有心思工作。先前得知，我原来的学校面向社会招生，我想再回到学校学习。”

陆禹皓感到意外：“回学校？你不是想躲避什么吧？”

叶紫羽冲他一笑：“不是。我是真想学习，也想念校园的生活。自从毕业工作之后，我都没认真读过一本书了。我真的对学习产生了无限渴望。我根本不敢奢求能悟到什么，只是感到这样做，会很心安。”

陆禹皓突然大笑：“心安，说得好。知止而后有定，定而后能静，静而后能安，安而后能虑，虑而后能得。物有本末，事有终始，知所先后，则近道矣。看来你要超脱凡尘了。”

叶紫羽也大笑：“你不但钱挣多了，学问也大有长进啊。我不要超脱凡尘，如你所说，安而后能虑，虑而后能得。这段学习生涯过后，我会考虑‘得’的问题。你知道我的女儿也开始成长了，没有什么比她更重要，我会全力去尽父亲的职责。”

陆禹皓说：“好，我不勉强你。将来会有我们携手的时候。”

叶紫羽要去学校了。

临走前，他对父亲说，您的孙女，就辛苦您二老照顾了。学校离家不远，我每月都回来看她。等我学完课程，我就回来带着她，再也不和她分开。

叶成煊对他说，生活中会经历很多事情，有些是美好的，有些是不好的。但不好的事情也是你走过的路。过去的事情会成为历史，历史能帮助你品味美好的人和事，还能让你以正常的方式，重新寻找幸福的道路。你去学习是好事，孙女我和你母亲先带着再好不过。因为有什么能比得上新出世的生命能更让我们期待呢。

四十、与子同袍

“太阳当空照，花儿对我笑，小鸟说，早早早，你为什么背上小书包？我要去学校，天天不迟到，爱学习，爱劳动，长大要为人民立功劳。”

今天是9月1日，阳光明媚。

一辆飞驰的轿车内，正传来阵阵欢歌笑语。

叶紫羽自小五音不全，从来不唱歌。这时，他却一边开车，一边忘乎所以地大声哼起儿歌。他跑调跑到不着调的嗓音，逗得女儿叶柳诗坐在后排一直咯咯笑个不停。她站起来，探过小脑袋在父亲耳边说道：“爸爸，你唱错啦。”

叶紫羽赶紧让女儿在后排乖乖坐好，说：“爸爸从小不会唱歌，今天送你上学，心里面高兴，管它唱得对不对呢。”

叶柳诗问：“爸爸，你很喜欢上学吗？”

叶紫羽踌躇了一下，心想这个问题不好回答。他回忆起自己，除了头一天去小学和头一天去大学外，其他上学时间，似乎都不怎么积极过。可这话怎么能跟女儿讲？他得培养女儿从小养成爱学习的好习惯呢。所以他对女儿说：“是啊，爸爸从小爱学习，还特别认真。我的考试成绩都没有低于过95分，经常拿双百分。这一点你以后要向爸爸好好学习啊。有句古话叫‘青出于蓝而胜于蓝’，你得比爸爸更厉害，不能比爸爸差呀。”

叶柳诗歪着小脑袋没有吭声，眼睛滴溜溜地转着。叶紫羽问她：“你在想什么呢？”

叶柳诗说：“幼儿园的时候，同学们都说，他们的爸爸妈妈讲自己小时候考试的故事，就没有低于95分的。是不是你们那时候打分跟我们不一样，最低分就是95分啊？”

叶紫羽一语顿塞，摸摸鼻子，觉得这么复杂的问题，可没法给女儿解释清楚。好在车已开到小学门口，他赶紧找到车位停好车，牵着女儿的小手走进校门。

夏草青青，冬雪皑皑，时间就在这一白一绿的转换之间，轻轻地流淌过去。转眼间，叶紫羽的女儿叶柳诗已经满六岁，要上小学了。

自叶柳诗三岁起，叶紫羽便将女儿从爷爷奶奶那接到自己身边生活，他对女儿视作掌上明珠，宠爱得不得了。叶柳诗长得眉目如画，宛若当年的柳溢雅。她的性情又特别乖巧，叶紫羽但凡带她走亲访友，叶柳诗都会成为焦点，为长辈们所赞美喜爱。

今天是叶柳诗第一天去学校，昨天晚上她兴奋得久久不能入睡。叶紫羽也陪着她左收拾右收拾，搞到很晚。他还怕今早女儿会起不来，谁料叶柳诗早早就醒来了，连连催促着他快点出门。这不得不引发他的感叹，好多事情总是在一代又一代人的身上美好地演绎着。

年轻的新班主任老师走过来，笑眯眯地领着刚入学的儿童依次进入教室。叶紫羽在教室的窗外开心地看着。他看见女儿背挺挺地坐在自己的位置上，神采飞扬地看着老师。老师要求新同学们做自我介绍，叶紫羽一听就笑了。这一幕又是似曾相识。

轮到叶柳诗时，他看见女儿大大方方地站起来，跟同学们打招呼说："大家好，我叫叶柳诗。我爸爸姓叶，我妈妈姓柳，所以我爸爸给我取了这个名字。我和爸爸都很思念妈妈，我爸爸说，我妈妈知道我今天上学，她虽然没能来送我，但她一定也会很高兴的……"

叶紫羽一字一句听在耳里，抬手抹了抹不知不觉流出的眼泪。他仰头望天，妻子温柔的容颜又出现在自己眼前。时间真快，转眼间，自己和柳溢雅的女儿都上小学了。

前天，他曾到妻子的墓前，告诉妻子，女儿越长越像她了，和她一样的漂亮。妻子墓碑上的照片明眸皓齿，仿佛很欣慰地叮嘱着他：一定要照顾好女儿，培养好女儿。让她这一生一世，都幸福快乐地生活。叶紫羽向妻子保证，他一定能做到。只是将来有一天，他将女儿的手交到另一个男子手中时，即便那个男子再优秀，他未免也会酸溜溜的了。

叶紫羽正想得出神，后面有人惊喜地跟他打招呼："你怎么在这？发什么呆呢？"

他转身一看，却是自己的高中同学蒋妍希。两人已多年未见，叶紫羽高兴地说：“我送女儿来上学，你怎么也在这里，真是太巧了。”

蒋妍希笑道：“是好巧啊。我送我女儿来上学的。她今天刚上一年级，你看，就是第三排那个丫头。”

叶紫羽惊道：“是吗？我女儿也在这个班啊，就是你女儿旁边那个！”

蒋妍希大笑：“想不到我们的女儿也成了同学。大家的缘分真不浅呢。”她隔窗看着叶紫羽的女儿，觉得这小姑娘长得真像她妈妈小雅。想到柳溢雅已不在人世，不禁鼻子一酸。她怕引起叶紫羽的伤心，没有吭声。

叶紫羽突然觉得，他们离高中毕业已经二十多年，是不是也该开个同学会了？

他把这想法跟蒋妍希一说，对方也正有此意，连连赞同。

于是，二人拿出手机，先互加了微信。然后蒋希妍建了一个微信群，告诉叶紫羽把各自有联系的同学全加到群里来。

信息时代，现代化的联系方式真是太强大了。建群时虽然只有叶紫羽和蒋妍希二人，但他们把各自有联系的同学拉了进来，叶紫羽拉了陆禹皓，蒋妍希拉了何小琳；陆禹皓再拉了刘轩，何小琳再拉了李晓敏；然后刘轩和李晓敏再各位拉了他们有联系的人。就这样，一个接一个，不到一天工夫，当年同班同学的百分之九十全进群了。这一下群里可热闹了，有多年没有联系的相互间刨根问底，有关系不错的相互嬉笑打闹。集体一回忆，天那！毕业竟然二十多年了，怎么觉得就像昨天一样？大部分同学已经为人父为人母，可与曾经的同班同学在一起，个个都变成了少男少女。

大家七嘴八舌的，很快在群里议定：本周六于锦城近郊莲品荟度假山庄聚会。因为是毕业后的第一次相聚，只限本人参与，不能携带家属。所有人都笑呵呵地答应。

聚会的日子到来。

叶紫羽驾车前往度假山庄，一路都在感慨的回忆从前。想到绝大多数同学都已二十多年未见，他心中就是一阵激动。经常，他在书桌前看书的时候，窗台上洒进微微的阳光，便令他很容易想起那段美好的青葱岁月，年少时光，忍不住嘴角微微上扬。

汽车在高速公路上飞驰着，很快到了莲品荟度假山庄。在高速公路的出口，已经看得见山庄的大门。他拐下公路，减缓车速，慢慢开进山庄的林荫道。道路两旁种满翠竹，让人心情畅快。到路尽头处，他放下车窗，正左右寻找着停车场，就听到竹林中有人笑道：“大概又是我们班谁到了吧，去看看。”随后，叶紫羽看到几位女士在林中边走边聊，于是将车靠了过去，猛的一按喇叭，三个女的一惊，转头望着他，一脸的生气。虽然二十多年没见面了，叶紫羽还是立即认出了昔日的三位女同学：何小琳、张芷嫣、李晓敏。

三人也立即认出了叶紫羽，笑骂道：“按什么喇叭？吓坏我们你赔得起吗？”

叶紫羽还未答话，又听见一个男士的声音笑道：“十年生死两茫茫，你还不赶紧下车，过来给美女们一个拥抱。”

叶紫羽一看，多年不见的刘轩走了过来。他笑道：“我非常愿意，想了多少年了，就是不知道美女们肯不肯？”

刘轩与叶紫羽也十余年未见，很激动，他说：“她们不肯，我肯，我们拥抱。”

叶紫羽笑道：“你肯，我却不肯了。”

几位女士见他们一见面就斗嘴，跟着乐了。张芷嫣对叶紫羽说：“赶紧把车停好，都快开局了，我们要迟到了。”

叶紫羽把车开进停车场，一看，好些辆豪华轿车一字排开。他心想，同学们真不赖，个个都成大款呢。

何小琳与叶紫羽自毕业后再没见过，她对他说道：“听说你做化妆品行业，那我们今后的美丽可就承包给你了。”

叶紫羽随口道：“你们还用化妆品？不用都很漂亮啦。”话音一落，想到这话有不对的地方，又接着说：“你们不上妆是清水芙蓉，上了妆是碧玉生辉，没啥两样。何况现今的颜值更胜往昔，都是不老女神啊。”

女士们又一起笑了，说记忆当中没发觉你这么会说话呢？刘轩也插嘴道：“到底还是你会说话，男同学怎么没见你表扬表扬？”

叶紫羽道：“急什么，我正要表扬你呢，你从上学起就是风度出众的暖男，你看当年的漂亮女生见谁都爱答不理，就见了你笑容可掬。想想我们有多妒忌。”

几个人乐呵呵地打趣着走进山庄的一间大包厢，只见先到的同学坐在里面，正七嘴八舌地交流着。一见新进来几人，先是一愣，继而哗然。所有人站起来开始相互认人，气氛顿时热闹非凡。与承载着青春记忆的人一起，他们就像同时穿越了时光隧道。

叶紫羽的记忆力很好，每一位同学，他都叫得出名字，又夸奖女同学个个美丽如昔，男同学却个个身体发福。于是男士们都朝他起哄，说他怎么变得这么会哄女人了？叶紫羽一时得意忘形便说漏了嘴，吹嘘他专门研究过，女同学别管她现在长没长残，只要往死了夸，瘦的夸身材好，胖的夸皮肤好，没特点的夸发型、夸衣着、夸鞋子；只要你使劲地夸，她们就能笑成一朵花。

同学们一听，哄堂大笑。许久，大家才慢慢安静下来，在位置上坐下。有趣的是，大家同时不说话了，房间里一下寂静无声，大家又都一愣，再继而开怀大笑。多年不见的那一点点生分，全部无影无踪。

蒋妍希算是这次聚会的总招集人，她点了点人数，说："除了外地的、外国的，本市的同学们全部到齐，说明我们这个班还是相当有凝聚力的。可是我们过了二十多年才第一次开同学会，这是为什么？别人班上的同学会年年搞，我们十年二十年搞不了一回，究其原因，是班长没选好。现在我才明白，班长合不合格，当年是看不出来的，必须等到时过境迁，同学会举办得好不好，齐不齐的时候，才知道当年的班长优不优秀，称不称职呢。"

她这么一说，大家接着哈哈大笑，继而转念，对哦，我们的班长是谁呢？再一想，班长早去国外了，这下可怪不了谁了。何小琳说："现在同学会是个网络热词。一般来说，每个班总有那么几个热心的同学发起同学会。也是因为通信发达，人人都有手机，有微信，组个群就可以了，先是几个人，然后响应者越来越多。咱们今后每年举行一次，不能再失联了。但现在，是我们二十年后的首聚，每个人都得先发一段言，讲讲自己好吧。"

众人都叫大声叫好。叶紫羽开口说道："先得定个规矩，大家在社会这个大染缸沉浸几十年了，谁肚子里都有几条段子，荤的素的，说出来准能逗大伙儿一乐。但我们这次聚会，偏不这么玩，咱们不能落入俗套。所以先说好，我们不炫票子，不炫孩子，也不炫老公。主要话题，还是共忆当年吧。"

何小琳问："为什么你专门指出不炫老公，而不说不炫老婆？你这是歧视啊。"

她话音未落，刘轩已经抢着说道："歧视个鬼啊。你参加过哪个同学会，见到有男生起劲儿炫老婆的？从来没有。倒插门的也不会啊。都是女生爱聊老公，所以不用专门提醒。"

他的话又引起一阵笑声。于是，每位同学都简单讲述了自己毕业后的生活，然后开始回忆上学时候的趣事。有个叫解宇的男生举起左手，指着手背上一个很淡很淡的蓝色小点问大家：“你们知道这个小点儿怎么来的不？”

大家自然不知。于是听解宇讲到，原来有一天下午上课，他昏昏欲睡，就跟同桌的女生说，如果他忍不住睡着了，就拿钢笔戳他。果真，他同桌的女生在他趴在桌上的时候，拿起钢笔毫不犹豫地扎了他一下，于是至今，他手背上留下了这个蓝色的小点儿。

众人哈哈大笑。一想，解宇的同桌不就是蒋妍希吗？都望向了她。蒋妍希神色自若，说我怎么想不起这事儿了？解宇痛心疾首地说：“我本来是下不了手扎自己，没想到蒋妍希这么狠心！”

众人再乐，蒋妍希笑着说：“我想起来了，我当时想的是，反正我又不疼。”解宇做出一脸苦相，没话可说了。李晓敏却对蒋妍希说：“太好了，原来你帮我报过仇了。”众人又不明白她话中的意思，才听李晓敏讲出段往事。有一次，班里组织爬山，李晓敏和解宇正好走一路。解宇跟她吹嘘说，他自小有个本事，就是会抓蛇。说着，从身后拿出根软不拉叽的长条不明物给李晓敏看。李晓敏戴着眼镜，也没看清，直接吓得大叫一声“蛇！”拔腿就跑。没跑两步，就摔了个嘴啃泥。却听解宇慢吞吞地说道，我只是说我会抓蛇，又没说我现在抓着条蛇，你慌什么？然后他再把手中的东西让李晓敏看仔细，原来是根软塌塌的橡皮条。

众人乐不可支。又有个叫徐远的男生向李晓敏问道：“你还记不记得理科班的陈洋？”李晓敏突然变得不好意思，说当然记得。徐远笑了，说：“当初我跟陈洋是邻居，关系好。所以我知道他当初追你来着，但有件事你大概到现在还不知道。”

众人立刻对徐远的话题感了兴趣，催促他快说下去。于是徐远告诉大家，当初理科班的陈洋喜欢李晓敏，好不容易表白了，李晓敏却不置可否。于是陈洋天天约李晓敏，下晚自习还送她回家。谁料理科班的班主任回家也走那条道，好几次瞧见了陈洋和李晓敏，但班主任老谋深算，一直不吭声。直到有一天，那段路刚好塌方，垮了长长一截。第二天理科班主任在课堂上慢条斯理地说，我知道我们班有人和文科班的女生早恋，天天晚自习后压马路。这下好了吧，把马路都压垮了，现在市政工程单位还抢修呢。当时，理科班的人集体笑翻，就陈洋的脸红得跟煮熟的螃蟹一样。

徐远一讲完，现场的同学也笑翻一地。大家觉得太有意思了。受此启发，决定就这么玩一个游戏，请一位同学回忆当初和另一位同学交往过程中发生的一件事或一个细节。然后点名依次接力，挨个传下去。

于是，现场所有人都讲了一个当初和某某相关的小故事，大多数讲得都非常逗趣。轮到张芷嫣的时候，她问大家有没有觉得她当初很矫情？有的同学立刻嘻哈着说有，所以轻易不敢跟她说话呢。张芷嫣说那是你们误会我了，我不是矫情，而是那时候不擅长与人沟通，有轻微交际障碍的女生就会被人误以为矫情。再加上她不喜欢热闹，又因为长得瘦小，脸色很白，总让人怀疑她营养不良。有一段时间，每天课间操后，她回到教室，发现自己课桌里总有温热的包子或别的什么零食，让她的心里很温暖，但她一直不知道是谁放的？

张芷嫣说完，众人都安静了。女生们的眼光直往在座的男生面上瞟来瞟去，何小琳最先开口问道："这是哪位绅士做的好事，现在可以大大方方地坦白了吧。"现场的男士们面面相觑，都表示遗憾，这还真不是自己做的，可自己当年真该这么做啊！

张芷嫣讲的故事让叶紫羽觉得心中暖暖的，他感慨地想：那些零零碎碎的记忆始终保持在人们的记忆里，纵然尘封，却不会消失。有些琐碎，可能你自己完全忘记，但却在另一个同学的心里记忆犹新。多么奇妙的关联。任何关系都是可以变化的，哪怕最亲近的婚姻都有可能离异，而"同学"两字一旦成立，这层关系就是一生一世。

吃饭的时候，在座的人都在拍照、录像，每个人都把自己拍摄的照片或录像发在微信群中。那些身在外地和海外没有到会的同学们，也都在微信群中羡慕地留言、询问。终于，他们的班长现身了。不知哪位同学找到的他，把他拉进了群。当班长在微信群中兴奋的发了一句"同学们好，我想死你们了"之后，群里所有人立刻用动画和表情向他砸了过去，怪他这个班长失职，二十多年不组织同学会，这一次居然也不到场，太不称职了！

班长连连道歉，说他自从高中毕业后，就到了美国，先是读书，读到了博士后，再搞研究，研究了东方研究西方，二十多年来，都没有回过一次国。他是真想大家啊，明年，他一定会回国，一定再次组织全班人马相聚，一个不漏。

见他这么说，大家才原谅了他。班长看了看现场同学发到群里的照片，又看了看入群的同学名录，突然问："小雅呢？怎么没见着小雅？这么个大美女你们都没找来啊？"

这一问，聚会的同学全部沉默了，现场变得鸦雀无声。同学们都知道小雅和叶紫羽结了婚，也都知道小雅去世多年。他们怕引起叶紫羽伤心，一直避而不谈。没想到唯一不知情的班长却一开口就问到了她。

其实，刚才的热闹，早已让叶紫羽心中无数次的浮现过柳溢雅的身影，他已经悄悄地感叹过无数次，要是妻子也能来参加同学会该有多好。

蒋妍希悄悄发了私信给班长，简单地讲了下情况，要他别再问。班长也不禁又尴尬，又难过。

叶紫羽怕同学们扫兴，笑笑说："来参加同学会之前，我去祭拜过小雅了。我想她也会为我们的同学聚会高兴呢。"

他这么说，同学们却都伤感起来。刘轩突然拿出一个 U 盘，举在手里说道："本来想吃完饭再拿出来炫耀一下的，可我实在忍不住了。你们知道这里面存着什么吗?"

众人望着他，均摇了摇头。

刘轩的语音变得激动："这里面存着我们的青春！17 岁的青春！大家还记不记得，高二的时候我们班去野炊，陆禹皓用摄影机给大家录的像，当时还在班上放映过。二十多年过去了，你们还保存得有吗?"

他这么一说，同学们全部沸腾了！他们当然记得，只可惜谁也没有保存。叶紫羽想起柳溢雅在世的时候，还问过他这事呢。

刘轩得意地告诉大家，他在不久前搬家的时候，搜出了这盘录像带，本以为二十多年过去，这盘带子早没用了。他抱着试一试的心态，去电脑城找人看能不能放出图像，谁知画面清晰无比。他立刻让人把录像带翻刻成光碟，转换成多种影音格式，又复制了好多份，就等着今天同学会跟大家分享呢。

现场简直快要失控了，拥有那个年代的照片没什么稀奇，可拥有那个年代的视频，实在太珍贵了！他们叫来山庄的经理，搬进一台大屏幕的电视机放在房间，插上 U 盘，激动地等待着画面开启的那一刻。

于是，每个人都看到，活生生的 17 岁的自己，来到如今自己的面前。

当视频的第一个画面出现在众人面前时，屋内迸发出一阵欢呼。可叶紫羽却不自觉地流下了眼泪。画面中第一个出现的人物，正是他的妻子柳溢雅。那时的妻子扎着马尾辫，从远处走近，浑身洋溢着青春的活力。摄像的应该是陆禹皓，画面外正传来他的声音："小雅，看镜头。"

只见柳溢雅拂了拂耳际的头发，娇好的面容润若凝脂，当真灿如春华，皎如秋月。她先是奇怪地打量着镜头，然后开心一笑，说："你是在摄像吗？一定要把这美好的一天全部记录下来。"

陆禹皓在镜头外说："当然，我会把每个同学的身影都录制下来。"

接着，镜头一阵晃动，另一个画外音传来："我玩一玩，快给我玩一玩。"

这是叶紫羽的声音，他抢过了摄像机，扛在肩上。镜头中的画面在胡乱移动，叶紫羽在画面外问怎么回事，陆禹皓在教他使用。终于，画面稳定下来，重新对准了柳溢雅。

柳溢雅亦嗔亦喜地说："叶紫羽，你又跑来捣乱，把我想说的话都弄忘了。"

叶紫羽的画外音在笑："不着急，慢慢想，我等着你。"

柳溢雅一边想，一边说："今年我们 17 岁，等我们 27 岁、37 岁的时候，再来看我们今天的春游，不知会是怎么一番光景？想想都觉得有意思。所以我先设想一下，十几二十年后我们再聚的场景，你可得录好一点儿。"

叶紫羽的画外音回答："你快一点儿，这摄像机太重，久了我扛不住，破坏了你的美好形象可别怪我。"

柳溢雅冲他一笑："你别急，等我朗诵首小诗，这是将来的我给将来的同学们的。"

她的声音宛如莺啼：

我们依然还在，尽管各自生活。
我们依然还在，感情一如往昔。
我很好，愿你们也很好。
知道你们很好，我很开心。
我放下了所有过往，
放不下的，是如同亲人一般的那段感情。
最好的年华遇到你，最美的岁月在一起，
我从来不曾遗憾。

叶紫羽悄悄地拭擦眼泪。他感受到了妻子和自己穿越时空的对话。他在心里说，最好的年华遇到你，最美的岁月在一起，我也从不曾遗憾。

归家的路上，车水马龙，万家灯火。今天的聚会太成功了，还有同学不肯散，相约着要去卡拉OK，去继续畅饮。刘轩就大着舌头对叶紫羽说，对酒当歌……

叶紫羽婉言推辞了，他还要去接女儿。

蒋妍希也要回家，搭了他的顺风车。

路上，蒋妍希对叶紫羽说："小雅已经离开我们很久了，你没有想过再找一个伴侣？也好有人帮你照顾叶柳诗。"

叶紫羽摇头说："没有想过。也没必要让人帮我照顾女儿，我们父女俩在一起很快乐。"

蒋妍希说："我知道你放不下小雅。你可以找一个爱你的人啊，网上不是有句名言，找一个你爱的人，不如找一个爱你的人吗。"

叶紫羽笑了："这你也信？网上最多的就是胡说八道。婚姻当然是找一个你爱他，他也爱你的，这种结合最完美。不然就找一个你不爱他，他也不爱你的，大家都乐得轻松。最惨的就是找一个你爱他，他不爱你的，那种婚姻对双方都是一种折磨。"

蒋妍希感叹："还记得好多年前，陆禹皓结婚的时候，我们关于爱情的讨论吗？那时候我们对你的见解佩服得不得了。你光会教导别人，自己怎么不照着去做？"

叶紫羽没有回答蒋妍希。他心里默默在想，谁说我没照着去做？我早说过，爱情是心灵的满足。这不是一次性能获得的，它会随着心灵需求的参照物而变化。但现在，我的参照物已成唯一，我的爱更不会变化。恋爱、激情、失恋、分手，那都是90后甚至00后干的事了。哪一个是最好的生存方式，和谁相爱，和谁走到一起，幸不幸福都是不能预料的。

叶紫羽现在最喜欢干的事情，是去接叶柳诗放学。

当步出校门的女儿先是用热切的眼光寻找他，然后再像一只花蝴蝶般扑向他时，他都感觉到，人世间最美好的东西在向他迎面而来。

柳溢雅的照片一直存在叶紫羽的手机里作为屏保。每当他拿出手机时，她就冲他甜甜地笑着，令他觉得他随时已将她拥入怀中，温暖而踏实。他很满足。

（全书完）